Témoin indésirable

La nuit qui ne finit pas

Agatha Christie

Témoin indésirable

Traduction nouvelle par Jean-Marc Mendel

La nuit qui ne finit pas

Traduction nouvelle par Jocelyne Warolin

EDITIONS FRANCE LOISIRS

Edition du Club France Loisirs,
avec l'autorisation de la Librairie des Champs-Elysées
et du Masque-Hachette Livre.

Editions France Loisirs,
123, boulevard de Grenelle, Paris.
www.franceloisirs.com

ISBN : 2-7441-8478-0.

Témoin indésirable

A Billy Collins,
En témoignage d'affection
et de gratitude.

« Fussé-je juste,
ma propre bouche me condamnerait. »

« Je redoute tous mes tourments. Je le sais :
Tu ne m'acquitteras pas. »

Le Livre de Job

1

Le crépuscule tombait quand il arriva à l'appontement du passeur.

Il aurait pu s'y trouver bien plus tôt. A la vérité, il avait tergiversé autant que cela lui avait été possible.

D'abord son déjeuner avec ses amis, à Redquay. L'échange de propos aussi décousus que sans importance. Les potins à propos de relations communes... Tout cela avait signifié seulement qu'il ne cherchait qu'à gagner du temps. Les mêmes amis l'avaient invité à rester avec eux pour le thé. Il avait accepté. Mais un moment était venu où il avait su qu'il ne pouvait plus davantage reporter la tâche qu'il devait remplir.

Le taxi qu'il avait retenu l'attendait. Il avait dit au revoir. Son véhicule avait parcouru quelque douze kilomètres sur la route côtière surchargée de circulation avant de s'enfoncer, à travers bois, dans le chemin qui menait jusqu'au petit quai de pierre, au bord de la rivière.

Là, son chauffeur actionna vigoureusement une cloche pour que l'embarcation vienne de l'autre rive et s'enquit :

— Vous ne voulez pas que je vous attende, monsieur ?

— Non, dit Arthur Calgary. J'ai pris mes dispositions pour qu'une voiture vienne me chercher de l'autre côté, dans une heure… pour me conduire à Drymouth.

Le chauffeur reçut le prix de la course et son pourboire. Il annonça, après un coup d'œil dans la pénombre :

— Le passeur arrive, monsieur.

Puis, sur un aimable au revoir, il fit demi-tour pour se diriger vers la crête de la colline. Arthur Calgary se retrouva seul, à patienter sur le quai. Seul avec ses pensées, plein d'appréhension devant ce qui l'attendait. Quel panorama désolé ! songeait-il. On aurait pu se croire au bord d'un *loch* d'Ecosse, loin de tout. Pourtant, à quelques kilomètres à peine, il y avait Redquay, avec ses hôtels, ses magasins, ses bars et ses foules. Il médita – pas pour la première fois – sur les extraordinaires contrastes que présentent les paysages anglais.

Il entendit les avirons frapper doucement l'eau au moment où la barque accosta. Descendant le long de la cale, il embarqua pendant que le passeur retenait l'esquif avec une gaffe. C'était un vieil homme. Et Calgary eut comme l'impression que son bateau et lui ne faisaient qu'un, qu'ils constituaient un ensemble unique et indivisible.

Une petite brise froide soufflait de la mer.

— Fait frisquet, c'soir, commenta le passeur.

Calgary lui adressa la réponse adéquate. Il convint également qu'il faisait plus frais que la veille.

Il lisait, ou croyait lire, de la curiosité voilée dans le regard du passeur : un étranger à la région. Et un étranger venu après la fin de la saison touristique proprement dite. Plus encore, un étranger qui traversait à une heure bien tardive – trop tardive pour qu'il aille prendre le thé dans l'estaminet qui s'élevait sur la jetée. Il n'avait pas de bagages, donc il n'allait pas rester. (Calgary, lui, se demandait *pourquoi* il n'était venu que si tard. Etait-ce parce qu'inconsciemment, il avait repoussé ce moment le plus possible ? Et retardé, autant qu'il l'avait pu, ce qu'il avait à accomplir ?) Franchir le Rubicon… le fleuve… le fleuve… Sa pensée le ramenait à un autre fleuve. A la Tamise.

Etait-ce hier seulement qu'il l'avait contemplée sans la voir, avant de se retourner pour affronter l'homme assis de l'autre côté de la table… Ces yeux pensifs, qui recelaient une part de mystère qu'il n'était pas vraiment parvenu à déchiffrer. De la réserve, une pensée obsédante mais qui, pas un instant, n'avait été exprimée.

« Ces gens-là, avait-il réfléchi, j'imagine qu'on leur enseigne à ne jamais montrer ce qu'ils pensent. »

Tout cela était extrêmement effrayant quand on y réfléchissait. Il devait faire ce qu'il fallait… et puis après… *oublier* !

Il fronça les sourcils au souvenir de la conversation de la veille. De la voix agréable, paisible, détachée, qui disait :

— Vous êtes bien déterminé à agir ainsi, Dr Calgary ?

— Que pourrais-je faire *d'autre* ? avait-il répliqué avec vivacité. Vous le voyez sûrement, non ? Je n'ai pas la possibilité de me dérober.

Mais il n'avait pas compris la retenue dans le regard des yeux gris, et la réponse l'avait laissé quelque peu perplexe :

— On doit envisager un sujet sous tous les angles… Considérer tous ses aspects.

— Mais, du point de vue de la justice, il n'existe certainement qu'un seul aspect.

Il avait riposté cela avec humeur, pensant, un instant, qu'il s'était agi là de la suggestion ignoble d'étouffer l'affaire.

— Dans un sens, oui, avait repris son interlocuteur. Mais il y a là davantage, vous savez. Davantage que… mettons… la justice.

— Je ne suis pas d'accord. Il faut tenir compte de la famille.

La réplique était venue, immédiate :

— Certes… oh ! oui… certes. Pour ma part, c'était précisément à eux que je pensais.

Ce qui avait paru absurde à Calgary. Parce que s'il y avait bien quelqu'un pour penser à *eux*…

Mais, sans plus attendre, l'autre avait enchaîné, d'une voix toujours aussi harmonieusement modulée :

— La décision vous appartient entièrement, Dr Calgary. Vous avez, cela va de soi, à agir comme vous croyez devoir le faire.

La barque s'échoua sur le rivage. Il avait franchi le Rubicon.

— Ça f'ra quat'pence, m'sieur, annonça le passeur avec son doux accent de l'Ouest. Ou bien c'est-y qu'vous voulez un r'tour ?

— Non, répondit Calgary, il n'y aura pas de retour.

Comme ces mots paraissaient lourds de signification !

Il paya.

— Connaissez-vous une demeure du nom de Sunny Point ? interrogea-t-il.

Instantanément, la curiosité cessa de se dissimuler. Une lueur d'intérêt passionné s'enflamma dans les yeux du passeur :

— Pour sûr. C'est par là, sur vot'droite… Vous pouvez juste la voir là-bas, derrière les arbres. Vous montez là-haut, vous suivez la route, et puis, à droite, vous prenez la nouvelle route qui traverse l'domaine. La dernière maison, qu'c'est… tout au bout.

— Merci.

— Vous avez bien dit Sunny Point, m'sieur ? Là où que Mrs Argyle…

— Oui, oui, coupa Calgary qui n'entendait pas entamer une discussion sur ce sujet. Sunny Point.

Lentement, un sourire étonnant tordit les lèvres du passeur. Il eut l'air soudain d'un vieux faune matois :

— C'est *elle* qu'elle avait appelé la maison comme ça… pendant la guerre. C'était une maison toute neuve, naturellement, tout juste construite… elle avait pas encore d'nom. Mais l'terrain qu'elle est bâtie dessus… c'te langue boisée… Viper's Point qu'ça s'appelle ! Mais Viper's Point, ça n'*lui* convenait pas… Pas pour l'nom d'sa maison. Alors, Sunny Point qu'elle l'a appelée. Mais nous tous, c'est Viper's Point qu'on continue à dire.

Calgary remercia l'homme avec brusquerie, lui souhaita le bonsoir et entama la montée. Chacun lui semblait calfeutré chez soi, mais il avait le sentiment que des yeux invisibles l'observaient par les fenêtres des cottages. Que chacun le scrutait, en sachant où il allait. Que leurs habitants se disaient l'un à l'autre :

— Il va à Viper's Point…

Viper's Point. Quel lieu-dit horrible, avait-on dû penser…

Car plus acéré que le crochet du serpent…

Il arrêta tout à coup le cours de ses pensées. Il lui fallait se ressaisir, et décider exactement de ce qu'il allait dire.

*

Calgary parcourut la charmante nouvelle route, bordée, de chaque côté, de charmantes maisons qui s'ouvraient toutes sur leurs soixante-quinze mètres carrés de charmants jardinets. Chacune, ou chacun, des propriétaires démontrait ses talents de jardinier par des rocailles, des chrysanthèmes, des roses, de la sauge ou des géraniums.

Tout au bout de la route s'élevait une barrière, marquée d'une inscription en caractères gothiques, SUNNY POINT. Il l'ouvrit, s'engagea dans une courte allée et parvint à la maison : un bâtiment bien construit, moderne, sans aucun cachet, adorné de chiens-assis et d'un porche. Elle aurait pu se trouver n'importe où dans une banlieue chic ou dans un nouveau lotissement. Mais, de l'avis de Calgary, elle était indigne de son panorama. Car elle jouissait d'un panorama somptueux. En cet endroit, la rivière décrivait un méandre serré, presque une boucle complète, autour de la pointe. En face se dressaient des collines boisées. En amont, sur la gauche, on discernait au loin un autre méandre, avec des prairies et des vergers.

Un moment, Calgary contempla le ruban d'eau dans toute son étendue. On aurait dû édifier là un château, songeait-il. Un château ridicule et improbable de conte de fées ! De ceux que l'on érige en pain d'épice ou en sucre filé. Au lieu de cela, on avait déployé des trésors de bon goût, de retenue et de discrétion, dépensé force argent et démontré un manque absolu d'imagination.

Evidemment, on ne pouvait pas le reprocher aux Argyle. S'ils avaient acquis la maison, ils ne l'avaient pas bâtie eux-mêmes. Cependant, ils l'avaient choisie, ou, du moins, l'un des deux (Mrs Argyle ?)...

« Tu ne peux pas lanterner davantage », se morigéna-t-il. Il pressa le bouton de la sonnette.

Il attendit. Après un délai convenable, il sonna de nouveau.

Il n'avait pas entendu le moindre pas à l'intérieur. Mais, sans préavis, on ouvrit la porte.

Il recula, stupéfait. A son imagination déjà surmenée, il semblait que la Tragédie elle-même s'était levée pour lui barrer le chemin. Elle possédait un visage jeune. A l'évidence, la véritable essence de la tragédie résidait dans ce que sa jeunesse exprimait de poignant. Un masque tragique, pensa-t-il, devrait toujours revêtir des traits jeunes... impuissants, marqués par le destin, par le jugement dernier qui approche... depuis l'avenir...

Recouvrant la maîtrise de lui-même, il voulut rationaliser : « Le type irlandais. » Le bleu profond des yeux, souligné par des cernes foncés, la cascade de cheveux noirs, la beauté mélancolique du front et des pommettes saillantes...

La jeune fille ne bougeait pas, en alerte, hostile.

— Oui ? demanda-t-elle. Qu'est-ce que vous voulez ?

Il répondit, machinalement :

— Mr Argyle est-il là ?

— Oui. Mais il ne reçoit pas. Il ne reçoit pas les gens qu'il ne connaît pas. Et il ne vous connaît pas, non ?

— Non, il ne me connaît pas. Mais…

Elle commençait à refermer la porte :

— Vous feriez mieux de lui écrire.

— Je suis confus, mais je tiens particulièrement à le voir. Etes-vous… êtes-vous miss Argyle ?

— Je suis Hester Argyle, concéda-t-elle à contrecœur. Mais mon père ne voit personne – pas sans rendez-vous, en tout cas. Vous feriez mieux d'écrire.

— J'ai fait une longue route…

Elle demeurait inflexible :

— Ils disent tous ça. Mais je pensais que ces choses-là avaient enfin cessé. Vous êtes reporter, je suppose ? poursuivit-elle d'un ton accusateur.

— Non, non, rien de ce genre.

Elle le fixait, soupçonneuse, comme si elle ne le croyait pas :

— Eh bien, qu'est-ce que vous voulez, alors ?

Derrière elle, au fond du hall, il distinguait un autre visage. Un visage plat, banal. S'il avait eu à le décrire, il l'aurait comparé à une crêpe. C'était le visage d'une femme d'âge moyen, aux cheveux jaunâtres et frisottants plaqués au sommet de son crâne, qui paraissait planer, en attente, comme un dragon en sentinelle.

— Cela concerne votre frère, miss Argyle.

Hester Argyle retint brusquement sa respiration. Elle lâcha, incrédule :

— Michael ?

— Non. Votre frère Jack.

Elle éclata :

— Je le savais ! Je *savais* que vous étiez venu à cause de Jacko ! Pourquoi ne pouvez-vous pas nous ficher la paix ? C'est fini, et bien fini. Pourquoi s'acharner ?

— On ne peut jamais réellement dire que quelque chose est fini.

— Mais c'est fini ! Bel et bien fini ! Jacko est mort. Pourquoi ne voulez-vous pas le laisser en repos ? Si vous n'êtes pas journaliste, j'imagine que vous êtes médecin, psychologue, ou je ne sais trop quoi. Partez, s'il vous plaît. On ne peut pas déranger mon père. Il est occupé.

De nouveau, elle voulut refermer la porte. Calgary se hâta de faire ce par quoi il aurait dû débuter : il sortit une enveloppe de sa poche et la lui tendit :

— J'ai là une lettre… de Mr Marshall.

Elle fut prise au dépourvu. Hésitant à prendre la missive, elle souffla, incertaine :

— De Mr Marshall… de Londres ?

Subitement, la jeune fille avait été rejointe par la femme plus âgée qui s'était tenue dans les profondeurs du hall. Elle lança à Calgary un regard soupçonneux, ce qui lui rappela des couvents visités à l'étranger. Evidemment, elle avait un visage de religieuse ! Il lui manquait la raide coiffe blanche, encadrant étroitement les traits, l'habit noir et le voile. Et elle possédait la physionomie, non d'une contemplative, mais celle de la sœur tourière qui vous scrute au travers de l'étroit judas percé dans le battant massif avant de vous ouvrir pour vous conduire au parloir ou à la mère supérieure.

— Vous venez de la part de Mr Marshall ? s'enquit la femme.

A son ton, on aurait pu croire qu'il s'agissait d'une accusation.

Hester fixait l'enveloppe qu'elle tenait à la main. Puis, sans un mot, elle se détourna pour se précipiter dans l'escalier.

Calgary resta sur le seuil, soutenant le regard accusateur et soupçonneux de la tourière-dragon.

Il chercha quelque chose à dire, sans rien trouver. Par conséquent, il garda un silence prudent.

Finalement, la voix de Hester, froide et distante, leur parvint :

— Père demande qu'il monte.

Non sans une évidente mauvaise volonté, le cerbère s'écarta. Son air suspicieux ne l'avait pas quitté. Il s'avança, déposa son chapeau sur une chaise et monta à l'étage où Hester l'attendait.

Il fut frappé de découvrir à la maison une apparence vaguement hygiénique, qui évoquait presque une clinique de luxe.

Hester le conduisit le long d'un couloir qui s'achevait par trois marches. Elle ouvrit une porte et lui fit signe d'entrer. Elle le suivit, referma derrière elle.

La pièce était une bibliothèque. Calgary releva la tête avec un sentiment de plaisir. Ici, l'atmosphère différait du reste de la demeure. C'était une pièce où un homme *vivait*, où, tout à la fois, il travaillait et se sentait à l'aise. Des rangées de livres s'alignaient aux murs. Il y avait de grands fauteuils, assez décatis mais confortables. Un désordre familier régnait dans les papiers répandus sur le bureau, dans les volumes posés sur les tables. Calgary aperçut, un instant, une jeune femme plutôt séduisante qui sortait par une porte opposée, dans le fond. Mais son attention fut accaparée par l'homme qui se levait pour l'accueillir, la lettre ouverte à la main.

Au premier abord, Calgary eut l'impression que Leo Argyle était si frêle, si transparent, qu'il existait à peine. Un spectre !

— Dr Calgary ? s'enquit-il d'une voix agréable mais sans timbre. Asseyez-vous.

Calgary s'assit. Il accepta une cigarette. Son hôte prit place en face de lui. Tout cela fut accompli sans précipitation, comme dans un monde où le temps n'aurait guère eu de signification. Leo Argyle eut un mince sourire lorsqu'il reprit la parole en tapotant la lettre d'un index translucide :

— Mr Marshall m'écrit que vous avez à nous faire une communication importante, encore qu'il n'en précise pas la nature. Les hommes de loi prennent toujours le plus grand soin de ne pas s'engager, n'est-ce pas ? ajouta-t-il en souriant plus franchement.

Non sans une certaine surprise, Calgary estima que son vis-à-vis était un homme heureux. Non pas heureux avec exubérance et gaieté, comme dans un bonheur normal – mais heureux dans sa retraite sombre et à sa mesure. Le monde extérieur n'avait pas de prise sur Leo Argyle, et il se trouvait heureux qu'il en fût ainsi. Calgary ne comprenait pas pourquoi cela le surprenait – mais le fait était là.

— C'est très aimable à vous de me recevoir, dit-il mécaniquement en matière d'introduction. J'ai pensé qu'il valait mieux que je vienne en personne plutôt que de vous écrire.

Il marqua une seconde d'arrêt avant de reprendre, dans une soudaine agitation :

— C'est difficile… très difficile.

— Prenez votre temps.

Leo Argyle demeurait courtois et lointain.

Il se pencha en avant. A sa manière, il tentait à l'évidence d'aider son visiteur :

— Puisque vous m'avez apporté ce message de Marshall, je suppose que votre venue a un rapport avec mon malheureux fils Jacko… Jack, veux-je dire… Jacko, c'était le petit nom que nous lui donnions.

Tous les mots, toutes les phrases que Calgary avait préparés méticuleusement l'avaient abandonné. Il était là, confronté à l'effrayante réalité de ce qu'il lui fallait dire. Il bégaya de nouveau :

— C'est si terriblement difficile…

Un silence tomba. Puis Leo Argyle reprit, d'un ton circonspect :

— Si cela peut vous soulager… Nous savions tous parfaitement que… que Jacko n'avait pas une personnalité normale. Rien de ce que vous avez à nous dire ne risque de nous surprendre. Aussi horrible qu'ait pu être ce drame, je n'ai jamais cessé d'être convaincu de toute mon âme que Jacko n'était pas réellement responsable de ses actes.

— Bien sûr qu'il ne l'était pas.

Calgary sursauta à la voix de Hester. Il l'avait oubliée. Elle s'était assise juste derrière lui, à gauche, sur le bras d'un fauteuil. Lorsqu'il tourna la tête, elle s'inclina vivement dans sa direction.

— Jacko a toujours été épouvantable, dit-elle en confidence. Petit garçon, il était déjà pareil… quand il se mettait en colère, j'entends. Il attrapait tout ce qu'il pouvait ramasser… et il se jetait sur vous…

— Hester… Hester…, ma chérie…

La voix de Leo Argyle exprimait sa détresse.

La jeune fille, avec un sursaut, porta la main à ses lèvres. Elle rougit.

— Je suis désolée, lança-t-elle avec la gaucherie brusque de la jeunesse. Je ne voulais pas… J'ai oublié… Je… je n'aurais pas dû dire quelque chose comme ça… Pas maintenant, alors qu'il… que tout est fini et… et que…

— C'est fini, et bien fini, trancha Argyle. Tout cela appartient au passé. J'essaie… nous essayons tous… de penser à Jacko comme à un malade. Comme à une erreur de la nature. Voilà, à mon avis, ce qui reflète le mieux la réalité. En êtes-vous d'accord ? demanda-t-il à Calgary.

— Non, répliqua Calgary.

Il y eut un moment de silence. La négation, sèche, avait laissé ses deux auditeurs abasourdis. Elle était tombée avec une force explosive. Pour tenter d'en atténuer les effets, Calgary ajouta, avec maladresse :

— Je… excusez-moi. Vous n'avez pas encore compris, voyez-vous.

— Oh !

Argyle parut réfléchir. Puis il se tourna vers sa fille :

— Hester, je crois qu'il serait peut-être préférable que tu nous laisses…

— Je n'ai pas l'intention de m'en aller ! Je dois entendre… savoir de quoi il s'agit…

— Cela pourrait se révéler pénible…

— Quelle importance ont les horreurs que Jacko pourrait avoir commises ? s'écria la jeune femme avec impatience. C'est *fini*.

— Croyez-moi, je vous prie, intervint vivement Calgary. Il ne s'agit pas de quelque chose que votre frère aurait *fait*… bien au contraire.

— Je ne vois pas…

La porte du fond de la pièce s'ouvrit. La jeune femme que Calgary avait seulement entr'aperçue revenait. Elle portait maintenant un manteau, et tenait un petit attaché-case.

— Je m'en vais, dit-elle à Argyle. S'il y a quoi que ce soit d'autre…

Leo Argyle hésita une fraction de seconde. (« Il hésitera toujours », se dit Calgary.) Puis il lui posa la main sur le bras et l'attira à lui :

— Asseyez-vous, Gwenda. Voici le… euh… le Dr Calgary. Je vous présente miss Vaughan qui est…

Nouvelle pause, comme s'il avait des incertitudes

— Qui est ma secrétaire depuis quelques années déjà. Le Dr Calgary est venu nous dire… ou… ou nous demander… quelque chose au sujet de Jacko, et…

— Pour vous faire une révélation, coupa Calgary. Et, quoique vous ne le compreniez pas, vous me rendez à chaque instant la situation plus complexe.

Tous le regardèrent avec étonnement, mais Calgary vit dans les yeux de Gwenda une lueur qui ressemblait à de la compréhension. Comme s'ils avaient tous deux noué provisoirement alliance, et qu'elle lui ait confié : « Oui, je sais à quel point les Argyle peuvent se montrer difficiles à vivre. »

C'était à coup sûr une jeune femme séduisante, songea-t-il, quoique pas si jeune – trente-sept ou trente-huit ans, peut-être. Des traits bien modelés, des cheveux et des yeux noirs, une allure générale de vitalité et de bonne santé. Elle donnait le sentiment de posséder, à la fois, la compétence et l'intelligence.

— Je n'avais pas le moins du monde conscience que je vous rendais les choses difficiles, Dr Calgary, reprit Argyle avec une nuance de froideur. Telle n'était certainement pas mon intention. Si vous vouliez bien en venir à ce qui vous amène…

— Oui, je sais. Pardonnez-moi de vous avoir dit cela. Mais c'est l'insistance avec laquelle vous-même… et votre fille… soulignez sans cesse que maintenant *c'est fini et bien fini.* Mais ce n'est *pas* fini. Qui donc a dit : « Rien n'est jamais *réglé,* tant que… »

— « Tant que tout n'est pas *bien* réglé », acheva miss Vaughan. C'est du Kipling.

Elle hochait la tête d'un air encourageant. Calgary lui en fut reconnaissant.

— J'en viens à l'essentiel, déclara-t-il. Lorsque vous aurez entendu ce que j'ai à dire, vous comprendrez mes… mes réticences. Mieux, mon tourment. Pour commencer, je dois vous expliquer deux ou trois faits qui me concernent. Je suis géophysicien et j'ai fait récemment partie d'une expédition dans l'Antarctique. Je n'ai regagné l'Angleterre que depuis quelques semaines seulement.

— L'expédition Hayes Bentley ? interrogea Gwenda.

Il lui adressa un regard de gratitude :

— Oui, l'expédition Hayes Bentley. Je vous précise cela pour que vous connaissiez mes antécédents et, aussi, afin que vous sachiez que, durant deux années environ, j'ai vécu à l'écart des… des événements.

Elle continuait à le soutenir :

— Vous voulez dire : à l'écart d'événements tels que les procès criminels.

— Oui, miss Vaughan. C'est précisément cela.

Il se tourna vers Argyle :

— Pardonnez-moi si cela vous est douloureux, mais il me faut vérifier avec vous certaines heures et certaines dates. Il y a deux ans, le 9 novembre, vers 6 heures du soir, votre fils Jack Argyle – celui que vous surnommiez Jacko – est venu ici et s'est entretenu avec sa mère, Mrs Argyle.

— Mon épouse, oui.

— Il lui a dit qu'il éprouvait des difficultés, et il a exigé de l'argent. C'était déjà arrivé auparavant…

— A de nombreuses reprises, soupira Leo Argyle.

— Mrs Argyle a refusé. Il est devenu grossier, menaçant. Finalement, il a claqué la porte, en criant qu'il reviendrait et qu'elle « ferait *bougrement mieux* de *casquer* ». Il a dit : « Vous ne voulez pas que j'aille en prison, pas vrai ? », à quoi elle a répondu : « Je commence pourtant à croire que ce serait la meilleure solution pour toi. »

Leo Argyle manifesta sa gêne :

— Ma femme et moi, nous en avions parlé ensemble. Nous étions… nous étions très malheureux de notre garçon. A maintes reprises, nous étions venus à la rescousse, pour tenter de lui offrir un nouveau départ. Il nous avait semblé que, peut-être, le choc d'une condamnation à la détention… la maison de redressement… Mais poursuivez, je vous en prie.

— Plus tard, au cours de cette soirée, continua Calgary, votre femme a été assassinée. Tuée à coups de pique-feu. L'ustensile portait les empreintes digitales de votre fils, tandis qu'une importante somme d'argent avait disparu du tiroir où votre épouse l'avait déposée plus tôt dans la journée. La police a arrêté votre fils à Drymouth. On a retrouvé l'argent sur lui, en majorité en billets de cinq livres dont l'un, sur lequel on avait inscrit un nom et une adresse, a permis à la banque de l'identifier comme l'un de ceux qui avaient été versés à Mrs Argyle dans la matinée. Votre fils a été inculpé et jugé.

Calgary marqua un temps. Puis :

— La cour a rendu un verdict de meurtre avec préméditation.

C'était dit. Le mot fatal. *Meurtre*… Un mot sans écho, un mot étouffé qu'avaient absorbé les rayonnages, les livres, la moquette… On pouvait étouffer le mot – mais pas l'acte…

— D'après Mr Marshall, votre conseil pour sa défense, j'ai cru comprendre qu'au moment de son arrestation, votre fils a protesté de son innocence avec beaucoup d'entrain, pour ne pas dire d'une manière fanfaronne. Il a prétendu qu'il disposait d'un alibi parfait pour l'heure du crime, que les enquêteurs situaient entre 7 heures et 7 heures et demie du soir. A ce moment-là, affirmait-il, il arrivait en stop à Drymouth après avoir été pris en charge par une voiture peu avant 7 heures, à près de deux kilomètres d'ici, sur la grand-route de Redmyn à Drymouth. Il ne connaissait pas la marque du véhicule – il faisait noir à cette heure-là –, mais il s'agissait d'une limousine noire, ou bleu foncé, conduite par un homme entre deux âges. Tous les efforts ont été entrepris pour retrouver la trace de cette voiture et de son conducteur. Mais on n'a jamais pu obtenir confirmation des dires de votre fils, et la défense elle-même avait la conviction qu'il ne s'agissait que d'une fable hâtivement forgée de toutes pièces. Et mal forgée, de surcroît…

» Au cours du procès, la défense s'est surtout appuyée sur les dépositions des experts psychologues qui avaient cherché à démontrer que Jack Argyle avait toujours été mentalement instable. Lors du résumé des débats, le juge a eu des commentaires quelque peu caustiques pour ces expertises et a orienté le jury vers un verdict de peine capitale. Jack Argyle a été condamné à la prison à perpétuité. Il a succombé à une pneumonie six mois après le début de sa peine.

Calgary se tut. Trois paires d'yeux s'étaient rivés sur lui. Il lut de l'intérêt et une attention aiguë dans ceux de Gwenda Vaughan, mais le soupçon transparaissait encore dans ceux de Hester. Le regard de Leo Argyle n'exprimait rien.

— Me confirmerez-vous que j'ai retracé correctement le déroulement des faits ? interrogea Calgary.

— Tout à fait correctement, répondit Leo Argyle. Encore que je ne saisisse pas très bien pourquoi il vous a été nécessaire de revenir sur des circonstances douloureuses que nous essayons tous d'oublier.

— Pardonnez-moi. Il le fallait. J'ai cru comprendre que vous n'aviez pas été en désaccord avec le verdict.

— J'admets que les *faits* ont été tels que vous les avez rapportés… que, si vous n'allez pas au-delà, il s'agissait, cru et nu, d'un meurtre. Mais, si vous dépassez le concret, il y a beaucoup à dire pour atténuer cette qualification. Mon garçon souffrait d'instabilité mentale, mais, malheureusement pas au sens légal de l'expression. La jurisprudence McNaughten est étriquée et peu satisfaisante. Je vous assure, Dr Calgary, que Rachel elle-même… ma défunte épouse, j'entends… aurait été la première à pardonner à notre infortuné fils, et à excuser son acte abominable. Elle nourrissait des idées très avancées et très humaines, et elle avait une connaissance approfondie des facteurs psychiques. Elle, elle ne l'aurait pas condamné.

— Elle savait à quel point Jacko pouvait être affreux, ajouta Hester. Il l'était toujours… On aurait dit qu'il ne pouvait pas s'en empêcher.

— Donc, vous tous, vous n'avez aucun doute ? prononça Calgary avec lenteur. Aucun doute, veux-je dire, sur sa culpabilité ?

Hester afficha sa stupéfaction :

— Comment en douterions-nous ? Il était coupable, bien entendu.

— Pas vraiment *coupable,* releva Leo Argyle. Je n'aime pas ce mot-là.

— Ce mot est d'ailleurs faux, trancha Calgary.

Il respira à fond :

— Jack Argyle était… il était innocent.

2

L'annonce aurait dû faire sensation. Elle tomba à plat. Calgary s'était attendu à de l'ahurissement, à une joie incrédule mêlée d'incompréhension, à des questions passionnées… Il n'assista à rien de tout cela. Il semblait n'y avoir que lassitude et suspicion. Gwenda Vaughan fronçait les sourcils. Hester fixait sur lui des yeux dilatés. Bah ! il n'y avait après tout là rien que de bien naturel – une telle nouvelle ne pouvait être acceptée du premier coup.

— Vous voulez dire, Dr Calgary, que vous approuvez mon attitude ? interrogea Leo Argyle d'une voix hésitante. Que vous avez le sentiment qu'il n'était pas responsable de ses actions ?

— Je veux dire qu'il n'a rien *fait* ! Ne pouvez-vous pas comprendre ça, mon vieux ? Il ne l'a pas *fait*. Il n'aurait pas pu le faire. Sans le plus extraordinaire et le plus malheureux des concours de circonstances, il aurait *démontré* son innocence. *Moi,* j'aurais prouvé qu'il était innocent.

— Vous ?

— *C'était moi qui conduisais la voiture.*

Il avait lâché cela tout de go, si simplement que, pendant un instant, ils ne le comprirent pas. Mais, avant qu'ils ne se soient ressaisis, ils furent interrompus. La porte s'ouvrit pour livrer passage à la femme au visage ingrat. Elle alla droit au but, directe :

— J'ai entendu, en passant dehors. Cet homme dit que Jacko n'a pas tué Mrs Argyle. Pourquoi dit-il ça ? Comment le sait-il ?

Ses traits, agressifs et durs, parurent s'affaisser.

— Je dois l'écouter, moi aussi, acheva-t-elle, misérable. Je ne peux pas rester dehors et ne pas savoir.

— Bien sûr que non, Kirsty. Vous faites partie de la famille, concéda Leo Argyle pour la présenter. Miss Lindstrom, le Dr Calgary. Le Dr Calgary est en train de nous raconter les choses les plus incroyables.

Calgary s'étonna de ce prénom écossais de Kirsty. Elle parlait un anglais excellent, marqué tout de même d'une pointe d'accent étranger.

— Vous ne devez pas venir ici pour dire des choses pareilles – et bouleverser les gens, lui reprocha-t-elle. Ils ont accepté leurs malheurs. Maintenant, vous les bouleversez par ce que vous dites. Ce qui est arrivé, c'était la volonté de Dieu.

Il fut écœuré de la complaisance spécieuse du propos. Peut-être, estima-t-il, appartenait-elle à ces êtres morbides qui appellent le malheur de tous leurs vœux. Eh bien, il allait la priver de celui-là.

— A 7 heures moins 5 ce soir-là, martela-t-il, d'une voix rapide, j'ai embarqué sur la route de Redmyn à Drymouth un jeune homme qui faisait de l'auto-stop. Je l'ai emmené à Drymouth. Nous avons bavardé. J'ai estimé avoir affaire à un jeune homme séduisant et aimable.

— Jacko déployait un grand charme, fit valoir Gwenda. Tout le monde le trouvait attirant. Il savait dissimuler son caractère. Et il était sournois, cela va de soi, ajouta-t-elle, pensive. Mais les gens ne s'en apercevaient pas tout de suite.

Miss Lindstrom lui lança :

— Vous ne devez plus parler de lui comme ça, alors qu'il est mort.

— Je vous en prie, continuez, reprit Leo Argyle avec un rien de sécheresse. Pourquoi ne pas vous être fait connaître sur le moment ?

— Oui, renchérit Hester, un peu haletante. Pourquoi vous être tenu à l'écart de tout ça ? Les journaux avaient lancé des appels, publié des annonces. Comment avez-vous pu vous montrer si égoïste, si malveillant…

— Allons, allons, Hester, intervint son père. Le Dr Calgary n'a pas achevé son récit.

Calgary s'adressa directement à la jeune fille :

— Je ne sais que trop ce que vous éprouvez. Je sais ce que j'éprouve moi-même… et ce que j'éprouverai toujours.

Il recouvra sa maîtrise de lui-même :

— Je continue. Il y avait beaucoup de circulation, ce soir-là. 7 heures et demie étaient largement dépassées quand j'ai déposé ce jeune homme, dont j'ignorais le nom, dans le centre de Drymouth. Ceci, à ce que je comprends, le met totalement hors de cause, car la police a établi formellement que le crime avait été commis entre 7 heures et 7 heures et demie.

— Oui, dit Hester. Mais vous…

— De la patience, s'il vous plaît. Pour que vous compreniez, il me faut quelque peu revenir en arrière. Je séjournais alors à Drymouth depuis quelques jours, dans l'appartement d'un ami. Cet ami, officier de marine, était en mer. Il m'avait aussi prêté sa voiture, qu'il garait dans son box privé. Ce jour-là, le 9 novembre, je devais regagner Londres. J'ai décidé de prendre le train du soir et de consacrer l'après-midi à rendre visite à une vieille nurse que ma famille aimait beaucoup et qui vivait dans un petit cottage à Polgarth, à quelque soixante kilomètres à l'ouest de Drymouth. J'ai mené à bien ce programme. Quoique très âgée et un peu encline à divaguer, elle m'a reconnu et elle a été très heureuse de me revoir, très excitée aussi parce qu'elle avait lu dans les journaux que je « partais pour le Pôle », comme elle disait. Je ne suis resté chez elle que peu de temps, afin de ne pas la fatiguer et, en partant, j'ai choisi de ne pas retourner directement à Drymouth par la route côtière. Mais, au lieu de cela, de monter vers le nord, vers Redmyn, pour aller voir le vieux chanoine Peasmarsh, dont la bibliothèque recèle quelques ouvrages très rares, notamment un ancien traité de navigation dont je souhaitais ardemment recopier un passage. Le vieux bonhomme refuse d'avoir le téléphone, qu'il tient pour un instrument diabolique, à l'instar de la radio, du cinéma, de l'orgue électrique et des avions à réaction, si bien qu'il me fallait courir ma chance pour le trouver chez lui. La chance m'a fait défaut. J'ai trouvé porte close. Il était évidemment sorti. J'ai passé un petit moment dans la cathédrale, et puis j'ai pris la grand-route pour revenir à Drymouth, parcourant ainsi le troisième côté d'un triangle. Je m'étais accordé un délai confortable pour récupérer ma valise à l'appartement, ramener la voiture dans son garage, et attraper mon train.

» En chemin, comme je vous l'ai dit, j'ai embarqué un auto-stoppeur inconnu et, après l'avoir conduit en ville, j'ai fait ce que j'avais prévu. Mais j'avais encore du temps en arrivant à la gare, et je suis allé dans la grand-rue pour m'acheter des cigarettes. A l'instant où je traversais, un camion a tourné le coin à vive allure, et il m'a renversé.

» A en croire les témoignages des passants, je me suis relevé sans blessure apparente, et j'ai fait preuve d'un comportement normal. J'ai affirmé que j'allais très bien, et je suis retourné en vitesse à la gare. Lorsque le train est arrivé à Paddington, j'étais inconscient. Une ambulance m'a emporté à l'hôpital, où l'on a diagnostiqué une commotion – on m'a dit que ces effets à retardement se produisaient parfois.

» Quand j'ai repris conscience, plusieurs jours après, je ne me rappelais plus rien de cet accident ni de mon retour à Londres. Je me souvenais seulement d'être parti voir ma vieille nurse à Polgarth. Ensuite, le vide. J'ai été rassuré d'apprendre qu'il s'agissait là d'un phénomène classique. Il ne semblait y avoir nulle raison de croire que ces quelques heures, que ce blanc dans ma vie, puissent être de quelque importance. Personne, ni moi ni qui que ce soit d'autre, ne se doutait le moins du monde que j'avais parcouru la route Redmyn-Drymouth ce soir-là.

« Il ne restait qu'un court délai avant que je ne doive quitter l'Angleterre. On m'a gardé à l'hôpital, au calme le plus absolu, sans journaux. A ma sortie, je suis allé droit à l'aéroport, pour prendre l'avion pour l'Australie afin de me joindre à l'expédition. On pouvait douter de ma capacité physique à y prendre part, mais, là, j'ai passé outre. J'étais bien trop accaparé par mes préparatifs, et par mes inquiétudes, pour lire des articles sur un assassinat et, en tout cas, l'intérêt s'était éteint avec l'arrestation. Lorsque le procès a eu lieu, et qu'il a fait l'objet de comptes rendus exhaustifs, j'étais déjà en route pour l'Antarctique.

Calgary marqua une pause. On l'écoutait avec une extrême attention.

— Ce fut il y a un mois environ, très peu après mon retour en Angleterre, que j'ai fait ma découverte. J'avais besoin de vieux journaux pour emballer des spécimens. Ma logeuse m'a apporté une pile de quotidiens qu'elle gardait près de la chaudière. Alors que j'en étalais un sur la table, j'ai vu la photographie d'un jeune homme dont le visage me semblait tout à fait familier. J'ai essayé de me souvenir de l'endroit où je l'avais rencontré et de qui il était. Je n'y parvenais pas et, cependant, étrangement, je me rappelais une conversation avec lui – à propos des anguilles. La saga que constitue la vie des anguilles l'intriguait et le fascinait. Mais quand cette conversation avait-elle donc eu lieu ? Et où ? J'ai lu l'article, et j'ai appris que le jeune homme se nommait Jack Argyle et qu'il était accusé de meurtre. J'ai appris aussi qu'il avait affirmé à la police qu'il avait été pris en stop par un homme qui conduisait une limousine noire.

» Alors, tout soudain, ce fragment perdu de mon existence m'est revenu. J'avais, *moi,* chargé ledit jeune homme, je l'avais emmené à Drymouth, je m'étais séparé de lui, j'étais passé à l'appartement… et j'avais traversé la rue pour acheter mes cigarettes. Je revoyais en un éclair le camion en train de me heurter… Après, plus rien, jusqu'à l'hôpital. Je continuais à ne pas me souvenir d'être retourné à la gare, ni d'avoir embarqué dans le train de Londres. J'ai lu et relu cet article. Le procès s'était achevé un an auparavant. L'affaire était presque oubliée.

“Un garçon qui a tué sa mère, m’a dit vaguement ma propriétaire. Je ne sais pas ce qu’il en est advenu… je crois qu’on l’a pendu.” J’ai consulté les archives des journaux pour les dates correspondantes, et je suis ensuite allé chez Marshall & Marshall qui avaient assuré la défense. On m’a appris qu’il était trop tard pour que le malheureux retrouve la liberté. Qu’il était mort de pneumonie en prison. Mais que si l’on ne pouvait plus lui faire justice, on *pourrait* faire justice à sa mémoire. Avec Mr Marshall, je suis allé trouver la police. Le dossier a été transmis au parquet. Marshall ne doute guère que l’on en référera au ministre de l’Intérieur.

» Marshall vous adressera, bien entendu, un rapport détaillé. Il ne l’a retardé que parce que je tenais à être celui qui vous mettrait au courant de la vérité. J’avais la conviction qu’il s’agissait là d’une épreuve que j’avais le devoir d’affronter. Vous comprendrez, j’en suis convaincu, que je ressentirai toujours le poids de ma culpabilité. Si j’avais été plus prudent en traversant cette rue…

Sa voix se brisa :

— Je conçois que vos sentiments à mon égard ne seront jamais très chaleureux… et que, même si, juridiquement, il n’est rien qu’on puisse me reprocher… vous ne pourrez tous faire autrement que m’en vouloir.

Gwenda Vaughan répliqua aussitôt, d’une voix chaude et amicale :

— Nous ne vous faisons naturellement aucun reproche. C’est seulement… seulement l’une de ces choses qui arrivent. C’est tragique… incroyable… mais c’est ainsi.

— Ils vous ont cru ? interrogea Hester.

Calgary la fixa, surpris.

— Oui, la police – ils vous ont cru ? répéta-t-elle. Pourquoi n'auriez-vous pas tout inventé ?

Malgré lui, il esquissa un petit sourire.

— Je suis un témoin tout ce qu'il y a d'honorable, répondit-il avec douceur. Je n'agis pas dans un but intéressé, et on a vérifié de très près mon récit. Avec des témoignages médicaux, et de nombreuses confirmations à Drymouth. Oh ! oui… Marshall s'est montré prudent, bien entendu, comme tout avocat qui se respecte. Il ne voulait pas susciter vos espoirs avant d'avoir la certitude absolue du succès.

Leo Argyle s'agita dans son fauteuil et prit la parole pour la première fois :

— Qu'entendez-vous exactement par *succès* ?

— Je vous demande pardon, répondit Calgary avec vivacité. Ce n'est pas là le mot que j'aurais dû employer. Votre fils a été accusé d'un crime qu'il n'avait pas commis, il a été jugé, et condamné – et il est mort en prison. Pour lui, la justice vient trop tard. Mais toute la justice qui pourra être rendue le sera presque certainement, et aux yeux de tous. Le ministre de l'Intérieur recommandera sans doute à la reine de lui accorder sa grâce.

Hester éclata de rire :

— Sa grâce… pour un crime qu'il n'avait pas commis ?

— Je sais. Cette terminologie paraît toujours surréaliste. Mais j'ai cru comprendre que, selon la coutume, une question sera posée par un parlementaire à la Chambre des communes, que la réponse officielle montrera sans équivoque que Jack Argyle n'avait pas commis le crime pour lequel il avait été condamné, et que la presse en fera largement état.

Il se tut. Personne ne dit rien. Ç'avait été, supposa-t-il, un grand choc pour tous. Mais un choc heureux.

Il se leva.

— Je crains bien, lâcha-t-il, un peu incertain, qu'il n'y ait rien que je puisse ajouter… Vous répéter à quel point je suis désolé, à quel point je suis malheureux de ce qui s'est passé, vous demander votre pardon – tout cela, vous ne le savez déjà que trop. Ce drame qui a mis fin à une vie a aussi assombri la mienne. Mais, au moins, plaida-t-il, cela a sûrement une *signification* – savoir qu'il n'a pas commis ce geste abominable… que son nom… votre nom… sera lavé aux yeux du monde…

Si Calgary avait espéré une réponse, il n'en obtint aucune.

Leo Argyle demeurait effondré dans son fauteuil. Le regard de Gwenda était rivé sur lui. Hester regardait droit devant elle, les yeux dilatés et tragiques. Miss Lindstrom secouait la tête et grommelait entre ses dents.

Impuissant, Calgary s'arrêta devant la porte et se retourna.

Ce fut Gwenda Vaughan qui sauva la situation. Elle vint à lui, lui posa la main sur le bras, et lui dit à voix basse :

— Il est préférable que vous partiez maintenant, Dr Calgary. Le choc a été trop fort. Il leur faut du temps pour le digérer.

Il hocha la tête et sortit. Miss Lindstrom le rejoignit sur le palier.

— Je vais vous reconduire, expliqua-t-elle.

Se retournant une dernière fois, avant que la porte ne se referme, il aperçut Gwenda Vaughan qui s'agenouillait à côté de Leo Argyle. Il s'en étonna quelque peu.

Face à lui, en haut des marches, miss Lindstrom le toisait, tel un grenadier de la garde.

— Vous ne pouvez pas le ramener à la vie, lui lança-t-elle durement. Alors pourquoi ramener cela à leurs esprits ? Jusqu'à présent, ils étaient résignés. Maintenant, ils vont souffrir. Il vaut mieux, toujours, ne vous mêler que de ce qui vous regarde.

Elle exprimait un vif dédain.

— Il fallait laver sa mémoire, se défendit Arthur Calgary.

— Les beaux sentiments ! Voilà qui est bel et bon. Mais vous ne pensez pas réellement à ce que tout cela signifie. Les hommes ! Ils ne voient jamais que le bout de leur nez !

Elle tapa du pied :

— Ces gens, je les aime. Je les aime tous. Je suis venue ici, pour aider Mrs Argyle, en 1940 – quand elle a créé un home d'enfants – destiné aux petits dont les maisons avaient été bombardées. Rien n'était trop beau pour ces gamins. On faisait n'importe quoi pour eux. C'était il y a presque dix-huit ans. Et moi, même maintenant qu'elle est morte, je reste toujours là – pour veiller sur eux – pour que la maison soit propre et confortable, pour m'assurer qu'ils mangent bien. Je les aime tous – oui, je les aime… même Jacko. Certes, il était malfaisant, il ne valait pas cher ! Oh ! oui, je l'aimais, lui aussi. Et pourtant… il ne valait pas cher !

Elle tourna brusquement les talons. Apparemment, elle avait oublié son offre de le reconduire. Calgary descendit lentement les marches. Alors qu'il se battait avec le portail, doté d'un verrou de sûreté qu'il ne savait pas défaire, il entendit des pas légers qui dévalaient les marches. Hester arrivait.

Elle défit le verrou et ouvrit le battant. Ils se fixèrent. Il saisissait moins que jamais pourquoi elle lui adressait un regard tragique et plein de reproche.

Elle murmura dans un souffle à peine audible :

— Pourquoi êtes-vous venu ? Oh ! pourquoi êtes-vous venu ?

Il la dévisagea, perplexe :

— Je ne vous comprends pas. Vous ne souhaitez pas que le nom de votre frère soit lavé ? Vous ne voulez pas qu'il lui soit fait justice ?

— Oh, la justice ! cracha-t-elle.

— Je ne comprends pas que…

— Ne me bassinez pas avec la justice ! Quelle importance cela peut-il avoir pour Jacko, maintenant ? Il est mort. Ce n'est pas Jacko qui compte. C'est *nous* !

— Que voulez-vous dire ?

— Ce n'est pas le coupable qui importe. Ce sont les innocents.

Elle lui agrippa le bras, lui enfonça les doigts dans sa chair :

— C'est *nous* qui importons. Vous ne voyez pas ce que vous nous avez fait, à nous tous ?

Il la fixa, ébahi.

Une silhouette d'homme émergea de l'obscurité :

— Dr Calgary ? Votre taxi est là. Pour vous conduire à Drymouth.

— Oh !… euh… merci.

Calgary se tourna une dernière fois vers Hester, mais elle s'était retirée dans la maison.

Le portail claqua.

3

Repoussant de son front ses cheveux noirs, Hester remonta lentement l'escalier. Kirsten Lindstrom l'attendait en haut des marches :

— Il est parti ?

— Oui, il est parti.

— Tu as eu un choc, Hester, lui dit la femme en lui posant gentiment le bras sur l'épaule. Viens avec moi. Je vais te donner un peu de cognac. Tout ça, c'était trop.

— Je ne crois pas que j'aie envie de cognac, Kirsty.

— Tu n'en veux peut-être pas, mais ça sera bon pour toi.

Sans résister, la jeune fille se laissa guider le long du couloir jusqu'au petit boudoir de Kirsten Lindstrom. Elle prit le cognac qui lui était offert et le but avec lenteur.

— Tout ça, ç'a été beaucoup trop brusque, reprit la femme d'un ton exaspéré. Il aurait dû y avoir un préavis. Pourquoi Mr Marshall ne nous a-t-il pas écrit d'abord ?

— Je suppose que le Dr Calgary ne l'y a pas autorisé. Il voulait venir pour nous l'annoncer lui-même.

— Venir nous l'annoncer lui-même, eh bien voyons ! Quel effet croyait-il que cette nouvelle allait nous faire ?

— J'imagine, répondit Hester d'une voix étrange, sans timbre, qu'il pensait que nous en serions contents.

— Contents ou pas contents, ça devait nous donner un choc. Il n'aurait pas dû faire ça.

— Mais c'était courageux, d'une certaine manière, fit valoir Hester en rougissant. Je veux dire par là que ça ne lui a sans doute pas été *facile*. Venir pour informer une famille qu'un de ses membres qui a été condamné pour meurtre et qui est mort en prison était, en réalité, innocent. Oui, c'était courageux de sa part… mais je préférerais tout de même qu'il ne soit pas venu.

— Ça, nous le préférerions tous, approuva miss Lindstrom avec vivacité.

Hester la fixa avec une attention née de ses propres inquiétudes :

— Donc, vous ressentez ça aussi, Kirsty ? Je pensais que j'étais peut-être la seule.

— Je ne suis pas idiote, riposta Kirsten Lindstrom sèchement. Je peux envisager certaines éventualités auxquelles votre Dr Calgary ne paraît pas avoir réfléchi.

Hester se leva :

— Je dois aller voir père.

— Oui. Il va maintenant avoir le temps de décider de ce qu'il y a de mieux à faire.

Gwenda Vaughan s'activait au téléphone lorsque Hester pénétra dans la bibliothèque. Son père lui fit signe de venir s'asseoir sur le bras de son fauteuil.

— Nous essayons de joindre Mary et Micky, expliqua-t-il. Il faut qu'ils soient prévenus tout de suite.

— Allô ? disait Gwenda. C'est Mrs Durrant ? Mary ? Gwenda Vaughan à l'appareil. Votre père veut vous parler.

Leo Argyle s'en vint prendre le combiné :

— Mary ? Comment vas-tu ? Et Philip ?... Bien. Il s'est passé quelque chose de tout à fait extraordinaire... Il m'a semblé que je devais t'en informer immédiatement. Un certain Dr Calgary vient tout juste de passer chez nous. Il apportait une lettre d'Andrew Marshall. C'est à propos de Jacko. Il apparaît que... c'est vraiment extravagant... il apparaît que l'histoire que Jacko avait racontée lors de son procès, selon laquelle il était allé en stop à Drymouth dans la voiture d'un inconnu, était absolument véridique. Ce Dr Calgary était l'homme qui l'avait embarqué...

Il s'interrompit pour écouter la réponse de sa fille à l'autre bout du fil :

— Oui, eh bien, Mary, je ne vais pas t'expliquer maintenant en détail pourquoi il ne s'était pas fait connaître à l'époque. Il avait eu un accident – une commotion. Son récit paraît parfaitement corroboré. Je t'appelais pour te dire qu'il me semble que nous devrions tous nous réunir ici aussi vite que possible. Nous pourrions peut-être demander à Marshall de venir pour discuter de la question avec nous. Il nous faut, à mon avis, être éclairés au mieux sur le plan juridique. Pourriez-vous, Philip et toi ?... Oui... Oui, je sais. Mais, ma chérie, je crois que c'est réellement *important*... Oui... Rappelle-moi plus tard, si tu veux. Je dois essayer de trouver Micky.

Il reposa le combiné.

Gwenda Vaughan s'approcha du téléphone :

— J'essaie tout de suite d'avoir Micky ?

— Si cela doit prendre un peu de temps, Gwenda, pourrais-je passer une communication d'abord, s'il vous plaît ? demanda Rester. Je voudrais appeler Donald.

— Bien sûr, approuva Leo. Tu sors avec lui ce soir, non ?

— Je *devais*, répliqua la jeune fille.

Son père lui lança un regard aigu :

— Tout cela t'a bouleversée à ce point, chérie ?

— Je ne sais pas. Je ne sais pas ce que je ressens.

Gwenda lui céda la place. Hester composa un numéro :

— Puis-je parler au Dr Craig, je vous prie ? Oui. Oui. Hester Argyle à l'appareil.

Après quelques secondes de silence, elle enchaîna :

— C'est vous, Donald ?... Je vous appelle pour vous dire que je ne crois pas que j'irai avec vous à cette conférence, ce soir... Non, je ne suis pas malade – ce n'est pas ça, c'est seulement que... eh bien, seulement que nous venons... que nous venons d'apprendre des nouvelles tout à fait étranges.

Le Dr Craig reprit la parole.

La tête tournée vers son père, Hester posa la main sur le micro pour lui demander :

— Ce n'est pas un secret, n'est-ce pas ?

— Non, répondit Leo Argyle en pesant ses mots. Non, ce n'est pas exactement un secret mais... peut-être souhaiterais-je que Donald garde cela pour lui, pour le moment du moins. Tu sais comment les rumeurs se propagent et prennent de l'ampleur.

— Oui, je sais.

Elle parla à nouveau dans le micro :

— Dans un sens, je suppose que c'est ce que l'on appelle de bonnes nouvelles, Donald, mais… mais c'est assez bouleversant… Non, non, ne venez *pas* ici… *Non*, je vous en prie. Pas ce soir. Demain. C'est au sujet… au sujet de Jacko. Oui… oui… mon frère… c'est seulement parce que nous venons de découvrir qu'après tout, il n'a pas tué ma mère… Mais s'il vous plaît, Donald, ne dites rien, et n'en parlez à *personne*. Je vous raconterai tout demain… non, Donald, non… Je ne peux vraiment voir *personne* ce soir – pas même vous. Je vous en prie. Et ne dites rien.

Elle raccrocha et redonna le combiné à Gwenda qui composa un numéro à Drymouth.

— Pourquoi ne vas-tu pas à cette conférence avec Donald, Hester ? s'enquit doucement Leo Argyle.

— Je n'en ai pas envie, père. Je nc peux pas.

— Tu lui as dit… tu lui as donné l'impression que ce n'était pas une bonne nouvelle. Mais tu sais bien qu'il n'en est pas ainsi, Hester. Nous étions abasourdis. Mais nous en sommes tous très heureux… très heureux, vraiment… Que pourrions-nous penser d'autre ?

— C'est ce que nous allons dire, non ? jeta la jeune fille.

Leo prit un ton d'avertissement :

— Ma chère enfant…

— Mais ça n'est pas vrai, n'est-ce pas ? Ce n'est pas une bonne nouvelle. C'est seulement terriblement inquiétant.

— Micky est en ligne, annonça Gwenda.

De nouveau, Leo Argyle s'empara du combiné. Il s'adressa à son fils à peu près dans les mêmes termes qu'à sa fille aînée. Mais là, l'information fut reçue de manière bien différente qu'elle ne l'avait été par Mary Durrant : sans protestation, ni surprise, ni incrédulité. On l'accepta de but en blanc.

— Nom de Dieu ! jura Micky. Après tout ce temps ? Le témoin manquant ! Eh bien, eh bien, Jacko a manqué de chance, ce soir-là.

Leo reprit la parole. Micky l'écouta.

— Oui, dit-il, je suis d'accord avec vous. Nous devons nous réunir aussi vite que possible, avec Marshall pour nous conseiller.

Il éclata brusquement d'un rire bref. Du rire, Leo s'en souvenait, qu'avait le petit garçon qui jouait autrefois devant sa fenêtre.

— Les paris sont ouverts, ricana-t-il. *Qui de nous a fait le coup* ?

Leo Argyle reposa brutalement le récepteur.

— Que disait-il ? interrogea Gwenda.

Il la mit au courant.

— Il me semble, estima-t-elle, que c'est une plaisanterie assez stupide.

Il lui lança un vif coup d'œil.

— Peut-être souffla-t-il, n'était-ce pas tout à fait une plaisanterie.

*

Mary Durrant traversa le salon pour ramasser quelques pétales tombés d'un vase de chrysanthèmes. Elle les déposa avec soin dans la corbeille à papier. C'était une grande jeune femme de vingt-sept ans, d'allure sereine, qui, malgré un visage dépourvu de rides et sans doute par suite d'une maturité paisible qui semblait faire partie de son maquillage, paraissait plus vieille que son âge. Belle, sans le moindre éclat, elle possédait des traits réguliers, une jolie peau, des yeux d'un bleu vif et des cheveux blonds coiffés en un gros chignon sur la nuque. Elle s'habillait d'une manière qui, en ce moment précis, était à la mode, quoique ce ne fût pas la raison pour laquelle elle choisissait ses vêtements. Elle s'en tenait toujours à son propre style. Elle offrait la même apparence que sa maison : nette et bien tenue. Elle ne supportait ni la poussière ni le désordre.

Assis dans un fauteuil roulant, l'homme qui l'avait observée en train de mettre de l'ordre dans ses fleurs eut un sourire un peu sarcastique :

— Toujours la même créature ordonnée. Une place pour chaque chose, et chaque chose à sa place.

Il rit, un tantinet narquois. Mais Mary Durrant ne se laissait pas démonter :

— J'aime que les choses soient en ordre. Tu sais, Phil, cela ne te plairait pas non plus si la pagaille régnait dans cette maison.

— Eh bien, *moi*, en tout cas, répliqua son mari non sans une pointe d'amertume, je n'ai eu aucune chance d'en mettre, de la pagaille.

Peu après leur mariage, il avait été victime d'une atteinte de poliomyélite. Pour Mary, qui l'adorait, il était devenu autant un enfant qu'un mari. Lui-même se sentait parfois agacé par cet amour possessif. Sa femme n'avait pas assez d'imagination pour comprendre que le plaisir qu'elle trouvait dans sa dépendance à son égard l'irritait quelquefois.

Il reprit vivement, comme s'il avait redouté de sa part une phrase de pitié ou de sympathie :

— Je dois admettre que la nouvelle annoncée par ton père défie l'entendement ! Après tout ce temps ! Mais comment peux-tu rester aussi calme ?

— Je suppose que je n'arrive pas à l'accepter… C'est tellement extraordinaire. Au début, je ne pouvais tout bonnement pas croire ce que père disait. Si ç'avait été Hester, j'aurais pensé qu'elle avait tout inventé. Tu sais bien comment est Hester.

Le visage de Philip Durrant perdit un peu de son amertume. Il remarqua avec douceur :

— Hester est un être impétueux et passionné, venue au monde pour chercher des ennuis et assurée d'en rencontrer.

Mary, d'un geste, écarta le commentaire. La personnalité des autres ne l'intéressait pas.

Elle reprit, dubitative :

— Il faut supposer que c'est *vrai*. Tu ne crois pas que cet homme aurait pu tout imaginer ?

— Le savant amnésique ? Il serait agréable de le penser, mais il semble qu'Andrew Marshall ait pris la chose très au sérieux. Et chez Marshall, Marshall & Marshall, on ne se laisse pas facilement mener en bateau, je t'en fiche mon billet.

Elle fronça les sourcils :

— Mais, en fait, qu'est-ce que cela va *signifier*, Phil ?

— Cela signifie que Jacko va être complètement innocenté. Pour autant que les autorités soient convaincues, j'entends – mais je crois comprendre qu'il n'est pas question de quoi que ce soit d'autre.

— Eh bien, soupira-t-elle, je suppose que tout cela est *très bien.*

Philip Durrant éclata à nouveau du même rire sarcastique et assez amer :

— Polly, tu veux ma mort.

Seul son mari avait jamais surnommé Mary Durrant Polly. Ce surnom jurait absolument avec son port de statue. Elle scruta Philip, un peu surprise :

— Je ne vois pas ce qui t'amuse autant.

— Tu as dit ça avec tellement d'affabilité ! Comme lady Trucmuche, à sa vente de charité, quand elle fait l'article pour l'artisanat de l'orphelinat du village.

— Mais *c'est* très bien ! répliqua-t-elle, stupéfaite. Tu ne vas pas prétendre qu'il était agréable d'avoir un assassin dans la famille.

— Pas vraiment *dans* la famille.

— Eh bien, c'est presque la même chose. Je veux dire que c'était très pénible et que cela nous mettait mal à l'aise. Tout le monde était en émoi et se montrait si curieux. J'ai détesté cela.

— Tu l'as très bien géré, fit valoir son mari. Tu paralysais les gens du regard glacé de tes yeux bleus. Tu les faisais taire, en leur donnant l'air tout honteux d'eux-mêmes. C'est merveilleux de voir comment tu parviens à ne jamais afficher tes émotions.

— Oui, j'ai détesté tout cela. C'était extrêmement pénible. Mais, en tout cas, il était mort, et c'était fini.

Tandis que maintenant… maintenant, on va de nouveau remuer la boue. C'est assommant.

— Oui, reconnut Philip Durrant, songeur.

Il déplaça à peine ses épaules, avec une grimace de douleur fugitive.

Sa femme vint à lui tout de suite :

— Tu as une crampe ? Attends. Laisse-moi t'arranger ce coussin. Voilà. C'est mieux ?

— Tu aurais dû être infirmière dans un hôpital.

— Je n'ai pas la moindre envie de soigner une foule de gens. Toi seulement.

Elle avait dit cela en toute simplicité, mais, au-delà des mots, il y avait un univers de tendresse.

Le téléphone sonna. Mary décrocha :

— Allô !… oui… moi-même… oh ! c'est toi…

Elle se tourna vers Philip :

— C'est Micky. Oui… oui, nous sommes au courant. Père a téléphoné… Eh bien, naturellement… Oui… Oui… Philip dit que si les avocats sont aussi sûrs d'eux, rien ne cloche… Franchement, Micky, je ne vois pas pourquoi tu es si énervé… Je ne crois pas être particulièrement stupide… Micky, pour parler franc, je crois que tu… Allô !… Allô !…

Elle plissa le front, contrariée :

— Il a raccroché. Vraiment, Philip, je ne comprends pas Micky.

— Qu'a-t-il dit, exactement ?

— Eh bien, il était dans un état ! Il m'a dit que j'étais stupide, que je ne comprenais pas les… les répercussions. L'enfer que ça allait être ! Ce sont ses propres paroles. Mais pourquoi ? Je ne comprends pas.

— Il a la trouille, non ? hasarda Philip Durrant, pensif.

— Mais pourquoi ?

— Eh bien, il n'a pas tort, tu sais. Il y aura des répercussions.

Mary paraissait assez perplexe :

— Tu veux dire que ça va ranimer l'intérêt pour l'affaire ? Je suis heureuse, bien entendu, que Jacko soit mis hors de cause, mais ce sera très désagréable si on recommence à jaser.

— Il ne s'agit pas seulement des clabaudages des voisins. Mais de bien davantage.

Elle se borna à lui lancer un regard interrogateur.

— La police va s'y intéresser, elle aussi ! expliqua-t-il.

— La *police* ? grinça-t-elle. Mais qu'est-ce qu'elle aurait donc à voir là-dedans ?

— Ma chère petite, *réfléchis*.

Elle revint lentement s'asseoir à côté de lui.

— Vois-tu, enchaîna-t-il, il va s'agir, de nouveau, d'un crime non élucidé.

— Mais ils ne vont quand même pas se soucier de… enfin, pas après tout ce temps ?…

— C'est là joliment prendre ses désirs pour des réalités. Mais c'est, aussi, fondamentalement irrationnel, je le crains.

— Mais après avoir été aussi bêtes… après avoir commis une telle erreur vis-à-vis de Jacko… ils ne vont quand même pas souhaiter revenir là-dessus, non ?

— Ils pourront ne pas le souhaiter – mais ils y seront probablement contraints ! Le devoir, c'est le devoir.

— Oh ! Philip, je suis sûre que tu te trompes. On cancanera un petit peu, et puis tout s'arrêtera.

— Et, après, nos vies seront à jamais heureuses, ironisa-t-il.

— Pourquoi pas ?

Il secoua la tête :

— Ce n'est pas aussi simple que cela… Non, ton père a raison. Nous devons tous nous réunir et demander conseil. Faire venir Marshall, comme il le disait.

— Tu veux dire… aller à Sunny Point ?

— Oui.

— Oh ! mais nous ne pouvons pas.

— Et pourquoi ?

— Ce n'est pas envisageable. Tu es handicapé et…

— Je ne suis pas impotent, s'irrita Philip. Je suis en pleine forme et en pleine force. Il se trouve simplement que j'ai perdu l'usage de mes jambes. Avec le moyen de transport adéquat, je peux aller jusqu'à Tombouctou.

— Je suis persuadée que ce serait très mauvais pour toi d'aller à Sunny Point. Entendre agiter toutes ces horreurs et…

— Je ne suis pas paralysé du cerveau.

— Et puis je ne vois pas comment nous pouvons abandonner la maison. Il y a eu tant de cambriolages, ces derniers temps…

— Trouve quelqu'un qui couchera ici.

— Tu peux en parler… comme s'il n'y avait rien de plus facile au monde.

— La vieille Mrs Machin-Chose peut venir tous les jours. Cesse d'élever des objections de ménagère, Polly. En réalité, c'est toi qui ne veux pas y aller.

— Non, je ne veux pas.

— Nous n'y resterons pas longtemps, la rassura-t-il. Mais je pense que nous devons nous rendre là-bas. Il s'agit d'un cas où la famille se doit de présenter un front uni. Nous avons à découvrir très exactement où nous en sommes sur ce point.

*

Dans son hôtel de Drymouth, Calgary dîna tôt, puis monta dans sa chambre. Il se sentait profondément affecté par tout ce qu'il venait de vivre à Sunny Point. Il s'était attendu à ce que sa mission soit douloureuse, et il lui avait fallu toute sa résolution pour l'accomplir. Mais tout s'était révélé douloureux et inquiétant sur un mode totalement imprévu. Il se jeta sur son lit et alluma une cigarette pour revoir, encore et toujours, l'ensemble de la scène.

L'image la plus claire qui lui venait à l'esprit, c'était Hester, au moment de son départ. Le mépris avec lequel elle avait dédaigné son plaidoyer en faveur de la justice ! Qu'avait-elle donc dit ? « Ce n'est pas le coupable qui importe, ce sont les innocents », et, ensuite, « Ne voyez-vous pas ce que vous nous avez fait à tous ? » Mais qu'avait-il fait ? Il ne comprenait pas.

Et puis les autres. Cette femme qu'ils appelaient Kirsty (Pourquoi Kirsty ? C'était un prénom écossais. Elle n'était pas écossaise – danoise, peut-être, ou norvégienne.) Pourquoi s'était-elle exprimée avec autant de hargne, en s'érigeant en procureur ?

Il y avait eu également quelque chose d'étrange chez Leo Argyle – de la retenue, de la méfiance. Pas le moindre

« Merci, Seigneur, mon fils était innocent ! » qui aurait pourtant constitué la réaction normale !

Sans compter la jeune femme – la secrétaire de Leo Argyle. Elle l'avait aidé, elle avait fait preuve de gentillesse. Mais elle avait réagi bizarrement, elle aussi. Il se souvenait de l'avoir aperçue s'agenouiller près du fauteuil d'Argyle. Comme si… comme si… oui, comme si elle compatissait et le consolait. Mais le consoler de quoi ? De ce que son fils n'était pas coupable de meurtre ? Et, certainement… oui, à coup sûr… il fallait discerner là plus que les sentiments d'une simple secrétaire – même d'une secrétaire depuis longtemps employée… Mais de *quoi* s'agissait-il ? Pourquoi tous…

Le téléphone sonna sur sa table de chevet. Il prit le combiné :

— Allô ?

— Dr Calgary ? Quelqu'un vous demande.

— Moi ?

Il s'étonnait. A sa connaissance, nul ne savait qu'il passait la nuit à Drymouth.

— Qui est-ce ?

Une pause.

— C'est Mr Argyle, précisa enfin l'employé.

— Oh ! Dites-lui de…

Arthur Calgary s'interrompit à l'instant où il allait annoncer qu'il descendait tout de suite. Si, pour quelque raison que ce soit, Leo Argyle l'avait suivi à Drymouth et s'était débrouillé pour découvrir où il était descendu, on pouvait présumer que le sujet était suffisamment délicat pour qu'il n'en soit pas débattu dans le salon bondé.

— Demandez-lui de monter dans ma chambre, voulez-vous ? se corrigea-t-il.

Il se leva pour arpenter la pièce jusqu'à ce que l'on frappe à la porte.

Il s'en fut ouvrir :

— Entrez, Mr Argyle. Je…

Il se tut, stupéfait. Ce n'était pas Leo Argyle. C'était un jeune homme, de vingt-cinq ans environ, un jeune homme dont une expression d'amertume ternissait le beau visage bronzé. Un visage dur, coléreux, triste.

— Vous ne m'attendiez pas, dit-il. Vous attendiez… mon père. Je suis Michael Argyle.

— Entrez, répondit Calgary avant de refermer la porte derrière son visiteur. Comment avez-vous découvert que j'étais ici ?

Il offrit au jeune homme son étui à cigarettes.

Michael Argyle en choisit une, tout en éclatant d'un rire sec et déplaisant :

— Oh ! ça, sans problème ! J'ai appelé les principaux hôtels, en espérant que vous passeriez la nuit ici. Je suis tombé pile au deuxième essai.

— Et pourquoi vouliez-vous me voir ?

— Je voulais savoir quel genre de pèlerin vous étiez, répondit le jeune homme avec lenteur.

Du regard, il scrutait Calgary, notant les épaules un peu voûtées, les cheveux grisonnants, les traits émaciés et sensibles.

— Ainsi donc, reprit-il, vous êtes l'un des types qui sont allés au Pôle avec la Hayes Bentley. Vous ne m'avez pas l'air bien costaud.

Arthur Calgary sourit à peine :

— Les apparences s'avèrent parfois trompeuses. Costaud, je l'étais bien assez. On n'a pas besoin seulement de force musculaire. Il existe d'autres qualités tout aussi importantes : l'endurance, la patience, et les connaissances techniques.

— Quel âge avez-vous ? Quarante-cinq ?

— Trente-huit.

— Vous faites plus.

— Oui… oui, peut-être bien.

Une fraction de seconde, il fut submergé par une sensation de détresse poignante à la vue de la jeunesse éclatante du garçon qui lui faisait face.

Il répéta, d'un ton brusque :

— Pourquoi vouliez-vous me voir ?

L'autre grimaça :

— C'est bien naturel, non ? Après avoir entendu la nouvelle que vous nous apportiez… La nouvelle concernant feu mon très cher frère.

Calgary ne répliqua pas.

Mais Michael Argyle continuait :

— Pour lui, c'est venu un peu tard, hein ?

— Oui, concéda Calgary à mi-voix. Pour lui, c'est venu trop tard.

— Pourquoi aviez-vous gardé tout ça pour vous ? Qu'est-ce que c'est que tout ce machin de commotion ?

Patiemment, Calgary le lui expliqua. Etrangement, il se sentait réconforté par la dureté du jeune homme et par son impolitesse. Là, au moins, il trouvait quelqu'un qui prenait à fond le parti de son frère.

— Ça donne à Jacko un alibi, si je comprends bien, n'est-ce pas ? Comment pouvez-vous être certain, pour les heures ?

— Je suis absolument affirmatif, riposta Calgary avec fermeté.

— Vous pourriez avoir fait une erreur. Vous, les scientifiques, vous êtes souvent distraits pour des broutilles comme les lieux et les heures.

Calgary, assez amusé, sourit :

— Vous vous êtes fait une image de roman du savant distrait – celui qui porte des chaussettes dépareillées, jamais très sûr d'où il est ou de la date. Mais, mon cher ami, le travail technique requiert une grande précision. Il y faut des calculs exacts, des heures précises à la seconde, des données relevées avec soin. Je puis vous donner l'assurance qu'il n'existe aucune possibilité que j'aie commis une erreur. J'ai embarqué votre frère juste avant 7 heures, et je l'ai déposé à Drymouth cinq minutes après la demie.

— Votre toquante aurait pu marcher de traviole. Ou alors vous regardiez la pendule de votre voiture.

— Ma montre et la pendule de bord étaient rigoureusement synchronisées.

— Jacko aurait pu vous monter une entourloupette. Il connaissait plein d'embrouilles.

— Il n'y a eu aucune embrouille. Pourquoi êtes-vous si acharné à démontrer que j'ai tort ? poursuivit-il en s'échauffant. Je pensais qu'il serait difficile de faire admettre aux autorités qu'elles avaient condamné un homme injustement. Mais je ne m'attendais guère à avoir tant de peine à en persuader sa famille !

— Donc, vous nous avez tous trouvés difficiles à convaincre ?

— La réaction m'a paru un peu… un peu inattendue.

Michael Argyle le fixa attentivement :

— Ils ne voulaient pas vous croire ?

— On… on aurait presque dit que…

— On ne l'aurait pas dit. C'était le cas. Et c'est bien naturel, si vous y réfléchissez.

— Mais pourquoi ? En quoi est-ce naturel ? Votre mère est assassinée. Votre frère est accusé du crime, et condamné. Maintenant, il apparaît qu'il était innocent. Vous devriez en être content… reconnaissant. C'était votre propre frère.

— Il n'était pas mon frère, riposta Micky. Et elle n'était pas ma mère.

— Quoi ?

— Personne ne vous l'a dit ? Nous avons tous été adoptés. Toute la ribambelle. Mary, ma « sœur » aînée, à New York. Et le restant d'entre nous, pendant la guerre. Ma « mère » comme vous l'appelez, ne pouvait pas avoir d'enfants. Alors, elle s'est offert une jolie petite famille par adoption. Mary, moi, Tina, Hester, Jacko. Une maison luxueuse et confortable, et de l'amour maternel à revendre ! Je dois dire qu'à la fin elle en avait oublié que nous n'étions pas les rejetons de sa chair. Mais elle n'a pas eu de pot quand elle a choisi Jacko pour qu'il devienne l'un de ses petits garçons chéris.

— Je n'en avais pas la moindre idée, concéda Calgary.

— Alors, arrêtez de me sortir vos « votre propre mère », « votre propre frère ». Jacko était un salaud !

— Mais pas un assassin, rétorqua Calgary d'un ton solennel.

Micky le scruta en hochant la tête :

— Très bien. C'est vous qui le dites – et vous avez l'air d'y tenir. Jacko ne l'a pas zigouillée. Très bien, mais alors… *qui l'a tuée* ? Vous n'y aviez pas pensé, à celle-là, hein ? Réfléchissez-y, maintenant. Réfléchissez-y – et vous commencerez à voir ce que vous nous faites, à nous tous…

Il tourna les talons et quitta brusquement la chambre.

4

— C'est très aimable à vous, Mr Marshall, d'avoir accepté de me recevoir de nouveau, dit Calgary d'un ton d'excuse.

— Pas du tout, répondit l'homme de loi.

— Comme vous le savez, je suis allé à Sunny Point, où j'ai rencontré la famille de Jack Argyle.

— Certes.

— J'imagine que vous avez eu des échos de ma visite.

— Oui, Dr Calgary. Absolument.

— Vous pourriez, cependant, avoir quelque peine à comprendre pourquoi je m'adresse de nouveau à vous… Les choses, voyez-vous, ne se sont pas déroulées exactement comme je m'y attendais.

— Non. Peut-être pas, en effet, concéda Mr Marshall.

La voix du vieil avocat demeurait aussi sèche, aussi dépourvue de sentiment, que de coutume. Pourtant, elle véhiculait quelque chose qui poussa Arthur Calgary à poursuivre :

— Je pensais, comprenez-vous, que cela mettrait le point final. Je m'étais préparé à… comment dirais-je ?… à un certain ressentiment de leur part. Même si, à mon avis du moins, la commotion dont j'ai souffert peut être tenue pour un cas de force majeure, on pouvait, de leur point de vue, leur pardonner leur réaction. En même temps, j'espérais que tout serait effacé par la gratitude qu'ils éprouveraient du fait que la mémoire de Jack Argyle aurait été disculpée. Mais rien ne s'est passé comme je l'avais envisagé. Rien. Rien du tout.

— Je vois.

— Peut-être, Mr Marshall, aviez-vous subodoré un peu de ce que j'allais rencontrer… Votre attitude lors de notre première entrevue, je m'en souviens, m'avait laissé perplexe. Aviez-vous *prévu* l'état d'esprit que je partais affronter ?

— Dr Calgary, vous ne m'avez pas encore dit de quoi il s'agissait.

Arthur Calgary s'avança dans son fauteuil :

— Je croyais que j'allais *mettre fin* à quelque chose, en… comment dire ?… en donnant un dénouement différent à un chapitre déjà rédigé. Mais on m'a fait sentir, on m'a fait voir, qu'au lieu de *mettre le point final* à une tragédie, je *donnais le départ* à une autre. Estimez-vous que ce soit là une bonne vision de la situation ?

Mr Marshall branlait dignement du chef :

— Oui. On pourrait dire cela comme ça. J'ai bien pensé – je peux vous l'avouer – que vous ne saisissiez pas toutes les implications. Ce qui était bien normal, puisque vous ne connaissiez du passé, ou des faits, que ce que rapportaient les journaux dans leur rubrique judiciaire.

— Evidemment, s'échauffa Calgary en haussant le ton. Evidemment, je le vois, maintenant. Bien trop clairement. Ce n'est pas du soulagement qu'ils ont éprouvé, ni de la gratitude. C'était de l'appréhension. La peur de ce qui allait survenir. Ai-je raison ?

— Je penserais volontiers que vous avez probablement tout à fait raison, répondit Marshall, non sans prudence. Notez bien que je ne suis informé que par ouï-dire.

— Et s'il en est ainsi, poursuivit Calgary, je ne puis plus penser qu'il m'est possible de retourner à mes travaux la conscience en repos d'avoir réparé autant que je l'ai pu. Je suis toujours mêlé à cette affaire. Je suis responsable d'avoir introduit un facteur nouveau dans la vie de diverses personnes. Je ne peux pas, définitivement pas, m'en laver les mains.

Mr Marshall s'éclaircit la voix :

— Il s'agit là, peut-être, d'une vision quelque peu illusoire, Dr Calgary.

— Je ne le crois pas – pas vraiment. Chacun doit assumer la responsabilité de ses actes, et non seulement de ses *actes*, mais aussi des *conséquences* de ses actes. Il y a tout juste deux ans, j'ai embarqué sur la route un jeune auto-stoppeur. Ce faisant, j'ai mis en branle une certaine succession d'événements. Je ne crois pas avoir le droit de m'en tenir à l'écart.

L'homme de loi se contentait de secouer la tête.

— Très bien, poursuivit Calgary, agacé, considérez que c'est illusoire, si cela vous chante. Mais mes sentiments, ma conscience, demeurent impliqués. Mon unique souhait, c'était de réparer quelque chose qu'il avait été hors de mon pouvoir d'empêcher. D'une manière très étrange, j'ai rendu la situation pire encore pour des gens qui avaient déjà souffert. Mais je ne comprends toujours pas précisément *pourquoi*.

— Non, dit Marshall avec lenteur, non, en effet, vous ne pouvez pas voir pourquoi. Durant les dix-huit derniers mois, ou à peu près, vous avez perdu le contact avec la civilisation. Vous n'avez pas lu les quotidiens, ni les portraits de la famille qui y étaient brossés. Peut-être ne les auriez-vous pas lus de toute façon, mais vous n'auriez pas pu éviter, à mon avis, d'en *entendre parler*. Les faits sont très simples, Dr Calgary. Ils n'ont rien de confidentiel. A l'époque, ils ont été rendus publics. Ils se résument tout simplement à ceci. Si Jack Argyle n'a pas commis le crime – et selon votre récit, il ne peut pas l'avoir commis –, alors *qui* ? Ce qui nous ramène aux circonstances dans lesquelles le crime a été commis. Il a été perpétré entre 7 heures et 7 heures et demie, par une soirée de novembre où la défunte était entourée de membres de sa famille et de sa maisonnée. La demeure était parfaitement fermée et, si quelqu'un était venu de l'extérieur, ou bien c'est Mrs Argyle elle-même qui l'a fait entrer, ou bien l'intrus possédait sa propre clef. En d'autres termes, ce doit avoir été quelqu'un qu'elle connaissait. Cela évoque, par certains aspects, l'affaire Borden, aux Etats-Unis. Mr Borden et son épouse ont été tués à coups de hache un dimanche matin. Personne, chez eux, n'a rien entendu, et nul ne peut dire qu'il a vu quelqu'un approcher de la maison. Vous voyez maintenant, Dr Calgary, pourquoi les membres de la famille ont été, comme vous l'avez fait remarquer, plus inquiétés que soulagés par la nouvelle que vous leur apportiez ?

— Ils préféraient, à votre avis, que Jack Argyle continue d'être le coupable ? demanda Calgary avec lenteur.

— Oh ! oui. Absolument oui. Si je puis m'exprimer avec cynisme, Jack Argyle représentait une réponse parfaite à la réalité douloureuse d'un assassinat dans la famille. Il avait été un enfant à problèmes, un adolescent délinquant, un homme à la personnalité violente. On pouvait, à l'intérieur du cercle de famille – et on a pu –, lui trouver des circonstances atténuantes. La famille pouvait le pleurer, avoir pour lui de la compassion, et chacun pouvait se dire, dire aux autres, et affirmer au monde entier, que ce n'était pas *réellement* de sa faute, que les psychologues pouvaient tout expliquer ! Oui, c'est extrêmement commode.

— Et maintenant…

— Et maintenant, acheva Mr Marshall, c'est différent, bien entendu. Tout à fait différent. Presque inquiétant, peut-être.

— Et la nouvelle que j'apportais vous était également désagréable, à vous aussi, n'est-ce pas ? remarqua adroitement Calgary.

— Je dois le reconnaître. Oui. Oui, je dois reconnaître que j'ai été… troublé. Un dossier qui avait été clos d'une manière satisfaisante… oui, je persiste à employer ce mot… est maintenant rouvert.

— Est-ce officiel ? s'enquit Calgary. J'entends… en ce qui concerne la police, va-t-on rouvrir le dossier ?

— Oh ! incontestablement. Lorsque Jack Argyle a été déclaré coupable, sur la base de preuves accablantes – le jury ne s'est réuni que pendant un quart d'heure –, l'affaire, en ce qui concernait la police, était finie. Mais aujourd'hui, avec l'octroi d'une grâce posthume, tout recommence.

— Et la police va procéder à de nouvelles investigations ?

— C'est presque certain. Naturellement, ajouta Mr Marshall en se frottant, songeur, le menton, il est douteux, après un tel laps de temps, et compte tenu des particularités du crime, que les policiers puissent parvenir au moindre résultat... Pour ma part, j'en doute fort. Ils pourront savoir que le coupable est quelqu'un de la maison. Ils pourront même en arriver au point d'avoir une idée très précise de son identité. Mais en avoir la preuve absolue ne sera pas facile.

— Je vois, murmura Calgary. Je vois... Oui, c'est bien ce qu'elle voulait dire.

— De qui parlez-vous ? interrogea vivement l'homme de loi.

— De la jeune fille. Hester Argyle.

— Ah ! oui. La jeune Hester. Que vous a-t-elle donc dit ?

— Elle parlait des innocents. Elle a dit que ce n'est pas le coupable qui importe, mais les innocents. Je comprends maintenant ce qu'elle entendait par là...

Marshall lui lança un vif coup d'œil :

— Peut-être le comprenez-vous, en effet.

— Elle faisait précisément allusion à ce que vous venez de dire. Elle voulait que je comprenne qu'une fois encore, la famille allait faire l'objet de soupçons, et...

— Certainement pas une fois encore, coupa Marshall. La famille n'a été soupçonnée à *aucun moment.* Dès le départ, Jack Argyle a été désigné comme le coupable présumé.

Calgary écarta l'objection :

— La famille va être soupçonnée, et elle risque de le rester longtemps – pour toujours, peut-être… Si l'un des membres de la famille est coupable, il est possible qu'ils ne sachent pas eux-mêmes lequel. Ils vont se regarder en chiens de faïence, se demander… Oui, cela serait pire que tout. Qu'eux-mêmes ne sachent pas *lequel.*

Il y eut un silence. Marshall, impassible, scrutait son visiteur, sans prononcer une parole.

— C'est terrible, vous savez, reprit Calgary, dont les traits émaciés reflétaient l'émotion. Oui, c'est terrible… de vivre, année après année, sans savoir, à se surveiller, avec le soupçon pesant peut-être sur leurs rapports. Détruisant l'affection, la confiance…

Marshall se racla la gorge :

— Ne… euh… ne peignez-vous pas le tableau trop en noir ?

— Non, je ne le crois pas. Je crois même, si vous me le pardonnez, Mr Marshall, que je vois tout ceci avec plus de lucidité que vous. Je suis à même d'imaginer, comprenez-vous, ce que cela peut signifier.

Nouveau silence.

— Cela signifie, martela Calgary, que ce sont les innocents qui vont souffrir… Et les innocents ne doivent pas souffrir. C'est pourquoi… c'est pourquoi je ne peux pas m'en laver les mains. Je ne peux *pas* m'en aller en disant : « J'ai bien agi. J'ai réparé autant que je l'ai pu. J'ai servi la cause de la justice », parce que, vous le voyez, ce que j'ai fait n'a *pas* servi la cause de la justice. Cela n'a pas permis de confondre le coupable, ni de libérer les innocents de l'ombre de la culpabilité.

— Je pense que vous vous tourmentez un peu trop, Dr Calgary. Il y a, sans nul doute, un fond de vérité dans ce que vous dites. Mais je ne vois pas exactement ce que… eh bien, ce que vous y pouvez faire.

— Non, moi non plus, admit Calgary avec franchise. Cela signifie cependant que j'ai le devoir d'essayer. En réalité, c'est pour cela que je suis revenu vous voir, Mr Marshall. Je veux connaître… je crois que j'ai le droit de connaître… le passé de la famille.

— Oh ! eh bien, *là*, il n'y a pas de secret, répliqua Mr Marshall d'un ton un peu plus vif. Je puis vous livrer tous les *faits* que vous souhaitez. Je ne suis pas en position de vous donner plus que les faits. Je n'ai jamais été l'un des intimes de la maison Argyle. Notre cabinet a œuvré pour le compte de Mrs Argyle durant de nombreuses années. Nous l'avons aidée à créer divers fidéicommis et fondations, et nous nous sommes chargés de tous ses problèmes d'ordre juridique. Je connaissais relativement bien Mrs Argyle elle-même, ainsi que son mari. Ce que je savais de l'atmosphère de Sunny Point, du tempérament et de la personnalité de chacun, je l'avais appris, dirons-nous, de seconde main, de la bouche de Mrs Argyle elle-même.

— Je l'admets parfaitement, dit Calgary, mais il me faut tout de même avoir un point de départ. J'ai cru comprendre que les enfants n'étaient pas les siens propres. Qu'ils avaient été adoptés.

— Il en est bien ainsi. Mrs Argyle était née Rachel Konstam, fille unique de Rudolph Konstam, un homme très riche. Sa mère, une Américaine, possédait elle aussi, à titre personnel, une très grosse fortune. Rudolph

Konstam soutenait de nombreuses œuvres philanthropiques et, en élevant sa fille, il lui avait inculqué la passion de la bienfaisance. Sa femme et lui décédèrent dans un accident d'avion. Dès lors, Rachel consacra l'énorme héritage qui lui était échu, tant du chef de son père que du chef de sa mère, à ce que nous couvrirons du terme générique d'entreprises philanthropiques. Elle s'y intéressait personnellement, et c'est ainsi qu'elle fit la connaissance de Leo Argyle, enseignant à Oxford, passionné pour la réforme économique et sociale. Pour comprendre Mrs Argyle, vous devez saisir que le grand drame de sa vie, c'était sa stérilité. Comme c'est le cas pour bien des femmes, cette impuissance, peu à peu, a dominé sa vie tout entière. Lorsque après moult visites chez toutes sortes de spécialistes, il lui devint clair qu'elle ne pourrait jamais être mère, il lui fallut trouver le meilleur dérivatif possible. C'est ainsi qu'elle a adopté son premier enfant, Mary, ramassée dans un taudis de New York – la Mrs Durrant d'aujourd'hui. Mrs Argyle, alors, s'est consacrée entièrement à des œuvres vouées aux enfants. Quand la guerre a éclaté, elle a fondé, sous le patronage du ministère de la Santé, un genre de home d'enfants. Elle a fait, dans ce but, l'acquisition de la demeure où vous vous êtes rendu, Sunny Point.

— Qu'on appelait Viper's Point, releva Calgary.

— Oui. Oui, je crois que cela s'appelait comme cela autrefois. Et, au bout du compte, peut-être aurait-il mieux valu lui conserver son ancienne appellation. Quoi qu'il en soit, en 1940, elle avait la charge de douze à seize enfants, dont la plupart avaient des parents indignes, ou n'avaient pu être évacués avec leur famille. On faisait tout pour ces gosses. On leur donnait un foyer luxueux. J'ai fait valoir à Mrs Argyle qu'après les années de guerre, ces gamins auraient de la peine à quitter ce luxe pour retrouver la misère de leur milieu d'origine. Elle ne m'a pas écouté. Elle nourrissait un attachement profond pour ces enfants et, à la fin des fins, elle a décidé d'ajouter quelques-uns d'entre eux – issus de familles difficiles ou orphelins – à sa propre famille. Elle a eu ainsi cinq enfants : Mary, aujourd'hui Mrs Philip Durrant, Michael, qui a un emploi à Drymouth, Tina, une métisse, Hester, et, bien entendu, Jacko. En grandissant, ils en sont venus à considérer les Argyle comme leur père et leur mère. Ils ont reçu la meilleure éducation que l'argent peut donner. Si le milieu familial comptait réellement, ils auraient pu aller loin. Tout ce qu'on pouvait avoir, ils l'ont eu. Mais Jack – ou, plutôt, Jacko, comme ils le surnommaient – a toujours été un fruit sec. Au collège, il volait, et il avait fallu l'en retirer. Dès sa première année à l'université, il a eu des ennuis. Par deux fois, il n'a échappé que de justesse à la prison. Il a toujours fait preuve d'un caractère impossible. Tout cela, vous l'avez probablement déjà appris. Les Argyle ont dû deux fois rembourser ses détournements de fonds. Deux fois de suite, ils ont financé pour lui un départ dans les affaires. Et, deux fois de suite, ç'a été l'échec. Après son décès, ils ont versé, et ils continuent de verser, une pension à sa veuve.

Calgary, de surprise, se pencha en avant :

— Sa *veuve* ? Personne ne m'avait dit qu'il s'était marié.

Le vieux juriste, irrité, claqua des doigts :

— Seigneur, Seigneur… J'ai manqué à tous mes devoirs. J'avais oublié, naturellement, que vous n'aviez pas lu les journaux. Je puis dire que nul, dans la famille Argyle, n'était au courant de ce mariage. Immédiatement après l'arrestation de Jack, elle est venue à Sunny Point, en pleine détresse. Mr Argyle a été très bon pour elle. En fait, elle travaillait comme taxi-girl au *Palais de la Danse* de Drymouth. Sans doute ai-je omis de mentionner son existence parce qu'elle s'est remariée quelques semaines après la mort de Jack. Son second mari, me semble-t-il, est électricien, à Drymouth.

— Il faut que j'aille la voir, dit Calgary. En fait, c'est la première personne que j'aurais dû aller voir, ajouta-t-il d'un ton de reproche.

— Certainement, certainement. Je vous donnerai son adresse. Je ne sais vraiment pas *pourquoi* je ne vous en ai pas parlé la première fois que vous m'avez rendu visite.

Calgary demeura silencieux.

— Elle n'était… eh bien… qu'un élément tellement négligeable, s'excusa Mr Marshall. Même la presse a peu parlé d'elle… elle n'a jamais rendu visite à son mari dans sa prison… ni ne s'est intéressée davantage à lui.

Arthur Calgary s'était isolé dans ses pensées.

— Pouvez-vous me dire exactement qui se trouvait dans la maison le soir où Mrs Argyle a été tuée ? demanda-t-il enfin.

Marshall le fixa intensément :

— Leo Argyle, cela va de soi, ainsi que la plus jeune des filles, Hester. Mary Durrant et son invalide de mari étaient de passage. Il venait tout juste de sortir de l'hôpital. Il y avait aussi Kirsten Lindstrom – dont vous avez sans doute fait la connaissance. Elle est suédoise. Infirmière et masseuse diplômée, elle était venue, au départ, assister Mrs Argyle pour le home d'enfants, et elle est restée chez eux depuis lors. Michael et Tina n'étaient pas là. Michael vend des automobiles à Drymouth, tandis que Tina travaille à la bibliothèque du comté, à Redmyn, où elle a un appartement.

Il marqua un temps avant de poursuivre :

— Et puis il y avait aussi miss Vaughan, la secrétaire de Mr Argyle. Mais elle avait quitté la maison avant la découverte du corps.

— Je l'ai rencontrée, elle aussi. Elle me paraît très… très attachée à Mr Argyle.

— Oui… oui. J'ai des raisons de croire qu'on annoncera sous peu des fiançailles.

— Ah !

— Leo Argyle a vécu dans une très grande solitude depuis la mort de sa femme, précisa Marshall, non sans une nuance de reproche.

— Certes, certes… Et le mobile, Mr Marshall ?

— Cher Dr Calgary, je ne puis pas, réellement, me livrer à des spéculations sur ce point !

— Je crois que vous le pouvez. Vous avez dit vous-même que les faits étaient bien établis.

— Sur le plan financier, la mort de Mrs Argyle ne bénéficiait directement à *personne.* Elle avait monté une série de fidéicommis discrétionnaires, selon une formule très en vogue de nos jours. Ils sont gérés par trois administrateurs : Leo Argyle, un juriste américain qui était l'un de ses lointains cousins, et moi-même. Les très gros montants en jeu peuvent être ajustés par les administrateurs au profit de celui des bénéficiaires qui en aurait le plus besoin.

— Et Mr Argyle ? Que lui aurait rapporté la mort de sa femme, financièrement j'entends ?

— Pas grand-chose. Ainsi que je viens de vous le dire, elle avait placé l'essentiel de sa fortune en fidéicommis. Elle lui en a légué le capital résiduel, mais cela ne représentait qu'une faible somme.

— Et miss Lindstrom ?

— Mrs Argyle lui avait constitué, il y a plusieurs années déjà, une rente très coquette. Un mobile ? Je n'en vois pas le moindre, en ce qui me concerne. Certainement pas un mobile financier, ajouta-t-il d'un ton irrité.

— Et dans le domaine affectif ? Y avait-il des… des oppositions notables ?

— Là, je crains bien de ne plus pouvoir vous aider, répondit fermement Mr Marshall. Je n'observais pas de près la vie de la famille.

— Y a-t-il quelqu'un qui le pourrait ?

Marshall s'accorda quelques secondes de réflexion. Puis il lâcha, presque malgré lui :

— Vous pourriez aller rendre visite à l'ancien médecin de l'endroit. Un certain… euh… Dr MacMaster. Je crois bien que c'est son nom. Il a maintenant pris sa retraite, mais il vit toujours dans le voisinage. Pendant la guerre, c'était le consultant du home d'enfants. Il doit avoir vu et su beaucoup de la vie à Sunny Point. Que vous puissiez le persuader de vous en parler ne dépend que de vous. Mais s'il se laisse convaincre, il pourra vous être d'un grand secours. Encore que, excusez-moi de vous le dire, estimez-vous vraisemblable que vous puissiez parvenir à un résultat que la police n'obtiendrait pas bien plus facilement ?

— Je ne sais pas, répliqua Calgary. Probablement pas. Mais je suis sûr d'une chose : je dois essayer. Oui, je dois essayer.

5

Les sourcils du chef de la police du comté, le major Finney, remontèrent lentement sur son front dans une vaine tentative pour rejoindre la limite de ses cheveux grisonnants. Il leva les yeux au plafond avant de contempler une fois encore les papiers qui se trouvaient sur son bureau.

— Cela défie l'entendement ! ragea-t-il.

Le jeune homme dont la mission consistait à fournir à l'important personnage les répliques adéquates en convint :

— Oui, monsieur.

— Nous voilà dans de beaux draps, marmonna le major en tambourinant des doigts. Huish est-il là ?

— Oui, monsieur. Le superintendant Huish est arrivé il y a cinq minutes environ.

— Parfait. Envoyez-le-moi, voulez-vous ?

Le superintendant Huish était un homme de haute stature et d'aspect lugubre. Il émanait de lui tant de mélancolie que nul n'aurait pu croire qu'il savait apporter âme et vie à la moindre réunion d'enfants, multipliant les plaisanteries et extrayant, pour leur plus grande joie, des pièces de monnaie des oreilles des petits garçons.

— Bonjour, Huish, lui dit le chef de la police. Nous voilà dans de beaux draps. Qu'en pensez-vous ?

Avec un profond soupir, le superintendant se laissa tomber dans le fauteuil que son chef lui désignait :

— On dirait bien que nous avons fait une erreur, il y a deux ans. Ce bonhomme… comment s'appelle-t-il… ?

Le major fourragea dans ses papiers :

— Calory… non, Calgary. Une espèce de professeur. Quelqu'un de distrait, peut-être ? Les gens dans son genre sont souvent imprécis sur les heures et ainsi de suite, non ?

Peut-être tendait-il une perche à son subordonné, mais Huish ne la saisit pas.

— C'est une sorte de scientifique, si j'ai bien compris, se contenta-t-il de répondre.

— Vous pensez donc que nous devons accepter ses dires ?

— Eh bien, sir Reginald paraît les avoir acceptés, et je n'imagine pas qu'il laisserait, lui, passer quoi que ce soit.

Le propos constituait un hommage au grand patron du parquet général.

— Certes, concéda malgré lui le major. Si le parquet est convaincu, je suppose que nous n'avons qu'à nous incliner. Ce qui signifie qu'il nous faut rouvrir le dossier. Vous m'apportez tous les papiers qui s'y rapportent, comme je l'avais demandé, n'est-ce pas ?

— Oui, monsieur. Je les ai là.

Huish disposa divers documents sur le bureau.

— Vous vous êtes penché dessus ? s'enquit le chef de la police.

— Oui, j'ai tout revu hier soir, monsieur. Mes souvenirs étaient encore tout frais. Après tout, c'était il n'y a pas si longtemps.

— Eh bien, allons-y, Huish. Où en sommes-nous ?

— Nous revenons à la case départ, monsieur. Le problème, voyez-vous, c'est que nous n'avons pas eu le moindre doute à *ce moment-là.*

— En effet. L'affaire nous semblait parfaitement claire. Ne croyez pas que je vous adresse des reproches, Huish. Je vous soutenais alors à cent pour cent.

— Il n'y avait réellement personne d'autre à qui nous pouvions penser, reprit le superintendant, songeur. On nous a appelés par téléphone pour nous dire qu'elle avait été tuée. Les renseignements selon lesquels il l'avait menacée, les empreintes – je veux dire ses empreintes à lui sur le pique-feu, et puis l'argent. Nous l'avons arrêté presque tout de suite, et il avait l'argent en sa possession.

— Quelle impression vous avait-il faite alors ?

Huish réfléchit :

— Mauvaise. Beaucoup trop fanfaron et beau parleur. Il n'avait pas cessé de nous débiter ses heures et ses alibis. Sûr de lui. Vous connaissez le genre. Les assassins sont en général sûrs d'eux. Ils se croient très malins. Ils estiment toujours que, quoi qu'ils aient pu faire, leur bonne étoile les tirera du pétrin, et que peu importe ce qui arrive aux autres. Un très sale type, de toute façon.

— Oui, approuva le major, un très sale type. Tout son passé est là pour le démontrer. Mais avez-vous été persuadé tout de suite que c'était aussi un tueur ?

Le superintendant s'accorda le temps de la réflexion :

— Dans ce domaine, on ne peut guère avoir de certitude. Je dirais qu'il appartenait à la catégorie des gens qui finissent par devenir des tueurs. Comme Harmon, en 1938. Un long passé de bicyclettes volées, de filouteries, d'escroqueries sur des femmes âgées et, pour finir, il en liquide une, il la fait mariner dans l'acide, il est très content de lui et il commence à s'en faire une habitude. J'ai pris Jacko Argyle pour un zigoto de cet acabit.

— Il semble pourtant bien, articula lentement le chef de la police, que nous avions tort.

— Oui, reconnut Huish, oui, nous avions tort. Et le gars est mort. C'est une vilaine histoire…

Il s'anima soudain :

— Remarquez bien que c'était un très sale type. Il peut ne pas avoir été un assassin – en fait, il n'était pas un assassin, comme nous nous en apercevons maintenant –, mais c'était bien un sale type.

— Bon, et puis après ? aboya Finney. Au bout du compte *qui* l'a tuée ? Vous me dites que vous avez revu le dossier hier soir. Quelqu'un l'a tuée. Cette femme ne s'est pas elle-même défoncé l'occiput avec un pique-feu. C'est quelqu'un d'autre qui l'a fait. Qui était-ce ?

Le superintendant Huish soupira et se laissa aller contre le dossier de son fauteuil :

— Je me demande si nous le saurons jamais.

— C'est difficile à ce point-là ?

— Oui, parce que la piste est froide, et parce que nous aurons bien peu d'éléments de preuve. Et que j'imaginerais volontiers qu'il n'y a jamais eu beaucoup de preuves tangibles.

— Le problème étant que c'était quelqu'un de la maison, un de ses proches ?

— Je ne vois pas qui d'autre ce pourrait être, confirma Huish. C'était quelqu'un qui était dans la maison, ou quelqu'un à qui elle a ouvert elle-même la porte pour le faire entrer. Les Argyle étaient du genre à se cadenasser. Des verrous sur les fenêtres, des chaînes, des serrures supplémentaires sur la porte d'entrée. Ils avaient été cambriolés, il y a quelques années, et, depuis, ils prenaient des précautions.

Il marqua une pause. Puis :

— Le hic, monsieur, c'est qu'à l'époque, nous n'avons pas regardé ailleurs. Les charges pesant sur Jacko Argyle avaient l'air irréfutables. Naturellement, comme on peut le constater maintenant, l'assassin en a tiré avantage.

— Il a tiré avantage du fait que le garçon avait été sur les lieux, qu'il s'était querellé avec elle, et qu'il l'avait menacée ?

— Oui. Tout ce que cet individu a eu à faire, ç'a été de se glisser dans la pièce, de s'emparer, la main gantée, du pique-feu là où Jacko l'avait balancé, de s'approcher de la table où Mrs Argyle écrivait et de lui en flanquer un bon coup sur le crâne.

Le major Finney se borna à un mot simple :

— Pourquoi ?

Le superintendant Huish branla du chef avec lenteur :

— Oui, monsieur, c'est ce qu'il nous faut découvrir. Ce sera l'une des difficultés. L'absence de mobile.

— Même à l'époque, releva le chef de la police, il ne semblait pas y avoir de mobile évident pour lui faire la peau, comme vous diriez. Ainsi que la plupart des autres femmes qui possèdent personnellement des biens et une fortune considérable, elle avait eu recours aux divers subterfuges légalement autorisés pour échapper aux droits de succession. Un fidéicommis pour ses ayants droit avait déjà été créé, et les enfants se trouvaient tous pourvus dès avant sa disparition. Ils n'avaient absolument rien de plus à gagner à son décès. Et ce n'était pas comme s'il s'était agi d'une affreuse bonne femme, chamailleuse, méchante, ou pingre. Elle avait dépensé sans compter pour eux tout au long de leurs vies. Une bonne éducation, du capital pour débuter dans l'existence, et de jolies pensions pour tous. De l'affection, de la tendresse et de la générosité.

— C'est bien cela, monsieur, approuva le superintendant. A première vue, personne n'avait de motif pour vouloir qu'elle débarrasse le plancher. Bien entendu…

— Oui, Huish ?

— J'ai cru comprendre que Mr Argyle songe à se remarier. On me dit qu'il épouserait miss Gwenda Vaughan, qui lui tient lieu de secrétaire depuis de nombreuses années.

— Oui, je suppose qu'il pourrait y avoir là un mobile, concéda le major, pensif. Un que nous ignorions à l'époque. Vous pensez qu'il y avait déjà quelque chose entre eux au moment du meurtre ?

— J'en doute fort, monsieur. Dans un village, on jase vite de ce genre de chose. Je veux dire que je ne pense pas qu'il y ait eu des commérages, comme on dit. Rien qui aurait pu mettre la puce à l'oreille à Mrs Argyle, ni provoquer sa colère.

— Certes. Mais il peut avoir voulu à toute force l'épouser.

— C'est une jeune femme séduisante, convint le superintendant. Pas une beauté éclatante, je ne dirais pas ça, mais agréable à regarder et avec un charme sympathique.

— Elle était probablement en adoration devant lui depuis des années, trancha le major Finney. Toutes les secrétaires semblent tomber amoureuses de leur patron.

— Bon, nous avons donc un mobile pour ces deux-là, résuma Huish. Et puis il y a la gouvernante, cette Suédoise. Elle peut n'avoir pas été réellement aussi attachée à Mrs Argyle qu'elle en donnait l'impression. Peut-être y a-t-il eu des affronts, ou des affronts imaginaires. Des choses qu'elle avait mal prises. Elle ne tirait aucun bénéfice de cette mort, puisque Mrs Argyle lui avait déjà constitué une très belle rente. Elle *paraît* charmante et sensée, et pas du tout du genre que l'on pourrait imaginer en train de fracasser la nuque de qui que ce soit à l'aide d'un pique-feu ! Mais on ne sait jamais, n'est-ce pas ? Rappelez-vous l'affaire Lizzie Borden.

— Non, on ne sait jamais, répéta le chef de la police. Il n'est pas question d'un étranger quelconque à la maison ?

— Pas la trace d'un, affirma le superintendant. Le tiroir où se trouvait l'argent avait été renversé. On avait vaguement essayé de donner à la pièce l'allure qu'elle aurait eue si un cambrioleur était passé par là, mais ça faisait vraiment très amateur. Le genre de truc qui collait parfaitement avec l'idée que le jeune Jacko avait tenté de créer cette mise en scène-là.

— Ce que je trouve bizarre, indiqua Finney, c'est l'argent.

— Oui, reconnut Huish, ça, c'est très difficile à comprendre. L'un des billets de cinq livres que Jack Argyle avait sur lui était, sans contestation, l'un de ceux que la banque avait remis à Mrs Argyle le matin même. Le nom d'une certaine Mrs Bottleberry était écrit au dos. Lui, il a affirmé que cet argent lui avait été donné par sa mère, mais Mr Argyle et Gwenda Vaughan ont, tous les deux, déclaré formellement que Mrs Argyle était venue dans la bibliothèque à 7 heures moins le quart, qu'elle leur avait parlé des exigences financières de Jacko et qu'elle avait dit d'un ton catégorique qu'elle avait refusé de lui donner le moindre sou.

— Compte tenu de ce que nous savons aujourd'hui, releva le major, il est possible qu'Argyle et cette Vaughan aient menti.

— Oui, c'est une éventualité… ou alors peut-être que…

— Quoi donc, Huish ? l'encouragea Finney.

— Mettons que quelqu'un – mâle ou femelle, nous l'appellerons pour le moment X – a surpris la dispute et les menaces que Jacko proférait. Supposons que ce quelqu'un ait vu là une occasion à saisir. On prend l'argent, on court après le garçon, on lui dit qu'après tout, sa mère a été d'accord pour qu'il l'ait, et on ouvre ainsi la voie à un des plus superbes petits coups montés de tous les temps. On a grand soin d'utiliser le pique-feu avec lequel il l'a menacée, sans brouiller ses empreintes.

— Nom de Dieu ! s'irrita le chef de la police. Rien de tout ça ne me paraît correspondre à ce que je sais de la famille. Qui d'autre était dans la maison ce soir-là, à part Argyle et Gwenda Vaughan, Hester Argyle, et cette Lindstrom ?

— L'aînée des filles, Mary Durrant, et son mari séjournaient là-bas.

— Il est paralysé, n'est-ce pas ? Ça le met hors de cause. Mais Mary Durrant ?

— C'est un beau brin de fille très placide, monsieur. On ne peut pas l'imaginer en proie à une crise d'excitation ou… eh bien, ou tuant quelqu'un.

— Et les domestiques ?

— Tous à la journée, monsieur, et ils étaient rentrés chez eux à 6 heures.

— Montrez-moi donc un peu la chronologie.

Le superintendant passa un papier à son supérieur.

— Hum… oui, je vois, reprit le major. A 7 heures moins le quart, Mrs Argyle était dans la bibliothèque, en train d'informer son mari des menaces de Jacko. Gwenda Vaughan était présente pendant une partie de la conversation. Gwenda Vaughan est partie pour chez elle juste après 7 heures. Hester Argyle a vu sa mère en vie aux environs de 7 heures moins 2 ou moins 3. Après cela, Mrs Argyle n'a plus été revue jusqu'à 7 heures et demie, lorsque son cadavre a été découvert par miss Lindstrom. Entre 7 heures et 7 heures et demie, les occasions de la tuer n'ont pas manqué. Hester aurait pu la tuer, et Gwenda Vaughan aurait pu la tuer après être sortie de la bibliothèque et avant de quitter la maison. Miss Lindstrom aurait pu la tuer quand elle a « découvert le cadavre », tandis que Leo Argyle était seul dans sa bibliothèque entre 7 h 10 et le moment où miss Lindstrom a donné l'alerte. Il aurait pu aller dans le petit salon de sa femme et la tuer n'importe quand durant ces vingt minutes. Mary Durrant, qui était à l'étage, aurait pu descendre pendant cette demi-heure et tuer sa mère.

Le chef de la police se faisait songeur :

— Mrs Argyle elle-même pourrait avoir fait entrer quelqu'un par la grande porte – comme nous pensions alors qu'elle avait fait entrer Jack Argyle. Leo Argyle avait déclaré, si vous vous en souvenez, qu'il *croyait* avoir entendu un coup de sonnette, ainsi que le bruit d'une porte que l'on ouvrait et fermait, mais il était resté très vague sur l'heure. Nous avions supposé que c'était lorsque Jacko était revenu et l'avait tuée.

— Il n'aurait pas eu besoin de sonner, signala Huish. Il avait sa clef. Ils avaient tous la leur.

— Il y a un autre frère, n'est-ce pas ?

— Oui, Michael. Il travaille comme vendeur de voitures à Drymouth.

— Je suppose que vous auriez intérêt à établir ce qu'il fabriquait ce soir-là.

— Après deux ans ? protesta le superintendant. Il est bien improbable que quiconque s'en souvienne, non ?

— Lui avait-on posé la question à l'époque ?

— A ma connaissance, il était sur les routes pour essayer la voiture d'un client. Nous n'avions alors aucun motif de le soupçonner, mais il avait la clef et il *aurait pu* faire un saut là-bas et la tuer.

Le major Finney exhala un soupir :

— Je ne sais pas comment vous allez pouvoir vous en tirer, Huish. Je ne sais pas si nous arriverons jamais à un résultat.

— J'aimerais bien moi-même savoir qui l'a tuée, répliqua Huish. D'après tout ce que j'ai appris d'elle, c'était quelqu'un de très bien. Elle avait fait beaucoup pour ses semblables. Pour les enfants déshérités, pour toutes sortes d'œuvres charitables. C'était le genre de femme qui n'aurait pas dû être assassinée. Oui, j'aimerais savoir. Même si nous n'arrivons jamais à réunir assez de preuves pour convaincre le parquet, j'aimerais quand même *savoir*.

— Eh bien, je vous souhaite vraiment bonne chance, Huish, conclut le chef de la police. Par un heureux hasard, nous n'avons rien de très gros sur les bras en ce moment, mais ne vous découragez pas si vous n'arrivez à rien. C'est une piste très froide. Oui. Une piste très froide.

6

Dans la salle de cinéma, les lumières se rallumèrent. Des publicités zébrèrent l'écran. Les ouvreuses parcoururent les allées, munies d'éventaires de limonade et d'esquimaux glacés. Arthur Calgary les détailla : une fille boulotte aux cheveux bruns, une grande bringue à la chevelure noire, et une petite blonde. C'était cette dernière qu'il était venu voir. La femme de Jacko. La veuve de Jacko, aujourd'hui l'épouse d'un dénommé Joe Clegg. Sourcils épilés, cheveux hideux et raides après une permanente à bon marché, elle possédait un joli petit minois dont elle compensait la fadeur par une tartine de maquillage. Arthur Calgary lui acheta un esquimau. Il connaissait son adresse personnelle et il avait l'intention de s'y rendre, mais il avait d'abord voulu l'observer incognito. Eh bien, c'était donc ça. Le genre de belle-fille, songea-t-il, que Mrs Argyle, à en croire tous les récits, n'aurait guère appréciée. Ce qui expliquait, sans aucun doute, que Jacko ait préféré la tenir dans l'ombre.

Il soupira, dissimula avec soin son esquimau sous son fauteuil et se laissa aller contre son dossier lorsque l'obscurité revint et qu'un nouveau film commença de défiler sur l'écran. Au bout d'un moment, il se leva et quitta le cinéma.

A 11 heures, le lendemain matin, il se rendit à l'adresse qui lui avait été indiquée. Un garçon de seize ans lui ouvrit la porte et, en réponse à une question de Calgary, marmonna :

— Les Clegg ? Tout en haut.

Calgary grimpa les escaliers. Il frappa. Maureen Clegg vint lui ouvrir. Privée de son uniforme élégant, dépourvue de maquillage, elle paraissait toute différente. Elle n'avait plus qu'une petite figure assez stupide, sympathique, mais sans rien de particulièrement intéressant. Elle le fixa, dubitative, plissant un front soupçonneux.

— Je m'appelle Calgary, se présenta-t-il. Je pense que vous avez reçu une lettre de Mr Marshall à mon sujet.

Les traits de la jeune femme se détendirent :

— Oh ! alors c'est vous. Entrez, faites donc.

Elle recula pour lui donner le passage :

— Pardon que ça soit dans un tel désordre. J'ai pas encore eu le temps de faire mon ménage.

Elle débarrassa une chaise de quelques vêtements froissés et repoussa les restes d'un petit déjeuner déjà consommé depuis quelque temps :

— Asseyez-vous donc. Sûr que c'est bien bon à vous d'être venu.

— Je pensais que c'était le moins que je puisse faire, répondit Calgary.

Elle eut un petit rire gêné, comme si elle ne saisissait pas vraiment ce qu'il entendait par là.

— Mr Marshall, il m'a écrit là-dessus. Sur cette histoire que Jacko avait inventée – et comme quoi c'était tout vrai, après tout. Que quelqu'un l'avait bel et bien pris en stop, ce soir-là, pour rentrer à Drymouth. Alors, comme ça, c'était vous ?

— Oui, confirma Calgary. C'était moi.

— Parole, ça me coupe le sifflet, confia Maureen. La moitié de la nuit qu'on en a causé, Joe et moi. Vraiment, que je lui ai dit, ils en ont dans la tête, les gens qui font des films. C'était déjà il y a deux ans, hein ? Ou pas loin ?

— Oui, à peu près.

— C'est justement le genre de trucs qu'on voit dans les films et qu'on se dit que ça tient pas debout, que ça arriverait pas dans la vraie vie. Et voilà que ça y est ! Que ça arrive ! C'est assez excitant, dans un sens, non ?

— Je suppose que l'on pourrait l'envisager sous cet angle, concéda Calgary.

Il l'observait avec une sorte de vague souffrance.

Elle continua de jacasser avec entrain :

— Et voilà que ce pauvre vieux Jackie est mort, et qu'il en saura jamais rien. Il a chopé la pneumonie en prison, vous savez. Moi, je crois que c'était l'humidité ou je sais pas quoi, pas vous ?

Mentalement, elle s'était construit de la prison une image décidément romantique, comprit Calgary : des cachots souterrains humides où les rats grignotaient les orteils des détenus.

— Sur le moment, je dois dire, continua-t-elle, sa mort, ça paraissait la meilleure solution.

— Oui, je l'imagine… Oui, je l'imagine, en effet.

— Parce qu'enfin, il était bouclé là-bas pour des années et des années. Joe, il disait que je ferais mieux d'obtenir un divorce, et j'avais juste commencé.

— Vous vouliez divorcer de Jack ?

— Ça sert à rien d'être liée à un bonhomme qui va rester en taule des années, non ? En plus, vous savez, même si j'aimais bien Jackie et tout ça, il était pas ce qu'on appelle le genre fidèle. Moi, jamais j'avais cru que notre mariage, il durerait.

— Aviez-vous, en fait, engagé une procédure de divorce lorsqu'il est mort ?

— Eh bien, oui, d'une manière. Je veux dire que j'avais vu un homme de loi. Joe m'avait obligée. Bien sûr, Joe avait jamais pu sentir Jackie.

— Joe, c'est votre second mari ?

— Oui. Il travaille dans l'électricité. Il a un très bon boulot, et il est très bien vu. Il m'avait toujours dit que Jackie, c'était un mauvais. Mais moi, naturellement, j'étais encore une gosse et pas futée. Jackie, il savait sacrément y faire, vous savez.

— Il le semble, certes, d'après tout ce que l'on m'a raconté de lui.

— Il était formidable pour embobiner les femmes – franchement, je sais pas pourquoi. Il était pas joli garçon, ni rien comme ça. Face de singe, que j'l'appelais toujours. Mais tout de même, il savait y faire. En moins de deux, vous vous aperceviez que vous étiez en train de faire ce qu'il avait voulu. Remarquez bien qu'une fois ou deux, ça nous a tiré comme une épine du pied. Juste après qu'on s'était mariés, il a eu des ennuis au garage où il travaillait, à cause d'un turbin sur la bagnole d'un client. J'ai jamais compris de quoi il retournait. De toute façon, son patron, il était furieux. Mais Jackie, il a embobiné sa bourgeoise, au patron. Assez vieille, qu'elle était. Elle devait pas être loin de la cinquantaine, mais Jackie, il l'a flattée, il a su y faire jusqu'à ce qu'elle sache plus si qu'elle marchait sur la tête ou sur les talons. A la fin, elle aurait fait n'importe quoi pour lui. Son mari, elle l'a entortillé, pour lui faire dire qu'il poursuivrait pas Jackie s'il remboursait. Mais le patron, il a jamais su d'où venait l'argent. C'était sa propre femme qui avait craché au bassinet. On s'en est vraiment bien marrés, Jackie et moi.

Calgary la considérait avec une légère répulsion :

— Etait-ce… si drôle ?

— Oh ! je trouve que oui, vous pas ? Franchement, c'était une belle rigolade. Une vieille bonne femme comme ça, folle de Jackie et raclant ses économies pour lui.

Arthur Calgary soupira. Les choses, méditait-il, n'étaient jamais ce que l'on imaginait qu'elles seraient. Jour après jour, il éprouvait de moins en moins de sympathie pour l'homme dont il s'était donné tant de peine pour venger la mémoire. Il en venait presque à comprendre et à partager le point de vue qui l'avait abasourdi à Sunny Point :

— Je ne suis venu ici, Mrs Clegg, que pour voir s'il y avait quoi que ce soit que je puisse… eh bien, que je puisse faire pour vous, afin de compenser ce qui s'est passé.

Maureen Clegg arbora un air légèrement stupéfait :

— C'est très gentil à vous, pour sûr. Mais pourquoi que vous devriez ? Ça marche, pour nous. Joe gagne bien sa vie, et j'ai un job, moi aussi. Je suis ouvreuse au *Ciné-drome*, vous savez.

— Oui, je sais.

— On va avoir une télé le mois prochain, ajouta-t-elle avec orgueil.

— Je suis heureux, plus heureux que je ne saurais le dire que ce… que ce regrettable avatar n'ait pas laissé de… de séquelle permanente.

Calgary jugeait de plus en plus difficile de trouver les mots justes pour s'adresser à cette fille qui avait été l'épouse de Jacko. Tout ce qu'il disait semblait pompeux, artificiel. Pourquoi ne parvenait-il pas à lui parler avec naturel ?

— Je redoutais que ce n'ait été pour vous un terrible chagrin, ajouta-t-il.

Elle le fixait de ses grands yeux bleus, sans comprendre le moins du monde ce qu'il entendait par là :

— Sur le moment, ç'a été l'horreur. Tous les voisins qui jaspinaient, et puis le tintouin, encore que je dois dire que les policiers, ils étaient très aimables, vu les circonstances. Ils me causaient très poliment, et ils disaient des choses gentilles sur tout.

Calgary se demanda si elle avait nourri le moindre sentiment pour le défunt.

— Pensiez-vous qu'il l'avait fait ? lui demanda-t-il tout à trac.

— Vous voulez dire, est-ce que je pense qu'il a tué sa mère ?

— Oui, exactement.

— Eh bien, naturellement… eh bien… eh bien… oui, dans un sens, je suppose. Pour sûr, il *disait* qu'il l'avait pas fait, mais ce que je veux dire c'est qu'il fallait jamais croire rien de ce qu'il disait, et puis ça avait bien l'air qu'il devait l'avoir fait. Vous voyez, il pouvait devenir vraiment méchant, le Jackie, quand on était pas d'accord avec lui. Je savais qu'il s'était fourré dans je savais pas quelle embrouille. Il voulait rien me dire, et il me criait dessus quand je lui posais des questions. Mais il est parti ce jour-là, en disant que tout allait s'arranger. Sa mère, il disait, elle allait banquer. Elle serait obligée. Alors je l'ai cru, forcément.

— Il n'avait jamais informé sa famille de votre mariage, ai-je cru comprendre. Vous n'aviez pas fait leur connaissance ?

— Non. Voyez-vous, c'étaient des gens chics, avec une grande maison et tout. J'aurais pas été trop à ma place. Jackie pensait que c'était mieux que je reste dans mon coin. En plus, il disait que s'il m'amenait là-bas, sa mère, elle voudrait diriger ma vie pareil que la sienne. Elle pouvait pas s'empêcher de diriger les gens, et il en avait marre – nous étions très bien comme on était, qu'il disait.

Elle semblait ne faire preuve d'aucun ressentiment, mais, au contraire, estimer, sans conteste, que l'attitude de son mari avait été parfaitement normale.

— Je suppose que son arrestation vous a causé un grand choc ?

— Ouais, naturellement. « Comment qu'il a bien pu faire ça ? », que je me disais, mais vous pouvez pas changer les choses. Il se mettait toujours dans des états pas possibles quand un truc le dérangeait.

Calgary se pencha en avant :

— Résumons-nous. Il ne vous avait donc pas semblé du tout surprenant que votre mari ait pu frapper sa mère à la tête avec un pique-feu et lui voler une grosse somme d'argent ?

— Eh bien, Mr… euh… Calgary, si vous m'excusez, présenter ça comme ça, c'est pas bien. J'ai jamais imaginé qu'il avait voulu la taper si fort. Je crois pas qu'il avait l'intention de la tuer. Elle a seulement refusé de lui filer de l'argent, il a pris le pique-feu et il l'a menacée, et quand elle s'est entêtée, il a perdu le contrôle de lui-même et il lui a balancé un coup. Je crois pas qu'il voulait la zigouiller. C'était seulement un manque de pot. Vous comprenez, il avait vraiment très besoin de cet argent. Il aurait été en prison s'il ne l'avait pas eu.

— Donc… vous ne lui faites pas de reproche ?

— Hé ! bien sûr, que je lui en ai fait, des reproches… Moi, j'aime pas du tout ces vilains comportements violents. Et avec sa propre mère, en plus ! Non, moi, je pense que c'était pas bien du tout. J'ai commencé à croire que Joe avait eu raison quand il me disait que j'aurais jamais rien dû avoir à faire avec Jackie. Mais vous savez bien comment c'est. Pour une fille, c'est pas commode à se décider. Joe, vous voyez, ç'a toujours été le genre solide. Depuis longtemps, je le connaissais. Jackie, il était différent. Il avait l'air plein aux as, aussi, et il claquait toujours son fric dans tous les coins. Et puis il savait y faire, comme je vous le disais. Il pouvait embobiner n'importe qui. Et moi, il m'a bien eue. « Tu le regretteras, ma petite », qu'il me disait, Joe. Moi, je croyais que c'était seulement qu'il était fâché et jaloux, si vous comprenez ce que je veux dire. Mais, au bout du compte, c'est Joe qui avait bien raison.

Calgary la regardait. Il se demandait si elle persistait à ne pas saisir toutes les implications de ce qu'il lui avait expliqué.

— Raison dans quel sens, exactement ?

— Eh bien, que Jackie m'avait mise dans un fichu pétrin. Je veux dire que dans ma famille à moi, on a toujours été convenables. Ma mère, elle nous a élevés très soigneusement. Chez nous, ça se passait toujours bien, et personne en jacassait. Et voilà-t-il pas que la police, elle vient arrêter mon mari ! Et tous les voisins qui sont au courant. Dans tous les journaux, que c'était. Dans les *News of the World*, et j'en passe... Et tout le temps des journalistes à rôder et à poser des questions. Tout ça, ça m'a fichue dans une sacrée position.

— Mais, ma chère enfant, intervint Calgary, vous comprenez bien maintenant qu'il ne l'avait pas fait ?

Un instant, la jolie blonde arbora une expression ahurie :

— Pour sûr ! J'oubliais. N'empêche que... Enfin, je veux dire qu'il est quand même bien allé là-bas, qu'il a fait du raffut et qu'il l'a menacée, et tout. S'il avait pas fait ça, il aurait jamais été arrêté, non ?

— Non, reconnut Calgary. C'est absolument vrai.

Il songeait que, sans doute, cette ravissante idiote faisait preuve de plus de réalisme que lui.

— Oh ! c'était affreux, poursuivit Maureen. Je savais plus quoi faire. Et alors, maman, elle m'a dit comme ça que je devais y aller et voir sa famille. Ils devaient faire quelque chose pour moi, qu'elle disait. Après tout, elle disait, tu as des droits et ça vaut mieux qu'ils sachent que tu vas les défendre. J'y suis donc allée. C'était la gouvernante étrangère qui m'a ouvert la porte et, au début, j'arrivais pas à lui faire comprendre. On aurait dit qu'elle pouvait pas me croire. « C'est impossible, qu'elle arrêtait pas de répéter. C'est impossible que Jacko soit marié avec *vous*. » Ça m'a un peu vexée. « Eh bien, on est quand même mariés, que je lui ai répondu. Et pas un mariage civil. Un mariage à l'église. » C'est comme ça que ma mère, elle l'avait voulu. Et elle, l'étrangère, elle m'a dit : « Ce n'est pas vrai. Je ne le crois pas. » Et puis Mr Argyle est arrivé, et, lui, il a été vraiment gentil. Il m'a dit de pas trop m'inquiéter, qu'on ferait tout le possible pour défendre Jackie. Il m'a demandé comment que ça allait pour l'argent – et il m'a envoyé une pension confortable toutes les semaines. Il continue, même maintenant. Joe, ça lui plaît pas que je l'accepte, mais moi, je lui répète sur tous les tons : « Sois pas bête. Ils peuvent se le permettre, non ? » Et puis aussi, hein, il m'a donné un très joli chèque comme cadeau de mariage, quand Joe et moi on s'est mariés. Il a dit qu'il était très heureux. Qu'il me souhaitait que ce mariage-là, il soit plus réussi que le premier. Oui, vraiment gentil qu'il est, Mr Argyle.

La porte s'ouvrait. Elle tourna la tête :

— Oh ! tiens, voilà Joe.

Joe était un jeune homme blond aux lèvres minces. Il accueillit les explications et les présentations de Maureen avec un léger froncement des sourcils.

— J'espérais qu'on en avait fini avec tout ça, lâcha-t-il d'un ton désapprobateur. Excusez-moi de vous dire ça, monsieur. Mais ça apporte rien de bon, de remuer le passé. C'est ce que je pense. Maureen, elle a pas eu de chance, c'est tout ce qu'il y a à dire là-dessus.

— Oui, répliqua Calgary. Je comprends bien votre point de vue.

— Naturellement, reprit Joe Clegg, elle aurait jamais dû s'acoquiner avec un type comme lui. Moi, je savais que c'était un moins que rien. Il y avait déjà eu des histoires sur lui. Deux fois, il avait eu de la liberté sous condition. Et quand on commence comme ça, on continue. On commence par des escroqueries, ou par piquer leur magot à des bonnes femmes, et on finit par le meurtre.

— Mais là, souligna Calgary, il n'a pas commis de meurtre.

— C'est vous qui le dites, monsieur, rétorqua Joe du ton d'un homme absolument pas convaincu.

— Jack Argyle disposait d'un alibi parfait pour l'heure à laquelle le crime avait été commis. Il était dans ma voiture, en stop, sur la route de Drymouth. Donc, vous voyez bien, Mr Clegg, qu'il ne peut absolument pas avoir commis le crime.

— Peut-être bien que non, monsieur. Mais, si je peux me permettre, c'est tout de même dommage de remuer tout ça. Après tout, il est mort, et ça n'a plus d'importance pour lui. Par contre, ça fait de nouveau jaser les voisins, et ils se mettent à imaginer des trucs.

Calgary se leva :

— Certes, peut-être, de votre point de vue, est-ce une façon de voir les choses. Mais, voyez-vous, Mr Clegg, il en existe cependant une, que l'on appelle la justice.

— On m'avait toujours dit, riposta Joe, qu'un procès anglais, c'était ce qu'il y avait de plus juste au monde.

— Le meilleur système du monde peut commettre une erreur. La justice, après tout, est entre les mains des hommes. Et les hommes sont faillibles.

Après avoir quitté Maureen et Joe, Calgary, arpentant la rue, se sentait plus troublé qu'il ne l'aurait cru possible. N'aurait-il pas réellement mieux valu, s'interrogeait-il, que mes souvenirs de ce jour-là ne me reviennent jamais ? Comme venait de le remarquer ce garçon à la bouche pincée, Jack Argyle était mort. Il avait comparu devant un juge qui ne commet pas d'erreur. Que l'on s'en souvînt comme d'un assassin ou comme d'un simple escroc, cela n'avait plus pour lui la moindre importance.

Mais, soudain, une vague de colère submergea Calgary. « Mais ça devrait avoir de l'importance pour quelqu'un ! ragea-t-il mentalement. *Quelqu'un* devrait en être heureux. Et pourquoi ne le sont-ils pas ? Cette fille, bon, je la comprends assez bien. Elle peut s'être entichée de Jacko, mais elle ne l'a jamais aimé. Elle n'est probablement pas capable d'aimer qui que ce soit. Mais les autres. Son père, sa sœur, sa nurse… Ils devraient être heureux. Ils auraient dû d'abord penser à lui, avant d'éprouver de la peur pour eux-mêmes… Oui, quelqu'un aurait dû se réjouir. »

*

— Miss Argyle ? Au second comptoir, là-bas.

Calgary, un instant, demeura immobile pour l'observer.

Elle était nette, petite, calme, et très efficace. Elle portait un tailleur bleu marine, au col et aux poignets blancs. Elle avait réuni ses cheveux aile-de-corbeau en un chignon impeccable. Son teint était brun, plus brun qu'aucun teint britannique ne le serait jamais. Ses attaches, aussi, étaient plus fines. Telle était la métisse que Mrs Argyle avait ajoutée à sa famille.

Elle leva vers lui des yeux noirs, opaques. Des yeux qui ne disaient rien.

Sa voix était douce et sympathique :

— Que puis-je pour vous ?

— Vous êtes miss Argyle ? Miss Christina Argyle ?

— Oui.

— Mon nom est Calgary. Arthur Calgary. Vous avez peut-être…

— Oui. Je sais qui vous êtes. Mon père m'a écrit.

— Je souhaiterais beaucoup pouvoir vous parler.

Elle lança un coup d'œil à la pendule :

— La bibliothèque ferme dans une demi-heure. Si vous pouvez attendre jusque-là…

— Certainement. Peut-être accepterez-vous de venir prendre une tasse de thé en ma compagnie ?

— Merci.

Elle se tourna vers un homme qui était arrivé derrière Calgary :

— Oui ? Que puis-je pour vous ?

Arthur Calgary s'écarta. Il fit le tour de la bibliothèque, examinant le contenu des rayonnages sans perdre de vue une seconde Tina Argyle. Elle demeurait calme et imperturbable. Pour lui, cette demi-heure s'écoula lentement. Une sonnerie retentit enfin, et Tina lui fit signe de la tête :

— Je vous retrouve dehors dans deux minutes.

Elle ne le fit pas attendre. Sans chapeau, elle se contentait d'un épais manteau foncé.

— Je ne connais pas très bien Redmyn, s'excusa-t-il.

— Il y a un salon de thé près de la cathédrale. Ce n'est pas bon mais, pour cette raison, c'est moins bondé qu'ailleurs.

On les installa à une petite table où une serveuse desséchée, l'air ennuyé, vint prendre leur commande avec un total manque d'enthousiasme.

— Ce ne sera pas un très bon thé, concéda Tina, mais j'ai pensé que vous voudriez peut-être un peu de tranquillité.

— En effet. Je dois vous expliquer les raisons qui m'ont poussé à vouloir un entretien avec vous. Voyez-vous, j'ai rencontré les autres membres de votre famille, y compris, je puis le dire, l'épouse de votre frère Jacko – enfin, sa veuve. Vous étiez la seule dont je n'avais pas fait la connaissance. Oh ! et puis pas non plus celle de votre sœur mariée, bien entendu.

— Vous jugez nécessaire de nous rencontrer tous ?

La remarque avait été exprimée avec politesse – mais aussi avec un certain détachement, qui mit Calgary mal à l'aise.

— Il ne s'agit pas de mondanités, riposta-t-il sèchement. Ni d'une simple curiosité…

N'était-ce pas pourtant le cas ?

— Je tenais seulement, acheva-t-il, à vous dire, personnellement, à vous tous, mon profond regret de n'avoir pas été en mesure, au moment du procès, de confirmer l'innocence de votre frère.

— Je vois…

— Si vous l'aimiez bien… Vous l'aimiez bien ?

Elle réfléchit un peu.

— Non, dit-elle enfin. Je n'aimais pas beaucoup Jacko.

— Pourtant, de tous côtés, on m'a affirmé qu'il avait… qu'il avait beaucoup de charme.

— Je ne l'ai jamais aimé, je n'ai jamais eu confiance en lui, insista-t-elle, avec clarté mais sans passion.

— Vous n'aviez jamais douté… pardonnez-moi… jamais douté qu'il ait tué votre mère ?

— Il ne m'était jamais venu à l'esprit qu'il puisse exister une autre hypothèse.

La serveuse apporta le thé : du pain rassis, du beurre presque rance, de la confiture curieusement gélatineuse, des gâteaux peu appétissants. Le breuvage n'était qu'une lavasse.

Il en but quelques gorgées :

— Il semblerait… on me l'a fait comprendre… que mon témoignage, qui innocente votre frère de l'accusation d'assassinat, pourrait avoir des répercussions assez peu agréables. Qu'il pourrait… ranimer vos inquiétudes à tous.

— Parce que le dossier va être rouvert ?

— Oui. Vous avez déjà réfléchi à cela ?

— Mon père paraît penser que c'est inévitable.

— Je suis désolé. Je suis réellement désolé.

— Pourquoi êtes-vous désolé, Dr Calgary ?

— Je hais l'idée que je serais pour vous la cause de nouvelles difficultés.

— Mais auriez-vous été satisfait de conserver le silence ?

— Vous pensez en termes de justice ?

— Oui. Ce n'était pas le cas ?

— Si, naturellement. La justice me paraissait très importante. Mais maintenant… j'en viens à me demander s'il n'y a pas plus important.

— Par exemple ?

Ses pensées revinrent instantanément à Hester.

— Par exemple… l'innocence, peut-être.

Les yeux de la jeune fille se firent plus opaques encore.

— A quoi pensez-vous, miss Argyle ? insista-t-il.

Elle se tut un moment.

— Je pensais, lâcha-t-elle enfin, à ce qu'affirme la Grande Charte : « *A aucun homme justice ne sera refusée.* »

— Je vois. C'est votre réponse…

7

Le Dr MacMaster était un vieil homme aux sourcils broussailleux, aux yeux gris intelligents et au menton agressif. Il se laissa aller dans son fauteuil défoncé pour étudier avec acuité son visiteur. Ce qu'il en découvrait lui plaisait.

Pour sa part, Calgary se sentait également en sympathie. Presque pour la première fois depuis son retour en Angleterre, il avait l'impression de pouvoir parler avec un interlocuteur qui appréciait ses sentiments et son point de vue.

— C'est très aimable à vous de me recevoir, Dr MacMaster, dit-il.

— Pas du tout, répondit le médecin. Depuis que j'ai pris ma retraite, je m'ennuie à mourir. Les jeunes gens de ma propre corporation me disent que je dois rester là, assis comme un mannequin de cire, à prendre soin de mon cœur chancelant. Mais ne croyez pas que j'accepte cela tout naturellement. Point du tout. J'écoute la radio, blablabla, et, de temps en temps, ma femme de ménage me persuade de regarder la télévision, flicflicflic. J'ai été un homme très occupé, qui cavalait sans cesse, toute ma vie. Je n'apprécie guère de demeurer sans rien faire. Lire me fatigue les yeux. Alors, ne vous croyez pas obligé de vous excuser de me prendre mon temps.

— Ce que je dois vous faire comprendre d'abord, docteur, c'est pourquoi je continue à me soucier de tout cela. Sur le plan rationnel, je suppose que j'ai achevé d'accomplir ce que j'étais venu faire – avouer les faits désagréables que constituent la commotion et la perte de mémoire dont j'ai souffert, et réhabiliter la mémoire de ce garçon. Après cela, la seule démarche logique et rationnelle aurait été de m'en aller, et d'essayer d'oublier tout cela. Hein ? N'ai-je pas raison ?

— Cela dépend, répliqua le Dr MacMaster. Il y a quelque chose qui vous inquiète ? ajouta-t-il après une pause.

— Oui. Tout m'inquiète. Voyez-vous, la nouvelle que j'apportais n'a pas été reçue comme j'avais cru qu'elle le serait.

— Oh ! il n'y a rien d'étrange à cela. Ça arrive tous les jours. Mentalement, comme pour une pièce de théâtre, nous répétons d'avance un événement, peu importe lequel, qu'il s'agisse d'un entretien avec un autre praticien, d'une demande en mariage à une jeune personne ou d'une conversation avec votre fils avant qu'il ne retourne au collège – et lorsque cela arrive, ça ne se passe jamais comme nous l'avions imaginé. Vous avez réfléchi à tout, voyez-vous. Vous avez décidé de ce que vous, vous allez dire et, en général, vous avez également prévu les réponses. Naturellement, c'est ce qui vous met chaque fois en porte-à-faux. Car les réponses ne sont jamais ce que vous aviez pensé qu'elles seraient. C'est ce qui vous tourmente, je suppose ?

— Oui, reconnut Calgary.

— Qu'attendiez-vous donc ? Qu'ils vous sautent tous au cou ?

— Je m'attendais… à des reproches ? Peut-être. A du ressentiment ? Très probablement. Mais aussi à de la gratitude.

— Et il n'y a pas de gratitude, ni autant de ressentiment qu'il y aurait dû ? grommela MacMaster.

— Quelque chose comme ça, avoua Calgary.

— C'est parce que vous ne connaissiez pas le contexte avant d'aller là-bas. Mais pourquoi êtes-vous venu me voir, exactement ?

— Parce que je veux en comprendre davantage au sujet de cette famille, dit Calgary avec lenteur. Je ne connais que les faits publics. D'un côté, une femme intelligente et généreuse, une femme dévouée au bien, une belle personnalité. De l'autre, ce que l'on appelle, je crois, un enfant à problème – un enfant qui tourne mal. Un jeune délinquant. C'est tout ce que je sais. Je ne sais rien d'autre. Je ne sais rien de Mrs Argyle elle-même.

— Vous avez tout à fait raison, répliqua le vieux médecin. Vous avez mis le doigt sur le facteur essentiel. Si vous y réfléchissez, vous savez, c'est là, toujours, l'élément intéressant, dans une affaire de meurtre : comment était la victime de l'assassinat ? Tout le monde passe son temps à sonder l'esprit de l'assassin. Vous avez pensé, sans doute, que Mrs Argyle appartenait à un genre de femme qui n'aurait pas dû être assassinée.

— A mon avis, chacun le ressentait ainsi.

— Du point de vue de l'éthique, vous n'avez pas tort. Mais, vous savez…

Il se frottait le nez :

— … ne sont-ce pas les Chinois qui jugent que la bienfaisance doit être tenue plus pour un péché que pour une vertu ? Il y a du vrai là-dedans, voyez-vous. La bienfaisance n'est pas sans conséquences sur ses bénéficiaires. Elle leur impose des liens. Nous savons tous ce qu'est la nature humaine. Faites du bien à un bonhomme, et vous serez plein de bons sentiments à son égard. Vous l'aimerez. Mais le type à qui vous faites du bien, est-il aussi bien disposé à votre égard ? Vous aime-t-il vraiment, lui ? Il le devrait, bien sûr, mais vous aime-t-il ?... Eh bien, nous y voici. Mrs Argyle était ce que l'on pourrait appeler une mère merveilleuse. Mais elle en a fait trop. Aucun doute là-dessus. Elle l'a voulu. Ou elle a délibérément essayé.

— Ce n'étaient pas ses propres enfants, fit valoir Calgary.

— Non. Et c'est bien de là qu'est venu le problème, j'imagine. Pensez seulement à n'importe quelle chatte normale. Elle a ses chatons, elle se montre passionnément protectrice envers eux, et elle griffe tous ceux qui s'en approchent. Et puis, après une semaine ou deux, elle commence à reprendre sa propre vie. Elle s'en va, elle chasse un peu, elle se repose de sa portée. Elle continue à protéger ses rejetons si quiconque les attaque, mais ils cessent de l'obséder en permanence. Elle joue aussi un peu avec eux. Mais s'ils sont trop agités, elle se fâche et leur administre une bonne fessée, et elle leur explique qu'elle a envie d'un moment de solitude. Elle en revient, vous le voyez, à sa nature. Au fur et à mesure qu'ils grandissent, elle se soucie de moins en moins d'eux. Ses pensées se tournent vers les séduisants matous du voisinage. C'est ce que l'on pourrait considérer comme le schéma normal d'existence du sexe féminin. J'ai vu bien des jeunes filles et des femmes, douées d'un fort instinct maternel, très désireuses de se marier, mais principalement – encore qu'elles aient pu l'ignorer elles-mêmes – à cause de leur besoin de maternité. Les bébés arrivent. Elles sont heureuses et épanouies. Elles retrouvent le sens des proportions dans leur vie. Elles peuvent s'intéresser à leur mari, à la vie locale, aux cancans des alentours et, bien entendu, à leurs enfants. Mais de manière raisonnable. Leur instinct maternel, au sens purement physique, est satisfait, comprenez-vous.

» Eh bien, chez Mrs Argyle, l'instinct maternel était très puissant, mais la satisfaction de porter un enfant, ou des enfants, lui fut refusée. Ainsi, son obsession de la maternité ne s'apaisa jamais. Elle voulait des enfants, des tas d'enfants. Elle n'en aurait jamais eu assez. Toute son âme, jour et nuit, se tournait vers ces gamins. Son mari ne comptait plus. Il avait été réduit à n'être plus qu'une abstraction charmante, à l'arrière-plan. Non, ces enfants lui étaient tout : leur nourriture, leurs vêtements, leurs jeux, tout ce qui les concernait. On en faisait trop, beaucoup trop pour eux. Mais ce qu'elle ne leur a pas donné et dont ils auraient eu besoin, c'eût été d'être tout bonnement, et honnêtement, un peu négligés. On ne les envoyait pas simplement jouer dans le jardin comme les enfants normaux de ce pays. Non, ils avaient toutes sortes de machins, un mur d'escalade et une aire de marche, une maison dans les arbres, et on avait apporté du sable pour aménager une plage au bord de la rivière. On ne leur servait pas, non plus, n'importe quelle nourriture. Jusqu'à l'âge de cinq ans, rendez-vous compte, même leurs légumes étaient passés au crible, et, *en plus,* on stérilisait leur lait, on testait leur eau, on mesurait leurs calories et on décomptait leurs vitamines ! Remarquez bien que je ne viole pas le secret professionnel en vous racontant cela. Mrs Argyle n'a jamais fait partie de mes patients. S'il lui fallait consulter un médecin, elle allait à Harley Street. Non que cela lui arrivât souvent. C'était une femme robuste et en bonne santé.

» Mais j'étais le toubib du coin, qu'on appelait pour voir les enfants, encore qu'elle ait eu tendance à penser que j'étais trop simple pour eux. Je lui avais dit de les laisser manger des mûres dans les haies. Je lui avais dit que ça ne leur ferait pas de mal d'avoir de temps en temps les pieds mouillés et d'attraper un rhume, et qu'il n'y a pas à s'inquiéter quand un enfant a 38 de fièvre. Inutile de s'agiter avant 39. Ces enfants ont été choyés, on leur a mâché la besogne, on s'est excité pour eux, on les a aimés et, sous bien des aspects, cela ne leur a fait aucun bien.

— Vous entendez que cela n'a fait aucun bien à Jacko ?

— Eh bien, en réalité, je ne pensais pas qu'à Jacko. A mes yeux, Jacko avait posé problème depuis le départ. Le jargon moderne l'aurait catalogué comme « un enfant déséquilibré et complexé ». C'est une étiquette qui en vaut une autre. Les Argyle ont agi de leur mieux en sa faveur. Ils ont fait tout ce qui aurait dû être fait. Dans ma vie, j'ai vu beaucoup de cas semblables à celui de Jacko. Plus tard, dans leur existence, lorsqu'ils tournent mal, les parents disent : « Si seulement j'avais été plus strict avec lui quand il était petit », ou bien : « J'étais trop sévère. Si seulement j'avais été plus tendre. » Je ne crois pas moi-même que cela fasse l'ombre d'une différence. Il y a ceux qui ont mal tourné parce qu'ils vivaient dans un foyer malheureux et qu'ils se sentaient fondamentalement mal aimés. Et, encore une fois, il y a ceux qui tournent mal parce qu'en dernière analyse, ils auraient mal tourné de toute façon. Je range Jacko dans cette seconde espèce.

— Ainsi donc, interrogea Calgary, vous n'avez pas été surpris lorsqu'il a été arrêté pour meurtre ?

— Franchement, si, j'ai été surpris. Non parce que l'idée de l'assassinat aurait particulièrement répugné à Jacko. C'était l'un de ces jeunes gens qui sont dépourvus de conscience. Mais le *type* du meurtre m'a étonné. Oh ! je sais qu'il était d'un caractère violent, et tout ce qui s'ensuit. Enfant, il se jetait souvent sur un autre enfant, ou le frappait avec un jouet lourd ou un bout de bois. Mais il s'agissait, en général, d'un gamin plus petit que lui, et c'était moins par rage aveugle que par désir de faire mal ou de s'emparer de quelque chose dont lui-même avait envie. Le genre d'assassinat que j'aurais attendu de la part de Jacko, si tant est qu'il devait en commettre, ç'aurait été celui qui découle d'une agression commise par une paire de truands en herbe : lorsque pandore se profile à l'horizon, tous les Jacko du monde glissent à leur petit copain : « Défonce-lui la gueule, mon pote ! File-lui-en une bonne dose ! Descends-le ! » Ils souhaitent le meurtre, ils sont prêts à pousser au meurtre, mais ils n'ont pas assez de cran pour commettre ce meurtre de leurs propres mains. Voilà ce que j'aurais dit… Et, à l'heure qu'il est, il semble bien que j'aurais eu raison.

Calgary contemplait le tapis, un tapis élimé dont on ne distinguait plus guère le dessin.

— Je ne savais pas, dit-il, à quoi je devrais faire face. Je n'avais pas saisi ce que cela signifierait pour les autres. Je n'ai pas vu que cela pourrait… que cela devrait…

Le vieux médecin branla doucement du chef :

— Oui, cela en a bien l'air, n'est-ce pas ? On dirait que c'est bien parmi eux qu'il vous faut chercher.

— Je crois qu'en réalité, c'est de cela que je suis venu parler avec vous, docteur. Il ne paraît pas, à première vue, qu'aucun d'entre eux ait eu un vrai mobile pour s'en débarrasser.

— Pas à première vue, concéda MacMaster. Mais si vous grattez un peu… Oh ! oui, je pense qu'il existe nombre de motifs pour que quelqu'un ait voulu la tuer.

— Pourquoi ?

— Vous avez le sentiment que c'est vraiment *votre* affaire, non ?

— Je crois que oui. Je ne peux pas m'empêcher de réagir ainsi.

— Peut-être, à votre place, aurais-je les mêmes sentiments… Je ne sais pas. Enfin, ce que j'entendais, au fond, c'est qu'aucun d'entre eux ne *s'appartenait* plus. Enfin, pas tant que leur mère – je l'appelle ainsi par commodité – était en vie. Elle les tenait tous, vous savez, tous.

— Comment cela ?

— Financièrement, elle les entretenait. Et sur un grand pied. Le fidéicommis dégageait de gros revenus. Ils étaient répartis entre les enfants selon ce que les administrateurs jugeaient convenable. Mais, bien que Mrs Argyle n'ait pas été administrateur elle-même, ses désirs, aussi longtemps qu'elle a vécu, étaient comme des ordres…

» En un sens, il est intéressant de voir comment les enfants ont tous tenté de s'échapper. Comment ils se sont battus pour ne pas obéir au programme qu'elle avait tracé pour eux. Parce qu'elle avait décidé d'un programme, et d'un bon programme. Elle voulait leur donner un bon foyer, une bonne éducation, un bon revenu, et un bon départ dans la profession qu'elle leur avait choisie. Elle voulait les traiter exactement comme s'ils avaient été leurs enfants, à Leo Argyle et à elle-même. Mais, bien entendu, ils n'étaient pas leurs enfants, à Leo et à elle. Ils avaient des instincts, des sentiments, des capacités et des exigences entièrement différents. Le jeune Micky vend aujourd'hui des voitures. Hester avait plus ou moins fugué pour faire du théâtre. Elle est tombée amoureuse d'un type impossible et n'avait, outre cela, aucun talent d'actrice. Elle a dû rentrer au bercail. Il lui a fallu reconnaître – et cela ne lui a pas plu – que sa mère avait eu raison. Mary, pendant la guerre, a voulu se marier avec un homme que sa mère lui avait pourtant déconseillé d'épouser. C'était un jeune homme intelligent et brave, mais un parfait imbécile dès qu'il s'agissait de business. Et puis il a contracté la polio. On l'a emmené à Sunny Point pour sa convalescence. Mrs Argyle a fait pression pour qu'ils s'y installent à titre permanent. Le mari était tout à fait d'accord. Mary Durrant s'y est désespérément opposée. Elle voulait avoir son foyer et son mari pour elle. Mais elle aurait cédé, indubitablement, si sa mère n'était pas morte.

» Micky a toujours été un garçon aigri. Il ne supportait pas d'avoir été abandonné par sa véritable mère. Enfant, déjà, il ne l'acceptait pas, et il ne l'a jamais digéré. Au fond du cœur, je crois, il a toujours haï sa mère adoptive.

» Et puis il y a cette masseuse suédoise. Elle n'aimait pas Mrs Argyle. Elle adorait les enfants, et elle adore Leo. Elle a reçu nombre de bienfaits de la part de Mrs Argyle, et elle a probablement tenté, sans y parvenir, de lui en être reconnaissante. Cependant, je n'imagine pas que ses sentiments de détestation aient pu la conduire à frapper sa bienfaitrice à la tête avec un pique-feu. Après tout, elle, elle pouvait s'en aller à tout moment. Quant à Leo Argyle…

— Oui. Qu'en est-il, en ce qui le concerne ?

— Il va se remarier, indiqua MacMaster, et je lui souhaite bonne chance. Avec une jeune femme charmante. Chaleureuse, gentille, de bonne compagnie, et très amoureuse de lui. Amoureuse de lui depuis longtemps. Quels sentiments lui inspirait Mrs Argyle, *à elle* ? Vous pouvez le deviner aussi bien que moi. Naturellement, la mort de Mrs Argyle a beaucoup simplifié les choses. Leo Argyle n'était pas homme à entretenir une liaison avec sa secrétaire sous le toit de sa femme. Je ne crois pas non plus qu'il l'aurait quittée.

— Je les ai vus tous les deux, remarqua Calgary avec lenteur. J'ai parlé à tous. Réellement, je ne peux croire qu'aucun d'eux…

— Je sais. On ne peut pas y croire, n'est-ce pas ? Et, pourtant… c'est bien quelqu'un de la maison qui a tué, vous savez.

— Vous le pensez vraiment ?

— Je ne vois personne d'autre. La police a la quasi-certitude que ce n'était pas l'œuvre de quelqu'un de l'extérieur, et elle a probablement raison.

— Mais lequel ou laquelle d'entre eux ? demanda Calgary.

MacMaster haussa les épaules :

— Nul ne le sait.

— Vous n'en avez pas idée vous-même, vous qui les connaissez ?

— Si j'avais une idée, je ne vous la dirais pas, riposta le vieux médecin. Après tout, sur quoi pourrais-je me baser ? Sauf s'il est un élément que je n'ai pas su voir, aucun d'entre eux ne me paraît un meurtrier probable. Et cependant… il n'en est pas un seul que je puisse exclure des suspects possibles… Non, à mon avis, nous ne saurons jamais. La police reprendra ses investigations, et ainsi de suite… Elle fera de son mieux, mais obtenir des preuves après si longtemps, et avec si peu de concret…

Il secoua la tête :

— Non, je ne crois pas que la vérité sera jamais connue. Il y a des affaires comme celle-ci, vous savez. On les trouve dans les livres. Des affaires vieilles de cinquante ans – de cent ans. Des affaires où un individu entre trois, ou quatre ou cinq, devait être le coupable, mais où il n'y a jamais eu assez de preuves pour que personne puisse dire lequel.

— Vous pensez qu'il en ira ainsi, cette fois encore ?

— Eh bien… oui, je le crois, répondit MacMaster.

Il lança à Calgary un regard acéré :

— Et c'est cela qui est terrible, hein ?

— Oui, terrible. A cause des innocents. C'est ce qu'elle m'a dit.

— Qui ? Qui vous a dit quoi ?

— La jeune fille – Hester. Elle m'a dit que je ne comprenais pas que ce sont les innocents qui importent. C'est ce que vous venez de me dire. Que nous ne saurons jamais…

— Qui est innocent ? acheva le médecin. Oui, si seulement nous pouvions connaître la vérité… Même si elle ne peut conduire à une arrestation, à un procès, ou à une condamnation. Rien que pour *savoir*. Parce que autrement…

Il se tut.

— Oui ?

— Imaginez-le vous-même, lança MacMaster. Non… je n'ai pas besoin de vous le dire… Vous l'avez déjà imaginé. Voyez-vous, cela me fait penser à l'affaire Bravo. Il y a de cela presque cent ans, maintenant, mais on écrit encore des volumes sur le sujet. Affirmant de manière convaincante que sa femme était la coupable – ou Mrs Cox – ou le Dr Gully – ou même que Charles Bravo avait absorbé le poison de lui-même, en dépit du verdict du coroner. Toutes théories fort plausibles – mais nul ne pourra jamais connaître la vérité. Quoi qu'il en soit, Florence Bravo, abandonnée par sa famille, est morte d'alcoolisme. Mrs Cox, mise au ban de la société avec ses trois petits garçons, a vécu jusqu'à un âge avancé, alors que la plupart des gens croyaient à sa culpabilité. Quant au Dr Gully, sa carrière aussi bien que sa vie sociale ont été terminées…

» Quelqu'un était coupable – et a pu s'en tirer. Mais les autres étaient innocents – et ils n'ont réchappé de rien.

— Cela ne doit pas arriver ici, trancha Calgary. Pas question !

8

Hester Argyle s'examinait dans le miroir. Il n'y avait guère de complaisance dans son regard. Mais plutôt une interrogation anxieuse, née de l'humilité propre à une jeune femme qui ne s'est jamais sentie sûre d'elle. Elle dégagea ses cheveux de son front, les repoussa sur le côté, et fronça les sourcils devant le résultat. Dans la glace, un visage apparut derrière elle. Elle sursauta, tressaillit, et pivota sur elle-même avec appréhension.

— Ah ! lança Kirsten Lindstrom. Tu as peur !

— Que voulez-vous dire par *peur*, Kirsty ?

— Tu as peur de moi. Tu penses que je suis arrivée discrètement derrière toi, et que je vais peut-être t'assommer.

— Oh ! Kirsty, ne soyez pas ridicule. Bien sûr que je ne penserais jamais une chose pareille !

— Mais tu l'as bel et bien pensé. Et tu as raison de penser ainsi. De surveiller les ombres, de sursauter quand tu vois quelque chose que tu ne comprends pas. Parce qu'il y a dans cette maison quelque chose dont on doit avoir peur. Cela, nous le savons maintenant.

— En tout cas, Kirsty chérie, je n'ai pas peur de *vous*.

— Comment peux-tu le savoir ? N'ai-je pas lu dans les journaux, il y a peu, l'histoire d'une femme qui vivait avec une autre femme depuis des années, et qui l'a tuée, brusquement. Elle l'a étranglée. Elle a essayé de lui arracher les yeux. Et pourquoi ? Parce que, comme elle l'a expliqué tranquillement à la police, elle avait vu, depuis quelque temps, que l'autre était habitée par le démon. Elle avait vu le regard de Satan dans ses yeux, et elle avait su qu'il lui fallait se montrer forte et brave, et tuer le diable !

— Ah ! oui, ça, je m'en souviens, répondit Hester. Mais cette femme-là était folle.

— Ah ! Mais elle ne savait pas elle-même qu'elle l'était. Et elle ne le paraissait pas non plus à son entourage, parce que tout le monde ignorait ce qui se passait dans son malheureux cerveau malade. Donc, je te le dis, tu ne sais pas ce que *moi*, j'ai à l'esprit. Peut-être, un jour, j'ai regardé ta mère, j'ai pensé qu'elle était l'Antéchrist, et je l'ai tuée.

— Mais c'est absurde, Kirsty ! Absolument absurde.

Kirsten Lindstrom soupira, et s'assit.

— Oui, concéda-t-elle, c'est absurde. J'aimais énormément ta mère. Elle a été bonne pour moi, toujours. Mais ce que j'essaie de te dire, Hester, et ce que tu dois comprendre et croire, c'est que tu ne peux plus dire « absurde » à propos de qui ou de quoi que ce soit. Tu ne peux plus me faire confiance, ni à personne d'autre.

Hester se tourna vers la Suédoise :

— Je crois que vous êtes vraiment sérieuse.

— Je suis très sérieuse. Nous devons tous être très sérieux, et voir ouvertement la réalité. Ça n'est pas bon de faire semblant de croire que rien ne s'est passé. Cet homme qui est venu ici… je voudrais qu'il ne soit jamais venu, mais il est venu et il a établi très clairement, à ce que je comprends, que Jacko n'était pas un assassin. Très bien, quelqu'un d'autre est le meurtrier, et ce quelqu'un d'autre doit être l'un de nous.

— Non, Kirsty, non. Ce peut avoir été quelqu'un qui…

— Qui quoi ?

— Eh bien, qui voulait voler quelque chose, ou qui avait de la rancune contre mère, pour une raison du passé.

— Tu penses que ta mère aurait fait entrer ce quelqu'un ?

— Elle aurait pu, affirma Hester. Vous savez bien comment elle était. Il suffisait que n'importe qui survienne avec une histoire de malchance, ou qu'on vienne lui dire qu'un enfant était abandonné ou maltraité. Vous ne croyez pas que mère aurait à coup sûr laissé entrer une personne comme cela, l'aurait emmenée dans son bureau, et écouté ce qu'elle avait à lui raconter ?

— Cela me paraît très improbable, répliqua Kirsten. Au moins, il me semble franchement peu probable que ta mère ait pu s'asseoir devant sa table et laisser cette personne s'emparer d'un pique-feu et la frapper à la nuque. Non, elle était à l'aise, en confiance chez elle, avec quelqu'un qu'elle connaissait.

— Je voudrais que vous ne m'ayez rien dit, Kirsty ! s'écria Hester. Oh ! oui, je le voudrais. Ça devient si proche, si près.

— Parce que *c'est* près, parce que *c'est* proche. Non, je ne dirai rien de plus, maintenant, mais je t'ai avertie que, même si tu crois bien connaître quelqu'un, même si tu as confiance en lui ou en elle, tu ne peux plus avoir de certitude. Alors, sois sur tes gardes. Méfie-toi de moi, et de Mary et de ton père, et de Gwenda Vaughan.

— Mais comment pourrais-je continuer à vivre en soupçonnant tout le monde ?

— Si tu veux suivre mon conseil, tu ferais mieux de quitter cette maison.

— Je ne peux pas tout de suite.

— Pourquoi pas ? A cause du jeune docteur ?

— Je ne vois pas ce que vous voulez dire, Kirsty, rétorqua Hester, le feu aux joues.

— Je te parle du Dr Craig. C'est un très charmant jeune homme. Un médecin assez compétent, aimable et consciencieux. Tu aurais pu tomber plus mal. Mais, malgré tout, je pense qu'il vaut mieux que tu partes d'ici et que tu t'en ailles loin.

— Mais tout ça, c'est absurde !, cria Hester, furieuse. Absurde, absurde, absurde. Oh ! comme je voudrais que le Dr Calgary ne soit jamais venu ici.

— Moi aussi, approuva Kirsten Lindstrom. De tout mon cœur.

*

Leo Argyle signait les lettres que Gwenda Vaughan avait disposées devant lui.

— C'est la dernière ? interrogea-t-il.

— Oui.

— Nous n'avons pas trop mal travaillé, aujourd'hui.

— Ne serait-il pas temps que vous… que vous entrepreniez votre voyage à l'étranger ?

— Un voyage à l'étranger ? s'étonna-t-il, un peu perdu.

— Oui. Vous ne vous souvenez pas que vous deviez aller à Rome et à Sienne ?

— Oh ! si, si, je le devais, en effet.

— Vous vouliez dépouiller ces documents d'archives à propos desquels le cardinal Massilini vous avait écrit.

— Oui, je m'en souviens.

— Voulez-vous que je vous réserve les billets d'avion, ou bien préférez-vous voyager en train ?

Comme s'il revenait de très loin, Leo la regarda et esquissa un mince sourire :

— Vous avez l'air pressée de vous débarrasser de moi, Gwenda.

— Oh ! non, chéri, non !

Elle vint vite s'agenouiller à ses côtés :

— Je veux que vous ne me quittiez jamais. Jamais. Mais… enfin, je pense… oh ! je pense qu'il serait préférable que vous partiez d'ici après… après…

— Après les événements de la semaine dernière ? s'enquit-il. Après la visite du Dr Calgary ?

— Je voudrais qu'il ne soit jamais venu ici. Je voudrais que les choses aient pu demeurer telles qu'elles étaient.

— Alors que Jacko avait été condamné injustement pour un crime qu'il n'avait pas commis ?

— Il aurait pu le commettre, rétorqua Gwenda. Il aurait pu le commettre n'importe quand, et c'est, je crois, pur hasard, s'il ne l'a pas commis.

— C'est étrange, répondit Leo, songeur. Je n'ai jamais cru réellement qu'il était coupable. Il avait bien fallu, cela va de soi, que je m'incline devant les évidences – mais cela me paraissait invraisemblable.

— Pourquoi ? Il avait toujours eu un caractère épouvantable, non ?

— Oui. Ah ! oui. Il s'attaquait aux autres enfants. En général des enfants nettement plus petits que lui. Je n'ai jamais pensé vraiment qu'il avait pu s'en prendre à Rachel.

— Pourquoi donc ?

— Parce qu'il avait peur d'elle. Elle exerçait une immense autorité, vous savez. Jacko la subissait, exactement comme tout le monde.

— Mais ne croyez-vous pas que ce soit justement pourquoi… enfin je veux dire…

Elle se tut.

Leo lui lança un regard interrogateur qui la fit rougir. Elle se détourna et alla s'accroupir devant la cheminée, mains tendues vers les flammes. « Oui, songea-t-elle, Rachel était l'autorité personnifiée. Si contente, si sûre d'elle, nous tenant tous sous sa férule comme une reine des abeilles. N'était-ce donc pas assez pour que quelqu'un ait envie de prendre un pique-feu, de la frapper, de la réduire au silence une bonne fois pour toutes ? Rachel avait toujours raison, Rachel savait toujours tout mieux que les autres, Rachel n'en faisait toujours qu'à sa tête. »

Elle se releva brusquement :

— Leo, ne pourrions-nous pas… ne pourrions-nous pas nous marier très bientôt, au lieu d'attendre jusqu'au mois de mars ?

Il la fixa, un instant silencieux.

— Non, Gwenda, non, dit-il enfin. Je ne crois pas que ce serait un bon plan.

— Pourquoi non ?

— Je pense qu'il serait dommage de précipiter quoi que ce soit.

— Qu'entendez-vous par là ?

Elle revint à lui et s'agenouilla de nouveau.

— Leo, qu'entendez-*vous* par là ? répéta-t-elle. Vous devez me l'avouer.

— Ma chérie, je pense seulement, comme je viens de vous le dire, que nous ne devons rien précipiter.

— Mais nous nous marierons quand même bien en mars, comme *nous* l'avions prévu ?

— Je l'espère… oui, je l'espère.

— Vous parlez comme si vous n'en étiez pas convaincu… Leo, vous ne m'aimez plus ?

Il lui posa les mains sur les épaules :

— Oh ! ma chérie, oh ! si, je vous aime. Pour moi, vous êtes tout au monde.

— Eh bien, alors ! lança-t-elle avec impatience.

Il se leva :

— Non. Non. Pas encore. Il nous faut attendre. Il nous faut être certains.

— Certains de quoi ?

Il ne répondit pas. Elle reprit :

— Vous ne pensez pas que… vous ne pouvez pas penser que…

— Je… je ne pense rien.

La porte s'ouvrit. Kirsten Lindstrom entrait, chargée d'un plateau qu'elle posa sur le bureau :

— Voilà votre thé, Mr Argyle. Gwenda, je vous apporte une autre tasse, ou vous descendez rejoindre les autres en bas ?

— Je vais descendre à la salle à manger, répondit Gwenda. Je prendrai ce courrier. Il faut qu'il parte.

Les mains un peu tremblantes, elle rassembla les lettres que Leo Argyle venait de signer et sortit en les emportant. Kirsten Lindstrom la suivit des yeux, avant de se tourner vers Leo :

— Qu'est-ce que vous lui avez dit ? demanda-t-elle. Qu'est-ce que vous avez fait pour la bouleverser ?

— Rien, répliqua Leo, d'une voix lasse. Rien du tout.

Kirsten Lindstrom haussa les épaules. Elle quitta la bibliothèque sans prononcer un mot de plus. Ses reproches, informulés, n'en étaient pas moins palpables. Leo soupira et se laissa aller contre le dossier de son fauteuil. Il se sentait très fatigué. Il se servit du thé, mais ne le but pas. Regardant autour de lui sans rien voir, il revivait le passé.

Le *Social Club* de l'East End de Londres auquel il s'intéressait… C'était là que, pour la première fois, il avait rencontré Rachel Konstam. Il la revoyait avec clarté dans sa mémoire. Une jeune fille de taille moyenne, assez trapue, portant, sans chic aucun, des vêtements dont il n'avait pas su alors à quel point ils étaient coûteux. Une jeune fille au visage rond, d'un enthousiasme et d'une candeur qui l'avaient séduit. Ce qui avait besoin d'être fait, il valait la peine de le faire ! Elle avait débité force paroles avec entrain, de manière assez incohérente, mais son cœur avait fondu pour elle. Car il estimait, lui aussi, qu'il y avait beaucoup à faire, beaucoup qui valait la peine d'être fait, encore qu'il fût doué d'une ironie naturelle qui lui faisait douter que ce qui valait la peine d'être accompli soit toujours aussi réussi qu'il aurait fallu. Mais Rachel n'avait jamais nourri le moindre doute : si vous faisiez ceci, si vous faisiez cela, si telle ou telle institution était soutenue, des résultats favorables s'ensuivraient automatiquement.

Elle n'avait jamais tenu compte, il le voyait maintenant, de la nature humaine. Elle avait toujours envisagé les gens comme des cas, comme des problèmes à traiter. Elle n'avait jamais saisi que chaque être humain est différent, réagit différemment, possède sa personnalité propre. Il lui avait recommandé alors, il s'en souvenait, de ne pas entretenir de trop grandes espérances. Mais elle avait toujours espéré trop, bien qu'elle l'ait nié farouchement lorsqu'il le lui reprochait. Elle avait toujours espéré trop, et, ainsi, elle avait toujours été déçue. Il était très vite tombé amoureux d'elle, et il avait été agréablement surpris de découvrir qu'elle était la fille de riches parents.

Ils avaient envisagé leur vie commune comme une haute communion de pensée, et non pas comme une simple communauté d'existence. Mais il pouvait distinguer aujourd'hui, avec netteté, ce qui en elle l'avait d'abord attiré. C'était son cœur chaleureux. Malheureusement – et là résidait tout le drame –, ce cœur chaleureux ne battait pas réellement pour lui. Elle avait été amoureuse de lui, certes. Mais ce qu'elle avait, en vérité, attendu de lui et de la vie, c'étaient des enfants. Et les enfants n'étaient pas venus.

Ils avaient consulté de multiples médecins, de bonne ou de mauvaise réputation, jusqu'à des charlatans, même. Mais au bout du compte, Rachel avait été contrainte d'accepter leur verdict. Elle ne donnerait jamais le jour à un enfant. Il en avait été désolé pour elle, infiniment désolé, et il avait d'emblée accepté sa proposition d'en adopter un. Ils étaient déjà entrés en contact avec des œuvres spécialisées dans les adoptions lorsque, au cours d'un voyage à New York, leur voiture avait renversé une enfant qui sortait en courant d'un immeuble lépreux, dans le quartier le plus misérable de la ville.

Rachel avait sauté du véhicule pour s'agenouiller en pleine rue auprès de la petite qui ne souffrait que d'ecchymoses et qui n'était pas blessée : une ravissante petite fille, blonde aux yeux bleus. Elle avait voulu à toute force la conduire à l'hôpital pour s'assurer qu'elle n'avait bien aucune blessure. Elle avait interrogé les proches de l'enfant, une tante aux allures de souillon et son mari ostensiblement ivre. Il était évident que l'enfant qui vivait chez eux depuis la mort de ses parents ne leur inspirait aucun sentiment. Rachel avait suggéré que la petite vienne habiter chez eux pendant quelques jours, ce à quoi la femme avait donné son accord avec joie.

— On peut pas s'occuper d'elle comme il faut ici, avait-elle dit.

Ainsi, Mary avait été ramenée dans la suite qu'ils occupaient dans leur hôtel. L'enfant avait visiblement apprécié la douceur du lit et le luxe de la salle de bains. Rachel lui avait acheté de nouveaux vêtements. Et puis était venu le moment où la petite avait déclaré :

— Je veux pas rentrer à la maison. Je veux rester avec vous.

Rachel, se souvenait Leo, l'avait fixée, avec un regard empli d'une passion soudaine faite de désir et de bonheur.

— Gardons-la, lui avait-elle dit dès qu'ils avaient été à nouveau seuls. On peut arranger cela facilement. Elle deviendra notre propre enfant. Cette mégère ne sera que trop contente d'en être débarrassée.

Il avait accepté sans guère se faire prier. La petite fille paraissait tranquille, bien élevée, docile. Elle n'avait évidemment aucune affection pour l'oncle et la tante chez qui elle avait été recueillie. Si cela pouvait rendre Rachel heureuse, soit. On consulta des hommes de loi, on signa des papiers. En foi de quoi Mary O'Shaughnessy devint Mary Argyle, et s'embarqua avec eux pour l'Europe. Il avait pensé qu'enfin, la pauvre Rachel serait heureuse. Et, heureuse, elle, l'avait été. Heureuse d'une espèce de bonheur excité, presque fébrile, manifestant à Mary une tendresse débordante et lui offrant à profusion les jouets les plus chers. Mary l'avait accepté avec placidité, gentiment. Et cependant, réfléchissait Leo, il y avait toujours eu quelque chose qui l'avait un peu troublé : la trop facile acceptation de l'enfant, son absence de nostalgie de sa famille et de sa ville natale. L'affection véritable, du moins l'avait-il espéré, viendrait plus tard. Même maintenant, il n'en discernait aucun signe. Mary avait reçu passivement, avec plaisir, avec joie, tous les bienfaits de Rachel. Mais avait-elle éprouvé de l'amour pour sa mère adoptive ? Non, cela, il n'en avait vu nulle trace.

C'était à partir de ce moment-là, songeait Leo, qu'il avait, lui, dans une certaine mesure, glissé à l'arrière-plan de l'existence de Rachel. C'était une femme, par nature, davantage mère qu'épouse. On eût dit que l'arrivée de Mary avait plus stimulé que satisfait son besoin de maternité. Un unique enfant ne lui suffisait pas.

Désormais, toutes ses activités s'étaient rapportées aux enfants. Elle ne s'était plus intéressée qu'aux orphelinats, aux fonds en faveur des enfants paralysés, aux cas d'enfants retardés, handicapés moteurs, contrefaits – toujours, des enfants. C'était admirable, il l'avait toujours pensé, mais c'était aussi devenu le centre de la vie de Rachel. Peu à peu, lui-même s'était davantage consacré à ses propres occupations. Il s'était de plus en plus passionné pour le substrat historique de l'économie, auquel il portait depuis toujours intérêt. Il s'était progressivement retiré dans sa bibliothèque pour s'y livrer à des recherches, à la rédaction de courtes monographies érudites. Sa femme, active, sérieuse, heureuse, menait la maison et augmentait le rythme de ses activités. Il demeurait courtois et approbateur. Il l'encourageait : « C'est un remarquable projet, ma chérie », ou « Oui, oui, je crois que vous avez entièrement raison de persévérer dans cette voie ». Parfois, il glissait une phrase d'admonestation : « Il vous faudra, je crois, examiner bien à fond la situation avant de vous engager. Vous ne devez pas céder toujours à votre enthousiasme. »

Elle avait continué de le consulter, mais souvent pour la forme, maintenant. Au fur et à mesure que le temps passait, elle se montrait de plus en plus autoritaire. Elle savait ce qui était bon, elle savait ce qu'il fallait. Poliment, il garda dorénavant pour lui ses critiques et ses éventuels conseils de prudence.

Rachel, pensait-il, n'avait pas besoin de son aide, ni besoin de son amour. Elle était occupée, heureuse, terrifiante d'énergie.

Par-delà la blessure qu'il ne pouvait s'empêcher de ressentir, il éprouvait aussi, étrangement, de la pitié pour elle. Comme s'il avait su que le chemin sur lequel elle s'était engagée pourrait bien être semé de chausse-trapes.

Lorsque la guerre avait éclaté, en 1939, Rachel Argyle avait immédiatement redoublé d'ardeur. Dès qu'elle eut imaginé son idée de créer un home pour des enfants venus des taudis de Londres, elle entra en contact avec bien des gens influents de la capitale. Le ministère de la Santé avait été tout disposé à coopérer, et elle s'était mise en quête d'une maison adaptée à son projet. Une demeure récemment construite, dans une région reculée de l'Angleterre, probablement préservée des bombardements. Là, elle pourrait recevoir jusqu'à dix-huit enfants âgés de deux à sept ans. Il y avait eu non seulement des enfants venus de foyers pauvres, mais aussi des orphelins. Des enfants illégitimes, dont les mères refusaient d'être évacuées avec eux et qui se lassaient de s'en occuper. Des enfants maltraités ou négligés chez eux. Trois ou quatre d'entre eux étaient paralysés. Pour les traitements orthopédiques, Rachel Argyle avait engagé, en sus des employés chargés des tâches domestiques, une masseuse suédoise et deux infirmières diplômées. Tout avait été conçu dans une optique, non point uniquement de confort, mais aussi de luxe. Une fois, il lui en avait fait le reproche :

— Vous ne devez pas oublier, Rachel, que ces enfants vont avoir à retourner dans le milieu auquel nous les avons arrachés. Il ne faut pas leur rendre ce retour trop difficile.

Elle avait riposté, en s'échauffant :

— Rien n'est trop beau pour ces pauvres mioches ! Rien.

Il avait insisté :

— Certes. Mais il faudra qu'ils *repartent*. Souvenez-vous-en.

Elle avait balayé l'objection :

— Ce ne sera peut-être pas nécessaire. Il se pourrait… Nous verrons, à l'avenir.

Les exigences du temps de guerre n'avaient pas tardé à produire des changements. Les infirmières, réticentes à veiller sur des enfants en parfaitement bonne santé, avaient dû fréquemment être remplacées. A la fin, il n'était resté qu'une infirmière âgée et Kirsten Lindstrom. Les domestiques avaient également fait défaut. Dans ce domaine-là aussi, Kirsten Lindstrom était venue à la rescousse. Elle avait travaillé avec un grand dévouement, sans ménager sa peine.

Et Rachel Argyle s'était trouvée surmenée et heureuse. Elle avait cependant connu parfois, Leo se rappelait, des moments de perplexité. Comme le jour où, étonnée de la manière dont un petit garçon, Micky, faute d'appétit, perdait régulièrement du poids, elle avait fait venir le médecin. Le praticien n'avait rien découvert de pathologique, mais il avait laissé entendre à Mrs Argyle que l'enfant souffrait sans doute d'être loin des siens. Elle avait rejeté l'hypothèse avec vivacité :

— C'est impossible ! On le maltraitait. On le battait. Pour lui, ce devait être l'enfer.

— Peut-être bien, avait rétorqué le Dr MacMaster. Peut-être bien. Mais je ne serais pas surpris d'avoir raison. Un de ces quatre matins, sa souffrance va le faire parler.

Et, une nuit, Micky avait parlé. Sanglotant dans son lit, pleurant toutes les larmes de son corps, il avait repoussé Rachel de ses deux poings :

— J'veux rentrer chez nous. J'veux rentrer chez nous, ousqu'il y a moman et Ernie.

Rachel en avait été troublée, n'en avait pas cru ses oreilles :

— Il est impossible qu'il veuille revoir sa mère. Elle se souciait de lui comme de sa première chemise. Elle le battait chaque fois qu'elle avait bu.

— Mais c'est la nature, que vous combattez, Rachel, avait-il fait valoir doucement. C'est sa mère, et il l'aime.

— Elle n'avait rien d'une mère !

— Il est de sa chair et de son sang. Il le ressent ainsi. Et cela, rien ne peut le remplacer.

Mais elle avait répliqué :

— Mais enfin, maintenant, c'est *moi* qu'il devrait considérer comme sa mère !

Pauvre Rachel, pensait Leo, pauvre Rachel, qui pouvait acheter tant de choses… Rien d'égoïste, certes, rien pour elle-même. Rachel qui pouvait donner à des enfants non voulus de l'amour, des soins, un foyer. Elle pouvait leur acheter bien des choses, mais elle ne pouvait pas s'acheter leur amour.

Et puis la guerre s'était achevée. Les enfants avaient commencé à repartir pour Londres, réclamés par leur famille ou par des proches. Pas tous. Nul n'avait demandé quelques-uns d'entre eux. Ce fut alors que Rachel avait déclaré :

— Voyez-vous, Leo, ils sont aujourd'hui comme nos enfants. C'est le moment où nous pouvons enfin nous créer une véritable famille. Quatre… cinq de ces enfants peuvent demeurer avec nous. Nous les adopterons, nous nous en occuperons, et ils deviendront réellement *nos* enfants.

Il avait éprouvé un vague malaise, qu'il s'expliquait mal. Il n'avait rien contre ces enfants, mais tout cela lui avait paru, instinctivement, sonner faux : croire que l'on pouvait, par des moyens artificiels, se doter d'une famille…

— Ne croyez-vous pas, avait-il interrogé, que cela représente un certain risque ?

— Un risque ? lui avait-elle répliqué. Qu'importe si c'est un risque ? Le jeu en vaut bien la chandelle.

Oui, il supposait, lui aussi que le jeu en valait bien la chandelle, mais il en était bien moins convaincu qu'elle. Désormais, il s'était tant éloigné dans son propre univers, froid et brumeux, que ce n'était pas à lui de soulever des objections. Il lui avait dit, comme si souvent :

— Vous devez agir comme bon vous l'entendez, Rachel.

Triomphante, au comble du bonheur, elle avait dressé ses plans, consulté des avocats et des notaires, réglé les problèmes avec son efficacité coutumière. Ainsi avait-elle fait l'acquisition d'une famille. Mary, l'aînée, ramenée de New York. Micky, le gamin qui avait pleuré durant tellement de nuits sans dormir, par besoin de retrouver son taudis de foyer et sa mère odieuse et négligente. Tina, la gracieuse métisse à la peau sombre, dont la mère était une prostituée et qui avait eu pour père un matelot malais. Hester, née d'une jeune mère irlandaise qui avait voulu refaire sa vie après avoir engendré une fille illégitime. Et Jacko, le séduisant petit garçon au faciès de ouistiti qui les faisait tous rire par ses bouffonneries, le beau parleur qui, grâce à sa faconde, savait toujours échapper aux punitions et qui parvenait même à soutirer quelques bonbons supplémentaires au parangon de discipline qu'était miss Lindstrom. Le père de Jacko purgeait une peine de prison, sa mère était partie avec un autre homme.

Oui, se disait Leo, il avait sûrement valu la peine de prendre ces enfants, de les faire bénéficier d'un vrai foyer, d'amour, et d'une mère et d'un père. Rachel, reconnaissait-il, avait eu le droit de triompher. Mais ça n'avait pas tourné comme cela aurait dû… Parce que ces enfants n'étaient pas ceux que Rachel et lui auraient pu avoir. En eux ne coulait pas une goutte du sang des ancêtres économes et laborieux de Rachel. Ils ne possédaient rien de l'énergie et de l'ambition qui avaient permis aux membres les moins recommandables de la famille de son épouse, de gagner et d'assurer leur place dans la société. Rien de la vague bienveillance ni de l'intégrité morale de son père ni de son grand-père et de sa grand-mère à lui. Rien non plus du brio intellectuel de ses grands-parents maternels.

Tout ce que le milieu pouvait faire pour ces enfants, il l'avait fait. Il pouvait beaucoup, mais il ne pouvait pas tout. Car ces enfants gardaient en eux les germes de faiblesse qui les avaient, en dernière analyse, conduits à Sunny Point, et, sous l'effet de la tension, ces germes pouvaient prospérer. Jacko en fournissait le meilleur exemple. Jacko, le séducteur, le malin, avec ses reparties joyeuses, son charme, son aisance à entortiller tout le monde autour de son petit doigt. Jacko, fondamentalement, était un délinquant. Cela était apparu très tôt, dans ses chapardages d'enfant, dans ses mensonges. Toutes choses que l'on mettait au compte de sa mauvaise éducation de départ, et dont on pourrait le guérir facilement, affirmait Rachel. Mais on n'avait jamais pu l'en guérir.

Son parcours scolaire avait été chaotique. Il avait été renvoyé de l'université, et ç'avait été le début d'une longue série d'incidents douloureux. Chaque fois, Rachel et lui, faisant de leur mieux, avaient tenté de donner au jeune homme l'assurance de leur amour et de leur confiance. Chaque fois, ils avaient essayé de lui trouver un travail qui lui conviendrait, dans lequel il pourrait espérer le succès s'il s'y appliquait. Peut-être, songeait Leo, s'étaient-ils montrés trop indulgents à son égard. Mais non. Dureté ou indulgence, dans le cas de Jacko, l'aboutissement aurait été le même. Ce qu'il voulait, il lui fallait l'avoir. S'il ne pouvait pas l'obtenir d'une manière légitime, il était tout disposé à s'en emparer par tout autre moyen. Il n'était pas assez intelligent pour réussir dans la criminalité, même pas dans la petite délinquance. On en était ainsi arrivé à ce dernier jour où il avait surgi, aux abois, redoutant la prison, exigeant avec colère de l'argent comme si c'était son dû, proférant des menaces. Il était parti en hurlant qu'il reviendrait et que Rachel ferait mieux de lui tenir la somme prête – *ou sinon* !…

Et ainsi… Rachel était morte. Comme tout ce passé-là lui semblait lointain ! Ces longues années de guerre, pendant lesquelles les garçons et les filles avaient grandi. Et lui-même ? Il était devenu lointain, lui aussi, et fané. Comme si Rachel, toute de vigueur robuste et d'ardeur de vivre, l'avait dévoré de l'intérieur, le laissant sans force et épuisé, assoiffé – et à quel point ! – de chaleur et d'amour.

Même maintenant, il ne se souvenait guère du moment où il avait découvert que tout cela se trouvait devant lui. A portée de sa main… Non pas offert, mais là.

Gwenda… La parfaite secrétaire, collaborant avec lui, toujours disponible, serviable. Quelque chose en elle lui rappelait ce qu'avait été Rachel lorsqu'ils avaient fait connaissance. La même chaleur, le même enthousiasme, la même générosité. Mais dans le cas de Gwenda, cette chaleur, cet enthousiasme, cette générosité, c'était pour *lui*. Non pas pour les hypothétiques enfants qu'elle aurait peut-être un jour, mais pour lui. Cela avait été comme de se réchauffer les mains à une flambée… des mains froides et raides, comme trop longtemps inemployées. Quand avait-il compris pour la première fois qu'elle l'aimait ? C'était difficile à préciser. Il n'en avait pas eu la soudaine révélation.

Mais tout à coup – un jour – il avait su, lui, qu'il l'aimait.

Et qu'aussi longtemps que Rachel vivrait, il ne pourrait l'épouser.

Leo Argyle soupira, se redressa dans son fauteuil et but son thé maintenant complètement froid.

9

Calgary était à peine parti depuis quelques minutes que le Dr MacMaster recevait un second visiteur. Celui-là, il le connaissait bien, et il l'accueillit avec affection :

— Ah, Don, heureux de vous voir ! Venez me raconter ce que vous avez sur le cœur. Car vous avez quelque chose sur le cœur. Je le vois toujours lorsque vous plissez le frontal de cette manière-là.

Le Dr Donald Craig lui adressa un sourire lugubre. C'était un jeune homme sérieux, assez beau, qui se prenait – et qui prenait son travail – au sérieux. Le vieux médecin à la retraite aimait beaucoup son jeune successeur, encore qu'il eût parfois souhaité que Donald Craig comprenne plus facilement la plaisanterie.

Craig refusa le verre qui lui était offert, et en vint droit au fait :

— J'ai de sacrés soucis, Mac.

— Plus de carences en vitamines, j'espère, rétorqua MacMaster.

De son point de vue, l'allusion aux carences en vitamines constituait une bonne plaisanterie : il lui avait, une fois, fallu recourir à un vétérinaire pour faire admettre au jeune Craig que le chat appartenant à l'un des bambins de sa clientèle ne souffrait que d'une teigne avancée.

— Cela n'a rien à voir avec mes patients, dit Donald Craig. Il s'agit de ma vie privée.

L'expression de MacMaster changea sur-le-champ :

— J'en suis désolé, mon garçon. Tout à fait désolé. Auriez-vous reçu de mauvaises nouvelles de chez vous ?

Le jeune praticien secoua la tête :

— Ce n'est pas cela. C'est… Voyez-vous, Mac, il faut que j'en parle à quelqu'un, et vous, vous les connaissez tous, vous êtes ici depuis des années, vous savez tout d'eux. Et j'ai besoin de savoir, moi aussi. J'ai besoin de savoir où j'en suis, et dans quel genre de pétrin.

Les sourcils broussailleux de MacMaster escaladèrent lentement sa boîte crânienne :

— Voyons le problème.

— Ce sont les Argyle. Vous savez… je suppose que tout le monde sait… que Hester Argyle et moi…

Le vieux médecin branla du chef.

— Une charmante petite entente, confirma-t-il, approbateur. C'était l'expression démodée dont on usait autrefois, et elle était excellente.

— Je suis follement amoureux d'elle, avoua Craig sans ambages, et je crois… oh ! j'en suis sûr… qu'elle m'aime aussi. Et, maintenant, tout cela arrive.

La compréhension illumina les traits de MacMaster :

— Ah oui ! La grâce accordée à Jacko Argyle. Une grâce qui vient trop tard pour lui.

— Oui. C'est cela qui me fait penser que… je sais que j'ai absolument tort de le penser, mais je n'y peux rien… qu'il aurait mieux valu que… que cet élément nouveau n'apparaisse jamais.

— Oh ! vous n'êtes pas le seul à le croire. Si je suis bien informé, nombre de gens partagent votre jugement, depuis le chef de la police locale en passant par la famille Argyle jusqu'à l'homme qui est revenu de l'Antarctique et qui a fourni ce nouveau témoignage. Il était ici, cet après-midi même.

Donald Craig parut stupéfait :

— Allons bon ! A-t-il dit quelque chose ?

— Qu'attendiez-vous qu'il dise ?

— A-t-il idée de qui…

Lentement, le Dr MacMaster secoua la tête :

— Non. Il n'en a pas idée. Comment le pourrait-il – débarquant à l'improviste et les voyant tous pour la première fois ? Il semble, d'ailleurs, que personne n'ait la moindre idée.

— Non. J'imagine que non.

— Qu'est-ce qui vous inquiète tant, Don ?

Donald Craig respira profondément :

— Hester m'a téléphoné le soir où ce Calgary est arrivé. Elle et moi, nous devions assister à Drymouth, après ma consultation, à une conférence sur les personnages criminels dans Shakespeare.

— Un sujet tout à fait d'actualité, commenta le vieux médecin.

— Et puis elle m'a appelé. Pour dire qu'elle ne venait pas. Mais elle était bouleversée. On aurait cru qu'elle… je ne saurais pas vous expliquer comment était sa voix.

— Son sang irlandais, diagnostiqua MacMaster.

— Elle avait l'air, en gros, accablée, terrifiée. Oh ! je ne peux pas vous l'expliquer.

— Eh bien, qu'espériez-vous ? Elle n'a pas encore vingt ans, n'est-ce pas ?

— Mais *pourquoi* est-elle aussi bouleversée ? Je vous assure, Mac, elle meurt de peur de quelque chose.

— Hum ! oui, eh bien… ce doit être le cas, j'imagine.

— Pensez-vous que… que pensez-vous ?

— C'est ce que vous pensez, vous, qui est important, releva MacMaster.

— Je suppose que, si je n'étais pas médecin, je ne commencerais pas à penser des choses pareilles, répliqua le jeune homme avec amertume. Elle serait ma petite amie, et ma petite amie ne pourrait pas mal faire. Mais, les choses étant ce qu'elles sont…

— Certes… Allons, déballez tout.

— Voyez-vous, je sais quelque chose de ce qui trouble Hester. Elle… elle est victime de son enfance difficile.

— Oui, concéda MacMaster. C'est ainsi que l'on dit de nos jours.

— Elle n'a pas eu le temps de s'intégrer comme il faut. A l'époque du meurtre, elle éprouvait des sentiments parfaitement normaux chez une jeune femme encore dans l'adolescence – une révolte contre l'autorité – une tentative d'échapper à l'amour étouffant qui cause tant de dégâts aujourd'hui. Elle voulait se rebeller, partir. Tout cela, elle me l'a dit d'elle-même. Elle a fait une fugue, et elle est entrée dans une troupe de théâtre itinérante de quatrième ordre. Vu ces circonstances, je trouve que sa mère s'est comportée très raisonnablement. Elle a suggéré que Hester aille à Londres, à l'Académie royale d'Art dramatique, pour y apprendre convenablement à devenir actrice si c'était ce qu'elle voulait. Mais ce n'était pas ce que Hester voulait. En réalité, sa fugue ne constituait qu'un geste symbolique. Elle n'avait pas sérieusement l'intention de suivre des cours de comédie, ni de monter sur les planches. Il s'agissait seulement pour elle de démontrer qu'elle pouvait être indépendante. Quoi qu'il en soit, les Argyle n'ont pas essayé de faire pression sur elle. Ils lui ont accordé une très coquette pension.

— En quoi ils se sont montrés très intelligents, remarqua MacMaster.

— Et puis elle a eu cette liaison idiote avec un membre de la compagnie. Un crétin entre deux âges. Au bout du compte, elle a compris par elle-même que le bonhomme ne valait rien. Mrs Argyle est venue lui régler son compte, et Hester a regagné le bercail.

— Après avoir appris sa leçon, ainsi que l'on disait en mon jeune temps. Mais, naturellement, personne n'apprécie d'avoir à l'apprendre. Et la jeune Hester n'a pas apprécié.

Donald Craig reprit, anxieux :

— Elle demeurait pleine d'une révolte refoulée. Ce qu'il y avait de pire, c'était qu'elle devait admettre, au moins pour elle-même si ce n'est ouvertement, que sa mère avait eu parfaitement raison. Qu'elle n'avait aucun talent de comédienne. Et que l'homme dont elle s'était entichée n'en valait pas la peine. Outre que, de surcroît, elle ne l'avait pas vraiment aimé. « Maman sait mieux que moi ce qui est bon pour moi » : c'est toujours exaspérant pour les jeunes.

— Certes, reconnut MacMaster. C'était l'un des problèmes de cette pauvre Mrs Argyle, même si elle ne l'aurait jamais envisagé ainsi. Le fait *qu'elle* avait presque toujours raison, *qu'elle* savait ce qu'il fallait. Eût-elle été l'une de ces femmes qui contractent des dettes, perdent leurs clefs, manquent le train et se livrent à des actions tellement stupides que les autres doivent venir à leur secours, sa famille tout entière l'aurait aimée bien davantage. C'est triste et cruel, mais ainsi va la vie. Elle n'était pas non plus assez intelligente pour parvenir à ses fins par la dissimulation. Elle était contente d'elle, vous savez. Enchantée de son pouvoir et de son jugement. Lorsque vous êtes jeune, il y a là une situation très difficile à affronter.

— Oh ! je sais, soupira Donald Craig. Je comprends tout cela. Et c'est parce que je le comprends aussi bien que je sens… que je me demande…

Il n'acheva pas.

— Vous préférez que je le dise à votre place, n'est-ce pas, Don ? Vous avez peur que ce ne soit votre Hester qui ait surpris l'algarade entre sa mère et Jacko, que l'entendre l'ait mise en rage, peut-être, et que, dans une crise de rébellion contre l'autorité, contre l'omniscience supposée de sa mère, elle n'ait pénétré dans la pièce, ne se soit emparée du pique-feu et ne l'ait tuée. Cest de cela que vous avez peur, non ?

Le jeune homme, accablé, hocha la tête :

— Pas vraiment. Je n'y crois pas mais… mais je sens… je sens que cela *aurait pu* se produire. Je ne crois pas que Hester ait le culot, l'équilibre qui… Je crois qu'elle est encore jeune pour son âge, incertaine d'elle-même, susceptible de perdre les pédales. Lorsque je regarde cette maisonnée, je n'en vois aucun qui me paraisse capable de commettre un acte pareil jusqu'à ce que j'en vienne à Hester. Et là… là, je ne suis plus sûr.

— Je vois, dit le Dr MacMaster. Oui, je vois.

— Je ne la blâme pas réellement, enchaîna Donald Craig avec vivacité. Je ne pense pas que la pauvre petite savait vraiment ce qu'elle faisait. Je ne qualifierais pas cela de meurtre. C'était seulement une manifestation de défi émotif, de rébellion, de désir d'être libre, née de la conviction qu'elle ne serait jamais libre – pas avant que sa mère ne soit plus là.

— Ce dernier point est probablement exact, estima MacMaster. C'est le seul genre de mobile qu'il y ait là, et il est bien particulier. Pas du genre qui a grande valeur au regard de la loi. Un désir d'être libre. Libre du poids d'une personnalité plus forte. Puisque aucun d'entre eux n'hérite de grosses sommes d'argent à la mort de Mrs Argyle, la justice considérera qu'ils n'avaient pas de mobile. Mais même le contrôle financier, j'imagine, restait largement aux mains de Mrs Argyle par le truchement de l'influence qu'elle exerçait sur les administrateurs. Oh ! oui, sa mort les a tous bel et bien libérés. Pas seulement Hester, mon garçon. Elle a donné à Leo la liberté d'épouser une autre femme. Elle a donné à Mary la liberté de veiller sur son mari comme elle l'entendait, et, à Micky, celle de mener sa propre existence comme il avait choisi de la mener. Même la petite Tina qui cache bien son jeu, blottie dans sa bibliothèque, peut avoir voulu sa liberté.

— Il fallait que je vienne vous en parler, reprit Donald Craig. J'avais besoin de savoir ce que vous pensiez, et si vous croyiez que… que cela pourrait être vrai.

— Au sujet de Hester ?

— Oui.

— Je pense que cela *pourrait* être vrai, répondit MacMaster avec lenteur. Je ne sais pas si ça l'est.

— Vous pensez que cela pourrait s'être passé exactement comme je vous l'ai dit ?

— Oui. Je crois que ce que vous avez imaginé n'est pas irréaliste et recèle un certain élément de probabilité. Mais ce n'est en aucune manière certain, Donald.

Le jeune homme émit un soupir saccadé :

— Mais il me *faut* des certitudes, Mac. C'est la seule chose que je juge nécessaire. Je dois *savoir*. Si Hester me le dit, si elle me le dit elle-même… alors, tout ira bien. Nous nous marierons aussi vite que possible. J'aurai soin d'elle.

— Encore heureux que le superintendant Huish ne puisse pas vous entendre, fit remarquer MacMaster, mi-figue mi-raisin.

— Je suis, par principe, un citoyen respectueux de la loi. Mais vous savez vous-même, Mac, quel sort les tribunaux réservent aux expertises psychologiques. De mon point de vue, il s'agissait d'un accidentt regrettable, non d'un meurtre commis de sang-froid, ou plutôt, en l'occurrence, de sang chaud.

— Vous êtes amoureux de cette fille.

— Je m'adresse à vous à titre confidentiel, attention.

— Je comprends cela.

— Tout ce que je dis, c'est que si Hester se confie à moi, et que je sache, nous oublierons ensemble. Mais elle doit me le dire. Je ne peux pas continuer à vivre sans savoir.

— Vous entendez que vous n'êtes pas prêt à l'épouser tant que cette hypothèque laissera planer son ombre sur les choses ?

— Le seriez-vous, à ma place ?

— Je ne sais pas, martela MacMaster. Mais, autrefois, si cela m'était arrivé à moi, et que j'aie été amoureux de cette jeune fille, j'aurais probablement été convaincu qu'elle était innocente.

— Ce ne sont pas tant la culpabilité ou l'innocence qui m'importent, mais je dois savoir.

— Et si elle a bien tué sa mère, vous êtes tout prêt à l'épouser, et à vivre heureux pour toujours, comme l'on dit ?

— Oui.

— Cest ce que vous croyez ! s'écria le vieux médecin. Vous vous demanderez vite si le goût amer de votre café provient bien du café, et vous penserez que le pique-feu, au coin de la cheminée, est décidément un peu trop massif. Et elle vous verra le penser. Cela ne marchera pas…

10

— Je suis convaincu, Marshall, que vous saisissez les raisons qui m'ont poussé à solliciter votre venue ici pour assister à cette réunion.

— Oui, certainement, Mr Argyle. Le fait est que si vous ne me l'aviez pas demandé, je vous aurais moi-même suggéré de venir. L'annonce officielle de la grâce était, ce matin, dans tous les quotidiens, et il n'y a pas le moindre doute que cela va conduire à un regain d'intérêt pour l'affaire de la part de la presse.

— Quelques journalistes nous ont déjà téléphoné pour solliciter des interviews, confirma Mary Durrant.

— Certes, déplora Mr Marshall, on ne pouvait que s'y attendre, je crois. Je vous conseillerais de vous en tenir à une position selon laquelle vous n'avez aucun commentaire à faire. Naturellement, vous êtes enchantés, et reconnaissants, mais vous préférez ne pas discuter du sujet.

— Le superintendant Huish, qui était à l'époque chargé du dossier, a demandé à s'entretenir avec nous tous demain matin, ajouta Leo Argyle.

— Oui. Oui, je crains que, dans une certaine mesure, l'enquête ne soit rouverte, encore que je ne puisse imaginer que la police espère le moins du monde déboucher sur un résultat tangible. Après tout, deux années se sont déjà écoulées, et tout ce dont les gens auraient pu se souvenir à ce moment-là – les gens du village, j'entends – doit être maintenant totalement oublié. Il va de soi que c'est regrettable, par bien des aspects, mais nul n'y peut rien.

— Les faits eux-mêmes semblent parfaitement clairs, reprit Mary Durrant. La maison était verrouillée de toutes parts, par crainte des cambriolages. Mais si quiconque était venu requérir le secours de ma mère pour un cas très spécial ou avait prétendu être un ami d'ami, je suis convaincue qu'elle l'aurait fait entrer. Mon père, ici présent, croyait avoir entendu un coup de sonnette juste après 7 heures.

Marshall adressa à Leo Argyle un regard interrogateur.

— Oui, je pense avoir dit cela, confirma Leo Argyle. Bien entendu, je ne m'en souviens plus guère avec clarté, mais, à ce moment-là, j'avais effectivement l'impression d'avoir perçu la sonnerie de la porte d'entrée. J'étais prêt à descendre et c'est alors que j'ai entendu la porte s'ouvrir et se refermer. Il n'y avait aucun bruit de voix, ni rien qui puisse indiquer que quelqu'un tentait de forcer le passage ou se comportait grossièrement. Cela, je pense que j'aurais dû l'entendre.

— En effet, en effet, convint Mr Marshall. Oui, je pense que c'est ainsi, indubitablement, que cela doit s'être passé. Hélas, nous ne savons que trop que nombre de gens dépourvus de principes parviennent à pénétrer dans une demeure grâce à la fable plausible d'un malheur imaginaire, et qui, ayant été introduits dans les lieux, tentent d'assommer le propriétaire pour s'enfuir avec tout l'argent dont ils peuvent s'emparer. Oui, je pense que nous nous devons de supposer aujourd'hui que c'est cela qui est arrivé.

Mr Marshall s'exprimait d'une voix persuasive. Tout en parlant, il observait la petite assemblée, portant une attention soutenue à chacun des participants et les étiquetant avec précision dans son cerveau méticuleux. Mary Durrant, belle, dépourvue d'imagination, impassible, un peu lointaine même, en apparence très sûre d'elle. Derrière elle, dans son fauteuil roulant, son mari. Un garçon intelligent, ce Philip Durrant, pensait, *in petto*, Mr Marshall. Un homme qui aurait pu accomplir beaucoup et aller loin, n'eût été son jugement désastreux pour tout ce qui concernait les affaires. Il ne prenait pas tout cela, de l'avis de Marshall, avec autant de sang-froid que son épouse. Ses yeux demeuraient alertes et songeurs. Il comprenait, mieux que personne, les implications du problème. Mary Durrant, naturellement, pouvait n'être pas aussi calme qu'il y paraissait.

Jeune fille ou femme, elle avait toujours su dissimuler ses sentiments.

Comme Philip Durrant s'agitait un peu dans son fauteuil, ses yeux brillants et malins fixant l'homme de loi avec une légère lueur d'ironie, Mary tourna vivement la tête. La totale adoration qu'il lut dans le regard qu'elle adressa à son mari faillit faire sursauter l'homme de loi. Il savait, évidemment, que Mary Durrant était très attachée à son époux, mais il l'avait si longtemps tenue pour une créature placide et sans passion, dépourvue d'affections vigoureuses comme de haines fortes, que cette révélation soudaine le laissait pantois. Ainsi donc, c'était cela qu'elle éprouvait pour le bonhomme, hein ? Quant à Philip Durrant, il semblait mal à l'aise. Inquiet de l'avenir, jugea Marshall. Il pouvait l'être, en effet !

Micky avait pris place en face de l'homme de loi. Jeune, beau, amer. Pourquoi était-il devenu aussi amer ? s'interrogeait, par parenthèse, Mr Marshall. N'avait-on pas, toujours, tout fait pour lui ? Pourquoi affichait-il l'expression d'un homme en guerre permanente contre l'univers ? Assise à côté de lui, Tina avait assez l'air d'un élégant petit chat noir : très brune, une voix douce, de grands yeux sombres et des mouvements d'une grâce ondulante. Paisible, et pourtant, peut-être, émotive derrière cette façade ? Marshall savait en réalité bien peu de Tina. Elle avait accepté le poste de bibliothécaire à la bibliothèque du comté que Mrs Argyle lui avait suggéré. Elle disposait d'un appartement à Redmyn et revenait à la maison pour les week-ends. En apparence, un membre de la famille docile et satisfait. De toute façon, elle était hors de cause, ou elle devait l'être. Le soir du drame, elle n'était pas là. Encore que Redmyn ne soit qu'à une quarantaine de kilomètres. Tout de même, on pouvait les présumer, Micky et elle, en dehors de l'affaire.

Marshall toisa d'un coup d'œil rapide Kirsten Lindstrom, qui l'observait avec une nuance d'agressivité. Supposons, pensa-t-il, que ce soit *elle* qui ait été atteinte de folie furieuse et qui s'en soit prise à sa patronne ? Cela ne l'aurait pas vraiment étonné. Rien, en réalité, ne pouvait plus vous surprendre lorsque vous aviez été l'un des serviteurs de la loi depuis des années. Le jargon moderne avait un terme pour des femmes comme la Suédoise. La célibataire refoulée. Envieuse, jalouse, remâchant ses rancunes pour des motifs réels ou fantasmés. Oh ! oui, il y avait un terme pour cela. Et comme ce serait commode, songeait Mr Marshall sans trop d'objectivité. Oui, très commode. Une étrangère au pays et à la famille. Mais Kirsten Lindstrom aurait-elle, de propos délibéré, piégé Jacko, surpris la querelle et profité de l'occasion ? Cela, c'était beaucoup plus difficile à croire. Car Kirsten Lindstrom adorait Jacko. Elle avait toujours voué une passion à tous les enfants. Non, il ne pouvait pas croire cela d'elle. Quel dommage, parce que… Non, il ne devait pas laisser son esprit s'engager sur cette voie-là.

Son regard se porta ensuite sur Leo Argyle et sur Gwenda Vaughan. Leurs fiançailles n'avaient pas été annoncées, ce qui valait mieux. Une sage décision. Marshall lui-même avait pris la plume pour sous-entendre que ce serait préférable. Naturellement, dans le village, leur idylle n'était sans doute qu'un secret de polichinelle dont la police, très probablement, avait eu vent, elle aussi. Du point de vue des policiers, c'était exactement le bon type de réponse à l'énigme. Avec d'innombrables précédents : le mari, l'épouse… et l'autre. Mais, de quelque côté qu'il envisageât la question, Marshall ne pouvait croire que Leo Argyle s'était attaqué à sa femme. Non, réellement, il ne pouvait pas y croire. Après tout, il connaissait Leo Argyle depuis de longues années et avait de lui une très haute opinion. Un intellectuel. Un homme aux idées généreuses, profondément cultivé, qui portait sur l'existence un œil philosophe et détaché. Pas le type d'homme à assassiner son épouse à coups de pique-feu. Evidemment, à un certain âge, lorsqu'un homme tombe amoureux… Mais non ! Ça, c'était bon pour les journaux. Une lecture plaisante pour les dimanches dans l'ensemble des îles britanniques, semblait-il ! Mais, vraiment, on ne pouvait imaginer que Leo…

Et la femme ? Marshall ne connaissait guère Gwenda Vaughan. Il nota ses lèvres pleines et sa silhouette épanouie. Elle était amoureuse de Leo. Oh ! oui, et depuis longtemps, à n'en pas douter. Qu'en aurait-il été d'un divorce, il se le demandait. Comment Mrs Argyle y aurait-elle réagi ? Au vrai, il n'en savait rien, mais il estimait que cette idée n'aurait pas plu à Leo Argyle, demeuré assez vieux jeu. Il ne pensait pas non plus que Gwenda Vaughan fût la maîtresse de Leo, ce qui ne faisait qu'accroître la probabilité que, si la jeune femme avait entrevu une possibilité d'éliminer Mrs Argyle avec la certitude qu'aucun soupçon ne se porterait sur elle… Il s'accorda un instant avant de poursuivre sa réflexion. Gwenda aurait-elle sacrifié Jacko sans ciller ? Il ne croyait pas qu'elle ait jamais beaucoup aimé Jacko. Le charme de Jacko n'agissait pas sur elle. Et les femmes – Mr Marshall ne le savait que trop – étaient dénuées de scrupules. Donc, on ne pouvait écarter Gwenda Vaughan. Il était douteux qu'après un tel délai, la police puisse réunir des preuves. Et il ne voyait pas quelle preuve pourrait être découverte à l'encontre de Gwenda. Elle s'était trouvée dans la maison ce jour-là, elle avait travaillé avec Leo dans la bibliothèque, elle lui avait dit bonsoir, elle était partie, et elle avait descendu l'escalier. Nul ne pouvait dire si elle n'avait pas fait un détour par le bureau de Mrs Argyle, si elle ne s'était pas emparée du pique-feu et si elle ne s'était pas approchée par-derrière de la victime, penchée sans méfiance sur ses papiers. Et ensuite, Mrs Argyle ayant été tuée sans un cri, tout ce que Gwenda Vaughan aurait eu à faire aurait été de reposer son instrument contondant, d'aller jusqu'à la porte et de rentrer chez elle, exactement comme tous les jours. Mr Marshall ne voyait pas comment la police, ou qui que ce soit, pourrait jamais établir si c'était ainsi qu'elle avait agi.

Son regard en vint à Hester. Une jolie jeune fille. Non, pas jolie. Réellement belle. D'une beauté étrange, et un peu inquiétante. Il aurait aimé savoir qui avaient été ses parents naturels. Il y avait en elle quelque chose de sauvage, d'indompté. Oui, à son sujet, on pouvait presque recourir à l'épithète de *désespéré.* Mais de quoi se désespérait-elle ? Elle avait fait une fugue stupide pour monter sur les planches, et elle avait eu une liaison tout aussi stupide avec un homme qui ne convenait pas. Et puis elle avait fini par entendre raison, elle avait regagné avec Mrs Argyle la maison familiale où elle s'était à nouveau installée. Tout de même, on ne pouvait pas vraiment exclure Hester, parce que l'on ne savait pas comment son psychisme fonctionnait. On ignorait l'effet qu'un instant de désespoir fou pouvait produire sur elle. Mais la police l'ignorerait aussi.

En fait, en vint à conclure Mr Marshall, il paraissait très improbable que les policiers, même s'ils parvenaient à déterminer *qui* était le coupable, y puissent réellement grand-chose. Donc, dans l'ensemble, la situation pouvait être considérée comme satisfaisante. Satisfaisante ? Mr Marshall fut saisi d'un léger haut-le-corps en méditant ce mot. Etait-ce satisfaisant ? Une impasse constituait-elle une solution acceptable au problème ? Il se demandait si les Argyle connaissaient eux-mêmes la réponse. Il décida que non. Ils ne savaient pas. A l'exception, cela va de soi, de celui d'entre eux qui le savait trop bien… Non, ils ne savaient pas, mais entretenaient-ils des soupçons ? Si ce n'était pas encore le cas, ce le serait bientôt, car, lorsque vous ne savez pas, vous ne pouvez vous empêcher de vous interroger, de tenter de vous souvenir… Inconfortable. Oui, oui, une situation des plus inconfortables.

Toutes ces réflexions ne lui avaient guère pris de temps. Mr Marshall émergea de sa petite rêverie pour apercevoir les yeux de Micky fixés sur lui, avec un éclat moqueur :

— Donc, c'est là votre verdict, Mr Marshall, non ? Quelqu'un de l'extérieur, un rôdeur inconnu, l'affreux personnage qui assassine, qui vole et qui s'enfuit avec le fruit de son larcin ?

— Il semblerait, répliqua l'homme de loi, que c'est là l'hypothèse qu'il nous faut accepter.

Micky se laissa aller contre le dossier de son fauteuil en éclatant de rire :

— C'est notre version, et nous devons nous y tenir, hein ?

— Eh bien, oui, Michael, c'est cela que je recommanderais, en effet.

Il y avait une nette nuance d'avertissement dans la voix de Marshall.

Micky hocha la tête :

— Je vois. C'est là ce que vous nous conseillez. Oui. Oui, vous avez certainement raison. Mais vous n'y croyez pas, non ?

Mr Marshall lui lança un regard glacial. C'était toujours le problème avec les gens qui ne possédaient pas le sens de la discrétion requis dans sa profession. Ils voulaient mordicus dire tout haut des choses qui gagnaient grandement à être tues.

— Pour ce qu'elle vaut, trancha-t-il, c'est bien là mon opinion.

La sécheresse de son ton véhiculait un monde de réprobation. Micky lança un coup d'œil autour de la table :

— Qu'est-ce que nous en pensons tous ? lança-t-il à la cantonade. Hé, Tina, ma chérie, pendant que tu regardes tranquillement le bout de ton nez, tu n'as aucune idée ? Une version non expurgée, pour ainsi dire ? Et toi, Mary ? Tu n'as pas beaucoup parlé.

— Je suis, bien entendu, d'accord avec Mr Marshall, rétorqua Mary avec quelque aigreur. Quelle autre solution pourrait-il y avoir ?

— Philip ne partage pas ton avis, fit valoir Micky.

Mary se tourna vivement vers son mari.

— Vous feriez mieux de tenir votre langue, Micky, déclara Philip Durrant, très tranquille. Trop parler n'apporte rien de bon quand on est coincé. Et nous sommes coincés.

— Donc personne ne va avoir une autre opinion, n'est-ce pas ? reprit Micky. Très bien. Marchons comme ça. Mais réfléchissons-y tous un peu ce soir, quand nous irons au lit. Ce serait assez recommandé, vous savez. Après tout, on veut savoir où on en est, si je puis dire. Vous ne sauriez pas une chose ou deux, Kirsty ? C'est, en général, le cas. Aussi loin que je puisse m'en souvenir, vous avez toujours su ce qui se passait, encore que je reconnaisse, à votre éloge, que vous n'en disiez rien.

— Je pense, Micky, que tu devrais tenir ta langue, riposta Kirsten Lindstrom, non sans dignité. Mr Marshall a raison. Il n'est pas sage de trop parler.

— Nous pourrions mettre la question aux voix, ricana Micky. Ou bien écrire un nom sur un bout de papier et mettre le tout dans un chapeau. Ce serait intéressant, non ? De voir sur qui se portent les suffrages.

Cette fois, Kirsten Lindstrom éleva la voix :

— Tais-toi. Ne te conduis pas en petit garçon stupide et insolent comme autrefois. Tu es un adulte, maintenant.

— Je disais seulement qu'il fallait y réfléchir, marmonna Micky, dépité.

— Nous y réfléchirons tous, dit Kirsten Lindstrom.

Son ton était amer.

11

La nuit était tombée sur Sunny Point.

A l'abri de ses murs, sept personnes se retirèrent pour dormir, mais aucune d'elles ne put trouver un bon sommeil…

Depuis sa maladie et la perte de toute activité physique, Philip Durrant avait, chaque jour davantage, cherché le réconfort dans le travail de l'esprit. Doué depuis toujours d'une brillante intelligence, il avait pris conscience des ressources qui lui étaient ouvertes par son intellect. Il s'amusait parfois à pronostiquer les réactions de son entourage à des *stimuli* adéquats. Souvent, ses paroles et ses actes ne coulaient pas naturellement de source, mais avaient été calculés dans le seul et unique but d'observer les effets qu'ils suscitaient. Il jouait là à une espèce de jeu. Lorsqu'il obtenait la réaction qu'il avait prévue, il s'accordait, en quelque sorte, une bonne note.

Ce passe-temps avait eu pour conséquence que, pour la première fois de sa vie, peut-être, il s'était mis à observer assidûment les différences et les réalités de la nature humaine.

Ses semblables, en tant que tels, ne l'avaient guère intéressé jusque-là. Il aimait, ou il détestait, ceux qui l'entouraient ou qu'il rencontrait. Ils l'amusaient, ou ils l'ennuyaient. Il avait toujours été homme d'action, non de réflexion. Il n'avait employé ses capacités d'imagination, qui étaient considérables, qu'à échafauder divers plans en vue de faire fortune. Tous reposaient sur une base saine. Mais, à cause de son manque complet de sens des affaires, ils n'avaient jamais abouti à rien. Auparavant, il n'avait considéré les gens que comme des pions sur un échiquier. Maintenant, depuis que la maladie l'avait coupé de la vie active qu'il avait connue, il avait été forcé de prendre en compte ce qu'étaient réellement les autres.

Tout avait commencé à l'hôpital, où il avait été contraint, parce qu'il n'avait plus rien d'autre pour s'occuper, de porter attention à la vie amoureuse des infirmières, aux guerres secrètes et aux petits conflits internes d'un établissement hospitalier. Mais ce lui était vite devenu une habitude. Les gens : c'était désormais tout ce que l'existence avait à lui proposer. Seulement les gens. Des gens à étudier, à analyser, à classer. Au sujet desquels il lui fallait supputer ce qui les faisait réagir, puis voir s'il avait eu raison. Vraiment, cela pouvait se révéler très intéressant…

Ce soir seulement, assis dans la bibliothèque, il avait compris à quel point, en réalité, il en savait peu sur la famille de sa femme. Qui étaient-ils, vraiment ? Qui étaient-ils au fond d'eux-mêmes, s'entend ? Car leurs apparences, il les connaissait très bien.

Curieux de constater à quel point on était ignorant des autres. Même de sa propre épouse ?

Il avait porté sur Mary un regard pensif. Fondamentalement, que savait-il de Mary ?

Il était tombé amoureux d'elle parce qu'il avait aimé sa beauté et son comportement calme et sérieux. Qu'elle ait eu de l'argent avait aussi beaucoup compté pour lui. Il y aurait réfléchi à deux fois avant de convoler avec une fille sans le sou. Tout s'était combiné au mieux, et il l'avait épousée, il s'était moqué d'elle, il l'avait surnommée Polly, et il s'était réjoui de son regard interloqué lorsqu'il faisait des plaisanteries qu'elle ne comprenait pas. Mais, à la vérité, que *savait-il* d'elle ? De ce qu'elle pensait et de ce qu'elle ressentait ? Il savait, de toute certitude, qu'elle l'aimait, avec un attachement profond et passionné. A la pensée de cet attachement, il s'agita, mal à l'aise, secouant ses épaules comme s'il voulait les soulager d'un fardeau. L'attachement passionné, c'était parfait lorsque l'on pouvait y échapper neuf ou dix heures par jour. C'était délicieux de le retrouver en rentrant chez soi. Mais, maintenant, il s'en sentait prisonnier. On veillait sur lui, on le soignait, on le chérissait… Il lui fallait trouver des voies pour s'en évader. Des voies mentales – puisqu'il n'en était plus d'autres possibles. Il fallait fuir dans le royaume de l'imaginaire et des interrogations.

Des interrogations… sur le responsable de la mort de sa belle-mère, par exemple. Il avait détesté belle-maman autant qu'elle l'avait détesté. Elle n'avait pas voulu que Mary l'épouse (aurait-elle voulu que Mary épouse quiconque ? se demandait-il), mais elle n'avait pas pu empêcher leur mariage. Mary et lui avaient mené une vie heureuse et indépendante – et puis les choses avaient commencé de mal tourner. D'abord cette société sud-américaine, et puis la Bicycle Accessories Ltd – de bonnes idées, dans les deux cas, mais leur financement avait été très mal évalué –, et enfin la grève des chemins de fer, en Argentine, qui avait marqué le point culminant du désastre. Tout cela n'avait été que pure malchance, mais, d'une certaine façon, il en attribuait la responsabilité à Mrs Argyle. Elle n'avait pas souhaité qu'il réussisse. Puis il avait été atteint par sa maladie. Il lui avait bien semblé que l'unique solution à leur disposition consistait à aller vivre à Sunny Point, où ils seraient assurément les bienvenus. Cela lui aurait été assez égal. A un homme paralysé, qui n'est plus que la moitié d'un homme, qu'importe où il vit ?… Mais Mary n'aurait pas apprécié.

Eh bien, il n'avait pas été nécessaire de s'installer en permanence à Sunny Point. Mrs Argyle avait été assassinée. Les administrateurs avaient augmenté la pension allouée à Mary au titre du fidéicommis, et ils avaient pu se créer un nouveau chez-eux.

Il n'avait pas éprouvé un chagrin particulier à la mort de Mrs Argyle. Il lui eût été plus agréable, bien entendu, qu'elle fût morte dans son lit, d'une pneumonie ou de tout autre mal semblable. Un assassinat, c'était une sale affaire, qui provoquait une notoriété de mauvais aloi et des manchettes fracassantes. Pourtant, pour un assassinat, celui-là avait été un assassinat des plus satisfaisants – dont l'auteur, à l'évidence, avait une case en moins, ce pour quoi le jargon des psychiatres aurait avancé force qualificatifs plus décents. Pas le propre frère de Mary. Non, l'un de ces « enfants adoptés », porteur de tares héréditaires, qui, si souvent, finissent mal. Mais ça ne se présentait plus aussi bien, maintenant. Le lendemain, le superintendant Huish allait venir poser des questions avec son doux accent de l'Ouest. Il valait mieux, peut-être, réfléchir d'avance aux réponses…

Mary brossait ses longs cheveux blonds devant le miroir. Quelque chose, dans son calme détaché, l'agaça.

— Ton histoire pour demain est prête, Polly ? s'enquit-il.

Elle tourna vers lui des yeux surpris.

— Le superintendant Huish va débarquer, reprit-il. Il va de nouveau t'interroger à fond sur ce qu'ont été tes mouvements dans la soirée du 9 novembre.

— Oh ! je vois. Cela fait si longtemps, aujourd'hui. On ne peut plus s'en souvenir.

— Mais, lui, il *peut*. C'est le problème. Il *peut*. Tout a été écrit quelque part dans son joli petit bloc-notes de policier.

— Ah bon ? Ils gardent tout ça ?

— Ils le conservent probablement en triple exemplaire pendant dix ans ! Eh bien, Polly, pour tes mouvements à toi, ça se résume très simplement. Il n'y en a eu aucun. Tu étais ici, dans cette chambre, en ma compagnie. Et, si j'étais toi, je m'abstiendrais de révéler que j'en suis sortie entre 7 heures et 7 heures et demie.

— Mais c'était seulement pour aller aux toilettes. Il faut tout de même, fit-elle valoir, très raisonnable, que chacun aille aux toilettes.

— Tu ne lui avais pas signalé ce fait à l'époque. Je m'en souviens.

— Je suppose que j'avais oublié.

— Je pensais que ça pouvait avoir été de l'instinct de conservation… de toute façon, je me souviens d'avoir corroboré tes dires. Nous étions ici, ensemble, à jouer au piquet, depuis 6 heures et demie jusqu'au moment où Kirsty a donné l'alarme. C'est là notre version, et nous nous y tiendrons.

— Très bien, chéri, acquiesça-t-elle, placide, indifférente.

« N'a-t-elle aucune imagination ? se demanda-t-il. Ne prévoit-elle pas que nous entrons dans une zone de turbulences ? »

Il se pencha vers elle :

— C'est intéressant, tu sais… *Toi,* ça ne t'intéresse pas de savoir qui l'a tuée ? Nous savons tous – Micky avait raison sur ce point – que c'est l'un de nous. Ça ne t'intéresse pas de connaître lequel ?

— Ce n'était ni toi ni moi, répliqua Mary.

— Et c'est tout ce qui t'intéresse ? Polly, tu es merveilleuse !

Elle rougit à peine :

— Je ne vois pas ce que cela a d'étrange.

— Non, je me rends bien compte que tu ne le vois pas… Eh bien, moi, je suis différent de toi. Je suis curieux.

— J'imagine que nous ne saurons jamais. Et j'imagine aussi que la police ne saura jamais, elle non plus.

— Peut-être que non. Les policiers n'ont pas grand-chose pour démarrer. Mais nous ne sommes pas du tout dans la même position que la police.

— Que veux-tu dire, Philip ?

— Eh bien, nous disposons de quelques informations de l'intérieur. Nous connaissons notre petit monde – et nous avons une assez bonne idée de ce qui les fait réagir. Tu devrais en avoir une, en tout cas. Tu as grandi avec eux tous. Ecoutons tes vues sur le sujet. Qui penses-tu que c'était ?

— Je n'en ai pas la moindre idée, Philip.

— Alors, essaie de deviner.

— Je préfère ne pas savoir qui a fait ça, rétorqua Mary avec aigreur. Je préfère même ne pas y penser.

— Autruche, commenta Philip Durrant.

— Honnêtement je ne vois pas l'utilité de… de deviner. Il vaut mieux ne pas savoir. Ainsi, nous pourrons tous poursuivre notre existence comme si de rien n'était.

— Oh ! non, nous ne pourrons pas. C'est là que tu te trompes. La gangrène a déjà fait son apparition.

— Que veux-tu dire ?

— Eh bien, prends Hester et son petit ami – le jeune et austère Dr Donald Craig. Un garçon sympathique, sérieux, inquiet. Il ne croit pas vraiment qu'elle est coupable – mais il n'est pas vraiment persuadé qu'elle ne l'est pas ! C'est pourquoi il la scrute avec anxiété, quand, croit-il, elle ne le remarque pas. Mais elle s'en aperçoit tout à fait. Et nous y voici ! Peut-être est-elle coupable – tu le saurais mieux que moi –, mais, si elle ne l'est pas, que diable peut-elle faire auprès de son petit copain ? Lui répéter : « Je vous en prie, ce n'était pas moi » ? Mais c'est ce qu'elle dirait en tout état de cause.

— Franchement, Philip. Je crois que tu te laisses emporter par ton imagination.

— Toi, Polly, toi, tu n'en as aucune. Prends maintenant ce pauvre Leo. Les carillons joyeux résonnant pour ses noces avec Gwenda s'éloignent de plus en plus. La demoiselle en est terriblement bouleversée. L'as-tu remarqué ?

— Réellement, je ne vois pas dans quel but père veut se remarier à son âge.

— Lui, il le voit ! Mais il voit aussi très bien que la moindre rumeur d'une liaison avec Gwenda leur collerait sur le dos, à tous deux, un mobile de première classe pour un assassinat. Fâcheux !

— C'est incroyable de penser une seule seconde que père ait pu tuer mère ! Des choses comme cela n'existent pas.

— Oh ! que si, rétorqua Philip Durrant. Lis donc les journaux.

— Pas dans notre milieu.

— L'assassinat n'a rien à faire avec le snobisme, Polly. Et puis il y a Micky. Quelque chose le ronge. C'est un garçon étrange, amer. Tina paraît à l'aise, sans inquiétude, détachée. Mais si l'impassibilité pouvait se faire femme, ce serait bien elle. Sans compter cette pauvre vieille Kirsty…

Une pointe d'animation se peignit sur les traits de Mary :

— *Ça*, ce serait une solution !

— Kirsty ?

— Oui. Après tout, c'est une étrangère. Et je crois qu'elle a souffert d'horribles migraines, il y a un an ou deux… Il semble bien plus vraisemblable que ce soit elle qui ait tué qu'aucun d'entre nous.

— La malheureuse ! répliqua Philip. Ne comprends-tu pas que c'est précisément ce qu'elle est en train de se dire à elle-même ? Que nous sommes tous d'avis que c'est elle ? Parce que c'est commode. Parce qu'elle n'appartient pas à la famille. N'as-tu pas remarqué, ce soir, qu'elle était quasiment folle d'inquiétude ? Et elle se trouve dans la même situation que Hester. Que peut-elle faire ou dire ? Nous jurer à tous : « Je n'ai pas tué ma patronne et amie » ? Quel poids aurait pareille déclaration ? Et c'est peut-être sacrément pire pour elle que pour qui que ce soit d'autre… parce qu'elle est seule. Elle va remâcher dans sa tête chaque mot qu'elle a jamais prononcé, revoir chaque regard de colère qu'elle a pu jeter à ta mère – en pensant que l'on pourra s'en souvenir à son encontre. En se sachant impuissante à démontrer son innocence.

— Je souhaiterais que tu te calmes, Philip. Après tout, qu'y pouvons-nous ?

— Rien, sauf à tenter de découvrir la vérité.

— Mais comment serait-ce possible ?

— Il doit exister des moyens. J'ai assez envie d'essayer.

Un certain malaise marqua les traits de Mary :

— Quelles sortes de moyens ?

— Oh ! lâcher des choses – regarder comment les gens réagissent… on peut y réfléchir…

Il se tut un instant, l'esprit en alerte :

— … des choses qui auraient une signification pour un coupable, mais pas pour un innocent…

A nouveau, il se tut, tournant et retournant les idées qui lui venaient.

Il releva les yeux.

— Tu ne veux pas aider les innocents, Mary ? demanda-t-il enfin.

— Non ! explosa-t-elle en venant s'agenouiller à côté de son fauteuil. Je ne veux pas que tu te mêles de tout ça, Philip. Ne commence pas à dire des choses et à tendre des pièges. Ne te mêle pas de ça. Oh ! pour l'amour de Dieu, ne t'en mêle *pas* !

Les sourcils de Philip Durrant s'étaient relevés.

— Eh bien…, murmura-t-il, eh bien…

Et il posa la main sur la douce chevelure dorée.

*

Michael Argyle, allongé sans pouvoir dormir, fixait l'obscurité.

Son esprit tournait comme un écureuil en cage et revoyait le passé. Pourquoi ne pouvait-il pas l'abandonner derrière lui ? Pourquoi devrait-il traîner ce passé toute sa vie ? Et quelle importance cela avait-il, de toute façon ? Pourquoi lui fallait-il se souvenir, avec autant de clarté, de la chambre accueillante qui sentait le renfermé dans le taudis de Londres, quand il était « not' Micky à nous » ? L'ambiance excitante de tous les jours ! Les jeux de la rue ! Les bagarres avec les autres gamins ! Sa mère, avec sa chevelure d'un or éclatant (une teinture à bon marché, jugeait-il dans sa sagesse d'adulte), ses rages soudaines quand elle se jetait sur lui pour lui taper dessus (le gin, naturellement !), et sa gaieté folle lorsqu'elle était de bonne humeur. Les délicieux soupers de poisson-frites et les chansons qu'elle chantait – des beuglantes sentimentales. Quelquefois, elle l'emmenait au cinéma. Bien sûr, il y avait toujours les oncles – c'est ainsi, toujours, qu'il devait les appeler. Son propre père était parti avant qu'il ne puisse le conserver dans sa mémoire… mais sa mère n'aurait pas supporté que l'oncle du jour lève la main sur lui. « Tu fiches la paix à not' Micky à nous », ordonnait-elle.

Et puis il y avait eu l'excitation de la guerre. L'attente des bombardiers de Hitler – les sirènes qui arrêtaient tout. Les « Minnie mugissantes », comme on les surnommait. Descendre dans le métro pour y passer la nuit. Quelle rigolade ! Tous les gens de la rue y étaient aussi, avec leurs sandwiches et leurs bouteilles de boissons gazeuses. Et les rames qui circulaient pratiquement sans arrêt. Ça, ç'avait été la vie ! Au beau milieu de la mêlée !

Et puis il était venu là, à la campagne. Dans un endroit ni mort ni vivant, où il ne se passait jamais rien !

« Tu r'viendras, chéri, quand tout il s'ra fini », lui avait dit sa mère, mais sans conviction, comme si ce n'était pas réellement vrai. Elle n'avait pas paru se soucier de son départ. Et pourquoi ne l'avait-elle pas accompagné ? Bien des enfants de leur rue avaient été évacués avec leurs mamans. Mais sa mère à lui n'avait pas voulu venir. Elle allait partir pour le Nord (avec l'oncle du moment, un oncle Harry !), pour travailler dans les fabriques de munitions.

Il aurait dû comprendre alors, malgré son au revoir affectueux. Elle ne l'aimait pas vraiment… Le gin, pensait-il, était tout ce qu'elle aimait. Le gin et les oncles…

Il était resté là, captif, prisonnier, mangeant des repas bizarres et sans goût. Allant au lit – c'était à n'y pas croire – à 6 heures du soir, après un souper stupide composé de lait et de biscuits (du lait et des biscuits !), et restant éveillé, en larmes, sa tête cachée sous le drap, pleurant sa maman et son chez-lui.

C'était cette femme ! Elle s'était emparée de lui, et elle ne le laisserait plus partir. Pleine de phrases gnangnan. Toujours à le faire jouer à des jeux idiots. Voulant quelque chose de lui. Quelque chose qu'il était bien déterminé à ne pas lui donner. Peu importe. Il attendrait. Il serait patient ! Mais un jour – un jour magnifique – il rentrerait *chez lui*. Chez lui, dans les rues, avec les superbes bus rouges, et le métro, et les poisson-frites, et la circulation, et les chats du voisinage… Sa mémoire, dans sa nostalgie, énumérait la liste de tous les plaisirs londoniens. Il devait attendre. La guerre ne durerait pas toujours. Et il était là, bloqué dans cet endroit imbécile alors que les bombes pleuvaient sur toute la capitale, et que la moitié de Londres était en flammes… De Dieu ! Quel bel incendie ce devait être, avec tous les tués, et les maisons qui s'effondraient.

Tout cela, il le revoyait dans son esprit – comme sur grand écran et en technicolor.

Ça ne faisait rien. Quand la guerre serait finie, il reviendrait chez maman. Elle serait étonnée de voir comme il avait grandi.

Dans le noir, Michael Argyle lâcha son souffle en un long sifflement.

La guerre avait bel et bien fini. On avait eu Hitler et Musso… Plusieurs des enfants étaient rentrés chez eux. Maintenant, bientôt… Mais *elle*, elle était revenue de Londres, et elle lui avait dit qu'il resterait à Sunny Point et qu'il deviendrait son propre petit garçon…

Il l'avait interrogée :

— Où elle est, ma maman ? Elle a pris une bombe ?

Si elle avait été tuée par une bombe – eh bien, ça n'aurait pas été trop moche. Ça arrivait aux mères des petits garçons.

Mais Mrs Argyle avait répondu que non, qu'elle n'avait pas été tuée. Mais qu'elle avait un travail assez difficile à faire, et qu'elle ne pouvait pas très bien s'occuper d'un enfant – ce genre de choses, en tout cas. De la guimauve, qui ne signifiait rien… Sauf que sa mère ne l'aimait pas, qu'elle ne voulait plus de lui – et qu'il aurait à rester là, pour toujours…

Après cela, il avait fureté dans les coins, essayant de surprendre les conversations et, enfin, il était parvenu à écouter en catimini un échange entre Mrs Argyle et son mari : « Vraiment trop heureuse de se débarrasser de lui… absolument indifférente », et puis quelque chose à propos de cent livres. C'est ainsi qu'il avait su : sa mère l'avait vendu pour cent livres…

Son humiliation, sa souffrance – il ne les avait jamais surmontées… Et *elle,* elle l'avait acheté ! Il la voyait, vaguement, comme le Pouvoir personnifié, quelqu'un contre qui, avec ses faibles forces, il était impuissant. Mais il grandirait, il serait fort un jour, il serait un homme. Et alors, il la tuerait…

Il s'était senti mieux après avoir pris cette résolution.

Plus tard, lorsqu'il était allé au collège, ça ne s'était pas si mal passé. Mais il avait détesté les vacances – à cause d'*elle*. Décidant de tout, organisant tout, lui offrant toutes sortes de cadeaux. Paraissant surprise qu'il se montre aussi peu démonstratif. Il ne supportait pas qu'elle l'embrasse… Et, plus tard encore, il s'était ingénié à déjouer les plans qu'elle avait dressés pour son avenir. Le faire entrer dans une banque ! Ou dans une compagnie pétrolière ! Non, pas lui ! Il se trouverait un job par lui-même !

C'était pendant qu'il était à l'université qu'il avait tenté de retrouver la trace de sa mère. Il avait découvert qu'elle était morte depuis plusieurs années déjà – dans un accident, à bord d'une voiture conduite par un homme saoul à tomber…

Donc, pourquoi ne pas tout oublier ? Pourquoi ne pas se donner du bon temps et jouir de la vie ? Il ne savait pas pourquoi s'y refuser.

Et maintenant… qu'allait-il arriver maintenant ? *Elle* était morte, non ? Penser qu'elle l'avait acheté pour cent misérables livres. Penser qu'elle avait pu tout s'acheter… des maisons et des voitures… et même des enfants, puisqu'elle était stérile. Penser qu'elle était Dieu Tout-Puissant !

Eh bien, elle ne l'était pas. Il avait suffi d'un coup sur le crâne pour qu'elle ne soit plus qu'un cadavre comme tous les autres cadavres ! (Comme ce cadavre de blonde, après un accident, sur Great North Road)…

Elle était morte, non ? Pourquoi s'en faire ?

Qu'est-ce qui n'allait pas chez lui ? Etait-ce… était-ce qu'il ne pouvait plus la haïr dorénavant, parce qu'elle était morte ?

Ainsi, c'était cela, la mort…

Il se sentait perdu, sans sa haine – perdu et effrayé.

12

Dans sa chambre impeccablement tenue, Kirsten Lindstrom divisait ses cheveux blonds grisonnants en deux nattes sans grâce et s'apprêtait à se coucher.

Elle était inquiète et apeurée.

La police n'aimait pas les étrangers. Elle vivait en Angleterre depuis si longtemps qu'elle ne s'y sentait plus étrangère. Mais la police ne pouvait pas le savoir.

Ce Dr Calgary... pourquoi était-il venu lui faire cela, à elle ?

Justice avait été faite. Elle pensait à Jacko – et elle se répétait que justice avait été faite.

Elle pensait à lui tel qu'elle l'avait connu petit garçon.

Toujours, oui toujours, un menteur et un tricheur ! Mais tellement charmant, tellement séduisant. Elle lui avait toujours pardonné. Elle avait toujours tenté de le soustraire aux punitions.

Il mentait si bien. Telle était l'horrible vérité. Il mentait si bien qu'elle le croyait – qu'elle ne pouvait s'empêcher de le croire. Jacko, le cruel, le malfaisant.

Le Dr Calgary pouvait penser qu'il savait ce dont il parlait ! Mais le Dr Calgary se trompait. Des heures et des endroits et des alibis, certes ! Jacko savait très facilement combiner les choses de ce genre. Personne, réellement, ne connaissait Jacko comme *elle,* elle l'avait connu.

Quelqu'un la croirait-elle si elle leur révélait précisément qui était Jacko ? Et maintenant – demain –, qu'allait-il se passer ? La police viendrait. Tout le monde semblait si malheureux, si soupçonneux. A se regarder en chiens de faïence… Ne sachant trop que penser.

Et elle les aimait tant, tous… tant. Elle savait davantage sur eux tous que quiconque aurait pu savoir. Bien plus que Mrs Argyle en avait jamais su. Parce que Mrs Argyle avait été aveuglée par sa gigantesque possessivité maternelle. C'étaient ses enfants – elle avait toujours considéré qu'ils lui appartenaient. Mais elle, Kirsten, elle les avait vus comme des individualités, pour eux-mêmes, avec toutes leurs qualités et tous leurs défauts. Elle supposait que, si elle avait eu des enfants bien à elle, elle aurait pu se sentir possessive à leur égard. Mais elle n'était pas, d'abord, une femme maternelle. Son amour essentiel se serait porté sur le mari qu'elle n'avait jamais eu.

Pour elle, une femme comme Mrs Argyle était difficile à comprendre. Folle d'une tripotée d'enfants qui n'étaient pas les siens, et traitant son mari comme s'il n'était pas là ! Un homme bien, pourtant, un homme très bien, sans égal. Négligé, rejeté. Et Mrs Argyle trop absorbée pour remarquer ce qui se passait sous son nez. Cette secrétaire – une jolie fille, et féminine jusqu'au bout des ongles. Eh bien, il n'était pas trop tard pour Leo… ou était-ce déjà trop tard, maintenant ? Avec le meurtre relevant la tête de la tombe où il avait été enfoui, ces deux-là oseraient-ils jamais s'unir ?

Kirsten soupira, malheureuse. Qu'allait-il leur arriver à tous ? A Micky, qui avait nourri une rancune profonde, presque pathologique, à l'encontre de sa mère adoptive. A Hester, si peu sûre d'elle, si sauvage. A Hester qui avait été sur le point de trouver la paix et la sécurité auprès de ce charmant et flegmatique jeune médecin. A

Leo et à Gwenda, qui avaient eu le mobile et – oui, il fallait bien le reconnaître – l'occasion de tuer, comme ils devaient tous deux le comprendre. A Tina, cette petite créature lisse et féline. A Mary, l'égoïste et la glaciale Mary, qui n'avait jamais manifesté d'affection à quiconque avant de se marier.

Autrefois, se souvenait Kirsten, elle-même avait été pleine d'affection pour sa patronne. Elle pouvait se rappeler exactement quand elle avait commencé de la détester, quand elle avait commencé de la juger et de la prendre en défaut – si assurée, si bienveillante, si tyrannique – une sorte d'incarnation vivante du « Mère sait mieux ». Et même pas une mère véritable ! Si elle avait jamais *porté* un enfant, peut-être cela lui aurait-il conservé un peu d'humilité.

Mais pourquoi continuer à penser à Rachel Argyle ? Rachel Argyle était morte.

Il lui fallait penser à elle-même – et aux autres.

Et à ce qui pourrait se passer le lendemain.

*

Mary Durrant se réveilla en sursaut.

Elle avait rêvé – rêvé qu'elle était une petite fille, de retour à New York.

Comme c'était étrange. Elle n'avait plus pensé à cette époque-là depuis des années.

Réellement, cela la surprenait de se souvenir de quelque chose. Quel âge avait-elle alors ? Cinq ans ? Six ans ?

Elle avait rêvé qu'on venait la chercher à l'hôtel pour la ramener chez elle, dans l'immeuble. Les Argyle s'embarquaient pour l'Angleterre et, finalement, ils ne l'emmenaient pas. La colère et la rage lui avaient submergé le cœur quelques secondes jusqu'à ce qu'elle comprenne que ce n'avait été qu'un mauvais rêve.

Comme ç'avait été merveilleux ! Monter dans la voiture, prendre l'ascenseur de l'hôtel jusqu'au dix-huitième étage. L'immense suite, l'extraordinaire salle de bains. La révélation de toutes les choses qu'il y avait dans le monde – quand vous étiez riche ! Si seulement elle pouvait rester là, si seulement elle pouvait conserver cela – pour toujours…

En fait, cela n'avait pas été difficile du tout. Il avait suffi de jouer la comédie de la tendresse. Malaisé, certes, car elle n'était pas affectueuse par nature, mais elle y était parvenue. Et elle s'était trouvée installée pour la vie ! Un père et une mère nageant dans l'opulence, des vêtements, des voitures, des paquebots, des avions, des domestiques pour la servir, des poupées et des jouets coûteux. Un conte de fées réalisé…

Quel dommage que ces autres enfants aient dû venir aussi. C'était la guerre, bien entendu. Ou bien serait-ce arrivé de toute façon ? Cet amour maternel insatiable ! Il y avait là réellement quelque chose de contraire à la nature. C'était si *animal*.

Elle avait toujours éprouvé une pointe de mépris pour sa mère adoptive. Stupide, en tout cas, d'avoir choisi les enfants qu'elle s'était donnés. Des prolétaires ! Avec des instincts criminels, dans le cas de Jacko. Une déséquilibrée comme Hester. Ce sauvage de Micky. Et Tina, une métisse ! Il n'y avait pas à s'étonner qu'ils aient tous aussi mal tourné. Non qu'elle puisse, au vrai, leur reprocher de s'être révoltés. Elle s'était bien révoltée elle-même. Elle se souvenait de sa rencontre avec Philip, jeune pilote flamboyant. La désapprobation de sa mère : « Ces mariages hâtifs… Attends que la guerre soit finie. » Mais elle avait refusé d'attendre. Elle possédait une volonté aussi forte que celle de sa mère, et son père l'avait soutenue. Ils s'étaient mariés et la guerre avait pris fin peu après.

Elle avait voulu avoir Philip pour elle seule – voulu échapper à l'ombre de sa mère. Ce n'était pas sa mère qui l'avait vaincue, c'était le destin. D'abord l'échec des projets financiers de Philip et ensuite ce coup terrible – la poliomyélite. Dès que Philip avait pu quitter l'hôpital, ils étaient venus séjourner à Sunny Point. Il avait semblé inévitable qu'ils doivent désormais y établir leur couple. Philip lui-même avait paru juger que cela ne pourrait être évité. Il avait épuisé sa fortune, et la pension que versait le fidéicommis n'était pas si importante que cela. Elle avait sollicité une augmentation, mais la réponse avait été que, peut-être, pour une période, il serait sage de vivre à Sunny Point. Cependant, elle voulait Philip pour elle, rien que pour elle. Elle refusait qu'il devienne le dernier des « enfants » de Rachel Argyle. Elle n'avait pas voulu d'un bébé à elle – elle n'avait voulu que de Philip.

Mais Philip lui-même avait paru assez d'accord avec l'idée de s'installer à Sunny Point.

— Ce sera plus facile pour toi, avait-il dit. Et avec tous ces gens qui vont et viennent, cela me ferait une bonne distraction. En plus, j'ai toujours trouvé ton père d'excellente compagnie.

Pourquoi ne voulait-il pas être seul avec elle quand elle ne voulait rien d'autre qu'être seule avec lui ? Pourquoi ce désir d'une autre compagnie que la sienne – son père, Hester ?

Mary s'était sentie emportée par une vague de rage inutile : sa mère, comme d'habitude, parviendrait à ses fins.

Mais elle n'y était pas parvenue… elle était morte. Et, maintenant, on allait à nouveau faire revivre tout cela. Pourquoi, oh ! pourquoi ?

Et pourquoi Philip se montrait-il si agaçant sur ce sujet ? A poser des questions, à tâcher de comprendre, à se mêler de ce qui ne le regardait en rien ?

A tendre des pièges…

Quel *genre* de pièges ?

*

Leo Argyle observait la lumière grise et blême de l'aube qui remplissait peu à peu sa chambre.

Il avait réfléchi à tout avec minutie.

Pour lui, c'était parfaitement clair – il savait exactement ce qui les attendait, Gwenda et lui.

Il voyait l'ensemble du problème comme le superintendant Huish le verrait. Rachel arrivant pour lui parler de Jacko – de sa brutalité et de ses menaces. Avec tact, Gwenda était passée dans la pièce voisine pendant qu'il tentait de réconforter Rachel, de lui dire qu'elle avait eu absolument raison de faire preuve de fermeté, que l'aide apportée à Jacko dans le passé n'avait servi de rien – et que, pour le meilleur ou pour le pire, il lui faudrait accepter ce qu'il lui adviendrait. Rachel était repartie l'esprit plus en repos.

Puis Gwenda était revenue dans la bibliothèque. Elle avait rassemblé les lettres à poster et lui avait demandé s'il était quoi que ce soit qu'elle puisse faire, d'une voix qui ne véhiculait rien de plus que le sens premier des mots eux-mêmes. Il l'avait remerciée, et lui avait répondu que non. Elle lui avait dit bonsoir et elle était partie. Elle avait suivi le couloir, descendu les escaliers, passant devant la pièce où Rachel était assise à son bureau, puis quittant la maison sans que personne ne l'ait vue sortir…

Lui-même, il était resté seul dans la bibliothèque. Et nul n'était venu vérifier s'il n'était pas allé dans le petit salon de Rachel.

C'était ainsi : tous deux avaient eu la possibilité de tuer.

Ainsi qu'un mobile, parce qu'en ce temps déjà, il aimait Gwenda et Gwenda l'aimait.

Seulement personne, jamais, ne pourrait démontrer leur culpabilité ou leur innocence à l'un ou à l'autre.

*

A quelques centaines de mètres de là, Gwenda Vaughan demeurait étendue, les yeux secs, en éveil.

Poings serrés, elle songeait à la haine qu'elle avait nourrie envers Rachel Argyle.

Mais, maintenant, dans la pénombre, Rachel Argyle lui disait : *« Vous pensiez que vous pourriez avoir mon mari lorsque je serais morte. Mais vous ne pouvez pas… vous ne pouvez pas. Vous n'aurez jamais mon mari.* »

*

Hester rêvait. Elle rêvait qu'elle était avec Donald Craig et qu'il l'avait soudain abandonnée au bord d'un abîme. Elle avait hurlé de peur, et puis soudain, de l'autre côté du gouffre, elle vit Arthur Calgary qui lui tendait les mains.

Elle lui cria, sur un ton de reproche :

— Pourquoi m'avoir fait cela ?

Et il lui répondit :

— Mais je suis venu pour vous *aider*…

Elle se réveilla.

*

Paisiblement couchée dans le petit lit de la chambre d'amis, Tina respirait doucement et régulièrement, sans pouvoir trouver le sommeil.

Elle pensait à Mrs Argyle, sans gratitude et sans ressentiment – avec amour, tout simplement. Grâce à Mrs Argyle, elle avait eu le boire et le manger, de la chaleur, des jouets et du confort. Elle avait beaucoup aimé Mrs Argyle. Elle était désolée de sa mort…

Mais ce n'était pas aussi simple que cela.

Cela n'avait pas eu d'importance tant que l'on avait cru que c'était Jacko qui…

Mais maintenant ?…

13

Le superintendant Huish parcourut son auditoire d'un regard aimable et courtois. Il prit la parole sur un ton convaincant, en s'excusant :

— Je sais qu'il doit être très douloureux, pour vous tous, d'avoir à reprendre les événements depuis le début. Mais, en réalité, nous n'avons pas le choix. Vous avez vu l'annonce officielle, je suppose ? C'était dans tous les journaux, ce matin.

— Une grâce, dit Leo Argyle.

— Cette phraséologie agace toujours, concéda le policier. C'est un anachronisme, comme il y en a tant dans le vocabulaire juridique. Mais sa signification est parfaitement claire.

— Cela signifie que vous aviez commis une erreur, releva Leo.

— Oui, reconnut Huish avec simplicité. Nous avons commis une erreur.

Il marqua une pause de quelques secondes, puis :

— Evidemment, privés comme nous l'étions du témoignage du Dr Calgary, c'était malheureusement inévitable.

— Mon fils vous avait pourtant dit, lorsque vous l'aviez arrêté, qu'il avait été pris en auto-stop ce soir-là, répliqua Leo, très froid.

— Oh ! oui. Il nous l'avait dit. Et nous avions fait de notre mieux pour vérifier ses dires – sans pour autant pouvoir découvrir aucune confirmation de sa version. Je comprends tout à fait, Mr Argyle, que toute cette affaire puisse vous inspirer une amertume infinie. Je ne suis pas en train de faire amende honorable. Notre mission, à nous autres policiers, se limite à réunir des éléments de preuve et des dépositions. Tout cela est transmis au parquet qui décide s'il y a matière à poursuites. Dans le cas présent, le parquet a choisi de poursuivre. Si cela vous est possible, je vous demanderai d'écarter, autant que vous en serez capables, l'amertume de vos esprits et de revoir, encore une fois, les faits et leur déroulement.

— A quoi bon, maintenant ? lança aigrement Hester. Quel qu'ait été le coupable, il est aujourd'hui à des kilomètres, et vous ne le retrouverez jamais.

Le superintendant Huish se tourna vers elle pour la dévisager :

— Peut-être que oui – et peut-être que non, répondit-il avec douceur. Vous seriez surprise du nombre de fois où nous attrapons notre gibier – parfois après des années. C'est le résultat de la patience… de la patience et de la persévérance.

Hester se détourna, tandis que Gwenda Vaughan frissonnait brièvement, comme si une brise froide avait soufflé sur elle. Sa vive imagination lui montrait une menace derrière ces mots anodins.

— Maintenant, si cela vous convient, Mr Argyle, reprit Huish à l'intention de Leo, nous commencerons par vous.

— Que voulez-vous savoir, au juste ? Vous devez avoir conservé la déposition que j'avais faite à l'époque ? Je serai probablement moins précis aujourd'hui. Les heures exactes ont une certaine propension à s'échapper de la mémoire.

— Oh ! nous le comprenons bien. Mais il existe toujours une chance que revienne à la surface quelque petit fait, quelque détail que l'on aurait pu laisser passer.

— Et, même, ne serait-il pas concevable, interrogea Philip Durrant, que l'on puisse mieux mettre les éléments en perspective avec le recul des années ?

— Cest une possibilité, en effet, confirma Huish en scrutant Philip d'un œil intéressé.

« Un garçon intelligent, pensa-t-il. Je me demande s'il n'aurait pas quelques idées de son cru sur tout ceci… »

— Maintenant, Mr Argyle, enchaîna le superintendant, si nous reprenions la chronologie des événements… Vous aviez pris le thé ?

— Oui, le thé avait été servi dans la salle à manger, à 5 heures, comme de coutume. Nous y avions tous pris part, à l'exception de Mr et de Mrs Durrant. Mrs Durrant avait monté un plateau pour son mari et pour elle-même dans leur propre petit salon.

— J'étais bien davantage handicapé que je ne le suis aujourd'hui, précisa Philip. Je sortais tout juste de l'hôpital.

— Certes.

Huish en revint à Leo :

— Tous… cela comprend…

— Mon épouse et moi-même, ma fille Hester, miss Vaughan et miss Lindstrom.

— Et ensuite ? Dites-le-moi dans vos termes à vous.

— Après le thé, je suis remonté ici, dans la bibliothèque, avec miss Vaughan. Nous travaillions sur l'un des chapitres de mon livre sur l'économie médiévale, dont je corrigeais les épreuves. Ma femme s'est installée dans son boudoir-bureau, au rez-de-chaussée. Mon épouse était, comme vous ne l'ignorez pas, une femme très active. Elle revoyait les plans d'un terrain de jeux pour les enfants dont elle avait l'intention de faire don à la municipalité.

— Avez-vous entendu arriver votre fils Jack ?

— Non. Plus précisément, je ne savais pas que c'était lui. J'ai entendu, nous avons entendu tous les deux, la sonnette de la porte d'entrée. Nous ne savions pas de qui il s'agissait.

— Qui croyiez-vous que c'était, Mr Argyle ?

Leo esquissa un sourire amusé :

— A cet instant-là, j'étais en plein XVe siècle, non au XXe. Je n'ai rien cru du tout. Ç'aurait pu être n'importe qui, ou n'importe quoi. Ma femme, miss Lindstrom, Hester, et peut-être l'une ou l'autre de nos domestiques à la journée devaient toutes se trouver en bas. Personne n'a jamais attendu de *moi* que j'aille ouvrir, conclut-il tout uniment.

— Et après cela ?

— Rien. Jusqu'à ce que mon épouse ne monte, un bon moment plus tard.

— Un bon moment ?

Leo fronça les sourcils :

— Je ne pourrais plus maintenant vous le préciser. J'avais dû, naguère, vous donner une estimation. Une demi-heure… non, davantage… trois quarts d'heure.

— Nous avions fini de prendre le thé à 5 heures et demie, lui rappela Gwenda. Je pense qu'il était 7 heures moins 20 quand Mrs Argyle est entrée dans la bibliothèque.

— Et elle a dit ? continua Huish.

Leo soupira.

— Nous avions déjà connu cela bien des fois, répondit-il d'une voix accablée. Elle m'a dit que Jacko était venu la voir, qu'il avait des ennuis, qu'il s'était montré violent et grossier, qu'il avait exigé de l'argent, en affirmant que si elle ne lui en donnait pas, il irait en prison. Elle m'a dit aussi qu'elle avait refusé tout net de lui remettre le moindre sou. Elle s'inquiétait de savoir si elle avait eu raison ou non.

— Mr Argyle, puis-je vous poser une question ? Pourquoi, lorsque votre fils lui a présenté ses exigences, votre épouse ne vous a-t-elle pas appelé ? Pourquoi ne vous en a-t-elle fait part qu'ensuite ? Cela ne vous a pas semblé étonnant ?

— Non, pas du tout.

— Il me paraît, à moi, que ç'aurait été une démarche naturelle. Vous n'étiez pas… pas en mauvais termes ?

— Oh ! non. Tout simplement, ma femme avait l'habitude de résoudre seule tous les problèmes pratiques. Elle me consultait souvent, avant, pour connaître mon opinion – et, en général, nous discutions de ses décisions, après. Dans ce cas particulier, nous avons parlé très sérieusement du problème de Jacko – de ce qui serait le mieux pour lui. Jusque-là, nous avions rencontré, en ce qui le concernait, un singulier insuccès. A de nombreuses reprises, elle avait payé de gros montants pour le protéger des conséquences de ses actes. Nous avions décidé que, s'il devait y avoir une fois suivante, il vaudrait mieux que Jacko apprenne sa leçon à la dure.

— Néanmoins, elle était bouleversée ?

— Oui. Elle était bouleversée. Si Jacko avait été moins violent, moins menaçant, je pense qu'elle aurait cédé, et qu'elle lui aurait porté secours une fois encore. Mais l'attitude de notre fils a renforcé sa résolution.

— Jacko était-il reparti de chez vous à ce moment-là ?

— Oh ! oui.

— L'aviez-vous vu partir vous-même, ou bien Mrs Argyle vous l'avait-elle dit ?

— Elle me l'avait dit. Elle m'avait dit qu'il était reparti en jurant et en menaçant de revenir, et qu'il lui avait conseillé de tenir l'argent à sa disposition pour son retour.

— Etiez-vous… c'est important… étiez-vous inquiet à l'idée que Jacko puisse revenir ?

— Non, bien entendu. Nous étions très habitués à ce que je ne peux appeler que les coups d'esbroufe de Jacko.

— Il ne vous était jamais venu à l'esprit qu'il puisse revenir pour l'agresser ?

— Non. Je vous l'ai dit, il y a deux ans. J'en ai été abasourdi.

— Et il apparaît que vous aviez raison, glissa Huish avec douceur. Ce n'était pas *lui* qui s'en était pris à elle. Mrs Argyle vous a quitté… quand cela ?

— Ça, je m'en souviens. Nous avons souvent abordé ce point. Peu avant 7 heures – à 7 heures moins 7, à peu près.

Huish se tourna vers Gwenda Vaughan :

— Vous confirmez ?

— Oui.

— Et la conversation s'est déroulée ainsi que Mr Argyle vient de la rapporter ? Vous n'avez rien à ajouter ? Il n'y a rien qu'il ait oublié ?

— Je n'en ai pas entendu la totalité. Lorsque Mrs Argyle nous a eu mis au courant des exigences de Jacko, j'ai pensé qu'il valait mieux que je m'éclipse, de peur qu'ils ne se sentent gênés pour en parler librement devant moi. Je suis allée là (elle désignait une porte au fond de la bibliothèque), dans la petite pièce où je tape à la machine. Quand j'ai entendu Mrs Argyle s'en aller, je suis revenue.

— Et il était 7 heures moins 7 ?

— Juste avant 7 heures moins 5, oui.

— Et ensuite, miss Vaughan ?

— J'ai demandé à Mr Argyle s'il souhaitait poursuivre notre travail, mais il m'a répondu que l'enchaînement de ses idées avait été interrompu. Y avait-il autre chose de plus que je puisse faire ? ai-je ajouté. Mais il m'a dit que non. Alors, j'ai rangé mes affaires, et je suis partie.

— A quelle heure ?

— A 7 h 5.

— Vous avez descendu l'escalier et vous êtes passée par la grande porte ?

— Oui.

— Le bureau de Mrs Argyle était bien situé juste à gauche de cette porte-là ?

— Oui.

— La porte en était-elle ouverte ?

— Elle n'était pas fermée – non, largement entrouverte.

— Vous y êtes entrée, ou lui avez-vous dit bonsoir ?

— Non.

— Le faisiez-vous d'habitude ?

— Non. Il aurait été stupide de la déranger dans ce qu'elle était en train de faire, simplement pour lui dire au revoir.

— Si vous étiez entrée… vous auriez pu découvrir son cadavre.

Gwenda haussa les épaules :

— Je suppose que oui… Mais j'imagine – je veux dire que nous avions tous imaginé, alors, qu'elle avait été tuée plus tard que cela. Jacko n'aurait pas pu…

Elle s'interrompit.

— Vous raisonnez encore comme si Jacko l'avait tuée. Mais c'est terminé, maintenant. Donc, elle *aurait pu* être là, morte.

— Oui – je suppose.

— Vous êtes partie et vous êtes rentrée directement chez vous ?

— Oui. Ma logeuse m'a parlé quand je suis arrivée chez moi.

— Certes. Et vous n'avez rencontré personne en chemin… près de la maison ?

— Je ne crois pas, non, répondit-elle en fronçant les sourcils. Je ne m'en souviens pas vraiment… Il faisait froid et sombre, et cette route est un cul-de-sac. Je ne pense pas avoir croisé quiconque avant le *Red Lion*. Là, il y avait plusieurs personnes.

— Vous avez croisé des voitures ?

Gwenda sursauta :

— Oh ! oui, c'est vrai que je me rappelle maintenant une voiture. Elle a éclaboussé ma jupe. Il a fallu que je nettoie la boue en rentrant.

— Quel genre de voiture ?

— Je ne m'en souviens pas. Je n'ai pas remarqué. Elle m'a frôlée juste à l'entrée de notre route. Elle aurait pu se diriger vers n'importe laquelle des propriétés.

Huish en revint à Leo Argyle :

— Vous dites que vous avez entendu un coup de sonnette quelque temps après que votre femme eut quitté la bibliothèque ?

— Eh bien… je pense que j'en ai entendu un. Je n'en ai jamais été tout à fait certain.

— A quelle heure était-ce ?

— Je n'en ai pas la moindre idée. Je n'y ai pas prêté attention.

— N'avez-vous pas pensé que c'était votre fils Jacko qui revenait ?

— Je n'ai pensé à rien. Je… je m'étais remis au travail.

— Un point encore, Mr Argyle. Saviez-vous le moins du monde que votre fils était marié ?

— Pas le moins du monde, non.

— Sa mère n'en savait rien, non plus ? Vous ne croyez pas qu'elle en était informée et qu'elle ne vous en avait rien dit ?

— Je suis persuadé qu'elle n'en savait rien. Elle m'en aurait parlé sur-le-champ. J'ai éprouvé le plus grand choc de ma vie quand la femme de Jacko est venue me voir le lendemain. Je ne pouvais pas y croire lorsque miss Lindstrom est entrée ici pour m'annoncer : « Il y a une jeune femme, en bas – une fille qui prétend qu'elle est la femme de Jacko. Ça ne peut pas être *vrai*. » Vous étiez sens dessus dessous, n'est-ce pas, Kirsty ?

— Je ne parvenais pas à y croire, confirma Kirsten Lindstrom. Je le lui ai fait répéter deux fois avant de monter chez Mr Argyle. Ça me paraissait incroyable.

— Vous avez été très bon pour elle, à ce que j'ai compris, reprit Huish à l'adresse de Leo.

— J'ai fait ce que j'ai pu. Elle s'est remariée, vous savez. J'en suis très heureux. Son second mari me semble un charmant garçon, qui a les pieds bien sur terre.

Huish hocha la tête, puis il se tourna vers Hester :

— Maintenant, vous, miss Argyle, dites-moi donc ce que vous avez fait après le thé, ce jour-là ?

— Je ne m'en souviens plus, bougonna-t-elle. Et comment le pourrais-je ? C'était il y a deux ans. J'ai pu faire n'importe quoi.

— En fait, je crois que vous avez aidé miss Lindstrom à faire la vaisselle du thé.

— C'est exact, confirma Kirsten. Et puis après, Hester, tu es montée dans ta chambre. Tu es sortie plus tard, rappelle-toi. Tu es allée voir une représentation de *En attendant Godot,* par une troupe amateur, au théâtre de Drymouth.

Hester restait hostile, fermée :

— Vous aviez tout ça par écrit, lança-t-elle à Huish. Pourquoi y revenir ?

— Parce qu'on ne sait jamais ce qui pourra être utile. Maintenant, miss Argyle, à quelle heure avez-vous quitté cette maison ?

— A 7 heures – ou à peu près.

— Avez-vous entendu l'algarade entre votre mère et Jacko ?

— Non, rien. J'étais en haut.

— Mais vous avez vu Mrs Argyle avant de partir ?

— Oui, j'avais besoin d'un peu d'argent. J'étais fauchée. Et je m'étais souvenue que ma voiture n'avait presque plus d'essence. Qu'il faudrait que je fasse le plein sur la route de Drymouth. Donc, quand j'ai été prête, je suis passée chez mère et je lui ai demandé un peu d'argent – seulement quelques livres –, je n'avais pas besoin de davantage.

— Et elle vous les a données ?

— C'est Kirsty qui me les a données.

Huish manifesta un léger étonnement :

— Si je me rappelle bien, ça, ce n'était pas dans votre déposition.

— Eh bien, c'est comme cela que ça s'est passé, riposta Hester d'un air de défi. Je suis entrée dans son bureau, et je lui ai demandé si je pouvais avoir quelques billets, mais Kirsten était dans le hall. Elle m'a entendue, et elle a dit qu'elle en avait sur elle et qu'elle allait m'en donner. Elle-même était sur le point de sortir. Et mère a dit : « Oui, demande à Kirsty. »

— Je partais précisément pour le club féminin, pour leur apporter des livres sur la composition des bouquets, expliqua Kirsten Lindstrom. Je savais que Mrs Argyle était occupée et qu'elle ne voulait pas être dérangée.

— Qu'importe qui m'a donné de l'argent ! lança Hester d'un ton agacé. Vous vouliez savoir quand j'ai vu mère en vie pour la dernière fois. C'est à ce moment-là. Elle était assise à son bureau, et elle examinait une liasse de plans. Je lui ai dit que je voulais un peu d'argent, sur quoi Kirsten m'a appelée pour me dire qu'elle allait m'en donner. Je l'ai pris, puis je suis revenue dire bonsoir à mère. Elle m'a dit qu'elle espérait que je passerais une bonne soirée, et elle m'a recommandé de conduire prudemment. C'est ce qu'elle disait toujours. Je suis allée au garage, et j'ai sorti ma voiture.

— Et miss Lindstrom ?

— Oh ! elle est partie aussitôt après m'avoir donné l'argent.

— Hester m'a dépassée juste au bout de notre route, ajouta vivement Kirsten Lindstrom. Elle devait être partie presque immédiatement après moi. Elle a suivi la route de la colline pour rejoindre la grand-route, tandis que j'ai tourné à gauche vers le village.

Hester ouvrit la bouche comme si elle voulait parler, mais elle la referma à l'instant même.

Huish s'interrogeait. Kirsten Lindstrom était-elle en train de tenter de lui faire accroire que Hester n'aurait pas eu, matériellement, le temps de commettre le crime ? Etait-il envisageable qu'au lieu que Hester ait dit gentiment bonsoir à Mrs Argyle, elle se soit querellée avec sa mère – que Hester ait tué Rachel Argyle ?

D'un mouvement souple, il se pencha vers Kirsten :

— Eh bien, miss Lindstrom, voyons un peu de quoi vous vous souvenez.

Elle était nerveuse, et se tordit les mains :

— Nous avons pris le thé. On l'a débarrassé. Hester m'a aidée. Elle est montée dans sa chambre. Et puis Jacko est arrivé.

— Vous l'avez entendu ?

— Oui. C'est moi qui lui ai ouvert. Il m'a dit qu'il avait perdu sa clef. Il est allé directement chez sa mère. Il lui a dit tout de suite : « Je suis dans la panade. Il faut que vous me sortiez de là. » Je n'ai rien entendu de plus. Je suis retournée dans la cuisine. Il y avait des choses à préparer pour le souper.

— Vous l'avez entendu partir ?

— Oui, certes. Il criait. Je suis sortie de la cuisine. Il était dans le hall – très en colère – et il hurlait qu'il reviendrait, que sa mère ferait mieux de lui préparer l'argent. Ou sinon ! C'est ce qu'il a dit : « Ou sinon ! » C'était une menace.

— Et puis ?

— Il est parti en claquant la porte. Mrs Argyle est venue dans le hall. Elle était très pâle, bouleversée. Elle m'a dit : « Vous avez entendu ? » J'ai répondu : « Il a des problèmes ? » Elle a hoché la tête. Et alors elle est montée chez Mr Argyle, dans la bibliothèque. J'ai mis la table pour le souper, et puis je suis montée chez moi pour m'habiller pour sortir. Le club féminin avait un concours de bouquets le lendemain. Nous leur avions promis quelques livres sur le sujet.

— Vous avez donc apporté ces livres au club… A quelle heure êtes-vous revenue ici ?

— Ce doit avoir été vers 7 heures et demie. Je suis rentrée avec ma propre clef. Je suis allée tout de suite dans le bureau de Mrs Argyle – pour lui donner une note de remerciements et un message. Elle était à sa table, la tête en avant sur ses mains. Et il y avait le pique-feu, par terre… et les tiroirs de la table renversés. J'ai pensé qu'il y avait eu un cambrioleur Qu'on l'avait agressée. Et j'avais raison. *Maintenant*, vous voyez bien que j'avais raison ! C'était *bien* un cambrioleur – quelqu'un de l'extérieur !

— Quelqu'un que Mrs Argyle avait fait entrer ?

— Pourquoi pas ? claironna Kirsten. Elle était bonne… Toujours trop bonne. Et elle n'avait pas peur – ni des choses ni des gens. En plus, ce n'était pas comme si elle avait été seule dans la maison. Il y avait les autres – son mari, Gwenda, Mary. Elle n'avait qu'à appeler à l'aide.

— Mais elle n'a pas appelé à l'aide, fit valoir Huish.

— Non. Parce que, qui que ce soit, on lui a raconté une histoire plausible. Elle l'a écoutée, comme toujours. Et alors, elle s'est remise à sa table – peut-être pour y prendre son chéquier – ainsi, il a eu la possibilité de saisir le pique-feu et de la frapper. Il n'avait peut-être même pas l'intention de la tuer. Il voulait seulement l'étourdir, chercher l'argent et les bijoux, et filer.

— Il n'a pas cherché bien loin – à peine quelques tiroirs renversés.

— Peut-être qu'il a entendu du bruit dans la maison – ou que ses nerfs l'ont lâché. Ou bien il s'est aperçu qu'il l'avait tuée. Et alors, pris de panique, il s'est enfui.

Kirsten Lindstrom se pencha en avant.

Ses yeux étaient, à la fois, apeurés et suppliants.

— Ça *doit* s'être passé comme ça – ça doit ! acheva-t-elle.

Huish nota avec intérêt son insistance. Avait-elle peur pour elle-même ? Elle *aurait pu* avoir tué sa patronne à ce moment-là et renversé elle-même les tiroirs pour donner quelque vraisemblance à la thèse du rôdeur. En ce qui concernait l'heure de la mort, le légiste n'avait pu faire mieux que de donner un intervalle entre 7 heures et 7 heures et demie.

— Il semblerait qu'il en ait bien été ainsi, concéda le superintendant en souriant.

Kirsten Lindstrom émit un faible soupir de soulagement. Le policier passa aux Durrant :

— Vous n'aviez rien entendu, aucun de vous deux ?

— Rien du tout, dit Philip.

— J'avais monté chez nous un plateau pour le thé, compléta Mary. C'est assez isolé du reste de la maison. Nous y sommes restés jusqu'à ce que nous entendions crier. C'était Kirsten. Elle venait de trouver mère morte.

— Jusque-là, vous n'étiez pas sortie de la pièce ?

Mary fixa un regard limpide sur Huish :

— Non. Nous jouions au piquet.

Philip Durrant se demandait pourquoi il se sentait légèrement déconcerté. Polly faisait ce qu'il lui avait dit de faire. Peut-être était-ce dû à la perfection de son comportement : calme, placide, totalement convaincant. « Polly, ma chérie, tu mens merveilleusement ! » pensa-t-il.

— Et moi, superintendant, dit-il tout haut, j'étais alors, et je le suis toujours, incapable d'aller et de venir.

— Mais vous vous portez beaucoup mieux, Mr Durrant, non ? répliqua Huish, cordial. L'un de ces quatre matins, nous vous verrons marcher de nouveau.

— C'est une tâche de longue haleine.

Le policier se tourna enfin vers les deux autres membres de la famille qui, jusque-là, n'avaient pas pipé mot. Micky était demeuré bras croisés, un sourire ironique aux lèvres. Tina, petite et gracieuse, s'appuyait au dossier de sa chaise et, de temps en temps, ses yeux scrutaient l'un ou l'autre des visages.

— Aucun de vous deux n'était dans la maison, je le sais, dit Huish. Mais peut-être voudriez-vous rafraîchir ma mémoire sur ce que vous faisiez ce soir-là ?

— Votre mémoire a-t-elle vraiment besoin d'être rafraîchie ? ricana Micky, narquois. Je connais toujours mes répliques. J'essayais une voiture. Des problèmes d'embrayage. J'ai fait un long essai de route. Drymouth, Minchin Hill, la chaussée du marais, et retour par Ipsley. Malheureusement, les voitures sont muettes. Elles ne peuvent pas témoigner sous serment.

Tina avait enfin tourné la tête. Les traits toujours impassibles, elle fixait Micky bien en face.

— Et vous, miss Argyle ? continua le superintendant. Vous travaillez à la bibliothèque du comté, à Redmyn ?

— Oui. Elle ferme à 5 heures et demie. J'ai fait quelques courses dans High Street. Et puis je suis rentrée chez moi. J'ai un appartement, un grand studio en réalité, dans les Morecombe Mansions. Je me suis préparé à souper, et j'ai passé une soirée tranquille à écouter des- disques.

— Vous n'êtes pas sortie du tout ?

Il y eut un bref silence, avant que Tina ne réponde :

— Non, je ne suis pas sortie.

— Vous en êtes bien sûre, miss Argyle ?

— Oui, j'en suis sûre.

— Vous avez une voiture, n'est-ce pas ?

— Oui.

— Elle a une bulle, un pot-de-yaourt, chantonna Micky. Une bulle, c'est ridicule, un pot-de-yaourt laid comme une tourte…

— J'ai une bulle, oui, répéta Tina, grave et tranquille.

— Où la garez-vous ?

— Dans la rue. Je n'ai pas de garage. Il y a une petite rue près de l'immeuble. Elle sert de parking.

— Et vous n'avez… rien d'utile à nous dire ?

Huish ignorait lui-même pourquoi il insistait tant.

— Je ne pense pas qu'il y ait quoi que ce soit que je puisse vous dire.

Micky lui lança un bref coup d'œil.

Huish soupira.

— Je crains que tout cela ne vous ait guère aidé, superintendant, dit Leo.

— On ne sait jamais, Mr Argyle. Vous saisissez, je suppose, ce qu'il y a de plus étrange dans toute cette affaire ?

— Moi ? Je ne suis pas certain de bien vous suivre.

— L'argent, martela Huish. L'argent que Mrs Argyle avait retiré de la banque, y compris le billet de cinq livres avec l'inscription « Mrs Bottleberry – 17 Bangor Road » au dos. L'un des points forts du dossier, c'était que ce billet ainsi que d'autres avaient été retrouvés sur Jack Argyle lors de son arrestation. Il avait juré que Mrs Argyle les lui avait donnés, mais Mrs Argyle vous avait clairement indiqué, à vous et à miss Vaughan, qu'elle n'avait rien donné à Jacko… Donc, d'où provenaient ces cinquante livres ? Il n'a pas pu revenir ici. Le témoignage du Dr Calgary l'établit sans contestation. Par conséquent, il devait les avoir déjà sur lui en repartant d'ici. Qui les lui avait donnés ? Vous ?

Huish s'était brusquement tourné vers Kirsten Lindstrom, qui rougit d'indignation :

— Moi ? Non, bien sûr que non. Comment aurais-je pu ?

— Où était l'argent que Mrs Argyle avait retiré de la banque ?

— En général, elle le mettait dans un tiroir de son bureau, répondit la Suédoise.

— Fermé à clef ?

Kirsten Lindstrom réfléchit :

— Elle l'aurait probablement fermé à clef avant d'aller se coucher.

— Avez-vous pris cet argent dans le tiroir pour le donner à votre frère ? demanda Huish à Hester.

— Je ne savais même pas qu'il était là. Et comment aurais-je pu le prendre sans que mère le sache ?

— Vous auriez pu vous en emparer très facilement pendant que votre mère était montée à la bibliothèque pour s'entretenir avec votre père.

Huish se demandait si elle verrait le piège et l'éviterait. Elle y donna tête baissée :

— Mais Jacko était déjà parti, à ce moment-là. Je…

Elle s'interrompit, désemparée.

— Je constate que vous savez *quand* votre frère est parti, releva Huish.

Hester s'indigna, véhémente :

— Je… je… je le sais maintenant… Je ne le savais pas, il y a deux ans. J'étais montée dans ma chambre, je vous l'ai dit. Je n'ai rien entendu du tout. Et, de toute façon, je n'aurais jamais voulu donner un sou à Jacko.

— Et moi, ajouta Kirsten Lindstrom, hérissée et cramoisie, si j'avais donné de l'argent à Jacko… ç'aurait été le mien ! Il ne l'aurait pas volé !

— J'en suis persuadé, répliqua Huish. Mais vous voyez où cela nous conduit. Mrs Argyle, en dépit de ce qu'elle vous avait dit, doit lui avoir donné cet argent *elle-même,* ajouta-t-il pour Leo.

— Je ne peux pas le croire. Pourquoi ne me l'aurait-elle pas dit ?

— Elle n'aurait pas été la première mère à se montrer plus indulgente à l'égard de son fils qu'elle ne l'aurait admis.

— Vous vous trompez, Huish. Ma femme ne s'autorisait jamais de faux-fuyants.

— Je crois que si, cette fois-là, intervint Gwenda Vaughan. En fait, elle doit avoir cédé... Comme le faisait remarquer le superintendant, c'est la seule hypothèse possible.

— Après tout, reprit Huish d'une voix douce, il nous faut maintenant considérer tout cela sous un angle complètement différent. A l'époque de son arrestation, nous pensions que Jack Argyle mentait. Nous savons maintenant, grâce à Calgary, qu'il disait la vérité lorsqu'il affirmait avoir été pris en stop. Donc nous pouvons présumer qu'il disait vrai, aussi, à propos de l'argent. Il disait que sa mère le lui avait donné. Par conséquent, elle le lui a sans doute donné.

Le silence tomba – un silence inconfortable.

Huish se leva :

— Eh bien, merci. Je crains bien que la piste ne soit aujourd'hui complètement froide. Mais on ne sait jamais.

Leo Argyle accompagna le policier à la porte. En revenant, il déclara en soupirant :

— Eh bien, c'est fini. Pour le moment.

— Pour toujours, enchaîna Kirsten. Ils ne sauront jamais.

— Quel bien cela peut-il nous faire à tous ? s'écria Hester.

Leo vint à elle :

— Ma chérie... Calme-toi, mon enfant. Ne t'énerve pas autant. Le temps guérit tout.

— Pas certaines choses. Qu'allons-nous faire ? Oh ! Qu'allons-nous *faire* ?

— Hester, viens avec moi, lui dit Kirsten en lui enlaçant les épaules.

— Je n'ai besoin de personne.

Hester se précipita hors de la bibliothèque. Un peu plus tard, la porte de l'entrée claqua.

— Tout ça ! Ça n'est pas bon pour elle, commenta Kirsten Lindstrom.

— Je ne pense d'ailleurs pas que cela soit vrai, intervint Philip Durrant, songeur.

— Qu'est-ce qui n'est pas vrai ? s'enquit Gwenda.

— Que nous ne connaîtrons jamais la vérité... Je me sens comme un fourmillement dans les pouces.

Le visage de Philip, faunesque et presque espiègle, s'éclairait d'un sourire étrange.

— Je vous en prie, Philip, soyez prudent ! lança Tina.

Il la regarda, surpris :

— La petite Tina... Et qu'est-ce que tu sais de tout ça, toi ?

— J'espère, riposta Tina d'une voix nette et bien posée, que je ne sais rien.

14

— Je n'imagine pas que vous en ayez tiré quoi que ce soit ? ronchonna le chef de la police.

— Rien de concret, monsieur, confirma Huish. Et pourtant… ça n'a pas été tout à fait du temps gâché.

— Voyons cela.

— Eh bien, pour l'essentiel, les heures et les lieux demeurent les mêmes. Mrs Argyle était encore en vie peu avant 7 heures : elle a parlé avec son mari et avec Gwenda Vaughan – et elle a été vue ensuite au rez-de-chaussée par Hester. Ces trois-là ne peuvent pas être de mèche. Jacko Argyle a été maintenant mis hors de cause, ce qui signifie qu'elle peut avoir été tuée par son mari, n'importe quand entre 7 heures et 7 heures et demie, par Gwenda Vaughan, qui rentrait chez elle, vers 7 h 5, ou par Kirsten Lindstrom, lorsqu'elle est revenue un peu plus tard, avant 7 heures et demie, disons. La paralysie de Durrant lui donne un alibi, mais sa seule parole constitue tout ce qui fournit un alibi à sa femme. Mary pourrait être descendue entre 7 heures et 7 heures et demie pour tuer sa mère si elle l'avait voulu, au cas où son mari aurait été disposé à appuyer ses dires. Mais je ne vois pas pourquoi elle aurait fait ça. En fait, pour autant que je puisse en juger, il n'y a que deux personnes qui auraient eu un mobile solide pour le crime : Leo Argyle et Gwenda Vaughan.

— Vous croyez que c'est l'un des deux – ou tous les deux ensemble ?

— Je ne crois pas qu'ils aient été tous les deux dans le coup. Moi, je considère qu'il s'agissait d'un meurtre commis sous l'effet d'une impulsion subite – pas d'un crime prémédité. Mrs Argyle arrive dans la bibliothèque, pour leur parler des menaces de Jacko et de ses exigences financières. Supposons que, peu après, Leo Argyle descende pour discuter avec elle de Jacko, ou de Dieu sait quoi. La maison est tranquille, il n'y a personne dans le coin. Il pénètre dans son boudoir. Assise devant son bureau, elle lui tourne le dos. Et voilà le pique-feu, peut-être même encore là où Jacko l'a jeté après en avoir menacé sa mère. Ces hommes calmes et refoulés craquent parfois. Il prend un mouchoir pour ne pas laisser ses empreintes, se saisit du pique-feu, il la frappe à la tête, et c'est fini. Il renverse deux ou trois tiroirs pour faire croire qu'on a cherché de l'argent. Et il remonte, en attendant que quelqu'un la découvre. Ou bien supposons que Gwenda Vaughan, sur le point de sortir, entre dans le boudoir et soit prise d'une bouffée meurtrière. Jacko sera un bouc émissaire parfait, et ça dégagera la route pour son mariage avec Leo.

Le major Finney hocha la tête, pensif :

— Oui. Peut-être. Et, naturellement, ils ont pris soin de ne pas annoncer trop tôt leurs fiançailles. Pas avant que ce pauvre diable de Jacko n'ait été dûment condamné pour assassinat. Oui, ça me paraît coller assez bien. Les crimes se suivent et se ressemblent. Le mari et sa maîtresse, ou la femme et son amant – toujours la même vieille histoire. Mais que *pouvons-nous* y faire, Huish, hein ? Que pouvons-nous y faire ?

— Je ne vois pas, monsieur, répondit le superintendant avec lenteur, ce que nous pouvons y faire. Nous *pouvons* avoir des certitudes – mais où sont les preuves ? Nous n'avons rien qui puisse tenir devant un tribunal.

— Non… non. Mais avez-vous des certitudes, Huish ? Des certitudes en votre âme et conscience ?

— Pas autant que je le voudrais, concéda Huish avec tristesse.

— Ah ! Pourquoi ?

— A cause du genre d'homme qu'il est. Mr Argyle, j'entends.

— Pas le genre à assassiner ?

— Ce n'est pas tellement de ça qu'il s'agit – pas du meurtre lui-même. C'est du garçon. Je ne vois pas Argyle piégeant délibérément ce gamin.

— Ce n'était pas son propre fils, rappelez-vous. Il peut ne pas l'avoir aimé beaucoup, le Jacko – il peut même lui avoir tenu rancune… de l'affection débordante que sa femme lui manifestait.

— Il pourrait en avoir été ainsi. Et, cependant, Leo Argyle semble avoir adoré tous ses enfants. Il semble encore les adorer.

— Naturellement, releva Finney, pensif, il savait que Jacko ne serait pas pendu… Cela fait une différence.

— Là, vous voyez peut-être juste, monsieur. Il peut avoir pensé que les dix années en prison qu'entraîne, en fait, une condamnation à perpétuité ne feraient pas de mal au gamin.

— Et la jeune femme – Gwenda Vaughan ?

— Si c'est elle la coupable, répliqua Huish, j'imagine qu'elle ne s'est pas souciée une seconde de Jacko. Les femmes sont dépourvues de scrupules.

— Quoi qu'il en soit, vous êtes raisonnablement persuadé que ça se joue entre ces deux-là ?

— Raisonnablement persuadé, oui.

— Pas davantage ? insista le chef de la police.

— Non. Il se passe *quelque chose*. Il y a anguille sous roche, comme on dit.

— Expliquez-vous, Huish.

— Ce que je voudrais réellement savoir, c'est ce qu'ils pensent eux-mêmes. Ce qu'ils pensent les uns des autres.

— Oh ! je vois. Je vous suis, maintenant. Vous vous demandez s'ils savent eux-mêmes qui a tué ?

— Oui. Là-dessus, je n'arrive pas à me faire une religion. Est-ce qu'ils savent *tous* ? Est-ce qu'ils sont d'accord pour garder le silence ? Je ne le pense pas. Je pense qu'il est même possible qu'ils aient tous des hypothèses différentes. Il y a cette Suédoise – c'est un paquet de nerfs. Elle est tendue à craquer. Peut-être bien parce que c'est elle qui a fait le coup. Elle a atteint l'âge où, d'une manière ou d'une autre, les femmes débloquent légèrement. Elle peut avoir peur pour elle-même, ou pour quelqu'un d'autre. Moi, j'ai l'impression – je peux me tromper – que c'est pour quelqu'un d'autre.

— Pour Leo ?

— Non, je ne crois pas que ce soit pour Leo qu'elle se fait des cheveux. Je pense que c'est pour la petite – pour Hester.

— Hester ?... Des chances que ç'ait été Hester ?

— Pas de mobile évident. Mais elle est du genre passionné, peut-être un peu déséquilibrée.

— Et la Lindstrom en sait probablement bien davantage que nous sur cette gamine.

— Oui. Et puis il y a la petite noiraude qui travaille à la bibliothèque du comté.

— Elle n'était pas dans la maison ce soir-là, n'est-ce pas ?

— Non. Mais je crois qu'elle sait quelque chose… Qu'elle sait *qui*, peut-être.

— Elle suppose ? Ou elle sait ?

— Elle s'inquiète. Je ne pense pas que ce soit seulement à cause d'une devinette… Et puis il y a encore l'autre fils, Micky. Il n'était pas là, lui non plus, *mais* il était en vadrouille, dans une voiture, tout seul. Il prétend qu'il était en train d'essayer cette bagnole dans la lande et sur Minchin Hill. Nous n'avons que sa parole. Il peut avoir fait un saut à Sunny Point, l'avoir tuée, et être reparti. Gwenda Vaughan a dit ce matin quelque chose qui ne figurait pas dans sa première déposition. Elle a dit qu'elle a croisé une voiture, juste à l'entrée de la route. La route dessert quatorze maisons, donc la voiture pouvait se diriger vers n'importe laquelle d'entre elles, et personne ne s'en souviendra deux ans après – mais cela signifie qu'il existe une possibilité pour que cette voiture ait été celle de Micky.

— Pourquoi aurait-il pu vouloir tuer sa mère adoptive ?

— Il n'y a aucune raison, à notre connaissance – mais il peut y en avoir une.

— Qui le saurait ?

— Ils le savent tous, répondit Huish. Mais ils ne nous le diront pas. Pas s'ils en sont conscients, j'entends.

— Je discerne chez vous des intentions diaboliques, sourit le major Finney. A qui allez-vous vous attaquer ?

— A la Lindstrom, je crois. Si je peux rompre ses défenses. J'espère aussi découvrir si elle avait elle-même une dent contre Mrs Argyle… Et il y a enfin ce type paralysé. Philip Durrant…

— Eh bien ?

— Eh bien, je pense qu'il commence à avoir ses petites idées sur tout ça. Je n'imagine pas qu'il sera disposé à m'en faire profiter, mais je pourrai peut-être avoir un aperçu de la manière dont son cerveau fonctionne. C'est un garçon intelligent, et, à mon avis, un observateur doué. Il peut avoir noté deux ou trois choses intéressantes.

*

— Viens, Tina. Allons prendre l'air.

— Prendre l'air ? rétorqua Tina, dubitative. Mais il fait si froid, Micky.

Elle fut saisie d'un bref frisson.

— Je crois que tu détestes le grand air, Tina. C'est pour ça que tu supportes de rester cloîtrée toute la journée dans ta bibliothèque.

Tina sourit :

— Ça m'est égal d'être enfermée pendant l'hiver. C'est très agréable et chaud, dans la bibliothèque.

— Et tu te tapis là-bas, comme un petit chaton douillet devant le feu. Mais ça te ferait du bien de sortir dehors, tout de même. Viens, Tina. Je veux te parler. Je veux… oh ! me mettre un peu d'air dans les poumons, et oublier toutc cette histoire de police.

Tins se leva, d'un mouvement gracieux et nonchalant, qui évoquait assez le chaton auquel Micky venait de la comparer.

Dans le hall, elle s'enveloppa dans un manteau de tweed à col de fourrure, et ils sortirent ensemble.

— Tu ne ne prends même pas un pardessus, Micky ?

— Non. Je n'ai jamais froid.

— Brrr, fit-elle. Comme je hais l'hiver dans ce pays ! Je voudrais partir pour l'étranger. J'aimerais être quelque part où le soleil brillerait toujours, et où l'air serait doux, humide et chaud.

— On vient tout juste de me proposer un job dans le golfe Persique, lui apprit Micky. Pour une compagnie pétrolière. Il s'agirait de s'occuper des transports.

— Tu vas y aller ?

— Non, je ne pense pas... A quoi bon ?

Ils contournèrent la maison pour s'engager dans un sentier en zigzag qui menait, à travers les arbres, jusqu'à la plage, au bord de la rivière. A mi-chemin s'élevait une serre, abritée du vent. Ils ne s'assirent pas tout de suite, mais demeurèrent devant, à contempler les eaux.

— C'est beau, ici, n'est-ce pas ? dit Micky.

Tina regardait le panorama avec des yeux dénués de curiosité :

— Oui. Oui, peut-être.

— Mais en réalité, tu ne le sais pas au juste, non ? rétorqua Micky avec tendresse. Tu ne sais pas voir la beauté, Tina, tu n'as jamais su.

— Je ne me souviens pas que pendant toutes les années où nous avons vécu ici, riposta-t-elle, tu aies jamais profité de la beauté de cet endroit. Tu te rongeais toujours de ta nostalgie de Londres.

— C'était différent, trancha-t-il. Je ne me sentais pas d'ici.

— Ça, c'est ton problème, n'est-ce pas ? Tu n'es de nulle part.

— Je ne suis de nulle part, répéta Micky d'une voix stupéfaite. Peut-être est-ce vrai. Mon Dieu, Tina, quelle idée effrayante ! Tu te rappelles cette vieille chanson ? Kirsten nous la chantait toujours, je crois. *Ô ma blanche colombe, ô ma douce colombe, ô ma colombe aux yeux d'argent*. Tu t'en souviens ?

Tina secoua la tête :

— Peut-être te chantait-elle cela à toi, mais… non, je ne m'en souviens pas.

Micky reprit, mi-parlé, mi-chantonné :

— *Ô mon amour chéri, je ne suis pas d'ici et ne possède rien en ce monde. Ma seule demeure est dans ton cœur, et non dans la mer que voilà.*

Il fixa Tina :

— Je suppose que ça pourrait être vrai.

Tina posa sa petite main sur son bras :

— Viens, Micky ; asseyons-nous. C'est protégé du vent. Il ne fait pas trop froid.

Il obtempéra et elle lui sourit :

— Faudra-t-il toujours que tu sois aussi malheureux ?

— Mon petit, tu ne comprends pas le premier mot de tout ça.

— Je comprends beaucoup de choses, répondit-elle. Pourquoi ne peux-tu pas l'oublier, elle, Micky ?

— L'oublier, elle ? De qui parles-tu ?

— De ta mère.

— L'oublier ! lança-t-il, amer. Quelles chances aurais-je de l'oublier après ce matin ? Après cet interrogatoire ?

Quand quelqu'un a été assassiné, on ne te laisse pas « l'oublier » !

— Je ne pensais pas à cela. Je pensais à ta vraie mère.

— Pourquoi donc penserais-je à elle ? Je ne l'ai plus jamais revue depuis que j'avais six ans.

— Mais, Micky, tu pensais à elle. Tout le temps.

— Je t'en ai jamais parlé ?

— Parfois, on sent ces choses.

Micky lui fit face :

— Tu es une petite créature si douce et si tranquille, Tina. Comme un petit chat noir. Je veux te caresser dans le sens du poil. Gentil minet ! Joli petit minet !

De la main, Micky effleurait la manche de son manteau.

Tina, presque immobile, lui souriait.

— *Toi,* Tina, tu ne la détestais pas, hein ? reprit Micky. Nous autres, oui.

— C'était très injuste, répliqua Tina en secouant la tête avec énergie. Réfléchis à ce qu'elle vous a donné, à vous tous. Un foyer, de la chaleur, de la tendresse, une bonne nourriture, des jouets pour s'amuser, des gens pour veiller sur vous et vous assurer la sécurité, et…

— Oui, oui, coupa Micky, impatienté. Des soucoupes de lait et beaucoup de caresses. C'était tout ce qu'il te fallait, non, mon petit minet ?

— Je lui en étais reconnaissante. Pas vous.

— Tu ne comprends pas, Tina, qu'on ne peut pas être reconnaissant quand on y est obligé ? D'une certaine façon, c'est encore pire quand on ressent cette obligation de gratitude. Je n'avais *pas* voulu qu'on m'amène ici. Je n'avais pas voulu qu'on m'arrache à mon chez-moi.

— Tu aurais pu être bombardé, fit-elle valoir. Tu aurais pu être tué.

— Ça aurait eu quelle importance ? Être tué m'aurait été égal. J'aurais été tué chez moi, avec les miens autour de moi. A l'endroit d'où j'étais. C'est là la vraie question, tu vois. Nous y revenons. Il n'est rien d'aussi dur que de n'être de nulle part. Mais toi, petit minet, tu te soucies seulement des biens matériels.

— Peut-être est-ce vrai, reconnut Tina. Peut-être est-ce pour cela que je ne réagis pas comme vous autres. Je n'ai pas cette rancune bizarre que vous semblez tous éprouver – toi, surtout, Micky. Pour moi, c'était facile d'être reconnaissante, parce que, vois-tu, je ne voulais *pas* être moi-même. Je voulais échapper à moi-même. Je voulais être quelqu'un d'autre. Et elle m'a transformée en quelqu'un d'autre. Elle a fait de moi Christina Argyle, avec un foyer et de l'amour. En sécurité. Sans peur. J'aimais mère parce qu'elle m'avait donné tout ça.

— Et ta propre mère ? Tu n'y penses jamais ?

— Pourquoi y penserais-je ? A peine si je me souviens d'elle. Rappelle-toi que je n'avais que trois ans quand je suis venue ici. Avec elle, j'étais toujours effrayée – terrifiée. Toutes ces disputes violentes avec des marins, et elle-même… Je suppose, aujourd'hui que je suis assez vieille pour comprendre mes souvenirs, qu'elle devait être ivre à longueur de journée.

Tina s'exprimait d'un ton détaché, un peu rêveur.

— Non, reprit-elle, je ne pense pas à elle, et je ne m'en souviens pas. Mrs Argyle était ma mère. Ici, c'était ma maison.

— C'est si facile pour toi, Tina.

— Et pourquoi est-ce difficile pour toi ? Parce que tu l'as voulu. Ce n'était pas Mrs Argyle que tu haïssais, Micky. C'était ta véritable mère. Oui, je sais que ce que je dis est vrai. Et si tu avais tué Mrs Argyle, comme tu l'aurais pu, ç'aurait été ta vraie mère que tu aurais voulu tuer.

— Tina !… Qu'est-ce que tu racontes, bon Dieu ?

— Et maintenant, poursuivit-elle impassible, tu n'as plus personne à haïr. Et cela te rend très solitaire, n'est-ce pas ? Mais tu dois apprendre à vivre sans haine, Micky. Ce sera sans doute difficile, mais c'est possible.

— Je ne sais pas de quoi tu parles. Qu'est-ce que ça signifie, que j'aurais pu la tuer ? Tu sais parfaitement que je n'étais pas ici, ce jour-là. J'essayais la voiture d'un client sur la lande, derrière Minchin Hill.

— C'est vrai ? interrogea-t-elle.

Elle se leva pour s'avancer jusqu'au point de vue d'où l'on découvrait toute la rivière. Micky la rejoignit :

— Où veux-tu en venir, Tina ?

Du doigt, elle désigna la plage :

— Qui sont ces deux-là ?

Micky lança un rapide coup d'œil :

— Hester et son médecin de petit ami, je crois. Mais, Tina, qu'est-ce que tu veux dire ?… Pour l'amour de Dieu, ne t'approche pas aussi près du bord !

— Pourquoi ? Tu veux me pousser par-dessus le parapet ? Tu pourrais. Je suis très petite, tu sais.

— Pourquoi disais-tu que j'aurais pu être ici ce soir-là ? questionna-t-il d'une voix rauque.

Tina ne répondit pas. Elle se détourna et commença de remonter le sentier.

— Tina !

Elle dit, d'un ton doux et tranquille :

— Je m'inquiète, Micky. Je m'inquiète beaucoup pour Hester et pour Don Craig.

— On se fiche de Hester et de son petit ami !

— Moi, je ne me fiche pas d'eux. J'ai peur que Hester ne soit très malheureuse.

— Ce n'est pas d'eux que nous parlons.

— Moi, je parle d'eux. Ils comptent pour moi, vois-tu.

— Tina, tu as cru, depuis le début, que j'étais là le soir où mère a été tuée ?

Elle s'abstint de lui répondre. Il poursuivit :

— Tu n'as rien dit, à ce moment-là.

— Pourquoi aurais-je dit quoi que ce soit ? Ce n'était pas nécessaire. Il était tellement évident que c'était Jacko qui l'avait tuée.

— Et, maintenant, il est tout aussi évident que Jacko ne l'a pas tuée.

Encore une fois, elle hocha la tête.

— Et alors ? jeta Micky. Et alors ?

Sans prononcer une parole, elle continua de remonter vers la maison.

*

Sur la petite plage, en bas de la pointe, Hester labourait le sable du bout de sa chaussure.

— Je ne vois pas de quoi il y aurait lieu de parler, dit-elle.

— Il *faut* que vous en parliez, rétorqua Don Craig.

— Je ne vois pas pourquoi… Parler de quelque chose ne fait jamais de bien… ça n'arrange jamais rien.

— Vous pourriez au moins me dire ce qui s'est passé ce matin.

— Rien, affirma Hester.

— Qu'entendez-vous par *rien* ? La police est venue, n'est-ce pas ?

— Oh ! oui, elle est venue.

— Eh bien, vous ont-ils tous interrogés ?

— Oui, ils nous ont interrogés.

— Quel genre de questions ?

— Toutes les questions habituelles. Exactement les mêmes qu'avant. Où nous étions, et ce que nous faisions, et quand nous avions vu mère vivante pour la dernière fois. Franchement, Don, je ne veux plus en parler. C'est terminé, maintenant.

— Mais non, ce n'est pas terminé, chérie. C'est bien le problème.

— Je ne vois pas pourquoi vous, vous éprouvez le besoin de faire tant d'histoires. Vous n'êtes pas mêlé à ça.

— Chérie, je ne veux que vous aider. Vous ne le comprenez pas ?

— Eh bien, en parler ne m'aide pas. Je veux seulement oublier. Si vous m'aidiez à oublier, ce serait différent.

— Hester chérie, il ne sert à rien de fuir la réalité. Vous devez l'affronter.

— Je l'ai affrontée, comme vous dites, toute la matinée.

— Hester, je vous aime. Vous le savez, non ?

— Je suppose que oui.

— Vous le *supposez* ?

— Pourquoi revenir sans cesse là-dessus ?

— Parce que je le dois.

— Je ne vois pas pourquoi. Vous, vous n'êtes pas policier.

— Qui était la dernière personne à avoir vu votre mère en vie ?

— Moi.

— Je sais. C'était juste avant 7 heures, n'est-ce pas ? Avant que vous ne veniez me retrouver ?

— Juste avant que je ne parte pour Drymouth – pour le théâtre.

— Eh bien, j'étais au théâtre, non ?

— Oui, vous y étiez, naturellement.

— Et vous saviez déjà que je vous aimais, Hester ?

— Je n'en étais pas sûre. Je n'étais même pas sûre que je commençais, moi, à vous aimer.

— Vous n'aviez aucune raison… aucune raison au monde… pour tuer votre mère ?

— Non, pas vraiment.

— Que signifie ce *pas vraiment* ?

— Je pensais souvent à la tuer, répliqua-t-elle d'une voix unie. J'avais l'habitude de répéter : « Je voudrais qu'elle soit morte. Je voudrais qu'elle soit morte. » Parfois, je rêvais que je la tuais.

— De quelle manière la tuiez-vous dans vos rêves ?

Un instant, il ne fut plus un homme amoureux, mais un jeune médecin possédé par l'intérêt professionnel.

— Quelquefois, je lui tirais dessus, répondit gaiement Hester. D'autres fois, je l'assommais.

Le Dr Craig émit un grognement.

— Ce n'étaient que des rêves, ajouta-t-elle. Je suis souvent *très* violente dans mes rêves.

— Ecoutez-moi, Hester, dit-il en lui prenant la main. Vous devez me dire la vérité. Vous devez me faire confiance.

— Je ne comprends pas ce que vous entendez par là.

— La vérité, Hester. Je veux *la vérité*. Je vous aime – et je ne vous abandonnerai pas. Si... si vous l'avez tuée... je pense que je peux en découvrir les raisons. Je ne crois pas que ç'aurait été exactement de votre faute. Le comprenez-vous ? Je n'irai certainement jamais en parler à la police. Cela restera entre vous et moi. Personne d'autre n'en souffrira. Toute cette affaire s'éteindra, faute de preuves. Mais je dois *savoir*.

Il avait mis l'accent sur le mot *savoir*.

Hester le fixait, les yeux élargis, presque vagues :

— Que voulez-vous que je vous dise ?

— Je veux que vous me disiez la vérité.

— La vérité, vous êtes persuadé que vous la connaissez déjà, non ? Vous êtes persuadé... que je l'ai tuée.

— Hester chérie, ne me regardez pas comme ça.

Il la saisit aux épaules pour la secouer avec douceur :

— Je suis médecin. Je connais les motifs de ces faits. Je sais que les gens ne peuvent pas toujours être tenus pour responsables de leurs actes. Vous, je vous connais telle que vous êtes – douce, adorable, et fondamentalement saine. Je vous aiderai. Je veillerai sur vous. Nous

nous marierons, et nous serons heureux. Vous ne vous sentirez jamais perdue, jamais rejetée, jamais tyrannisée. Nos actions viennent souvent de motifs que la plupart des gens ne comprennent pas.

— C'est à peu près ce que nous disions tous au sujet de Jacko, non ? releva Hester.

— Peu importe Jacko. C'est à vous que je pense. Je vous aime comme un fou, Hester, mais je dois savoir la vérité.

— La vérité ? répéta-t-elle, tandis qu'un sourire moqueur fleurissait doucement sur ses lèvres.

— Je vous en prie, chérie.

Hester détourna la tête, le regard vers la maison :

— Gwenda m'appelle. Ce doit être l'heure du déjeuner.

— Hester !

— Me croiriez-vous si je vous disais que je ne l'ai pas tuée ?

— Naturellement que je… que je vous croirais.

— Je pense que non.

Elle s'écarta brusquement et s'élança en courant sur le sentier. Il fit un mouvement pour la suivre, mais il renonça.

— Ah ! nom de Dieu ! jura Donald Craig. *Nom de Dieu !*

15

— Mais je ne veux pas rentrer tout de suite à la maison, se plaignit Philip Durrant sur un ton irrité.

— Réellement, Philip, il n'y a aucune raison pour que nous restions ici davantage, expliqua Mary. Nous sommes venus voir Mr Marshall et discuter du problème avec lui, et puis nous avons attendu l'interrogatoire de la police. Mais, maintenant, rien ne nous empêche plus de rentrer immédiatement chez nous.

— Je pense que ton père est très heureux que nous séjournions un peu ici. Il apprécie d'avoir quelqu'un pour jouer avec lui aux échecs le soir. Ma parole, c'est un sorcier de l'échiquier. Je croyais que je n'étais pas mauvais, mais je n'ai jamais réussi à le battre.

— Père peut trouver quelqu'un d'autre pour jouer aux échecs avec lui, trancha Mary, sèchement.

— Quoi – faire venir quelqu'un du club féminin ?

— Et puis, de toute façon, nous devons rentrer chez nous. Demain, c'est le jour où Mrs Carden fait les cuivres.

— Polly, la parfaite ménagère ! rit Philip. En tout cas, Mrs Je-ne-sais-trop-quoi peut s'occuper des cuivres sans toi, non ? Et, si elle ne peut pas, envoie-lui donc un télégramme pour lui dire de les laisser se ternir jusqu'à la semaine prochaine.

— Tu ne connais rien aux choses du ménage, Philip, et tu ne sais pas à quel point elles sont compliquées.

— Je ne vois pas qu'aucune d'elles soit complexe, sauf si tu décides de la compliquer. Quoi qu'il en soit, *je* veux rester ici.

— Oh ! Philip, rétorqua Mary, exaspérée, je hais tellement cet endroit.

— Mais pourquoi ?

— C'est tellement sinistre, tellement lugubre et puis… et puis il y a tout ce qui s'est passé ici. Ce meurtre et ainsi de suite.

— Allons, allons, Polly. Ne me dis pas que ce genre de chose te met les nerfs en boule. Je suis convaincu que tu peux supporter tous les assassinats qu'on voudra sans bouger un cil. Non, tu veux rentrer parce que tu veux être sûre que les cuivres ont été faits, qu'on a passé le balai, qu'il n'y a pas de mites dans ton manteau de fourrure, que…

— Les mites n'attaquent pas les fourrures en hiver, riposta Mary.

— Voyons, tu sais ce que je veux dire, Polly. C'est l'idée générale. Mais, entre nous, de mon point de vue, ici, c'est bien plus intéressant.

— Plus intéressant que d'être chez nous ?

Mary paraissait, à la fois, scandalisée et blessée.

Il se hâta de l'apaiser :

— Je suis désolé, chérie. Je ne me suis pas très bien exprimé. Rien ne peut être plus agréable que notre propre foyer, que tu as su rendre si délicieux. Confortable, net, séduisant. Vois-tu, ce serait différent si… si j'étais comme autrefois. Je veux dire que j'aurais à penser à une foule de choses tout au long du jour. Je serais plongé jusqu'au cou dans mes projets. Et ce serait parfait de te retrouver, d'être enfin chez nous, et de parler avec toi de tout ce qui se serait passé pendant la journée. Mais, tu vois, aujourd'hui, c'est différent.

— Oh ! je sais que c'est différent sur ce plan-*là*. Ne crois pas que je l'oublie jamais, Phil. Je m'en soucie. Je m'en soucie extrêmement.

— Oui, riposta Philip, presque entre ses dents. Oui, tu t'en soucies trop, Mary. Tu t'en soucies tant que, parfois, moi, je m'ennuie un peu. Tout ce que je veux, c'est me distraire et… Non !

Il levait la main :

— Ne viens pas me dire que je peux trouver des distractions en faisant des puzzles, grâce aux gris-gris de la thérapie occupationnelle, avec des gens qui viennent pour mes traitements, et en lisant des livres interminables. Quelquefois, je voudrais tellement avoir quelque chose à faire pour de bon ! Et ici, dans cette maison, j'ai quelque chose à accomplir, pour de bon.

Mary retenait son souffle :

— Philip, tu n'es pas *encore* en train de… de me rabâcher ta théorie ?

— Jouer à la chasse au criminel ? Le meurtre, le meurtre, qui a commis le meurtre ? Si, Polly, tu n'es pas tombée loin. Je veux désespérément savoir qui est le coupable.

— Mais pourquoi ? Et comment le pourrais-tu ? Si quelqu'un est entré par effraction, ou s'il a trouvé la porte entrouverte…

— Toi, tu continues à rabâcher la thèse du rôdeur, Mary ? Ça ne fonctionne pas. Le vieux Marshall lui a donné bonne figure. Mais, en fait, il nous aidait seulement *à garder la face.* Personne ne croit à cette magnifique théorie. Ce n'est tout bonnement pas vrai.

— Alors, coupa Mary, si ce n'est pas vrai… si ce n'est pas vrai… Si c'était, comme tu le dis, l'un de nous – alors, je ne veux pas le savoir. Pourquoi devrions-nous le savoir ? Ne nous portons-nous pas cent fois mieux en ne le sachant pas ?

Philip Durrant lança à sa femme un regard interrogateur :

— Tu te caches la tête dans le sable, hein, Polly ? Ne posséderais-tu donc aucune curiosité naturelle ?

— Je te dis que je ne veux pas le savoir ! Je pense que tout cela est horrible. Je veux l'oublier et ne plus jamais y penser.

— Aimais-tu si peu ta mère que tu ne veuilles pas savoir qui l'a tuée ?

— A quoi cela servirait-il, de savoir qui l'a tuée ? Pendant deux ans, nous avons été parfaitement convaincus que c'était Jacko qui l'avait tuée.

— Certes, ricana Philip, c'est formidable, la façon dont nous avons tous été convaincus.

Elle le fixait, dubitative :

— Je ne … je ne comprends pas ce que tu veux dire, Philip.

— Polly, ne vois-tu pas que, pour moi, il s'agit, en quelque sorte, d'un défi ? D'un défi à mon intelligence ? Je ne prétends pas que la mort de ta mère m'a causé beaucoup de chagrin, ni que je l'aimais beaucoup. Je ne l'aimais pas. Elle avait fait tout son possible pour t'empêcher de m'épouser, mais je ne lui en gardais pas rancune parce que j'avais admirablement réussi à te séduire. N'est-ce pas, mon petit ? Non, ça n'est pas un désir de vengeance, ni même une passion pour la justice. Je pense que c'est... oui, principalement, c'est de la curiosité, encore qu'il y ait peut-être là-dedans quelque chose d'un peu plus avouable.

— C'est le genre de chose dont tu ne devrais pas te mêler, lui reprocha Mary. Il ne peut rien en sortir de bon. Oh ! Philip, je t'en prie, ne t'en mêle pas. Rentrons chez nous et oublions tout cela.

— Eh bien, Polly, tu es tout à fait à même de me voiturer où bon te semblera, non ? Mais je veux rester ici. Ne consentirais-tu pas, une fois de temps en temps, à ce que je fasse ce dont, *moi*, j'ai envie ?

— Je veux que tu aies tout ce que tu peux vouloir dans ce monde.

— Pas vraiment, chérie. Tu veux seulement me pouponner comme un nourrisson, et décider tous les jours de ce qu'il y a de mieux pour moi dans tous les domaines imaginables.

Il rit.

— Je ne sais jamais si tu es sérieux ou non, dit Mary, mi-figue mi-raisin.

— Toute curiosité mise à part, reprit Philip, il faut que quelqu'un découvre la vérité, tu sais.

— Pourquoi ? Cela servirait à quoi ? A envoyer quelqu'un d'autre en prison. Je juge cette idée épouvantable.

— Tu ne comprends pas du tout. Je n'ai pas dit que, si je perçais le coupable à jour, je le dénoncerais à la police. Je ne pense pas que je le ferais. Cela dépendrait, naturellement, des circonstances. Il serait d'ailleurs probablement inutile de le dénoncer, parce que je persiste à croire qu'il n'y aura pas de preuve tangible.

— Mais s'il n'y a pas de preuve tangible, comment feras-tu pour trouver quoi que ce soit ?

— Parce qu'il existe des tas de moyens de découvrir les choses, d'en avoir la certitude une bonne fois pour toutes. Et j'estime, vois-tu, que cela devient absolument nécessaire. Dans cette maison, ça ne tourne pas très rond et, bientôt, ce sera pire encore.

— Qu'est-ce que tu entends par là ?

— Tu n'as rien remarqué, Polly ? Rien à propos de ton père et de Gwenda Vaughan ?

— Quoi, à leur propos ? La raison pour laquelle mon père veut se remarier à son âge…

— Je peux comprendre ça. Après tout, durant son mariage, il en a vu de dures. Maintenant, il a une chance de trouver le vrai bonheur. Un bonheur d'arrière-saison, si tu veux, mais il l'a. Ou plutôt, dirons-nous, il l'avait. Ça ne va plus très bien entre eux deux.

Mary restait dans le vague :

— Je suppose qu'avec toute cette histoire…

— Absolument. Toute cette histoire. Ça les éloigne chaque jour un peu plus l'un de l'autre. Et il peut y avoir deux raisons à cela. Le soupçon, ou la culpabilité.

— Le soupçon de qui ?

— Eh bien, disons qu'ils se soupçonnent mutuellement. Ou qu'il y a soupçon d'un côté et culpabilité de l'autre, ou vice versa, ou comme tu voudras.

— Arrête, Philip, tu m'embrouilles.

Soudain, elle parut un peu s'animer :

— Ainsi, tu penses que c'est Gwenda ? Tu as peut-être raison. Oh ! quelle bénédiction si c'était Gwenda.

— Pauvre Gwenda. Parce que c'est la seule qui n'appartienne pas à la famille, tu veux dire ?

— Oui, confirma Mary. Ce ne serait pas l'un de *nous*.

— C'est tout ce que cela t'inspire, hein ? Comment cela *nous* touche ?

— Naturellement, dit Mary.

— Naturellement, naturellement, répéta Philip, agacé. Le problème avec toi, Polly, c'est que tu n'as aucune imagination. Tu es incapable de te mettre à la place de quelqu'un d'autre.

— Pourquoi faudrait-il le faire ?

— Oui, pourquoi, en effet ? Je suppose que, si je suis honnête, je devrais dire que c'est pour passer le temps. Mais je peux me mettre à la place de ton père, ou à celle de Gwenda, et s'ils sont innocents, quel enfer ce doit être. Quel enfer pour Gwenda, de se trouver brusquement repoussée. De savoir, au fond de son cœur, qu'elle ne pourra pas épouser l'homme qu'elle aime. Et mets-toi un peu à la place de ton père. Il sait – il ne peut pas s'interdire de savoir – que la femme qu'il aime a eu la possibilité de commettre le crime, et qu'elle avait aussi un mobile pour tuer. Il *espère* qu'elle ne l'a pas commis, il *pense* qu'elle ne l'a pas commis, mais il n'en est pas *certain*. Et, qui plus est, il n'en sera jamais certain.

— A son âge…

— Oh ! à son âge, à son âge, lança Philip avec agacement. Tu ne comprends pas que c'est pire encore pour un homme de son âge ? C'est le dernier amour de sa vie. Il n'a guère de chances d'en connaître un autre. Cela va loin. Et, maintenant, si tu adoptes l'angle inverse, imagine que Leo ait échappé aux brumes et aux ombres du monde renfermé sur lui-même où il a réussi à survivre aussi longtemps. Suppose que ce soit lui qui ait tué sa femme. On pourrait presque se sentir désolé pour le pauvre diable, n'est-ce pas ? Non, que je puisse, une seule seconde, l'imaginer en train de faire une chose pareille. Mais je ne doute pas que la police, elle, peut très bien l'imaginer. Maintenant, Polly, écoutons tes vues. Qui donc a fait ça, crois-tu ?

— Comment pourrais-je bien le savoir ?

— Eh bien, tu ne peux peut-être pas le savoir, mais tu peux en avoir une assez bonne idée – si tu creuses un tantinet la question.

— Je t'ai dit que je refusais absolument d'y penser.

— Je me demande pourquoi… Est-ce seulement par dégoût ? Ou est-ce, peut-être, parce que tu *sais* ? Peut-être, dans ton cerveau calme et froid, as-tu une certitude… Une certitude si affreuse que tu ne veuilles plus y penser, que tu ne veuilles même pas *me* la confier ? C'est Hester que tu as à l'esprit ?

— Pourquoi, Seigneur, Hester aurait-elle voulu tuer mère ?

— Pas de vraie raison, hein ? dit Philip, méditatif. Mais, tu sais, on lit ce genre de chose dans les journaux. Une fille bien élevée, gâtée, et puis, un jour, des petits incidents idiots surviennent. Le parent si aimant refuse de raquer pour le cinéma, ou d'acheter une nouvelle paire de chaussures, ou ordonne à sa progéniture de rentrer à 10 heures le soir où on sort avec son petit ami. Cela peut très bien n'avoir aucune réelle importance, mais il semble que cela déclenche quelque chose de latent, et, brusquement, l'adolescente en question a un transport au cerveau.

Et hardi petit ! Avec un marteau ou une hache, ou – pourquoi pas – un pique-feu, et l'affaire est faite. C'est toujours difficile à expliquer, mais cela arrive. C'est le point culminant d'une rébellion longuement refoulée. Ce scénario-là pourrait s'appliquer à Hester. Tu comprends, en ce qui concerne Hester, le problème, c'est que l'on ne sait jamais ce qui se passe dans sa jolie petite tête. Elle est faible, bien entendu, et elle en a honte. Ta mère, de son côté, était femme à lui faire sentir cette faiblesse. Oui, je crois que je pourrais monter un bon dossier contre Hester, conclut-il en s'animant.

— Oh ! arrête de parler de ça, cria Mary.

— Certes, je vais m'arrêter. En parler ne me mènera nulle part. Ou bien ?... Après tout, il faut décider à quel schéma le crime a obéi, et appliquer ce schéma à chacune des personnes en cause. Et alors, lorsque vous avez bien compris comment cela a dû se passer, vous n'avez plus qu'à tendre vos embûches pour voir qui va s'y laisser prendre.

— Il n'y avait que quatre personnes dans la maison, releva Mary. Et toi, tu parles comme s'il y en avait eu une douzaine, ou davantage. Je t'accorde que père ne peut pas raisonnablement avoir fait ça, et qu'il est absurde de penser que Hester ait pu avoir un vrai motif pour commettre quoi que ce soit de ce genre. Restent Kirsty et Gwenda.

— A laquelle des deux accordes-tu la préférence ? interrogea Philip d'un ton à peine ironique.

— Je ne peux vraiment pas concevoir Kirsty faisant une chose pareille. Elle a toujours été si patiente et de bonne humeur. Et réellement très dévouée à mère. Je suppose qu'elle *pourrait* devenir subitement cinglée. On apprend des choses de ce genre, mais elle n'a jamais *paru* cinglée.

— Certes, approuva Philip, songeur. Je dirais que Kirsty est une femme très normale, le genre de femme qui aurait aimé avoir une vie de femme classique. Dans un sens, elle est assez du même type que Gwenda, à la différence que Gwenda est belle et séduisante, alors que cette pauvre Kirsty est laide comme le péché. Je ne crois pas qu'aucun homme l'ait jamais regardée deux fois de suite. Mais cela lui aurait plu. Elle aurait aimé tomber amoureuse et se marier. Ce doit être abominable d'être née femme et, en même temps, laide et pas attirante, en particulier si ça n'est pas compensé par un talent ou un cerveau remarquables. A la vérité, elle est demeurée ici bien trop longtemps. Elle aurait dû partir après la guerre et reprendre son métier de masseuse. Elle aurait pu se soulever un vieux patient plein aux as.

— Tu es comme tous les hommes, riposta Mary. Tu t'imagines que les femmes ne pensent à rien d'autre qu'à se marier.

Philip sourit :

— Je persiste à croire que c'est ce que les femmes préfèrent. A propos, Tina a-t-elle un petit copain ?

— Pas que je sache. Mais elle ne parle guère d'elle-même.

— Oui, c'est une petite souris silencieuse, non ? Pas exactement jolie, mais très gracieuse. Je me demande ce qu'elle sait de cette affaire.

— Je suppose qu'elle ne sait rien.

— Ah bon ? Moi pas.

— Tu t'imagines des choses, répliqua Mary.

— Ça, je ne l'ai pas imaginé. Sais-tu ce que la petite a dit ? Elle a dit qu'elle espérait ne rien savoir. C'est une drôle de manière de voir. Je parie qu'elle *sait* bel et bien quelque chose.

— De quel genre ?

— Peut-être quelque chose qui est en rapport avec cette histoire, sans qu'elle comprenne elle-même où se situe ce rapport. J'espère vivement le lui faire sortir.

— Philip !

— Allons, Polly. J'ai une mission, dans cette vie. Je me suis persuadé moi-même qu'il est absolument de l'intérêt général que je vienne à bout de tout ça. Maintenant, par où vais-je commencer ? Je crois que je m'en prendrai d'abord à Kirsty. Par bien des aspects, c'est une âme simple.

— Je voudrais… oh ! comme je voudrais que tu abandonnes cette idée stupide et que nous rentrions chez nous. Nous étions si heureux. Tout allait si bien et…

Elle se détourna et se tut.

— Polly ! lança Philip avec inquiétude. Tu te fais donc tant de souci ? Je n'avais pas compris que tu étais à ce point troublée.

Mary le fixa à nouveau, une lueur d'espoir dans les yeux :

— Alors, tu vas rentrer, et oublier tout ?

— Je ne pourrais pas oublier. Je continuerais à m'inquiéter, à m'interroger, à me poser des questions. Restons ici, en tout cas, jusqu'à la fin de la semaine, Mary. Et ensuite, eh bien, nous verrons.

16

— Ça vous ennuierait si je restais un peu ici, papa ?

— Non, bien entendu que non. Je suis ravi. Ta société est d'accord ?

— Oui, dit Micky. Je leur ai téléphoné. Ils n'ont pas besoin de moi avant lundi. Ils ont été très chics. Tina va rester pour le week-end, elle aussi.

Il alla à la fenêtre et y jeta un coup d'œil avant d'arpenter la bibliothèque, mains dans les poches, contemplant les rayonnages de livres.

— Vous savez, papa, reprit-il d'une voix étrange et saccadée, j'apprécie vraiment tout ce que vous avez fait pour moi. Ces derniers jours, j'ai compris… euh, j'ai vu à quel point j'avais été ingrat.

— Il n'a jamais été question d'attendre de la gratitude de ta part, répliqua Leo Argyle. Tu es mon fils, Micky. Je t'ai toujours considéré comme tel.

— Bizarre manière de traiter un fils. Vous ne m'avez jamais donné d'ordres.

Leo Argyle sourit, de son sourire lointain et détaché :

— Tu crois vraiment que c'est là la seule fonction d'un père ? Donner des ordres à ses enfants ?

— Non, peut-être bien que non. Je me suis conduit comme un fichu crétin, ajouta Micky en toute hâte. Oui, comme un fichu crétin. Vous savez ce que j'aimerais faire ? Ce que j'envisage de faire ? Prendre un job dans une compagnie pétrolière, dans le golfe Persique. C'était par ça que mère aurait voulu que je commence dans la vie – par une compagnie pétrolière. Mais, à ce moment-là, je n'en voulais absolument pas. Il me fallait voler de mes propres ailes.

— Tu étais à un âge où tu avais la volonté de décider pour toi-même, et où tu détestais l'idée que l'on choisisse à ta place. Tu as toujours eu un certain esprit de contradiction, Micky. Si nous avions envie de t'acheter un sweater rouge, tu affirmais mordicus que tu en voulais un bleu, mais, en réalité, c'était probablement un sweater rouge que tu n'avais pas cessé de désirer.

— C'est bien vrai, concéda Micky avec un rire bref. J'ai toujours été du genre insatisfait, récalcitrant.

— Tu n'étais qu'un jeune poulain qui ruait. Qui refusait la bride, la selle, les rênes. Cela, nous le ressentons tous à un moment quelconque de notre existence, mais, en fin de compte, il nous faut plier.

— Oui, je l'imagine.

— Je suis très heureux que tu aies ces perspectives-là pour ton avenir. Vois-tu, je ne crois pas qu'un travail de vendeur de voiture soit assez bien pour toi. Il n'y a rien à y redire, mais cela ne te mènerait nulle part.

— J'aime les voitures, répliqua Micky. J'aime en tirer le meilleur Je sais aussi jouer les bonimenteurs lorsqu'il le faut. Jacasser, faire l'article, convaincre – mais c'est une vie qui ne me plaît pas, foutre non. De toute manière, le job dont je vous parle a un rapport avec ça. Diriger l'entretien et la réparation des véhicules. C'est un assez gros poste.

— Tu sais que n'importe quand, si tu as besoin de te financer, ou que tu veuilles te lancer dans une affaire qui te paraîtra en valoir la peine, l'argent est là, disponible. Tu connais l'existence de notre fidéicommis discrétionnaire.

Je suis tout à fait disposé à engager les montants nécessaires, à condition, bien entendu, que le projet soit bien monté, et acceptable. Nous pouvons demander là-dessus l'avis d'experts. Mais l'argent est à ta disposition si tu le désires.

— Merci, papa, mais je ne veux pas vivre à vos crochets.

— Il ne s'agit pas de vivre à mes crochets, Micky. C'est *ton* argent. Il t'a été dévolu à titre définitif, en commun avec les autres. Je n'ai que le pouvoir de décider si, quand et comment il doit t'être versé. Mais ce n'est pas mon argent, et je ne t'en fais pas don. Il est à *toi*.

— En réalité, c'est l'argent de mère, releva Micky.

— Le fidéicommis a été créé il y a de longues années déjà.

— Je n'en veux pas un sou ! Je ne veux pas y toucher ! Je ne le peux pas ! Tel que c'est, *je ne peux pas* !

Il rougit soudain, incertain, en croisant le regard de son père :

— Je n'avais pas… pas l'intention de dire ça comme ça.

— Pourquoi ne pourrais-tu pas y toucher ? Nous t'avons adopté. Plus exactement, nous avons assumé une pleine responsabilité en ce qui te concerne, sur le plan financier comme sur les autres plans. Le contrat était que tu serais élevé comme notre fils, et convenablement pourvu pour la vie.

— Je ne veux rien devoir qu'à moi-même, insista Micky.

— Oui, je le vois, en effet… Très bien, Micky. Mais si tu changes d'avis, souviens-toi que l'argent est là à t'attendre.

— Merci, papa. C'est gentil à vous de comprendre. Ou, au moins, non pas de comprendre, mais de me laisser suivre mon propre chemin. Je voudrais pouvoir mieux m'expliquer. Voyez-vous, je ne veux pas profiter de… je ne peux pas tirer profit… Ah ! sacré nom, c'est trop difficile d'en parler.

On frappa – ou, plutôt, on heurta – à la porte.

— C'est Philip, je pense, dit Leo. Ouvre-lui, Micky, je te prie.

Micky alla ouvrir la porte. Philip, poussant sur les roues de son fauteuil, entra. Il salua Leo et Micky d'un sourire chaleureux :

— Vous êtes occupé, père ? Si c'est le cas, dites-le-moi. Je me tiendrai tranquille pour ne pas vous déranger, et je me contenterai de parcourir des yeux les étagères.

— Non, le rassura Leo, je n'ai rien à faire ce matin.

— Gwenda n'est pas là ? s'enquit Philip.

— Elle a téléphoné pour dire qu'elle avait la migraine et qu'elle ne viendrait pas aujourd'hui, répondit Leo d'un ton neutre.

— Eh bien, je m'en vais essayer de dénicher Tina, annonça Micky. Je vais l'emmener en promenade. Cette petite déteste le grand air.

Il sortit de la bibliothèque d'un pas léger, chaloupé.

— Fais-je erreur, ou Micky a bel et bien changé ces derniers temps ? lança Philip. Il ne porte plus sur le monde le même regard hostile que naguère.

— Il a mûri, expliqua Leo. Il lui a fallu longtemps pour y parvenir.

— Eh bien, il a choisi une période étonnante pour retrouver le sourire. Notre concile d'hier avec la police n'avait rien de très encourageant, ne croyez-vous pas ?

— Il est douloureux, naturellement, que tout ce dossier soit rouvert, concéda Leo avec calme.

Philip progressait le long des rayonnages, tirant ici ou là un volume au hasard :

— Un garçon comme Micky, par exemple, diriez-vous qu'il a beaucoup de conscience ?

— Voilà une question bizarre, Philip.

— Non. En réalité, non. Je m'interrogeais seulement à son sujet. C'est comme d'être incapable de chanter. Certains individus sont dans l'incapacité d'éprouver la moindre culpabilité, le plus petit remords, ou même de regretter leurs actes. Jacko était de ceux-là.

— Oui, Jacko en faisait certainement partie.

— Et je me posais la question pour Micky.

Philip marqua un temps d'arrêt, avant de reprendre, d'un ton détaché :

— Me permettez-vous d'être indiscret, père ? Que savez-vous réellement des origines de toute votre famille d'adoptés ?

— Pourquoi voulez-vous le savoir, Philip ?

— Pure curiosité, je suppose. Mais je me demande toujours quelle est la part de l'hérédité.

Leo ne répondit pas. Philip le scrutait avec un intérêt passionné.

— Je vous ennuie peut-être avec mes questions, enchaîna-t-il.

— Eh bien, lâcha Leo en se levant, après tout, pourquoi ne les poseriez-vous pas ? Vous appartenez à notre famille. On ne peut cacher qu'en ce moment précis, elles sont parfaitement pertinentes. Mais notre famille, ainsi que vous le disiez, n'a pas été adoptée au plein sens juridique du terme. Si Mary, votre épouse, a fait l'objet d'une adoption régulière et légale, les autres sont arrivés chez nous de manière bien moins formelle. Jacko était orphelin, et c'était une de ses vieilles grand-mères qui nous l'avait amené. Elle a été tuée durant le Blitz, et il est resté avec nous. C'est aussi simple que cela. Micky était fils illégitime. Sa mère ne s'intéressait qu'aux hommes. Elle a voulu cent livres, et elle les a eues. Nous n'avons jamais su ce qu'il était advenu de la mère de Tina. Elle n'a jamais écrit à sa fille, elle ne l'a jamais réclamée à la fin de la guerre. Il nous a été impossible de retrouver sa trace.

— Et Hester ?

— Hester est une enfant illégitime, elle aussi. Sa mère était une jeune infirmière irlandaise. Elle a épousé un G.I. peu après l'arrivée de Hester chez nous. Elle nous a suppliés de la garder. Elle n'avait pas l'intention de parler de la fillette à son mari. A la fin de la guerre, elle est partie avec lui pour les Etats-Unis, et nous n'avons plus jamais eu de ses nouvelles.

— En un sens, rien que des histoires tragiques, commenta Philip. Tous des pauvres gosses dont personne ne voulait.

— Oui, approuva Leo. Et c'est pour cela que Rachel nourrissait de telles passions à leur égard. Elle était déterminée à ce qu'ils se sentent désirés, à leur donner un vrai foyer, à devenir pour eux une véritable mère.

— Ce qui était tout à fait méritoire.

— Malheureusement… malheureusement, cela n'a jamais marché comme elle l'avait espéré. Pour elle, c'était un article de foi que d'estimer que les liens du sang n'ont aucune influence. Mais les liens du sang *ont* une influence, vous savez. En général, chez ses propres enfants, il y a un type de caractère, une manière de sentir, que l'on reconnaît et que l'on comprend sans avoir besoin de l'exprimer explicitement. On n'a pas ce lien-là avec les enfants que l'on adopte. On n'a pas de perception *instinctive* de ce qui se passe dans leurs esprits. On les juge, cela va de soi, à l'aune de soi-même, de ses propres pensées et de ses propres sentiments. Mais il est sage d'admettre que ces pensées et ces sentiments peuvent différer grandement des leurs.

— J'imagine que vous avez compris cela depuis le début, dit Philip.

— J'avais mis Rachel en garde, mais, naturellement, elle n'y croyait pas. Elle ne voulait pas y croire. Elle voulait qu'ils soient tous ses propres enfants.

— De mon point de vue, Tina est toujours le mystère incarné. Peut-être est-ce là la moitié d'elle-même qui n'est pas blanche. Savez-vous qui était son père ?

— Un marin, je crois. Peut-être un matelot malais. Sa mère, précisa Leo avec un sourire, était incapable de le dire.

— On ne sait ni comment elle réagit ni ce qu'elle pense. Elle parle si peu.

Philip marqua un temps avant de jeter son pavé dans la mare :

— Que sait-elle, qu'elle ne veut pas dire, au sujet de cette affaire ?

Il vit la main de Leo, qui fourrageait dans des papiers, s'immobiliser. Il y eut une pause, avant que Leo ne relève :

— Pourquoi pensez-vous qu'elle ne dit pas tout ce qu'elle sait ?

— Allons, père, c'est tout à fait évident, non ?

— Ce n'est pas évident pour moi.

— Elle sait quelque chose, affirma Philip. Quelque chose qui pourrait avoir des conséquences fâcheuses pour une personne en particulier, diriez-vous ?

— Je pense, Philip, si vous me pardonnez de vous le signaler, qu'il est parfaitement déraisonnable de se livrer à des spéculations dans ce domaine. On peut si facilement laisser son imagination s'emballer.

— Me mettez-vous en garde, père ?

— Est-ce réellement votre affaire, Philip ?

— Vous entendez par là que je ne suis pas policier ?

— Oui, c'est bien là le fond de ma pensée. C'est aux policiers d'accomplir leur devoir. C'est à eux d'enquêter.

— Et vous, vous ne voulez pas savoir ?

— Peut-être ai-je peur de ce que je découvrirais.

D'excitation, les mains de Philip se crispaient sur son fauteuil. Il reprit doucement :

— Peut-être savez-vous, vous, qui a commis le crime. Le savez-vous, père ?

— Non.

La sécheresse et la vigueur de la réponse stupéfièrent Philip.

— Non, répéta Leo, en frappant son bureau du plat de la main.

Soudain, il n'avait plus rien de l'homme frêle, effacé, réservé, que Philip connaissait si bien.

— Je ne sais pas qui est le meurtrier ! martela-t-il. Vous entendez ? Je ne le sais pas ! Je n'en ai pas la moindre idée. Je… *je ne veux pas* le savoir.

17

— Et qu'est-ce que tu fais là, Hester, mon cher ange ? s'enquit Philip.

Dans son fauteuil roulant, il se propulsait le long du corridor. Hester se penchait à la fenêtre qui s'ouvrait à mi-chemin. Elle sursauta et rentra la tête à l'intérieur.

— Oh ! c'est vous, souffla-t-elle.

— Es-tu en train d'observer l'univers, ou bien d'envisager un suicide ?

Elle lui lança un regard de défi :

— Qu'est-ce qui vous fait dire une chose pareille ?

— A l'évidence, tu y pensais. Mais, Hester, si tu te prépares à une telle extrémité, cette fenêtre ne vaut rien. La distance qui la sépare du sol n'est pas suffisante. Songe à quel point il te serait désagréable de te retrouver avec, disons, un bras et une jambe cassés, au lieu de sombrer dans l'oubli miséricordieux auquel tu aspires.

— Micky avait l'habitude de passer par là pour sauter dans le magnolia avant d'en dégringoler de branche en branche. C'était son chemin secret pour entrer ou pour sortir. Mère ne l'a jamais su.

— Tout ce que les parents ignorent ! Il y aurait de quoi écrire un livre. Mais si tu penses à te suicider, Hester, il y a, près de la serre, un bien meilleur endroit pour faire le grand saut.

— Le surplomb au-dessus de la rivière ? Oui, on s'écraserait sur les rochers en contrebas.

— Le problème avec toi, Hester, c'est que tes fantasmes sont par trop mélodramatiques. La plupart des gens se contentent de se glisser bien proprement la tête dans le four à gaz, ou d'absorber une quantité gigantesque de comprimés de somnifère.

— Je suis heureuse que vous soyez ici, répliqua la jeune fille tout à trac. Ça ne vous ennuie pas de parler des événements, n'est-ce pas ?

— Eh bien, en fait, je n'ai pas grand-chose d'autre à faire, ces temps-ci. Viens chez moi, et nous pourrons bavarder davantage.

Hester hésitait. Il reprit :

— Mary est en bas, pour me préparer une délicieuse collation du matin de ses propres et blanches mains.

— Mary ne comprendrait pas, dit Hester.

— Non, approuva Philip, Mary n'y comprendrait rien de rien.

Il se propulsa en avant, tandis que Hester marchait à ses côtés. Elle lui ouvrit la porte du petit salon. Il entra. Elle le suivit.

— Vous, vous comprenez. Pourquoi ? demanda la jeune fille.

— Eh bien, vois-tu, il vient un temps où l'on médite sur ce genre de problèmes… Lorsque cette sale histoire m'est arrivée, par exemple, et que j'ai compris que je serais paralysé à vie…

— Oui. Ça a dû être terrible. Et, en plus, vous étiez pilote, n'est-ce pas ? Vous voliez.

— Oui, je volais, j'avais des ailes, comme un grand cornichon dans le ciel immense.

— Je suis terriblement désolée. Vraiment. J'aurais dû y réfléchir davantage et vous manifester plus de sympathie.

— Tu ne l'as pas fait, Dieu merci. Quoi qu'il en soit, cette phase-là est finie, et bien finie. On s'habitue à tout, tu sais. C'est quelque chose que tu ne peux pas comprendre en ce moment, Hester. Mais tu y viendras. Sauf si tu fais d'abord quelque chose de très stupide et de très radical. Maintenant, vas-y, raconte-moi tout. Quel est le problème ? Je suppose que tu t'es disputée avec ton petit ami, le solennel jeune docteur en médecine. C'est cela ?

— Ce n'était pas une dispute. C'était bien pire que ça.

— Ça s'arrangera, commenta Philip.

— Non, ça ne s'arrangera pas. Ce n'est pas possible – jamais.

— Tu emploies des termes extravagants. Avec toi, tout est tout blanc ou tout noir, hein, Hester ? Pas de demi-teintes.

— Je ne peux pas m'en empêcher. J'ai toujours été comme ça. Tout ce que je croyais pouvoir faire, ou vouloir faire, a toujours mal tourné. Je voulais avoir ma vie à moi, être quelqu'un, faire quelque chose. Tout a raté. Je n'étais bonne à *rien*. J'ai souvent pensé à me tuer. Depuis mes quatorze ans.

Philip l'observait, intéressé. Il répliqua, d'une voix calme et détachée :

— C'est vrai que beaucoup de jeunes se suppriment entre quatorze et dix-neuf ans. Il s'agit là d'une étape de la vie où l'on perd le sens des proportions. Des collégiens se donnent la mort parce qu'ils croient qu'ils ne pourront pas réussir leurs examens, et des filles mettent fin à leurs jours parce que leur mère ne leur permet pas d'aller au cinéma avec un petit ami qui ne lui plaît pas. C'est une période éclairée de couleurs très contrastées. La joie ou le désespoir. La tristesse ou le bonheur sans égal. On s'en sort. Pour toi, Hester, la difficulté, c'est qu'il t'a fallu plus de temps pour t'en sortir qu'à la plupart des gens.

— Mère avait toujours raison, enchaîna la jeune fille. Tout ce qu'elle ne me permettait pas et que je voulais faire. Elle, elle savait et moi, j'avais tort. Je ne pouvais pas le supporter. Je ne pouvais tout simplement pas le supporter ! Alors, j'ai cru qu'il me fallait être courageuse. Qu'il me fallait partir seule. Que je devais me mettre à l'épreuve. Et tout a échoué. J'étais une actrice détestable.

— Evidemment que tu l'étais. Tu n'as aucune discipline. Tu ne peux pas, comme on dit dans les milieux du spectacle, assurer la production. Tu te consacres trop à te mettre en scène toi-même, mon petit. C'est ce que tu fais en ce moment.

— Et puis j'ai pensé que j'allais vivre une grande histoire d'amour, continuait Hester. Pas une historiette à l'eau de rose, pas une amourette d'adolescente. Avec un homme mûr. Il était marié, et il avait eu une existence très malheureuse.

— Une situation du répertoire. Qu'il a su exploiter, sans aucun doute.

— Je croyais que ce serait… oh ! une grande passion. Vous ne vous moquez pas de moi ?

Elle se tut pour dévisager Philip d'un œil soupçonneux.

— Non, je ne me moque pas de toi, Hester, dit-il avec douceur. Je saisis très bien que cela a dû être épouvantable pour toi.

— Ce n'était pas une grande passion, reprit Hester, amère. C'était seulement une petite liaison médiocre. Rien de ce qu'il m'avait dit de sa femme, ou de sa vie, n'était vrai. Je… je m'étais juste jetée à sa tête. Je me suis conduite comme une idiote, une stupide et ridicule petite idiote.

— Il y a des choses que l'on n'apprend que par l'expérience. Rien de tout cela ne t'a fait de mal, Hester. Cela t'a probablement aidée à grandir. Ou ça t'y aiderait, si tu te laissais aller.

— Mère a réglé tout ça avec… avec tant de compétence, raconta-t-elle sur un ton de rancune. Elle est arrivée, elle a tout arrangé, et elle m'a dit que si je voulais vraiment devenir actrice, je devais aller dans une école d'art dramatique et apprendre ce métier comme il faut. Mais, en réalité, je n'avais pas l'intention d'être comédienne, et je savais déjà que je n'étais pas douée. Alors, je suis rentrée à la maison. Que pouvais-je faire d'autre ?

— Une foule de choses, vraisemblablement. Mais, celle-là, c'était la plus facile.

— Oh ! oui, approuva-t-elle avec ferveur. Comme vous comprenez bien. Je suis affreusement faible, voyez-vous. Je préfère toujours ce qui est facile. Et si je me révolte contre cela, c'est toujours d'une manière plus ou moins stupide, qui ne peut pas marcher.

— Tu es horriblement peu sûre de toi, n'est-ce pas ? dit-il gentiment.

— C'est peut-être parce que je ne suis qu'une enfant adoptée. Vous savez que je n'en ai rien su avant d'avoir presque seize ans. Je savais que les autres l'étaient et puis, un jour, j'ai posé la question et… et j'ai découvert que je l'étais, moi aussi. Pour moi, ç'a été affreux. J'avais l'impression que je n'étais *de nulle part*.

— Comme tu aimes à dramatiser ce qui te concerne !

— Elle n'était pas ma mère. Elle n'a jamais compris le premier mot de ce que je ressentais. Elle se contentait de me regarder avec indulgence et gentillesse, et de dresser des plans pour mon avenir. Oh, comme je la haïssais ! C'est horrible de ma part, je sais que c'est horrible, mais je la haïssais !

— En fait, la plupart des filles passent par une courte période durant laquelle elles haïssent leur mère, tu sais. Il n'y avait réellement rien d'extraordinaire là-dedans.

— Je la haïssais parce qu'elle avait raison. C'est tellement odieux quand quelqu'un a toujours raison. On se sent soi-même de plus en plus insuffisant. Oh ! Philip, tout est tellement épouvantable. Qu'est-ce que je vais faire ? Qu'est-ce que je peux faire ?

— Epouser ton charmant soupirant, et t'installer. Devenir la bonne petite compagne d'un généraliste. Ou bien cela n'est pas assez grandiose pour toi ?

— Il ne veut plus m'épouser, maintenant, dit-elle tristement.

— Tu en es sûre ? Il te l'a dit ? Ou c'est seulement ton imagination ?

— Il pense que j'ai tuó mère.

— Oh ! lâcha Philip.

Il marqua une pause. Puis :

— Tu l'as tuée ?

Elle pivota tout d'une pièce :

— Pourquoi me demandez-vous ça ? Pourquoi ?

— Je pensais qu'il serait intéressant de le savoir. En vue du bien de la famille, pour ainsi dire. Pas pour en informer les autorités.

— Si je l'avais tuée, vous croyez que je vous le dirais ?

— Il serait plus sage de ne pas le dire, concéda-t-il.

— Il m'a dit qu'il savait que je l'avais tuée. Il m'a dit que si seulement je le lui disais, que si je le lui avouais, ça irait très bien, que nous nous marierions, qu'il veillerait sur moi. Que… qu'il ne laisserait pas cela peser entre nous.

Philip siffla :

— Eh bien, eh bien, eh bien…

— A quoi bon ? jeta Hester. A quoi bon dire à Donald que je ne l'ai pas tuée ? Je ne l'ai pas tuée, je ne l'ai pas tuée, je ne l'ai pas tuée…

Sa voix se brisa :

— Ça n'a même pas l'air convaincant.

— La vérité a souvent l'air peu convaincante, l'encouragea-t-il.

— Nous ne savons pas. Personne ne sait. Nous nous surveillons les uns les autres. Mary m'épie. Kirsten aussi. Elle si gentille avec moi, si protectrice. Elle croit que c'est moi, elle aussi. Quelle chance me reste-t-il ? Il vaudrait mieux, beaucoup mieux, que je descende vers la pointe pour me jeter…

— Pour l'amour de Dieu, ne fais pas la folle, Hester. Il y a d'autres solutions.

— Lesquelles ? Comment pourrait-il y en avoir ? J'ai tout perdu. Comment puis-je continuer à vivre jour après jour ? Vous pensez que je suis cinglée, déséquilibrée. Eh bien, je l'ai peut-être tuée. Peut-être que c'est le remords qui me ronge. Peut-être ne puis-je oublier – *ici*.

D'un geste grandiloquent, elle montrait son cœur.

— Ne te conduis pas comme une dinde, lança Philip.

Il tendit la main et l'attira à lui.

Hester s'écroula à moitié sur son fauteuil roulant. Il l'embrassa.

— Ce qu'il te faut mon petit, c'est un mari, dit-il. Mais pas ce jeune crétin pompeux de Donald Craig, avec sa tête farcie de psychiatrie et de jargon. Tu es stupide et idiote, Hester – et absolument adorable.

La porte s'ouvrit. Mary Durrant s'immobilisa sur le seuil. Hester se redressa en hâte, tandis que Philip lançait à sa femme un regard de chien battu :

— Je remontais seulement le moral de Hester, Polly.

— Oh ! souffla Mary.

Elle entra à pas mesurés et posa son plateau sur une table qu'elle roula à côté de lui. Elle ne leva pas les yeux sur Hester dont le regard, incertain, passait du mari à l'épouse.

— Bon, eh bien, balbutia Hester, je ferais peut-être mieux de partir et… de partir pour…

Elle n'acheva pas.

Elle sortit, fermant la porte derrière elle.

— Hester va mal, expliqua Philip. Elle pense au suicide. J'essayais de l'en dissuader.

Mary ne répondit pas.

Il tendit le bras dans sa direction. Elle s'écarta de lui.

— Polly, tu es fâchée ? Très fâchée ?

Elle persista à ne pas répondre.

— Parce que je l'embrassais, j'imagine ? reprit Philip. Allons, Polly, ne me reproche pas un unique petit baiser ridicule. Elle était si adorable et si sotte – et, moi, j'ai pensé tout à coup… eh bien j'ai pensé que ce serait amusant de redevenir un joyeux luron et de flirter de temps en temps. Viens, Polly, embrasse-moi. Embrassons-nous et oublions ça.

Mary Durrant répliqua seulement :

— Ton potage va refroidir si tu ne le bois pas.

Et elle passa dans la chambre en refermant la porte derrière elle.

18

— Il y a ici en bas une jeune personne qui demande à vous voir, monsieur.

— Une jeune personne ?

Calgary parut surpris. Qui pouvait bien être sa visiteuse ? Il contempla les documents qui jonchaient sa table de travail en fronçant les sourcils. Le portier du hall reprit, d'une voix étouffée dans un souci de discrétion :

— Une vraie jeune dame, monsieur, une personne très charmante.

— Bon, eh bien… Dites-lui de monter.

Calgary ne put retenir un demi-sourire. Le ton du portier, ses airs entendus l'amusaient. Il se demandait qui pouvait chercher à le rencontrer. Il fut abasourdi lorsque, la sonnette ayant retenti, il ouvrit la porte de son bureau et se trouva face à Hester Argyle.

— Vous ! s'écria-t-il au comble de l'étonnement. Venez, venez.

Il la fit entrer et referma le battant.

Etrangement, l'impression qu'elle produisait sur lui était presque la même que celle qu'il avait éprouvée la première fois qu'il l'avait vue. Hester était vêtue au mépris de toutes les conventions londoniennes. Elle ne portait pas de chapeau, et sa chevelure encadrait son visage dans un désordre frisé qui évoquait un lutin. Sous son lourd manteau de tweed, elle arborait une jupe vert foncé et un sweater. On aurait pu croire qu'elle revenait à l'instant même, un peu essoufflée, d'une promenade sur les landes.

— Je vous en prie, dit-elle, je vous en prie, il faut que vous m'aidiez.

— Vous aider ? s'étonna-t-il. De quelle manière ? Naturellement, je vous aiderai si je le puis.

— Je ne sais pas quoi faire. Je ne savais pas à qui m'adresser. Mais il faut que quelqu'un m'aide. Je ne peux pas continuer comme ça, et vous êtes l'homme tout désigné. C'est vous qui avez tout commencé.

— Vous avez des ennuis ? De gros ennuis ?

— Nous avons tous des ennuis, répondit-elle. Mais je suis tellement égoïste. Je veux dire que je ne pense qu'à moi.

— Asseyez-vous, mon petit, lui ordonna-t-il avec gentillesse.

Il dégagea un fauteuil des papiers qui l'encombraient et l'y installa avant de se diriger vers un placard d'encoignure.

— Vous avez besoin d'un verre de vin, décida-t-il. Un verre de sherry sec. Cela vous convient ?

— Si vous voulez. Peu importe.

— Il fait froid et humide. Vous devez prendre quelque chose.

Il se retourna, flacon et verre à la main. Hester s'était effondrée dans le fauteuil, avec une sorte de grâce anguleuse qui l'émut par son total abandon.

— Ne vous inquiétez pas, lui dit-il avec douceur en posant le verre à côté d'elle pour le remplir. Les choses ne sont jamais aussi graves qu'il y paraît, vous savez.

— C'est ce qu'on dit, mais ce n'est pas vrai. Parfois, elles sont pires qu'elles en ont l'air.

Elle but son sherry à petites gorgées, puis elle reprit, sur un ton accusateur :

— Nous allions très bien jusqu'à ce que vous veniez. Très bien. Et, voilà, tout a commencé.

— Je ne prétendrai pas, répondit Calgary, que je ne comprends pas ce que vous entendez par là. Je suis resté stupéfait quand vous avez tenté de m'expliquer cela, mais, maintenant, je saisis mieux ce que… ce que la révélation que j'apportais a pu vous faire à tous.

— Tant que nous croyions que Jacko…

Elle n'acheva pas.

— Je sais, Hester, je sais. Mais il vous faut aller plus loin, vous savez. Vous ne viviez que dans une fausse sécurité. Cela n'avait rien de réel, c'était du carton-pâte, un faux-semblant – une sorte de décor de théâtre. Quelquefois, cela vous donnait l'illusion de la sécurité, mais ça n'était pas, et ça n'aurait jamais pu être, la vraie sécurité.

— Vous êtes en train de m'expliquer, n'est-ce pas, que je dois avoir du courage, qu'il ne sert à rien de se précipiter sur une solution parce qu'elle est facile, mais fausse ?

Elle se tut un instant. Puis :

— *Vous,* vous avez du courage ! Cela, je le vois. Venir nous parler. Sans savoir ce que nous ressentirions, comment nous réagirions. C'était très brave de votre part. J'admire la bravoure, parce que, vous savez, je ne suis pas très courageuse moi-même.

— Dites-moi, lui demanda-t-il avec douceur, dites-moi seulement quels sont vos ennuis. Il s'agit de quoi, au juste ?

— J'ai fait un rêve, raconta Hester. Il y a quelqu'un – un jeune homme – un médecin…

— Je vois. Vous êtes amis, ou, peut-être, un peu plus qu'amis ?

— Je croyais que nous étions un peu plus qu'amis… Et il le croyait aussi. Mais, voyez-vous, depuis que tout cela a surgi…

— Oui ?

— Il croit que je suis la coupable, lança-t-elle comme en torrent. Ou peut-être ne le croit-il pas, mais il n'en est pas certain. Il ne peut pas en être certain. Il pense… je vois bien qu'il le pense… que c'est moi la personne la plus suspecte. Peut-être que je le suis. Peut-être que nous en pensons tous autant les uns des autres. Moi, je me suis dit que quelqu'un devait nous venir en aide dans la situation terrible que nous traversons, et j'ai songé à vous à cause de mon rêve. Voyez-vous, j'ai rêvé que j'étais perdue et que je ne pouvais plus retrouver Don. Il m'avait abandonnée, et il y avait devant moi comme une sorte d'énorme ravin – un abîme. Oui, c'est le mot. Un abîme. C'est très profond, non ? Si profond et si… si infranchissable. Mais vous étiez de l'autre côté, vous m'avez tendu les mains et vous avez dit : « Je veux vous aider. » Alors, je viens à vous. Je me suis enfuie de la maison et je suis venue ici parce que vous devez nous aider. Si vous ne nous aidez pas, je ne sais pas ce qui arrivera. Vous *devez* nous aider. Vous êtes la cause de tout. Vous direz, peut-être, que cela ne vous regarde pas. Qu'après nous avoir dit… après nous avoir dit la vérité sur ce qui était réellement arrivé… cela ne vous regarde plus. Vous direz…

— Non, coupa Calgary. Je ne dirai rien de ce genre. C'est bien mon affaire, Hester. Je suis d'accord avec vous. Quand on entame une partie, il faut la jouer jusqu'au bout. J'en ai la conviction aussi profondément que vous.

— Oh !

Le rouge montait aux joues de la jeune fille. Soudain, elle devint belle, comme il lui arrivait parfois de l'être.

— Ainsi, je ne suis pas seule, dit-elle. Il y a *quelqu'un*.

— Oui, mon petit, il y a quelqu'un – pour ce qu'il vaut. Jusqu'à présent, je n'ai pas valu grand-chose, mais, j'essaie – et je n'ai jamais cessé d'essayer – de me rendre utile.

Il s'assit et rapprocha son fauteuil du sien :

— Maintenant, racontez-moi tout. Cela s'est vraiment mal passé ?

— C'est l'un de nous, répliqua Hester. Nous le savons tous. Quand Mr Marshall est venu, nous avons en chœur fait semblant de croire que c'était quelqu'un de l'extérieur, mais il savait que ce n'était pas vrai. C'est l'un de nous.

— Et votre jeune soupirant – comment s'appelle-t-il, déjà ?

— Don. Donald Craig. Il est médecin.

— Don croit que c'est vous ?

— Il a peur que ce soit moi.

Elle se tordit les mains d'une manière théâtrale, en relevant les yeux :

— Vous aussi, peut-être, vous croyez que c'est moi.

— Oh ! non, riposta Calgary. Oh ! non. Je sais parfaitement que vous êtes innocente.

— Vous dites cela comme si vous en étiez convaincu.

— J'en suis convaincu, en effet.

— Mais pourquoi ? Comment pouvez-vous en avoir la certitude ?

— A cause de ce que vous m'avez dit lorsque je suis parti de chez vous, après vous avoir annoncé à tous ce que j'avais à vous révéler. Vous vous en souvenez ? De ce que vous m'avez dit à propos de l'innocence ? Vous n'auriez pas pu me dire cela – vous n'auriez pas pu éprouver un tel sentiment – si vous n'aviez pas été innocente.

— Oh ! s'écria-t-elle. Oh… quel soulagement ! Savoir qu'il existe quelqu'un qui pense ainsi !

— Donc, maintenant, nous pouvons discuter de tout cela dans le calme, n'est-ce pas ?

— Oui, reconnut Hester. Maintenant, cela paraît… cela paraît tout différent.

— Uniquement pour ma gouverne – et en gardant à l'esprit que vous savez ce que j'en pense –, pour quelle raison quiconque pourrait-il penser, ne serait-ce qu'une seconde, que vous avez tué votre mère adoptive ? interrogea Calgary.

— J'aurais pu le faire, reconnut Hester. J'en avais souvent envie. Quelquefois, je devenais folle de rage. Je me sentais si sotte, si… si impuissante. Mère, elle, était toujours tellement sereine, et tellement supérieure, et elle savait tout, et elle avait raison sur tout. Parfois, je me disais : « Oh ! Je voudrais la tuer ! »

Elle le fixa :

— Vous comprenez ? Vous est-il jamais arrivé de ressentir cela lorsque vous étiez jeune ?

Ses derniers mots donnèrent à Calgary un choc soudain, le même, peut-être, que celui qu'il avait éprouvé lorsque Micky lui avait lancé, dans son hôtel de Drymouth : « Trente-huit ans ? Vous faites plus ! » Lorsqu'il était jeune ? Cela paraissait-il si ancien à Hester ? Son esprit le ramenait en arrière. Il se souvint de lui-même, à neuf ans, discutant avec un autre petit garçon dans les jardins de l'école primaire alors qu'ils s'interrogeaient ingénument tous deux sur les meilleurs moyens de mettre fin aux jours de Mr Warborough, leur instituteur. Il se rappelait la fureur impuissante qui l'avait saisi quand Mr Warborough s'était laissé aller à des commentaires particulièrement sarcastiques. Cela, songeait-il, c'était ce que Hester avait éprouvé, elle aussi. Mais quoique lui-même et le jeune… Allons bon, comment s'appelait-il donc ? Porch, oui, Porch, c'était son nom… bien que le jeune Porch et lui-même se soient consultés et aient échafaudé des plans, ils n'avaient jamais accompli le moindre geste concret pour hâter le trépas de Mr Warborough.

— Vous savez, dit-il à Hester, vous auriez dû venir à bout de ces sentiments-là depuis de longues années déjà. Mais je les comprends, bien entendu.

— C'était seulement là l'effet que mère produisait sur moi. Voyez-vous, je commence à voir que c'était de ma propre faute. Que si elle avait pu seulement vivre un peu plus, que si elle avait pu vivre jusqu'à ce que je sois un peu plus vieille, un peu plus mûre – que, bizarrement, nous serions devenues amies. Que j'aurais été heureuse de profiter de son aide et de ses conseils. Mais… mais, là, je ne pouvais pas les supporter. Parce que, comprenez-vous, ils me donnaient l'impression d'être tragiquement velléitaire, indécrottablement stupide. Tout ce que je faisais échouait, et je voyais bien que ce que je faisais était idiot. Que je ne l'avais fait que par souci de révolte, par volonté de prouver que j'existais par moi-même. Mais je n'étais *personne*. J'étais inconsistante. Oui, c'est le mot qui convient. C'est ce mot-là, exactement. Inconsistante. Incapable d'avoir une personnalité. Mais imitant… oui, imitant… la personnalité apparente des gens que j'admirais. J'ai cru, vous savez, que si je prenais la fuite, que je montais sur les planches et que j'avais une liaison avec un homme, je…

— Que vous vous sentiriez enfin vous-même, ou, au moins, que vous vous sentiriez quelqu'un ?

— Oui, c'est tout à fait ça. Et, naturellement – je le vois bien, aujourd'hui –, je me comportais seulement comme une gamine turbulente. Mais vous ne pouvez pas savoir, Dr Calgary, combien je souhaiterais que mère soit encore en vie. Parce que c'est si injuste – injuste pour elle, j'entends. Elle a tant fait pour nous, et elle nous a tant donné. Nous ne lui avons rien donné en retour. Et, maintenant, il est trop tard…

Elle s'interrompit un temps avant de poursuivre avec plus d'énergie encore :

— C'est pour ça que je suis déterminée à cesser de me conduire d'une manière idiote et infantile. Et vous m'y aiderez, n'est-ce pas ?

— Je vous ai déjà dit que je ferai n'importe quoi au monde pour vous aider.

Elle lui sourit brièvement, d'un sourire délicieux.

— Dites-moi exactement ce qui s'est passé, lui demanda-t-il.

— Exactement ce que j'avais prévu, répondit Hester. Nous n'arrêtons plus de nous surveiller les uns les autres, de nous poser des questions, et nous ne savons rien. Père épie Gwenda en pensant que c'est peut-être elle. Elle, elle regarde père et elle s'interroge. Maintenant, je ne crois plus qu'ils vont se marier. Pour eux, tout est gâché. Et Tina pense que Micky a quelque chose à voir là-dedans. Je ne sais pas pourquoi, puisqu'il n'était pas à la maison ce soir-là. Et puis il y a Kirsten, qui croit que c'est moi et qui essaie de me protéger. Quant à Mary – c'est ma sœur aînée, vous ne l'avez pas rencontrée –, elle estime que c'est Kirsten.

— Et vous, Hester, que croyez-vous ?

— Moi ? lâcha-t-elle, perplexe.

— Oui, vous. Je pense, comprenez-vous, qu'il est très important de savoir cela.

Hester leva les bras au ciel.

— Je ne sais pas, se lamenta-t-elle. Je ne sais pas du tout. J'ai peur… c'est horrible à dire… j'ai peur de tout le monde. Comme si, derrière chaque visage, se dissimulait un autre visage. Une… une espèce de visage sinistre que je ne connais pas. Je ne suis plus assurée que père est bien père. Kirsten n'arrête pas de me répéter que je ne dois plus faire confiance à personne – même plus à elle. Quand je regarde Mary, il me semble que je ne sais rien d'elle. Et Gwenda… j'ai toujours beaucoup aimé Gwenda. J'étais heureuse que père veuille l'épouser. Mais, maintenant, je ne suis plus sûre de Gwenda. Je la vois comme quelqu'un de différent. Quelqu'un de sans scrupules et… et animée par la vengeance. Je ne sais plus qui sont réellement les autres. C'est une affreuse impression de malheur.

— Oui, approuva Calgary. Je peux très bien l'imaginer.

— L'atmosphère est telle que je ne peux m'empêcher de penser que l'assassin est malheureux lui aussi. Et que son malheur pourrait être le pire de tous… Vous croyez que c'est vraisemblable ?

— J'imagine que c'est possible, mais je doute cependant que… Je ne suis pas expert, cela va de soi, mais… je doute néanmoins qu'un assassin soit jamais traumatisé par l'horreur de son geste.

— Mais pourquoi pas ? Moi, je penserais volontiers qu'il n'y a rien de pire que de savoir que l'on a tué quelqu'un.

— Oui, ce doit être atroce. Et je crois par conséquent qu'un meurtrier ne peut qu'appartenir à l'une ou l'autre des deux catégories que je vais tenter de vous décrire. Ou bien, c'est une personne pour laquelle il n'a *pas* été terrible de tuer l'un de ses semblables. Le genre d'individu qui se dit à lui-même : « Bah ! naturellement, c'était regrettable d'avoir à faire ça, mais c'était nécessaire pour mon bien. Après tout, ce n'est pas ma faute. Je l'ai fait parce qu'il fallait que je le fasse. » Ou bien…

— Oui ? insista Hester. Quelle est votre seconde catégorie d'assassins ?

— Je ne fais que conjecturer, notez-le bien, mais je crois que si vous apparteniez à cette seconde catégorie, vous ne pourriez supporter le poids de vos remords. Il vous faudrait soit avouer votre crime, soit récrire en quelque sorte l'histoire à votre propre usage. Faire porter la responsabilité à quelqu'un d'autre, en vous répétant : « Je n'aurais jamais fait une monstruosité pareille si… si tel ou tel événement n'était pas survenu. Je ne suis pas réellement. un assassin, parce que je n'avais pas l'intention de tuer. C'est arrivé, mais, en réalité, ç'a été la main du destin, et non pas la mienne. » Comprenez-vous un peu ce que j'essaie de vous dire ?

— Oui, répondit Hester, et je pense que c'est très intéressant.

Elle ferma à demi les yeux :

— J'essaie seulement de réfléchir et de…

— Oui, Hester, réfléchissez. Réfléchissez aussi intensément que vous le pouvez parce que, pour être jamais en mesure de vous aider, il faudra que je voie les choses par le truchement de votre regard.

— Micky haïssait mère, dit-elle avec lenteur. Je ne sais pas pourquoi. Tina l'adorait, je crois. Gwenda ne l'aimait pas. Kirsten s'était toujours montrée loyale à l'égard de mère, même si elle pensait qu'elle n'avait pas toujours raison en tout ce qu'elle faisait. Père…

Elle s'interrompit.

— Oui ? l'encouragea Calgary.

— Père est, de nouveau, reparti très loin. Après la mort de mère, vous savez, il était complètement différent. Pas si… comment dirais-je ?… Pas si lointain. Il était plus humain, plus animé. Mais, maintenant, il est retourné dans… dans je ne sais quel endroit sombre où on ne peut pas l'atteindre. Je ne sais pas ce qu'il éprouvait, en réalité, vis-à-vis de mère. Je suppose qu'il l'aimait lorsqu'il l'a épousée. Ils ne se disputaient jamais, mais je ne sais rien de ses vrais sentiments à son égard. Oh ! gémit-elle en levant de nouveau les bras au ciel, on ne sait jamais ce que quelqu'un d'autre pense, n'est-ce pas ? J'entends qu'on ne sait pas ce qu'il y a derrière les visages des autres, derrière leurs gentillesses banales. Ils peuvent être en proie à la haine, à l'amour, ou au désespoir, et on n'en sait *rien* ! C'est effrayant… Oh ! Dr Calgary, que c'est effrayant !

Il lui prit les deux mains dans les siennes :

— Vous n'êtes plus une enfant. Seuls les enfants sont effrayés. Vous, vous êtes une adulte, Hester. Vous êtes une femme.

Il lui lâcha les mains et reprit, du ton le plus terre à terre :

— Y a-t-il, quelque part à Londres, un endroit où vous puissiez séjourner ?

Elle afficha une légère perplexité :

— Je suppose que oui. En général, mère descendait au *Curtis*.

— Parfait, c'est un charmant hôtel tranquille. Si j'étais vous, j'irais vite y retenir une chambre.

— Je ferai tout ce que vous me direz de faire.

— Très bien. Quelle heure est-il ?

Il lança un coup d'œil à sa montre :

— Holà ! déjà presque 7 heures. Supposons que vous alliez là-bas et que vous y preniez une chambre, et que je vienne vous chercher à 8 heures moins le quart pour vous emmener dîner. Cela vous conviendrait-il ?

— Cela me semble merveilleux. Vous parlez sérieusement ?

— Oui. Très sérieusement.

— Mais après cela ? Qu'est-ce qui se passera ensuite ? Je ne peux quand même pas rester au *Curtis* pour l'éternité, non ?

— Votre horizon paraît toujours s'étendre à l'infini, commenta Calgary.

— Vous vous moquez de moi ? demanda-t-elle, méfiante.

— Rien qu'un peu, sourit-il.

Elle se détendit pour sourire, elle aussi :

— J'imagine qu'en réalité, je me mettais de nouveau en scène, confia-t-elle.

— Je soupçonne fort que, chez vous, ce soit une habitude.

— C'est pour cela que je pensais réussir sur les planches. Mais pas du tout. J'étais très mauvaise. Oh ! j'étais ce qu'en termes de métier on appelle une vraie ringarde.

— Vous trouverez à mon avis toute la comédie que vous voulez dans la vie de tous les jours. Maintenant, je vais vous mettre dans un taxi, mon petit, et en avant pour le *Curtis*. N'oubliez pas de vous laver la figure et de vous brosser les cheveux. Vous avez des bagages ?

— Oh ! oui. J'ai une sorte de sac de nuit… oh ! et puis, après tout, ça s'appelle un baise-en-ville.

— Excellent, sourit-il. Ne vous en faites pas, Hester. Nous allons réfléchir à une solution.

19

— Je veux vous parler, Kirsty, dit Philip Durrant.

— Oui, bien sûr, Philip.

Kirsten Lindstrom interrompit sa tâche. Elle rangeait dans la commode du linge propre qu'elle venait d'apporter.

— Je veux vous parler de toute cette histoire, expliqua Philip. Cela ne vous ennuie pas, n'est-ce pas ?

— On a déjà trop parlé. La voilà, mon opinion.

— Mais ce serait aussi bien de parvenir, entre nous, aux mêmes conclusions, non ? Vous savez où nous en sommes aujourd'hui, j'imagine ?

— Ça tourne mal de partout.

— Pensez-vous que Leo et Gwenda pourront jamais se marier, maintenant ?

— Pourquoi pas ?

— Pour plusieurs raisons. Avant tout, peut-être, parce que Leo Argyle, en homme intelligent, comprend qu'un mariage entre Gwenda et lui donnerait aux policiers ce qu'ils veulent : un excellent mobile pour l'assassinat de sa femme. Ou, au choix, parce que Leo soupçonne Gwenda d'être l'assassin et que, en homme sensible, cela ne lui plaît guère de prendre pour seconde épouse celle qui a tué la première. Qu'est-ce que vous en dites ?

— Rien, répondit Kirsten. Qu'est-ce que j'en dirais ?

— Vous restez très en arrière de la main, n'est-ce pas, Kirsty ?

— Je ne vous comprends pas.

— Qui cherchez-vous à couvrir, Kirsten ?

— Je ne « cherche à couvrir », comme vous dites, personne. Je pense qu'il devrait y avoir moins de bavardages, et je pense que les gens ne devraient pas rester dans cette maison. Ce n'est pas bon pour eux. Je pense que vous, Philip, vous devriez regagner votre propre foyer avec votre propre femme.

— Vous le pensez, hein ? Et pourquoi, en particulier ?

— Vous n'arrêtez pas de poser des questions. Vous essayez de découvrir des choses. Et votre femme ne veut pas que vous fassiez ça. Elle est plus raisonnable que vous. Vous pourriez bien dénicher quelque chose que vous ne vouliez pas dénicher, ou qu'elle ne voudrait pas que vous dénichiez. Vous devriez rentrer chez vous, Philip. Vous devriez rentrer chez vous très bientôt.

— Je ne veux pas rentrer chez moi.

Philip Durrant s'était exprimé comme un petit garçon récalcitrant.

— C'est ce que disent les enfants, répliqua Kirsten Lindstrom. Ils disent « je ne veux pas ceci » et « je ne veux pas cela », mais ceux qui connaissent mieux la vie, qui voient mieux ce qui se passe, doivent les forcer gentiment à faire ce qu'ils refusent de faire.

— Forcer gentiment, dites-vous ? En me donnant des ordres.

— Non, je ne vous donne pas des ordres, je vous donne seulement des conseils, soupira-t-elle. Je vous donnerais à tous les mêmes conseils. Micky devrait retourner à son travail, comme Tina à sa bibliothèque. Je suis heureuse que Hester soit partie. Il lui fallait être quelque part où rien ne lui rappelle en permanence tout ceci.

— Certes. Sur ce point, je suis en accord avec vous. Vous voyez juste, en ce qui concerne Hester. Mais qu'en est-il pour vous-même, Kirsten ? Ne devriez-vous pas partir, vous aussi ?

— Si, concéda-t-elle avec un soupir, je devrais partir.

— Pourquoi ne le faites-vous pas ?

— Vous ne comprendriez pas. Pour moi, il est trop tard pour m'en aller.

Philip la regardait, songeur.

— Il y a tant de variations, n'est-ce pas ? dit-il enfin. Des variations sur un thème unique. Leo croit Gwenda coupable, Gwenda croit Leo coupable. Tina sait quelque chose qui lui permet de soupçonner quelqu'un. Micky connaît l'auteur du crime, mais il s'en fiche. Mary croit que c'est Hester…

Il marqua un temps, puis :

— Mais à la vérité, Kirsty, il ne s'agit, comme je vous l'ai dit, que de variations sur un unique thème. Nous connaissons parfaitement le coupable, n'est-ce pas, Kirsty ? Vous et moi ?

Elle lui lança un bref coup d'œil horrifié.

— Je le pensais bien, exulta Philip.

— Qu'est-ce que vous voulez dire ? lança-t-elle. Qu'est-ce que vous essayez de me dire ?

— Moi, *je ne sais pas vraiment* qui est le coupable, répondit-il. *Mais vous, si*. Vous ne croyez pas seulement que vous connaissez le coupable, *vous le connaissez bel et bien*. J'ai raison, n'est-ce pas ?

Kirsten se dirigea vers la porte. Elle l'ouvrit et se retourna :

— Ça n'est pas poli à dire, mais je le dirai quand même. Vous êtes un imbécile, Philip. Ce que vous essayez de faire est dangereux. Vous, vous ne comprenez qu'un seul type de danger. Vous avez été pilote. Vous avez affronté la mort, là-haut dans le ciel. Ne voyez-vous pas que, si vous vous approchez de la vérité, vous serez en aussi grand danger que vous l'avez jamais été pendant la guerre.

— Et vous alors, Kirsty ? Si vous connaissez la vérité, n'êtes-vous pas en danger, vous aussi ?

— Je sais prendre soin de moi-même, rétorqua-t-elle, lugubre. Je peux être sur mes gardes. Mais vous, Philip, vous êtes dans un fauteuil roulant, et vous ne pouvez pas vous défendre. Pensez à ça !... En plus, moi, je ne proclame pas mes idées à grand son de trompe. Je me contente de laisser les choses aller comme elles vont – parce que je crois honnêtement que c'est ce qu'il y a de mieux pour tout le monde. Si chacun s'en allait et se mêlait seulement de ses propres affaires, le problème s'éteindrait de lui-même. Et si on m'interroge, j'ai un point de vue avoué. Je persiste à dire que Jacko était coupable.

— Jacko ?

Philip en était abasourdi.

— Pourquoi pas ? enchaîna Kirsten. Jacko était malin. Jacko a toujours su monter ses coups en s'assurant qu'il n'en subirait pas les conséquences. Il faisait ça souvent, lorsqu'il était enfant. Après tout, là, il s'agissait seulement de se forger un alibi. Ça se fait tous les jours, non ?

— Il n'aurait pas pu inventer celui-là. Le Dr Calgary…

— Le Dr Calgary… le Dr Calgary, coupa Kirsten avec impatience. Parce qu'il est célèbre, parce qu'il porte un nom connu, vous dites « le Dr Calgary » comme s'il s'agissait du bon Dieu ! Mais laissez-moi vous dire ceci : quand on subit une commotion comme celle dont il a souffert, on peut confondre les jours… les heures… les lieux !

Philip la scruta, la tête légèrement inclinée sur le côté :

— Donc, c'est là votre version. *Et* vous n'en démordrez pas. Voilà un effort bien méritoire. Mais vous n'y croyez pas vous-même, n'est-ce pas, Kirsty ?

— Je vous aurai mis en garde. Je ne peux pas faire plus.

Elle tourna les talons mais s'arrêta une dernière fois, pour indiquer, de son ton de tous les jours :

— Vous direz à Mary que j'ai rangé son linge dans le deuxième tiroir.

Devant ce retour au quotidien, Philip Durrant esquissa un sourire qui s'éteignit bientôt…

Son sentiment d'excitation s'accrut. Il avait l'intuition qu'il brûlait. L'expérience à laquelle il s'était livré sur Kirsten s'était révélée on ne peut plus satisfaisante, mais il doutait de pouvoir tirer davantage de la Suédoise. La sollicitude qu'elle lui avait manifestée l'irritait : ce n'était pas parce qu'il était paralysé qu'il était aussi vulnérable qu'elle le lui avait affirmé. Lui aussi, il pouvait se tenir sur ses gardes – et, par Dieu, ne veillait-on pas sans cesse sur lui ? Mary ne le quittait pratiquement jamais.

Il prit une feuille de papier et commença d'écrire. De brèves annotations, des noms, des interrogations… un point vulnérable à mettre à l'épreuve…

Soudain, il hocha la tête, et il écrivit : *Tina*…

Il y réfléchit…

Puis il attira à lui une autre feuille.

Lorsque Mary entra, il leva à peine les yeux.

— Qu'est-ce que tu fais, Philip ?

— J'écris une lettre.

— A Hester ?

— A Hester ? Non. Je ne sais même pas où elle est. Kirsty vient juste de recevoir une carte postale d'elle, datée de Londres, c'est tout.

Il sourit à sa femme :

— Je crois que tu es jalouse, Polly. Tu l'es ?

— Peut-être.

Il éprouva un certain malaise.

Elle s'approcha d'un pas :

— A qui écris-tu ?

— Au parquet, répondit-il avec entrain.

Mais il sentait monter en lui une colère froide : un homme ne pouvait-il même pas écrire une lettre sans qu'on lui pose des questions ?

Puis il vit son expression, et il s'apaisa :

— Je plaisantais, Polly. J'écris à Tina.

— A Tina ? Pourquoi ?

— Elle constitue mon prochain front d'attaque. Où vas-tu, Polly ?

— Aux toilettes, répondit-elle en sortant.

Philip éclata de rire : aux toilettes, comme le soir du meurtre... Il rit encore au souvenir de leur conversation sur ce sujet.

*

— Allons-y, fiston ! lança le superintendant Huish d'un ton encourageant. Voyons donc un peu ça.

Le jeune Cyril Green prit sa respiration. Mais avant qu'il ait pu parler, sa mère intervint :

— Comme vous diriez, Mr Huish, je n'y avais guère prêté attention, à l'époque. Vous savez comment sont ces gosses. Toujours à parler et à penser vaisseaux spatiaux et je ne sais trop quoi. Et alors, il rentre à la maison, et il me fait : « M'man, j'ai vu un spoutnik, même qu'il a atterri. » Bon, je veux dire qu'avant, c'étaient les soucoupes volantes. Il y a toujours eu quelque chose et il y en aura toujours. Ce sont ces Russes qui leur mettent des idées comme ça dans la tête.

Le superintendant Huish soupira en songeant à quel point la vie serait plus facile si les mères n'insistaient pas pour accompagner leurs rejetons et pour s'exprimer à leur place.

— Bon, Cyril, reprit-il, tu es donc rentré chez toi, et tu as dit à ta maman... c'est bien ça, n'est-ce pas ?... que tu avais vu un spoutnik russe... quoi que ç'ait pu être.

— J'savais pas trop, à c'moment-là, répondit le garçon. J'étais qu'un môme, en c'temps-là. C'était y a deux ans. Sûr qu'aujourd'hui, j'suis plus ferré sur la question.

— Ces voitures bulles – ces pots-de-yaourt, comme on les appelle –, précisa Mrs Green, c'était tout nouveau en ce temps-là. Ça ne courait pas les rues. Alors, naturellement, quand il en a vu une – et rouge vif, qu'elle était, en plus –, il n'a pas compris que ça n'était qu'une voiture comme une autre. Et quand il a appris comme quoi Mrs Argyle avait été tuée, Cyril, il m'a fait comme ça : « M'man, c'est ces Russes, qu'il m'a fait, ils sont descendus avec leur spoutnik, et ils ont dû entrer chez elle et lui faire la peau. » « Ne me raconte pas de sornettes », que je lui ai dit. Et puis alors, bien sûr, plus tard dans la journée, on a appris que son propre fils, il avait été arrêté pour l'avoir assassinée.

Avec patience, le superintendant s'adressa une fois encore à Cyril :

— C'était dans la soirée que tu avais vu ton spoutnik, si j'ai bien compris ? A quelle heure ? Tu t'en souviens ?

— J'avais eu mon thé, répondit Cyril, respirant lourdement dans son effort de mémoire. Et m'man, elle était au club féminin. Alors, j'suis ressorti un peu avec les copains, et on est parti rigoler un peu par là-bas, du côté de la nouvelle route.

— Et ce que tu fabriquais là, je voudrais bien le savoir ! grinça sa mère.

Le constable Good, qui avait mis au jour cette piste prometteuse, s'interposa. Il savait parfaitement ce que le jeune Cyril et ses camarades avaient fabriqué le long de la nouvelle route. Plusieurs propriétaires s'étaient amèrement plaints de la disparition de leurs chrysanthèmes. Il n'ignorait pas non plus que les mauvais sujets du village avaient poussé subrepticement la jeune génération à les fournir en fleurs qu'ils revendaient ensuite au marché. Mais le moment ne se prêtait pas, le constable Good le savait aussi, à l'évocation des délits passés.

— Les gosses sont les gosses, Mrs Green, fit-il valoir. Ils aiment bien rigoler un peu.

— Oui, approuva Cyril, on jouait à des petits jeux. Et c'est comme ça que je l'ai vue. « Mince, que j'ai dit, c'est quoi c'machin ? » Sûr que, maintenant, j'suis au parfum. J'suis plus un connard de môme. C'était juste une de ces voitures bulles. Rouge vif, qu'elle était.

— Et l'heure ? insista Huish, patient.

— Eh bien, comme j'disais, j'avais eu mon thé, et puis on est sortis, et j'ai entendu la pendule sonner et j'me suis dit comme ça : « Mince, m'man, elle va être rentrée et qu'est-ce qu'elle va m'passer si j'suis pas là ! » Alors, je suis rentré à la maison. J'lui ai dit que j'pensais qu'j'avais vu un satellite russe qu'il avait atterri. M'man, elle m'a dit qu'c'était qu'des menteries, mais c'en était pas. Seulement, maintenant, j'sais bien sûr c'que c'était. J'étais qu'un môme, en c'temps-là, vous voyez.

Le superintendant Huish affirma qu'il voyait. Après avoir encore un peu poursuivi l'interrogatoire, il libéra Mrs Green et son rejeton. Le constable Good, resté en arrière-garde, arborait l'expression satisfaite du jeune policier qui a fait preuve d'intelligence et qui espère que cela sera compté en sa faveur.

— Ça m'est juste revenu, ce que le garçon avait raconté, se rengorgea-t-il. Comme quoi les Russes, ils avaient tué Mrs Argyle. Je me suis pensé comme ça : « Eh bien, ça doit vouloir dire quéqu'chose. »

— Ça veut dire quelque chose, martela le superintendant. Miss Tina Argyle a un pot-de-yaourt rouge, et on dirait bien que je vais avoir à lui poser encore quelques questions.

*

— Vous étiez là le soir dont il s'agit, miss Argyle ?

Tina fixait le superintendant. Ses mains reposaient mollement sur ses genoux. Ses yeux sombres, qui ne cillaient pas, ne disaient rien.

— C'était il y a longtemps, répondit-elle. Réellement, je ne me souviens pas.

— On a vu votre voiture là-bas, insista Huish.

— Ah bon?

— Allons, miss Argyle. Lorsque nous vous avons interrogée sur vos mouvements ce soir-là, vous nous avez dit que vous aviez seulement soupé chez vous et que vous aviez écouté des disques. Eh bien, ça n'est pas vrai. Peu avant 7 heures, votre voiture a été repérée sur la route, tout près de Sunny Point. Que faisiez-vous là ?

Elle s'abstint de répondre. Huish attendit un peu avant de poursuivre :

— Avez-vous pénétré dans la maison, miss Argyle ?

— Non.

— Mais vous étiez là ?

— C'est vous qui le dites.

— Là n'est pas la question. Nous avons la preuve que vous étiez là.

Tina émit un soupir :

— Oui, je suis venue par ici, ce soir-là.

— Mais vous prétendez que vous n'êtes pas entrée dans la maison ?

— Non, je ne suis pas entrée dans la maison.

— Qu'avez-vous fait ?

— Je suis retournée à Redmyn. Et puis, comme je vous l'ai dit, je me suis préparé mon souper, et j'ai écouté des disques.

— Pourquoi avez-vous conduit jusqu'ici, si vous n'êtes pas entrée dans la maison ?

— J'ai changé d'avis.

— Qu'est-ce qui vous a fait changer d'avis, miss Argyle ?

— Quand je suis arrivée, je n'ai plus eu envie d'entrer.

— A cause de quelque chose que vous aviez vu, ou entendu ?

Tina ne répondit pas.

— Ecoutez-moi, miss Argyle, reprit Huish. C'était le soir où votre mère a été assassinée. Elle a été tuée entre 7 heures et 7 heures et demie. Vous étiez là, votre voi ture était là, peu avant 7 heures. Combien de temps elle y est restée, nous ne le savons pas. Il est possible, voyez-vous, qu'elle y soit restée un certain temps. Peut-être parce que vous aviez bien pénétré dans la maison... Vous avez la clef, je suppose.

— Oui, reconnut Tina, j'ai la clef.

— Peut-être êtes-vous entrée dans la maison. Peut-être êtes-vous entrée dans le bureau de votre mère et l'avez-vous trouvée morte. Ou, peut-être...

Tina releva la tête :

— Ou, peut-être, je l'ai tuée ? C'est cela que vous vouliez me dire, superintendant ?

— C'est une possibilité, concéda Huish, mais j'estime plus probable, miss Argyle, que l'auteur du crime ait été quelqu'un d'autre que vous. S'il en est bien ainsi, je crois que vous savez qui était l'assassin – ou que vous en avez un fort soupçon.

— Je ne suis pas entrée dans la maison, répéta Tina.

— Alors, vous avez vu ou entendu quelque chose. Vous avez vu quelqu'un entrer dans la maison, ou quelqu'un qui en sortait. Quelqu'un, peut-être, dont on ignorait la présence sur les lieux. S'agissait-il de votre frère Michael, miss Argyle ?

— Je n'ai vu personne.

— Mais vous avez entendu quelque chose, enchaîna habilement Huish. Qu'avez-vous donc entendu, miss Argyle ?

— Je vous l'ai dit, répliqua Tina. J'ai simplement changé d'avis.

— Vous me pardonnerez, miss Argyle, mais je ne peux pas croire ça. Pourquoi auriez-vous fait la route depuis Redmyn afin de rendre visite à votre famille, puis seriez-vous repartie sans avoir vu les vôtres ? Quelque chose vous a fait changer d'avis là-dessus. Quelque chose que vous avez vu ou entendu.

Il se pencha en avant :

— Je pense, miss Argyle, que vous savez qui a tué votre mère.

Très lentement, elle secoua la tête.

— Vous savez *quelque chose,* reprit Huish. Quelque chose que vous êtes déterminée à ne pas nous dire. Mais réfléchissez, miss Argyle, réfléchissez bien. Saisissez-vous que c'est votre famille tout entière que vous condamnez à demeurer suspecte ? Voulez-vous qu'ils restent tous soumis aux soupçons – car c'est ce qui va se passer, sauf si nous parvenons à la vérité ? L'assassin de votre mère, quel qu'il soit, ne mérite pas d'être couvert. Puisque c'est de cela qu'il s'agit, n'est-ce pas ? Vous couvrez quelqu'un.

Une fois encore, le regard sombre, opaque, de Tina croisa celui du policier.

— Je ne sais rien, dit-elle. Je n'ai rien entendu, et je n'ai rien vu. J'ai seulement… seulement changé d'avis.

20

Calgary et Huish s'observaient mutuellement. Le superintendant paraissait à Calgary l'un des hommes les plus déprimés et les plus lugubres de physionomie qu'il ait jamais vus. Il semblait tellement dépourvu d'illusions que Calgary se sentit enclin à penser que la carrière du superintendant Huish n'avait été qu'une longue suite d'échecs. Dans le proche avenir, il serait surpris d'apprendre que, professionnellement, le superintendant avait connu une très belle réussite. Pour sa part, Huish contemplait, en face de lui, un homme mince, aux cheveux prématurément gris, aux épaules légèrement voûtées, doté d'un visage sensible et d'un sourire singulièrement séduisant.

— Vous ne savez pas qui je suis, j'en ai peur, commença Calgary.

— Oh ! nous savons tout de vous, Dr Calgary, répliqua Huish. Vous êtes le mistigri qui nous a gâché le dossier Argyle.

Un sourire inattendu releva les commissures de ses lèvres au pli attristé.

— Vous ne devez guère me regarder d'un œil favorable.

— C'est notre pain quotidien, répondit Huish. Ce dossier nous semblait parfaitement ficelé, et il n'y a pas à reprocher, à personne, d'avoir pensé ainsi. Mais, ajouta-t-il, des choses comme celle-ci arrivent. Elles nous sont envoyées pour nous mettre à l'épreuve, comme le disait souvent ma vieille mère. Nous ne voulons de mal à personne, Dr Calgary. Après tout, nous défendons la justice, non ?

— C'est ce que j'ai toujours cru, et que je continuerai de croire. A nul nous ne dénierons justice, murmura-t-il à mi-voix.

— La Grande Charte, releva le superintendant.

— Oui, confirma Calgary. La Grande Charte que m'a citée miss Tina Argyle.

Les sourcils de Huish se relevèrent :

— Allons, bon ! Vous m'étonnez. Cette jeune personne, dirais-je, n'a pas contribué activement au bon fonctionnement des rouages de la justice.

— Tiens donc ! Pourquoi me dites-vous cela ? s'enquit Calgary.

— Pour cause de rétention d'informations, très franchement. Il n'y a aucun doute là-dessus.

— Pourquoi ?

— Eh bien, c'est une affaire de famille. Les familles se tiennent les coudes. Mais c'était à quel sujet que vous vouliez me voir ?

— Je veux des informations, répondit Calgary.

— Sur le dossier Argyle ?

— Oui. Je comprends bien que je dois vous sembler me mêler d'une histoire qui ne me regarde pas, mais…

— Eh ! cela vous regarde, dans un sens, non ?

— Ah ! vous saisissez cela. Oui. Je me sens responsable. Responsable d'avoir semé le trouble.

— On ne peut pas faire d'omelette sans casser des œufs, comme disent les Français.

— Il y a des choses que je veux savoir, reprit Calgary.

— Par exemple ?

— J'aimerais obtenir bien davantage de renseignements sur Jacko Argyle.

— Sur *Jacko* Argyle. Eh bien, ça alors, je ne m'y attendais pas.

— Je sais qu'il avait un casier chargé, ajouta Calgary. Ce que je voudrais, ce sont quelques détails.

— Oh ! c'est assez simple, dit Huish. Il avait été laissé deux fois en liberté conditionnelle. Et à une autre occasion, après un détournement de fonds, il s'en est sorti de justesse en arrivant à rembourser à la dernière limite.

— Un jeune criminel prometteur, en fait ? s'enquit Calgary.

— Exactement. Pas un assassin, comme vous nous l'avez démontré, mais pas mal d'autres délits. Rien de gros, remarquez bien. Il n'a jamais eu assez de cervelle, ou assez de cran, pour monter une grosse escroquerie. Non, juste un délinquant à temps partiel. Fauchant de l'argent dans les tiroirs-caisses, ou le soutirant aux bonnes femmes.

— Et il réussissait très bien, acquiesça Calgary. A soutirer de l'argent aux femmes, j'entends.

— Et c'était en plus une arnaque très tranquille, renchérit Huish. Les femmes lui tombaient très facilement dans les bras. En général, il jetait son dévolu sur des mémères entre deux âges, voire d'âge canonique. Vous seriez surpris de voir à quel point celles-là sont crédules. Il avait un numéro très au point. Il leur faisait croire qu'il était fou d'elles. Quand une femme veut gober un bobard, il n'y a rien qui puisse l'en empêcher.

— Et alors ? interrogea Calgary.

Le superintendant haussa les épaules :

— Eh bien tôt ou tard, elles perdaient leurs illusions. Mais elles ne portaient pas plainte, vous savez. Elles n'avaient aucune envie de proclamer au monde entier qu'elles s'étaient fait avoir. Oui, c'était un coup bien pépère.

— Y a-t-il jamais eu chantage de sa part ?

— Pas que nous sachions. Remarquez bien que ça ne m'aurait pas étonné de sa part. Pas du chantage pur et simple, à mon avis. Mais un sous-entendu par-ci, un sous-entendu par-là, peut-être. A propos de lettres. Des lettres compromettantes. Ou de détails que les maris n'auraient pas aimé apprendre. Ça lui permettait de faire taire ses victimes.

— Je vois.

— C'est tout ce que vous vouliez savoir ?

— Il y a un des membres de la famille Argyle dont je n'ai pas encore fait la connaissance, indiqua Calgary. La fille aînée.

— Ah ! Mrs Durrant.

— Je suis allé chez elle, mais tout était fermé. On m'a dit qu'elle et son mari étaient en voyage.

— Ils sont à Sunny Point.

— Encore ?

— Oui. Il a voulu rester. Mr Durrant, ajouta le superintendant, joue un peu au détective, à ce qu'on m'a dit.

— Il est paralysé, n'est-ce pas ?

— Oui, la polio. Très moche. Il n'a pas grand-chose à faire de son temps, le pauvre garçon. C'est pour ça qu'il s'intéresse tellement à cette histoire d'assassinat. Il croit qu'il tient une piste.

— Et c'est vrai ?

De nouveau, Huish haussa les épaules :

— Ça se pourrait bien. Il a de meilleures chances que nous, vous savez. Il connaît sa famille et, en plus de son intelligence, il possède une bonne dose d'intuition.

— Pensez-vous que cela le mènera quelque part ?

— C'est possible. Mais s'il y arrive, ce n'est en tout cas pas à nous qu'il viendra le dire. Ils garderont ça pour eux.

— Vous-même, superintendant, vous savez qui est coupable ?

— Vous ne devez pas me poser des questions pareilles, Dr Calgary.

— Ce qui veut dire que vous savez ?

— On peut être persuadé de deux ou trois trucs, rétorqua Huish avec lenteur. Mais tant qu'on n'a pas de preuves solides, c'est comme si on n'avait rien, pas vrai ?

— Et vous pensez que vous n'obtiendrez pas les preuves dont vous avez besoin ?

— Bah ! nous sommes la patience même… Nous continuerons à essayer.

Calgary se pencha vers son interlocuteur :

— Et que se passera-t-il pour eux tous si vous ne réussissez pas ? Y avez-vous songé ?

Huish fixa Calgary :

— C'est cela qui vous inquiète, monsieur ?

— *Eux,* il faut qu'ils sachent. Quoi qu'il puisse advenir, il faut qu'ils *sachent* !

— Vous ne pensez pas qu'ils sont déjà fixés ?

Calgary secoua la tête.

— Non, dit-il lentement. Et c'est bien là le drame.

*

— Oh, c'est encore vous ! gloussa Maureen Clegg.

— Je suis désolé, absolument désolé, de vous importuner encore, s'excusa Calgary.

— Mais vous me dérangez pas du tout. Entrez donc. C'est mon jour de congé.

Cela, Calgary le savait déjà, et c'était l'une des raisons de sa présence.

— J'attends le retour de Joe d'une minute à l'autre, reprit Maureen. Dites donc, j'ai plus rien vu qui causait de Jacko, dans les journaux. J'veux dire… pas depuis qu'on disait qu'il avait obtenu une grâce et qu'il y avait eu une interpellation au Parlement comme quoi il était clair que c'était pas lui qu'avait fait le coup. Mais on dit plus rien sur ce que font les flics et sur qui c'est qu'est le vrai coupable. Ils vont lui mettre la main dessus, d'après vous ?

— Vous-même, vous n'avez toujours aucune idée ?

— Pas vraiment. Remarquez que je serais pas étonnée si c'était son autre frère. Très bizarre et lunatique, qu'il est, cet oiseau-là. Joe, il le voit quelquefois conduire des gens dans le coin. Il travaille pour le groupe Bence, vous savez. Il est assez beau gosse, mais difficile à vivre, à ce qu'il paraîtrait. Joe, il a entendu une rumeur comme quoi il allait partir pour la Perse, ou je sais pas, et ça sent mauvais, je trouve. Pas vous ?

— Je ne vois pas pourquoi ça sentirait mauvais, Mrs Clegg.

— Ben, c'est un de ces pays où la police, elle peut pas venir vous chercher, pas vrai ?

— Vous pensez qu'il s'apprête à prendre la fuite ? s'enquit Calgary.

— Il se dit peut-être bien qu'il y a, comme qui dirait, intérêt.

— Je veux bien croire que c'est le genre de ragots qui se colportent, convint Arthur Calgary.

— On jase beaucoup. On dit aussi que le mari et la secrétaire, ils étaient ensemble. Mais si l'assassin, c'était le mari, il l'aurait plutôt empoisonnée, non ? C'est ça qu'ils font, en général, n'est-ce pas ?

— Eh bien, vous voyez davantage de films que moi, Mrs Clegg.

— C'est pas que je regarde vraiment l'écran, se défendit Maureen. Vous savez, quand vous travaillez là-bas, les films, ils finissent par vous casser salement les pieds. Tiens ! voilà Joe.

Joe Clegg, lui aussi, parut étonné – et, peut-être, assez peu enchanté – de voir Calgary. Ils conversèrent encore quelques instants, puis Calgary en vint à l'objet de sa visite :

— Je me demandais si vous pourriez me communiquer un nom et une adresse.

Il les inscrivit avec soin sur son bloc-notes.

*

Elle avait la cinquantaine, estima-t-il. C'était une femme lourde, forte, qui n'avait jamais pu être jolie. Des yeux agréables, cependant, noisette et chauds.

Elle se montra dubitative, troublée :

— Eh bien, vraiment, Dr Calgary… Réellement, je ne suis pas sûre que…

Il se pencha en avant, faisant tout son possible pour venir à bout de ses réticences, pour lui prodiguer tous les apaisements, pour lui faire ressentir toute la force de sa sympathie.

— C'était il y a si longtemps, maintenant, reprit-elle. C'est… Je ne veux pas qu'on me rappelle… qu'on me rappelle ces choses-là.

— Je le comprends parfaitement. Et c'est, bien entendu, tout à fait différent que s'il s'agissait de rendre tout cela public.

— Mais vous dites que vous voulez quand même écrire un livre là-dessus ?

— Un livre destiné seulement à mettre en valeur certains types de personnalités, expliqua Calgary. C'est intéressant, voyez-vous, sous l'angle de la médecine ou de la psychologie. Mais pas de noms propres. Seulement Mr A. ou Mrs B. Ce genre d'anonymat.

— Vous avez été dans l'Antarctique, n'est-ce pas ? interrogea-t-elle tout à trac.

Calgary fut surpris de la brusquerie avec laquelle elle avait changé de sujet.

— Oui, confirma-t-il. Oui, j'ai participé à l'expédition Hayes Bentley.

Un peu de couleur lui vint aux joues. Elle parut plus jeune. Un instant, Calgary put entrevoir la jeune fille qu'elle avait été.

— Je lisais tout, raconta-t-elle. Tout ce qui concerne les pôles, ça m'a toujours fascinée, vous savez. C'est ce Norvégien, Amundsen, non, qui est arrivé là-bas le premier ? Je trouve que les pôles, c'est bien plus excitant que l'Everest, ou que tous ces satellites, ou que d'aller sur la lune, ou que n'importe quoi comme ça.

Il saisit la perche qu'elle lui tendait et commença à lui parler de l'expédition. Bizarre, songeait-il, que ses fantasmes romantiques se soient portés sur les explorations polaires.

— C'est merveilleux d'entendre tout ça de la bouche de quelqu'un qui est vraiment allé là-bas, soupira-t-elle enfin. Vous voulez tout savoir sur… sur Jackie ?

— Oui.

— Vous n'utiliserez pas mon nom, ni rien de ce genre ?

— Non, bien entendu. Je vous l'ai dit. Vous savez bien comment on fait en général. On écrit Mrs M., ou lady Y. Seulement l'initiale.

— Oui. Oui, j'ai déjà lu ce genre de livres – et je suppose que c'était comme vous le disiez pat… patho…

— Pathologique, compléta Calgary.

— Oui, Jackie était certainement un cas pathologique. Il était toujours si tendre, vous savez. Absolument merveilleux. Il disait des choses, et vous en croyiez le moindre mot.

— Il les croyait probablement lui-même, dit Calgary.

— « Je suis assez vieille pour être ta mère », j'avais l'habitude de lui dire, mais il répondait que les jeunesses ne l'intéressaient pas. Il disait toujours qu'elles étaient primaires. Il prétendait que c'étaient les femmes expérimentées et mûres qui l'attiraient.

— Il était très amoureux de vous ?

Les lèvres de la femme tremblaient :

— Il jurait qu'il l'était. Il paraissait l'être… Mais je suppose qu'en permanence, c'était à l'argent qu'il en voulait.

— Pas forcément, osa Calgary en travestissant la vérité autant qu'il le pouvait. Il peut avoir été également séduit, vous savez. Mais… mais, voyez-vous, il ne pouvait pas s'empêcher d'agir avec malhonnêteté.

Le visage pathétique de la femme mûrissante s'éclaira quelque peu :

— Oui, dit-elle, c'est bon de le penser. Enfin, c'était comme ça. Nous faisions toujours des plans. Nous partirions pour la France, ou bien pour l'Italie, si son projet aboutissait. Il lui fallait seulement un peu de capital.

Une tactique banale, pensa Calgary. Il se demanda combien de femmes, tout aussi pathétiques, s'y étaient laissé prendre.

— Je ne sais pas ce qui m'a pris, ajouta-t-elle. J'aurais fait n'importe quoi pour lui… *n'importe quoi.*

— J'en suis convaincu.

Elle acheva, amère :

— Et je n'aurais pas été la seule.

Calgary se leva :

— Vous avez été très aimable de me confier tout cela.

— Il est mort, aujourd'hui... Mais je ne l'oublierai jamais. Sa petite bouille de singe ! Sa façon d'avoir l'air si triste, et d'éclater de rire tout à coup. Oh ! il savait y faire. Il n'était pas si mauvais que ça, j'en suis sûre. Il n'était *pas* si mauvais que ça.

Elle regardait Calgary avec une sorte de regret.

Mais, à sa question implicite, il n'avait pas de réponse.

21

Rien n'était venu avertir Philip Durrant que ce jour-là serait différent de tous les autres jours.

Il ignorait que cette journée déciderait définitivement de son avenir.

Il s'éveilla en bonne forme, et de bonne humeur. Le soleil, un pâle soleil d'automne, resplendissait à la fenêtre. Kirsten Lindstrom lui apporta un message téléphoné qui accrut son alacrité.

— Tina va venir pour le thé, annonça-t-il à Mary lorsqu'elle lui apporta son petit déjeuner.

— Ah bon ? Oh ! oui, naturellement, c'est son après-midi de congé, n'est-ce pas ?

Mary avait l'air préoccupée.

— Qu'est-ce qui ne va pas, Polly ?

Elle se mit en devoir de découper le bout de son œuf à la coque. Il s'en irrita immédiatement :

— Je peux encore me servir de mes mains, Polly.

— Oh ! je voulais t'éviter ce mal.

— Quel âge crois-tu donc que j'ai ? Six ans ?

Elle parut un peu surprise. Puis elle lâcha brusquement :

— Hester revient aujourd'hui.

— C'est vrai ?

Il avait posé la question machinalement, tant ses réflexions se concentraient sur ses plans pour s'attaquer à Tina. Mais il repéra vite l'expression de sa femme :

— Pour l'amour de Dieu, Polly, tu t'imagines que je nourris pour cette petite une passion coupable ?

Elle détourna la tête :

— Tu dis toujours qu'elle est tellement adorable.

— Elle l'est. Pour qui apprécie des attaches fines et un côté extra-terrestre. Mais je ne suis plus guère taillé pour jouer les séducteurs, non ? ironisa-t-il.

— Tu pourrais le souhaiter.

— Ne sois pas ridicule, Polly. Je n'aurais jamais cru que tu avais une telle propension à la jalousie.

— Tu ne sais rien de moi.

Il allait riposter, mais il se tut. Force lui était de constater, non sans un certain choc, qu'il ne savait sans doute pas grand-chose de Mary.

Elle poursuivit :

— Je te veux pour moi – rien que pour moi. Je voudrais qu'il n'y ait personne d'autre au monde que toi et moi.

— Nous serions bientôt à court de sujets de conversation, Polly.

Il avait parlé d'un ton léger, mais il éprouvait un certain malaise. Le matin radieux lui paraissait soudain avoir viré au glauque.

Elle supplia :

— Rentrons chez nous, Philip, je t'en prie, rentrons chez nous.

— Nous allons rentrer incessamment, mais pas à l'instant même. Ainsi que je te l'ai dit, Tina va venir cet après-midi. Je fonde de grands espoirs sur Tina, ajouta-t-il, soucieux de dériver les pensées de Mary vers un autre propos.

— Dans quel sens ?

— Tina sait quelque chose.

— Tu veux dire – à propos du meurtre ?

— Oui.

— Mais ce n'est pas possible. Elle n'était même pas ici, ce soir-là.

— Je n'en suis plus très persuadé, rétorqua Philip. Vois-tu, je pense qu'elle était au contraire bel et bien dans les parages. C'est amusant de constater comme des broutilles peuvent aider. Cette journalière, Mrs Narracott – oui, la grande –, m'a fourni un petit élément de réflexion.

— Qu'est-ce qu'elle t'a raconté ?

— Un joli cancan du village. L'Ernie… non, le Cyril… d'une Mrs Untel ou d'une Mrs Machin-chouette… Il a fallu qu'il aille avec sa mère à la police. A propos de quelque chose qu'il avait vu « le soir où que c'te pauvre Mrs Argyle a été assassinée ».

— Et qu'avait-il donc vu ?

— Là-dessus, Mrs Narracott est restée dans le vague. Elle n'a pas encore tiré ça au clair avec Mrs Untel. Mais on peut tout de même deviner, n'est-ce pas, Polly ? Ce jeune Cyril n'était pas à l'intérieur de la maison, par conséquent il doit avoir vu quelque chose à l'extérieur. Ce qui nous conduit à deux hypothèses : ou bien il a vu Micky, ou bien il a vu Tina. Ma théorie, c'est que Tina est venue par ici ce soir-là.

— Elle l'aurait dit.

— Pas nécessairement. Je flaire à une lieue que Tina sait quelque chose qu'elle ne dit pas. Admettons qu'elle ait fait un saut en voiture ce soir-là. Peut-être est-elle entrée dans la maison et a-t-elle découvert le cadavre de ta mère.

— Et elle serait repartie sans avertir personne ? C'est absurde.

— Elle peut avoir eu ses raisons… Elle a peut-être vu ou entendu quelque chose qui lui aura donné à penser qu'elle connaissait le meurtrier.

— Elle n'a jamais particulièrement aimé Jacko. Je suis convaincue qu'elle n'aurait pas voulu le protéger.

— Dans ce cas, sans doute n'était-ce pas Jacko qu'elle soupçonnait… Plus tard, lorsque Jacko a été arrêté, elle a pensé que ses soupçons n'étaient pas du tout fondés. Et, ayant affirmé qu'elle n'était pas venue ici, il a bien fallu qu'elle s'y tienne. Mais aujourd'hui, cela va de soi, c'est différent.

— Tu imagines des choses, Philip, lança Mary avec agacement. Tu te laisses aller à des élucubrations qui n'ont pas le sens commun.

— Il est pourtant fort probable qu'elles reflètent la réalité. Je vais tenter d'amener Tina à me révéler ce qu'elle sait.

— Je ne crois pas qu'elle sache quoi que ce soit. Tu penses sérieusement qu'elle connaît le coupable ?

— Je n'irais pas aussi loin que cela. Je pense qu'elle a vu – ou entendu – quelque chose. Je veux découvrir en quoi consiste ce quelque chose.

— Tina ne dira rien si elle n'en a pas envie.

— Certes, j'en suis d'accord. Elle est très douée pour garder tout par-devers elle. Et c'est aussi un petit masque impassible. Elle ne montre jamais rien. Mais elle ne ment pas très bien – pas du tout aussi bien que toi, Polly, par exemple... Ma méthode va reposer sur mon hypothèse.. De cette hypothèse, je ferai une question. A laquelle il faudra répondre par oui ou par non. Sais-tu ce qui se passera alors ? Il n'y a que trois éventualités. Ou bien elle dira oui – et tout sera clair. Ou bien elle dira non – et comme Tina ment mal, je saurai si son *non* est véridique ou pas. Ou bien encore elle refusera de répondre et arborera sa petite figure fermée – et, cela, Polly, ce sera comme si elle avait dit *oui*. Allons, avoue que ma technique ouvre de belles possibilités.

— Oh ! ne te mêle pas de ça, Phil ! Ne te mêle pas de ça. Ça va se calmer, et on oubliera.

— Non. Il nous faut en avoir le cœur net. Sinon, Hester finira par se jeter par la fenêtre, et Kirsten nous fera une dépression nerveuse. Leo s'est d'ores et déjà figé comme une sorte de stalactite. Quant à la malheureuse Gwenda, elle est sur le point d'accepter un poste en Rhodésie.

— Quelle importance peut bien avoir ce qui leur arrive ?

— Rien n'est important, sauf nous – c'est cela que tu sous-entends ?

Le visage de Philip avait pris une expression fermée, coléreuse. Cela stupéfia Mary. Jamais encore elle n'avait vu son mari ainsi.

Elle l'affronta, d'un air de défi :

— Pourquoi devrais-je me soucier des autres ?

— Tu ne t'en es jamais souciée jusqu'ici, n'est-ce pas ?

— Je ne vois pas ce que tu veux dire.

Philip lâcha un soupir exaspéré. Il repoussa le plateau de son petit déjeuner :

— Enlève-moi ça. Je n'en veux plus.

— Mais Philip…

Il eut un mouvement d'impatience. Mary s'empara du plateau pour l'emporter dehors. Philip fit rouler son fauteuil jusqu'à la table à écrire. Le stylo à la main, il fixait la fenêtre. Il éprouvait une étrange oppression de l'intellect. Quelques minutes auparavant, il se sentait plein d'excitation. Désormais, il n'était plus que tension et nervosité.

Il finit par reprendre le contrôle de lui-même. Rapidement, il remplit deux feuillets. Puis il se laissa aller contre le dossier de son siège, et médita.

C'était plausible. C'était possible. Mais Philip ne parvenait pas à s'en trouver entièrement convaincu. Suivait-il réellement la bonne route ? Il n'en avait pas la certitude. Un mobile. Le mobile lui faisait désespérément défaut. Un élément, quelque part, lui avait échappé.

Il soupira, impatienté. A peine pouvait-il se retenir en attendant l'arrivée de Tina. Si seulement cette affaire pouvait être éclaircie ! Uniquement entre eux. Rien de plus n'était nécessaire. Dès lors qu'ils *sauraient*… ils seraient tous libres. Libérés de cette atmosphère de soupçon et de désespérance. A l'exception d'une seule personne, ils pourraient tous reprendre le cours de leurs propres vies. Mary et lui rentreraient chez eux et…

Ses pensées se bloquèrent là. Son excitation, à nouveau, retomba. Il se retrouvait face à son problème personnel : *il ne voulait pas rentrer chez lui*. Il ne voyait plus que l'ordre parfait de leur foyer, ses chintz luisants, ses cuivres polis. Une cage impeccable, resplendissante, bien tenue ! Et lui, dans cette cage, attaché à son fauteuil, envahi par les soins trop attentifs de son épouse.

Son épouse… Lorsqu'il songeait à elle, il lui semblait voir deux personnes. La première était la jeune fille avec laquelle il s'était marié – une blonde aux yeux bleus, douce et réservée. Celle-là, c'était la jeune fille qu'il avait aimée, celle dont il se moquait lorsqu'elle le regardait en plissant un front perplexe. Celle-là, c'était sa Polly. Mais il existait une autre Mary – dure comme l'acier, passionnée mais incapable d'aimer –, une Mary à qui rien n'importait qu'elle-même. Lui, Philip, ne comptait que parce qu'il lui appartenait.

Un vers français traversa sa mémoire. Comment était-ce déjà ?

C est Vénus tout entière à *sa proie attachée*…

Cette Mary-là, il ne l'aimait pas. Derrière les yeux d'un bleu glacé de cette Mary-là se cachait une étrangère – une étrangère qu'il ne connaissait pas…

Et puis Philip Durrant rit de lui-même : il était en train de céder à la nervosité et à la tension, comme tout le monde dans la maison. Il se souvenait de sa belle-mère lui parlant de sa femme. Lui décrivant la douce petite fille aux boucles d'or, à New York. Lui racontant le moment où elle s'était jetée à son cou en criant : « Je veux rester avec vous. Je ne veux plus vous quitter, *jamais* ! »

Cela, ç'avait été une démonstration d'affection, non ? Et cependant… et cependant, comme cela ressemblait peu à Mary ! De l'enfant à la femme, avait-elle pu changer à ce point ? Il était aujourd'hui si difficile, presque impossible, à Mary de manifester ses sentiments, de se montrer démonstrative…

Certes, en cette occasion-là… Mais était-ce vraiment aussi simple ? Non, pas de l'affection. Un calcul. Un moyen de parvenir à ses fins. Un moment de tendresse délibérément voulu, artificiel. De quoi Mary n'était-elle pas capable pour parvenir à ses fins ?

Presque de n'importe quoi, pensa-t-il – et il fut choqué de le penser.

Avec fureur, il reposa son stylo et fit rouler son fauteuil jusqu'à leur chambre. Il prit sa brosse pour repousser en arrière les cheveux qui lui couvraient le front. Son propre visage lui parut étranger.

Qui suis-je, se demanda-t-il, et où vais-je ? Des questions qu'il ne s'était jamais posées auparavant… Il approcha son fauteuil de la fenêtre pour regarder au-dehors. En dessous de lui, devant la fenêtre de la cuisine, l'une des femmes de journée discutait avec quelqu'un resté à l'intérieur. Leurs voix, marquées du doux accent du patois local, flottaient jusqu'à lui…

Les yeux agrandis, il demeura là, comme en transe.

Du bruit dans la pièce voisine l'arracha à ses préoccupations. Il fit rouler son fauteuil par la porte de communication.

Gwenda Vaughan se tenait debout devant la table à écrire. Elle se retourna. Il nota avec stupéfaction son visage hagard dans le soleil du matin.

— Salut, Gwenda !

— Salut, Philip ! Leo a pensé que vous aimeriez lire les *Illustrated London News*.

— Ah ! merci.

— Voilà une belle pièce, dit-elle en regardant autour d'elle. Je ne crois pas que je l'avais déjà vue avant.

— Ça fait assez suite royale, n'est-ce pas ? Loin de tout. Idéal pour les handicapés et pour les couples en lune de miel.

Une seconde trop tard, il regretta d'avoir utilisé ces quatre derniers mots. Les traits de Gwenda frémirent.

— Il faut que je continue, dit-elle sans préciser.

— La secrétaire modèle.

— Même plus cela, aujourd'hui. Je commets des erreurs.

— N'en commettons-nous pas tous ? Quand donc Leo et vous allez-vous vous marier ? ajouta-t-il délibérément.

— Jamais, probablement.

— Ça, ce serait une erreur.

— Leo croit que cela pourrait provoquer des commentaires défavorables – de la part de la police ! répliqua-t-elle, amère.

— Nom de Dieu, Gwenda, il faut parfois savoir prendre des risques.

— Moi, je suis prête à en prendre. Ça ne m'a jamais fait peur. Je suis prête, moi, à parier sur le bonheur. Mais Leo…

— Leo ? oui ?

— Leo, enchaîna-t-elle, mourra sans doute comme il a vécu : en parfait mari de Rachel Argyle.

La colère et l'amertume que véhiculait la voix de la jeune femme le frappèrent.

— Elle pourrait tout aussi bien être encore en vie, dit Gwenda. Elle est *ici* – dans cette maison – en permanence…

22

Tina gara sa voiture dans l'herbe, devant le mur du cimetière. Elle ôta avec soin la cellophane du bouquet qu'elle avait apporté, puis elle franchit la grille et s'engagea dans l'allée principale. Elle n'aimait pas le nouveau cimetière. Elle regrettait qu'il n'ait pas été possible d'enterrer Mrs Argyle, pour son dernier sommeil, dans l'ancien, qui entourait l'église. Là, grâce aux ifs et aux stèles moussues, lui paraissait régner une paix venue de la nuit des temps. Dans le nouveau champ de repos, trop neuf, si bien conçu – une grande allée desservant les rangées de sépultures –, tout semblait aussi lisse et aussi impersonnel que les rayons d'un supermarché.

La tombe de Mrs Argyle – un cadre rectangulaire de marbre rempli de cailloux de granit, et une croix, de granit également – était bien entretenue.

Tina, ses œillets à la main, se pencha pour lire l'inscription « A la mémoire bien-aimée de Rachel Argyle », en dessous de laquelle était gravé un verset du livre des Proverbes :

A ses enfants de se lever et de la proclamer heureuse.

Elle entendit des pas derrière elle et se retourna, stupéfaite :

— Micky !

— J'ai vu ta voiture. Je t'ai suivie. Enfin... je venais ici, de toute façon.

— Tu venais ici ? Pourquoi ?

— Je ne sais pas. Seulement pour lui dire au revoir, peut-être.

— Lui dire au revoir à... à elle ?

Michael Argyle hocha la tête :

— Oui. J'ai accepté le job que m'offrait cette compagnie pétrolière dont je t'avais parlé. Je pars dans trois semaines environ.

— Et tu es d'abord venu ici pour dire au revoir à mère ?

— Oui. Peut-être aussi pour la remercier, et pour lui dire que je suis désolé.

— De quoi es-tu désolé, Micky ?

— Je ne suis pas désolé parce que je l'aurais tuée, si c'était à ça que tu voulais faire allusion. Tu as cru que je l'avais tuée, Tina ?

— Je n'en étais pas sûre.

— Tu ne peux pas en être plus sûre maintenant, non ? Je veux dire qu'il ne me servirait à rien de te dire que je ne l'ai pas tuée.

— Pourquoi es-tu désolé ?

— Elle a fait beaucoup pour moi, répondit Micky avec lenteur. Et je ne lui en ai jamais été le moins du monde reconnaissant. J'étais furieux de la moindre chose qu'elle faisait. Je n'ai jamais eu pour elle un mot gentil, ni un regard affectueux. Maintenant, j'aurais bien voulu en avoir, c'est tout.

— Quand as-tu cessé de la haïr ? Après sa mort ?

— Oui. Oui, je suppose.

— Mais ce n'était pas elle que tu haïssais, en réalité, n'est-ce pas ?

— Non… non. Tu avais raison. C'était ma propre mère. Parce que je l'aimais. Parce que je l'aimais, et qu'elle se souciait de moi comme d'une guigne.

— Et, aujourd'hui, cela ne te met même plus en colère ?

— Non. J'imagine qu'elle n'y pouvait rien. Après tout, on naît comme on est. Dans son genre, c'était une créature rayonnante et heureuse. Trop portée sur les hommes, et trop encline à la bouteille, et qui était gentille avec ses gosses quand ça lui chantait. Elle n'aurait jamais laissé personne d'autre qu'elle leur taper dessus. D'accord, elle ne m'aimait pas ! Pendant toutes ces années, j'ai refusé de vivre avec cette idée-là. Mais maintenant, je l'ai acceptée. Donne-moi seulement un de tes œillets, Tina, s'il te plaît.

Il prit la fleur et, penché, la déposa sur la tombe, en dessous de la croix :

— Voilà, maman. J'ai été pour vous un fils détestable, et je ne crois pas que vous ayez été une mère très avisée. Mais vous n'aviez que de bonnes intentions.

Il regarda Tina :

— Tu crois que ça peut aller, comme excuses ?

— Je pense que ça ira, répondit Tina.

Elle s'inclina pour déposer, à son tour, son bouquet.

— Tu viens souvent ici, pour mettre des fleurs ? demanda Micky.

— Une fois par an.

— Ma petite Tina.

Ils reprirent ensemble le chemin de la grille.

— Je ne l'ai pas tuée, Tina, dit Micky. Je te jure que je ne l'ai pas tuée. Je veux que tu me croies.

— J'étais présente, ce soir-là.

Il pivota d'un bloc :

— Tu étais là ? A Sunny Point ?

— Oui. Je pensais à changer de travail. Et je voulais consulter père et mère à ce sujet.

— Eh bien… Continue.

Elle resta silencieuse. Il lui prit le bras pour la secouer :

— Allez, Tina. Tu dois tout me dire.

— Jusqu'à présent, je n'en ai parlé à personne.

— Allez, répéta Micky.

— Je suis venue en voiture. Mais je ne me suis pas garée juste devant la barrière. Tu connais cet endroit, à mi-chemin sur la route, où il est facile de faire demi-tour.

Micky acquiesça.

— Je l'ai garée là, reprit Tina, et je me suis dirigée à pied vers la maison. Je ne me sentais pas très sûre de moi. Tu sais comme c'était difficile, par bien des côtés, de discuter avec mère. Elle avait toujours des vues bien arrêtées sur tout. Je voulais leur exposer le problème aussi clairement que je le pouvais. Et c'est comme ça que j'ai marché de la voiture à la maison, puis de la maison à la voiture, et retour. En réfléchissant à fond.

— C'était à quelle heure ?

— Je ne sais pas. Maintenant, je ne m'en souviens plus. Je… Pour moi, le temps ne signifie pas grand-chose.

— Non, chérie. Tu as toujours l'air d'avoir un temps infini devant toi.

— J'étais sous les arbres, continua Tina, je marchais très doucement…

— Comme le petit chat que tu es, commenta Micky avec gentillesse.

— Lorsque je les ai entendus.

— Tu as entendu quoi ?

— J'ai entendu deux personnes qui chuchotaient.

Le corps de Micky se raidit :

— Oui ? Que disaient-elles ?

— Elles disaient… enfin, l'une d'elles : « Entre 7 heures et 7 heures et demie. C'est le moment. Maintenant, rappelez-vous ça, et ne bousillez pas le boulot. » L'autre a répondu : « On peut me faire confiance. Et après ça, mon trésor, tout sera merveilleux. »

Il y eut un silence, avant que Micky n'interroge :

— Bien… Pourquoi as-tu gardé ça pour toi ?

— Parce que je ne savais pas, se justifia Tina. Je ne savais pas qui parlait.

— Mais certainement que si ! C'était un homme, ou une femme ?

— Je ne sais pas. Comprends-tu, quand deux personnes chuchotent, tu n'entends pas leurs *voix*. Il n'y a… eh bien, il n'y a qu'un murmure. Je crois, naturellement, qu'il s'agissait d'un homme et d'une femme, à cause de…

— A cause de ce qu'ils disaient ?

— Oui. Mais je ne sais pas qui c'était.

— Tu crois que ç'aurait pu être père et Gwenda ?

— C'est possible, n'est-ce pas ? Ç'aurait pu vouloir dire que Gwenda devait quitter la maison et y revenir entre 7 heures et 7 heures et demie, ou bien c'était Gwenda qui donnait à père la consigne de descendre chez mère entre 7 heures et 7 heures et demie.

— S'il s'agissait bien de père et de Gwenda, tu ne voulais pas les dénoncer à la police. C'est bien cela ?

— Si j'en étais certaine, évidemment non. Mais je n'en suis pas certaine. Ça peut avoir été d'autres personnes. Ça peut avoir été… Hester et quelqu'un ? Ça peut même avoir été Mary, mais pas Philip. Non, pas Philip, cela va de soi.

— Quand tu disais Hester et quelqu'un d'autre, tu pensais à qui ?

— Je ne sais pas.

— Tu ne l'as pas vu – l'homme, je veux dire ?

— Non, affirma Tina, je ne l'ai pas vu.

— Tina, je crois que tu mens. C'était bien un homme, non ?

— Je suis repartie en direction de ma voiture, et puis quelqu'un est arrivé de l'autre côté de la chaussée, marchant très vite. Il n'était qu'une ombre dans l'obscurité. Et je crois qu'alors… je crois que j'ai entendu une voiture démarrer au bout de la route.

— Tu as pensé que c'était *moi*…

— Je ne savais pas, répliqua Tina. Cela aurait pu être toi. Il avait à peu près ta taille et ta stature.

Ils arrivèrent à la voiture de la jeune femme.

— Vas-y, Tina, monte. Je viens avec toi. Nous rentrons à Sunny Point.

— Mais, Micky…

— Il est inutile de te dire que ça n'était pas moi, non ? Allez, conduis-nous à Sunny Point.

— Qu'est-ce que tu vas faire, Micky ?

— Pourquoi crois-tu que je vais faire quelque chose ? Tu n'allais pas à Sunny Point, de toute façon ?

— Si, reconnut-elle. J'y allais. J'ai reçu une lettre de Philip.

Elle démarra. Assis à côté d'elle, Micky était tendu, rigide :

— Ainsi, Philip t'a écrit ? Pour quoi te dire ?

— Il me demandait de venir. Il voulait me voir. Il savait que c'était ma demi-journée de congé.

— Oh ! Il te disait aussi pourquoi il voulait te voir ?

— Il disait qu'il voulait me poser une question, et qu'il espérait que je lui donnerais la réponse. Il ajoutait que je n'aurais pas besoin de lui parler – que ce serait lui qui parlerait. Que je n'aurais qu'à répondre par oui ou par non. Il précisait que, quoi que je réponde, cela resterait entre nous.

— Donc, il nous mijote quelque chose, hein ? Intéressant.

Le cimetière n'était situé qu'à peu de distance de Sunny Point. Lorsqu'ils y arrivèrent, Micky ordonna :

— Entre, Tina. Moi, je vais me promener un peu dans le jardin, pour réfléchir à tout ça. Va discuter avec Philip.

Tina s'inquiéta :

— Tu ne vas pas… Tu ne ferais pas…

Il éclata d'un rire bref :

— Un suicide du haut du Saut des Amants ? Allons, Tina, tu me connais mieux que ça.

— Parfois, releva-t-elle, je pense qu'on ne connaît vraiment personne.

Elle se détourna pour marcher lentement jusqu'à la maison. Micky la suivit des yeux, tête tendue en avant, mains dans les poches, un rictus aux lèvres. Puis il fit le tour du bâtiment tout en le contemplant d'un œil pensif. Tous ses souvenirs d'enfance lui revenaient. Ici, c'était le vieux magnolia : combien de fois n'y avait-il pas grimpé pour atteindre la fenêtre de l'étage. Et là, c'était le petit carré de terre qui avait été, en théorie, son propre jardin potager. Il n'avait jamais beaucoup apprécié le jardinage. Il avait toujours préféré démonter en mille morceaux tous ses jouets mécaniques. « J'étais un petit brise-fer, songea-t-il avec une pointe d'amusement. Le roi des casse-tout. »

Bah ! on ne change jamais vraiment.

*

Tina croisa Mary dans le hall. La sœur aînée parut stupéfaite de voir sa cadette.

— Tina ! Tu viens de Redmyn ?

— Oui. Tu ne savais pas que je devais venir ?

— Je l'avais oublié. Je crois que Philip m'en avait parlé.

Elle se retourna :

— Je vais à la cuisine, pour voir si nous avons reçu de l'ovaltine. Philip aime bien en boire une tasse avant de se coucher. Kirsten est justement en train de lui monter du café. Il préfère le café au thé. Il dit que le thé lui donne des maux d'estomac.

— Pourquoi le traites-tu comme un grand malade, Mary ? Il n'a rien d'un grand malade.

Une lueur de colère s'alluma dans les yeux de Mary :

— Quand tu auras un mari bien à toi, tu sauras mieux comment les maris apprécient qu'on les traite.

— Excuse-moi, dit gentiment Tina.

— Si seulement nous pouvions quitter cette maison, reprit Mary. C'est si mauvais pour Philip de rester ici. Et puis Hester revient aujourd'hui, ajouta-t-elle.

— Hester ? s'étonna Tina. Ah bon ? Pourquoi ?

— Comment le saurais-je ? Elle a téléphoné hier soir pour annoncer son retour. Je ne sais pas par quel train elle arrivera. Je suppose qu'elle prendra l'express, comme d'habitude. Il faudra que quelqu'un aille la chercher à Drymouth.

Mary disparut dans le couloir menant à la cuisine. Tina, après une courte hésitation, monta l'escalier. Au moment où elle parvenait à l'étage, la première porte sur la droite s'ouvrit et Hester apparut. Elle lança à Tina un regard surpris.

— Hester ! On m'avait dit que tu rentrais, mais je n'avais pas idée que tu étais déjà arrivée.

— Le Dr Calgary m'a accompagnée en voiture. Je suis allée droit à ma chambre – je ne pense pas que personne sache que je suis ici.

— Le Dr Calgary est là, lui aussi ?

— Non. Il m'a seulement déposée, et puis il est reparti pour Drymouth. Il voulait voir quelqu'un là-bas.

— Mary ne savait pas que tu étais arrivée.

— Mary ne sait jamais rien, rétorqua Hester. Philip et elle s'isolent de tout ce qui se passe. J'imagine que Gwenda et père sont dans la bibliothèque. La vie me semble se dérouler exactement comme à l'habitude.

— Pourquoi pas ?

— Je ne sais pas trop, dit Hester. J'avais vaguement à l'esprit que ce serait un peu différent.

Elle écarta Tina et descendit l'escalier. Tina, dépassant la bibliothèque, suivit le corridor au bout duquel se trouvait la suite occupée par les Durrant. Kirsten Lindstrom, qui se tenait devant la porte de Philip, un plateau à la main, tourna vivement la tête :

— Eh bien, Tina, tu m'as fait sursauter. J'apportais précisément à Philip du café et des biscuits.

Elle leva la main pour toquer au battant. Tina la rejoignit.

Après avoir frappé, Kirsten ouvrit la porte et entra. Elle marchait devant Tina, mais si sa haute silhouette anguleuse lui bouchait la vue, Tina perçut son haut-le-corps. Les mains tremblantes de la Suédoise lâchèrent le plateau qui tomba sur le plancher, tandis que la tasse et les assiettes se fracassaient contre le garde-feu.

— Oh ! non…, cria Kirsten. Oh ! *non*…

— Philip ? demanda Tina.

Elle s'avança jusqu'au fauteuil de Philip Durrant qui avait été roulé devant le bureau. Il devait avoir été en train d'écrire, supposa-t-elle. Un stylo à bille reposait à côté de sa main droite. Mais sa tête avait basculé en avant, dans une attitude bizarre. Et, à la base de sa nuque, elle vit quelque chose qui ressemblait à un losange d'un rouge brillant, et qui tranchait sur la blancheur de son col.

— Il a été tué, dit Kirsten. Il a été tué… poignardé. Ici, à l'arrière du cerveau. Un coup, un seul, et c'est mortel.

Sa voix s'enfla :

— Je l'avais averti. J'ai fait tout ce que j'ai pu. Mais il était comme un enfant – à s'amuser, en jouant avec des outils qui peuvent devenir dangereux – sans voir où cela le menait.

C'était comme un cauchemar, pensait Tina. Debout, presque immobile à côté de Philip, elle le contemplait pendant que Kirsten saisissait le bras inerte et posait ses doigts sur le poignet pour y chercher un pouls absent. Quelle était la question que Philip avait voulu lui poser ? Quelle qu'elle ait pu être, il ne la lui poserait jamais. Sans réellement réfléchir avec objectivité, l'esprit de Tina enregistrait divers détails. Philip écrivait, oui. Le stylo bille était là, mais il n'y avait plus de papier devant lui. Rien d'écrit. Celui qui l'avait tué avait enlevé ce qu'il avait pu noter.

— Nous devons prévenir les autres, dit-elle d'une voix douce et machinale.

— Oui, oui, il faut le leur dire. Nous devons avertir ton père.

Côte à côte, elles se dirigèrent vers la porte. Du bras, Kirsten enlaçait Tina. Le regard de la jeune fille se posa sur le plateau et la vaisselle brisée.

— Ça n'a pas d'importance, dit Kirsten. On nettoiera tout ça plus tard.

Tina faillit trébucher. Le bras de Kirsten la retint :

— Fais attention. Tu vas tomber.

Elles suivirent le corridor. La porte de la bibliothèque s'ouvrit. Leo et Gwenda sortirent. Tina annonça, de sa voix douce et claire :

— Philip a été tué. Poignardé.

Tout se passait vraiment comme dans un rêve, pensait Tina : l'exclamation de son père, très choqué. Gwenda l'écartant pour se précipiter chez Philip… chez Philip qui était mort. Kirsten l'abandonna pour descendre l'escalier quatre à quatre :

— Il faut que je le dise à Mary. Il faut l'avertir avec ménagement. Pauvre Mary. Ça va être un choc terrible.

Tina la suivit avec lenteur. Plus que jamais, elle se sentait étourdie, comme en rêve. Une douleur étrange lui poignait le cœur. Où allait-elle ? Elle ne le savait pas. Rien n'était plus réel. Elle tituba jusqu'à la porte d'entrée et la franchit. Micky apparaissait au coin de la maison. En automate, comme si c'était là que ses pas n'avaient cessé de la guider, elle alla droit à lui :

— Micky. Oh ! Micky…

Il lui ouvrit les bras. Elle s'y jeta.

— Tout va bien, sourit-il. Je te tiens.

Tina s'effondra doucement. Elle tomba au sol, comme lovée sur elle-même, au moment où Hester arrivait de la maison en courant.

— Elle s'est évanouie, souffla Micky, impuissant. Je n'avais encore jamais vu Tina s'évanouir.

— C'est le choc, expliqua Hester.

— Qu'est-ce que tu veux dire ? Quel choc ?

— On a tué Philip. Tu ne le savais pas ?

— Je l'aurais su comment ? Quand ? Comment ?

— A l'instant.

Il la fixa, yeux écarquillés, puis il releva Tina qu'il porta dans ses bras. Accompagné de Hester, il l'amena dans le boudoir de Mrs Argyle où il l'étendit sur le sofa :

— Téléphone au Dr Craig, lança-t-il.

— Voilà déjà sa voiture, répondit-elle. Père l'avait appelé, pour Philip.

Elle regarda autour d'elle :

— Je… je ne veux pas le rencontrer.

Elle quitta la pièce pour courir dans l'escalier.

Donald Craig descendit de sa voiture et entra dans le hall. Kirsten Lindstrom sortit de la cuisine pour venir à sa rencontre.

— Bonjour, miss Lindstrom, dit le médecin. Qu'est-ce que j'apprends ? Mr Argyle m'a dit qu'on avait *tué* Philip Durrant. *Tué* ?

— C'est tout à fait exact, répliqua la Suédoise.

— Mr Argyle a prévenu la police ?

— Je ne sais pas.

— Y a-t-il une chance qu'il ne soit que blessé ? s'enquit Craig.

Il se retourna pour prendre sa trousse.

— Non, répondit-elle d'une voix neutre et lasse. Il est mort. J'en ai la certitude. Il a été poignardé – ici.

Elle posait la main sur sa nuque.

Micky arrivait dans le hall :

— Salut, Don, vous feriez mieux de venir voir Tina. Elle s'est évanouie.

— Tina ? Ah oui, c'est celle qui… qui vit à Redmyn, n'est-ce pas ? Où est-elle ?

— Elle est là.

— Je vais juste l'examiner avant de monter. Gardez-la au chaud, et donnez-lui du café ou du thé bouillant dès qu'elle reviendra à elle, ordonna-t-il à Kirsten. Mais vous connaissez la musique…

Kirsten se contenta d'un acquiescement muet.

— Kirsty !

Mary Durrant, sortant de la cuisine, s'avançait lentement dans le hall. Kirsten alla à elle. Micky la fixait, figé.

— Ce n'est pas vrai, reprit Mary d'une voix rauque et forte. Ce n'est pas *vrai* ! C'est un mensonge que vous avez inventé. Il allait très bien quand je l'ai quitté. Il allait très bien. Il écrivait. Je lui ai dit de ne pas écrire. Je le lui ai *dit*. Mais qu'est-ce qui le poussait ? Pourquoi restait-il aussi entêté ? Pourquoi refusait-il de partir d'ici alors que, *moi*, je voulais qu'on s'en aille ?

Avec une douce autorité, Kirsten fit de son mieux pour l'apaiser.

Donald Craig sortit en trombe du boudoir :

— Qui a dit que cette fille s'était évanouie ? exigea-t-il.

Micky le fixa.

— Mais elle s'est bel et bien évanouie, riposta-t-il.

— Où était-elle lorsqu'elle s'est évanouie ?

— Elle était avec moi… Elle sortait de la maison, et elle est venue à moi. Et puis… elle s'est effondrée.

— Effondrée, dites-vous ? Oui, elle s'est certainement effondrée, martela Donald Craig, funèbre.

Il se dirigea à grands pas vers le téléphone :

— Il faut que j'obtienne une ambulance. Et vite.

— Une ambulance ? s'étonnèrent en chœur Kirsten et Micky.

Mary semblait ne rien avoir entendu.

— Oui, riposta le médecin en composant le numéro d'un doigt nerveux. Cette fille ne s'est pas évanouie. Elle a été poignardée. Vous comprenez ? Poignardée dans le dos. Nous devons l'emmener immédiatement à l'hôpital.

23

Dans sa chambre d'hôtel, Arthur Calgary lisait et relisait les notes qu'il avait prises.

De temps en temps, il hochait la tête.

Oui… Maintenant, il s'était enfin engagé sur la bonne route. Depuis le début, il avait commis l'erreur de se concentrer sur la personnalité de Mrs Argyle. Dans neuf cas sur dix, ç'aurait été la marche à suivre. Mais ce cas-là, c'était le dixième.

Il n'avait jamais cessé d'avoir l'intuition d'un facteur inconnu. De croire que, s'il pouvait isoler et identifier ce facteur, l'énigme serait résolue. Mais, en le recherchant, il avait été obsédé par la défunte. Cependant, il le voyait maintenant, cette morte n'avait pas de réelle importance.

En un sens, la tragédie aurait pu atteindre *n'importe quelle* victime.

Il avait changé son angle d'attaque – pour revenir au moment où tout avait commencé. Il en était revenu à Jacko.

Pas seulement à Jacko, le jeune homme condamné injustement pour un crime qu'il n'avait pas commis – mais à Jacko, l'être humain, dans sa singularité. Jacko avait-il été, pour reprendre les termes de l'antique doctrine calviniste, « un vaisseau voué au naufrage » ? Dans sa vie, il avait bénéficié de toutes les chances, non ? En tout état de cause, de l'avis du Dr MacMaster, Jacko appartenait à ceux qui sont destinés à mal tourner. Nul milieu n'aurait pu lui venir en aide, ni le sauver. Etait-ce vrai ? Leo Argyle avait évoqué son fils adoptif avec indulgence, avec pitié. Comment l'avait-il qualifié ? « Une erreur de la nature. » Il avait souscrit à la vision de la psychologie moderne : un malade, non un criminel. Et qu'avait dit Hester ? Tout bonnement que Jacko avait toujours été épouvantable !

Un jugement sans appel, enfantin. Mais qu'avait donc déclaré Kirsten Lindstrom ? Que Jacko était malfaisant ! Oui, elle l'avait jugé aussi sévèrement que cela. Malfaisant ! Et Tina avait lâché : « Je ne l'ai jamais aimé, je n'ai jamais eu confiance en lui. » Donc, ils étaient tous d'accord sur les généralités, n'est-ce pas ? Il n'y avait eu que sa veuve pour aller du général au particulier. Maureen Clegg n'avait su envisager Jacko que de son propre point de vue. Elle s'était gaspillée auprès de Jacko. Elle avait cédé à son charme, et elle lui en gardait rancune. Aujourd'hui remariée en toute sécurité, elle faisait chorus aux vues de son second mari. Elle avait fourni à Calgary une description sans fard de quelques-unes des entourloupettes montées par Jacko, et des méthodes grâce auxquelles il se procurait de l'argent. *De l'argent...*

Le cerveau fatigué, Arthur Calgary croyait voir ce mot danser sur le mur en caractères gigantesques. L'argent ! L'argent ! L'argent ! Comme le *leitmotiv* d'un opéra, songeait-il. L'argent de Mrs Argyle ! L'argent placé en fidéicommis ! L'argent sous forme de rente ! Le capital résiduel légué à son mari ! L'argent retiré à la banque ! L'argent dans le tiroir du bureau ! Hester se précipitant vers sa voiture sans argent dans son sac, et Kirsten Lindstrom lui donnant deux livres. L'argent trouvé sur Jacko, l'argent que sa mère, jurait-il, lui avait donné.

Tout cela constituait un ensemble – un ensemble composé de détails à propos d'argent, sans rapport entre eux.

Mais, à coup sûr, au milieu de cet ensemble, le facteur inconnu apparaissait clairement.

Calgary jeta un coup d'œil à sa montre. Il avait promis à Hester de l'appeler à une heure convenue. Il saisit le combiné et demanda le numéro de Sunny Point.

La voix de la jeune fille s'éleva dans l'écouteur, nette, assez enfantine.

— Hester, vous allez bien ?

— Oh ! oui. *Moi*, je vais bien.

Il lui fallut une seconde ou deux pour comprendre ce qu'impliquait l'accent mis sur le pronom. Il demanda vivement :

— Que s'est-il passé ?

— On a tué Philip.

— Philip ? Philip Durrant ?

Calgary paraissait incrédule.

— Oui. Et Tina aussi – enfin, elle, elle n'est pas encore morte. Elle est à l'hôpital.

— Racontez-moi, ordonna-t-il.

Elle lui fit le récit des événements. Exigeant, il la questionna, et la questionna encore, jusqu'à ce qu'il soit en possession de tous les faits.

— Tenez bon, Hester, dit-il enfin sans joie.

Il regarda sa montre :

— Je serai chez vous dans une heure. Je dois voir d'abord le superintendant Huish.

*

— Que voulez-vous savoir au juste, Dr Calgary ? interrogea Huish.

Mais avant que Calgary ait pu ouvrir la bouche, le téléphone sonna et le superintendant prit l'écouteur :

— Oui. Oui, lui-même. Une seconde…

Il attira à lui une feuille de papier et un crayon, et se prépara à noter :

— Oui. Allez-y. Oui, fit-il en écrivant. Quoi ? Comment épelez-vous ça ? Oh ! je vois. Pour l'instant, ça n'a pas l'air d'avoir grand sens, hein ? Très bien. Rien d'autre ? Très bien. Merci.

Il raccrocha :

— C'était l'hôpital.

— Tina ? lança Calgary.

Le policier hocha la tête :

— Elle a repris conscience pendant quelques minutes.

— Et elle a dit quelque chose ?

— Je ne vois vraiment pas pourquoi je vous révélerais ça, Dr Calgary.

— Je vous demande de me le dire parce que je crois que je peux vous apporter mon aide dans cette affaire.

Huish le fixa d'un œil méditatif :

— Vous avez pris tout ça très à cœur, Dr Calgary, non ?

— Oui, en effet. Voyez-vous, je me sens responsable de la réouverture de l'enquête. Je me sens même responsable de ces deux derniers drames. La petite vivra ?

— Ils le pensent, répondit Huish. La lame du poignard est passée à côté du cœur, mais ça sera quand même très juste.

Il branla du chef :

— C'est toujours le problème. Les gens ne croient pas qu'un meurtrier est dangereux. Ça peut paraître bizarre à dire, mais c'est comme ça. Ils savaient tous qu'il y avait un assassin parmi eux. Ils auraient dû nous raconter ce qu'ils savaient. La seule chose sûre à faire quand il y a un meurtrier dans les parages, c'est d'informer la police de tout ce que vous savez, et *tout de suite.* Eh bien, ils ne l'ont pas fait. Ils m'ont joué les cachottiers. Philip Durrant était un type sympathique – et un type intelligent. Mais il considérait ça comme une sorte de jeu. Il s'amusait à tendre des pièges aux gens. Et il est arrivé à un résultat, ou il a cru qu'il était arrivé à un résultat. Et quelqu'un d'autre, aussi, a cru qu'il était arrivé à un résultat. Conclusion, je reçois un appel téléphonique pour m'informer qu'il est mort, poignardé à la nuque.

C'est ce qui arrive quand on veut se mêler d'une affaire de meurtre sans en saisir les dangers.

Il se tut, et se racla la gorge.

— Et la jeune fille ? demanda Calgary.

— La jeune fille savait quelque chose, trancha Huish. Quelque chose qu'elle ne voulait pas dire. A mon avis, elle était amoureuse du bonhomme.

— Vous parlez de… de Micky ?

Huish hocha la tête :

— Oui. Je dirais que Micky, lui aussi, l'aimait, dans un sens. Mais aimer quelqu'un ne suffit plus lorsque vous êtes fou de peur. Ce qu'elle savait, quoi que ça puisse être, c'était sans doute plus mortel qu'elle ne l'avait compris. C'est pourquoi, après qu'elle eut trouvé Durrant mort et qu'elle se fut jetée dans les bras de Micky, il a tenté sa chance, et il l'a poignardée.

— Ça, ce n'est qu'une conjecture de votre part, n'est-ce pas, superintendant ?

— Pas entièrement une conjecture, non. Le poignard était dans sa poche.

— Le bon poignard ?

— Oui. Il y avait du sang dessus. Nous allons le soumettre à examen, mais ce sera bien son sang à elle. Son sang, et celui de Philip Durrant.

— Mais… ça n'est pas possible.

— Qui dit que ce n'est pas possible ?

— Hester. Je lui ai téléphoné, et elle m'a tout raconté.

— Ah bon, tout raconté ? Eh bien, les faits sont très simples. Mary est descendue à la cuisine, laissant son mari bien en vie, à 4 heures moins 10. A cette heure-là étaient présents dans la maison Leo Argyle et Gwenda

Vaughan dans la bibliothèque, Hester Argyle dans sa chambre au premier étage, et Kirsten Lindstrom dans la cuisine. Juste après 4 heures, Micky et Tina sont arrivés en voiture. Micky est allé faire un tour dans le jardin, tandis que Tina montait au premier, suivant de près Kirsten qui venait juste de partir pour apporter du café et des biscuits à Philip. Tina s'est arrêtée pour parler avec Hester, puis elle a rejoint miss Lindstrom et, ensemble, elles ont découvert Philip mort.

— Mais Micky était dans le jardin pendant tout ce temps-là. Cela constitue certainement un alibi parfait ?

— Ce que vous ignorez, Dr Calgary, c'est qu'il y a un grand magnolia qui pousse à côté de la maison. Les enfants avaient l'habitude d'y grimper. En particulier Micky. C'était l'un de ses chemins pour sortir de la baraque ou pour y rentrer. Il pourrait avoir grimpé à cet arbre et s'être introduit dans le bureau de Durrant. Il le poignarde, repasse par l'arbre, et il est de nouveau dehors. Oh ! il lui fallait agir à la seconde près, mais c'est étonnant de voir ce que l'audace peut accomplir, quelquefois. Et il était aux abois. Il devait, à tout prix, empêcher Tina et Durrant de se concerter. Pour sa seule sécurité, il avait l'obligation de les tuer tous les deux.

Calgary s'accorda le temps de la réflexion :

— Vous venez de dire à l'instant, superintendant, que Tina avait repris conscience. A-t-elle été en mesure de dire précisément qui l'avait poignardée ?

— Elle n'était pas très cohérente, concéda Huish avec lenteur. En fait, je doute qu'elle ait été consciente au vrai sens du mot.

Il esquissa un sourire las :

— Très bien, Dr Calgary, je vais vous répéter exactement ce qu'elle a dit. D'abord, elle a prononcé un nom, *Micky*…

— Donc, elle l'a accusé, releva Calgary.

— C'est de quoi ça a bien l'air, répondit Huish en hochant la tête. Le restant de ce qu'elle a dit est incompréhensible. C'est franchement bizarre.

— Qu'a-t-elle dit ?

Huish jeta un coup d'œil au papier posé devant lui :

— « *Micky*. » Une pause. *Puis* « *La tasse était vide* »… Nouvelle pause, et enfin « *La colombe sur le mât* ».

Il fixa Calgary :

— Vous y comprenez quelque chose, vous ?

— Non, avoua Calgary, songeur. « *La colombe sur le mât* »… Voilà une chose bien extravagante à dire.

— Pas plus de mâts que de colombes, pour autant que nous le sachions, reprit Huish. Ça a sans doute une signification pour elle, quelque chose qu'elle a en tête. Mais, vous savez, ça peut n'avoir aucun rapport avec le meurtre. Dieu seul sait dans quel royaume de fantasmagorie elle est en train d'errer.

Calgary demeura longuement silencieux. Il réfléchissait à tout.

— Vous avez arrêté Micky ? s'enquit-il enfin.

— Il est en garde à vue, répondit Huish. Il sera inculpé dans les vingt-quatre heures.

Il jeta à Calgary un regard chargé de curiosité :

— J'ai comme l'impression que Micky n'était pas *votre* réponse au problème ?

— Non. Non, Micky n'était pas ma réponse. Même maintenant… je ne sais pas…

Il se leva :

— Je continue à penser que j'ai raison, mais je vois parfaitement que je n'en sais pas assez pour vous amener à me croire. Il faut que je retourne là-bas. Je dois les revoir tous.

— Eh bien, lui conseilla Huish, faites attention à vous, Dr Calgary. A propos, c'est quoi, votre idée à vous ?

— Cela aurait-il un sens pour vous si je vous disais que j'ai la conviction qu'il s'agissait d'un crime passionnel ?

Les sourcils du superintendant se haussèrent :

— Il existe des masses de passions, Dr Calgary. La haine, l'avarice, la cupidité, la peur : ce sont toutes des passions.

— Quand je parlais de crime passionnel, riposta Calgary, je faisais explicitement référence à ce que l'on entend, en général, par cette expression.

— Si vous glissiez là une allusion à Leo Argyle et à Gwenda Vaughan, sachez que nous n'avons pas cessé d'y penser, mais ça ne semble pas coller.

— C'est plus compliqué que cela, dit Arthur Calgary.

24

Le crépuscule régnait à nouveau lorsque Calgary arriva à Sunny Point, par un soir très semblable au soir où il y était venu pour la première fois. Viper's Point, se souvenait-il en pressant le bouton de la sonnette.

Une fois encore, les événements parurent se répéter. Ce fut Hester qui lui ouvrit la porte. Son visage revêtait la même expression de défi, le même air de désespoir tragique. Derrière, dans le hall, Calgary vit, comme il l'avait vue naguère, la silhouette soupçonneuse, en alarme, de Kirsten Lindstrom. Oui, l'histoire se répétait.

Mais le scénario, comme flou, changea. Le soupçon et le désespoir s'effacèrent des traits de Hester. Ils firent place à un délicieux sourire de bienvenue.

— *Vous*, dit-elle. Oh ! comme je suis heureuse que vous soyez venu !

Il lui emprisonna les mains dans les siennes :

— Je voudrais voir votre père, Hester. Est-il là-haut, dans la bibliothèque ?

— Oui. Oui, il y est avec Gwenda.

Kirsten Lindstrom s'avança.

— Pourquoi êtes-vous revenu ? lança-t-elle, accusatrice. Regardez un peu les problèmes que vous avez apportés la dernière fois ! Voyez un peu ce qui nous est arrivé à tous. La vie de Hester a été ruinée, la vie de Mr Argyle a été ruinée – et deux morts, en plus. Deux ! Philip Durrant et la petite Tina. Et c'est de *votre* faute – tout est de votre faute.

— Tina n'est pas encore morte, riposta Calgary, et j'ai ici quelque chose que je ne peux laisser inachevé.

— Qu'est-ce que vous avez donc à faire ? lança Kirsten en continuant de lui barrer l'accès à l'escalier.

— Je dois finir ce que j'ai commencé.

Avec beaucoup de douceur, il lui posa la main sur l'épaule et l'écarta un peu. Il monta les marches, suivi par Hester. Il se retourna pour ajouter :

— Venez, vous aussi, miss Lindstrom. Je voudrais que vous soyez tous là.

Dans la bibliothèque, Leo Argyle était assis dans un fauteuil derrière son bureau. Agenouillée devant la cheminée, Gwenda Vaughan contemplait le rougeoiement des braises. Ils levèrent des yeux surpris.

— Je suis confus de faire ainsi irruption, s'excusa Calgary. Mais, ainsi que je viens de l'expliquer à ces deux dames, je suis venu pour finir ce que j'avais commencé.

Il regarda autour de lui :

— Mrs Durrant est-elle toujours dans cette demeure ? J'aimerais qu'elle soit présente, elle aussi.

— Elle est allée s'étendre, je crois, répondit Leo. Elle… elle a subi un choc très dur.

— J'aimerais qu'elle soit là tout de même, insista Calgary.

Il se tourna vers Kirsten :

— Vous voudrez peut-être aller la chercher.

— Elle pourrait refuser de venir, bougonna la Suédoise.

— Dites-lui donc qu'il est des choses qu'elle pourrait avoir envie d'entendre au sujet de la mort de son mari.

— Oh ! allez-y, Kirsty, s'impatienta Hester. Ne soyez pas aussi soupçonneuse, ni aussi protectrice envers nous tous. Je ne sais pas ce que le Dr Calgary va dire, mais nous devons tous être ici.

— Comme vous voudrez.

Kirsten sortit.

— Asseyez-vous donc, dit Leo.

Il montrait, de l'autre côté de l'âtre, un fauteuil où Calgary prit place.

— Vous devez me pardonner, reprit Leo Argyle, si, en cet instant précis, je vous dis que je voudrais que vous ne soyez jamais venu ici.

— Ça, c'est injuste, jeta Hester, farouche. C'est un propos terriblement injuste.

— Je sais ce que vous devez ressentir, affirma Calgary. Je crois qu'à votre place, j'éprouverais les mêmes sentiments. Peut-être, durant une courte période, ai-je même partagé votre point de vue, mais, à la réflexion, je persiste à ne pas voir ce que j'aurais pu faire d'autre.

Kirsten revint.

— Mary va venir, annonça-t-elle.

Ils attendirent en silence l'arrivée de Mary Durrant. Lorsqu'elle entra, Calgary, qui la voyait pour la première fois, l'observa avec intérêt. Impeccablement vêtue, coiffée à merveille, elle paraissait calme et tranquille. Mais son visage dénué d'expression évoquait un masque, et son allure était celle d'une somnambule.

Leo fit les présentations. Mary inclina à peine la tête.

— C'est très aimable à vous de vous joindre à nous, Mrs Durrant, la remercia Calgary. J'ai pensé que vous deviez entendre ce que j'ai à dire.

— Je vous en prie, rétorqua-t-elle. Mais rien de ce que vous direz, ou de ce que quiconque dira, ne ressuscitera Philip.

Elle s'éloigna un peu du groupe pour gagner un fauteuil à l'écart, près de la fenêtre. Calgary promena sur ses auditeurs un regard circulaire :

— Permettez-moi, avant tout, de vous déclarer ceci : lorsque je suis venu ici pour la première fois, lorsque je vous ai annoncé que j'étais en mesure de laver le nom de

Jacko, la manière dont vous avez reçu cette nouvelle m'a stupéfié. Je la comprends aujourd'hui. Mais ce qui a provoqué en moi l'impression la plus marquante, c'est ce que cette petite (il se tournait vers Hester) m'a dit quand je suis reparti. Elle m'a lancé à la tête que ce n'était pas la justice qui importait, mais ce qu'il advenait des innocents. Il y a, pour décrire cela, une phrase dans la plus récente traduction du livre de Job. *Les calamités qui s'abattent sur les innocents.* C'est ce dont vous avez tous pâti à la suite de l'information que je vous avais apportée. Mais les innocents ne devraient pas avoir à souffrir, et il ne faut pas qu'ils souffrent. C'est pour mettre fin aux souffrances des innocents que je suis ici, en ce moment même, pour vous dire ce que j'ai à dire.

Calgary s'interrompit quelques secondes, mais nul ne prit la parole. Il poursuivit, de sa voix quelque peu pontifiante :

— Quand je suis venu ici la première fois, ma visite n'a pas eu pour résultat, comme je l'avais escompté, de soulever en vous ce que je qualifierais d'un raz-de-marée de joie. Vous aviez tous accepté la culpabilité de Jacko. Vous en étiez tous, si j'ose m'exprimer ainsi, *satisfaits*. Il n'existait pas de meilleure solution à l'assassinat de Mrs Argyle.

— N'est-ce pas là un jugement un peu excessif ? intervint Leo.

— Non, répliqua Calgary. C'est la vérité. Pour vous, Jacko campait un meurtrier des plus satisfaisants, parce qu'il n'aurait pu être question d'un crime commis par quelqu'un de l'extérieur, tandis que, dans le cas de Jacko, vous pouviez lui trouver toutes les excuses nécessaires.

C'était un malheureux, un malade mental qui n'était pas responsable de ses actes, un garçon délinquant ou à problèmes ! Toutes les formules dont nous pouvons si volontiers user de nos jours pour justifier une culpabilité. Vous m'avez dit, Mr Argyle, que vous ne le blâmiez pas. Vous m'avez dit également que sa mère, la victime, ne lui aurait pas adressé de reproches. Une seule et unique personne l'a blâmé.

Il fixa Kirsten Lindstrom :

— *Vous,* vous l'avez blâmé. Vous m'avez déclaré purement et simplement qu'il était malfaisant. C'est le mot que vous avez employé. « Jacko était malfaisant », m'avez-vous dit.

— Peut-être, concéda Kirsten. Peut-être – oui, j'ai peut-être dit cela. C'était vrai.

— C'était vrai, certes. Il était bel et bien malfaisant. S'il ne l'avait pas été, rien de tout cela ne serait arrivé. Et, pourtant, vous savez bien que mon témoignage l'a innocenté du crime lui-même.

— On ne peut pas toujours croire aux témoignages, répliqua Kirsten. Vous avez eu une commotion. Je connais parfaitement les effets d'une commotion. Les gens ne se souviennent plus des faits clairement, mais dans une espèce de brouillard.

— C'est donc encore votre solution ? interrogea Calgary. Vous croyez que Jacko a bel et bien commis le crime, et que, par un quelconque tour de passe-passe, il s'est forgé un alibi ? C'est bien cela ?

— J'ignore les détails. Oui, quelque chose de ce genre. Je continue à affirmer qu'il était coupable. Toutes les souffrances endurées ici, et les morts – oui, ces morts affreuses –, c'est *son* œuvre. Tout est l'œuvre de Jacko !

— Mais enfin, Kirsten, vous avez toujours adoré Jacko ! s'écria Hester.

— Peut-être. Oui, peut-être. Mais je maintiens qu'il était malfaisant.

— Sur ce point, je pense que vous avez raison, enchaîna Calgary, mais vous vous trompez sur un autre. Commotion ou pas commotion, mes souvenirs sont parfaitement clairs. Le soir de la mort de Mrs Argyle, j'ai bien pris Jacko en stop à l'heure qu'il avait dite. Il n'existe aucune possibilité… j'insiste sur ces mots… aucune possibilité, je le répète, pour que Jacko Argyle ait tué sa mère adoptive durant cette soirée-là. Son alibi tient.

Leo Argyle, un peu nerveux, s'agita. Calgary poursuivit :

— Vous pensez que je rabâche encore et toujours la même antienne ? Pas du tout. Il y a d'autres éléments à prendre en considération. L'un d'eux réside dans les déclarations, à moi adressées, du superintendant Huish, selon lequel Jacko s'était montré plein d'aisance et très sûr de lui lorsqu'il lui avait donné son alibi. Il le tenait tout prêt et tout chaud, avec les heures et les lieux, *presque comme s'il avait su d'avance qu'il en aurait besoin.* Cela est à mettre en rapport avec la conversation que j'ai eue à son sujet avec le Dr MacMaster, qui bénéficie d'une très grande expérience des cas limites de criminalité. Il m'a déclaré qu'il n'avait pas été très surpris que Jacko ait eu dans le cœur les ferments du meurtre, mais qu'il était demeuré abasourdi qu'il ait pu commettre cet assassinat lui-même. Il m'a dit qu'il se serait plutôt attendu à un type de crime dans lequel Jacko aurait poussé *quelqu'un d'autre* à assassiner. J'en suis donc parvenu au moment où je devais me poser la question suivante : Jacko savait-il qu'un crime serait commis ce soir-là ? Savait-il qu'il lui faudrait un alibi, et s'est-il mis délibérément en mesure de pouvoir s'en donner un ? S'il en était ainsi, *quelqu'un d'autre,* effectivement, avait tué Mrs Argyle, mais… mais Jacko savait qu'elle allait être assassinée, et on peut, en toute justice, affirmer qu'il était l'instigateur du crime.

Il se tourna vers Kirsten Lindstrom :

— C'est ce que vous *croyez,* n'est-ce pas ? Vous y *croyez* encore, ou vous continuez à faire l'impossible pour vous en *persuader* ? Vous estimez que c'est Jacko qui l'a tuée, et non pas *vous*… Vous estimez que c'est en obéissant à ses ordres et sous son influence que vous avez tué. C'est pourquoi vous voulez que tout le blâme retombe sur *lui* !

— Moi ? répliqua Kirsten Lindstrom. Moi ? Qu'est-ce que vous racontez ?

— Je suis en train de dire, martela Calgary, qu'il n'y avait dans cette maison qu'une seule et unique personne à qui il était possible d'attribuer le rôle de complice de Jacko. Et c'est de *vous* qu'il s'agit, miss Lindstrom. Jacko traînait une réputation derrière lui, la réputation de savoir inspirer de la passion aux femmes mûres. Ce pouvoir-là, il l'a utilisé dans un but précis. Il avait un vrai don de persuasion.

Il se pencha vers la Suédoise :

— Il vous a fait la cour, n'est-ce pas ? Il vous a fait croire qu'il vous aimait, qu'il voulait vous épouser, que, quand ce serait accompli et qu'il disposerait plus librement de l'argent de sa mère, vous vous marieriez et que vous partiriez ensemble pour je ne sais où. C'est bien cela, non ?

Kirsten fixait Calgary. Elle ne prononça pas une parole. Elle était comme frappée de paralysie.

— Tout cela, il l'a fait froidement, cruellement et de propos délibéré, poursuivit Arthur Calgary. Il est venu ici ce soir-là, à la recherche désespérée d'un peu d'argent, sentant déjà planer sur lui la menace d'une arrestation et d'une condamnation à la prison. Mrs Argyle a refusé de lui en donner. Après son refus, il a fait appel à vous.

— Vous ne pensez pas, riposta Kirsten Lindstrom, vous ne pensez quand même pas que j'aurais pris l'argent de Mrs Argyle pour le lui donner au lieu de lui donner mon argent à moi, non ?

— Non, concéda Calgary, vous lui auriez donné le vôtre si vous en aviez eu. Mais je ne crois pas que vous en ayez eu… Vous disposiez d'un bon revenu grâce à la rente que Mrs Argyle vous avait constituée, mais je pense qu'il vous en avait déjà lessivée. Donc, ce soir-là, il était aux abois, et, lorsque Mrs Argyle est montée dans la bibliothèque pour informer son mari, vous l'avez rejoint dehors, où il vous attendait, et il vous a indiqué ce que vous aviez à faire. D'abord, vous deviez lui donner l'argent, puis avant que le vol ne soit découvert, il vous fallait tuer Mrs Argyle. Parce qu'elle n'aurait pas passé l'éponge sur ce larcin. Il vous a affirmé que ce serait facile. Vous n'auriez qu'à renverser les tiroirs, pour donner l'impression qu'un cambrioleur était passé par-là, et la frapper à l'arrière de la tête. Ce ne serait pas douloureux, prétendait-il. Elle ne sentirait rien. Lui-même s'arrangerait pour s'assurer d'un alibi, et vous deviez donc prendre soin d'agir dans les limites de temps fixées, entre 7 heures et 7 heures et demie.

— Ça n'est pas vrai, protesta Kirsten qui commençait à trembler. Il faut que vous soyez fou, pour débiter des insanités pareilles.

Pourtant sa voix, étrangement lasse et machinale, ne véhiculait aucune indignation.

— Même si ce que vous dites est vrai, ajouta-t-elle, croyez-vous que j'aurais permis qu'on l'accuse de meurtre ?

Oh ! oui, trancha Calgary. Après tout, il vous avait annoncé qu'il aurait un alibi. Vous vous attendiez, peut-être, à le voir arrêté et prouver son innocence. Cela devait faire partie du plan.

— Mais quand il n'a pas pu démontrer qu'il était innocent, je n'aurais pas essayé de le sauver ?

— Peut-être, oui, peut-être – si un fait inattendu n'était pas intervenu. Le fait que, le lendemain même du meurtre, *la femme de Jacko s'était présentée ici.* Vous ne saviez pas qu'il était marié. La fille a dû vous le répéter trois fois avant que vous ne la croyiez. En cet instant, votre univers s'est écroulé. Vous avez vu Jacko tel qu'il était vraiment : sans cœur, manipulateur, sans une once d'affection à votre égard. Vous avez compris ce qu'il vous avait fait faire.

Soudain, Kirsten Lindstrom se débonda. Les mots jaillirent, incohérents :

— Je l'aimais… Je l'aimais de toute mon âme. J'étais folle, folle comme une pauvre vieille femme mûrissante et crédule, folle de lui. Il m'a fait succomber à ça – il m'y a fait croire. Il me répétait qu'il n'avait jamais aimé les filles jeunes. Il me promettait… Je ne peux pas vous confier tout ce qu'il me disait. Je l'aimais. Je vous dis que je l'aimais. Et puis cette petite idiote minaudière, cette créature vulgaire, est venue ici. J'ai vu que ça n'avait été que des mensonges, que de la malfaisance et du vice… Son vice à *lui,* pas le mien.

— Le soir où je suis venu ici, reprit Calgary, vous aviez peur, n'est-ce pas ? Vous aviez peur de ce qui allait arriver. Vous aviez peur pour les autres. Pour Hester, que vous adoriez, pour Leo, que vous aimiez beaucoup. Vous avez peut-être prévu un peu des conséquences que cela aurait *pour eux.* Mais, d'abord, vous aviez peur *pour vous-même.* Et vous voyez où la peur vous a conduite… Vous avez aujourd'hui deux morts de plus sur la conscience.

— Vous prétendez que j'ai tué Tina et Philip ?

— Vous avez bien évidemment tué Philip, et tenté de tuer Tina. Mais elle en a réchappé. Elle a repris connaissance.

Les épaules de Kirsten s'effondrèrent sous le poids de la désespérance :

— Donc elle vous a dit que je l'avais poignardée. Je ne pensais pas qu'elle s'en serait rendu compte. J'étais folle, naturellement. J'étais folle, à ce moment-là, folle de terreur. Ça se rapprochait… de plus en plus près…

— Voulez-vous que je vous révèle ce que Tina a dit lorsqu'elle est revenue à elle ? s'enquit Calgary. Elle a dit : « La tasse était vide. » J'ai fini par saisir ce que cela signifiait. Vous aviez fait semblant d'apporter une tasse de café à Philip Durrant, mais, en fait, vous l'aviez déjà poignardé et vous *sortiez* de cette pièce lorsque Tina est arrivée. Alors, vous vous êtes retournée et vous avez feint *d'entrer* avec le plateau. Ensuite, bien qu'elle ait été choquée presque jusqu'à l'inconscience par cette mort, Tina a remarqué machinalement que la tasse qui s'était cassée sur le sol était une tasse vide, et qu'elle n'avait laissé aucune tache de café.

— Mais Kirsten n'a pas pu la poignarder, elle ! s'écria Hester. Tina est descendue et elle est allée retrouver Micky. Elle allait très bien.

— Ma chère enfant, pontifia Calgary, des gens qui avaient été poignardés ont parcouru toute la longueur d'une rue sans même savoir ce qui leur était arrivé ! Dans l'état de choc où se trouvait Tina, elle n'a sans doute rien senti. Une piqûre d'épingle, une légère douleur, peut-être…

Il se tourna de nouveau vers Kirsten :

— Et, ensuite, vous avez glissé cette lame dans la poche de Micky. C'était le pire de tout.

Kirsten Lindstrom leva deux mains impuissantes :

— Je n'y pouvais rien… je n'y pouvais rien… Ça se rapprochait… Ils étaient tous en train de découvrir la vérité. Philip devinait et Tina… Je pense que Tina devait nous avoir surpris quand Jacko me parlait devant la cuisine. Ils commençaient tous à savoir… Je voulais être en sécurité. Je voulais… *On n'est jamais en sécurité !* Je ne voulais pas tuer Tina, ajouta-t-elle en baissant les mains. Quant à Philip…

Mary Durrant se leva. Elle traversa lentement la bibliothèque, mais avec sans cesse plus de détermination :

— Vous avez tué Philip ? *Vous* avez tué Philip.

Soudain, telle une tigresse, elle bondit sur la Suédoise. Gwenda, en une réaction instantanée, sauta sur ses pieds et la ceintura. Calgary se joignit à elle pour la retenir.

— Vous… Vous ! hurlait Mary Durrant.

Kirsten Lindstrom la fixa :

— En quoi cela le regardait-il, *lui* ? Pourquoi fallait-il qu'il rôde dans les coins et pose des questions ? *Lui*, il n'avait jamais été menacé. Pour *lui*, ça n'avait jamais été un problème de vie ou de mort. C'était seulement… seulement un divertissement.

Elle se détourna et se dirigea vers la porte avec lenteur. Sans un regard, elle sortit.

— Arrêtons-la ! cria Hester. Oh ! nous devons l'arrêter.

— Laissons-la partir, Hester, trancha Leo Argyle.

— Mais… mais elle va se tuer.

— J'en doute fort, dit Calgary.

— Elle a été pour nous une amie fidèle pendant si longtemps, déplora Leo Argyle. Fidèle, dévouée – et, maintenant, ça !

— Pensez-vous qu'elle… qu'elle va se rendre ? interrogea Gwenda.

— Il est bien plus probable, répondit Calgary, qu'elle va aller à la gare la plus proche pour prendre un train à destination de Londres. Mais elle ne pourra pas s'échapper, naturellement. On retrouvera sa trace, et elle sera appréhendée.

— Notre chère Kirsten, reprit Leo, d'une voix brisée. Si fidèle, si bonne pour nous tous.

Gwenda lui saisit le bras pour le secouer :

— Comment pouvez-vous, Leo ? Comment osez-vous ? Pensez à ce qu'elle nous a fait à tous, à ce qu'elle nous a fait subir !

— Je sais, répondit Leo, mais elle souffrait elle aussi, vous savez.. Je pense que c'est *sa* souffrance que nous avons ressentie dans cette maison.

— S'il n'avait tenu qu'à elle, nous aurions souffert pour l'éternité ! releva Gwenda. Sans le Dr Calgary…

— J'ai donc fini par apporter un peu d'aide, dit Calgary, même si ç'a été tardif.

— Trop tard, jeta Mary avec amertume, trop tard ! Oh ! pourquoi n'avons-nous pas su – pourquoi n'avons-nous pas *deviné* ? Je pensais que c'était *toi*, lança-t-elle à Hester d'un ton accusateur. J'ai toujours pensé que c'était *toi*.

— Pas *lui*, répliqua Hester, tournée vers Calgary.

— Je voudrais être morte, annonça Mary avec calme.

— Ma chère enfant, comme je voudrais pouvoir t'aider, soupira Leo.

— Personne ne peut m'aider. Tout cela, c'est la faute de Philip, sa faute à lui tout seul. Quel besoin avait-il de vouloir rester ici, de vouloir se mêler de cette histoire ? Et de se faire tuer…

Elle les regarda tous :

— Aucun de vous ne peut comprendre.

Elle quitta la bibliothèque.

Hester et Calgary lui emboîtèrent le pas. Au moment où ils franchissaient le seuil, Calgary vit Leo enlacer de son bras les épaules de Gwenda.

— Elle m'avait avertie, vous savez, conta Hester, les pupilles dilatées par la frayeur rétrospective. Elle m'avait dit, dès le début, de ne pas lui faire confiance, de me méfier d'elle comme de tout le monde…

— Oubliez cela, mon petit, lui conseilla Calgary. C'est cela que vous avez à faire, maintenant. *Oublier.* Aujourd'hui, vous êtes tous libérés. Les innocents ne sont plus plongés dans l'ombre du coupable.

— Et Tina ? Elle s'en sortira ? Elle ne va pas mourir ?

— Je ne crois pas qu'elle mourra. Elle est amoureuse de Micky, n'est-ce pas ?

— C'est bien possible, répondit Hester non sans un immense étonnement. Je n'y avais jamais pensé. Ils ont toujours été mon frère et ma sœur, naturellement. Mais ils ne sont pas vraiment frère et sœur.

— A propos, Hester, avez-vous la moindre idée de ce que voulait dire Tina quand elle a murmuré « *La colombe sur le mât* » ?

La jeune fille fronça les sourcils :

— Une colombe sur le mât ? Attendez une minute… Cela me semble terriblement familier. *La colombe sur le mât, qu'on a prise comme appât, pleure et pleure, et pleure encore…* C'est cela ?

— Peut-être.

— C'est une chanson, expliqua Hester. Une sorte de berceuse. Kirsten nous la chantait autrefois. Je m'en rappelle seulement des bribes. *Mon amour est à ma droite* et quelque chose, quelque chose, quelque chose… *Ô mon amour chéri, je ne suis pas d'ici et ne possède rien en ce monde. Ma seule demeure est dans ton cœur, et non dans la mer que voilà.*

— Je vois, dit Calgary. Oui, je vois.

— Peut-être vont-ils se marier, quand Tina sera rétablie et qu'elle pourra partir pour le Koweït avec lui. Tina a toujours voulu vivre dans un endroit où il ferait chaud. Il fait très chaud dans le golfe Persique, n'est-ce pas ?

— Presque trop chaud, dirais-je.

— Rien n'est trop chaud pour Tina, le rassura-t-elle.

— Et vous, désormais, vous serez heureuse, enchaîna-t-il en prenant les mains de Hester dans les siennes tout en s'efforçant de sourire. Vous épouserez votre jeune médecin, vous vous installerez, et vous n'aurez plus jamais de ces fantasmes extravagants ni de ces désespoirs terribles.

— Epouser *Don* ? lâcha Hester d'une voix étonnée. Il n'est pas question que j'épouse *Don*.

— Mais vous l'aimez.

— Non, je ne pense pas, je ne pense vraiment pas… J'ai seulement imaginé que je l'aimais. Mais lui, il n'a pas cru en moi. Il ne *savait* pas que j'étais innocente. Il aurait dû le savoir.

Elle fixa Calgary :

— *Vous*, vous le saviez ! Je crois que j'aimerais bien vous épouser.

— Enfin, Hester, j'ai des années de plus que vous ! Vous ne pouvez pas réellement…

— C'est-à-dire… si toutefois vous vouliez bien de moi, ajouta la jeune fille saisie d'un doute soudain.

— Oh ! oui, je veux de vous ! dit Arthur Calgary.

La nuit qui ne finit pas

PREMIÈRE PARTIE

1

En ma fin est mon commencement... Voilà une citation que j'ai souvent entendu rapporter. Elle sonne bien – mais que signifie-t-elle au juste ?

Existe-t-il jamais un point précis où l'on puisse poser le doigt en disant : « Tout a commencé ce jour-là, à tel endroit, à telle heure et à partir de tel incident » ?

Peut être mon histoire a-t-elle commencé au moment où j'ai aperçu, placardée sur la façade du *George et le Dragon*, l'affichette annonçant la vente aux enchères d'une « propriété de valeur dite *Les Tours* », avec indication de son nombre d'hectares, d'ares et de centiares ainsi qu'un descriptif fortement idéalisé des *Tours* en question telles qu'elles avaient dans le meilleur des cas pu être dans leur période de splendeur, il y a quelque quatre-vingts ou cent ans de ça.

Je n'avais rien de spécial à faire. Je me contentais de déambuler, histoire de tuer le temps, dans la rue principale de Kingston Bishop, trou perdu sans intérêt aucun. Et puis j'avais soudain aperçu cette affichette. Pourquoi ? La bonne fortune avait-elle enfin résolu de me prendre par la main ? Ou bien ne s'agissait-il pas plutôt d'un coup fourré du destin ? Les deux versions se valent.

Il ne serait pas non plus absurde de considérer que les prémices de tout ceci datent de ma rencontre avec Santonix et des conversations que j'avais eues avec lui. Il me suffit de fermer les paupières pour le revoir avec ses joues empourprées, ses prunelles brûlantes et le mouvement de sa main, forte et cependant délicate, qui esquissait des plans et des élévations de maisons. D'une maison en particulier, une maison superbe, une maison qu'il serait merveilleux de posséder !

Mon envie d'avoir une maison, une bonne et belle maison, une maison comme jamais je ne pourrais espérer en être le propriétaire, avait soudain pris corps. Ç'avait été un formidable fantasme que nous avions partagé, cette maison que Santonix construirait pour moi – s'il vivait suffisamment longtemps…

Une maison où, dans mes rêves, je coulerais des jours bénis avec la femme que j'aimerais, une maison dans laquelle, comme dans un de ces contes de fées un peu bébêtes, nous vivrions « heureux jusqu'à la fin des temps ». Pure fantasmagorie que tout cela, totale absurdité, mais qui avait été à l'origine de ce flot de désir qui me submergea. L'envie de ce que je ne serais jamais en mesure d'atteindre.

Ou alors, si c'est une histoire d'amour – et c'est bel et bien une histoire d'amour, je le jure –, pourquoi ne pas commencer par la première fois où j'ai aperçu Ellie parmi les sombres sapins de *l'Arpent du Gitan* ?

L'Arpent du Gitan. Oui, je ferais peut-être mieux de commencer par là, au moment où j'ai détourné la tête de l'affichette de vente avec un petit frisson parce qu'un nuage noir était passé devant le soleil et où j'ai négligemment posé une question à un habitant du coin qui taillait une haie près de là :

— Elle est comment, cette propriété, *Les Tours* ?

Je vois encore le visage singulier du vieil homme quand il me regarda de biais et grommela, désapprobateur :

— Nous, c'est pas comme ça qu'on l'appelle, ici. Ça rime à quoi, ce nom ? D'autant que ça fait maintenant un sacré bout de temps que les gens qui l'avaient baptisée *Les Tours* sont partis, bougonna-t-il encore.

Je lui demandai alors comment *lui*, il l'appelait et de nouveau il détourna de moi ses yeux enfouis dans son vieux visage ridé, de cette étrange façon qu'ont les gens de la campagne de vous parler en regardant ailleurs, par-dessus votre épaule ou dans un coin, comme s'ils voyaient une réalité connue d'eux seuls :

— Par ici, c'est *l'Arpent du Gitan*, qu'on l'appelle.

— Pourquoi l'appelle-t-on comme ça ? demandai-je.

— Bah ! rapport à une légende. J'sais pas au juste. Les histoires, ça va, ça vient. N'importe comment, c'est là où il y a tous ces accidents.

— Des accidents de voiture ?

— Toutes sortes d'accidents. De nos jours, c'est vrai que c'est surtout des accidents de voiture. Il y a un mauvais virage, là-haut, vous savez.

— Eh bien, dis-je, si le virage est mauvais, c'est normal qu'il y ait des accidents.

— La municipalité a mis un signal « Danger », mais ça n'a rien donné, rien de rien. Il y a des accidents tout pareil.

— Pourquoi « Gitan » ? demandai-je.

De nouveau son regard glissa derrière moi et sa réponse fut évasive :

— Une légende parmi d'autres. C'est un terrain qui appartenait autrefois aux gitans, qu'ils disent, et ils en ont été chassés, alors ils y ont jeté un sort en partant.

Je me mis à rire.

— Ouais, vous pouvez rigoler, mais ça existe, les endroits maudits. Vous, les je-sais-tout de la ville, vous ne connaissez pas ça. Mais pour sûr qu'y a des lieux maudits, et le mauvais sort, je vous dis qu'il est sur cet endroit. Il y a des gens qui ont été tués, là-haut, dans la carrière, quand c'est qu'ils ont extrait des pierres pour construire. Même que le vieux Geordie, il a basculé dans le vide, une nuit, et qu'il s'est cassé le cou.

— Il était soûl ? suggérai-je.

— Ça se pourrait. Il aimait boire son petit coup, je ne dis pas le contraire. Mais des ivrognes qui se prennent un gadin – et même qui font parfois des mauvaises chutes –, ce n'est pas ça qui manque, mais ils ne se font jamais vraiment mal. Tandis que Geordie, lui, il a eu le cou brisé. Là-haut, ajouta-t-il en pointant le doigt derrière lui vers la colline couverte de pins, en plein *Arpent du Gitan*.

Oui, je crois que c'est comme ça que tout a commencé. Encore que je n'y aie pas prêté beaucoup d'attention sur le moment. Je ne m'en suis souvenu que par hasard. Un point, c'est tout. Je pense – enfin, quand je réfléchis vraiment – que j'ai un peu arrangé tout ça dans mon esprit. Je ne sais pas si c'est avant ou après que je lui ai demandé s'il y avait encore des gitans dans le coin. Il m'a répondu qu'on n'en voyait plus guère nulle part de nos jours, que la police les délogeait tout le temps. Je demandai alors :

— Pourquoi est-ce que les gens n'aiment pas les gitans ?

— C'est tout voleurs et compagnie, maugréa-t-il.

Puis il me regarda de plus près :

— Vous n'auriez pas du sang gitan, vous, par hasard ?

Je ne lui avouai pas qu'on me l'avait déjà dit. C'est vrai, j'ai un petit air gitan. C'est peut-être pour ça que ce nom d'*Arpent du Gitan* me fascinait. Et je me dis en moi-même, amusé par notre conversation et en lui rendant son sourire, que j'avais peut-être en effet un peu de sang gitan.

L'Arpent du Gitan. Je montai la route en lacet qui sortait du village et serpentait à travers la masse sombre des arbres, et j'arrivai enfin au sommet de la colline, d'où je pus voir au loin la mer et les bateaux. La vue était superbe et une idée me traversa soudain l'esprit, une de ces idées qui vous viennent toutes seules : « Qu'est-ce que cela me ferait si *l'Arpent du Gitan* était mon arpent à moi ? »... Juste comme ça... Une idée loufoque. Quand je repassai devant mon tondeur de haie, il me lança :

— Si c'est des gitans que vous voulez voir, il y a la vieille Mrs Lee, bien sûr. Le major la loge dans une de ses chaumières.

— Quel major ? demandai-je.

— Le major Phillpot, évidemment ! répondit-il, l'air ébahi que j'aie pu poser la question.

J'en déduisis qu'il s'agissait de Dieu le Père, version locale. Mrs Lee devait être une créature qu'il avait prise sous sa tutelle et aux besoins de laquelle il subvenait. Les Phillpot devaient avoir toujours vécu ici et y faisaient sans doute la pluie et le beau temps.

Je souhaitai une bonne journée à mon vieux bonhomme et, alors que je m'éloignais, il me signala :

— C'est la dernière chaumière au bout de la rue. Vous la verrez peut-être bien dehors. Elle n'aime pas être enfermée entre quatre murs. Comme tous ceux qui ont du sang gitan.

Je repris tranquillement la route, en sifflotant et en pensant à cet *Arpent du Gitan.* Et j'avais presque oublié ce qu'on venait de me dire quand je vis une grande vieille aux cheveux noirs qui m'épiait par-dessus une haie de jardin. Je devinai immédiatement qu'il s'agissait de Mrs Lee. Je m'arrêtai pour entamer la conversation :

— Il paraît que vous pourriez me renseigner sur *l'Arpent du Gitan,* là en haut.

Elle me dévisagea à travers sa frange emmêlée :

— Ecoutez-moi bien, jeune homme : ne fourrez pas votre nez là-dedans. Oubliez que vous en avez entendu parler. Vous êtes un beau garçon. Rien de bon ne peut venir de *l'Arpent du Gitan.* Et rien de bon n'en viendra jamais.

— J'ai vu que c'était à vendre, insistai-je.

— Ouais, c'est vrai, et bien fou qui l'achètera.

— Qui est susceptible de l'acheter ?

— Il y a un entrepreneur sur le coup. Plus d'un, même. Mais ça partira à pas cher. Vous verrez.

— Pourquoi est-ce que ça devrait « partir à pas cher » ? répliquai-je avec curiosité. C'est un bel emplacement.

Elle ne répondit pas.

— A supposer qu'un entrepreneur l'achète pour une bouchée de pain, poursuivis-je, qu'est-ce qu'il en fera ?

Elle se mit à ricaner. C'était un petit rire malicieux et déplaisant :

— Il rasera la vieille bâtisse qui tombe en ruine, et il reconstruira par-dessus, bien sûr. Vingt… trente villas, peut-être… et toutes auront le mauvais sort.

Je fis comme si je n'avais pas entendu la dernière partie de sa phrase. Et, avant de pouvoir me retenir, je dis :

— Ce serait dommage. Vraiment dommage.

— Bah ! ne vous en faites pas ! Ça ne leur portera pas chance, ni à ceux qui vont acheter ni à ceux qui vont monter les briques et poser le mortier. Il y aura un pied qui glissera d'une échelle, un camion qui se renversera avec son chargement, et une ardoise qui tombera d'un toit et ne manquera pas sa cible. Et les arbres aussi. Il y en aura qui vont se trouver abattus – par un coup de vent, peut-être bien. Ah ! vous verrez… Personne ne tirera jamais rien de bon de *l'Arpent du Gitan*. Ils feraient mieux de laisser tomber. Vous verrez. Vous verrez.

Elle hocha énergiquement la tête, puis marmotta, comme pour elle-même :

— Y a pas de bonheur pour ceux qui fourrent leur nez à *l'Arpent du Gitan*. Y en a jamais eu.

Comme je m'étais mis à rire, elle me lança d'un ton sec :

— Ne riez pas, jeune homme. Vous pourriez bien rire jaune, un de ces quatre matins. Il n'y a jamais eu de bonheur ici, ni dans la maison ni même dans les terres alentour.

— Qu'est-ce qui s'est passé dans cette propriété ? m'enquis-je. Pourquoi est-elle restée si longtemps vide ? Pourquoi l'a-t-on laissée à l'abandon ?

— Les derniers qui ont habité là sont morts, tous.

— Morts comment ? demandai-je, intrigué.

— Vaudrait mieux de ne pas ramener ça sur le tapis. Mais, depuis, personne n'a eu envie d'aller s'y installer. On a laissé la baraque moisir et tomber en ruine. C'est oublié, maintenant. Et c'est tant mieux.

— Mais vous pourriez quand même me raconter l'histoire, plaidai-je de mon ton le plus cajoleur. Vous la connaissez forcément.

— Je ne fais pas de commérages sur *l'Arpent du Gitan*.

Puis elle baissa la voix jusqu'à une sorte de geignement de mendiante :

— Maintenant, si vous voulez bien, je vais vous dire votre avenir, mon beau monsieur. Donnez-moi une pièce d'argent et je vous dirai l'avenir. M'est avis que vous êtes de ceux qui peuvent aller loin.

— Je ne crois pas à ces histoires de bonne aventure, la rabrouai-je, et je n'ai pas d'argent. Pas à gaspiller, en tout cas.

Elle s'approcha de moi et continua, me battant sur le terrain de la cajolerie :

— Six pence, alors. Six pence. Je vous le ferai pour six pence. Qu'est-ce que c'est ? Rien du tout. Je vous le ferai pour six pence parce que vous êtes beau garçon, que vous avez la langue bien pendue et que vous avez la manière. Ça se pourrait que vous alliez loin.

Je pêchai une pièce de six pence dans ma poche, pas parce que je croyais à ses superstitions idiotes, mais parce que, je ne sais pas pourquoi, cette vieille roublarde me plaisait, même si je voyais clair dans son jeu. Elle attrapa la pièce :

— Donnez-moi votre main, vos deux mains.

Elle me les prit dans ses pattes desséchées et en examina les paumes. Durant une minute ou deux, elle resta silencieuse, absorbée dans son examen. Puis elle les laissa brusquement retomber, en les repoussant presque. Et elle recula d'un pas avant de parler avec une gravité soudaine :

— Si vous êtes capable de juger de ce qui est bon pour vous, vous chasserez immédiatement *l'Arpent du Gitan* de votre esprit et vous ne remettrez jamais plus les pieds ici ! C'est le meilleur conseil que je puisse vous donner. Ne remettez plus jamais les pieds ici.

— Pourquoi ? Pourquoi est-ce que je ne devrais pas revenir ?

— Parce que si vous le faites, c'est le chagrin, le malheur et peut-être le drame que vous trouverez ici. Je vois des problèmes, de graves problèmes qui vous y attendent. Oubliez que vous avez vu cet endroit. Je vous le conseille.

— Eh bien, de toutes les…

Mais elle avait déjà tourné les talons et s'éloignait vers sa chaumière. Elle y entra et en claqua la porte. Je ne suis pas superstitieux. Je crois en la chance, bien sûr – qui n'y croit pas ? Mais pas en un tas de superstitions absurdes à propos de maisons en ruine placées sous le signe du mauvais œil. J'eus cependant l'impression troublante que la sinistre vieille avait vu *quelque chose* dans mes mains. Je baissai les yeux sur mes deux paumes ouvertes devant moi. Que pouvait-on lire dans les mains de quelqu'un ? La bonne aventure était une parfaite ânerie, un truc tout juste bon pour vous soutirer de l'argent – pour vous faire payer votre stupide crédulité. Je levai les yeux vers le ciel. Le soleil s'était caché et tout, maintenant, paraissait différent. Je distinguai une sorte d'ombre, une espèce de menace. Ce n'est que l'approche d'un orage, pensai-je. Le vent s'était mis à souffler, les arbres ne montraient plus que l'envers de leurs feuilles. Je sifflotai pour me maintenir de bonne humeur et descendis la rue qui traverse le village.

Je regardai de nouveau l'affichette annonçant la vente aux enchères de la propriété dite *Les Tours*. Je pris même note de la date. Je n'avais jamais assisté à une vente de biens, et je me dis que j'irais à celle-là. Il serait intéressant de voir qui allait acheter *Les Tours*. Ou plus exactement, il serait intéressant de voir qui allait devenir le propriétaire de *l'Arpent du Gitan*. Oui, je crois que c'est vraiment là que tout a commencé… Une idée extravagante me vint alors à l'esprit. J'irais et me persuaderais d'enchérir sur *l'Arpent du Gitan* ! Je ferais une offre supérieure à celle des entrepreneurs locaux ! Ils abandonneraient, déçus dans leurs espoirs de l'acquérir à bas prix. Je l'achèterais et j'irais trouver Rudolf Santonix pour lui dire : « Construisez-moi une maison. J'ai acheté pour vous l'emplacement idéal. » Et je trouverais une jeune fille, une jeune fille merveilleuse, et nous y vivrions heureux jusqu'à la fin des temps.

Je faisais souvent des rêves de ce genre. Naturellement, ils ne menaient jamais à rien, mais c'était amusant. C'est ce que je pensais alors. Amusant ! Amusant, seigneur Dieu ! Si seulement j'avais su !

2

C'est le pur hasard qui m'avait amené ce jour-là, dans les parages de *l'Arpent du Gitan*. Je descendais de Londres en limousine de louage avec des clients qui voulaient assister à une vente, non pas d'une maison mais de son contenu. C'était une grosse villa située aux abords du patelin, une bâtisse particulièrement laide. J'y conduisais un couple d'un certain âge intéressé, d'après ce que j'avais pu saisir de leur conversation, par une collection de papier mâché – de tout ce qui peut se faire en matière de papier mâché. La seule occasion que j'avais eue d'entendre parler de ça, c'était par ma mère, à propos de bassines à vaisselle. Elle avait juré ses grands dieux qu'une bassine à vaisselle en papier mâché valait cent fois son équivalent en plastique ! Ça me paraissait bizarre que des gens riches aillent jusqu'à se déplacer pour acheter des machins pareils.

J'avais néanmoins gardé le détail en mémoire et m'étais promis de regarder dans un dictionnaire ou dans un bouquin quelconque ce que c'était au juste que du papier mâché – ce truc qui avait apparemment assez de valeur aux yeux de certains pour qu'ils louent une voiture avec chauffeur, histoire d'aller participer à des enchères lors d'une vente en pleine cambrousse. J'avais perpétuellement envie de tout savoir. J'avais vingt-deux ans à l'époque et j'avais déjà glané de-ci de-là pas mal de connaissances. J'en savais assez long sur les bagnoles, j'étais plutôt bon mécanicien et conducteur prudent. A un moment donné, j'avais décroché un job dans un élevage de chevaux, en Irlande. J'avais failli être mêlé à une bande qui donnait dans le trafic de drogue, mais j'ai toujours eu le nez creux et j'avais laissé tomber à temps. Un boulot de chauffeur dans une agence de voitures de grande remise, ce n'est pas mal du tout. On peut arrondir ses fins de mois avec les pourboires. Et ce n'est pas trop fatigant dans l'ensemble. Mais le travail en lui-même est assez rasoir.

Un été, j'avais fait de la cueillette de fruits. Ça ne payait pas lourd, mais je m'étais bien amusé. J'ai essayé beaucoup de trucs. J'ai été garçon dans un hôtel miteux, plagiste le temps d'un été, j'ai vendu des encyclopédies, des aspirateurs et je ne sais plus quoi d'autre. J'ai une fois fait un boulot d'horticulteur dans un jardin botanique, et j'y ai appris plein de trucs sur les fleurs. Je ne me suis jamais fixé sur rien. Pourquoi l'aurais-je fait ? A peu près tout ce que j'avais essayé m'avait intéressé. Certains boulots m'avaient paru plus difficiles que d'autres, mais ça m'était égal. Je ne suis pas ce qu'on peut appeler paresseux. Ce qu'il y a, je crois, c'est que j'ai la bougeotte. Je veux aller partout, tout voir, tout faire. Je veux *trouver* ma voie. Oui, c'est ça. Je veux trouver ma voie.

Du jour où j'ai quitté l'école, je n'ai cessé de vouloir trouver ma voie… sans avoir la moindre idée de ce qu'elle pouvait bien être. Je la cherchais faute de mieux… d'une manière vague… par insatisfaction, je pense. Ça devait se situer… *quelque part*. Tôt ou tard, je finirais par savoir de quoi il retournait. Il s'agirait peut-être d'une femme… J'aime les femmes, mais aucune de celles que j'avais rencontrées jusqu'ici n'avait compté pour moi. Elles vous plaisent, d'accord, mais au bout d'un moment vous êtes tout content de passer à la suivante. Elles étaient comme les boulots que je prenais. A petite dose, c'est bien, mais on en a vite marre et on se dit qu'il est grand temps d'aller se faire voir ailleurs. Je suis toujours passé comme ça d'un truc à l'autre depuis que j'ai quitté l'école.

Tout un tas de gens désapprouvaient mon mode de vie. Il devait s'agir de ce qu'on appelle « des amis qui vous veulent du bien » – et ce, sous le prétexte qu'ils ne comprennent rigoureusement rien de ce qui vous concerne. Ils auraient voulu que je sorte avec une gentille fille, que je mette de l'argent de côté, puis que je l'épouse et que je prenne un emploi stable. Jour après jour, année après année, pour l'éternité, *amen*. Très peu pour moi ! Il devait y avoir mieux à faire. Tout mais pas cette tranquillité insipide, cette petite vie confortable et bébête que l'on mène clopin-clopant ! Dans un monde où des hommes ont été capables d'envoyer des satellites dans le ciel et où d'autres se préparent à aller explorer les étoiles, il devait sûrement exister quelque chose qui pouvait vous sortir de votre torpeur, quelque chose de palpitant, qui valait la peine qu'on le cherche d'un bout à l'autre de la planète ! Un jour, je me souviens, je me promenais dans Bond Street. C'était pendant ma période de garçon d'hôtel et j'étais censé être au travail. Je flânais et regardais des chaussures en vitrine. Elles étaient très chics. « Ce que l'homme élégant porte aujourd'hui », comme disent les publicités dans les journaux avec une photo de l'homme élégant en question, qui, il faut bien le dire, a le plus souvent l'air d'un crétin. Les publicités de ce genre me font toujours rigoler.

Je passai des chaussures à la vitrine suivante. C'était une galerie de peinture. Il n'y avait que trois tableaux dans la vitrine, artistement disposés sur un drapé de velours souple, de couleur neutre, fixé à l'angle d'un cadre doré. C'était assez chichiteux, si vous voyez ce que je veux dire. Je ne suis pas très porté sur l'art. J'étais allé une fois à la National Gallery, par curiosité. Cela m'avait franchement barbé. D'immenses tableaux représentant des batailles dans des gorges rocheuses, ou des saints décharnés, le corps transpercé de flèches. Des portraits de grandes dames maniérées, assises dans une attitude guindée, vêtues de soie, de velours et de dentelles. J'avais décidé séance tenante que l'Art n'était pas mon truc. Mais le tableau que je regardais alors était différent. Parmi les trois tableaux exposés dans la vitrine, l'un était un paysage, un gentil petit coin de campagne comme j'en voyais tous les jours. Un autre représentait une femme mais d'une si étrange façon, si disproportionnée, que vous pouviez à peine reconnaître qu'il s'agissait d'une femme. C'était, je crois, ce que l'on appelle de l'*art nouveau*. J'ignore quel en était le thème. Le troisième était *mon* tableau. Il n'y figurait pas grand-chose, si vous voyez ce que j'entends par là. C'était… comment le décrire ? C'était du genre simple. Beaucoup d'espace et quelques grands cercles concentriques qui allaient grandissant, si on peut dire ça comme ça. Chacun d'une couleur différente… des couleurs bizarres, inattendues. Et çà et là, il y avait des taches de couleur qui semblaient n'avoir aucune signification. Pourtant, d'une certaine façon, elles signifiaient quelque chose ! Je ne suis pas doué pour la description. Mais tout ce que je peux dire c'est qu'on avait terriblement envie de continuer à regarder ce tableau.

J'étais planté là et je me sentais tout bizarre, comme si j'avais été frappé d'un coup de baguette magique. Ces chaussures chics, tout à coup, j'aurais voulu les porter. Je veux dire que soudain j'attachais de l'importance à mes vêtements. J'aime être bien habillé pour faire bonne impression, mais jamais de ma vie je n'avais sérieusement envisagé de m'acheter une paire de chaussures dans Bond Street. Je connais le genre de prix délirants qu'ils y pratiquent. Une paire de chaussures peut y atteindre les quinze livres. Cousues main ou un truc comme ça, comme ils disent pour justifier leurs prix. Ce serait flanquer l'argent par les fenêtres. Des chaussures élégantes, oui, mais il ne faut pas exagérer. J'ai la tête bien vissée sur les épaules.

Mais ce tableau-là, combien pouvait-il coûter ? Je me le demandais. Et à supposer que *moi*, je l'achète, ce tableau ? Tu es cinglé, me dis-je. Tu ne t'intéresses pas à la peinture, d'habitude. C'était vrai. Mais ce tableau, je le voulais… J'aurais aimé qu'il soit à moi. J'aurais aimé pouvoir l'accrocher à un mur, me planter devant lui et rester à le regarder jusqu'à plus soif tout en sachant que j'en étais le possesseur ! Moi ! Acheter un tableau ! C'était vraiment une idée folle. Je le regardai une nouvelle fois. Vouloir posséder ce tableau était insensé de ma part, et, quoi qu'il en soit, je n'avais probablement pas les moyens de me l'offrir. En fait, à ce moment-là, j'étais en fonds. Un bon tuyau sur un cheval. Ce tableau devait coûter un paquet. Vingt livres ? Vingt-cinq ? De toute façon, demander le prix n'engageait à rien, il n'y avait pas de mal à ça, non ? Ils n'allaient pas me manger, pas vrai ? J'entrai, plutôt agressif et sur la défensive.

L'intérieur de la galerie était tout capitonné, somptueux. Avec ses murs de couleur neutre et un canapé en velours sur lequel vous pouviez vous asseoir pour regarder les tableaux, il y régnait une atmosphère feutrée. Un homme qui ressemblait un peu au modèle de l'homme impeccablement habillé des publicités s'adressa à moi d'une voix quasi chuchotée bien en accord avec le décor. Bizarrement, il n'affichait pas l'air de supériorité si fréquent dans les boutiques huppées de Bond Street. Il écouta ce que je lui disais, puis il sortit le tableau de la vitrine et me le présenta contre un mur, le tenant là pour moi afin que je puisse le contempler à loisir. Il me vint alors à l'esprit – comme ça, intuitivement – que, pour ce qui est de la peinture, les règles n'étaient pas les mêmes que pour le reste. Quelqu'un pouvait entrer dans ce genre d'endroit habillé de vieux vêtements râpés sur une chemise élimée et se révéler être un millionnaire qui veut ajouter une pièce à sa collection. Ou il pouvait encore s'agir d'un individu vêtu de façon vulgaire et un peu tape-à-l'œil, comme moi peut-être, mais qui aurait tellement envie d'acheter ce tableau qu'il se débrouillerait – fût-ce de façon plus ou moins malhonnête – pour se procurer l'argent nécessaire.

— Un très bel exemple du travail de l'artiste, dit l'homme qui me présentait le tableau.

— Combien ? demandai-je d'un air décidé.

La réponse me coupa le souffle.

— Vingt-cinq mille, annonça-t-il d'une voix suave.

J'ai un certain don pour garder le visage impassible. Je ne laissai rien transparaître. Du moins, je le crois. Il ajouta un nom qui me parut étranger. Le nom de l'artiste, je suppose. Et il précisa que la toile venait juste d'arriver sur le marché, dénichée qu'elle avait été dans une maison de campagne dont les habitants n'avaient jamais eu la moindre idée de ce que c'était. Je gardai mon calme et répondis en soupirant :

— C'est un sacré paquet de fric, mais la somme est certainement justifiée.

Vingt-cinq mille livres ! Quelle blague !

— Oui, soupira-t-il en écho. Oui, en effet.

Il abaissa très doucement le tableau et alla le remettre dans la vitrine. Puis il me sourit :

— Vous avez bon goût.

J'eus le sentiment que, d'une certaine manière, lui et moi nous comprenions. Je le remerciai et sortis dans Bond Street.

3

Je ne suis pas doué pour ce qui est de mener un récit – du moins, pas comme un écrivain même moyen pourrait le faire. L'anecdote à propos de ce tableau, par exemple. Ça n'a pas grand-chose à voir avec le reste. Je veux dire, cela n'a eu aucune conséquence, c'est un détail qui n'a mené à rien, et pourtant je sens que, Dieu sait comment, c'est important, que ça a joué quelque part un rôle. Ce qui m'arrivait là avait une signification. Tout comme *l'Arpent du Gitan* en avait une. Et comme c'était aussi le cas de Santonix.

Je n'ai pas encore beaucoup parlé de lui. C'était un architecte. Bien sûr, vous l'aviez deviné. Les architectes sont des gens que je n'avais guère eu l'occasion de fréquenter, même si j'en connaissais un bout sur le commerce de l'immobilier. J'ai rencontré Santonix au cours de mes pérégrinations. C'était quand je travaillais comme chauffeur, quand je conduisais des gens riches un peu partout. C'est là qu'il m'est arrivé d'aller de temps en temps à l'étranger : deux fois en Allemagne – je connaissais quelques mots d'allemand – une fois ou deux en France – je savais aussi quelques bribes de français – et une fois au Portugal. C'était le plus souvent des personnes d'un certain âge, qui avaient de l'argent et une mauvaise santé en proportions à peu près égales.

Quand vous pilotez ce genre de clients, vous avez tôt fait de vous dire que l'argent ne fait pas le bonheur. Si ce n'est pas une amorce de crise cardiaque ou la kyrielle de pilules que vous devez ingurgiter à tout bout de champ, ce sont des scènes à tout casser au sujet de la nourriture ou du service dans les hôtels. La plupart des gens riches que j'ai rencontrés avaient l'air cafardeux comme ce n'est pas permis. C'est qu'ils ont leurs soucis, eux aussi. Les impôts, les placements. Ensemble ou entre amis, ils ne parlent que de ça. De leurs soucis ! C'est ce qui en tue la moitié. Et leur vie sexuelle, elle n'est pas formidable non plus. Ou bien ils sont mariés à des blondes aux jambes interminables qui les trompent du matin au soir avec des godelureaux, ou alors ils sont affublés de créatures hideuses et geignardes, qui ne cessent de leur répéter leurs quatre vérités. Là encore, très peu pour moi. A tout prendre, je me préfère comme je suis : Michael Rogers, qui promène sa bosse en s'envoyant des belles filles quand il en a envie !

Je vivais au jour le jour, bien sûr, mais je m'en accommodais. La vie était marrante, et je ne demandais pas mieux que de continuer à vivre en me donnant du bon temps. Quelles que soient les circonstances, c'est d'ailleurs comme ça que j'aurais fait. Ce genre d'attitude, c'est propre à la jeunesse. Quand elle commence à vous filer entre les doigts, on ne s'amuse plus autant.

Cependant, derrière tout ça, il y avait toujours, je crois, ce besoin de je ne sais quoi, de rencontrer quelqu'un et de trouver ma voie… Mais pour en revenir à ce que je disais, il y avait un vieux type que je conduisais régulièrement sur la Côte d'Azur. Il s'y faisait construire une villa et descendait de temps en temps pour voir comment ça se passait. Santonix était son architecte. Je ne sais pas au juste de quelle nationalité était Santonix. En dépit de son nom bizarre comme je n'en avais encore jamais entendu jusque-là, je m'étais d'abord imaginé qu'il était anglais. Mais je ne crois pas qu'il était anglais. Scandinave peut-être. C'était un malade. Je m'en suis aperçu tout de suite. Il était jeune, très blond et très mince, avec un visage étrange, un visage qui paraissait un peu de guingois. Comme si chacun des deux côtés n'avait rien de commun avec l'autre. Il lui arrivait d'être d'une humeur de chien avec ses clients. Vu que c'était eux qui crachaient au bassinet, on aurait pu croire qu'ils avaient droit à la parole et qu'ils pouvaient se permettre des réflexions. Eh bien ! pas du tout. Santonix leur volait dans les plumes et c'était lui qui avait toujours le dessus.

Je me souviens que mon vieux type écumait de rage dès qu'il voyait comment le chantier évoluait. Je saisissais toujours au vol des bribes de leurs prises de bec quand j'étais là à jouer les chauffeurs et les hommes à tout faire. Je m'attendais toujours à ce que Mr Constantine ait une attaque.

— Vous n'avez pas fait ce que je vous avais demandé ! s'égosillait-il. Vous avez dépensé trop d'argent. Beaucoup trop d'argent. Ce n'est pas ce dont nous étions convenus… Ça va me coûter plus que je ne le pensais.

— Vous avez parfaitement raison, convenait Santonix. Mais l'argent est fait pour être dépensé.

— C'est hors de question ! C'est hors de question ! Vous devez respecter les limites que je vous ai fixées. Vous avez compris ?

— Alors vous n'aurez pas la maison que vous voulez, répondait Santonix. Ce que vous voulez, je le *sais*. La maison que je vous construis sera celle que vous voulez. J'en suis sûr et certain, et vous l'êtes vous aussi. Faites-moi grâce de vos mesquineries de petit épargnant. Vous voulez une maison de qualité et vous allez l'avoir, et vous vous pavanerez en la montrant à vos amis, et ils vous envieront. Je ne construis pas de maison à n'importe qui, je vous l'ai déjà dit. Ce n'est pas seulement une question d'argent. Cette maison ne ressemblera à aucune autre !

— Elle va être affreuse ! Affreuse !

— Mais non, pas du tout. Le problème avec vous c'est que vous ne savez pas ce que vous voulez. Ou du moins c'est l'impression que vous donnez. Parce que, en fait, ce que vous voulez, vous le savez très bien. Seulement vous êtes incapable de le visualiser. Vous n'êtes pas fichu de le *voir* clairement. Mais moi, je *sais.* Et s'il est une chose que je sais toujours, c'est bien ça : ce à quoi les gens aspirent et ce qu'ils veulent. Il y a en vous une soif de qualité, et je vais vous en donner, moi, de la qualité.

Il disait toujours des trucs comme ça. Je restais à côté d'eux et j'écoutais. Sans trop savoir pourquoi, je me rendais compte que cette maison qu'il construisait là, au milieu des pins et dominant la mer, ne serait pas la maison de tout le monde. Au contraire de ce qui se faisait d'ordinaire, une moitié de la maison ne donnait pas sur le large. Elle était tournée vers l'intérieur des terres, elle regardait vers une courbe de montagne, un coin de ciel entre les collines. C'était étrange, inhabituel et fascinant.

Santonix bavardait de temps en temps avec moi, quand j'avais fini mon service.

— Je ne construis des maisons que pour les gens à qui j'ai envie d'en construire, me confiait-il.

— Les gens riches, vous voulez dire ?

— Riches, il faut qu'ils le soient, sans quoi ils ne pourraient pas les payer ce qu'elles valent. Mais ce n'est pas l'argent que je vais en tirer qui m'importe. Il faut que mes clients soient riches parce que les maisons comme je veux en construire coûtent cher. Il n'y a pas que la bâtisse qui compte, voyez-vous. Il lui faut un cadre. C'est tout aussi important. C'est comme un rubis ou une émeraude. Une belle pierre n'est qu'une belle pierre. Cela ne va pas plus loin. Elle ne veut rien dire, elle n'a ni forme ni signification tant qu'elle n'a pas sa monture, son cadre. Et le cadre doit recevoir un joyau digne de lui. Le cadre, voyez-vous, le paysage me l'offre tel quel, dans son état brut. Il n'a de signification que lorsque ma maison s'y dresse fièrement comme une pierre précieuse enchâssée dans ses griffes.

Il me regardait en riant :

— Vous ne comprenez pas ?

— Pas très bien, disais-je lentement. Et pourtant… dans un sens… je crois quand même que si.

— Ce n'est pas impossible.

Il avait dit ça un jour en me dévisageant d'un air bizarre.

A quelque temps de là, nous sommes redescendus sur la Côte d'Azur. La maison était presque terminée. Je ne vais pas la décrire parce que je ne serais pas capable de le faire correctement, mais c'était… eh bien… un truc comme je n'en avais jamais vu… c'était à vous couper le souffle. Là, je comprenais ce qu'il avait voulu dire. C'était une maison dont on pourrait être fier, qu'on serait fier de montrer aux autres, fier de regarder soi-même, où on serait fier d'habiter avec la femme de sa vie. Et soudain, un jour, Santonix me déclara :

— Je pourrais construire une maison pour *vous*, vous savez. Je saurais le genre de maison que vous voulez.

Je secouai la tête.

— Je ne le saurais pas moi-même, avouai-je en toute sincérité.

— Vous ne le sauriez peut-être pas. Mais moi, je le saurais pour vous.

Puis il ajouta :

— C'est franchement dommage que vous n'ayez pas l'argent nécessaire.

— Et je ne l'aurai jamais, soupirai-je.

— Vous ne pouvez pas dire ça, décréta Santonix. Être né pauvre ne signifie pas que vous le resterez toute votre vie. Ça n'est pas figé, l'argent. Ça va à qui sait en avoir vraiment envie.

— Je ne suis pas assez malin.

— Vous n'êtes pas assez ambitieux. L'ambition ne s'est jamais éveillée en vous, mais elle est là, je vous le garantis.

— Eh bien ! si c'est comme ça, un beau jour, quand j'aurai réveillé mon ambition et fait fortune, je viendrai vous trouver pour vous dire : « Construisez-moi une maison. »

Il soupira :

— Je ne peux pas attendre… Non, je ne peux pas m'offrir le luxe d'attendre. Il ne me reste plus beaucoup de temps. Une maison… peut-être deux. Pas plus. Personne n'a envie de mourir jeune… Mais parfois on y est condamné… Ça n'a pas vraiment d'importance, après tout.

— Il va donc falloir que je réveille mon ambition en vitesse.

— Non, dit Santonix. Vous êtes en bonne santé, vous vous amusez, ne changez surtout pas votre mode de vie.

— Le voudrais-je que je ne le pourrais pas, déclarai-je.

A ce moment-là, c'est ce que je croyais. J'aimais mon mode de vie, je prenais du bon temps et je n'avais jamais de pépins de santé. J'ai servi de chauffeur à un tas de gens qui avaient gagné de l'argent, qui avaient travaillé dur et s'étaient collé des ulcères, des thromboses coronaires et un tas de trucs comme ça à force de trimer. Je ne voulais pas travailler comme un fou. Je pouvais assurer aussi bien qu'un autre, mais sans plus. Et je n'avais pas d'ambition, ou du moins je ne pensais pas en avoir. Santonix avait eu de l'ambition, j'imagine. J'avais conscience que dessiner des maisons, les construire, concevoir les plans et posséder cette vertu supplémentaire que je devinais plus ou moins, tout cela l'avait beaucoup fatigué. Déjà au départ, il ne devait pas être très costaud. Il me venait parfois à l'esprit qu'il se tuait lui-même avant l'âge, et que la faute en incombait au travail qu'il abattait pour satisfaire son ambition. Moi, je ne *voulais pas* travailler. C'était aussi simple que ça. Le travail, je m'en méfiais, je n'aimais pas ça. Je trouvais que c'était une belle ânerie que l'humanité avait eu la malencontreuse idée d'inventer.

Je pensais très souvent à Santonix. De toutes les personnes que je connaissais, c'était peut-être celle qui m'intriguait le plus. Un des phénomènes les plus bizarres, dans la vie, c'est ce dont on se souvient. A croire parfois qu'on choisit de se souvenir d'un truc plutôt que d'un autre. Santonix et sa maison étaient du lot, tout comme le tableau dans la galerie de Bond Street et la visite de cette propriété en ruine, *Les Tours*, ainsi que l'histoire de *l'Arpent du Gitan*. Tout ça, j'avais sûrement choisi de m'en souvenir ! Il m'arrivait aussi parfois de repenser aux filles que j'avais rencontrées ou aux voyages à l'étranger que j'avais effectués quand je promenais des clients. Ces clients, ils étaient tous les mêmes : ennuyeux à périr. Ils descendaient toujours dans le même genre d'hôtel et mangeaient invariablement le même genre de nourriture dénuée d'imagination.

J'avais toujours au fond de moi ce sentiment étrange d'attendre je ne sais quoi… un miracle… un cadeau du destin, je ne sais pas comment expliquer ça. Je crois vraiment que je cherchais une fille, la fille qu'il me fallait je ne veux pas dire par là une gentille fille, bonne pour me mettre en ménage, comme le souhaitait ma mère, ou mon oncle Joshua, ou certains de mes amis. Je ne savais rien de l'amour, à ce moment-là. Je ne connaissais que la sexualité. C'était tout ce que les gens de ma génération semblaient connaître. On en parlait beaucoup trop, je crois bien. C'était un de nos grands sujets de conversation et nous y attachions trop d'importance. On ne savait pas – ni mes amis ni moi –, ce qui se passerait quand ça nous arriverait. De tomber amoureux, je veux dire. On était jeunes et virils et, quand on voyait une fille, on l'examinait sous toutes les coutures, on commentait ses courbes, ses jambes et la manière dont elle vous regardait, et on se disait : « Elle marchera ou elle marchera pas ? Est-ce que je ne vais pas perdre mon temps ? » Et plus vous vous tapiez de filles, plus vous vous en vantiez, plus vous étiez considéré comme un caïd et plus vous vous imaginiez que c'était vrai.

Je n'avais pas conscience que l'amour ne se réduisait pas à ça. Je suppose que c'est un truc qui arrive tôt ou tard à tout le monde, et que ça vous tombe dessus sans crier gare. Vous ne vous dites pas soudain, comme vous l'auriez cru : « Cette fille-là, je crois que c'est celle qu'il me faut… Cette fille-là, elle va être à moi. » En tout cas, ça n'a pas été ma réaction. Je n'aurais jamais cru que, quand ça m'arriverait, ce serait si soudain et que je me dirais alors : « Cette fille que voilà, c'est à elle que j'appartiens. A elle que je suis corps et âme. A elle que j'appartiens, totalement et pour toujours. » Non. Jamais je n'aurais pu imaginer que ça se passerait comme ça. Je ne sais plus quel vieux comédien célèbre a, je crois bien, dit un jour – et ça devait faire partie de son stock de plaisanteries en tous genres : « J'ai été amoureux une fois, mais si je sentais que c'était sur le point de se reproduire, je prendrais mes jambes à mon cou. » Pour moi c'est la même chose. Si j'avais su, si j'avais seulement pu imaginer jusqu'où cela allait me mener, j'aurais pris moi aussi mes jambes à mon cou ! Seulement il aurait fallu pour ça que je fasse preuve d'un peu de bon sens.

4

Je n'avais pas oublié mon projet d'aller à la vente aux enchères.

Elle avait lieu dans trois semaines. J'avais fait deux autres voyages sur le Continent, un en France et l'autre en Allemagne. C'est alors que je me trouvais à Hambourg que tout a basculé. Je commençai par prendre en grippe l'homme et la femme que je véhiculais. Ils représentaient tout ce que je détestais le plus au monde. Ils étaient grossiers, sans égards pour autrui, déplaisants à regarder, et ce sont sans doute eux qui ont fait germer en moi le sentiment que je ne pourrais pas continuer plus longtemps cette vie de sous-fifre. Seulement je suis prudent, figurez-vous. Je sentais qu'il me serait impossible de les supporter une journée de plus, mais je me gardai de le leur dire. Il n'est jamais bon de quitter sur une faute la maison qui vous emploie. Aussi, je téléphonai à leur hôtel pour les prévenir que j'étais malade et j'envoyai un télégramme à mes patrons à Londres pour leur dire la même chose. J'ajoutai que je devais rester en quarantaine et qu'il serait préférable qu'ils envoient un chauffeur pour me remplacer. Personne ne pourrait rien me reprocher. Ils ne se soucieraient pas suffisamment de moi pour chercher à en savoir plus et penseraient simplement que j'avais trop de fièvre pour leur envoyer d'autres nouvelles. Plus tard, je retournerais à Londres et leur raconterais que j'avais été malade comme un cochon ! Mais en fait, je n'étais pas sûr de le faire, parce que j'en avais marre de ce métier de chauffeur.

Cette soudaine rébellion marqua un tournant décisif dans ma vie. A cause de ça, et de tout un tas d'autres trucs, je me rendis à la salle des ventes à la date convenue.

« Sauf en cas de vente à l'amiable » avait été collé en travers de l'affichette d'origine. Mais elle était encore là, ça n'avait donc pas été vendu à l'amiable. J'étais si excité que je savais à peine ce que je faisais.

Comme je l'ai dit, je n'avais encore jamais assisté à une vente immobilière publique. Je m'étais mis dans l'idée que ce serait passionnant, mais ça n'a rien eu de passionnant. Rien de rien. Ça a même été le spectacle le plus lugubre auquel j'aie jamais assisté. J'avais pris place dans une pièce à demi éclairée où il n'y avait que trois pelés et un tondu. Le commissaire-priseur était très différent de ceux que j'avais vus présider à la vente de meubles et d'objets divers : des hommes avec de la gouaille et toujours prêts à plaisanter. Celui-là fit la description de la propriété d'une voix sinistre, donna la superficie des terres et quelques renseignements complémentaires, puis, sans enthousiasme aucun, commença la mise aux enchères. Quelqu'un fit une proposition à cinq mille livres. Le commissaire-priseur eut un petit sourire las, comme quelqu'un qui entend une plaisanterie pas vraiment drôle. Il fit deux ou trois remarques et quelques enchères furent portées. La plupart des gens qui se trouvaient là semblaient être des campagnards. L'un avait l'air d'un fermier, un autre me parut être un des entrepreneurs intéressés. Il y avait aussi, me sembla-t-il, deux hommes de loi, l'un était un individu qui ne devait pas être de la région, mais plutôt de Londres, bien habillé et d'allure professionnelle. Je ne sais pas s'il fit une offre. Sans doute. Si oui, il la fit très discrètement et plutôt par geste. En tout cas, les enchères cessèrent, et le commissaire-priseur annonça d'une voix morne que, le prix de réserve n'ayant pas été atteint, la vente était suspendue.

— Pas bien intéressant, lançai-je en sortant à mon voisin, un type qui semblait être de la campagne.

— Comme d'habitude, répondit-il. Vous allez souvent à des ventes ?

— Non, dis-je. En fait, c'est la première fois.

— Vous étiez venu par curiosité, non ? Je ne vous ai pas vu enchérir.

— Pas de danger ! m'exclamai-je. J'étais juste venu voir ce que ça allait donner.

— Ben, c'est souvent comme ça que ça se passe. Ils veulent juste voir qui est intéressé, vous comprenez.

Je le regardai d'un air interrogateur.

— Ils ne sont que trois dessus, on dirait. Whetherby, de Helminster. C'est le constructeur, vous savez. Puis Dakham et Coombe, qui portent des enchères au nom d'un cabinet d'affaires de Liverpool, d'après ce que j'ai compris. Et puis un inconnu, venu de Londres, un homme de loi sans doute. Bien sûr, il y en a peut-être d'autres, mais ceux-là me semblent être les principaux. Ça partira à pas cher. C'est ce que tout le monde dit.

— A cause de la réputation qu'a cet endroit ? demandai-je.

— Ah ! vous avez entendu parler de *l'Arpent du Gitan*, je parie. C'est ce que les gens d'ici racontent. La municipalité aurait dû faire réaliser des travaux sur cette route depuis des années… c'est un vrai danger public.

— Mais l'endroit en lui-même a mauvaise réputation, non ?

— Je vous dis que ce n'est rien que de la superstition. De toute façon, l'affaire va se passer dans la coulisse maintenant, vous pouvez me croire. Ils vont revenir et faire des offres. A mon avis, c'est les gens de Liverpool qui devraient emporter le morceau. Je ne pense pas que Whetherby montera assez haut. Il aime acheter bon marché. Actuellement, il y a beaucoup de biens qui se vendent comme terrain à bâtir. Il est vrai qu'il n'y a plus beaucoup de gens susceptibles d'acheter une propriété comme celle-là, de raser la bâtisse en ruine et d'en construire une autre à la place, vous ne croyez pas ?

— Ça ne semble plus arriver très souvent de nos jours, acquiesçai-je.

— Ça pose trop de problèmes. Sans compter qu'il y a les impôts et tout ce qui s'ensuit… Avec ça qu'il n'y a plus moyen de trouver des domestiques à la campagne. Non, les gens préfèrent maintenant payer des mille et des cents pour un appartement luxueux en ville, au seizième étage d'un immeuble moderne. Les grosses baraques rurales sont devenues un boulet sur le marché.

— Mais on pourrait construire une maison moderne, avançai-je. Qui demanderait moins de travail.

— On pourrait, mais ça coûterait cher, et les gens n'aiment plus vivre dans des endroits isolés.

— Il y en a qui aimeraient pourtant, soupirai-je.

Il se mit à rire et nous nous séparâmes. Je marchai, sourcils froncés, perdu dans mes pensées. Mes pas m'emmenèrent sans que j'y prenne vraiment garde sur la route qui monte en lacet vers les bois et la lande.

C'est ainsi que j'arrivai à l'endroit où je vis Ellie pour la première fois. Comme je l'ai dit, elle était debout près d'un grand sapin et elle avait l'air de quelqu'un, comment dire, qui n'était pas là l'instant d'avant, qui venait de se matérialiser, comme si elle sortait de l'arbre. Elle portait une sorte de grand manteau de tweed vert foncé et ses cheveux étaient d'un châtain doré, de la couleur des feuilles d'automne. Il y avait en elle un je ne sais quoi d'immatériel. Je la vis et m'arrêtai. Elle me regardait, les lèvres entrouvertes, l'air légèrement interloquée. Je dus paraître interloqué moi aussi. Je voulus dire une banalité quelconque, mais je ne trouvai rien. Enfin je bredouillai :

— Excusez-moi. Je… je ne voulais pas vous faire peur. Je ne savais pas qu'il y avait quelqu'un ici.

Elle répondit d'une petite voix douce, qui aurait presque pu être celle d'une fillette, mais pas tout à fait :

— Ce n'est pas grave. C'est-à-dire… moi non plus, je ne pensais pas voir quelqu'un ici.

Elle regarda autour d'elle.

— C'est… c'est un endroit très isolé, poursuivit-elle en frissonnant légèrement.

Il y avait un petit vent frais cet après-midi-là. Mais peut-être n'était-ce pas le vent. Je ne sais pas. Je fis un ou deux pas vers elle.

— L'endroit est un peu impressionnant, n'est-ce pas ? dis-je. Surtout la maison en ruine.

— *Les Tours* ? demanda-t-elle d'un air pensif. C'est son nom, n'est-ce pas ? Mais c'est bizarre, il ne semble jamais y avoir eu de tours.

— J'imagine que c'est un nom que les gens ont donné à leur maison sans autre raison que de vouloir faire chic, répondis-je.

Elle sourit :

— Sûrement. C'est… je ne sais pas si vous êtes au courant… c'est bien la propriété qui se vendait aujourd'hui – ou du moins qui était mise aux enchères ?

— Oui, c'est bien ça. Je sors à l'instant de la vente.

— Ah ! fit-elle d'un air étonné. Vous étiez… vous êtes intéressé ?

— Je ne me vois pas acheter une maison en ruine avec quelques centaines d'arpents de terres boisées, dis-je. Je ne suis pas assez riche pour ça.

— Elle a été vendue ?

— Non, elle n'a pas atteint le prix de réserve.

— Ah ! Je vois.

Elle sembla soulagée.

— Vous ne vouliez pas l'acheter non plus, n'est-ce pas ? demandai-je.

— Oh ! non, répondit-elle. Bien sûr que non.

Elle parut nerveuse en disant ça.

J'hésitai et laissai échapper les mots qui me venaient aux lèvres.

— Je plastronne, lui confiai-je. Je ne peux pas l'acheter, bien sûr, parce que je n'ai pas d'argent, mais je suis intéressé. J'aimerais l'acheter. Je veux l'acheter. Fichez-vous de moi si ça vous chante, mais c'est comme ça.

— Mais vous ne la trouvez pas un peu trop délabrée, trop…

— Oh ! si, bien sûr ! Je n'ai pas dit que je la voulais dans son état actuel. Je veux raser celle-là, et tout déblayer. La maison est laide et elle devait être triste. Mais l'endroit, lui, n'est ni triste ni laid. Il est superbe. Regardez. Venez un peu sur ce chemin qui traverse le bois. Regardez cette vue que l'on a sur les collines et les landes. Vous voyez ? Dégagez une perspective par là… et puis empruntez ce chemin…

Je la pris par le bras et la conduisis à un deuxième endroit. Mon comportement peu conventionnel ne parut pas la choquer. De toute façon, il n'y avait rien à redire à la manière dont je la tenais. Tout ce que je voulais, c'était lui montrer ce que j'avais découvert.

— Regardez ici, dis-je, regardez ce terrain qui descend vers la mer et ces rochers qui pointent *là-bas*. Il y a une ville entre nous et eux, mais on ne la voit pas parce qu'elle est cachée par ces petites buttes qui se dressent au bas de la pente. Maintenant, regardez dans cette troisième direction, vers cette vallée boisée. Imaginez que l'on abatte des arbres pour dégager la vue et que l'on aménage un grand espace, voyez-vous quelle magnifique maison on peut avoir ici ? On ne la construirait pas à l'emplacement de l'ancienne, mais cinquante ou cent mètres plus à droite. Là, on pourrait avoir une maison absolument merveilleuse. Une maison construite par un architecte de génie.

— Vous connaissez des architectes qui ont du génie ? demanda-t-elle d'un air dubitatif.

— J'en connais un, répondis-je.

Je me mis alors à lui parler de Santonix. Nous étions assis l'un à côté de l'autre sur un tronc d'arbre abattu et je lui parlai. Oui, je parlai à cette svelte fille des bois que je n'avais jamais vue auparavant et lui livrai tout ce que je ressentais à propos de ce lieu. Je lui racontai tout ce que je rêvais d'y construire.

— Cela ne se réalisera pas, soupirai-je. Je le sais. C'est impossible. Mais imaginez. Imaginez cet endroit juste comme je l'imagine. Là, nous couperions les arbres, là nous ferions une trouée et nous planterions des rhododendrons et des azalées, et mon ami Santonix viendrait. Il tousserait comme un perdu, car je crois qu'il est en train de mourir de tuberculose pulmonaire ou d'une maladie quelconque, mais il la construirait quand même. Il pourrait la terminer avant de mourir. Il pourrait construire la plus merveilleuse des maisons. Vous ne pouvez pas savoir comment sont ses maisons ! Il les construit pour des gens très riches et qui veulent ce qui se fait de mieux. Pas ce qui se fait de mieux au sens conventionnel du terme. Mais ce qui se fait de mieux dans l'esprit des gens qui souhaitent voir leur rêve se réaliser. Ce qui se fait de plus fabuleux.

— Je veux une maison comme ça ! s'écria Ellie. Il me semble que, grâce à vous, je la vois, je la sens… Oui, ce pourrait être un endroit où il serait merveilleux de vivre. Où tout ce dont on a rêvé devient réalité. On pourrait y vivre libre, sans entrave, sans être enchaîné par des gens qui vous poussent à faire tout ce que vous ne voulez pas, et vous empêchent de faire tout ce que vous voulez. Oh ! j'en ai tellement assez de ma vie, des gens qui m'entourent et de *tout* !

Voilà comment ça a commencé entre Ellie et moi. Moi avec mes rêves et elle avec sa révolte. Nous avons alors cessé de parler et nous nous sommes regardés.

— Comment vous appelez-vous ? demanda-t-elle enfin.

— Mike Rogers, répondis-je. Michael Rogers, rectifiai-je. Et vous ?

— Fenella…

Elle hésita et poursuivit d'un air embarrassé :

— Fenella Goodman.

Cela ne semblait pas devoir aller beaucoup plus loin, mais nous avons continué à nous regarder. Nous souhaitions tous deux nous revoir… mais, à ce moment-là, nous ne savions pas comment l'exprimer.

5

Oui, voilà comment ça avait commencé entre Ellie et moi. Ensuite, cela avait traîné un peu, parce que nous avions tous deux nos secrets. Chacun avait sa zone d'ombre dont il ne voulait rien dire à l'autre, ce qui fait que nous ne pouvions pas parler de nous autant que nous l'aurions souhaité et que nous butions tous deux contre une barrière qui demeura quelque temps dressée entre nous. Nous ne pouvions pas franchement demander : « Quand nous reverrons-nous ? Où puis-je vous joindre ? Où habitez-vous ? » Pour la simple raison, voyez-vous, que si vous demandez ça à quelqu'un, vous devez vous attendre à ce que cette personne vous demande la réciproque en retour.

Fenella avait paru gênée quand elle m'avait donné son nom. A tel point que j'ai cru, pendant un moment, que ce n'était peut-être pas son vrai nom. J'ai même été jusqu'à penser qu'elle avait dû l'inventer ! Mais, au fond, je savais que c'était impossible : moi, je lui avais donné mon vrai nom.

Ce jour-là, nous ne savions pas trop comment prendre congé l'un de l'autre. Ce n'était pas commode. Le temps s'était rafraîchi et nous voulions quitter *Les Tours,* mais… et après ? Alors, marchant sur des œufs, je hasardai :

— Vous habitez dans la région ?

Elle me répondit qu'elle séjournait à Market Chadwell. C'est une ville non loin d'ici, connue pour son marché. Il y avait, je le savais, un grand hôtel, style trois étoiles. C'était là, imaginai-je, qu'elle avait dû descendre. Elle me demanda, du même air embarrassé :

— Et vous, vous êtes d'ici ?

— Non, dis-je, je ne suis venu que pour la journée.

Puis un silence tomba. Elle frissonna. Un petit vent froid s'était levé.

— Nous devrions marcher, dis-je, cela nous réchaufferait. Êtes-vous… avez-vous une voiture ou bien êtes-vous venue en autobus, ou en train ?

Elle me dit qu'elle avait laissé sa voiture au village.

— Mais c'est sans problème, déclara-t-elle.

Elle semblait un peu tendue. Et je me dis tout à coup que, sans trop savoir comment s'y prendre, elle souhaitait peut-être se débarrasser de moi. Alors je lui proposai :

— Descendons jusqu'au village, si vous voulez bien ?

Elle me jeta un bref regard d'assentiment et nous descendîmes doucement la route en lacet où tant d'accidents de voiture avaient eu lieu. Comme nous arrivions dans un virage, une silhouette émergea du couvert d'un sapin. L'apparition fut si soudaine qu'Ellie tressaillit et laissa échapper un « Oh ! » de surprise. C'était la vieille femme que j'avais vue la fois précédente dans le jardin de sa chaumière, Mrs Lee. Elle paraissait beaucoup plus sauvage aujourd'hui avec ses cheveux noirs emmêlés qui flottaient dans le vent et sa cape écarlate jetée sur ses épaules. L'attitude dominatrice qu'elle prit alors la fit paraître encore plus grande.

— Qu'est-ce que vous faisiez là, tous les deux ? s'enquit-elle. Qu'est-ce donc qui vous a amenés à *l'Arpent du Gitan* ?

— Oh ! s'exclama Ellie, j'espère que nous n'empiétons pas sur un terrain privé ?

— C'est pourtant tout comme. Ici, c'était le terrain des gitans. C'était le domaine des gitans. Et ils nous en ont chassés. Il n'y a rien de bien à faire ici, et rien de bien ne vous arrivera si vous rôdez autour de *l'Arpent du Gitan*.

Ellie ne chercha pas à discuter, ce n'était pas son genre. Elle dit d'une voix douce et polie :

— Excusez-moi, j'ignorais que nous ne devions pas circuler ici. Je croyais que cette propriété allait être vendue aujourd'hui.

— La malédiction tombera sur celui qui l'achètera ! vitupéra la vieille femme. Vous entendez, ma belle – car vous êtes bien mignonne –, la malédiction tombera sur celui qui l'achètera. Il y a un mauvais sort sur cet endroit, un mauvais sort y a été jeté il y a longtemps, il y a des années. Restez à l'écart de cet endroit. N'ayez rien à faire avec *l'Arpent du Gitan*. Il ne vous apporterait que le malheur et la mort. Retournez chez vous, au-delà des mers, et ne revenez jamais à *l'Arpent du Gitan*. Vous ne pourrez pas dire que je ne vous ai pas prévenue.

— Nous ne faisons pourtant rien de mal.

— Allez-vous-en, Mrs Lee ! m'écriai-je. N'effrayez pas cette jeune femme.

Je me tournai vers Ellie pour lui donner quelques explications :

— Mrs Lee habite au village. Dans une petite chaumière. Elle dit la bonne aventure. N'est-ce pas, Mrs Lee ? poursuivis-je d'un ton jovial.

— J'ai le don, dit-elle en redressant fièrement sa tête de tzigane. J'ai le don. Je suis née avec. Nous autres, nous l'avons tous. Je vais vous dire votre avenir, ma petite dame. Donnez-moi une pièce d'argent et je vous dirai votre avenir.

— Je ne crois pas avoir envie de le connaître.

— Ce serait pourtant une bonne chose de connaître votre avenir. De savoir ce que vous devez éviter. De savoir ce qui va vous arriver si vous n'y prenez pas garde. Allez-y, vous avez de l'argent plein les poches. Beaucoup d'argent. Je connais ce qu'il serait bon pour vous de savoir.

Je crois que l'envie de connaître son avenir est omniprésente chez les femmes. Ce besoin, je l'avais remarqué chez toutes les filles que j'avais fréquentées. Si je les emmenais à la foire, presque à tous les coups il fallait que je leur paie la séance chez la diseuse de bonne aventure. Ellie ouvrit son sac et posa deux demi-couronnes dans la main de la vieille femme.

— Ah, c'est bien, ma belle ! Ecoutez ce que la vieille maman Lee va vous dévoiler.

Ellie retira son gant et posa sa petite main délicate dans celle de la vieille. La gitane baissa les yeux en marmonnant :

— Eh bien qu'est-ce que je vois ? Qu'est-ce que je vois ?

Soudain, elle laissa retomber la main d'Ellie d'un geste brusque :

— Si j'étais vous, je m'en irais au plus vite. Allez-vous-en… et surtout ne revenez pas ! C'est ce que je vous disais tout à l'heure et c'est la pure vérité. Je viens de le voir encore dans votre main. Oubliez *l'Arpent du Gitan*, oubliez même que vous l'avez vu. Parce que ce n'est pas seulement la maison en ruine là-haut qui est maudite, c'est tous les alentours.

— Mais c'est une obsession chez vous ! m'emportai-je. De toute façon, cette jeune femme n'a rien à voir avec cette région. Elle est simplement venue s'y promener aujourd'hui.

La vieille femme ne m'accorda pas la moindre attention.

— Je vous le dis, ma belle, poursuivit-elle avec obstination. Je vous mets en garde. Vous pouvez avoir une vie heureuse… mais à la condition de fuir le danger. Ne venez pas dans un endroit où il y a du danger, où un mauvais sort a été jeté. Allez là où vous êtes aimée, où on prend soin de vous, où on vous protège. Vous devez vous préserver. Souvenez-vous-en. Sinon… sinon…

Elle fut saisie d'un tremblement :

— Ah ! que je n'aime pas voir ça ! Je n'aime pas voir ce qu'il y a dans votre main !

Soudain, d'un geste vif, elle reposa les deux demi-couronnes dans la main d'Ellie en murmurant des paroles que nous eûmes du mal à saisir. Du genre : « C'est cruel. C'est cruel, ce qui va vous arriver. » Puis elle nous tourna le dos et s'éloigna d'un pas rapide.

— Quelle… quelle femme effrayante ! bégaya Ellie.

— Ne faites pas attention à elle, dis-je d'un ton bourru. Elle est à moitié folle. Elle veut tout bonnement vous faire peur. Je crois que les gens du coin ont une espèce de préjugé à propos de ce bout de terrain.

— Il y a eu des accidents dans les parages ? Des tragédies s'y sont déroulées ?

— Des accidents, ça oui. Regardez comme la route est étroite et comme ce virage est serré. C'est insensé que la municipalité n'ait jamais rien fait. Il y aura encore forcément des accidents à cet endroit-là tant qu'ils n'auront pas rajouté des panneaux de signalisation.

— Uniquement des accidents ? Rien d'autre ?

— Bah ! vous connaissez le goût des gens pour les catastrophes. Et les catastrophes, ce n'est jamais ça qui manque. C'est de ça que se nourrissent les légendes, et c'est comme ça que se bâtit la réputation d'un endroit.

— Vous croyez que c'est pour ça qu'on dit que cette propriété ne se vendra pas cher ?

— C'est bien possible. Mais cette histoire ne concerne que les gens du coin. Or, je ne pense pas qu'elle sera vendue à quelqu'un d'ici. Je crois plutôt que c'est un promoteur qui l'achètera pour y bâtir un lotissement. Oh ! mais vous frissonnez, m'inquiétai-je. N'allez pas prendre froid. Venez, nous allons presser le pas.

» Est-ce que vous ne préférez pas que je vous quitte avant d'arriver au village ? ajoutai-je au bout d'un temps.

— Non. Pas du tout. Pourquoi ?

Je risquai alors le grand plongeon :

— Ecoutez, je serai demain à Market Chadwell. Je… je ne sais pas si vous y serez encore… je veux dire, si… s'il me serait possible de… de vous y revoir ?

Sentant que je rougissais, je fis quelques pas et détournai la tête. Mais si je n'avais rien dit, comment aurait-il pu y avoir une suite ?

— Oui, répondit-elle, je ne retourne pas à Londres avant la fin de l'après-midi.

— Alors peut-être… peut-être accepteriez-vous… A moins que vous ne trouviez que c'est trop de culot…

— Non, absolument pas.

— Eh bien, en ce cas, peut-être pourrions-nous prendre le thé dans un pub… *Le Chien bleu*, je crois qu'il s'appelle. C'est un endroit très agréable, très… très…

Je ne trouvai pas le mot que je voulais, aussi employai-je non sans inquiétude la formule que j'avais entendu ma mère utiliser parfois :

— C'est très comme il faut.

Ellie se mit à rire. Sans doute était-ce une expression un peu démodée.

— Je suis sûre que ce sera très agréable, déclara-t-elle. Oui. Je viendrai. Vers 16 h 30, est-ce que ça vous irait ?

— Je vous y attendrai, répondis-je. Je… je suis content.

Mais je n'ai pas précisé pourquoi je l'étais.

Nous étions arrivés au dernier virage de la route, là où se trouvaient les premières maisons.

— Au revoir, lui dis-je, à demain. Et… ne pensez plus à ce que cette vieille toupie vous a dit. Ça l'amuse de flanquer la frousse aux gens, j'imagine. Elle n'a plus toute sa tête.

— Vous trouvez que c'est un endroit effrayant ? demanda Ellie.

— *L'Arpent du Gitan* ? Non, pas du tout.

Peut-être ai-je affirmé cela avec un peu trop d'assurance, mais je ne le trouvais pas effrayant. Je trouvais, comme la première fois que je l'avais vu, que c'était au contraire un endroit magnifique, un cadre magnifique pour une maison magnifique…

Et voilà. C'est comme ça que s'est passée ma première rencontre avec Ellie. Le lendemain, je me rendis à Market Chadwell. J'allai attendre Ellie au *Chien bleu* et elle arriva à l'heure dite. Nous avons alors pris le thé ensemble et nous avons bavardé. Là encore nous n'avons pas beaucoup parlé de nous-mêmes – de nos vies respectives, veux-je dire. Nous avons surtout échangé nos points de vue sur tout un tas de sujets. Et puis Ellie a regardé sa montre et déclaré qu'elle devait s'en aller, car son train pour Londres partait à 17 h 30.

— Je croyais que vous aviez une voiture, m'étonnai-je.

Elle parut légèrement embarrassée et me dit que non, que la veille ce n'était pas sa voiture. Mais elle ne dit pas celle de qui c'était. Une nouvelle gêne passa entre nous. Levant un doigt, j'appelai la serveuse et réglai l'addition. Puis, sans détour cette fois, je demandai à Ellie :

— Est-ce que… est-ce qu'il me sera possible de vous revoir ?

Elle ne me regarda pas. Elle garda les yeux rivés sur la nappe. Puis elle murmura :

— Je suis encore à Londres pour une quinzaine de jours.

— Où pourrai-je vous retrouver ? Et comment ?

Nous nous sommes donné rendez-vous dans Regent's Park trois jours plus tard. Il faisait très beau. Après avoir mangé une bricole à la terrasse du restaurant, nous nous sommes promenés dans Queen Mary's Garden, puis nous nous sommes installés dans des transats et nous avons bavardé. A partir de là, nous avons commencé à parler de nous-mêmes. Je lui ai raconté que j'avais fait une bonne scolarité, mais que je ne roulais pas sur l'or pour autant. Je lui ai énuméré les divers petits boulots que j'avais exercés – du moins certains d'entre eux – et lui ai expliqué que je ne m'étais jamais fixé sur rien, que j'avais toujours eu la bougeotte et que j'étais sans cesse passé d'un vague projet à un autre. Bizarrement, tout ça parut l'enthousiasmer.

— C'est si différent ! s'extasia-t-elle. Si merveilleusement différent !

— Si différent de quoi ?

— De moi.

— Vous êtes une fille riche ? la taquinai-je. Une pauvre petite fille riche ?

— C'est vrai, je suis une pauvre petite fille riche.

Elle me parla alors par bribes de sa vie au milieu de gens croulant sous l'or, du confort étouffant, de l'ennui, de l'impossibilité de choisir elle-même ses amis et de faire ce dont elle avait envie. D'avoir souvent sous les yeux le spectacle de gens qui paraissaient s'amuser alors qu'elle, elle ne s'amusait pas. Sa mère était morte quand elle était en bas âge et son père s'était remarié. Quelques années plus tard, son père à son tour était mort. Je compris qu'elle n'éprouvait guère de tendresse pour sa belle-mère. Elle avait passé la majeure partie de sa vie en Amérique, mais elle avait beaucoup voyagé à l'étranger.

Il me paraissait incroyable qu'une fille de son âge puisse mener à notre époque une existence à ce point protégée, confinée. D'accord, elle allait à des soirées, à des spectacles, mais à la manière dont elle m'en parlait on aurait pu croire que c'était il y a cinquante ans. Il semblait n'y avoir dans tout ça ni intimité ni plaisir ! Sa vie était aussi différente de la mienne que le sont le jour et la nuit. En un sens, c'était fascinant d'entendre ça et en même temps ça me paraissait incroyable.

— Mais vous n'avez donc pas d'amis ? m'étonnai-je. Et des petits amis, alors ?

— On me les choisit, répondit-elle sur un ton amer. Et ils sont à périr d'ennui.

— C'est comme si vous étiez en prison.

— A peu près.

— Et vous n'avez absolument pas d'amis ?

— Si, maintenant j'en ai une. J'ai Greta.

— Qui est Greta ?

— Au début, c'était une jeune fille au pair… non, pas exactement, en fait. Avant elle, il y avait eu une Française qui était venue vivre avec nous pendant un an, pour m'apprendre le français. Ensuite Greta est arrivée d'Allemagne, pour m'initier à l'allemand. Mais Greta est différente. Et depuis, tout a changé pour moi.

— Vous l'aimez beaucoup ?

— Elle m'aide, dit Ellie. Elle est de mon côté. Elle s'arrange pour que je puisse faire des expériences et aller dans certains endroits. Elle est prête à raconter des mensonges pour moi. Sans Greta, je n'aurais jamais pu aller voir *l'Arpent du Gitan*. Elle me tient compagnie et veille sur moi à Londres, pendant que ma belle-mère est à Paris. Si j'ai envie de partir en voyage, je commence par écrire deux ou trois lettres et Greta les poste tous les trois ou quatre jours afin qu'elles portent le cachet de la poste de Londres.

— Pourquoi avez-vous tenu à vous rendre à *l'Arpent du Gitan* ? demandai-je. Dans quel but ?

Elle attendit un moment avant de répondre :

— C'est Greta et moi qui avions comploté pour organiser ça. Elle est vraiment formidable. Elle a toujours plein d'idées, vous savez, et elle me les propose.

— Elle ressemble à quoi, cette Greta ?

— Greta est belle. Grande et blonde. Et elle sait tout faire.

— Je n'ai pas l'impression qu'elle me plairait.

Ellie se mit à rire :

— Oh ! si, vous l'aimeriez. J'en suis sûre. Elle est aussi très intelligente.

— Je n'aime pas les filles trop intelligentes, me récriai-je. Et je n'aime pas non plus les filles grandes et blondes. Je les préfère petites, avec des cheveux qui ont la couleur des feuilles d'automne.

— On dirait que vous êtes jaloux de Greta.

— Peut-être. Vous l'aimez beaucoup, n'est-ce pas ?

— Oui, je l'aime vraiment beaucoup. Elle a changé ma vie.

— Et c'est elle qui vous a suggéré d'aller là-haut ? Je me demande bien pourquoi. Il n'y a pas grand-chose à voir ni à faire dans ce coin perdu. Je trouve ça bizarre.

— C'est notre secret, dit Ellie d'un air embarrassé.

— Un secret entre Greta et vous ? Racontez-moi ça.

Elle secoua la tête :

— Il faut bien que j'aie mes petits secrets.

— Est-ce que votre Greta est au courant de nos rencontres ?

— Elle sait que je rencontre quelqu'un. C'est tout. Elle ne pose pas de questions. Il lui suffit de savoir que je suis contente.

Après ça, je fus une semaine sans voir Ellie. Sa belle-mère était revenue de Paris, ainsi qu'une personne qu'elle appelait oncle Frank, et elle me confia en passant que ce serait bientôt son anniversaire, et qu'une grande fête était organisée à Londres pour l'occasion :

— La semaine prochaine, je ne vais pas pouvoir m'échapper. Mais après… après, ce sera différent.

— Et pourquoi est-ce que ce sera différent après ?

— Parce que je vais enfin pouvoir faire ce que je veux.

— Avec l'aide de Greta, comme d'habitude ? fis-je remarquer.

La manière dont je parlais de Greta faisait toujours rire Ellie. Elle m'avait alors répondu :

— Vous êtes ridicule d'être jaloux d'elle. Un jour, il faudra que vous fassiez sa connaissance. Je suis sûre qu'elle vous plaira.

— Je n'aime pas les filles autoritaires, m'obstinai-je.

— Pourquoi pensez-vous qu'elle est autoritaire ?

— A la façon dont vous m'en parlez. Elle semble s'occuper constamment de tout.

— Greta est quelqu'un de très efficace, dit Ellie. C'est la championne de l'organisation. C'est pour ça que ma belle-mère se repose tant sur elle.

Je lui demandai alors comment était son oncle Frank.

— Je ne le connais pas très bien, en fait. Ce n'est pas un parent direct : c'était le mari de la sœur de mon père. Je crois qu'il est plutôt du genre à rouler sa bosse et qu'il se fourre de temps en temps dans de sales draps. Ça se devine aux sous-entendus que font les gens quand ils en parlent.

— Il n'est pas socialement correct, si je comprends bien ? C'est un mauvais sujet ?

— Oh ! je ne crois pas qu'il soit réellement mauvais bougre, mais il lui arrive assez souvent de se trouver dans le pétrin. Financièrement parlant. Ce qui fait que les administrateurs, les hommes de loi et un peu tous les membres de la famille sont obligés de le tirer de ce mauvais pas. Ils paient les factures, quoi !

— Je vois, dis-je. C'est la brebis galeuse du troupeau. Je pense que je m'entendrais mieux avec lui qu'avec cette merveille absolue de Greta.

— Il peut se montrer très agréable quand il veut. Il est de bonne compagnie.

— Mais vous ne l'aimez pas vraiment ?

— Je crois que si… Encore que parfois… ah ! je ne sais pas comment dire… Parfois, je me demande ce qu'il pense, ce qu'il manigance.

— Encore un manipulateur, non ?

— Je n'arrive pas à le cerner, déplora Ellie.

Elle n'alla jamais jusqu'à me proposer de rencontrer l'un quelconque des membres de sa famille. Au point que je me demandais parfois si ce ne serait pas à moi de faire les premiers pas. Je ne savais pas ce que serait son point de vue sur la question. Enfin, un jour, je me lançai :

— Dites-moi, Ellie, vous ne pensez pas que je devrais… rencontrer votre famille ? Ou bien est-ce que vous préférez que je reste dans l'ombre ?

— Je ne veux pas que vous les rencontriez, répondit-elle aussitôt.

— Evidemment, je sais que je ne suis pas très…

— Ce n'est pas ce que j'ai voulu dire, pas du tout ! Mais je sais que ça ferait des histoires à n'en plus finir. Et je déteste les histoires.

— Que voulez-vous, insistai-je, j'ai parfois l'impression de vivre une aventure dans la clandestinité. Ce qui pourrait me faire voir sous un mauvais jour, vous ne trouvez pas ?

— Je suis assez grande pour choisir moi-même mes amis, décréta Ellie. J'aurai bientôt vingt et un ans. Et quand je les aurai, je pourrai avoir les amis que je veux et personne ne pourra m'en empêcher. Mais pour l'instant… eh bien ! ça ferait une histoire pas possible, ils m'emmèneraient loin d'ici pour que je ne puisse plus vous voir. Ce serait… oh ! je vous en prie, je vous en supplie, continuons comme nous le faisons actuellement.

— Si cela vous va, ça me va à moi aussi, acquiesçai-je. Mais je ne voudrais pas rester trop bouclé… comment dire ?… au fond de mon placard.

— Vous n'êtes pas au fond d'un placard. Vous êtes un ami avec qui je peux parler, à qui je peux me confier. Quelqu'un avec qui je peux…

Son visage s'illumina soudainement dans un sourire :

— … avec qui je peux rêver. Vous n'imaginez pas comme c'est merveilleux pour moi.

Oui, ça comptait beaucoup entre nous… le rêve, les chimères ! C'était de plus en plus notre passe-temps favori. Quelquefois c'était moi, mais le plus souvent c'était Ellie qui disait : « Imaginons qu'on achète *l'Arpent du Gitan* et qu'on y fasse construire une maison… »

Je lui avais beaucoup parlé de Santonix et des maisons qu'il avait construites. J'avais essayé de lui décrire le genre de maisons que c'était et sa manière de voir. Je ne devais pas très bien les décrire, parce que je ne suis pas doué pour la description. Ellie avait sans doute sa propre conception de la maison… de notre maison. Nous ne disions jamais « notre maison », mais nous savions tous deux que ça allait de soi…

Ainsi donc, pendant une semaine, je ne pus voir Ellie. J'avais sorti toutes mes économies – elles étaient maigres –, et je lui avais acheté une petite bague en forme de trèfle, ornée d'une pierre verte issue des marais d'Irlande. Je lui en avais fait cadeau pour son anniversaire et cela avait paru lui faire très plaisir.

— Elle est superbe, avait-elle dit.

Elle ne portait pas beaucoup de bijoux, mais, quand elle le faisait, je savais bien qu'il s'agissait de vrais diamants, de vraies émeraudes et le tout à l'avenant. N'empêche que ma bague irlandaise lui plaisait.

— Ce sera mon cadeau d'anniversaire préféré, affirma-t-elle.

Puis je reçus un mot qu'elle avait écrit à la va-vite et où elle me disait qu'elle partait avec sa famille pour le sud de la France sitôt après son anniversaire. « Mais ne vous inquiétez pas, ajoutait-elle, nous serons de retour dans deux ou trois semaines, avant de repartir pour les Etats-Unis cette fois. Quoi qu'il en soit, on se reverra à ce moment-là et j'aurai quelque chose de très important à vous annoncer. »

Savoir qu'Ellie était partie pour la France et que je ne la reverrais pas avant près d'un mois me rendit nerveux et mal à l'aise. Dans le même temps, j'obtins quelques renseignements à propos de *l'Arpent du Gitan*. Apparemment, la propriété avait été vendue à l'amiable, sans pour autant que je parvienne à découvrir qui en avait été l'acheteur. C'est un cabinet d'affaires de Londres qui avait été chargé de la transaction. J'essayai d'en apprendre davantage, mais en vain. Le cabinet en question n'était pas du genre à se répandre en commérages. Bien entendu, je ne pus approcher les hommes d'affaires eux-mêmes. En sympathisant avec un de leurs clercs, je réussis à avoir un semblant d'information. La propriété avait été acquise pour un client très riche qui pensait ainsi faire un bon placement, car le terrain prendrait certainement de la valeur compte tenu du développement prévisible de la région.

Il est très difficile de savoir de quoi il retourne au juste dès lors qu'on a affaire à ces firmes de haut niveau. Tout y est au bas mot aussi *top secret* qu'au ministère de la Défense ou un organisme du même tonneau ! Tout le monde y agit toujours au nom de quelqu'un d'autre, qu'on ne nomme jamais et auquel il serait même inimaginable de faire allusion ! Les offres publiques d'achat, ce n'est pas leur rayon !

J'étais dans un grand état de nervosité. J'arrêtai de penser à tout ça et décidai d'aller rendre visite à ma mère.

Ça commençait à faire un bon laps de temps que je n'étais pas allé la voir.

6

Ma mère habitait dans la même rue depuis vingt ans, une rue bordée de maisons grises, parfaitement conventionnelles et totalement dénuées de beauté ou d'intérêt. Le seuil de la porte d'entrée était proprement blanchi à la chaux, et rien n'avait changé. C'était le n° 46. Je pressai le bouton de la sonnette. Ma mère vint ouvrir et resta un moment à me dévisager. Elle non plus n'avait pas changé. Grande et anguleuse, les cheveux gris séparés par une raie au milieu, la bouche pincée comme une tapette à souris, et les yeux éternellement suspicieux. Elle semblait dure comme du fer. Mais derrière cette dureté se cachaient des abîmes de tendresse à mon égard. Elle s'arrangeait, autant que faire se pouvait, pour n'en rien laisser voir, et pourtant je n'avais pas tardé à en mesurer la profondeur. Pendant longtemps elle avait espéré que je change, mais ses espoirs ne s'étaient jamais réalisés. Il régnait entre nous une incompréhension permanente.

— Oh ! dit-elle, c'est toi.

— Oui, dis-je, c'est moi.

Elle s'effaça un peu pour me laisser passer et j'entrai dans la maison, dédaignai la porte du salon et me dirigeai vers la cuisine. Elle m'y suivit et resta un moment à m'examiner.

— Ça fait bien longtemps que tu n'étais pas venu, déclara-t-elle. Qu'est-ce que tu as fait pendant tout ce temps ?

Je haussai les épaules

— Tout et rien.

— Ah ! dit ma mère, comme d'habitude, hein ?

— Comme d'habitude.

— Combien de petits boulots as-tu exercés depuis la dernière fois que nous nous sommes vus ?

Je réfléchis quelques instants :

— Cinq.

J'espère que tu deviendras un jour adulte.

— Je suis tout ce qu'il y a d'adulte. J'ai choisi mon mode de vie. Et toi, comment vas-tu ?

— Comme d'habitude aussi, répondit ma mère.

— Tu te portes bien et tout ?

— Je n'ai pas de temps à perdre en étant malade, lança ma mère.

Puis, avec brusquerie, elle me demanda :

— Tu es venu pour quoi ?

— Je devrais avoir une raison particulière pour venir te voir ?

— D'habitude c'est le cas.

— Je ne comprends pas pourquoi tu désapprouves autant ma manière d'envisager l'existence, soupirai-je.

— Conduire des voitures de luxe sur tout le Continent ! C'est ça ta manière d'envisager l'existence ?

— Parfaitement.

— Ce n'est pas comme ça que tu vas réussir dans la vie. Et encore moins en lâchant ton boulot sans crier gare sous prétexte que tu es malade et en laissant tomber tes clients dans une ville Dieu sait où.

— Comment as-tu appris ça ?

— Ton employeur m'a téléphoné. Il m'a demandé si je connaissais ton adresse.

— Qu'est-ce qu'il me voulait ?

— Il voulait te réembaucher, je suppose, dit ma mère. Je me demande bien pourquoi.

— Parce que je suis bon chauffeur et que les clients m'aiment bien. De toute façon, ce n'est pas ma faute si je suis tombé malade, non ?

— Ça, je n'en sais rien, commenta ma mère.

Manifestement, elle pensait que je l'avais fait exprès.

— Pourquoi est-ce que tu n'es pas allé te présenter au bureau quand tu es revenu en Angleterre ?

— Parce que j'avais d'autres chats à fouetter.

Elle haussa les sourcils :

— Encore des idées qui te trottent dans la tête ? Des idées saugrenues ? Qu'est-ce que tu as fait comme métier depuis ?

— Pompiste. Mécanicien dans un garage. Grouillot par intérim. Plongeur dans un restaurant mochard.

— De pire en pire, grinça ma mère avec une sorte de délectation morose.

— Pas du tout, répliquai-je. Ça fait partie du plan. De mon plan !

Elle soupira :

— Qu'est-ce que tu veux, du thé ou du café ? J'ai les deux.

J'optai pour le café. J'avais perdu l'habitude de boire du thé. Nous nous attablâmes devant nos tasses. Elle sortit d'une boîte en fer-blanc un gâteau fait maison et nous en coupa à chacun une tranche.

— Tu as quelque chose de changé, diagnostiqua-t-elle soudain.

— Moi ? Comment ça ?

— Je n'en sais rien, mais tu as quelque chose de changé. Qu'est-ce qu'il t'arrive ?

— Il ne m'arrive rien. Qu'est-ce que tu veux qu'il m'arrive ?

— Tu es nerveux, décréta-t-elle.

— Je prépare un casse dans une banque, rétorquai-je. Mais elle n'avait pas envie de rire. Elle se contenta donc de soupirer :

— Non, je n'ai pas peur que tu fasses ce genre de chose.

— Pourquoi pas ? Ça semble de nos jours la meilleure méthode pour s'enrichir vite fait.

— Ça te demanderait trop de travail, dit-elle. Un grand sens de l'organisation. Et plus d'effort cérébral que tu n'aimes en fournir. Et puis c'est aussi trop risqué.

— Tu crois que tu sais tout sur moi, lançai-je.

— Oh ! non. En fait, je ne sais pas vraiment qui tu es, parce que toi et moi n'avons rien en commun. Mais je sens bien quand quelque chose ne tourne pas rond. Et en ce moment, il y a quelque chose qui ne tourne pas rond. Qu'est-ce que c'est Micky ? Une fille ?

— Pourquoi voudrais-tu que ce soit une fille ?

— J'ai toujours su que ça arriverait un jour.

— Qu'est-ce que tu entends par « un jour » ? Des filles, je n'ai jamais cessé d'en avoir à la pelle.

— Ce n'est pas ce que je veux dire. Je ne te parle pas des filles que tu dragues. Tu sais y faire avec elles. Mais tu n'as encore jamais eu d'aventure sérieuse jusqu'à maintenant.

— Parce que tu crois que maintenant c'est sérieux ?

— Allons, Micky, dis-moi, c'est une fille ?

— En quelque sorte, répondis-je en évitant son regard.

— Quel genre de fille c'est ?

— Le genre de fille qu'il me faut, affirmai-je.

— Est-ce que tu vas venir me la présenter ?

— Non.

— C'est une amourette, alors ?

— Non, c'est pas ça. Je ne voudrais pas te vexer, mais…

— Oh ! il en faut plus pour me vexer ! Tu ne veux pas que je la voie de crainte que je te dise : « Tout mais pas ça ! » Pas vrai ?

— Ça ne me ferait pas changer d'avis.

— C'est possible, mais ça t'ennuierait quand même. Ça t'ennuierait, parce que tu attaches malgré tout de l'importance à ce que je pense et à ce que je dis. Il y a des choses que j'ai devinées sur ton compte… et sans doute que j'ai deviné juste, et tu le sais très bien. Je suis la seule personne au monde qui puisse ébranler ta confiance en toi. Est-ce que c'est une propre à rien qui t'a mis le grappin dessus ?

— Une propre à rien ? m'esclaffai-je. Si seulement tu la voyais ! Tu me fais vraiment rigoler.

— Alors qu'est-ce que tu attends de moi ? Tu veux quelque chose. Tu veux toujours quelque chose.

— Il me faut un peu d'argent, dis-je.

— Je ne t'en donnerai pas. Qu'est-ce que tu veux en faire… le dépenser avec cette fille ?

— Non, je veux acheter un beau costume pour mon mariage.

— Parce que tu vas l'épouser ?

— Si elle veut bien de moi.

Ma réponse la troubla :

— Raconte-moi un peu ! Tu y tiens à cette fille, je vois ça. J'ai toujours eu peur que tu tombes sur une fille qui ne soit pas bien pour toi.

— Pas bien pour moi ! Et merde ! m'écriai-je.

Elle m'avait fichu en boule.

Et je sortis de la maison en claquant la porte.

7

Quand je rentrai chez moi, je trouvai un télégramme qui m'attendait… il avait été envoyé d'Antibes : « Rendez-vous demain 16 h 15 endroit habituel. »

Ellie était changée. Je le vis tout de suite. Nous nous sommes retrouvés comme d'habitude dans Regent's Park et nous nous sommes d'abord sentis un peu bizarres et gênés. J'avais quelque chose à lui dire, mais je ne savais pas comment m'y prendre. J'étais, j'imagine, comme tous les hommes qui s'apprêtent à faire leur demande en mariage.

Quelque chose semblait aussi la troubler. Peut-être cherchait-elle la manière la plus aimable et la plus gentille de m'envoyer sur les roses. Quoi qu'il en soit, je ne pensais pas à ça. Ma foi en la vie était fondée sur le fait qu'Ellie m'aimait. Mais je sentais en elle une indépendance nouvelle, une confiance en elle que je ne lui connaissais pas et que je ne pouvais imaginer uniquement liée au fait qu'elle avait un an de plus. Un anniversaire ne pouvait transformer à ce point une fille. Elle était allée avec sa famille dans le sud de la France et elle me parla un peu de son voyage. Puis, d'un air embarrassé, elle me dit :

— J'ai… j'ai vu cette maison, celle dont vous m'aviez parlé. Celle que votre ami architecte a construite.

— Qui ça ? Santonix ?

— Oui. Un jour, nous sommes allés y déjeuner.

— Comment vous êtes-vous débrouillée pour ça ? Votre belle-mère connaît l'homme qui y habite ?

— Dimitri Constantine ? Eh bien… pas exactement, mais elle l'a rencontré et… bon… Greta s'est arrangée pour que nous puissions y aller.

— Encore cette Greta ! m'exclamai-je d'une voix qui exprimait mon exaspération habituelle.

— Je vous l'ai dit, Greta est très douée pour toujours tout arranger.

— Oh ! je commence à le savoir. Alors, comme ça, elle s'est arrangée pour que votre belle-mère et vous…

— Et oncle Frank, précisa Ellie.

— Une vraie réunion de famille, donc ! Avec Greta par-dessus le marché, je suppose ?

— Eh bien, non, Greta n'est pas venue parce que…

Ellie hésita :

— Cora, ma belle-mère, ne se montre pas très amicale envers Greta.

— Elle n'appartient pas au clan, ce n'est qu'une parente pauvre, n'est-ce pas ? m'offusquai-je. Une simple fille au pair, en fait. Greta doit parfois prendre assez mal d'être traitée comme ça.

— Greta n'est pas une fille au pair, c'est plutôt pour moi comme une compagne.

— Un chaperon, un cicérone, une duègne, une gouvernante. Il y a des tas de mots pour désigner ce genre d'emploi.

— Oh ! calmez-vous, protesta Ellie. Laissez-moi vous raconter. J'ai compris maintenant ce que vous vouliez dire à propos de votre ami Santonix. C'est une maison extraordinaire. C'est… c'est totalement différent de tout ce que j'avais jamais pu voir. Je peux à présent imaginer que s'il nous construisait une maison, ce serait une maison merveilleuse.

Elle avait inconsciemment utilisé le « nous ». « Nous », avait-elle dit. Elle était allée sur la Côte d'Azur et avait demandé à Greta de se débrouiller pour qu'elle puisse voir la maison que je lui avais décrite, parce qu'elle voulait se représenter plus clairement la maison que, dans le monde de rêve que nous avions ébauché, nous ferions construire pour nous par Rudolf Santonix.

— Je suis content qu'elle vous ait plu, dis-je.

— Et vous, qu'est-ce que vous avez fait ? demanda-t-elle.

— Toujours mes petits boulots casse-pieds. Et puis je suis allé une fois aux courses. J'ai joué mes quatre sous sur un outsider. Trente contre un. J'y ai mis toute la ferraille que j'avais dans ma poche et il a gagné d'une longueur. Qui dira après ça que je n'ai pas de chance ?

— Je suis contente que vous ayez gagné, déclara Ellie.

Mais elle avait dit ça sans enthousiasme aucun, parce que miser tout ce qu'on possède au monde sur un outsider et que cet outsider gagne ne signifiait rien dans l'univers d'Ellie. En tout cas, pas ce que cela signifiait dans le mien.

— Je suis aussi allé voir ma mère, ajoutai-je.

— Vous ne m'avez jamais beaucoup parlé de votre mère.

— Pourquoi l'aurais-je fait ?

— Vous ne l'aimez pas ?

— Je ne sais pas, répondis-je après un temps de réflexion. Parfois je pense que je ne l'aime pas. Après tout, on grandit et on… on se détache de ses parents. De sa mère comme de son père.

— Moi, j'ai l'impression que vous lui êtes très attaché, dit Ellie. Sinon vous ne seriez pas aussi hésitant quand vous parlez d'elle.

— D'une certaine manière, elle me fait peur, avouai-je. Elle me connaît trop bien. Elle connaît tous mes défauts.

— Il faut bien que quelqu'un le fasse, déclara Ellie.

— Que voulez-vous dire ?

— Je ne sais quel grand écrivain a dit que nul n'est un héros pour son valet. Peut-être que tout le monde devrait avoir un valet. Parce que, pour ce qui est du reste, ça ne doit pas toujours être commode de se conformer à l'opinion que les gens peuvent avoir de vous.

— En fait d'opinion, Ellie, murmurai-je, vous avez bien dû vous en faire une sur mon compte.

Puis, lui prenant la main, je l'interrogeai :

— Est-ce que vous savez tout sur moi ?

— Je suis persuadée que oui, répondit Ellie.

Elle l'avait fait avec infiniment de calme et de simplicité.

— Je ne vous ai pourtant pas beaucoup parlé de moi.

— Dites plutôt que vous ne vous êtes jamais dévoilé du tout. Vous êtes toujours resté fermé comme une huître. C'est différent. N'empêche que je sais très bien qui vous êtes au fond.

— Ça m'étonnerait, dis-je en souriant.

Puis j'enchaînai :

— Je vais avoir l'air un peu idiot si je vous dis que je vous aime. C'est un peu tard pour le faire, non ? Vous le savez depuis longtemps, pratiquement depuis le début.

— Oui, répondit Ellie. Et vous savez aussi ce qu'il en est pour moi, n'est-ce pas ?

— Le tout, poursuivis-je, c'est de savoir quelle décision nous allons prendre maintenant. Ça ne va pas être facile, Ellie. Vous savez très bien qui je suis, ce que j'ai fait, le genre de vie que j'ai menée. Je suis retourné voir ma mère et la petite rue minable où elle habite. C'est un monde bien différent du vôtre, Ellie. Je ne vois pas ce que nous pourrons jamais faire pour qu'ils se rencontrent.

— Pour commencer, vous pourriez m'emmener voir votre mère.

— Oui, je le pourrais, mais je ne préfère pas. Vous devez trouver cela dur, voire cruel, mais notre mode de vie ensemble ne peut être que bien particulier. Ce ne sera pas la vie que vous avez menée ni celle que j'ai menée. Ce sera une nouvelle vie où ma pauvreté et mon ignorance se mêleront avec votre argent, votre culture et vos bonnes manières. Mes amis penseront que vous la ramenez et vos amis penseront que je ne suis pas sortable. Alors, qu'est-ce que nous allons faire ?

— Je vais vous le dire très exactement, ce que nous allons faire, trancha Ellie. Nous partirons vivre à *l'Arpent du Gitan*, dans une maison… une maison de rêve… que votre ami Santonix va construire pour nous. Voilà ce que nous allons faire. Mais d'abord, nous allons nous marier. C'est bien votre intention, n'est-ce pas ?

— Oui, répondis-je, c'est ce que je souhaite. Si vous êtes d'accord.

— C'est facile comme bonjour, décréta Ellie. Nous pouvons nous marier dès la semaine prochaine. Je suis maintenant majeure, vous savez. Je peux donc faire ce que je veux. Ce qui change tout. Je trouve que votre attitude envers les parents est la bonne. Tant que la cérémonie n'aura pas eu lieu, je ne dirai rien à ma famille et vous ne direz rien à votre mère. Une fois que ce sera fait, ils pourront toujours piquer leur crise, cela n'aura plus aucune importance.

— C'est merveilleux ! m'exclamai-je. Merveilleux, Ellie ! Mais il y a un problème. Ça m'ennuie bien de vous le dire, mais nous ne pourrons pas vivre à *l'Arpent du Gitan*. Nous pourrons nous faire construire une maison là où nous voudrons sauf à *l'Arpent du Gitan*, pour la bonne raison que la propriété a été vendue.

— Qu'elle ait été vendue, j'ai été la première à le savoir, déclara Ellie.

Elle se mit à rire :

— Vous n'avez pas l'air de comprendre, Mike. C'est *moi* qui l'ai achetée.

8

J'étais assis sur l'herbe, au bord du cours d'eau, entouré de fleurs aquatiques, de petits sentiers et de pierres pour passer à gué. Beaucoup d'autres couples en faisaient autant tout autour de nous, mais nous ne leur prêtions pas la moindre attention, nous ne les voyions même pas, parce que nous étions comme eux : de jeunes amoureux qui évoquaient leur avenir à deux. Je la regardais sans pouvoir en détacher mes yeux. Et j'étais incapable de parler.

— Mike, souffla-t-elle. Il y a un aveu que je dois vous faire. Une révélation à propos de moi.

— Est-ce bien nécessaire ? Vous n'êtes pas obligée de me parler de vous.

— Je sais, mais il le faut. J'aurais dû vous le dire depuis longtemps mais je ne le voulais pas parce que… parce que je pensais que cela pourrait vous faire fuir. Et pourtant, en un sens, cela explique ce qui s'est passé à propos de *l'Arpent du Gitan*.

— Vous l'avez acheté. Mais comment avez-vous fait pour l'acheter ?

— Par l'intermédiaire de notaires, comme cela se pratique couramment. C'est un excellent placement, vous savez. Le terrain va prendre de la valeur. Mon notaire était très satisfait.

C'était surprenant d'entendre soudain Ellie, la douce et timide Ellie, parler d'affaires immobilières avec une telle connaissance et une telle assurance.

— Vous avez acheté la propriété pour nous ?

— Oui. Je suis allée trouver un notaire de mon choix, pas celui de la famille. Je lui ai expliqué ce qu'étaient mes intentions, je lui ai demandé d'étudier l'affaire et j'ai tout mis en route. Il y avait deux personnes intéressées, mais elles n'étaient pas vraiment décidées et ne voulaient pas enchérir. Le plus important pour moi était que tout soit réglé et prêt à signer dès que j'aurais atteint ma majorité. Voilà, j'ai signé, c'est conclu !

— Mais vous avez dû verser un acompte ou une avance quelconque, j'imagine. Vous aviez assez d'argent ?

— Non, répondit Ellie, je n'en disposais pas suffisamment au départ, mais il se trouve toujours des gens prêts à vous avancer des fonds. Et si vous vous adressez à de nouveaux hommes d'affaires, ils espèrent que vous continuerez à leur confier la gestion de vos biens une fois que vous serez entré en possession de l'argent que vous devez recevoir, et ils sont prêts à courir le risque de vous voir passer l'arme à gauche avant votre anniversaire.

— Vous paraissez très calée en affaires ! m'exclamai-je. Vous m'épatez !

— Laissons de côté les affaires, déclara Ellie, et revenons à ce que je vous disais. D'une certaine manière, je vous ai déjà mis au courant, mais je ne crois pas que vous ayez très bien compris.

— Je ne veux pas savoir, décrétai-je.

Puis j'élevai la voix et criai presque :

— Ne me dites *rien* ! Je ne veux pas savoir ce que vous avez fait, qui vous avez aimé, ce qui vous est arrivé, ce que…

— Ça n'a rien à voir avec ça, m'interrompit-elle. Je n'aurais jamais imaginé que vos préoccupations étaient de cet ordre-là. Non, il n'est pas du tout question de ça. Il ne s'agit pas de secrets sur ma vie sexuelle : il n'y a jamais eu personne d'autre que vous. Ce que je veux vous dire, c'est que… eh bien… que je suis riche.

— Ça, je le sais, vous me l'avez déjà annoncé.

— Oui, sourit Ellie, et vous m'avez traitée de « pauvre petite fille riche ». Mais, c'est plus que ça. Mon grand-père, voyez-vous, avait une fortune colossale. Il possédait des gisements de pétrole. Des quantités de gisements de pétrole. Entre autres. D'un autre côté, les femmes à qui il versait des pensions alimentaires sont mortes, et il ne lui restait plus que mon père et moi, parce que ses deux autres fils ont été tués. Le premier en Corée, le second dans un accident de voiture. Toutes ses affaires ont été regroupées en un énorme trust et quand mon père est mort subitement, j'ai hérité de tout. Mon père avait déjà pris des dispositions en faveur de ma belle-mère, elle n'a donc rien reçu de plus. Tout était pour *moi*. Je suis… en réalité… une des femmes les plus riches des Etats-Unis, Mike.

— Seigneur ! m'exclamai-je. Je ne savais pas ça… Oui, c'est vrai, je ne m'imaginais pas que vous étiez riche à ce point.

— Je ne voulais pas que vous le sachiez. Je ne voulais pas vous le dire. C'est pour ça que j'étais inquiète quand je vous ai donné mon nom : Fenella Goodman. En réalité, je m'appelle G-u-t-e-m-a-n, et comme j'ai eu peur que vous ayez entendu parler des Guteman, je l'ai transformé en Goodman.

— Oui, acquiesçai-je, j'ai déjà lu le nom de Guteman quelque part. Mais je ne pense pas que j'aurais fait le rapprochement. Des tas de gens ont des noms qui sonnent un peu comme ça.

— C'est pour cette raison, expliqua-t-elle, que j'ai toujours vécu aussi entourée, protégée, emprisonnée… que j'ai toujours eu des détectives et des gardes du corps qui veillaient sur moi… que les garçons de mon âge, avant même d'être autorisés à me parler, voyaient leur pedigree passé aux rayons X. Et que quand par hasard je me faisais un ami, la famille enquêtait sur son compte pour s'assurer que c'était quelqu'un de socialement convenable. Vous n'imaginez pas la terrible vie de recluse qu'on m'a fait mener ! Mais maintenant tout ça c'est fini, et si ça ne vous dérange pas…

— Bien sûr que non. Ça ne me dérange pas du tout, répondis-je. Au contraire, nous allons pouvoir bien nous amuser. Vous ne pourrez jamais être une fille trop riche pour moi !

Ça nous fit bien rire tous les deux, puis elle déclara :

— Ce que j'aime en vous, c'est votre naturel.

— De plus, j'imagine que vous payez beaucoup d'impôts, non ? Les gens comme moi ont un petit privilège, voyez-vous : les trois sous qu'ils ont dans leur poche personne ne vient les leur piquer.

— Nous allons avoir notre maison, reprit Ellie. Notre maison à *l'Arpent du Gitan*.

Elle eut alors un petit frisson.

— Vous n'avez pas froid, chérie ? lui demandai-je en levant les yeux vers le soleil.

— Non, répondit-elle.

Il faisait en réalité très chaud. Nous avions lézardé au soleil comme si nous avions été dans le midi de la France.

— Non, répéta Ellie, c'est juste cette… cette femme, cette vieille gitane que nous avons vue l'autre jour.

— Bah ! ne pensez plus à elle, c'est une cinglée.

— Vous croyez qu'elle est réellement persuadée qu'il y a une malédiction sur ce terrain ?

— Ce que je crois surtout, c'est que les gitanes sont toutes les mêmes. Vous savez bien : il faut toujours qu'elles fassent tout un foin avec le mauvais sort, le mauvais œil et tout ce qui s'ensuit.

— Vous en savez long sur les gitans ?

— Ce que j'en sais et rien, c'est du pareil au même, avouai-je en toute sincérité. Maintenant, si vous ne voulez pas vivre à *l'Arpent du Gitan*, Ellie, nous pouvons acheter un terrain ailleurs. Sur un sommet montagneux au pays de Galles, sur la côte espagnole ou à flanc de coteau en Italie, et Santonix pourra tout aussi bien nous y construire une maison.

— Non, répliqua Ellie. Je veux m'installer là. A l'endroit où je vous ai vu pour la première fois gravir la côte et apparaître soudain au détour de la route, dans ce mauvais virage, juste au moment où vous m'avez aperçue, où vous vous êtes arrêté et où vous m'avez regardée. Ce moment-là, je ne l'oublierai jamais.

— Moi non plus, affirmai je.

— C'est donc là que sera notre maison. Et votre ami Santonix va nous la construire.

— J'espère qu'il est encore vivant, m'inquiétai-je. C'est un grand malade.

— Il est toujours vivant, affirma Ellie. Je suis allée le voir.

— Vous êtes allée le voir ?

— Oui, quand j'étais dans le sud de la France. Il était là-bas, dans un sanatorium.

— J'ai l'impression que vous ne cesserez jamais de m'étonner, Ellie. C'est incroyable tout ce que vous faites, tout ce que vous combinez, tout ce que vous arrangez...

— Je trouve que c'est un personnage extraordinaire, reprit Ellie, mais assez effrayant.

— Il vous a effrayée ?

— Oui, je ne sais pas pourquoi, il m'a fait peur.

— Vous lui avez parlé de nous ?

— Bien sûr. Je lui ai tout raconté sur nous, sur *l'Arpent du Gitan* et sur la maison. Il m'a dit que c'était prendre un risque que de faire appel à lui. Il est très malade, mais il pense qu'il lui reste encore assez de temps à vivre pour aller voir le site, concevoir la maison, en faire l'esquisse et en dessiner les plans. Il m'a dit que cela lui serait égal de mourir avant que la maison soit terminée, mais je lui ai rétorqué qu'il n'en était pas question, parce que je voulais qu'il nous y voie vivre.

— Et qu'est-ce qu'il a répondu ?

— Il m'a demandé si je savais ce que je faisais en vous épousant, et j'ai affirmé que je ne me croyais pas inconsciente.

— Et ensuite ?

— Il m'a dit qu'il n'était pas certain que *vous,* vous soyez bien conscient de ce que vous étiez en train de faire.

— J'en suis parfaitement conscient, répliquai-je.

— Il m'a ensuite déclaré : « Vous, miss Guteman, vous saurez toujours où vous mettez les pieds. » Et aussi : « Vous irez toujours où vous voulez aller parce que c'est vous qui choisirez. Mais Mike est capable de suivre la mauvaise pente. Il n'est pas encore assez mûr pour savoir où il va. » A quoi je lui ai répondu : « Il sera en parfaite sécurité avec moi. »

Ellie affichait une remarquable confiance en elle. Quant à moi, j'étais furieux de ce que Santonix avait dit. Il était comme ma mère, qui paraissait toujours en savoir plus sur moi que je n'en savais moi-même.

— Je sais où je vais, me renfrognai-je. Je vais sur le chemin que j'ai choisi et nous y allons ensemble.

— Ils ont déjà commencé à abattre les ruines des *Tours,* annonça Ellie.

Puis elle enchaîna avec des détails pratiques :

— Dès que les plans seront terminés, les ouvriers mettront les bouchées doubles. Nous devons nous dépêcher. Santonix l'a dit. Est-ce qu'on peut se marier mardi prochain ? C'est un bon jour, le mardi.

— Sans personne d'autre que nous ?

— Si ce n'est Greta.

— Au diable Greta, elle n'a rien à faire à notre mariage. Vous et moi, et personne d'autre. Les témoins nécessaires, nous les trouverons dans la rue.

Je pense, rétrospectivement, que ce fut vraiment le jour le plus heureux de ma vie…

DEUXIÈME PARTIE

9

Et voilà qui avait réglé la question et qui avait fait qu'Ellie et moi étions désormais mariés. Dire ça comme ça peut paraître un peu abrupt, mais c'est pourtant très exactement la manière dont les choses se sont passées.

Ce ne fut que le bref épisode d'un tout – et non pas juste le dernier chapitre d'une histoire romanesque ou d'un conte de fées. « Ils se marièrent et vécurent heureux jusqu'à la fin des temps. » On ne peut après tout pas bâtir une saga sur « ils vécurent heureux jusqu'à la fin des temps ». Nous nous sommes mariés, et nous avons été heureux tous les deux, et nous avons coulé des jours formidables jusqu'à ce qu'une rencontre fortuite nous oblige à révéler notre secret, que s'ensuivent les difficultés et agitations prévues et que nous décidions d'y faire face.

La vie en dehors de ça était extrêmement simple. Dans sa soif de liberté, Ellie avait jusqu'à présent pris soin de brouiller les pistes de façon très ingénieuse. La diligente Greta prenait toutes les mesures nécessaires et restait toujours en arrière-garde. J'avais eu tôt fait de comprendre qu'il n'y avait en réalité personne dont le rôle était de s'occuper d'Ellie et de veiller sur ce qu'elle faisait. Sa belle-mère était absorbée par sa vie sociale et ses propres affaires de cœur. Si Ellie n'avait pas envie de l'accompagner dans ses nombreux voyages, elle n'y était pas obligée. Elle avait eu toutes les gouvernantes et femmes de chambre qu'il fallait, bénéficié des meilleures écoles et si elle voulait aller en Europe, pourquoi pas ? Si elle avait choisi de fêter son vingt et unième anniversaire à Londres, une fois encore, pourquoi pas ? Maintenant qu'elle était entrée en possession de son immense fortune, elle n'avait plus besoin de l'autorisation de sa famille pour dépenser son argent comme bon lui semblait. Si elle voulait s'acheter une villa sur la Côte d'Azur, un château sur la Costa Brava, un yacht ou toute autre fantaisie du même genre, il lui suffisait de le dire et aussitôt l'un des membres de la suite qui gravite immanquablement autour des millionnaires prenait l'affaire en main.

Greta, à ce que j'avais pu comprendre, était considérée par la famille d'Ellie comme une admirable assistante. Compétente, capable de tout arranger avec la plus grande efficacité, complètement dévouée et plaisant à la belle-mère, à l'oncle et à quelques cousins excentriques qui semblaient mener une vie de bâton de chaise. Je découvris au hasard de nos conversations qu'Ellie n'avait pas moins de trois juristes à sa disposition. Elle était entourée par un vaste réseau de banquiers, d'hommes d'affaires et d'administrateurs financiers. C'était un monde sur lequel j'avais quelques aperçus, par-ci par-là, grâce à des détails qui se glissaient dans les propos d'Ellie. Il ne lui venait bien entendu pas à l'esprit que je pouvais ne rien comprendre à tout ça. Elle avait toujours baigné dans cet univers et s'imaginait que le monde entier en connaissait toutes les ficelles.

Au bout du compte, faire découvrir à l'autre les divergences de nos vies respectives fut, de manière inattendue, ce qui nous amusa le plus au début de notre vie conjugale. Pour parler franchement – et la franchise était le seul moyen de m'adapter à ma nouvelle vie –, les pauvres ignorent comment vivent les riches tout autant que les riches ignorent comment vivent les pauvres, et la découverte de ces mondes parallèles nous enchanta tous les deux. Une fois, je lui demandai avec inquiétude :

— Ellie, tu crois que ça va faire une histoire terrible, notre mariage ?

Elle considéra la question – sans grand intérêt, me sembla-t-il.

— Oh ! oui, dit-elle, ils vont probablement être odieux. J'espère que tu ne le prendras pas *trop* mal, ajouta-t-elle.

— Pourquoi le prendrais-je mal ? Mais toi, ils vont beaucoup te houspiller ?

— J'en suis persuadée, répondit Ellie, mais nous n'aurons qu'à ne pas les écouter. Car enfin ils ne peuvent rien *faire*.

— Mais ils vont essayer.

— Oh ! oui, c'est évident. Ils vont essayer.

Puis, d'un air pensif elle ajouta :

— Ce qu'ils vont probablement essayer, c'est de t'acheter.

— De m'acheter ?

— Pour que tu débarrasses le plancher. Ne prends pas cet air choqué, mon chéri, dit Ellie avec un sourire de petite fille heureuse. Ce ne sera pas formulé exactement comme ça. Ils ont acheté le premier mari de Minnie Thompson, tu sais.

— Minnie Thompson ? Celle qu'on a toujours surnommée l'héritière du pétrole ?

— Oui, c'est ça. Elle s'était enfuie avec un maître nageur et l'avait épousé.

— Ecoute, Ellie, dis-je d'un air gêné, moi aussi j'ai été un temps maître nageur, à Littlehampton.

— Vraiment ? C'est tordant ! Tu as fait ça longtemps ?

— Non, bien sûr que non. Rien qu'un été, c'est tout.

— Je ne voudrais pas que tu t'inquiètes, reprit Ellie.

— Comment ça s'est passé, à propos de Minnie Thompson ?

— Ils ont dû aller jusqu'à deux cent mille dollars, je crois. Il n'a pas lâché le morceau à moins. Minnie a toujours été folle des hommes et gourde comme pas deux.

— Tu me coupes le sifflet, Ellie. Je n'ai pas seulement épousé une femme, mais acquis un bien que je peux revendre à tout moment contre espèces sonnantes et trébuchantes.

— Exactement. Fais appel à un bon avocat et dis-lui que tu veux discuter le bout de gras. Il négociera le divorce et fixera le montant de la pension alimentaire, m'expliqua Ellie pour compléter mon éducation. Ma belle-mère s'est mariée quatre fois, et elle s'est constitué comme ça un joli pactole.

Puis elle s'exclama :

— Oh ! Mike, je t'en prie ! N'aie pas l'air si scandalisé !

Le plus drôle, c'est que j'étais scandalisé. J'éprouvais une sorte de dégoût puritain pour la corruption de la société moderne dans ses classes les plus riches. Il y avait d'habitude dans l'attitude d'Ellie quelque chose de si enfantin, de si simple, de presque touchant que j'étais stupéfait de découvrir soudain à quel point elle était au courant des turpitudes de ce monde et ne semblait pas s'en formaliser. Cependant, je savais qu'au fond mon jugement sur elle était juste. Je savais très bien quel genre de personne était Ellie. Sa simplicité, sa tendresse, sa douceur naturelle n'impliquaient pas qu'elle soit ignorante des choses de la vie. Mais ce qu'elle connaissait – oh ! combien – et considérait comme normal ne concernait qu'une tranche limitée de l'humanité. Elle ne savait pas grand-chose sur mon univers, celui de la foire d'empoigne pour un emploi, celui des gangs des champs de courses et des gangs de la drogue, des mille et un dangers de cette existence à la qui perd gagne, des combinards et des mecs à la redresse que je connaissais si bien pour les avoir fréquentés toute ma vie. Elle ne savait pas ce que c'était qu'être élevé de façon convenable au sein d'un foyer toujours à court d'argent par une mère qui se tuait au travail au nom de la respectabilité et voulait que son fils réussisse dans la vie. Elle ne savait pas ce qu'étaient les maigres économies grappillées sou à sou tandis qu'un fils désinvolte envoyait promener ses chances et jouait son avenir sur un cheval dans la troisième course de l'après-midi.

Ellie adorait m'entendre raconter ma vie comme j'adorais découvrir la sienne. L'un comme l'autre, nous explorions des territoires inconnus.

Avec le recul, je mesure à quel point ces premiers jours avec Ellie furent des jours de bonheur sans mélange. Sur le moment, je trouvais ça naturel, et elle aussi. Nous nous étions mariés au bureau d'état civil de Plymouth. Guteman est un nom assez courant. Personne, journaliste ou curieux, ne savait que l'héritière Guteman était en Angleterre. De minces entrefilets paraissaient de temps à autre dans la presse la disant en Italie ou sur le yacht de quelque personnalité. Nous avons été mariés par l'officier d'état civil, avec son garçon de bureau et une dactylo d'âge canonique comme témoins. Il nous fit un discours très sérieux sur les responsabilités des conjoints et nous offrit ses vœux de bonheur. Puis nous sommes sortis libres et mariés. Mr et Mrs Michael Rogers ! Nous sommes d'abord restés cloîtrés huit jours dans un hôtel au bord de la mer, puis nous sommes partis pour l'étranger. Nous avons alors passé trois semaines merveilleuses à voyager au gré de notre fantaisie et à dépenser sans compter.

Pour commencer ce fut la Grèce, puis Florence, Venise et le Lido, après nous sommes allés sur la Côte d'Azur et ensuite dans les Dolomites. J'ai déjà oublié la moitié des noms des endroits que nous avons visités. Nous avons pris des avions, affrété un yacht, loué de somptueuses voitures.

Et pendant que nous nous donnions du bon temps, Greta, d'après ce que me confia Ellie, jouait toujours son rôle défensif sur le Front de la Famille. Voyageant de son côté, elle envoyait des lettres et expédiait toutes les cartes et courriers divers qu'Ellie avait préparés avant de partir.

— Le jour du Jugement viendra, c'est sûr, disait Ellie. Ils fondront sur nous comme une nuée de vautours. Mais en attendant, rien ne nous empêche de nous amuser.

— Que va-t-il se passer pour Greta ? lui demandai-je un jour. Est-ce qu'ils ne seront pas furieux contre elle quand ils découvriront le pot aux roses ?

— Oh ! si, bien sûr, convint Ellie, mais Greta ne paniquera pas pour autant. Elle est solide.

— Est-ce que ça pourrait l'empêcher de trouver un autre job ?

— Pourquoi en chercherait-elle un autre ? s'étonna Ellie. Elle va venir vivre avec nous.

— Ah, ça non ! m'exclamai-je.

— Pourquoi non, Mike ?

— Parce que nous ne voulons pas que quelqu'un d'autre vive avec nous, répondis-je.

— Greta ne nous gênerait en rien et elle serait très utile. Vraiment, je ne sais pas ce que je ferais sans elle. Elle sait tout, elle organise tout et arrange tout.

— J'ai l'impression que j'aurais horreur de ça, dis-je en fronçant les sourcils. Qui plus est, nous voulons avoir notre propre maison, la maison de nos rêves, Ellie. Et nous la voulons rien que pour nous.

— Oui, dit Ellie, je comprends ce que tu veux dire. Mais tout de même…

Après un moment d'hésitation, elle ajouta :

— Ce serait très dur pour Greta de ne plus avoir d'endroit où habiter. Pendant quatre ans, elle a vécu avec moi, tout fait pour moi. Et tu sais à quel point elle m'a aidée à me marier et tout ça.

— Je ne veux pas l'avoir tout le temps dans nos jambes !

— Mais elle n'est absolument pas comme ça, Mike. Tu ne l'as encore jamais rencontrée.

— Non. Non, je sais… mais ça n'a rien à voir avec le fait de la trouver sympathique ou pas. Nous voulons vivre rien que *tous les deux*, Ellie.

— Mike chéri, murmura tendrement Ellie.

Nous laissâmes la question en suspens pour l'instant.

Au cours de notre voyage, nous avions rencontré Santonix. C'était en Grèce. Il vivait dans une maisonnette de pêcheur près de la mer. Je fus frappé de découvrir à quel point il avait l'air malade, beaucoup plus que lorsque je l'avais vu l'année précédente. Il nous accueillit, Ellie et moi, très chaleureusement.

— Alors, vous avez sauté le pas, vous deux ! s'exclama-t-il.

— Oui, répondit Ellie, et maintenant vous allez construire notre maison, n'est-ce pas ?

— J'ai ici les esquisses pour vous, ainsi que les plans, m'annonça-t-il. Ellie vous a sans doute raconté comment elle est venue, m'a déniché et m'a donné ses… ordres, dit-il en choisissant soigneusement ses mots.

— Oh ! pas des ordres, se défendit Ellie. Je vous ai seulement imploré.

— Vous savez que nous avons acheté le terrain ? demandai-je.

— Ellie m'a télégraphié pour me le dire. Puis elle m'a envoyé des douzaines de photographies.

— Bien sûr, il faut d'abord que vous alliez le voir, dit Ellie. Vous pourriez ne pas aimer le site.

— Il me plaît.

— Vous ne pouvez pas vraiment le savoir tant que vous ne l'avez pas vu.

— Mais je l'ai vu, mon petit. J'y ai fait un saut en avion il y a cinq jours. J'ai rencontré un de vos hommes d'affaires, celui qui a un visage en lame de couteau… l'Anglais.

— Mr Crawford ?

— C'est ça. En fait, les travaux ont déjà commencé : le déblayage du terrain, la destruction de la vieille bâtisse, les fondations, les canalisations… Quand vous retournerez en Angleterre, je vous y retrouverai.

Il sortit alors ses plans et, assis près de lui, nous avons bavardé sans fin et découvert ce que serait notre maison. Il en avait même fait une ébauche à l'aquarelle, en plus des plans et des élévations :

— Est-ce qu'elle vous plaît, Mike ?

Je poussai un profond soupir avant de répondre :

— Oui, c'est ça. C'est tout à fait ça.

— Vous m'en avez tellement parlé, Mike. Quand j'étais d'humeur fantasque, je me demandais si ce bout de terrain ne vous avait pas ensorcelé. Vous étiez amoureux d'une maison que vous ne pourriez jamais posséder, que vous ne pourriez jamais voir, qui ne pourrait même jamais être construite.

— Mais elle va l'être, dit Ellie. Vous allez la construire, n'est-ce pas ?

— Si Dieu et le diable y consentent, déclara Santonix. Cela ne dépend pas de moi.

— Vous êtes sûr que vous n'allez pas… un peu mieux ? m'enquis-je d'un ton dubitatif.

— Je n'irai jamais mieux. Il n'y a aucune chance. Mettez-vous bien ça dans le crâne.

— C'est absurde, protestai-je. Des remèdes à toutes sortes de maladies, les savants passent leur temps à en trouver. Ce sont les médecins qui sont des abrutis congénitaux. Ils vous tiennent pour mort, huit jours après vous leur faites un pied de nez en rigolant comme un bossu et vous voilà reparti pour cinquante ans de rabiot.

— J'admire votre optimisme, Mike, mais ma maladie n'est pas de celles qui suivent ce régime-là. On vous emmène à l'hôpital, on vous y fait une transfusion et vous rentrez chez vous avec une petite rémission, un peu de temps de gagné. Et ainsi de suite, et chaque fois vous vous affaiblissez.

— Vous êtes très courageux, murmura Ellie.

— Oh ! non, je ne suis pas courageux. Quand un fait est avéré, rien ne sert d'être courageux. La seule chose qu'il vous reste est de trouver une consolation.

— En construisant des maisons ?

— Non, pas ça. Vous avez de moins en moins de vitalité, voyez-vous, et donc construire des maisons, au lieu de devenir facile, devient plus difficile encore. Vos forces ne cessent de s'amenuiser. Non. Mais il y a bel et bien des consolations. Des consolations très étranges, parfois…

— Je ne comprends pas, dis-je.

— Non, ce n'est pas dans vos cordes, Mike. Je ne sais pas si Ellie en serait capable. Peut-être, après tout.

Il poursuivit, parlant plus pour lui-même que pour nous :

— Deux états marchent de pair, côte à côte. La faiblesse et la force. La faiblesse due à la perte de vitalité et la force issue du pouvoir frustré. Voyez-vous, ce que vous faites n'a alors plus d'importance. De toute façon, vous allez mourir. Vous pouvez donc faire *tout ce qui vous passe par la tête*. Rien ne peut vous en dissuader, rien ne peut vous en empêcher. Je pourrais arpenter les rues d'Athènes et tuer tous les gens – hommes ou femmes – dont la dégaine ne me revient pas. Imaginez un peu le tableau.

— La police pourrait vous arrêter tout comme un autre, lui fis-je remarquer.

— Bien sûr, qu'elle le pourrait. Mais à quoi cela l'avancerait-elle ? Au mieux, à avoir l'occasion de me zigouiller à mon tour. D'accord. Seulement ma vie va m'être bientôt prise par une puissance autrement plus importante que la loi. Que pourrait-elle imaginer d'autre ? M'envoyer en prison pour vingt, trente ans ? Ce serait d'un comique achevé, vous ne trouvez pas ? Parce que, enfin, il ne me reste pas vingt ou trente ans à vivre. Six mois, un an, dix-huit mois au maximum. On ne peut donc rien contre moi. Aussi, dans l'espace de temps qu'il me reste, je suis roi. Je peux faire ce que bon me semble. C'est là une pensée qui parfois m'enivre. Le hic… le hic, voyez-vous, c'est que je n'ai pas beaucoup de tentations, parce qu'il n'y a rien de particulièrement extravagant ni d'anarchique que j'aie envie de faire.

Après avoir quitté Santonix, tandis que nous retournions vers Athènes, Ellie me dit :

— C'est vraiment un étrange personnage. Quelquefois, je t'assure, il me fait froid dans le dos.

— Froid dans le dos, Rudolf Santonix ? Pourquoi ?

— Parce qu'il n'est pas comme les autres et parce qu'il… je ne sais pas comment dire… il y a quelque chose en lui d'impitoyable et d'arrogant. Il m'a semblé qu'il voulait nous dire, en fait, que de savoir qu'il allait mourir bientôt augmentait son arrogance. Supposons, dit Ellie le regard brillant et le visage exprimant une intense émotion, supposons qu'il construise notre beau château, notre belle maison au bord de la falaise, au milieu des pins, imaginons que nous allions nous y installer. Et qu'il soit sur le pas de la porte, qu'il nous invite à entrer et qu'ensuite…

— Et qu'ensuite *quoi*, Ellie ?

— Et qu'ensuite il entre après nous, qu'il ferme lentement la porte derrière nous et qu'il se livre à un sacrifice humain sur le seuil. Qu'il nous coupe la gorge ou quelque chose d'approchant.

— Tu me fiches la frousse, Ellie. C'est inimaginable ! Tu as de ces idées !

— Le problème, avec toi comme avec moi, Mike, c'est que nous ne vivons pas dans la réalité. Que nous bâtissons ensemble un monde d'illusions qui risque à tout moment de voler en éclats.

— Je t'en prie, ne pense pas à des sacrifices, de quelque nature qu'ils soient, en relation avec *l'Arpent du Gitan*.

— C'est pourtant bien ce nom qui veut ça, j'imagine, et la malédiction qui pèse sur cet endroit.

— Cette malédiction, je n'y crois pas ! m'emportai-je. Cette malédiction, ça ne tient pas debout. Fais-moi le plaisir d'oublier tout ça !

Nous étions alors en Grèce.

10

Ça se produisit, je crois bien, le lendemain. Nous étions de retour à Athènes. Soudain, sur les marches de l'Acropole, Ellie tomba sur des gens qu'elle connaissait. Ils avaient débarqué de l'une de ces croisières helléniques à la mode. Une femme dans les trente-cinq ans se détacha du groupe, dégringola les marches et se précipita vers Ellie en s'exclamant :

— Pas possible ! C'est vous, vraiment vous, Ellie Guteman ? Seigneur ! que faites-vous ici ? Si jamais je m'étais *imaginé* ! Vous êtes en croisière ?

— Non, dit Ellie, simplement de passage.

— Ça par exemple ! Quel plaisir de vous voir ! Comment va Cora ? Elle est là ?

— Non, Cora est à Salzbourg, je crois.

— Bien, bien…

Cette femme tourna alors son regard vers moi et Ellie dit avec le plus grand calme :

— Laissez-moi vous présenter… Mr Rogers, Mrs Bennington.

— Enchantée ! Vous êtes ici pour combien de temps ?

— Je repars demain, déclara Ellie.

— Déjà ! Mon Dieu ! je vais perdre mon groupe si je ne vous abandonne pas, et pour rien au monde je ne voudrais manquer un mot de la conférence et des commentaires qui nous sont faits. Ils nous bousculent un peu, vous savez. Et à la fin de la journée, je suis sur les rotules. On pourra se retrouver pour boire un verre, vous croyez ?

— Pas aujourd'hui, répliqua Ellie, nous partons en excursion.

Mrs Bennington courut rejoindre son groupe. Ellie, qui avait gravi avec moi les marches de l'Acropole, tourna soudain les talons et redescendit.

— Voilà qui précipite les choses, n'est-ce pas ? me dit-elle.

— Qu'est-ce que ça précipite ?

Ellie garda le silence quelques instants. Puis, après un long soupir, elle décréta :

— Ce soir, il faut que j'écrive.

— Que tu écrives à qui ?

— Eh bien, à Cora et à oncle Frank, je pense, ainsi qu'à oncle Andrew.

— Qui est l'oncle Andrew ? C'est une nouveauté pour moi.

— Andrew Lippincott. Ce n'est pas vraiment un oncle. C'est mon tuteur principal, mon curateur ou comme tu voudras bien l'appeler. C'est un homme de loi… un homme de loi très réputé.

— Qu'est-ce que tu vas leur dire ?

— Que je suis mariée. Je ne pouvais pas dire à Nora Bennington : « Permettez-moi de vous présenter mon mari. » Elle aurait poussé des clameurs et aurait glapi : « Comment ? Mais je n'étais pas au courant ! Racontez-moi tout, chérie ! », etc. Il est plus convenable que ma belle-mère, oncle Frank et oncle Andrew soient les premiers avertis.

De nouveau elle soupira :

— Enfin… nous aurons au moins vécu jusqu'à maintenant des moments délicieux.

— Qu'est-ce qu'ils vont dire ? demandai-je.

— Piquer leur crise et en faire toute une histoire, j'imagine, dit Ellie, placide. Mais ça ne changera rien à rien, et ils le savent parfaitement. Il nous faudra nous rendre à une réunion de famille, je pense. Nous pourrions aller à New York. Ça te dirait ?

— Absolument pas, répondis-je. J'aimerais autant m'abstenir.

— Alors ils viendront à Londres, ou du moins certains d'entre eux. Tu préférerais ?

— Ce qui m'arrangerait, ce serait qu'on ne fasse rien de tout ça. Ce que je veux c'est être avec toi et voir notre maison monter brique à brique dès que Santonix sera sur place.

— Mais l'un n'empêche pas l'autre, déclara Ellie. Après tout, la réunion de famille ne durera pas une éternité. On s'en tirera probablement avec une scène à tout casser, que nous allions là-bas ou que ce soient eux qui se déplacent.

— J'avais cru comprendre que ta belle-mère était à Salzbourg.

— Bah ! j'ai lancé ça au hasard. Que je ne sache pas où elle est aurait paru bizarre. Bon, dit Ellie en soupirant, nous allons rentrer et les rencontrer tous en bloc. Mon pauvre Mike, j'espère que tu ne prendras pas ça trop mal.

— Quoi ? Le fait de voir ta famille ?

— Oui. Et surtout les commentaires déplaisants auxquels ils risquent de se livrer.

— Je suppose que c'est le prix à payer pour t'avoir épousée, dis-je en souriant. J'assumerai.

— Et puis il y a ta mère, fit Ellie, pensive.

— Bon sang de bonsoir ! tu n'envisages tout de même pas une rencontre entre ta belle-mère. dans ses volants et ses falbalas et ma mère qu'on irait extraire de sa rue misérable ! Qu'est-ce que tu crois qu'elles auraient à se dire ?

— Si Cora était ma vraie mère, des quantités de choses. J'aimerais que tu ne sois pas aussi obsédé par les différences de classes sociales, Mike !

— Alors c'est moi qui en suis obsédé ! m'exclamai-je, incapable d'en croire mes oreilles. Comment est-ce qu'on qualifie les gens dans mon genre, chez toi, en Amérique ? En disant que je suis né du mauvais côté de la piste, pas vrai ?

— Tu n'es pas obligé pour autant de le marquer sur un écriteau et de te le placarder dans le dos.

— Je ne sais pas comment il faut s'habiller, grinçai je, amer. Je ne sais pas m'exprimer correctement, et je n'y connais rien en peinture, en art, en musique. J'ai juste appris à qui balancer un pourboire et combien il faut mettre.

— Tu ne trouves pas que ça donne du piment à ton existence ? Moi, si.

— Quoi qu'il en soit, m'entêtai-je, il est hors de question que tu traînes ma mère à ta petite réunion de famille.

— Je n'ai pas l'intention de traîner qui que ce soit où que ce soit, mais il me semble, Mike, que je devrais aller voir ta mère quand nous serons de retour en Angleterre.

— Non, répondis-je violemment.

Elle me regarda avec un certain désarroi :

— Mais pourquoi, Mike ? Tout ce que je veux dire, c'est qu'il serait très impoli de ma part de ne pas le faire. Tu lui as annoncé que tu étais marié ?

— Pas encore.

— Pourquoi ?

Je ne répondis pas.

— Est-ce que la façon la plus simple de le lui apprendre ne serait pas de m'emmener la voir quand nous serons rentrés en Angleterre ?

— Non, répétai-je, sur un ton moins violent cette fois mais avec toujours autant de fermeté.

— Tu ne veux donc pas que je fasse sa connaissance, fit lentement Ellie.

Que je ne le veuille pas, c'était évident et ça devait sauter aux yeux. Quant à expliquer pourquoi, c'était une autre paire de manches. Je ne voyais pas comment justifier mon refus.

— Ce ne serait pas une bonne chose, crois-moi, dis-je sans plus m'énerver. Je suis sûr que ça créerait des problèmes.

— Tu penses qu'elle ne m'aimerait pas ?

— Qui donc pourrait ne pas t'aimer ? Mais ce ne serait pas… oh ! je ne sais pas comment dire. Elle pourrait être contrariée, se sentir gênée. Tu comprends, j'ai… je me suis marié au-dessus de ma condition. C'est une formule démodée mais qui dit bien ce qu'elle veut dire. Et je sais que l'idée ne lui plaira pas.

Ellie secoua doucement la tête :

— On raisonne vraiment encore comme ça, de nos jours ?

— Bien sûr. Et dans ton pays aussi.

— Oui, en un sens, c'est exact, mais là-bas… si quelqu'un réussit à percer…

— Tu veux dire si un type réussit à se faire un paquet de fric.

— Ce n'est pas uniquement lié à l'argent.

— Mais si, c'est l'argent qui prime. Si on en gagne beaucoup, on est respecté, admiré… quelle que soit sa naissance.

— Ça, c'est la même chose partout.

— S'il te plaît, Ellie, insistai-je. Ne va pas voir ma mère.

— Je persiste à penser que ce n'est pas gentil.

— Non, c'est vrai. Mais je t'en prie, laisse-moi juger de ce qu'il y a de mieux à faire avec ma propre mère. Elle serait bouleversée, je t'assure.

— Mais il va bien falloir que tu lui dises que tu t'es marié.

— C'est entendu, dis-je. Je le ferai.

Je songeai alors qu'il me serait plus facile d'écrire à ma mère de l'étranger. Ce soir-là, quand Ellie écrivit à oncle Andrew, à oncle Frank et à sa belle-mère Cora Van Stuyvesant, je fis moi aussi ma lettre. Elle fut très courte :

« Chère Maman, j'aurais dû t'en parler avant, mais je me sentais gêné aux entournures. Je me suis marié il y a trois semaines. Ça s'est fait en moins de deux. C'est une fille ravissante et adorable. Elle a beaucoup d'argent, ce qui rend parfois les choses un peu embarrassantes. Nous allons faire construire une maison à la campagne. Pour le moment, nous voyageons en Europe. Ton fils qui pense à toi, Mike. »

Les réponses à nos divers courriers de ce soir-là furent assez différentes. Ma mère laissa passer une semaine avant de m'envoyer une lettre bien dans son style :

« Cher Mike. J'ai été contente de recevoir ta lettre. J'espère que tu seras très heureux. Ta mère affectionnée. »

Comme Ellie l'avait prédit, il y eut beaucoup plus de problèmes de son côté. La nouvelle fit l'effet d'une bombe. Nous fûmes assaillis par des journalistes qui voulaient tout savoir sur notre « merveilleux mariage d'amour » ; il y eut des articles dans toute la presse sur l'héritière des Guteman et son incroyable fugue romanesque ; et il y eut une pluie de lettres de banquiers et d'hommes de loi. Et finalement des rendez-vous officiels furent fixés. Dans l'entretemps, nous sommes allés retrouver Santonix à *l'Arpent du Gitan* où nous avons examiné les plans avec lui et discuté de divers points de détail. Puis, quand tout a été réglé, nous sommes repartis pour Londres où nous avons pris une suite au *Claridge*, et nous nous sommes préparés, comme il est dit dans les livres de l'ancien temps, *à* affronter la cavalerie adverse.

Le premier qui arriva fut Mr Andrew P. Lippincott. C'était un homme d'un certain âge, grand et maigre, l'air froid et méticuleux, mais aux manières affables et courtoises. Il était de Boston et, à sa façon de parler, je n'aurais pu deviner qu'il était américain. Après avoir pris rendez-vous par téléphone, il vint nous trouver dans notre suite à midi. Bien qu'elle le cachât parfaitement, je sentis qu'Ellie était nerveuse.

Mr Lippincott embrassa Ellie et me tendit la main avec un sourire aimable :

— Eh bien, Ellie, ma chère enfant, vous avez une mine superbe. Vous êtes resplendissante, il n'y a pas à dire.

— Comment allez-vous, oncle Andrew ? Comment êtes-vous venu ? Vous avez pris l'avion ?

— Non, j'ai fait une très agréable traversée sur le *Queen Mary*. Voilà donc votre mari ?

— Voilà Mike, oui.

Je pris mon air le plus aimable, ou du moins telle fut mon intention.

— Comment allez-vous, monsieur ? dis-je.

Puis je lui proposai un verre, qu'il refusa avec bonhomie. Il s'assit sur une délicate bergère de bois doré et nous regarda tour à tour, Ellie et moi, en souriant :

— Eh bien, jeunes gens, vous pouvez vous vanter de nous avoir causé un choc. Tout cela est bien… romanesque, n'est-ce pas ?

— Je suis désolée, déclara Ellie. Je suis vraiment désolée.

— Ah bon ? s'enquit Mr Lippincott, mi-figue, mi-raisin.

— Je pensais que c'était le meilleur moyen, dit Ellie.

— En l'occurrence, je ne suis pas tout à fait de votre avis, ma chère petite.

— Oncle Andrew, plaida Ellie, vous savez parfaitement bien que si j'avais procédé autrement cela aurait entraîné des histoires épouvantables.

— Pourquoi des histoires épouvantables ?

— Vous savez comment ils se sont toujours comportés avec moi. Tout comme vous, d'ailleurs, ajouta-t-elle d'un air accusateur. J'ai reçu deux lettres de Cora, une hier et une ce matin.

— Vous deviez bien vous attendre à une certaine agitation, ma chère enfant. Ce n'est que trop normal dans de telles circonstances, vous ne croyez pas ?

— C'est à moi de décider qui j'épouse, comment et où.

— C'est votre droit de penser ainsi, mais, dans nos familles, les femmes en général ne partagent pas votre avis.

— Franchement, j'estime avoir évité beaucoup de problèmes à tout le monde.

— On peut en effet voir les choses sous cet angle.

— Mais c'est vrai, non ?

— Avouez que vous nous avez bien menés en bateau – et ce, avec l'aide de quelqu'un qui aurait dû être de meilleur conseil.

Ellie rougit :

— Vous voulez parler de Greta ? Elle n'a fait que ce que je lui demandais de faire. Ils sont tous furieux contre elle ?

— Bien entendu. Ni elle ni vous ne pouviez espérer qu'il en aille autrement, non ? Elle occupait, rappelez-vous, un poste de confiance.

— Je suis majeure. Je peux désormais faire ce que je veux.

— Je vous parle de la période qui a précédé votre majorité. C'est à ce moment-là que le petit jeu a commencé, n'est-ce pas ?

— Il ne faut pas en vouloir à Ellie, monsieur, intervins-je. Au début, je n'étais au courant de rien et, comme toute sa famille vivait à l'étranger, il ne m'était pas facile de prendre contact avec elle.

— Je suis parfaitement conscient, dit Mr Lippincott, que Greta postait des lettres et fournissait à Mrs Van Stuyvesant et à moi-même des « informations » selon les indications précises d'Ellie et qu'elle s'est, si je puis toutefois m'exprimer ainsi, fort bien acquittée de sa tâche. Vous avez déjà rencontré Greta Andersen, Michael ? Je peux vous appeler Michael, puisque vous êtes le mari d'Ellie.

— Bien sûr, acquiesçai-je. Appelez-moi Mike. Non, je n'ai pas encore rencontré miss Andersen.

— Vraiment ? Voilà qui me surprend.

Il fixa longuement sur moi ses petits yeux scrutateurs :

— J'aurais pourtant cru qu'elle serait présente à votre mariage.

— Non, Greta n'y était pas, répliqua Ellie en me jetant un regard lourd de reproches que j'esquivai avec gêne.

Les yeux de Mr Lippincott restaient rivés sur moi. Son attitude me mit mal à l'aise. Il fut sur le point de dire quelque chose, mais il se ravisa. Puis il déclara :

— Je crains bien que vous n'ayez tous deux, Michael et Ellie, à subir un certain nombre de reproches et de critiques de la part de la famille d'Ellie.

— J'imagine qu'ils vont s'abattre sur moi comme une nuée de corbeaux, soupira Ellie.

— C'est fort probable, convint Mr Lippincott. J'ai cependant essayé de préparer le terrain, ajouta-t-il.

— Vous êtes de notre côté, oncle Andrew ? demanda Ellie, le sourire aux lèvres.

— Vous ne pouvez en attendre autant d'un homme de loi prudent. Mais la vie m'a appris qu'il est sage de s'incliner devant le fait accompli. Vous êtes tombés amoureux l'un de l'autre, vous vous êtes mariés et, si j'ai bien compris, Ellie, vous avez acheté une propriété dans le sud de l'Angleterre et avez déjà commencé à y faire construire une maison. Vous avez donc l'intention de vivre dans cette région ?

— En effet, c'est là que nous voulons habiter. Y verriez-vous une objection ? dis-je avec une pointe de colère dans la voix. Ellie est désormais ma femme, elle est par conséquent sujet britannique. Aussi pourquoi n'habiterions-nous pas l'Angleterre ?

— Rien ne s'y oppose. En fait, rien n'empêche Fenella de vivre dans le pays de son choix et même de posséder une propriété dans autant de pays qu'elle voudra. La maison de Nassau vous appartient, rappelez-vous, Ellie.

— Ah ! je croyais qu'elle était à Cora. Elle s'est toujours comportée comme si c'était la sienne.

— Les actuels titres de propriété sont pourtant à votre nom. Vous possédez également la maison de Long Island et pouvez y aller quand bon vous semble. Vous êtes aussi propriétaire d'une grosse affaire de gisement de pétrole dans l'Ouest.

Sa voix était aimable, agréable, mais j'avais l'impression que, bizarrement, c'est à moi que ces propos s'adressaient. Cherchait-il à me faire mesurer la distance qu'il y avait entre Ellie et moi ? Ce n'était pas impossible. En tout cas, ce n'était pas très délicat de sa part d'exposer ainsi à un homme que sa femme possédait des propriétés dans le monde entier et était fabuleusement riche. J'aurais plutôt cru qu'il allait, au contraire, minimiser les droits de propriété d'Ellie, son argent et tout le reste. Si j'avais été coureur de dot, comme à l'évidence il le pensait, cela n'aurait fait qu'apporter de l'eau à mon moulin. Mais je pris conscience que Mr Lippincott était un homme subtil, qu'il me serait donc toujours difficile de savoir où il voulait en venir et ce qui se cachait derrière ses manières aimables et posées. Essayait-il à sa façon de me mettre mal à l'aise, de me faire sentir que j'allais, aux yeux de tous, porter l'étiquette de gigolo ?

— J'ai apporté un certain nombre de documents officiels qu'il va vous falloir remplir avec moi, dit-il à Ellie. Vous devrez également signer beaucoup de paperasses.

— Oui, bien sûr, oncle Andrew. Quand vous voudrez.

— C'est moi qui suis à votre disposition. Il n'y a pas d'urgence. J'ai d'autres affaires à traiter à Londres et je serai là pendant une dizaine de jours.

Dix jours, pensai-je. C'est beaucoup. J'aurais préféré que Mr Lippincott ne s'incruste pas pendant dix jours. Il paraissait assez amical avec moi, cependant on voyait bien qu'il réservait encore son jugement sur certains points, et je me demandai s'il était réellement mon ennemi. Si tel était le cas, il ne serait certainement pas homme à le faire voir.

— Bien, continua-t-il, maintenant que nous nous sommes rencontrés et, pourrait-on dire, mis d'accord sur l'avenir, j'aimerais avoir un petit entretien privé avec votre mari.

— Vous pouvez nous parler à tous les deux, fit remarquer Ellie qui visiblement n'appréciait pas cette demande d'aparté.

Je posai alors la main sur son bras :

— Allons, ne te fâche pas, mon chou, tu n'es pas une mère poule protégeant ses poussins.

Je l'entraînai doucement vers la porte qui conduisait à notre chambre :

— Oncle Andrew veut me jauger, il en a bien le droit.

Je lui fis gentiment passer les doubles portes et les refermai derrière elle, puis je revins dans la pièce. C'était un grand et beau salon. Je pris un fauteuil et m'assis face à Mr Lippincott.

— Très bien, dis-je. Ouvrez le feu.

— Merci, Michael. Tout d'abord, je tiens à vous assurer que je ne suis pas votre ennemi, contrairement à ce que vous pourriez croire.

— Ah ! tant mieux. Je suis content de vous l'entendre dire. Je me posais en effet la question.

— Permettez-moi de vous parler franchement, préluda Mr Lippincott, plus franchement que je ne pouvais le faire devant cette chère enfant dont je suis le tuteur et à laquelle je suis très attaché. Vous n'avez pas encore pu vous en rendre compte, Michael, mais Ellie est la jeune fille la plus douce et la plus adorable qu'il m'ait été donné de connaître.

— Ne vous mettez pas martel en tête. Je suis très amoureux d'elle.

— Ce n'est pas tout à fait la même chose, ironisa quelque peu Mr Lippincott. *Je souhaiterais que le fait d'être amoureux d'elle ne vous empêche pas de mesurer à quel point elle est adorable et, dans une certaine mesure, vulnérable.*

— J'essaierai, répondis-je. Mais je ne crois pas que cela me sera très difficile. Ellie est une femme exceptionnelle, j'en suis bien persuadé.

— Cela étant posé, continuons. Je vais abattre mon jeu et ne rien vous cacher. Vous n'êtes pas le genre de garçon que j'aurais souhaité voir Ellie épouser. J'aurais aimé, et sa famille également, qu'elle épouse quelqu'un de son entourage, de son milieu…

— Un aristo, en d'autres termes, l'interrompis-je.

— Non, pas seulement ça. Posséder les mêmes antécédents, avoir reçu une éducation similaire me semble être le fondement d'un bon mariage. Et cela n'a rien à voir avec le snobisme. En fait, Herman Guteman, son grand-père, a débuté dans la vie comme docker. A la fin de sa carrière, c'était l'un des hommes les plus riches des Etats-Unis.

— Après tout, vous n'en savez rien, mais je pourrais peut-être en faire autant. Je peux devenir l'un des hommes les plus riches d'Angleterre.

— Rien n'est impossible, admit Mr Lippincott. Avez-vous des ambitions de cette envergure ?

— Ce n'est pas uniquement l'argent qui m'intéresse. J'aimerais… j'aimerais me tailler ma place au soleil, entreprendre… je ne sais pas, moi… Et je…

J'hésitai, puis m'arrêtai.

— Vous avez donc des ambitions, dirons-nous ? Eh bien, j'en accepte avec joie l'augure.

— Je pars avec toutes mes chances, puisque je pars de zéro. Je ne suis rien ni personne, je ne prétends pas le contraire.

Il fit un signe de tête approbateur :

— J'apprécie l'élégance de la formule ainsi que son ingénuité. Maintenant, Michael, je ne suis pas un parent d'Ellie, mais son tuteur. Je suis également son curateur, désigné par son grand-père, et donc chargé d'administrer sa fortune et de veiller sur ses intérêts. J'assume par conséquent une certaine responsabilité vis-à-vis de sa famille. C'est pourquoi je veux connaître le mieux possible le mari qu'elle s'est choisi.

— Eh bien, dis-je, vous pouvez faire procéder à une enquête sur mon compte, j'imagine, et obtenir ainsi tous les renseignements que vous voulez.

— En effet, admit Mr Lippincott. Ce serait une manière de procéder. Voire une sage précaution à prendre. Mais en réalité, Michael, c'est de votre propre bouche que j'aimerais apprendre qui vous êtes. Je voudrais que vous me racontiez vous-même quelle a été votre vie jusqu'à maintenant.

Bien sûr, cela ne me plaisait pas du tout. J'imagine qu'il le savait. Personne dans ma situation n'aurait aimé ça. C'est dans la nature humaine de ne vouloir montrer que le meilleur de soi. Je n'avais failli à cette règle ni à l'école ni plus tard, me vantant de prétendus hauts faits et racontant sur moi monts et merveilles, quitte à déformer quelque peu la vérité. Je n'en avais pas honte. Je pense que c'est naturel. J'estime, de plus, que c'est un élément indissociable de toute idée de réussite. Il faut toujours se présenter sous son meilleur jour. Les gens vous jugent selon la valeur que vous vous attribuez. Je ne voulais pas être comme ce personnage de Dickens. Ils en font la lecture à la télévision, et je reconnais que c'est une bonne histoire. Uriah Je-ne-sais-trop-quoi, il s'appelait, et il donnait constamment de lui l'image de l'humilité incarnée, mais en fait, derrière cette humilité se cachaient toutes sortes de manigances. Je ne voulais pas être comme ça.

J'étais toujours prêt à me vanter un peu avec les types que je rencontrais ou à faire valoir mes qualités face à un futur employeur. Après tout, on a tous un bon et un mauvais côté, et il est préférable de ne pas montrer le mauvais côté, de ne pas attirer l'attention sur lui. Non, je m'étais toujours présenté sous mon meilleur angle, en insistant sur mes facultés d'adaptation. Mais je n'envisageais pas de jouer ce genre de jeu avec Mr Lippincott. Il avait paru traiter par le mépris mon idée de faire procéder à une enquête privée sur mon compte, mais je n'étais pas du tout sûr qu'il n'y aurait pas recours un jour. Aussi décidai-je de lui livrer la vérité pure et sans fard, comme on dit.

Je ne fis pas mystère de mes débuts misérables entre un père alcoolique et une mère qui se tuait à la tâche pour pouvoir assurer mon éducation. Je ne cachai pas mon côté « pierre qui roule », qui m'avait sans cesse fait passer d'un travail à un autre. C'était un auditeur attentif, encourageant, si vous voyez ce que je veux dire. De temps en temps, cependant, je prenais conscience de sa sagacité, lorsqu'il glissait de petites remarques ou posait des questions auxquelles il me fallait parfois répondre par oui ou par non sans même avoir eu le temps d'y réfléchir.

Oui, je sentais qu'il valait mieux que je me montre prudent et que je reste sur mes gardes. Au bout de dix minutes, je fus bien content de le voir se carrer contre le dossier de son fauteuil et mettre fin au troisième degré – si on peut toutefois appeler ça comme ça, car ça n'y ressemblait pas vraiment.

— Vous avez face à la vie une attitude entreprenante et audacieuse, pour ne pas dire aventureuse, Mr Rogers… euh… Michael. Ce n'est pas une mauvaise chose. Parlez-moi de cette maison qu'Ellie et vous faites construire.

— Eh bien, ce n'est pas loin de la petite ville de Market Chadwell.

— Oui, je sais où elle se trouve. En fait, je suis allé la voir. Hier, très exactement.

Cela m'inquiéta un peu. C'était bien la preuve que je me trouvais face à un homme retors, qui mettait son nez dans plus de choses qu'on n'aurait pu l'imaginer.

— Le site est superbe, dis-je sur la défensive, et la maison que nous faisons construire sera très belle. L'architecte est un garçon qui s'appelle Santonix. Rudolf Santonix. Je ne sais pas si vous avez déjà entendu parler de lui, mais…

— Oh ! si, m'interrompit Mr Lippincott, c'est un nom bien connu parmi les architectes.

— Il a réalisé quelques constructions aux Etats-Unis, je crois.

— En effet, c'est un architecte plein de talent et de promesses. Malheureusement, il n'est pas en très bonne santé, semble-t-il.

— Il est persuadé qu'il va bientôt mourir, mais je ne le crois pas. Je suis persuadé qu'il va guérir et recouvrer la forme. Les médecins sont tous les mêmes… ils disent n'importe quoi.

— Je souhaite que l'avenir vous donne raison. Vous êtes un optimiste.

— Je le suis pour Santonix.

— Espérons que tous vos désirs se réaliseront. Je dois avouer qu'il me semble qu'Ellie et vous avez fait un bon investissement en achetant cette propriété.

Je trouvai gentil de la part du vieux guignol d'avoir dit « vous ». De ne pas me faire remarquer que c'était Ellie qui en avait fait seule l'acquisition.

— J'ai eu un entretien avec Mr Crawford…

— Crawford ? répétai-je en fronçant légèrement les sourcils.

— Mr Crawford, de Reece & Crawford, un cabinet de notaires anglais. Mr Crawford est l'un des notaires qui se sont chargés de l'achat. C'est un bon cabinet d'affaires et j'ai appris que cette propriété a été acquise à des conditions très intéressantes. Je dois avouer que cela m'a un peu étonné. Je connais la valeur actuelle du terrain dans cette région et j'ai vraiment été surpris. Il m'a semblé que Mr Crawford lui-même ne s'attendait pas à l'obtenir à ce prix. Je me demandais si vous saviez pourquoi cette propriété s'est vendue si bon marché. Mr Crawford n'a avancé aucune opinion là-dessus. À vrai dire, il a paru légèrement embarrassé quand je lui ai posé la question.

— Eh bien, dis-je, il y en a qui prétendent que l'endroit est maudit.

— Je vous demande pardon, Michael, qu'avez-vous dit ?

— Une malédiction, monsieur, expliquai-je. Un sort jeté par des gitans, un truc comme ça. Dans le pays, ils appellent cette propriété *l'Arpent du Gitan*.

— Ah ! Une légende ?

— Oui. C'est assez confus et je ne saurais faire la part du vrai et de l'imaginaire dans cette histoire. Il y aurait eu un meurtre il y a longtemps. Un homme, sa femme et un troisième individu. Le mari aurait tué les deux autres, puis se serait suicidé. Du moins tel semble avoir été la conclusion du tribunal. Mais d'autres histoires circulent. En fait, je crois que personne ne sait au juste ce qui s'est passé. C'était il y a bien longtemps. Quatre ou cinq propriétaires s'y sont succédé depuis, mais personne n'y est resté longtemps.

— Ah ! fit Mr Lippincott d'un air entendu, c'est tout à fait typique du folklore anglais.

Il me regarda avec curiosité :

— Et Ellie et vous n'êtes pas effrayés par cette malédiction ? demanda-t-il avec un petit sourire.

— Non, bien sûr. Ni Ellie ni moi ne croyons à ce genre de sottises. En fait, c'est pain bénit, car, grâce à ces racontars, nous ne l'avons pas payée cher.

Une idée me frappa soudain. En un sens, c'était une chance, mais en même temps j'avais conscience qu'avec l'argent que possédait Ellie, ses propriétés et tout le reste, ça lui était bien égal d'acheter un terrain à pas cher ou au prix fort. Puis, je me dis que non, que je me trompais. Après tout, son grand-père, après avoir été docker, était devenu millionnaire. Et pour quelqu'un comme lui acheter pas cher et revendre un bon prix devait avoir de l'importance.

— Eh bien, je ne suis pas superstitieux non plus, dit Mr Lippincott, et la vue que l'on a de votre propriété est grandiose.

Après une hésitation, il ajouta :

— J'espère simplement que, lorsque vous irez vous installer dans cette maison pour y vivre, Ellie n'entendra pas trop parler de ces histoires.

— Je la protégerai du mieux que je pourrai. De toute façon, je ne pense pas que quelqu'un viendra lui en parler.

— Oh ! vous savez, les gens dans les villages aiment bien colporter ce genre d'histoires. Et Ellie, rappelez-vous, n'est pas aussi forte que vous l'êtes, Michael. Elle peut être facilement influençable. Pas toujours, cependant. Ce qui me conduit à…

Il ne continua pas sa phrase, et je n'ai pas su ce qu'il avait eu l'intention de me confier. Puis, tapotant du doigt sur la table, il reprit :

— Je vais aborder maintenant un autre point, un point épineux. Vous venez de me dire que vous n'aviez jamais rencontré cette Greta Andersen.

— Non, c'est exact, je ne l'ai pas encore vue.

— C'est étrange. Très curieux.

— Et pourquoi ? lui demandai-je.

— J'aurais juré que vous aviez déjà fait sa connaissance, dit-il lentement. Que savez-vous d'elle ?

— Je sais qu'elle vivait auprès d'Ellie depuis quelque temps.

— Greta est arrivée quand Ellie avait dix-sept ans. Elle a occupé un poste de responsabilité et de confiance. Elle est d'abord venue aux Etats-Unis en tant que secrétaire et demoiselle de compagnie. Une sorte de chaperon pour Ellie quand Mrs Van Stuyvesant, sa belle-mère, n'était pas à la maison – ce qui, je me dois de le dire, était assez fréquent. (Il avait fait cette remarque avec une ironie particulièrement grinçante.) Je me suis laissé dire à l'époque que c'était une jeune fille bien née, moitié suédoise, moitié allemande, et possédant d'excellentes références. Ellie s'est tout naturellement attachée à elle.

— C'est ce que j'ai également cru comprendre.

— D'une certaine manière, Ellie s'était, me semble-t-il, presque trop attachée à elle. Cela ne vous dérange pas que je le formule ainsi ?

— Non. Pourquoi cela me dérangerait-il ? En fait, c'est… eh bien, c'est ce qu'il m'est arrivé de penser. Greta ceci, Greta cela. J'en ai été… bon, je sais que je ne devrais pas y attacher d'importance, mais j'avoue en avoir été parfois agacé.

— Et cependant elle n'a jamais exprimé le désir que vous rencontriez Greta ?

— Eh bien, c'est assez difficile à expliquer. Il me semble, oui, qu'elle me l'a suggéré discrètement une fois ou deux, mais sans doute étions-nous trop absorbés l'un par l'autre. De plus, je crois que je n'avais pas envie de rencontrer Greta parce que je ne voulais pas partager Ellie avec qui que ce soit.

— Je vois. Oui, je vois. Et Ellie n'a pas proposé que Greta soit présente à votre mariage ?

— Si, elle l'a proposé.

— Mais… mais vous ne vouliez pas qu'elle y assiste. Pourquoi ?

— Je ne sais pas. Vraiment, je ne sais pas. Sans l'avoir jamais rencontrée, j'avais le sentiment qu'elle se mêlait constamment de nos affaires. Que c'était elle, voyez-vous, qui régentait la vie d'Ellie. Après avoir décidé dans ses moindres détails d'un itinéraire qu'Ellie devrait suivre, elle envoyait à sa place lettres et cartes postales pour mener la famille en bateau. J'ai senti que, d'une certaine manière, Ellie était dépendante de Greta, qu'elle se laissait diriger par Greta, qu'elle faisait tout ce que voulait Greta. Je… oh ! je suis désolé, Mr Lippincott, je n'aurais peut-être pas dû dire tout ça. J'aurais mieux fait d'avouer que j'étais tout bonnement jaloux. En tout cas, je me suis emporté et j'ai décrété que je ne voulais pas de Greta au mariage, que c'était notre mariage, que c'était notre affaire et celle de personne d'autre. Nous sommes donc allés au bureau d'état civil tous les deux, et ce sont un garçon de bureau et une dactylo qui nous ont servi de témoins. C'était sans doute un peu mesquin de ma part de refuser la présence de Greta, mais je voulais Ellie à moi tout seul.

— Je vois. Oui, je vois, et je pense, Michael, que vous avez agi avec discernement, si je puis m'exprimer ainsi.

— Vous n'aimez pas Greta non plus, avançai-je avec perspicacité.

— Vous pouvez difficilement utiliser l'expression « non plus », Michael, si vous ne la connaissez pas.

— Non, je sais, mais, quand on entend beaucoup parler de quelqu'un, on finit par s'en faire une idée, par avoir une opinion sur ce quelqu'un. Et puis, bon, mettons que je suis jaloux. Et vous, pourquoi est-ce que vous n'aimez pas Greta ?

— Ceci est entre nous, dit Mr Lippincott, mais vous êtes le mari d'Ellie, Michael, et j'ai à cœur de veiller sur son bonheur. Je ne crois pas que l'influence qu'a Greta sur Ellie soit bénéfique. Elle a beaucoup trop d'emprise sur elle.

— Vous pensez qu'elle va essayer de semer la zizanie entre nous ? demandai-je.

— Je le crois, bien que rien ne m'autorise à m'avancer ainsi.

Clignant des paupières comme une vieille tortue ridée, il me regardait avec circonspection.

Je ne savais plus quoi dire. Mais il parla le premier, choisissant ses mots avec soin.

— Par la suite, n'a-t-il jamais été question que Greta Andersen puisse venir habiter avec vous ?

— J'espère pouvoir l'éviter, déclarai-je.

— Ah ! c'est ainsi que vous envisagez la chose ? L'idée en a donc été émise.

— Ellie m'en a vaguement parlé. Mais nous venons de nous marier, Mr Lippincott. Pour le moment, nous voulons notre maison… notre maison toute neuve, rien que pour nous. Bien sûr, j'imagine qu'elle va venir nous voir et rester quelques jours. C'est tout naturel.

— Comme vous dites, c'est tout naturel. Mais vous comprendrez sans doute que Greta va avoir quelques difficultés à trouver un nouvel emploi. Le problème n'étant pas ce qu'Ellie pense de Greta, mais ce que les gens qui l'ont engagée et ont mis leur confiance en elle lui reprochent.

— Vous voulez dire que Mrs Van Je-ne-sais-plus-comment ou vous ne lui fournirez pas les recommandations nécessaires pour qu'elle obtienne un autre emploi du même genre ?

— La famille n'est en effet pas disposée à aller au-delà des simples exigences légales.

— Et vous croyez qu'elle va vouloir venir en Angleterre et vivre aux crochets d'Ellie ?

— Je ne voudrais pas que vous fassiez preuve de trop de parti pris à son encontre. Après tout, mon opinion n'engage que moi. Je n'ai pas apprécié un certain nombre de ses initiatives et la manière dont elle les a mises en œuvre. Je pense qu'Ellie, qui a très bon cœur, va être bouleversée d'avoir, dirons-nous, ruiné les perspectives d'avenir de Greta. Elle peut alors impulsivement insister pour qu'elle vienne vivre avec vous.

— Je ne crois pas qu'Ellie ira jusque-là, dis-je lentement.

Je devais paraître un peu préoccupé tout de même, et je pensai que Lippincott allait le remarquer :

— Mais ne pourrions-nous pas… Ellie, plus exactement… ne pourrait-elle pas lui verser une petite retraite ? poursuivis je.

— Difficile d'envisager une telle solution en vous suivant à la lettre pour ce qui est de sa formulation. Pour mettre quelqu'un à la retraite, il y a une question d'âge qui entre en jeu, et Greta est une jeune femme. Qui plus est, une très jolie jeune femme, je dois dire. Belle, en fait, ajouta-t-il d'un ton réprobateur. Elle est très attirante et plaît beaucoup aux hommes.

— Eh bien, elle se mariera peut-être. Si elle est si belle, si séduisante pourquoi n'a-t-elle pas encore convolé ?

— Elle a eu des propositions, je crois, mais elle ne les a pas prises en considération. Je pense, cependant, que votre idée est excellente. C'est une solution qui aurait l'avantage de ne blesser personne. Cela paraîtrait tout à fait normal qu'Ellie, ayant atteint sa majorité et ayant pu se marier grâce aux bons offices de Greta, lui fasse don d'une certaine somme d'argent dans un élan de gratitude.

Ces derniers mots jaillirent de la bouche de Mr Lippincott aussi acides que du jus de citron.

— Eh bien, voilà, c'est parfait ! m'exclamai-je gaiement.

— Je constate une nouvelle fois que vous êtes optimiste. Il ne nous reste plus qu'à espérer que Greta va accepter cette offre.

— Pourquoi ne l'accepterait-elle pas ? Elle serait stupide de la refuser.

— Je ne sais pas. Il est vrai qu'il serait étonnant qu'elle n'accepte pas, d'autant que cela ne l'empêcherait pas, hélas ! de garder des relations amicales avec Ellie.

— Vous avez une arrière-pensée… Quelle arrière-pensée ?

— J'aimerais voir cesser son influence sur Ellie, déclara Mr Lippincott.

Il se leva :

— J'espère pouvoir compter sur votre aide dans ce domaine, et j'aimerais que vous fassiez tout votre possible pour parvenir à un tel résultat.

— Soyez-en assuré, répondis-je. S'il est une chose que je ne souhaite pas, c'est d'avoir Greta constamment à mes basques.

— Vous pourriez changer d'avis quand vous la verrez.

— Ça m'étonnerait. Je n'aime pas les femmes dominatrices, si belles soient-elles.

— Merci, Michael, de m'avoir écouté si patiemment. J'espère que vous me ferez le plaisir de dîner tous les deux avec moi. Mardi soir prochain, si cela vous est possible ? Cora Van Stuyvesant et Frank Barton seront probablement à Londres d'ici là.

— Et il faudra que je les rencontre, je suppose ?

— Oh ! oui, vous n'y échapperez pas.

Il me sourit et cette fois son sourire parut plus sincère qu'il ne l'avait été jusqu'à présent :

— Mais ne vous faites pas trop de souci. Cora, j'imagine, sera très désagréable avec vous, mais Frank se bornera à faire preuve de son absence de tact coutumière. Quant à Reuben, il ne sera pas encore arrivé.

Je ne savais pas qui était Reuben… un autre membre de la famille, supposai-je.

Je me dirigeai vers les doubles portes de communication et les ouvris.

— Viens, Ellie, dis-je, le passage sur le gril est terminé.

Rentrant dans le salon, elle jeta un bref regard sur Lippincott puis sur moi et traversa alors la pièce pour aller l'embrasser.

— Cher oncle Andrew ! s'exclama-t-elle. Je vois que vous avez été gentil avec Michael.

— Eh bien, ma chère enfant, si je n'avais pas été gentil avec votre mari, vous n'auriez plus fait appel à moi par la suite, n'est-ce pas ? Or, il me faut garder la possibilité de vous donner quelques conseils de temps en temps. Vous êtes très jeunes tous les deux, vous savez.

— Très bien, dit Ellie, nous vous écouterons sagement.

— Maintenant, ma chère enfant, j'aimerais avoir un mot en privé avec vous, si c'est possible.

— A mon tour de sortir ! lançai-je en me dirigeant vers la chambre.

Je fermai les doubles portes avec ostentation, mais aussitôt après je rouvris la porte intérieure. Je n'avais pas été aussi bien élevé qu'Ellie, de plus j'étais curieux de découvrir ce que pouvait être l'autre face de Mr Lippincott. Mais en fait, cela ne m'apporta rien. Il donna à Ellie quelques bons conseils. Il lui dit qu'il fallait qu'elle se rende compte qu'il ne devait pas être facile pour un homme pauvre d'être marié à une femme riche. Puis il lui suggéra un petit arrangement financier avec Greta. Elle accepta avec empressement, disant qu'elle se préparait à le lui demander. Il lui proposa également de prendre des dispositions supplémentaires vis-à-vis de Cora Van Stuyvesant.

— Rien ne vous y oblige, précisa-t-il. Elle est déjà très bien pourvue grâce aux pensions alimentaires versées par ses différents maris. Et, comme vous le savez, elle perçoit un revenu, même s'il n'est pas très important, sur les actions que votre grand-père lui a léguées.

— Mais vous estimez que je dois lui en donner davantage ?

— Je pense qu'il n'y a aucune obligation légale ou morale à le faire. Cependant, je crois qu'elle sera beaucoup moins vindicative et, si je puis me permettre, moins désagréable si vous agissez ainsi. Je peux établir cela sous la forme d'une augmentation de revenu, que vous pourrez révoquer à tout moment. Si vous estimez qu'elle aura répandu des rumeurs malveillantes sur Michael, sur vous-même ou sur votre couple, par exemple. Sachant cela, elle gardera peut-être sa langue et évitera d'envoyer les flèches empoisonnées dont elle a la spécialité.

— Cora m'a toujours détestée, dit Ellie. Je le sais.

Puis, avec une timidité soudaine, elle lui demanda :

— Vous aimez bien Mike, n'est-ce pas, oncle Andrew ?

— Je trouve que c'est un jeune homme extrêmement séduisant, répondit Mr Lippincott. Et je suis tout à fait à même de comprendre que vous ayez tenu à l'épouser.

Je ne pouvais en espérer plus. Je n'étais pas vraiment son genre et je le savais pertinemment. Je refermai doucement la porte et, une ou deux minutes plus tard, Ellie vint me chercher.

Nous étions tous deux en train de dire au revoir à Lippincott quand on frappa à la porte. Un jeune chasseur entra avec un télégramme. Ellie le prit et l'ouvrit. Puis elle poussa un petit cri de surprise et de joie :

— C'est Greta ! Elle arrive à Londres cette nuit et viendra nous voir demain. Comme c'est gentil !

Elle nous regarda alors tous les deux :

— Vous ne trouvez pas ?

Elle vit alors deux mines dépitées et entendit deux voix pincées lui répondre, l'une : « Oui, vraiment, ma chère petite » et l'autre : « Et comment ! »

11

J'étais sorti faire des courses, le lendemain matin, et rentrai à l'hôtel un peu plus tard que prévu. Je trouvai Ellie dans le salon central en compagnie d'une grande jeune femme blonde. C'était Greta. Toutes les deux bavardaient comme des pies.

Je ne suis pas doué pour décrire les gens, mais je vais essayer de décrire Greta. Pour commencer, on ne peut nier qu'elle était, comme Ellie l'avait dit, très belle, et aussi, comme Mr Lippincott l'avait admis à contrecœur, très jolie. Ce n'est pas tout à fait la même chose. Si vous dites d'une femme qu'elle est jolie, cela ne signifie pas qu'en réalité vous l'admirez. Mr Lippincott, je l'avais compris, n'admirait pas Greta. N'empêche que quand Greta traversait un salon d'hôtel ou une salle de restaurant, les hommes tournaient la tête pour la regarder. Elle avait le type nordique, avec le teint clair et les cheveux blonds comme les blés. Ils ne lui tombaient pas de chaque côté du visage, comme cela se faisait à Chelsea : elle les coiffait relevés, à la mode du moment. Elle était très typée, très suédoise ou allemande du Nord. En fait, en ajoutant simplement une paire d'ailes, elle aurait pu se rendre à un bal travesti déguisée en Walkyrie. Ses yeux étaient d'un bleu clair lumineux, et sa silhouette était parfaite. Il faut bien l'avouer, elle était renversante !

Je me dirigeai vers les fauteuils où elles étaient assises et les saluai toutes deux d'une manière que j'espérais naturelle et amicale, encore que je ne puisse m'empêcher de me sentir un peu gêné. Je ne suis pas toujours très doué quand il s'agit de jouer la comédie.

— Ah, Mike ! s'exclama aussitôt Ellie. Je vais enfin te présenter Greta !

En plaisantant, et même si la plaisanterie n'était peut-être pas de très bon goût, je répondis que je me doutais qu'il s'agissait d'elle, puis je déclarai :

— Je suis ravi de faire enfin votre connaissance, Greta.

Ellie fit remarquer :

— Sans Greta, comme tu le sais très bien, souligna Ellie, nous n'aurions jamais pu nous marier.

— Allons ! nous aurions bien trouvé le moyen d'y parvenir, répliquai-je.

— Pas si les membres de ma famille nous étaient tombés dessus comme autant de furies. Ils auraient tout fait pour nous séparer. Raconte-moi, Greta, ils ont vraiment été odieux avec toi ? Tu ne m'en as jamais parlé dans tes lettres.

— Je sais qu'il y a mieux à faire que d'écrire ce genre de récriminations à un couple en lune de miel et en plein bonheur, rétorqua Greta.

— Mais ils ont été très en colère contre toi ?

— Bien sûr ! Qu'est-ce que tu crois ? Mais j'y étais préparée, je te le garantis.

— Qu'est-ce qu'ils t'ont dit ? Qu'est-ce qu'ils t'ont fait ?

— Tout ce qu'ils ont pu, dit Greta gaiement. A commencer par la mise à la porte, comme de bien entendu.

— Oui, c'était inévitable. Mais… mais comment as-tu réagi ? De toute façon, ils ne pouvaient pas refuser de te donner un certificat.

— Bien sûr que si, ils le pouvaient. Et ils ne s'en sont pas privés. D'ailleurs, au fond, je les comprends : ils avaient placé leur confiance en moi et je les ai trahis de façon scandaleuse. J'avoue, ajouta-t-elle, qu'en plus j'ai pris un malin plaisir à le faire.

— Mais vers quoi vas-tu t'orienter, maintenant ?

— Oh ! j'ai trouvé un nouveau job, je vais commencer bientôt.

— A New York ?

— Non. Ici, à Londres. Un poste de secrétaire.

— J'espère que tu n'as pas de… difficultés financières ?

— Ma chère Ellie, répondit Greta, comment pourrais-je en avoir avec la somme coquette que tu m'avais fait parvenir en prévision de ce qui allait se passer quand le ballon serait percé… enfin, je veux dire : quand le pot aux roses serait découvert ?

Elle parlait très bien l'anglais avec à peine une petite pointe d'accent, mais elle utilisait beaucoup d'expressions familières qui n'étaient pas toujours appropriées.

— J'ai un peu voyagé, puis je me suis installée à Londres et j'ai fait pas mal d'emplettes.

— Mike et moi avons aussi acheté des tas de choses, dit Ellie avec un sourire, se remémorant nos nombreux achats.

C'était vrai. Nous nous en étions donné à cœur joie sur le Continent. C'était vraiment formidable d'avoir des dollars à dépenser, sans les limitations tatillonnes du ministère des Finances. Nous avions acheté en Italie des brocarts et divers tissus d'ameublement pour la maison. Et puis des tableaux aussi, en Italie et à Paris, à des prix qui m'avaient paru astronomiques. Un univers tout entier s'était ouvert à moi, auquel je n'aurais jamais imaginé pouvoir accéder.

— Vous avez l'air très heureux tous les deux, déclara Greta.

— Tu n'as pas encore vu notre maison, dit Ellie. Elle va être magnifique. Ce sera la maison de nos rêves, n'est-ce pas, Mike ?

— Mais si, je l'ai vue, répliqua Greta. Le jour de mon arrivée en Angleterre, j'ai loué une voiture et je suis allée la visiter.

— Ah bon ? s'étonna Ellie.

— Ah bon ? répétai-je en écho.

— Eh oui ! conclut Greta en nous observant tour à tour.

Ellie paraissait très peinée, terriblement décontenancée. Mais moi je n'étais pas étonné. Je vis tout de suite que notre surprise amusait Greta. Si elle pensa qu'il n'était pas très gentil de se moquer de nous, cette idée ne l'effleura pas longtemps. Elle éclata de rire, d'un rire cristallin qui fit se retourner les autres occupants du salon.

— Vous auriez dû voir vos têtes ! s'esclaffa-t-elle, surtout la tienne, Ellie. Il faut bien que je vous taquine un peu. C'est une maison merveilleuse, magnifique. Cet individu est un génie.

— Oui, acquiesçai-je, c'est un être exceptionnel. Vous allez voir.

— Mais je l'ai déjà vu, répliqua Greta. Il était là-bas le jour où j'y suis allée. Oui, c'est un garçon extraordinaire. Un peu effrayant tout de même, vous ne trouvez pas ?

— Effrayant ? répétai-je, surpris. Qu'est-ce que vous lui trouvez d'effrayant ?

— Bah ! je ne sais pas. On dirait que son regard vous transperce et… et qu'il lit à travers vous. C'est assez déconcertant…

» Il a l'air malade, ajouta-t-elle.

— Malade, il l'est. Il est très malade, renchéris-je.

— Quel dommage ! Qu'est-ce qu'il a ? La tuberculose, quelque chose dans ce goût-là ?

— Non, dis-je, je ne crois pas que ce soit la tuberculose. Ça semble plutôt avoir un rapport avec… un rapport avec le sang.

— Oh ! je vois. Les médecins n'y peuvent pas grand-chose à l'heure actuelle, non ? A part vous tuer en cherchant à vous soigner. Mais ne pensons pas à ça. Pensons à cette maison. Quand sera-t-elle terminée ?

— Bientôt, si on songe à l'allure qu'elle a déjà. Jamais je n'aurais imaginé qu'on puisse bâtir une maison aussi vite.

— Bof ! fit négligemment Greta, avec de l'argent, où est le problème ? Des équipes doublées, des primes et tout ce qui s'ensuit. Tu ne te rends pas vraiment compte, Ellie, comme c'est merveilleux de posséder autant d'argent que tu en as.

Mais moi, je le savais. Je l'avais appris, et bien appris, au cours de ces dernières semaines. Mon mariage m'avait permis d'accéder à un monde entièrement différent, qui n'était pas celui que j'avais imaginé de l'extérieur. Jusqu'ici, un bon couplé gagnant avait été ma plus grande expérience de la richesse. Et quand je gagnais un peu d'argent, je le dépensais aussi vite en faisant le plus gros gueuleton que je pouvais me payer. C'est une attitude très primaire, évidemment. La primarité caractéristique de ma classe sociale. Mais l'univers d'Ellie était un univers différent. Ce n'était pas ce que je croyais : un maximum de super luxe. Ce n'était pas des salles de bains plus grandes, des maisons plus grosses, plus d'installations électriques, des repas plus copieux et des voitures plus rapides. Ce n'était pas dépenser uniquement pour le plaisir de dépenser et d'en mettre plein la vue à tout le monde. Non, au lieu de cela, c'était quelque chose d'incroyablement simple. Cette espèce de simplicité qui vous vient quand vous dépassez le stade d'éclabousser pour le plaisir d'éclabousser. Vous ne voulez pas trois yachts ou quatre voitures et vous ne pouvez pas manger plus de trois repas par jour. Si vous achetez un tableau qui coûte vraiment très cher, vous aurez peut-être envie de n'en mettre qu'un seul dans une pièce. C'est aussi simple que ça. Ce que vous avez est juste ce qui se fait de mieux dans le genre, non parce que c'est ce qu'il y a de mieux, mais parce que vous n'avez aucune raison de ne pas acheter exactement ce qui vous plaît. Vous ne vous dites jamais : « J'ai peur de ne pas pouvoir me le payer. » Et parfois cette étrange simplicité me surprenait et me laissait perplexe. Un jour, nous avions admiré un tableau d'un impressionniste français, un Cézanne, je crois. Il fallait que je retienne ce nom, que je confondais toujours avec « tzigane », qui, si j'ai bien compris, désigne la musique des gitans. Peu après, nous marchions dans les rues de Venise quand Ellie s'arrêta pour regarder des artistes qui exposaient sur le trottoir. Dans l'ensemble, ils faisaient d'affreux dessins pour les touristes, à peu près tous pareils. Des portraits avec des rangées de dents brillantes et des cheveux blonds qui tombaient dans le cou.

Elle a alors acheté un tout petit tableau, qui représentait une vue sur un canal. L'homme qui l'avait peint regarda notre mine et nous le fit payer l'équivalent de six livres. Ce qui était drôle, c'est que je savais très bien qu'Ellie avait eu autant envie de ce tableau à six livres que du Cézanne.

De même, un jour à Paris, elle m'avait dit soudain :

— Comme ce serait amusant de manger une grande tartine de baguette française croustillante, avec du beurre et un de ces fromages qui sont enveloppés dans des feuilles.

C'est ce que nous avons fait et Ellie, je crois, a apprécié davantage ce pique-nique que le repas de la veille au soir qui avait coûté vingt livres. Au début, je ne pouvais pas comprendre ça, puis petit à petit j'ai commencé à me rendre compte. Le problème que je découvrais maintenant, c'était qu'être le mari d'Ellie n'était pas simplement un jeu et une partie de plaisir. Ça comportait aussi des devoirs à faire, des leçons à apprendre : comment entrer dans un restaurant, le genre de mets à commander, les pourboires à laisser et dans quelles circonstances il faut donner plus… Vous devez vous rappeler quel vin on boit avec tel ou tel plat. Il me fallait apprendre tout cela surtout par l'observation. Je ne pouvais pas demander à Ellie parce que c'est le genre de questions qu'elle n'aurait pas comprises. Elle aurait dit : « Mais, Mike chéri, tu peux choisir ce que tu veux. Qu'est-ce que ça peut faire si les serveurs pensent que tu dois boire tel vin avec tel plat ? » Cela ne la gênait pas, elle, parce qu'elle était née dans ce milieu. Mais pour moi ce n'était pas pareil, je ne pouvais pas faire uniquement comme j'en avais envie. Je n'étais pas assez simple pour ça. Pour les vêtements, *idem.* Mais là, Ellie m'aida un peu plus, parce qu'elle pouvait mieux le comprendre. Elle m'emmena dans les bons endroits et me conseilla de me laisser guider.

Bien sûr, ni mon allure ni ma façon de parler n'étaient encore parfaitement au point, mais ce n'était pas très grave. J'en savais désormais assez pour paraître à la hauteur avec des gens comme le vieux Lippincott et, dans peu de temps sans doute, avec la belle-mère d'Ellie et ses oncles quand ils seraient arrivés. Après, cela n'aurait plus aucune importance. Quand la maison serait finie et que nous irions y vivre, nous serions dans notre royaume, bien loin du reste de l'humanité.

Je regardai Greta, assise en face de moi, et je me demandai ce qu'elle avait réellement pensé de notre maison. De toute façon, c'était exactement ce que je voulais. Elle me satisfaisait pleinement. J'avais envie de descendre par un chemin privé passant à travers les arbres et d'arriver dans une petite crique qui serait *notre* plage, à laquelle personne d'autre que nous ne pourrait accéder par la terre ferme. Ce doit être mille fois mieux, pensais-je, de plonger dans la vague dans un endroit comme celui-là. Mille fois mieux que sur une plage où des centaines de corps rôtissent au soleil tout au long du rivage. Je ne voulais pas de luxe *idiot*. Je voulais… les deux mots que jadis je ne cessais de répéter : « je veux… je veux… » me revenaient soudain. Je sentis resurgir en moi ce même flot de désirs. Je voulais une femme superbe et une maison superbe, une maison comme personne d'autre n'en possédait et je voulais que ma superbe maison soit remplie d'êtres et d'objets superbes. D'êtres et d'objets qui n'appartiendraient qu'à moi. Tout à moi.

— Je suis sûr qu'il est en train de penser à notre maison, dit Ellie.

Je m'aperçus alors que cela faisait deux fois qu'elle me proposait d'aller à la salle à manger. Je la regardai avec affection.

Plus tard dans la journée – c'était le soir –, comme nous nous habillions pour aller dîner, Ellie me dit en hésitant :

— Mike, tu… tu aimes bien Greta, n'est-ce pas ?

— Bien sûr, répondis-je.

— Cela me serait très pénible que tu ne l'aimes pas.

— Mais je l'aime bien ! protestai-je. Qu'est-ce qui te fait croire que je ne l'aime pas ?

— Je n'en suis pas tout à fait sûre. J'ai remarqué que tu la regardais à peine, même quand tu lui parlais.

— Eh bien, c'est sans doute que… eh bien, que je suis… intimidé.

— Intimidé par Greta ?

— Elle est un peu impressionnante, tu sais.

Et je racontai à Ellie que Greta me faisait penser à une Walkyrie.

— Elle n'est pas aussi corpulente qu'une Walkyrie d'opéra, s'esclaffa Ellie.

Nous avons alors ri tous les deux, puis je déclarai :

— Pour toi qui la connais depuis des années, tout va bien. Mais moi, je la trouve un peu… eh bien, je la trouve un peu trop sûre d'elle, trop pragmatique, trop sophistiquée.

Je cherchais mes mots et j'avais l'impression de ne jamais trouver les bons. Soudain, j'ajoutai :

— Je me sens… Face à elle, je me sens frustré.

— Oh, Mike ! s'exclama Ellie d'un air contrit. Je sais que nous avons eu un tas de choses à nous raconter. De vieilles plaisanteries, de vieilles histoires qui nous sont arrivées… Je comprends… oui, je comprends que ça ait pu t'agacer. Mais vous deviendrez bientôt amis. Elle te trouve sympathique. Très sympathique. Elle me l'a dit.

— Allons, Ellie, c'est probablement ce qu'elle t'aurait dit en tout état de cause.

— Alors là, non, certainement pas. Greta est très franche. Tu as pu le constater à la manière dont elle nous a parlé aujourd'hui.

C'était vrai que Greta n'avait pas mâché ses mots durant le déjeuner. Elle avait dit, s'adressant à moi plutôt qu'à Ellie :

— Vous avez dû trouver parfois étrange ma façon de soutenir Ellie alors que je ne vous avais pas encore vu. Mais la vie qu'ils lui faisaient mener me révoltait tellement. Elle vivait complètement enfermée dans un cocon qu'ils avaient tissé avec leur argent et leurs idées traditionnelles. Elle ne pouvait jamais s'amuser, aller là où elle en avait envie et faire ce qu'elle voulait. Elle aurait voulu se rebeller, mais elle ne savait pas comment faire. C'est pourquoi… oui, c'est vrai, je l'ai encouragée. Je lui ai suggéré de se trouver une propriété en Angleterre. Ensuite, quand elle a eu vingt et un ans, je lui ai dit qu'elle pouvait désormais s'acheter une maison et tirer sa révérence à toute la clique de New York.

— Greta a toujours des idées merveilleuses ! s'exclama Ellie. Elle pense à des choses auxquelles je n'aurais probablement jamais pensé moi-même.

Quels étaient les mots que Mr Lippincott avait employés ? Qu'elle avait trop d'influence sur Ellie. Je me demandais si c'était vrai. Assez bizarrement, je ne le pensais pas vraiment. Je sentais qu'Ellie avait au fond d'elle-même une force que Greta, malgré tout ce qu'elle savait d'elle, n'avait jamais soupçonnée. Ellie, j'en étais certain, accepterait toujours toutes les idées qui seraient en accord avec les siennes. Greta avait prêché la rébellion à Ellie, mais Ellie souhaitait se rebeller, simplement elle ne savait pas bien comment s'y prendre. Mais je sentais qu'Ellie, maintenant que je commençais à mieux la connaître, était une de ces personnes simples qui ont des ressources imprévues. Je pensais qu'Ellie serait tout à fait capable d'adopter une position personnelle si elle le voulait. Le fait est qu'elle n'avait pas très souvent des désirs personnels, et je songeai alors à la difficulté de percevoir la personnalité de chacun. Même celle d'Ellie. Même celle de Greta. Même peut-être celle de ma propre mère, qui me regardait toujours avec cette sombre inquiétude au fond des yeux…

Je pensai à Mr Lippincott et, tandis que nous pelions de grosses pêches, je déclarai :

— Mr Lippincott semble avoir très bien accepté notre mariage. Ça m'a surpris.

— Mr Lippincott, décréta Greta, est un vieux renard.

— Tu répètes toujours ça, Greta, fit remarquer Ellie. Personnellement, je trouve que c'est un amour. Il est très droit, très juste…

— Eh bien, continue à penser ce que tu voudras, répliqua Greta. Moi, je ne me fierais pas à lui pour deux sous.

— Ne pas se fier à lui ! s'offusqua Ellie.

Greta hocha la tête :

— Je sais que c'est un pilier de respectabilité et de loyauté. Il est tout ce qu'un curateur et un homme de loi doivent être.

Ellie rit et demanda :

— Insinuerais-tu qu'il s'est approprié ma fortune ? Ne sois pas ridicule, Greta. Il y a des milliers d'experts, de banques, de contrôles et tout ce qui s'ensuit.

— Oh ! je pense que c'est réellement un type très bien, répondit Greta. Malgré tout, ce sont toujours ces gens-là qui détournent les fonds. Les gens dignes de confiance. Et, après coup, tout le monde s'écrie : « Je n'aurais jamais cru cela de Mr A ou Mr B. C'est la dernière personne au monde que j'aurais soupçonnée. » Oui, c'est ce qu'ils clament toujours à tous les échos : « La dernière personne au monde. »

Ellie nous confia d'un air pensif que son oncle Frank serait, à son avis, plus enclin à ce genre de pratiques malhonnêtes. Mais cette idée ne semblait pas trop la préoccuper ni la choquer.

— D'accord, il a une tête d'escroc, confirma Greta. C'est déjà un handicap au départ. Et puis toute cette jovialité et cette cordialité dont il fait étalage ! Mais il ne sera jamais capable d'être un escroc d'envergure.

— C'est le frère de ta mère ? demandai-je. Je m'embrouille toujours, dans ta famille.

— C'est le mari de la sœur de mon père, répondit Ellie. Elle l'a quitté pour épouser quelqu'un d'autre, puis elle est morte il y a six ou sept ans. Oncle Frank est resté plus ou moins attaché à la famille.

— Il y en a trois comme ça, fit aimablement remarquer Greta. Trois sangsues qui s'accrochent à toi, devrais-je plutôt dire. Les vrais oncles d'Ellie sont morts, l'un en Corée et l'autre dans un accident de voiture, et tout ce qu'il lui reste c'est une belle-mère passablement détraquée, son oncle Frank – un jovial parasite – et son cousin Reuben, qui se fait appeler oncle mais qui n'est qu'un cousin… et puis Andrew Lippincott et Stanford Lloyd.

— Qui est Stanford Lloyd ? demandai-je étonné.

— Oh ! un autre curateur, n'est-ce pas, Ellie ? En tout cas, il s'occupe des placements et de trucs comme ça. Ce qui ne doit pas être trop compliqué vu la quantité d'argent que possède Ellie. En fait, sa fortune ne cesse d'augmenter sans que personne n'ait beaucoup d'efforts à fournir. Ça, c'est l'entourage le plus proche, poursuivit Greta, et je suis bien sûre que vous n'allez pas tarder à les rencontrer. Ils voudront voir de quoi vous avez l'air.

J'émis un gémissement et regardai Ellie qui, avec douceur et gentillesse me dit :

— Ne t'inquiète pas, Mike. Ils ne s'éterniseront pas.

12

Ils sont venus, mais aucun d'eux n'est resté longtemps. Pas cette fois-ci, pas pour leur première visite. Ils sont venus voir quelle tête j'avais. J'ai eu du mal à les comprendre parce que bien sûr ils étaient tous américains. De plus, c'était le genre d'individus que je n'avais pas beaucoup fréquentés. Certains d'entre eux furent assez aimables. Oncle Frank, par exemple. Mais je fus d'accord avec Greta pour dire que je ne lui aurais pas fait confiance pour deux sous. J'avais déjà eu l'occasion de rencontrer ce même type d'homme en Angleterre. Il était grand, un peu bedonnant et avait des poches sous les yeux qui lui donnaient une tête de débauché, ce qui n'était pas très loin de la vérité, je crois. Il avait un œil à aimer regarder les femmes – et pas seulement à les regarder, pensai-je. Il m'emprunta de l'argent une ou deux fois, de très petites sommes, comme s'il avait besoin d'être dépanné pour un jour ou deux. Je me suis demandé si c'était vraiment parce qu'il avait besoin d'argent ou s'il voulait seulement me tester, voir si je prêtais de l'argent volontiers. C'était embêtant, parce que je ne savais quelle était la meilleure attitude à adopter. Valait-il mieux refuser tout net et lui laisser croire que j'étais un grippe-sou ou faire montre d'une insouciante générosité, ce qui n'était pas du tout le cas ? Au diable l'oncle Frank ! pensai-je.

Cora, la belle-mère d'Ellie, fut celle qui m'intéressa le plus. C'était une femme dans la quarantaine, élégante, aux cheveux teints et au comportement plutôt exubérant. Elle fut tout sucre tout miel avec Ellie.

— Oh ! Ellie, oublie ces lettres que je t'ai envoyées, trémola-t-elle. Tu dois bien comprendre que lorsque j'ai appris que tu t'étais mariée, comme ça, sans prévenir personne, cela m'a terriblement traumatisée. Mais bien sûr, je sais que c'est Greta qui t'a encouragée à agir de cette façon.

— Il ne faut pas en vouloir à Greta, dit Ellie. Je ne pensais pas vous bouleverser tous à ce point. Je pensais simplement que… eh bien, qu'ainsi cela ferait moins d'histoires…

— Oui, bien sûr, ma chérie, là, je ne te donne pas tort. Mais les hommes d'affaires dans leur ensemble ont été vraiment furieux. Particulièrement Stanford Lloyd et Andrew Lippincott. Ils devaient penser que tout le monde allait leur reprocher de ne pas avoir veillé davantage sur toi. Et bien sûr ils se demandaient quel genre de garçon allait être Mike. Ils n'imaginaient pas à quel point il est charmant. Moi non plus d'ailleurs.

Elle m'adressa alors un sourire, un sourire enjôleur, mais un des plus hypocrites qu'il m'ait été donné de voir ! Je me dis que si Cora avait jamais haï un homme, cet homme, c'était moi. Je savais pourquoi elle se montrait si charmante avec Ellie. Andrew Lippincott était retourné aux Etats-Unis et lui avait, sans doute, conseillé la prudence. Comme Ellie avait décidé de s'installer définitivement en Angleterre, elle allait vendre une partie de ses biens outre-Atlantique et faire une rente à Cora afin que sa belle-mère puisse vivre où elle l'entendait. Personne ne parla beaucoup du mari de Cora. Je crus comprendre qu'il avait déjà filé Dieu sait où, et qu'il n'avait pas levé le pied tout seul. Il était donc probable qu'un autre divorce fût en instance. La pension alimentaire de ce dernier mari de Cora ne serait sans doute pas importante, car il était beaucoup plus jeune qu'elle et possédait plus d'attraits physiques que de biens au soleil.

Cette rente, Cora la voulait. C'était une femme aux goûts dispendieux. Sans doute le vieil Andrew Lippincott lui avait-il fait comprendre à mi-mot que ladite rente pourrait cesser de lui être versée à tout moment pour peu qu'Ellie le décide : au cas, par exemple, où Cora se laisserait aller à me critiquer avec trop de virulence.

Le cousin Reuben, ou oncle Reuben, ne fit pas le voyage. Au lieu de quoi il écrivit à Ellie une lettre aimable et peu compromettante, où il lui souhaitait d'être très heureuse, mais où il doutait qu'elle puisse jamais l'être en Angleterre. « Si ces gens ne te plaisent pas, Ellie, reviens aux Etats-Unis. Et ne va pas t'imaginer que tu n'y seras pas accueillie les bras ouverts, au contraire. En tout cas, tu le seras par ton oncle Reuben. »

— Il paraît plutôt gentil, dis-je à Ellie.

— Oui, répondit Ellie d'un air songeur.

Elle n'en paraissait pas persuadée.

— Est-ce qu'il y en a un que tu préfères ? demandai-je. Mais peut-être ne devrais-je pas te poser ce genre de question ?

— Si, bien sûr, tu peux me poser toutes les questions que tu veux.

Cependant, elle ne répondit pas tout de suite. Puis elle déclara avec une espèce de détermination farouche :

— Non, je ne crois pas. Ça peut paraître bizarre, mais je suppose que c'est parce qu'ils n'appartiennent pas vraiment à ma famille. Ce sont des personnes alliées à ma famille, mais pas de vrais parents. Pas des parents de ma chair et de mon sang. J'aimais mon père, même si je me souviens peu de lui. Je crois que c'était un homme plutôt faible et je pense qu'il a déçu mon grand-père, parce qu'il n'avait pas l'esprit aux affaires. Il ne voulait pas devenir brasseur d'affaires. Ce qu'il aimait, c'est aller pêcher en Floride, des distractions comme ça. Et puis plus tard, il a épousé Cora et je n'ai jamais eu beaucoup d'affection pour Cora… ni Cora pour moi, d'ailleurs. De ma mère, évidemment, je n'ai aucun souvenir. J'aimais oncle Henry et oncle Joe. Ils étaient amusants. D'une certaine manière plus amusants que mon père, qui était, je crois, plutôt calme et taciturne. Mes oncles, eux, aimaient se donner du bon temps. Oncle Joe était, me semble-t-il, un indépendant, du genre excentrique, comme peuvent l'être les gens qui ont beaucoup d'argent. C'est celui qui est mort dans un accident de voiture, l'autre a été tué au front, pendant la guerre. Mon grand-père était déjà malade à cette époque-là et ç'a été pour lui un terrible choc d'avoir perdu ses trois fils. Il n'aimait pas Cora et n'avait pas conservé de relations avec sa famille éloignée. Oncle Reuben, par exemple. Il disait qu'on ne pouvait jamais savoir ce que Reuben avait dans la tête. C'est pourquoi il a pris ses dispositions pour mettre son argent en fidéicommis. Une grosse partie est allée aux musées et aux hôpitaux. Il a largement pourvu Cora, ainsi que le mari de sa fille, oncle Frank.

— Mais il t'a réservé la plus grosse part ?

— Oui. Et je crois que cela le tracassait un peu. Il a fait de son mieux pour qu'on veille sur cet argent pour moi.

— En nommant oncle Andrew et Mr Stanford Lloyd. Un homme de loi et un banquier.

— Oui, il pensait, je suppose, que je n'étais pas capable d'y veiller moi-même. Ce qui est bizarre, c'est qu'il m'ait laissée entrer en possession de cet argent à l'âge de vingt et un ans, qu'il ne le laisse pas en fidéicommis jusqu'à ce que j'en aie vingt-cinq, comme le font beaucoup de gens. Je crois que c'est parce que je suis une fille.

— C'est bizarre, dis-je. J'aurais cru que ce serait l'inverse ?

Ellie secoua la tête :

— Non. Je crois que mon grand-père estimait que les héritiers mâles sont tous un peu frivoles, qu'ils ne prennent pas les choses au sérieux et que les blondes perverses leur mettent facilement le grappin dessus. Il prétendait qu'il valait mieux leur laisser du temps pour faire leurs fredaines. C'est l'expression qu'on utilise ici, n'est-ce pas ? Une fois, il m'a dit : « Si une fille doit être sensée, elle le sera à vingt et un ans. Cela ne changera rien de la faire attendre quatre ans de plus. Si c'est une écervelée, elle le sera toute sa vie. »

Elle me regarda et sourit :

— Il ne me prenait pas pour une écervelée, et il m'a dit aussi : « Tu ne sais pas encore grand-chose de la vie, mais tu as de la jugeote, Ellie. Surtout en ce qui concerne les gens. Et je crois que tu en auras toujours. »

— Je ne crois pas qu'il m'aurait aimé, déclarai-je pensivement.

Ellie était très honnête. Elle n'essaya pas de me rassurer en me racontant n'importe quoi et répondit la stricte vérité :

— Non, je suis même persuadée qu'il aurait été horrifié. Du moins, au début. Après il se serait habitué à toi.

— Pauvre Ellie ! m'exclamai-je soudain.

— Pourquoi dis-tu ça ?

— J'ai déjà employé cette expression, tu te souviens ?

— Oui, tu m'avais traitée de « pauvre petite fille riche ». Et tu avais raison.

— Cette fois-ci, je ne l'ai pas dit de la même manière. Je n'ai pas voulu dire que tu es à plaindre parce que tu es riche. Mais que…

J'hésitai :

— Tu as trop de gens sur le dos. Qui te tournent autour. Beaucoup trop de gens qui attendent de toi monts et merveilles mais qui se soucient de toi comme d'une guigne. Pas vrai ?

— Je crois qu'oncle Andrew se soucie vraiment de moi, dit pensivement Ellie. Il a toujours été gentil avec moi, compréhensif. Les autres… non, tu as tout à fait raison. Ils veulent seulement obtenir de moi des faveurs.

— Ils viennent te taper, n'est-ce pas ? Ils t'empruntent de l'argent, te demandent des services. Ils veulent que tu les sortes du pétrin, des trucs comme ça. Ils vivent sur ton dos, accrochés à toi, comme des sangsues !

— J'imagine que c'est on ne peut plus normal, dit Ellie calmement. Mais maintenant, je suis débarrassée d'eux. Je vais vivre ici, en Angleterre, et je ne les verrai plus beaucoup.

Là, elle se trompait, bien sûr, mais elle ne le savait pas encore. Stanford Lloyd vint un peu plus tard, tout seul. Il apporta un grand nombre de documents, de papiers et de trucs à signer. Il avait besoin de l'accord d'Ellie pour procéder à certains investissements. Il lui parla de placements et d'actions, des biens qu'elle possédait et de la gestion des capitaux. C'était du chinois pour moi. Je n'aurais pas pu l'aider ou la conseiller. Je n'aurais pas pu non plus empêcher Stanford Lloyd de l'escroquer.

J'espérais qu'il ne le faisait pas, mais comment quelqu'un d'aussi ignorant que moi aurait-il pu s'en rendre compte ?

Il y avait dans l'attitude de Stanford Lloyd quelque chose de trop poli pour être honnête. C'était un banquier, et il avait tout à fait l'air d'un banquier. Quoique plus très jeune, il était encore assez bel homme. Il fut très correct avec moi et, bien qu'il me considérât comme un moins que rien, il s'arrangea pour ne pas me le faire voir.

— Ouf ! soupirai-je quand il fut enfin parti, c'est le dernier du lot.

— Tu ne penses pas grand bien de tous ces gens, n'est-ce pas ?

— Je trouve que ta belle-mère, Cora, est une garce, une hypocrite comme je n'en avais encore jamais rencontré. Excuse-moi, Ellie, peut-être que je ne devrais pas dire ça.

— Pourquoi pas, si c'est ce que tu penses ? Je crois d'ailleurs que tu n'as pas vraiment tort.

— Tu as dû te sentir souvent bien seule, Ellie.

Oui, j'étais seule. Je connaissais des filles de mon âge. J'allais dans une école très cotée, mais je n'étais jamais vraiment libre. Si je me faisais une amie, ils trouvaient le moyen de me séparer d'elle et de m'imposer une autre fille à la place. Tu vois ? Tout était dicté par le rang social. Si je m'attachais assez à quelqu'un pour protester… mais en fait, je n'ai jamais insisté. Je ne me suis jamais vraiment attachée à quelqu'un. Pas jusqu'à ce que Greta vienne, et alors tout a été différent. Pour la première fois, quelqu'un m'aimait. C'était merveilleux.

Son visage se détendit.

— Je voudrais…, dis-je en me tournant vers la fenêtre.

— Qu'est-ce que tu voudrais ?

— Oh ! je ne sais pas… Je voudrais que tu ne sois pas… pas aussi dépendante de Greta. Ce n'est pas bon d'être trop dépendant de quelqu'un.

— Tu ne l'aimes pas, Mike.

— Si ! protestai-je vivement. Si, je t'assure. Mais il te faut comprendre, Ellie, qu'elle est… eh bien ! que c'est une étrangère pour moi. Et puis, soyons honnête, je suis un peu jaloux d'elle. Jaloux parce qu'elle et toi… eh bien ! je ne m'étais pas encore rendu compte… à quel point vous étiez liées toutes les deux.

— Ne sois pas jaloux. Elle est la seule personne qui ait été bonne pour moi, qui se soit occupée de moi… jusqu'à ce que je te rencontre.

— Mais tu m'as rencontré et tu m'as épousé.

Et puis, je lui ai répété ce que je lui avais déjà dit :

— Et nous vivrons heureux jusqu'à la fin des temps.

13

J'essaie du mieux que je peux, bien que je ne sois pas très doué, de faire le portrait des gens qui entrèrent dans nos vies, ou plutôt qui entrèrent dans ma vie parce que, bien sûr, ils étaient déjà dans celle d'Ellie. Nous avions fait l'erreur de croire qu'ils allaient en sortir. Mais il n'en fut rien. Ils n'en avaient pas l'intention. Mais nous ne le savions pas encore.

Ce que nous avons vécu après, c'est ce que j'appellerai notre période anglaise. Notre maison fut achevée, nous reçûmes alors un télégramme de Santonix. Il nous avait demandé de nous en éloigner pendant environ une semaine, puis le télégramme arriva. Il disait : « Venez demain. »

Nous avons pris la route et sommes arrivés au coucher du soleil. Santonix entendit la voiture et sortit pour venir à notre rencontre, devant la maison. Quand je la vis terminée, quelque chose jaillit à l'intérieur de moi, si fort qu'il me sembla que cela allait sourdre par tous les pores de ma peau ! C'était *ma maison*… enfin je l'avais ! Je serrai le bras d'Ellie.

— Elle vous plaît ? demanda Santonix.

— Ça atteint des sommets ! m'exclamai-je.

C'était une expression stupide, mais il comprit ce que je voulais dire.

— Oui, acquiesça-t-il, c'est ce que j'ai fait de mieux… Elle vous a coûté une petite fortune, mais cela le vaut bien. J'ai dépassé mes estimations de départ. Venez, Mike, dit-il, prenez-la dans vos bras et faites-lui passer le seuil. C'est ce qu'un jeune marié est censé faire quand il entre dans sa maison !

Je rougis et pris Ellie dans mes bras – elle était toute légère – et je la portai, comme Santonix me l'avait conseillé, pour passer le seuil. Ce faisant, je trébuchai un tout petit peu et vis alors Santonix froncer les sourcils.

— Vous y voilà, dit Santonix. Soyez bon pour elle, Mike. Prenez bien soin d'elle. Ne permettez pas qu'il lui arrive du mal. Elle se croit de taille à s'assumer elle-même, mais ce n'est pas le cas.

— Pourquoi voudriez-vous qu'il m'arrive du mal ? s'étonna Ellie.

— Parce que ce monde est cruel et qu'il est peuplé de gens méchants, déclara Santonix, et parce qu'il y a autour de vous quelques individus malfaisants, mon petit. Je le sais. J'en ai repéré un ou deux. Je les ai vus ici. Ils sont venus fourrer leur nez, renifler partout comme des chacals qu'ils sont. Pardonnez-moi, mais il fallait que quelqu'un vous le dise.

— Ils ne vont plus nous ennuyer, murmura Ellie, ils sont tous repartis pour les Etats-Unis.

— Peut-être, répliqua Santonix, mais ce n'est qu'à quelques heures d'avion.

Il posa les mains sur les épaules d'Ellie. Elles étaient très fines maintenant, très blanches. Il paraissait terriblement malade.

— Je veillerais sur vous moi-même, ma chère petite, si je le pouvais, déclara-t-il, mais je ne le peux pas. Je n'en ai plus pour longtemps. Vous devrez vous débrouiller seule.

— Arrêtez là vos prédictions de gitan, Santonix, intervins-je, et faites-nous faire le tour de notre maison. Faites-nous en voir les coins et recoins.

Nous avons alors fait le tour de la maison. Certaines pièces étaient encore vides, mais la plupart des objets que nous avions achetés, meubles et tableaux, ainsi que les rideaux, étaient en place.

— Nous n'avons pas de nom pour notre maison, fit soudain remarquer Ellie. Nous ne pouvons pas l'appeler

Les Tours, c'était un nom ridicule. Quel est cet autre nom que tu m'as cité une fois ? me demanda-t-elle. *L'Arpent du Gitan*, non ?

— Nous ne l'appellerons pas comme ça, répliquai-je vivement. Je n'aime pas ce nom.

— Par ici, tout le monde continuera à l'appeler comme ça, déclara Santonix.

— Ce ne sont pas les imbéciles superstitieux qui manquent, grommelai-je.

Puis nous nous sommes installés sur la terrasse. Nous avons alors admiré le soleil couchant et le spectacle qui s'offrait à nos yeux en pensant aux noms que nous pourrions donner à notre maison. Ce fut comme une espèce de jeu. Nous avons commencé très sérieusement et puis nous nous sommes mis à proposer toutes sortes de noms idiots du genre : « Mon Repos », « Do-mi-si-la-do-ré », ainsi que des noms de pensions de famille : « La Houle », « Villa Belle », « Les Pins ». Soudain, le ciel s'assombrit, il se mit à faire froid et nous sommes rentrés. Nous n'avons pas tiré les rideaux, mais simplement fermé les fenêtres. Nous avions apporté des provisions. Des domestiques, recrutés moyennant un pont d'or, devaient arriver le lendemain.

— Ils vont probablement détester la maison, dire qu'elle est trop isolée et vouloir repartir, s'inquiéta Ellie.

— Vous leur proposerez de doubler leur salaire et ils resteront, la rassura Santonix.

— Vous croyez, demanda Ellie, qu'on peut acheter tout le monde ?

Mais elle avait dit ça en riant.

Nous avions apporté un pâté en croûte, du pain français et de grosses crevettes roses. Assis autour de la table, nous avons ri, bavardé et mangé. Même Santonix paraissait en forme. Dans ses yeux brillait une sorte de gaieté forcenée.

Et puis cela arriva sans crier gare. Une pierre fracassa la vitre et tomba sur la table. Elle brisa un verre rempli de vin, et un éclat entailla la joue d'Ellie. Nous sommes restés quelques instants comme paralysés, puis j'ai bondi vers la porte-fenêtre et suis sorti sur la terrasse. Ne voyant personne, je suis revenu dans la pièce.

J'ai pris une serviette en papier et me suis penché sur Ellie pour essuyer un filet de sang qui coulait sur sa joue.

— Ça t'a fait mal… Là, ma chérie, ce n'est rien. C'est juste une toute petite coupure causée par un éclat de verre.

Mes yeux rencontrèrent ceux de Santonix.

— Pourquoi est-ce qu'on nous a fait ça ? demanda Ellie.

Elle paraissait très troublée.

— Des gamins, répondis-je, de sales garnements. Des voyous. Ils savent sans doute que nous venons d'arriver. Encore heureux qu'ils se soient contentés d'une pierre. Ils auraient pu tirer avec une carabine à air comprimé.

— Mais *pourquoi* nous ont-ils fait ça ? *Pourquoi ?*

— Je ne sais pas. Pour le plaisir de faire du mal.

Ellie se leva soudain :

— J'ai peur. Je sens que je vais paniquer.

— Nous trouverons demain qui a fait ça, affirmai-je. Nous ne connaissons pas encore les gens du coin.

— Est-ce que c'est parce que nous sommes riches et qu'ils sont pauvres ? suggéra Ellie.

Ce n'est pas à moi qu'elle avait posé la question, mais à Santonix, comme s'il connaissait mieux que moi la réponse.

— Non, répondit Santonix, je ne pense pas que ce soit la raison…

— Alors c'est parce qu'ils nous détestent, proposa Ellie. Ils détestent Mike et ils me détestent moi. *Pourquoi ?* Parce que nous sommes heureux ?

De nouveau Santonix secoua la tête.

— Non, dit Ellie, comme si elle était d'accord avec lui. Non, la raison est tout autre. C'est une raison que nous ignorons. C'est *l'Arpent du Gitan*. Tous ceux qui vivent ici sont détestés, persécutés. Peut-être vont-ils réussir à nous faire partir…

Je remplis un verre de vin et le lui tendis.

— Je t'en prie, Ellie, la suppliai-je. Ne dis pas des choses comme ça. Bois un peu. Ce qui est arrivé est désagréable, mais ce n'est que de la stupidité, de la bêtise à l'état pur.

Je me demande…, soupira Ellie. Je me demande…

Elle me regarda fixement :

— Est-ce que quelqu'un n'essaierait pas de nous chasser d'ici, Mike ? Nous chasser de la maison que nous avons fait construire, de la maison que j'aime.

— Ils n'y parviendront pas, affirmai-je.

Puis j'ajoutai :

— Je veillerai toujours sur toi. Rien de mal ne pourra jamais t'arriver.

Elle regarda de nouveau Santonix et lui demanda :

— Vous avez peut-être une idée ? Vous avez été là pendant la durée des travaux. Est-ce que quelqu'un a un jour proféré des menaces ? Est-ce que quelqu'un est déjà venu jeter des pierres… pendant que l'on construisait la maison ?

— On peut toujours se laisser aller à son imagination, répondit Santonix.

— Est-ce qu'il y a eu des accidents sur le chantier ?

— Il y a toujours un ou deux accidents lors de la construction d'une maison. Rien de sérieux ni de tragique. Un homme tombe d'une échelle, quelqu'un se laisse tomber une charge sur le pied, un autre s'enfonce une écharde dans le pouce, et la plaie s'infecte.

— Rien d'autre ? Rien de plus grave que ça ?

— Non, dit Santonix, non, je vous jure que non !

Ellie se tourna vers moi :

— Tu te souviens de cette gitane, Mike. Comme elle était étrange, comme elle m'a avertie qu'il ne fallait pas que je vienne ici.

— Elle est un peu dérangée, elle doit être à moitié folle.

— Nous avons construit sur *l'Arpent du Gitan*, se lamenta Ellie. Nous avons fait ce qu'elle nous disait de ne pas faire.

Puis elle tapa du pied et s'exclama :

— Je ne les laisserai pas me chasser ! Je ne laisserai personne me chasser d'ici !

— Personne ne nous en chassera, affirmai-je. Et nous allons être heureux ici.

Nous avons fait cette déclaration comme on lance un défi au destin.

14

C'est ainsi qu'a commencé notre vie à *l'Arpent du Gitan*. Nous n'avons pas trouvé d'autre nom pour la maison. Et *l'Arpent du Gitan*, ce premier soir, se grava dans nos esprits.

— Nous l'appellerons *l'Arpent du Gitan*, avait décrété Ellie. Rien que pour leur montrer ! C'est une sorte de défi, tu ne crois pas ? C'est *notre* Arpent, et au diable les avertissements de la gitane.

Le lendemain, elle avait retrouvé sa gaieté naturelle et nous fûmes bientôt absorbés par notre installation, la découverte des alentours et de nos voisins. Au cours d'une de nos promenades, Ellie et moi sommes descendus près de la chaumière où habitait la gitane. Je me disais que ce serait une bonne chose de la trouver en train de jardiner. La seule fois qu'Ellie l'avait vue, c'était quand nous l'avions rencontrée et qu'elle lui avait prédit l'avenir. Si seulement Ellie pouvait la voir en train de biner ses pommes de terre, comme une vieille femme ordinaire… Mais nous ne l'avons pas vue. La chaumière était fermée. Je demandai à une de ses voisines si elle était morte. Celle-ci secoua la tête et me répondit :

— Elle a dû s'en aller vagabonder ailleurs. Elle s'en va de temps en temps, vous savez. C'est une vraie gitane. C'est pour ça qu'elle ne peut pas rester très longtemps entre ses quatre murs. Elle va se promener et elle revient.

Elle se tapota le front :

— Ça ne tourne pas très rond, là-dedans.

Puis, essayant de cacher sa curiosité, elle demanda :

— Vous venez de la nouvelle maison là-haut, pas vrai ? Celle qui vient d'être construite sur le sommet de la colline ?

— C'est ça, répondis-je. Nous avons emménagé hier soir,

— Ça en met plein la vue, maintenant, cette propriété ! s'exclama-t-elle. Nous deux avec mon mari on est montés jeter un œil pendant la construction. Ça fait une différence, vous savez, de voir une maison comme ça à la place de tous ces arbres qui vous donnaient le frisson.

Puis, avec une sorte de timidité soudaine, elle s'adressa à Ellie :

— Vous êtes américaine, non ? C'est en tout cas ce qu'on a entendu dire.

— Oui, dit Ellie, je suis américaine… ou plutôt je l'étais, mais maintenant je suis mariée à un Anglais, je suis donc anglaise.

— Et comme ça vous êtes venus tous deux vous installer ici pour y vivre, pas vrai ?

Nous lui avons répondu que c'était exact.

— Eh bien, j'espère que vous allez vous y plaire.

Elle paraissait néanmoins en douter fortement.

— Pourquoi ne nous y plairions-nous pas ?

— Eh bien…, c'est comme qui dirait plutôt isolé, là-haut, vous savez. Les gens n'aiment pas toujours vivre dans un endroit isolé, perdu au milieu des arbres.

— Et qui s'appelle *l'Arpent du Gitan*, pour ne rien arranger ! lança Ellie.

— Ah ! alors comme ça, vous connaissez le nom qu'on lui donne par ici, pas vrai ? Mais la maison qui était là avant s'appelait *Les Tours*. Je ne sais d'ailleurs pas pourquoi, vu qu'il n'y avait pas de tours, du moins pas de mon temps.

— Je trouve que *Les Tours* est un nom ridicule, déclara Ellie. Nous allons continuer à l'appeler *l'Arpent du Gitan*.

— Il va nous falloir prévenir la poste alors, dis-je, sinon nous ne recevrons pas notre courrier.

— Non, il ne nous parviendrait sans doute pas.

— Encore que, plus j'y pense, Ellie, plus je me dis que ce ne serait pas si grave que ça. Est-ce que ce ne serait pas cent fois plus agréable de ne *jamais* recevoir de courrier ?

— Ça créerait des tas de complications, objecta Ellie. Nous ne recevrions même pas nos factures.

— C'est ça qui serait formidable ! m'exclamai-je.

— Non, pas du tout. Les huissiers ne tarderaient pas à faire le siège devant la porte. De toute façon, ça ne me plairait pas de ne pas recevoir de lettres. J'ai envie d'avoir des nouvelles de Greta.

— Ne t'inquiète pas de Greta, dis-je, et continuons notre exploration

Nous avons donc visité Kingston Bishop. C'était un village agréable, avec des gens agréables dans les magasins. L'endroit n'avait rien de sinistre. Il n'eut cependant pas l'heur de plaire outre mesure à notre domesticité et il nous fallut bien vite organiser un système de voitures de louage pour que tout ce petit monde puisse aller passer ses jours de congé dans la station balnéaire la plus proche ou à Market Chadwell. C'est l'emplacement de la maison qui ne leur plaisait pas, mais ce n'était pas lié à des superstitions. Je fis remarquer à Ellie que personne ne pouvait dire que la maison était hantée et ce pour l'excellente raison qu'elle venait d'être construite.

— Non, reconnut Ellie, ce n'est pas la maison. Il n'y a rien de mauvais dans la maison. C'est à l'extérieur. C'est cette route, à hauteur du virage en épingle à cheveux, avec ce bouquet d'arbres au cœur duquel se trouvait cette femme qui m'a fait sursauter l'autre jour.

— Eh bien, l'année prochaine, nous couperons ces arbres pour planter à la place un bosquet de rhododendrons ou de ce que tu voudras.

Sur quoi nous continuâmes à faire des projets.

Greta vint passer avec nous un week-end. Elle fut enthousiasmée par la maison et nous félicita pour tous nos meubles, nos tableaux et les associations de couleurs. Elle se montra pleine de tact. Après le week-end, elle déclara qu'elle ne voulait pas ennuyer plus longtemps des jeunes mariés en lune de miel et qu'elle devait de toute façon retourner à son travail.

Ellie prit beaucoup de plaisir à lui montrer sa maison. Je pus voir à quel point elle était attachée à Greta. Je fis des efforts pour me comporter de façon normale et être agréable, mais je fus content quand Greta retourna à Londres. Sa présence m'avait mis dans un grand état de tension.

Au bout de quelques semaines, nous fûmes globalement acceptés dans le pays, et il nous fut enfin donné de faire la connaissance de « Dieu ». Par un bel après-midi, il se fendit en effet d'une visite. Ellie et moi étions en train de discuter de l'emplacement d'une plate-bande quand notre très stylé majordome, à qui je trouvais personnellement un air plutôt faux jeton, sortit de la maison pour annoncer que le major Phillpot était au salon. Je chuchotai alors à l'oreille d'Ellie :

— Voilà Dieu !

Ellie me demanda ce que je voulais dire.

— Que veux-tu, c'est ainsi que le considèrent les gens du pays.

Nous sommes donc entrés accueillir le major Phillpot. Vêtements campagnards qui avaient connu des jours meilleurs, cheveux gris un tantinet clairsemés sur le sommet du crâne et petite moustache raide, c'était un homme d'une soixantaine d'années d'allure débonnaire et tout à fait charmant. Il nous pria d'excuser sa femme de n'avoir pu l'accompagner, sa santé précaire la tenant cloîtrée chez elle. Il s'assit et bavarda avec nous. Rien dans ses propos n'était remarquable ni particulièrement intéressant, mais il avait le chic pour vous mettre à l'aise. Il effleura divers sujets. Il ne posa pas de questions directes mais eut tôt fait de découvrir nos principaux centres d'intérêt. Il parla courses de chevaux avec moi et aménagement de jardin ainsi que plantes se plaisant dans notre type de sol avec Ellie. Il était allé une fois ou deux aux Etats-Unis. Il comprit que, si Ellie n'était pas très intéressée par les courses, elle aimait monter à cheval. Il lui dit que, si son intention était d'avoir des chevaux, elle n'aurait qu'à prendre un sentier qui traverse la pinède et débouche sur une bonne étendue de lande où elle pourrait galoper. Puis nous en arrivâmes à parler de notre maison et des histoires qui couraient sur *l'Arpent du Gitan*.

— Je vois que vous connaissez le nom qu'on lui donne ici, dit-il, et toutes les superstitions locales, aussi, j'imagine.

— Et les nombreux avertissements des gitans, ajoutai-je. Vraiment excessifs ! Particulièrement ceux de la vieille Mrs Lee.

— Oh ! cette pauvre vieille Esther vous aurait-elle ennuyés ? s'enquit Phillpot.

— Est-ce qu'elle ne serait pas un peu piquée ? demandai-je.

— Pas autant qu'elle aime à le faire croire. Je me sens plus ou moins responsable d'elle. C'est moi qui l'ai installée dans cette chaumière. Ce n'est pas qu'elle m'en soit très reconnaissante. J'aime bien cette vieille chouette, même si je suis le premier à reconnaître qu'elle peut se montrer parfois empoisonnante.

— Quand elle lit dans les lignes de la main ?

— Non, pas spécialement. Pourquoi ? Elle vous a dit la bonne aventure ?

— Je ne sais pas si on peut appeler ça la bonne aventure, intervint Ellie. C'était plus un avertissement pour que nous ne venions pas habiter ici.

— C'est bizarre.

Les sourcils broussailleux du major Phillpot se haussèrent :

— D'habitude, elle est plutôt du genre sirupeux : « Un bel étranger, les cloches du mariage, six enfants, beaucoup de chance et d'argent dans votre main, jolie madame. »

Il imitait de façon surprenante la voix geignarde de la gitane :

— Les gitans avaient coutume de camper ici, quand j'étais garçonnet. Et, bien que ce soient souvent des voleurs, c'est une affaire entendue, je me suis mis à apprécier leur compagnie. J'ai toujours été attiré par eux. Tant que vous ne leur demandez pas d'être respectueux des lois, tout va pour le mieux. Combien de fois n'ai-je pas englouti, quand j'étais écolier, une gamelle de ragoût gitan ? Nous avons toujours estimé que la famille était redevable envers Mrs Lee : elle a sauvé la vie d'un de mes frères quand il était gamin. Elle l'a repêché dans une mare où il était tombé en passant au travers d'une plaque de glace.

J'eus alors un geste maladroit et je fis tomber le cendrier en verre qui était sur la table et qui se brisa.

Je ramassai les morceaux, et le major Phillpot m'aida.

— Mrs Lee est certainement tout à fait inoffensive, dit Ellie. J'ai été stupide de m'effrayer ainsi.

— Vous avez été effrayée ? demanda-t-il, sourcils levés. Ses prédictions étaient si mauvaises que cela ?

— Il n'est pas étonnant qu'Ellie ait été effrayée, répliquai-je vivement. Cela ressemblait plus à une menace qu'à un avertissement.

— Une menace ! s'exclama-t-il, la mine sceptique.

— Eh bien ! c'est comme ça que je l'ai ressenti. Et puis, le soir de notre arrivée ici, nous avons eu droit à une autre gracieuseté.

Je lui expliquai alors l'histoire de la pierre qui avait fracassé la vitre.

— Il traîne de nos jours beaucoup de jeunes voyous un peu partout, déplora-t-il. Encore que nous n'en ayons pas trop dans le coin… pas autant que dans certains endroits. Cependant, ça arrive, je suis navré de devoir l'admettre.

Il regarda Ellie :

— Je suis vraiment désolé que vous ayez été effrayée. C'est cruel de vous avoir infligé pareil traitement pour votre première soirée ici.

— Bah ! maintenant, je n'y pense plus, dit Ellie. Mais il n'y a pas eu que cela, il y a eu... peu après, il s'est produit un autre incident déplaisant.

Je racontai cette autre mésaventure au major Phillpot. Lorsque nous étions descendus un matin, nous avions trouvé le cadavre d'un oiseau embroché avec un couteau et accompagné d'un chiffon de papier sur lequel un gribouillage bourré de fautes d'orthographe disait : « Partez d'ici si vous savez ce qui est bon pour vous. »

Cette fois, Phillpot parut vraiment en colère :

— Vous auriez dû prévenir la police.

— Nous nous y sommes refusés, répondis-je. Après tout, cela n'aurait fait que renforcer l'animosité de cet inconnu.

— Il n'en demeure pas moins qu'il faut que ce petit jeu d'un goût douteux cesse immédiatement, décréta Phillpot, se comportant soudain en magistrat. Sinon, voyez-vous, ils vont continuer. Ils trouvent ça drôle, j'imagine. Seulement... seulement ce n'est pas drôle du tout. C'est déplaisant... malveillant... Il ne peut s'agir..., poursuivit-il comme s'il s'interrogeait lui-même, il ne peut s'agir de quelqu'un qui aurait un grief contre vous, contre l'un de vous personnellement, j'entends ?

— Non, dis-je, c'est impossible, puisque nous sommes tous deux étrangers à la région.

— Je vais m'occuper de la question, déclara Phillpot.

Il se leva pour prendre congé et jeta un regard autour de lui en partant.

— J'aime beaucoup votre maison, dit-il. Et pourtant, je ne pensais pas qu'elle me plairait. Je suis un peu vieux jeu, vous savez, ce qu'on appelle couramment une vieille baderne. J'aime les vieilles demeures, les vieilles bâtisses. Je n'aime pas toutes ces usines boîtes d'allumettes que l'on construit dans tout le pays. De grandes boîtes. On dirait des ruches. J'aime les constructions qui comportent quelques ornements, qui ont de la grâce. Mais j'apprécie cette maison. Elle est simple et très moderne, me semble-t-il, mais elle ne manque certes pas d'élégance et elle est lumineuse. Et quand on est à l'intérieur et qu'on regarde dehors on voit le paysage… eh bien… autrement qu'on ne le voyait auparavant. C'est intéressant. Très intéressant. Qui l'a dessinée ? Un architecte anglais ou un étranger ?

Je lui parlai alors de Santonix.

— Hum, je crois que j'ai lu un article sur lui quelque part. N'en a-t-on pas parlé dans *Maison et Jardin* ?

Je lui dis que c'était un architecte assez connu.

— J'aimerais bien le rencontrer un jour, encore que je ne saurais certainement pas quoi lui dire. Je ne suis pas un artiste.

Puis il nous demanda de fixer un jour pour venir déjeuner avec sa femme et lui :

— En fait de maison, vous me direz ce que vous pensez de la mienne.

— C'est une demeure ancienne, je suppose ? dis-je.

— Construite en 1720. Une belle période. Le manoir d'origine était élisabéthain. Il a brûlé aux environs de 1700, et une nouvelle bâtisse a été érigée au même endroit.

— Vous avez toujours habité là ? demandai-je.

Je ne faisais pas allusion à lui, personnellement, et il le comprit :

— Oui. Nous vivons ici depuis l'époque élisabéthaine. Parfois prospères, parfois sans le sou, vendant des terres quand la situation est mauvaise, les rachetant quand elle s'améliore. Cela me fera plaisir de vous la montrer.

Regardant Ellie, il ajouta avec un sourire :

— Je crois savoir que les Américains aiment les vieilles demeures. Vous, elle vous intéressera sans doute beaucoup moins, ajouta-t-il en revenant à moi.

— J'avoue ne guère m'y connaître en architecture ancienne, pas plus qu'en objets anciens, répondis-je.

Sur ce, il s'en alla d'un pas lourd. Dans sa voiture l'attendait un épagneul. C'était une vieille guimbarde déglinguée et à la peinture écaillée, mais je savais maintenant ne plus me tromper sur ce genre de symboles. Je savais que dans ce bled il était considéré comme Dieu le Père et qu'il venait de poser sur nous le sceau de son approbation. Cela sautait aux yeux. Ellie lui avait plu. Et j'avais l'impression de ne pas lui avoir déplu de mon côté – même si j'avais remarqué qu'il me jetait de temps en temps de rapides coups d'œil scrutateurs, comme s'il cherchait à préciser certains détails qui lui permettraient d'affiner son jugement.

Quand je revins au salon, Ellie déposait avec précaution les éclats de verre dans la corbeille à papier.

— Quel dommage qu'il soit cassé, dit-elle, je l'aimais bien.

— Nous retrouverons le même. C'est un objet moderne.

— Je sais ! Qu'est-ce qui t'a fait sursauter, Mike ?

Je réfléchis un moment.

— Un truc que Phillpot a raconté. Ça m'a rappelé une histoire qui m'est arrivée quand j'étais gosse. On avait séché l'école, un de mes copains et moi, pour aller faire du patin à glace sur une mare du coin. Mais on était trop lourds pour la glace, pauvres idiots que nous étions. Il est passé au travers et s'est noyé avant que quelqu'un puisse le tirer de là.

— Quelle horreur !

— Oui. Ça m'était sorti de la tête. C'est Phillpot qui me l'a rappelé en parlant de son frère.

— Je le trouve sympathique, pas toi, Mike ?

— Si, très. Je me demande à quoi peut bien ressembler sa femme.

Nous sommes allés déjeuner chez les Phillpot au début de la semaine suivante. C'était une maison géorgienne aux proportions harmonieuses, mais pas de quoi tomber à la renverse. L'intérieur était défraîchi mais confortable. Sur les murs de la longue salle à manger s'alignaient des tableaux – portraits d'ancêtres, selon toute vraisemblance. La plupart d'entre eux étaient hideux, mais peut-être auraient-ils gagné à être nettoyés. Il y avait une jeune fille aux cheveux blonds en robe de satin rose, que je ne trouvai pas mal du tout. Le major Phillpot sourit :

— Votre choix semble s'être porté sur l'un de nos meilleurs tableaux. C'est un Gainsborough, et un bon, bien que le modèle ait causé pas mal de problèmes en son temps. Cette jeune femme fut fortement suspectée d'avoir empoisonné son mari. Peut-être fut-ce un préjugé, parce que c'était une étrangère. Gervase Phillpot l'avait rencontrée au cours de l'un de ses voyages je ne sais où.

Quelques autres voisins avaient été conviés afin de faire notre connaissance. Le Dr Shaw, vieillard à l'air bienveillant mais fatigué. Il dut partir précipitamment avant la fin du repas, appelé au chevet de je ne sais qui. Il y avait en outre le pasteur, jeune homme grave et posé, ainsi qu'une femme entre deux âges, dotée d'une voix de stentor et qui élevait des corgis. Et il y avait encore une grande et belle fille qui s'appelait Claudia Hardcastle et semblait ne vivre que pour les chevaux bien qu'elle souffrît d'allergies qui lui donnaient de violents rhumes des foins.

Ellie et elle sympathisèrent immédiatement. Ellie adorait monter à cheval et avait aussi des problèmes d'allergie.

— Aux Etats-Unis, c'est plutôt le séneçon qui me donne ça, expliqua-t-elle, mais les chevaux aussi parfois. Ça ne me gêne plus beaucoup maintenant, parce que les médecins ont des traitements formidables pour les différentes sortes d'allergies. Je vous donnerai quelques-uns de mes cachets. Ils sont du plus bel orange. Si vous pensez à en prendre un avant de partir, vous n'éternuerez pas une fois.

Claudia Hardcastle trouva ça merveilleux.

— Avec les chameaux, c'est pire encore qu'avec les chevaux, ajouta-t-elle. J'ai été en Egypte l'année dernière et j'ai ruisselé de larmes pendant toute la visite des pyramides.

Ellie lui confia que certaines personnes avaient cette réaction avec les chats.

— Et les oreillers de plumes.

Elles continuèrent à parler allergies.

J'étais assis près de Mrs Phillpot, créature grande et mince qui, lorsqu'elle ne mangeait pas – et elle avait un robuste appétit –, ne parlait que de sa santé. Elle me détailla les maux dont elle souffrait et me décrivit la perplexité des sommités du corps médical qui s'étaient tour à tour penchées sur son cas. De temps à autre, elle se remémorait les règles de la civilité et, lors d'une de ces occasions, elle me demanda ce que je *faisais* au juste dans la vie. J'esquivai le sujet. Elle tenta alors, sans enthousiasme aucun, de découvrir qui je *connaissais*. J'aurais pu lui répondre franchement « personne », mais j'estimai qu'il valait mieux que je m'en abstienne… d'autant qu'elle n'était pas snob pour deux sous et ne tenait pas vraiment à savoir. Mrs « Corgi », dont je n'avais pas retenu le vrai nom, fut beaucoup plus tatillonne dans ses interrogatoires, mais je parvins à l'en détourner et à l'amener à parler de la profonde bêtise et de l'ignorance crasse des vétérinaires ! Le repas fut dans l'ensemble agréable et sans histoire, encore qu'un tantinet rasoir.

Plus tard, alors que nous faisions un tour dans le jardin, Claudia Hardcastle vint vers moi.

— J'ai entendu parler de vous… par mon frère, me dit-elle sans préambule.

Je la regardai, surpris. Je n'entrevoyais pas la possibilité de connaître le frère de Claudia Hardcastle.

— Vous êtes sûre ? demandai-je.

Elle parut s'amuser beaucoup :

— En fait, c'est lui qui a construit votre maison.

— Vous voulez dire que *Santonix* est votre frère ?

— Mon demi-frère. Je ne le connais pas très bien. Nous ne nous voyons que rarement.

— Il est extraordinaire, déclarai-je.

— Certains le pensent, en effet.

— Pas vous ?

— Je ne sais pas. Il y a deux hommes en lui. A un moment, j'ai bien cru qu'il dévalait la pente… Les gens ne voulaient plus rien avoir à faire avec lui. Et puis… il semble qu'il ait changé. Il a commencé à avoir un formidable succès dans sa profession. Comme s'il avait soudain atteint…

Elle s'arrêta pour chercher ses mots :

— … comme s'il avait soudain atteint la consécration.

— Je crois qu'il l'a atteinte… et que c'est mérité.

Puis je lui demandai si elle avait vu notre maison.

— Non… non, pas depuis qu'elle est terminée.

Je l'invitai à venir la visiter.

— Je ne l'aimerai pas, je vous préviens. Je n'aime pas les maisons modernes. Ma période préférée est celle de la reine Anne.

Elle dit ensuite qu'elle allait parrainer Ellie au club de golf. Et qu'elles allaient monter à cheval ensemble. Ellie allait acheter un cheval, peut-être plusieurs. Ellie et elle semblaient devenues amies.

Quand Phillpot me montra ses écuries, il me dit un ou deux mots sur Claudia :

— C'est une bonne cavalière de chasse à courre. Dommage qu'elle ait gâché sa vie.

— Comment ça ?

— Elle a épousé un homme riche, beaucoup plus âgé qu'elle. Un Américain. Un dénommé Lloyd. Ça n'a pas marché. Ça a cassé tout de suite. Elle a repris son nom de jeune fille. Je ne crois pas qu'elle se remariera jamais. Elle est « anti-homme ». Dommage !

Tandis que nous rentrions en voiture à la maison, Ellie commenta :

— Ennuyeux… mais sympathique. Ce sont des gens gentils. Nous allons être très heureux ici, n'est-ce pas Mike ?

— Oui, bien sûr, répondis-je.

Je lâchai une main du volant pour prendre la sienne.

Quand nous sommes arrivés, j'ai déposé Ellie à la maison et suis allé mettre la voiture au garage.

En revenant vers la maison, j'entendis qu'Ellie pinçait les cordes de sa guitare. Elle avait une belle guitare espagnole ancienne, qu'elle avait dû payer une fortune. Elle chantait souvent d'une voix douce, basse et pleine de charme. C'était très agréable à entendre. Je ne connaissais pas la plupart des chansons qu'elle interprétait. Certaines étaient des *spirituals* américains, je crois, il y avait aussi de vieilles ballades irlandaises et écossaises, douces et un peu tristes. Ce n'était pas de la *pop music* ni rien de ce genre. Il s'agissait plutôt de vieux airs du folklore.

Je fis le détour par la terrasse et m'arrêtai près de la fenêtre avant d'entrer.

Elle chantait l'une de mes chansons favorites. Je ne sais plus comment elle s'appelait. Elle fredonnait les mots tout bas, pour elle-même, la tête penchée sur sa guitare dont elle pinçait les cordes avec des gestes doux. C'était une de ces mélodies dont la nostalgie peut fort bien vous hanter :

L'homme a été créé pour la joie et pour la peine
Et quand il sait cela
De par le monde il va…

Chaque nuit et chaque matin
Au malheur naissent certains.
Chaque matin et chaque nuit
A l'extase naissent d'aucuns.
Certains naissent au bonheur sans nuage,
Certains naissent au bonheur sans nuage,
Certains naissent à une nuit qui ne finit pas…

Elle leva les yeux et m'aperçut :

— Pourquoi me regardes-tu comme ça, Mike ?

— Comme quoi ?

— Tu me regardes comme si tu m'aimais.

— Evidemment, puisque je t'aime. Comment pourrais-je te regarder autrement ?

— Mais à quoi étais-tu en train de penser ?

Je répondis lentement et avec une parfaite sincérité :

— Je pensais à toi et à la première fois que je t'ai vue… debout, à l'ombre d'un grand sapin.

Oui, je me rappelais la première fois que j'avais vu Ellie, ma surprise et mon exaltation…

Ellie me sourit et chanta doucement :

Chaque matin et chaque nuit
Certains naissent au bonheur sans nuage,
Certains naissent au bonheur sans nuage,
Certains naissent à une nuit qui ne finit pas…

Dans la vie, on ne se rend pas compte des moments qui sont vraiment importants… pas avant qu'il ne soit trop tard.

Le jour où nous sommes allés déjeuner chez les Phillpot et où nous sommes revenus si heureux dans notre maison fut l'un de ces moments privilégiés. Mais je n'en avais pas été conscient… je ne le fus que plus tard.

Je lui demandai alors :

— Chante-moi la chanson de la mouche.

Elle passa à un petit air de danse allègre et sautillant :

Petite mouche,
Ton jeu d'été
Ma main étourdie
L'a balayé.

Ne suis-je pas
Une mouche comme toi ?
Ou n'es-tu pas
Un homme comme moi ?

Car moi aussi je danse
Et chante, et bois,
Jusqu'à ce qu'une main aveugle
Vienne balayer mon aile.

Si la pensée c'est la vie
Et la force et la respiration,
Et si l'absence de pensée
C'est la mort,

Alors je suis
Une mouche heureuse
Que je vive
Ou que je meure.

Oh, Ellie… Ellie…

15

C'est étrange comme les choses, en ce bas monde, ne se déroulent pas du tout de la manière dont on s'y serait attendu !

Nous étions venus nous installer dans notre maison où nous avions projeté de vivre hors du monde et du temps, comme je l'avais souhaité. Seulement voilà, si nous nous étions éloignés du monde, le monde, lui, nous rattrapa. Et nous fûmes bientôt la proie de mille et un tourments, qu'ils viennent d'outre-Atlantique ou d'ailleurs.

En premier lieu, il y eut cette satanée belle-mère d'Ellie. Elle commença par bombarder Ellie de lettres et de télégrammes lui demandant d'aller voir des agents immobiliers. Elle avait été si charmée par notre maison, prétendait-elle, qu'elle tenait à s'acheter une propriété en Angleterre. Elle déclarait vouloir y passer au bas mot deux mois par an. Et puis, peu après son dernier télégramme, elle débarqua. Il fallut la promener dans tous les environs pour qu'elle visite des propriétés à vendre. Elle finit par jeter plus ou moins son dévolu sur un manoir. Un manoir situé à une vingtaine de kilomètres de chez nous. Nous ne la voulions pas dans les parages, la seule éventualité de son installation à proximité nous faisait sortir de nos gonds… seulement nous ne pouvions pas le lui dire. Et quand bien même le lui aurions-nous dit que cela ne l'aurait d'ailleurs pas empêchée d'acheter la propriété en question. Nous ne pouvions pas lui *interdire* de s'installer dans la région. Jamais Ellie n'aurait osé. Je le savais. Quoi qu'il en soit, pendant qu'elle était encore là à attendre le rapport d'un géomètre, d'autres télégrammes arrivèrent.

Oncle Frank, semblait-il, s'était fourré dans un nouveau pétrin. Une sale histoire où la fraude, à ce que je compris, le disputait à l'escroquerie – ce qui signifiait une grosse somme à verser pour le tirer d'affaire. D'autres télégrammes furent en l'occurrence échangés entre Mr Lippincott et Ellie. C'est alors que surgirent des problèmes entre Stanford Lloyd et Lippincott. Ils se disputèrent à propos de certains placements d'Ellie. J'avais cru, dans mon ignorance et ma crédulité, que les gens qui vivaient aux Etats-Unis étaient très loin de nous. Je n'avais pas imaginé que, pour la famille d'Ellie et pour ses hommes d'affaires, sauter dans un avion pour l'Angleterre, y rester vingt-quatre heures et reprendre l'avion suivant n'était que broutille. C'est d'abord Stanford Lloyd qui est venu et reparti. Puis ce fut Andrew Lippincott qui se pointa.

Ellie dut aller à Londres pour les rencontrer. Je ne comprenais rien à ces arguties financières. Mais j'avais l'impression qu'ils faisaient tous très attention à ce qu'ils disaient. Cela avait un rapport avec le paiement des dividendes d'Ellie et une sombre histoire où l'on accusait Mr Lippincott de différer le versement et Stanford Lloyd de bloquer les fonds.

C'est pendant une période d'accalmie entre toutes ces tracasseries qu'Ellie et moi découvrîmes notre « gloriette ». Nous n'avions pas encore exploré toute notre propriété, nous contentant des abords immédiats de la maison. Et puis nous avons progressivement pris l'habitude de suivre les chemins à travers bois pour voir où ils menaient. Un jour, nous avons emprunté un sentier si envahi par la végétation que nous en perdions parfois la trace. Mais nous l'avons suivi jusqu'au bout et avons débouché sur ce qu'Ellie appela une gloriette. C'était une petite construction blanche, un peu ridicule, qui ressemblait à un temple. Elle était en très bon état, nous l'avons donc nettoyée, lui avons redonné un coup de peinture et y avons installé à l'intérieur une table, quelques chaises, un divan et un petit meuble d'angle dans lequel nous avons rangé des tasses, des verres et quelques bouteilles. Ce fut vraiment très amusant. Ellie suggéra de débroussailler le chemin pour rendre la maison plus accessible, mais je refusai en prétextant que ce serait plus drôle si personne d'autre que nous ne savait où elle était. Ellie trouva l'idée très romantique.

— Nous ne le dirons surtout pas à Cora, dis-je – et Ellie approuva.

C'est alors que nous en redescendions, pas la première fois mais plus tard, après le départ de Cora, au moment donc où nous espérions être de nouveau tranquilles, qu'Ellie, qui sautillait devant moi, trébucha soudain sur une racine, et se foula la cheville en tombant.

Convoqué d'urgence, le Dr Shaw déclara qu'elle avait une vilaine entorse, mais qu'elle serait à même de remarcher au bout d'une semaine. Ellie demanda alors à Greta de venir auprès d'elle. Je ne pouvais m'y opposer. Il n'y avait personne d'autre pour s'occuper d'elle comme il faut, pas de femme, veux-je dire. Les domestiques que nous avions étaient assez incompétents et de toute façon Ellie voulait que Greta vienne. Aussi Greta est-elle venue.

Son arrivée fut, bien sûr, une vraie bénédiction pour Ellie. Et pour moi, dans une certaine mesure. Elle s'occupa de tout et veilla à ce que le personnel fasse son travail. Nos domestiques venaient de donner leur démission. Ils disaient que c'était trop isolé, mais je crois en fait que Cora les avait exaspérés. Greta mit une annonce, et un autre couple vint aussitôt les remplacer. Elle s'occupa d'Ellie, lui soigna sa cheville, prit le temps de la distraire, alla lui acheter ce qu'elle savait qu'elle aimait : livres, fruits, etc. – toutes attentions auxquelles je n'aurais pas pensé. Et elles semblèrent vraiment très heureuses d'être ensemble. Ellie était à coup sûr ravie de la présence de Greta. Et ce qui devait arriver arriva : Greta ne repartit pas. Elle s'incrusta.

— Ça ne te dérange pas, n'est-ce pas, m'avait demandé Ellie, si Greta reste encore un peu ?

— Oh ! non. Bien sûr que non.

— C'est tellement agréable pour moi de l'avoir. Tu comprends, il y a tant de petits trucs exclusivement féminins que nous pouvons faire ensemble. On se sent terriblement seule sans une autre femme dans les parages.

Je ne pouvais néanmoins m'empêcher de remarquer que Greta, donnant des ordres, régnant sur tout, prenait chaque jour un peu plus d'initiatives. Si je faisais semblant d'apprécier sa présence, la moutarde commençait à me monter au nez. Et un beau jour, alors qu'Ellie était dans le salon, la jambe allongée, Greta et moi sommes entrés dans une violente querelle, dehors, sur la terrasse. Je n'arrive pas à me souvenir des mots exacts par lesquels la scène avait débuté. Greta m'avait dit je ne sais plus quoi qui m'avait agacé et je lui avais répondu vertement. Sur ce, nous avions continué à nous disputer comme des chiffonniers. Nous avons élevé la voix. Elle me livra le fond de sa pensée en me lançant à la figure tout ce qu'elle pouvait trouver de blessant et de désagréable. Et je lui renvoyai la pareille, lui reprochant son autoritarisme, sa manie de fourrer son nez partout et clamant à tous les échos qu'elle avait beaucoup trop d'influence sur Ellie et qu'il n'était pas question qu'elle continue à la régenter ainsi. Nous avons tant et si bien vociféré qu'Ellie est soudain arrivée clopin-clopant sur la terrasse et nous a regardés tour à tour :

— Chérie, je suis désolé. Je suis vraiment désolé, déclarai-je.

Je ramenai Ellie dans le salon et la réinstallai dans le sofa.

— Je ne me rendais pas compte, gémit-elle. Mais pas du tout… à quel point la présence de Greta pouvait t'être désagréable.

Je tentai de l'apaiser en lui disant qu'elle ne devait pas faire attention à ce qui venait de se passer, que je m'étais emporté bêtement, comme ça m'arrivait parfois. Je lui expliquai que c'était simplement parce que je trouvais Greta un peu trop autoritaire. Tandis qu'elle, cela ne la choquait peut-être pas, parce qu'elle y était habituée. Je finis par l'assurer que j'aimais beaucoup Greta, que je m'étais mis en colère parce que j'étais inquiet et tourmenté. Je terminai en la suppliant quasiment de laisser Greta rester chez nous.

Ç'avait été un véritable pugilat. La plupart de nos domestiques avaient dû l'entendre. En particulier notre nouveau majordome et sa femme. Quand je me mets en colère, il faut que je crie. J'avoue que j'y étais allé un peu fort. Je suis comme ça.

Greta semblait se préoccuper beaucoup de la santé d'Ellie et s'était mise à passer son temps à lui recommander de ne pas faire ci ou ça.

— Elle n'est pas vraiment très costaude, vous savez, me dit-elle un jour.

— Ellie n'a aucun problème, répondis-je, elle se porte parfaitement bien.

— Non, Mike. Elle est de santé fragile.

Lorsque le Dr Shaw revint examiner la cheville d'Ellie, il lui déclara que tout était rentré dans l'ordre, qu'il lui faudrait juste mettre une bande si elle allait marcher sur un terrain accidenté. Je lui demandai alors de façon un peu gauche, comme le font souvent les hommes :

— Elle n'est pas fragile ni rien, n'est-ce pas, docteur ?

— Qui dit qu'elle est fragile ?

Le Dr Shaw était le genre de praticien qui se fait rare de nos jours et que dans le pays on appelait le Dr « Laissez-faire-la-Nature-Shaw ».

— Autant que je puisse en juger, elle n'a aucun problème de santé, m'assura-t-il. Se fouler une cheville peut arriver à tout le monde.

— Je ne parlais pas de sa cheville. Je me demandais si elle n'avait pas quelque chose au cœur ou… je ne sais pas, moi.

Il me regarda par-dessus ses lunettes :

— Ne commencez pas à vous monter le bourrichon, jeune homme. Qu'est-ce qui vous a mis ça dans la tête ? Vous n'êtes pourtant pas du genre à vous soucier des maladies des femmes, me semble-t-il.

— C'est tout bonnement miss Andersen qui m'a dit ça.

— Ah ! miss Andersen. Qu'est-ce qu'elle y connaît ? Elle n'a pas de compétences médicales, que je sache ?

— Oh ! non, répondis-je.

— Votre femme est très riche, du moins c'est ce qui se colporte dans le pays. Bien sûr, les gens ont tendance à croire que tous les Américains sont richissimes.

— C'est vrai, elle est riche.

— Eh bien, rappelez-vous cela. Les femmes riches sont le plus souvent mal soignées. Il se trouve toujours un médecin pour leur donner des poudres, des pilules, des remontants, des stimulants ou des tranquillisants, toutes substances dont elles feraient mieux de se passer. Les femmes du village sont en bien meilleure santé parce que personne ne les embête avec de prétendues maladies.

— Elle prend des cachets de je ne sais pas quoi, dis-je.

— Je vais lui faire un examen complet, si vous y tenez. J'en profiterai pour lui demander quelles sont les cochonneries qui lui ont été prescrites. Si vous voulez savoir, le plus souvent je dis aux gens : « Balancez-moi tout ça à la poubelle ! »

Il parla à Greta avant de s'en aller :

— Mr Rogers m'a demandé de faire un examen complet à Mrs Rogers. Je ne lui ai rien trouvé d'anormal. Je pense qu'un peu plus d'exercice au grand air lui ferait du bien. Que prend-elle comme médicaments ?

— Elle a des cachets pour quand elle se sent fatiguée, et d'autres qu'elle prend pour dormir si elle en éprouve le besoin.

Le Dr Shaw alla jeter un œil sur les ordonnances. Ellie lui dit avec un petit sourire :

— Je ne prends pas tout ça, Dr Shaw. Seulement les cachets contre l'allergie.

Shaw examina les cachets en question, lut la notice et déclara que c'était sans danger, puis il regarda les pilules pour dormir :

— Vous avez des problèmes de sommeil ?

— Pas depuis que j'habite la campagne. Je ne crois pas avoir pris une seule de ces pilules pour dormir depuis que je suis ici.

— Bien, c'est une très bonne chose.

Il lui tapota l'épaule :

— Vous êtes en parfaite santé, chère petite madame. Peut-être un peu sujette à vous faire du souci, c'est tout. Ces cachets sont assez anodins. Quantité de personnes en prennent sans aucun inconvénient. Vous pouvez continuer le traitement, mais laissez de côté les pilules pour dormir.

— Je ne sais pas pourquoi je me suis inquiété, dis-je à Ellie en m'excusant. Je pense que c'est à cause de Greta.

— Ah ! fit Ellie en éclatant de rire, il faut toujours que Greta se fasse du mauvais sang pour moi. Mais elle, elle ne prend jamais de médicaments. Nous allons faire un grand nettoyage, Mike, et jeter toutes ces saletés.

Ellie lia des relations amicales avec la plupart de nos voisins. Claudia Hardcastle vint très souvent la voir et toutes deux allaient régulièrement faire des promenades à cheval. Je ne montais pas, ne m'étant jamais intéressé qu'aux voitures et à la mécanique. Je ne connaissais rien aux chevaux, même si j'avais autrefois balayé des écuries en Irlande pendant une semaine ou deux, mais je me disais qu'un jour ou l'autre, quand nous serions à Londres, j'irais dans un manège digne de ce nom pour apprendre à monter correctement. Je ne voulais pas commencer ici. J'avais peur que les gens se moquent de moi. Je pensais en revanche que les promenades à cheval feraient le plus grand bien à Ellie. Elle semblait tellement aimer ça.

Bien qu'elle ne connaisse rien aux chevaux elle non plus, Greta l'encouragea à monter.

Ellie et Claudia allèrent ensemble à une vente et, sur le conseil de Claudia, Ellie s'acheta un cheval, un alezan du nom de *Conquer*. Je la priai d'être prudente quand elle irait se promener toute seule. Cela la fit rire :

— Je fais de l'équitation depuis l'âge de trois ans.

Elle prit donc l'habitude d'aller faire une balade à cheval deux ou trois fois par semaine. Greta prenait alors la voiture et allait faire des courses à Market Chadwell.

Un jour, au déjeuner, Greta explosa :

— Vous deux et vos gitans ! Il y avait ce matin une vieille qui se tenait au milieu de la route avec un air menaçant. J'ai été à deux doigts de l'écraser. Elle était plantée juste devant le capot de la voiture. Il a fallu que je pile net. Elle aussi, elle montait la route de la colline.

— Pourquoi ? Qu'est-ce qu'elle voulait ?

Ellie nous écoutait tous les deux, mais elle ne dit rien. Cependant, elle me parut assez préoccupée.

— Le culot de cette bonne femme ! continua de vitupérer Greta. Elle est allée jusqu'à me menacer !

— Elle vous a menacée ? répétai-je vivement.

— Oui, elle m'a braillé de faire demi-tour. Elle s'est mise à glapir : « Ici, c'est le pays des gitans. Allez-vous-en. Repartez tous. Retournez là d'où vous êtes venus si vous voulez rester en vie. » Puis elle a levé le poing et me l'a agité sous le nez en disant : « Si je vous jette un sort, vous n'aurez plus jamais de chance ! Acheter notre terre et y construire des maisons… non mais ! Nous ne voulons pas de maisons là où devraient se dresser nos tentes. »

Greta continua de vider son sac un bon moment encore.

Plus tard, Ellie me confia en fronçant un peu les sourcils :

— Toute cette histoire paraît vraiment incroyable, tu ne trouves pas, Mike ?

— Greta a dû exagérer un peu.

— Il y a quelque chose qui ne colle pas, insista Ellie. Je me demande si Greta n'en a pas inventé une partie.

Je réfléchis un moment.

— Pourquoi inventerait-elle des inepties pareilles ? commentai-je enfin. Toi, tu n'as pas récemment croisé Esther, non ?... Quand tu sors te promener à cheval ?

— La gitane ? Non.

— Tu n'en as pas l'air tout à fait sûre, Ellie.

— Je crois l'avoir aperçue. Debout sous les arbres, en train d'épier, tu vois, mais je ne me suis jamais trouvée assez près pour en être sûre.

Cependant, Ellie revint un jour d'une balade à cheval, toute pâle et tremblante. La vieille femme avait surgi d'entre les arbres. Ellie avait retenu son cheval et s'était arrêtée pour lui parler. La gitane avait alors brandi le poing et grommelé entre ses dents.

— Cette fois, avoua Ellie, cela m'a mise en colère et je lui ai dit : « Qu'est-ce que vous venez faire ici ? Ce terrain ne vous appartient pas. C'est notre terrain et notre maison. »

La vieille avait alors répliqué :

— « Cette terre ne sera jamais à vous, elle ne vous appartiendra jamais. Je vous ai déjà prévenue une fois et je vous ai prévenue une seconde fois, je ne vous le redirai plus. Ça ne va plus tarder, maintenant, je peux vous le dire. C'est la Mort que je vois. Là, derrière votre épaule gauche. C'est la Mort qui se tient près de vous et c'est la Mort qui va vous emporter. Ce cheval que vous montez, il a une balzane. Vous ne savez pas que ça porte malheur de monter un cheval qui a comme ça une marque blanche au pied ? C'est la Mort que je vois, et la grande maison que vous avez fait construire va tomber en ruine ! »

— Il faut que cela cesse ! m'emportai-je.

Cette fois, cela n'avait pas fait rire Ellie. Greta et elle paraissaient bouleversées. Je descendis droit au village. J'allai d'abord à la chaumière de Mrs Lee. J'hésitai un moment, mais, comme il n'y avait pas de lumière, je continuai jusqu'au poste de police. Je connaissais le sergent Keene, un homme loyal et plein de bon sens. Il m'écouta, puis il dit :

— Je suis désolé que vous ayez eu ces ennuis. C'est une très vieille créature et elle est parfois embêtante, mais jusqu'ici nous n'avons jamais eu beaucoup de problèmes avec elle. Je vais la raisonner, et au besoin lui intimer l'ordre de cesser de vous ennuyer.

— Si cela vous est possible, dis-je.

Il hésita une minute, puis déclara :

— Je n'aime pas me livrer à des suppositions, mais… pour autant que vous le sachiez, Mr Rogers, n'y aurait-il pas quelqu'un aux alentours qui puisse, pour une cause insignifiante, nourrir un quelconque grief à l'encontre de votre épouse ou de vous-même ?

— Ça me paraît vraiment peu probable. Pourquoi ?

— La vieille Mrs Lee était en fonds, ces derniers temps… et je me perds en conjectures quant à l'origine de cet argent.

— Précisez votre pensée.

— Il se pourrait que quelqu'un la paie… quelqu'un qui veut vous voir les talons. Il s'est produit un incident, il y a de cela quelques années. Quelqu'un dans le village lui avait donné de l'argent pour qu'elle fiche la frousse à un voisin et le pousse à déguerpir. Elle suivait le même topo : avertissements, menaces, histoires de mauvais œil… Les gens sont superstitieux, dans nos campagnes. Vous seriez surpris si je vous disais le nombre de villages en Angleterre qui ont leur sorcière locale. Elle s'est fait sermonner et depuis, du plus loin qu'il m'en souvienne, elle n'a pas recommencé… mais ça pourrait être une affaire du même ordre. Elle aime l'argent… ces gens-là feraient n'importe quoi pour de l'argent…

Mais je ne pouvais accepter cette idée. Je fis remarquer à Keene que nous étions de parfaits étrangers dans le pays :

— Nous n'avons pas encore eu le temps de nous faire des ennemis, bon sang !

Je retournai à la maison soucieux et perplexe. Comme j'arrivais à l'angle de la terrasse, j'entendis le doux son de la guitare d'Ellie et je vis une haute silhouette qui se tenait debout près de la fenêtre et regardait à l'intérieur. L'homme se retourna et se dirigea vers moi. Je crus tout d'abord que c'était un gitan, puis je me détendis en reconnaissant Santonix.

— Oh ! m'exclamai-je en sursautant quelque peu, c'est vous ! D'où venez-vous ? Voilà une éternité que nous n'avions pas eu de vos nouvelles.

Il ne me répondit pas tout de suite, mais me prit par le bras et m'écarta de la fenêtre.

— Alors, elle est là ! me reprocha-t-il. Je n'en suis pas surpris. Je savais qu'elle viendrait tôt ou tard. Pourquoi la laissez-vous faire ? Elle est dangereuse. Vous devriez le savoir.

— Vous voulez parler d'Ellie ?

— Non, non, pas d'Ellie, voyons ! De l'autre ! Comment s'appelle-t-elle ? Greta, non ?

Je le regardai en écarquillant les yeux.

— Vous ne connaissez donc pas Greta à sa juste mesure ? Elle est arrivée avec armes et bagages, n'est-ce pas ? Elle s'est imposée ! Elle a pris possession des lieux ! Trop tard maintenant pour vous en débarrasser. Elle est venue pour *rester*.

— Ellie s'est foulé la cheville, balbutiai-je. Greta est venue s'occuper d'elle. Elle va... elle va bientôt repartir, je crois.

— Vous n'aviez pas subodoré la combine ? Elle a toujours eu la ferme intention de s'installer ici. Je le savais. Je l'ai compris quand elle est passée pendant que la maison était en construction.

— Ellie semble vouloir qu'elle soit là, marmonnai-je.

— Oh ! oui, bien sûr, elle a vécu auprès d'Ellie un certain temps, n'est-ce pas ? Elle sait la mener par le bout du nez.

C'était en gros ce que Lippincott avait dit. J'avais pu moi-même le vérifier par la suite.

— Est-ce que vous souhaitez sa présence, Mike ?

— Je ne peux quand même pas la jeter dehors ! m'exclamai-je. C'est la plus vieille amie d'Ellie. Sa meilleure amie. Que diable voulez-vous que j'y fasse ?

— En effet, dit Santonix. J'imagine que vous ne pouvez pas y faire grand-chose, n'est-ce pas ?

Il me regarda. D'un regard très étrange. Santonix était un homme étrange. Vous ne pouviez deviner l'exacte signification des mots qu'il prononçait.

— Est-ce que vous savez où vous allez, Mike ? me demanda-t-il. En avez-vous une quelconque idée ? Il m'arrive parfois de me dire que vous êtes totalement inconscient.

— Pas du tout, je sais parfaitement ce que je fais, répliquai-je. Je suis en train de réaliser mes vœux les plus chers. Je vais là où je voulais aller.

— En êtes-vous bien sûr ? Je me le demande. Je me demande si vous savez vraiment ce que vous voulez. Vous en compagnie de Greta, cela me fait peur. Elle est plus forte que vous, vous savez.

— Je ne vois pas ce qui vous fait dire ça. Ce n'est pas une question de force.

— Ah ! vous croyez ? Moi, je crois que si. Elle est du genre dominateur, elle est de celles qui obtiennent toujours ce qu'elles veulent. Vous ne souhaitiez pas qu'elle vienne ici. C'est du moins ce que vous affirmiez. Or, elle est bel et bien là, et je les ai observées. Ellie et elle, toujours ensemble, chez elles ensemble, bavardant ensemble et à jamais installées ensemble. Qu'est-ce que vous êtes, vous, Mike, dans tout ça ? Vous êtes l'outsider ? Ou vous n'êtes pas l'outsider ?

— Vous êtes fou, vous dites des âneries. Qu'est-ce que vous entendez par outsider ? Je suis le mari d'Ellie, oui ou non ?

— Êtes-vous bel et bien le mari d'Ellie, ou ne serait-ce pas plutôt Ellie qui serait votre épouse ?

— Vous êtes idiot ou quoi ? m'exclamai-je. Quelle est la différence ?

Il soupira. Et ses épaules s'affaissèrent comme si toute son énergie le quittait soudain.

— Je ne parviens pas à vous atteindre, se lamenta Santonix. Je ne parviens pas à obtenir que vous m'écoutiez. Je ne parviens pas à me faire comprendre de vous. Parfois, j'ai l'impression fugitive que vous comprenez bel et bien, à d'autres moments je sens que vous ne comprenez rien du tout, ni à vous-même ni à qui que ce soit d'autre.

— Ecoutez, m'énervai-je, je sais que j'ai beaucoup à apprendre de vous, Santonix. Vous êtes un architecte extraordinaire, mais…

L'expression étrange qui animait son visage disparut brusquement :

— Oui, je suis un bon architecte. Cette maison est la plus réussie de toutes celles que j'ai réalisées. Elle me satisfait au mieux. C'est une maison comme celle-là que vous vouliez. Et Ellie voulait une maison comme celle-là aussi, pour y vivre avec vous. Elle l'a eue et vous l'avez eue. Envoyez promener cette autre femme, Mike, avant qu'il ne soit trop tard.

— Comment pourrais-je infliger ça à Ellie ?

— Cette femme vous a mené là où elle voulait, insista Santonix.

— Encore une fois, écoutez-moi bien. Je n'aime pas Greta. Elle me tape sur les nerfs. L'autre jour, j'ai même eu une violente dispute avec elle. Mais ce n'est pas aussi simple que vous l'imaginez.

— Non, rien ne sera jamais simple avec elle.

— La personne qui nous a dit que ce lieu s'appelait *l'Arpent du Gitan* et qu'une malédiction pesait dessus avait peut-être raison. Nous avons des gitans qui surgissent de derrière les arbres, brandissent le poing vers nous et nous préviennent que, si nous ne partons pas d'ici, il nous arrivera malheur. Oui, malheur dans *ce lieu entre tous qui devait être beau et agréable à vivre.*

S'il y avait des mots étranges à dire, c'étaient bien ceux-là. Ils étaient sortis de ma bouche comme si quelqu'un d'autre me les avait soufflés.

— Oui, c'est ainsi que cela devait être, acquiesça Santonix. Que cela devait être. Mais que cela ne sera pas, n'est-ce pas, si le diable s'en mêle.

— Vous ne croyez pas, bien sûr, à…

— Il est bien des choses étranges auxquelles je crois… Je sais ce que c'est que le mal. N'avez-vous jamais remarqué, n'avez-vous jamais senti, que j'ai le mal en moi ? Je l'ai toujours eu. C'est pourquoi, bien que je ne sache pas toujours où il se cache, je sais le reconnaître quand il rôde près de moi… *Je veux que la maison que j'ai construite soit libérée du mal*. Vous comprenez ce que je vous dis là ?

Son ton était menaçant :

— Vous avez bien compris ? J'y tiens beaucoup.

Puis il changea brusquement d'attitude.

— Venez, dit-il, ne me laissez pas dire des sottises. Allons voir Ellie.

Nous sommes entrés par la porte-fenêtre, et Ellie a accueilli Santonix avec beaucoup de plaisir.

Santonix eut un comportement tout à fait normal, ce soir-là. Il n'eut plus d'attitude théâtrale, comme précédemment, il se montra même charmant et plein d'entrain. Il parla surtout à Greta, usant avec elle de tout son charme. Et il faut avouer qu'il en avait beaucoup. On aurait juré, qu'il était subjugué par elle, qu'elle lui plaisait et qu'il cherchait à lui plaire. Cela me fit voir que Santonix était réellement un homme dangereux – et ce bien plus encore que je ne l'avais soupçonné.

Greta était sensible aux compliments. Elle se montra donc sous son meilleur jour. Elle était capable, au gré des circonstances, de dissimuler sa beauté ou de la mettre en valeur, et ce soir-là elle m'apparut plus belle que jamais. Elle souriait à Santonix, l'écoutait comme si elle était sous l'emprise de son charme. Je me demandais ce qui se cachait derrière l'attitude de Santonix. On ne pouvait jamais savoir, avec lui. Ellie lui dit qu'elle espérait qu'il resterait plusieurs jours avec nous, mais il secoua la tête et annonça qu'il devait repartir dès le lendemain.

— Vous êtes pris à ce point ? Vous construisez quelque chose, en ce moment ?

Il répondit que non, qu'il venait de sortir de l'hôpital.

— Ils m'ont rafistolé une fois de plus, soupira-t-il, mais c'est probablement la dernière fois.

— Rafistolé ? Qu'est-ce qu'ils vous ont fait ?

— Ils ont vidé mon corps du sang mauvais qui y circulait et m'en ont remis du bon, tout frais, bien rouge, expliqua-t-il.

— Oh ! s'exclama Ellie en frissonnant.

— Ne vous inquiétez pas, la rassura Santonix, cela ne vous arrivera jamais.

— Mais pourquoi faut-il que vous ayez à subir cela ? demanda Ellie. C'est cruel.

— Non, cela n'a rien de cruel, répondit Santonix. J'ai entendu ce que vous chantiez tout à l'heure :

L'homme a été créé pour la joie et pour la peine
Et quand il sait cela
De par le monde il va…

» Je vais mon chemin parce que je sais pourquoi je suis ici-bas. Et pour vous Ellie :

Chaque matin et chaque nuit
A l'extase naissent d'aucuns.

» Ça, c'est *vous*.

— J'aimerais pouvoir en être sûre, murmura Ellie.

— De quoi avez-vous peur ?

— Je n'aime pas être menacée, avoua Ellie. Je n'aime pas qu'on me jette des mauvais sorts.

— Vous parlez de votre gitane ?

— Oui.

— Oubliez-la, lui conseilla Santonix. Ce soir, oubliez-la. Soyez heureuse. A votre santé, Ellie… Longue vie à vous… et à moi, une fin prompte et libératrice. Bonne chance à vous, Mike…

Il s'arrêta, le verre levé devant Greta.

— Oui ? dit Greta. Et moi ?

— Et à vous, que puis-je vous souhaiter ? Le succès, peut-être ? lança-t-il avec une certaine ironie dans la voix.

Il partit tôt le lendemain matin.

— Quel homme étrange ! s'exclama Ellie. Je n'arrive pas à le comprendre.

— Je ne comprends pas moi-même la moitié de ce qu'il dit, avouai-je.

— Il possède un certain savoir, murmura encore Ellie, pensive.

— Tu veux dire qu'il connaît l'avenir ?

— Non, ce n'est pas de ça que je veux parler. Non, mais il connaît les gens. Je crois te l'avoir déjà dit. Il connaît les gens mieux qu'ils ne se connaissent eux-mêmes. Ce qui fait que parfois il les déteste, et parfois il se désole pour eux. Cependant, il n'avait pas l'air désolé pour moi, ajouta-t-elle, songeuse.

— Pourquoi le serait-il ? demandai-je.

— Oh ! parce que…, soupira Ellie.

16

Le lendemain après-midi, je marchais à pas rapides dans la partie la plus sombre du bois, là où l'ombre des pins était plus menaçante que partout ailleurs, quand j'aperçus dans l'allée la silhouette d'une femme de haute taille. Je m'écartai impulsivement du chemin. Pour moi, il ne faisait aucun doute que c'était notre gitane, mais je fis un bond en arrière quand je vis qui c'était en réalité. C'était ma mère. Elle se tenait là, grande et sinistre, avec ses cheveux gris.

— Bon Dieu ! grondai-je, tu m'as fait peur, maman. Qu'est-ce que tu fabriques ici ? Tu es venue nous voir ? Ça fait un moment qu'on te le demandait, pas vrai ?

En fait, ce n'était pas vrai du tout. Je ne lui avais adressé qu'une vague invitation, point final. De plus, j'avais fait en sorte qu'elle n'accepte pas. Je ne voulais pas qu'elle vienne ici. Je ne l'avais jamais souhaité.

— Eh oui, je suis enfin venue te voir. Voir si tout va bien pour toi. Voilà donc la grande maison que tu as fait construire, c'est une très belle maison, dit-elle en regardant par-dessus mon épaule.

Il me sembla percevoir dans sa voix l'aigreur de la désapprobation à laquelle je m'attendais.

— C'est trop beau pour les gens comme moi, hein ? lui lançai-je.

— Je n'ai pas dit ça, mon garçon.

— Mais tu l'as pensé.

— C'est un fait, tu n'es pas né pour ces choses-là. Et, dans la vie, il n'est jamais bon de sortir de sa condition.

— Si on t'écoutait, on ne ferait jamais rien.

— Ouais, je sais ce que tu dis et ce que tu penses, mais l'ambition ne réussit pas à tout le monde. Ça peut aussi tourner à l'aigre.

— Oh ! je t'en prie, ne joue pas les oiseaux de malheur ! Viens plutôt jeter un coup d'œil à notre belle maison, viens y fouiner tout à ton aise. Et viens voir aussi ma merveilleuse épouse, viens reluquer ma femme et faire la dégoûtée, si tu l'oses.

— Ta femme ? Je l'ai déjà vue.

— Qu'est-ce que tu racontes ? Que tu l'as déjà vue ?

— Ah ! Elle ne te l'a pas dit ? Tiens donc !

— Pas dit quoi ?

— Qu'elle était venue me voir.

— Elle est allée te voir ? balbutiai-je, abasourdi.

— Oui. Je l'ai trouvée un jour qui sonnait à ma porte, l'air un peu intimidé. C'est une belle gosse et bien gentille malgré les fanfreluches qu'elle avait sur le dos. Elle m'a dit : « Vous êtes la mère de Mike, n'est-ce pas ? » et je lui ai répondu : « Oui, et vous, qui vous êtes ? » – « Je suis sa femme », qu'elle m'a fait. Et puis elle a ajouté : « Je suis venue vous voir. Je ne trouvais pas correct de ne pas connaître la mère de Mike… » Alors je lui ai dit comme ça : « Je parie qu'il ne le voulait pas. » Elle a hésité, alors je lui ai dit : « Ne vous faites pas de souci, vous pouvez bien me le dire. Je connais mon fils, je sais ce qu'il veut et ce qu'il ne veut pas. » Et elle m'a dit : « Vous pensez peut-être que… qu'il a honte de vous parce que vous êtes pauvre et que je suis riche, mais ce n'est pas ça du tout. Ce n'est pas du tout ce qu'il pense. Non, vraiment, je vous assure. » Je lui ai encore dit : « Vous n'avez pas besoin de me le dire, ma jeune dame. Je connais les défauts de mon fils. Il n'a pas honte de sa mère et il n'a pas honte de ses origines. »

» Et j'ai repris : « Il n'a pas honte de moi, il a *peur* de moi. Je le connais trop bien, voyez-vous. » Ça a paru l'amuser et elle m'a dit : « Je pense que toutes les mères sont dans le même cas… elles savent tout de leurs fils. Et je crois que tous les fils sont gênés par rapport à ça ! » Je lui ai dit que, dans un sens, c'était peut-être vrai. Quand on est jeune, on se fait toujours un monde de tout. Moi-même, quand j'étais gamine, dans la maison de ma tante, sur le mur au-dessus de mon lit il y avait un très gros œil dans un cadre doré. Dessous était écrit : « Dieu te regarde. » Ça me donnait la chair de poule et des frissons tout le long du dos avant de m'endormir.

— Ellie aurait dû me dire qu'elle était allée te voir, maugréai-je. Je ne vois pas pourquoi elle me l'a caché. Vraiment, elle aurait dû me le dire.

J'étais en colère, très en colère. Je n'aurais jamais cru Ellie capable de ce genre de cachotteries.

— Elle avait l'air un peu inquiète d'être venue comme ça, à ce qu'il m'a semblé, mais elle n'a pas à avoir peur de toi, hein, mon garçon ?

— Viens, éludai-je, viens voir notre maison.

Je ne sais pas si notre maison lui a plu ou non. Je ne le crois pas. Elle a regardé tout autour d'elle, elle a haussé les sourcils, puis elle est allée vers la terrasse. Ellie et Greta y bavardaient. Elles venaient juste de rentrer du jardin, et Greta portait encore son manteau de laine écarlate sur les épaules. Ma mère les regarda toutes les deux. Elle resta un moment sans bouger, comme si elle avait pris racine. Ellie se leva d'un bond.

— Ah ! voilà Mrs Rogers ! s'exclama-t-elle.

Puis, se tournant vers Greta, elle ajouta :

— C'est la mère de Mike qui est venue nous voir et voir notre maison. C'est gentil, n'est-ce pas ? Je vous présente mon amie Greta Andersen.

Elle tendit les deux mains et prit celles de ma mère dans les siennes. Maman la regarda fixement, puis elle leva les yeux par-dessus l'épaule d'Ellie et dévisagea Greta.

— Je vois, marmonna-t-elle. Je vois.

— Que voyez-vous ? s'enquit Ellie.

— Je me demandais, dit maman. Je me demandais comment ce serait ici.

Elle regarda autour d'elle :

— Oui, c'est une belle maison. Avec des beaux rideaux, de jolis fauteuils et de jolis tableaux.

— Puis-je vous offrir une tasse de thé ? proposa Ellie.

— Vous semblez venir de le prendre.

— Le thé, on peut en prendre à tout moment, déclara Ellie.

Elle s'adressa alors à Greta :

— Je ne vais pas sonner. Ça ne t'ennuierait pas, Greta, d'aller à la cuisine nous refaire un peu de thé ?

— Bien sûr que non, chérie, répondit Greta.

Et elle sortit de la pièce en jetant par-dessus son épaule un regard furtif et inquiet, comme le faisait souvent ma mère.

Ma mère s'assit.

— Où sont vos bagages ? lui demanda Ellie. Vous allez rester quelques jours avec nous, j'espère ?

— Non, ma jeune dame, je ne vais pas rester. Je reprends le train dans une demi-heure. Je suis juste venue vous voir en passant.

Puis elle ajouta très vite, probablement parce qu'elle voulait le dire avant que Greta ne revienne :

— Ne vous inquiétez plus, ma belle. Je lui ai raconté que vous étiez venue me faire une petite visite.

— Je suis désolée, Mike, de ne pas te l'avoir dit, s'excusa Ellie d'un ton ferme, mais j'ai pensé que cela valait peut-être mieux.

— Elle est venue parce qu'elle a bon cœur, vraiment, déclara ma mère. C'est une bonne fille que tu as épousée là, Mike, et bien jolie. Oui, elle est très jolie.

Puis elle ajouta à mi-voix :

— Je suis désolée.

— Désolée ? répéta Ellie, un peu déconcertée.

— Désolée de ce que j'ai pu penser de vous, reprit ma mère.

Elle poursuivit avec un petit air gêné :

— Eh oui, comme vous dites, toutes les mères sont dans le même cas. Toujours suspicieuses à l'égard de leurs belles-filles. Mais quand je vous ai vue, j'ai su qu'il avait de la chance. Ça me paraît trop beau pour être vrai.

— Quel toupet ! m'exclamai-je, mais avec le sourire. Tu sais bien que j'ai toujours eu bon goût.

— Tu as toujours eu des goûts de luxe, tu veux dire, rectifia ma mère en regardant les rideaux de brocart.

— Pour ce qui est des goûts de luxe, il est exact que ce n'est pas moi qui suis la pire, dit Ellie en souriant.

— Forcez-le à économiser un peu de temps en temps, conseilla maman, ça lui forgera le caractère.

— Je ne veux pas qu'on cherche à améliorer mon caractère, rétorquai-je. L'avantage, quand on est marié, c'est que votre femme pense que tout ce que vous faites est parfait. N'est-ce pas, Ellie ?

Ellie paraissait de nouveau heureuse et répondit en riant :

— Tu es bien sûr de toi, Mike ! Bien suffisant !

Greta revint alors avec la théière. Nous venions d'éprouver un instant de malaise dont nous émergions à peine. Et, Dieu sait pourquoi, l'arrivée de Greta fit de nouveau monter la tension. Malgré tous les efforts que fit Ellie, ma mère refusa de rester et, au bout d'un moment, Ellie n'insista plus. Elle et moi avons raccompagné ma mère tout au long de l'allée qui serpente à travers les arbres jusqu'à la barrière d'entrée.

— Comment s'appelle votre maison ? demanda ma mère à brûle-pourpoint.

— *L'Arpent du Gitan*, répondit Ellie.

— Ah ! oui, dit ma mère, vous avez des gitans dans le coin, n'est-ce pas ?

— Comment sais-tu ça ? m'étonnai-je.

— J'en ai vu une en montant. Elle m'a regardée d'un air bizarre, ça oui.

— Ce n'est pas une mauvaise femme, elle est un peu demeurée, c'est tout.

— Pourquoi dis-tu qu'elle est demeurée ? Elle m'a jeté un drôle de regard. Elle n'aurait pas une dent contre vous, par hasard ?

— Je ne crois pas que ce soit réellement une menace sérieuse, répondit Ellie. Bien sûr, elle prétend que nous l'avons chassée de sa terre ou je ne sais quoi d'approchant. Mais je pense qu'elle a inventé toute cette histoire.

— Elle doit vouloir de l'argent, décréta ma mère. Les gitans sont tous les mêmes. Ils font un foin pas possible à propos de la manière dont on les rembarre. Mais ils changent de refrain sitôt qu'on leur met des sous dans la main, au creux de laquelle ils ont toujours des fourmis qui les démangent.

— Vous n'aimez pas les gitans, dit Ellie.

— C'est tout voleurs et compagnie. Ils n'ont pas de vrais métiers et ils ont une fâcheuse tendance à jeter leur dévolu sur ce qui ne leur appartient pas.

— Eh bien, déclara Ellie, nous… nous… ne vous inquiétez plus pour nous maintenant.

Ma mère nous dit au revoir, puis elle ajouta :

— La jeune femme qui loge sous votre toit, c'est qui au juste ?

Ellie expliqua que Greta avait vécu avec elle pendant trois ans avant qu'elle se marie, et combien son existence aurait été triste sans sa présence :

— Greta s'est mise en quatre pour nous aider. C'est une fille formidable. Je ne sais pas comment… comment je ferais sans elle.

— Elle vit avec vous ou elle est en visite ?

— Eh bien…

Ellie esquiva la question :

— Elle… elle vit avec nous en ce moment, parce que je me suis foulé la cheville et qu'il fallait quelqu'un pour s'occuper de moi. Mais je vais de nouveau bien, maintenant.

— Les jeunes mariés, il est préférable qu'ils soient seuls dans les débuts, déclara ma mère.

Nous restâmes près de la barrière à la regarder s'éloigner.

— Elle a une très forte personnalité, murmura Ellie, plongée dans ses pensées.

J'étais en colère contre elle, vraiment très en colère, parce qu'elle était allée voir ma mère sans me le dire. Mais quand elle se tourna vers moi et me regarda avec un sourcil légèrement relevé et son sourire comique de petite fille mi-intimidée, mi-satisfaite, je ne pus m'empêcher de me radoucir.

— Quelle vilaine petite cachottière tu fais ! m'exclamai-je.

— Que veux-tu, répondit Ellie. Il m'a fallu l'être plus d'une fois, tu sais.

— C'est comme dans une pièce de Shakespeare que j'ai vue autrefois. On la jouait à l'école.

Je citai d'une manière empruntée :

— « Elle a trompé son père et peut-être toi. »

— Tu jouais quel rôle ? Othello ?

— Non, je jouai le père de la fille. C'est pour ça que je me souviens de cette réplique, j'imagine. C'est pratiquement la seule phrase que j'avais à dire.

— » Elle a trompé son père et peut-être toi », répéta Ellie, rêveuse. Pour autant que je m'en souvienne, je n'ai jamais trompé mon père. Peut-être aurais-je été contrainte de le faire plus tard.

— Je ne pense pas qu'il aurait été ravi de te voir te marier avec moi. Pas plus que ta belle-mère ne l'a été.

— Non, c'est certain. Il était très conventionnel, je crois.

Elle se tourna vers moi avec de nouveau son sourire de petite fille :

— Aussi, j'imagine que j'aurais dû faire comme Desdémone : tromper mon père pour m'enfuir avec toi.

— Pourquoi tenais-tu tant à voir ma mère, Ellie ? demandai-je, intrigué.

— Ce n'est pas que je tenais à la voir, répondit Ellie, mais j'avais mauvaise conscience de ne m'être pas manifestée. Tu ne m'as pas souvent parlé de ta mère, mais j'ai cru comprendre qu'elle s'était saignée aux quatre veines pour toi. Elle s'est toujours bien occupée de toi et a travaillé dur pour te payer des études. Et je trouvais qu'il pourrait paraître mesquin et vaniteux de ma part de ne pas aller lui rendre visite.

— Eh bien, ça n'aurait pas été de ta faute, dis-je, ç'aurait été de la mienne.

— C'est exact. Et je peux à la rigueur comprendre que tu n'aies pas voulu que j'aille la voir.

— Tu t'imagines peut-être que je fais un complexe d'infériorité en ce qui concerne ma mère ? Ce n'est pas ça du tout, Ellie, je t'assure que ce n'est pas ça. Ce n'était pas pour ça.

— Non, convint Ellie, toujours songeuse. Maintenant, je le sais. En fait, c'est parce que tu ne voulais pas qu'elle fasse des histoires de mère.

— Des histoires de mère ? répétai-je.

— Eh bien ! je me suis rendu compte que c'est le genre de personne qui a des idées très arrêtées sur ce que les autres devraient faire. Je veux dire, par exemple, qu'elle aurait souhaité que tu exerces un certain type de métier.

— Exactement. Que j'aie un boulot stable. Que je me fixe.

— Ça n'a plus d'importance maintenant, dit Ellie. Mais, si je peux me permettre, je trouve que c'était un très bon conseil. Evidemment, ça ne te ressemblait pas du tout, Mike. Tu n'es pas du genre à vouloir t'établir. La stabilité, ce n'est pas ton affaire. Tu veux rouler ta bosse, t'essayer à tout, conquérir le monde.

— Ce que je veux, c'est vivre dans cette maison avec toi, protestai-je.

— Pendant un temps, peut-être… Et je suis persuadée que… que tu auras toujours envie de revenir ici. Et moi aussi. Je pense que nous reviendrons ici chaque année et que nous y serons plus heureux que partout ailleurs. N'empêche que tu vas vouloir bouger. Que tu vas vouloir voyager, voir ce que tu n'as jamais vu, acheter ce que tu ne possèdes pas encore. Peut-être voudras-tu faire de nouveaux plans d'aménagement du jardin. Peut-être irons-nous voir des jardins italiens, des jardins japonais, des jardins paysagers de toutes sortes.

— Tu donnes à la vie des couleurs fascinantes, Ellie, dis-je. Je suis désolé de m'être fâché.

— Oh ! tes fâcheries ne me dérangent pas, Ellie. Je n'ai pas peur de toi.

Puis, avec un froncement de sourcils, elle ajouta :

— Ta mère n'aime pas Greta.

— Quantité de gens n'aiment pas Greta.

— Y compris toi.

— Allons, Ellie, tu me répètes toujours ça. Mais ce n'est pas vrai. J'étais simplement un peu jaloux d'elle au début, c'est tout. Nous nous entendons très bien, maintenant.

Et j'ajoutai :

— Je crois qu'elle doit souvent mettre les gens sur la défensive.

— Mr Lippincott ne l'aime pas non plus, n'est-ce pas ? Il pense qu'elle a trop d'influence sur moi.

— En a-t-elle vraiment tant que ça ?

— Je ne sais pas pourquoi tu me poses cette question. Oui, c'est possible qu'elle en ait. C'est normal, elle a une personnalité plutôt dominante. Mais j'avais besoin de quelqu'un à qui je pouvais me confier et sur qui je pouvais compter. Quelqu'un qui soit capable de me soutenir.

— Et de te voir prendre le chemin de ton choix ? lui demandai-je en riant.

Nous rentrâmes bras dessus, bras dessous à la maison ; pour une raison que j'ignore, cet après-midi-là me parut soudain lugubre. Sans doute parce que le soleil venait de quitter la terrasse et avait laissé derrière lui une impression de ténèbres.

— Qu'est-ce qu'il y a, Mike ? me demanda Ellie.

— Je ne sais pas. Il m'a tout à coup semblé que quelqu'un marchait sur ma tombe.

— « Une oie est en train de marcher sur ta tombe ». C'est l'expression consacrée, ici, non ? s'enquit Ellie.

Greta était introuvable. Les domestiques nous dirent qu'elle était sortie faire un tour.

Maintenant que ma mère savait tout sur mon mariage et avait vu Ellie, je fis ce que j'avais vraiment envie de faire depuis quelque temps. Je lui envoyai un gros chèque. Je lui conseillai de déménager dans une maison plus confortable, d'acheter quelques meubles à son goût et des bricoles qui pourraient lui plaire. Je me demandais évidemment si elle allait accepter ou non. Ce n'était pas de l'argent que j'avais gagné en travaillant et je ne pouvais honnêtement prétendre le contraire. Comme je l'avais craint, elle renvoya le chèque déchiré en deux accompagné d'un petit mot griffonné : « Je ne veux pas de cet argent. Tu ne changeras jamais. Je le sais maintenant. Que le ciel te vienne en aide. » Je le jetai par terre devant Ellie.

— Tu vois comment est ma mère ! trépignai-je. J'épouse une fille riche et je vis avec l'argent de ma riche épouse, et cette vieille mégère désapprouve !

— Ne t'énerve pas, Mike. Beaucoup de gens réagissent de cette façon. Ça lui passera.

Puis elle ajouta :

— Elle t'aime beaucoup, Mike.

— Alors pourquoi veut-elle tout le temps que je change ? Que je vive selon *son* modèle. Je suis moi. Je ne peux pas être quelqu'un d'autre. Je ne suis pas un petit garçon docile qui fait tout ce que veut sa maman. Je suis comme je suis. Je suis adulte. Je suis *moi* !

— Tu es toi, acquiesça Ellie. Et je t'aime.

Et puis, sans doute pour me distraire, elle me dit quelque chose qui me troubla :

— Qu'est-ce que tu penses de notre nouveau majordome ?

Je n'en pensais rien. Que diable pouvait-on en penser ? Tout au plus aimais-je mieux celui-là que le précédent, qui ne s'était pas donné la peine de cacher son mépris pour mon statut social.

— Il est très bien, répondis-je. Pourquoi ?

— Je me demandais tout bonnement si ce n'était pas une sorte de garde du corps.

— Un garde du corps ? Qu'est-ce que tu veux dire ?

— Un policier. Oncle Andrew pourrait s'être arrangé pour en placer un ici.

— Pourquoi ça ?

— Eh bien… pour prévenir un enlèvement éventuel, je suppose. Aux Etats-Unis, tu sais, il est courant d'avoir des gardes du corps… surtout à la campagne.

Voilà un autre inconvénient de la richesse que je ne connaissais pas encore !

— Quelle idée abominable !

— Ah ! tu trouves ? Moi, j'y suis habituée. Qu'est-ce que ça peut faire ? On ne s'en aperçoit quasiment pas.

— Et la femme, alors ? Elle est dans le coup, elle aussi ?

— Forcément, mais elle cuisine très bien. J'imagine qu'oncle Andrew, ou Stanford Lloyd, je ne sais pas lequel y aura pensé, doit avoir soudoyé les précédents pour qu'ils nous quittent, tandis que ces deux-là se tenaient prêts à prendre leur place. Ç'a dû être facile comme bonjour.

— Tout ça sans te le dire ?

Je demeurais incrédule.

— Ils s'en seraient bien gardés. J'aurais pu pousser les hauts cris. Note qu'il se peut aussi que je me fasse des idées… Mais ce qu'il y a, ajouta-t-elle d'un ton rêveur, c'est qu'à force d'avoir ce genre d'individus autour de soi, on finit par renifler leur présence.

— Pauvre petite fille riche ! lançai-je avec une sorte de sauvagerie.

Ellie ne s'en formalisa pas :

— C'est là, je crois, une assez bonne définition de ma petite personne.

— Je n'ai apparemment pas fini de faire des découvertes sur ton compte ! m'exclamai-je.

17

Quel état mystérieux que le sommeil ! Vous allez au lit en vous faisant un sang d'encre à propos de gitans, d'ennemis inconnus, de détectives placés à votre insu sous votre propre toit, de possibilités d'enlèvement et d'une centaine d'autres soucis, puis le sommeil vous emporte loin de tous ces problèmes et vous vous réveillez dans un univers totalement nouveau. Plus de tracas, plus d'appréhensions. C'est en tout cas ainsi que, ce 17 septembre, je m'éveillai débordant de vitalité.

« Voilà une journée superbe qui commence ! me dis-je avec conviction. Voilà une journée qui sera formidable ! » Je parle sérieusement. C'était comme dans ces publicités qui vous offrent d'aller aux quatre coins de la planète et de faire mille et une excursions passionnantes. Je passai mentalement en revue mon programme de la journée. Je m'étais entendu avec le major Phillpot pour le retrouver à une adjudication dans une maison de campagne, à une vingtaine de kilomètres. Il s'y vendait quelques beaux meubles et j'avais déjà repéré deux ou trois lots dans le catalogue. J'en étais tout excité.

Phillpot s'y connaissait fort bien en meubles d'époque, argenterie et objets de cette nature, et ce, non pas qu'il ait eu le tempérament artiste – c'était avant tout un amateur de chasse et de pêche –, mais tout bonnement parce que… parce qu'il s'y connaissait. Dans sa famille, on s'y connaissait en naissant.

Je jetai un œil sur le catalogue au petit déjeuner. Ellie était descendue en tenue d'équitation. Elle montait maintenant à cheval presque tous les matins, soit seule, soit avec Claudia. Elle avait l'habitude américaine de boire un café et un verre de jus d'orange et de ne rien prendre d'autre pour son petit déjeuner. Mes goûts, maintenant que je n'avais plus à les refréner, s'apparentaient davantage à ceux d'un châtelain de l'époque victorienne ! J'aimais trouver quantité de plats chauds sur le buffet. Ce matin-là, je mangeai des rognons, des saucisses et du bacon. Tout était délicieux.

— Que faites-vous de beau aujourd'hui, Greta ? demandai-je.

Greta m'expliqua qu'elle allait retrouver Claudia Hardcastle à la gare de Market Chadwell et qu'elles iraient ensemble à Londres faire les soldes de blanc. Je l'interrogeai sur ce qu'étaient des soldes de blanc :

— Est-ce que tout ce qui s'y vend doit être blanc ?

Greta me répondit d'un air méprisant qu'une vente de blanc signifiait une vente de linge de maison, de couvertures, de serviettes, de draps, etc. Elle ajouta qu'on pouvait trouver de bonnes affaires dans un magasin spécialisé de Bond Street dont elle avait reçu le catalogue.

Je proposai alors à Ellie :

— Eh bien, si Greta s'en va passer la journée à Londres, pourquoi ne prendrais-tu pas la voiture pour venir nous rejoindre au *George*, à Bartington ? On y mange très bien, d'après le vieux Phillpot. C'est lui-même qui a suggéré que tu nous y retrouves. A 1 heure. Tu traverses Market Chadwell et puis tu tournes environ six km plus loin. De toute façon, ça doit être indiqué.

— Très bien, acquiesça Ellie. J'y serai.

Je l'aidai à se mettre en selle et elle disparut parmi les arbres. Ellie adorait monter à cheval. Elle prenait d'ordinaire un sentier sinueux et débouchait sur la lande où elle galopait un moment avant de rentrer à la maison. Je lui laissai la petite voiture, plus facile à garer, et pris la grosse Chrysler. J'arrivai au manoir de Bartington juste avant que la vente ne commence. Phillpot était déjà là et m'avait gardé une place.

— Il y a vraiment de très beaux meubles, me dit-il. Un ou deux bons tableaux. Un Rommey et un Reynolds. Je ne sais pas si cela vous intéresse ?

Je secouai la tête. Mes goûts du moment se portaient uniquement sur les artistes modernes.

— J'aperçois quelques antiquaires, poursuivit Phillpot, deux sont descendus de Londres. Vous voyez cet homme mince là-bas, avec les lèvres pincées ? C'est Cressington. Il est très connu. Vous n'avez pas amené votre épouse ?

— Non, ce n'est pas une passionnée de ventes aux enchères. De plus, je ne souhaitais pas vraiment qu'elle vienne ce matin.

— Tiens donc ! Pourquoi ?

— Je voudrais lui faire une surprise. Avez-vous remarqué le lot 42 ?

Il consulta le catalogue, puis porta son regard de l'autre côté de la pièce :

— Hum ! Ce pupitre en papier mâché ? Oui. C'est une bien jolie petite pièce. Un des meilleurs exemples de papier mâché qu'il m'ait été donné de voir. Un pupitre en cette matière, c'est plutôt rare. On trouve beaucoup d'écritoires à poser sur une table. Mais celle-ci est un modèle ancien. Je n'en avais encore jamais vu de semblable.

Le couvercle du petit meuble était orné d'une incrustation d'émail représentant le château de Windsor, et ses quatre côtés, de bouquets composés de roses, de chardons et de trèfles.

— Il est en très bon état, estima Phillpot.

Il me regarda d'un air étonné :

— Je n'aurais jamais cru que vous pourriez être attiré par ce genre d'objet, mais…

— Oh ! ce n'est pas spécialement à mon goût, l'interrompis-je. C'est un peu trop mignard et féminin pour moi. Mais Ellie aime cette matière. C'est son anniversaire la semaine prochaine et je veux lui en faire cadeau. Une surprise. C'est pour ça que je ne tenais pas à ce qu'elle me voie l'acheter. Mais je sais que rien ne pourrait lui faire plus plaisir. Elle n'en reviendra vraiment pas.

Nous avons gagné nos places, et la vente a commencé. En fait, l'objet que j'étais venu acheter atteignit des sommets. Les deux marchands de Londres semblaient absolument le vouloir eux aussi. L'un d'eux, cependant, était si expérimenté et si réservé que vous pouviez à peine remarquer l'infime mouvement qu'il faisait avec son catalogue que le commissaire-priseur observait attentivement. J'achetai également une chaise sculptée Chippendale, pensant qu'elle irait très bien dans notre corridor, et quelques immenses rideaux de brocart en bon état.

— Eh bien, vous semblez y avoir pris beaucoup de plaisir, dites-moi ! s'exclama Phillpot en se levant lorsque le commissaire-priseur acheva la vente du matin. Souhaitez-vous revenir cet après-midi ?

Je secouai la tête :

— Non, il n'y a rien qui me tente dans la seconde partie de la vente. Ce sont surtout des meubles de chambre à coucher, des tapis et des choses comme ça.

— En effet, je ne pense pas que cela puisse vous intéresser. En ce cas…

Il consulta sa montre :

— Nous ferions aussi bien de partir. Ellie vient nous rejoindre au *George* ?

— Oui, elle m'a promis d'y être à 1 heure.

— Et… euh… miss Andersen ?

— Non, Greta est partie pour Londres. Elle est allée à ce qu'ils appellent des soldes de blanc. Avec miss Hardcastle, je crois.

— Ah ! oui, Claudia en a parlé l'autre jour. Le prix des draps et du linge en général est faramineux, de nos jours. Savez-vous combien coûte une taie d'oreiller en toile de lin ? Trente-cinq shillings. Nous les achetions six shillings, autrefois.

— Vous semblez bien vous y connaître en achat de linge de maison, m'étonnai-je.

— Bah ! c'est tout simplement que j'ai entendu ma femme se plaindre de la cherté de la vie.

Phillpot sourit :

— Vous avez l'air en excellente forme, Mike. Gai comme un pinson.

— C'est parce que j'ai pu avoir ce pupitre en papier mâché, expliquai-je, ou du moins en partie à cause de ça. Je me suis réveillé tout guilleret, ce matin. Il y a comme ça des jours où tout dans le monde vous semble merveilleux.

— Holà ! s'exclama Phillpot, attention ! Ce genre de réveil, c'est connu pour être signe de mort.

— Signe de mort ? répétai-je. C'est encore une de ces vieilles croyances écossaises ça, non ?

— Ce genre de présage survient toujours avant un drame, mon garçon, s'assombrit Phillpot. Mieux vaudrait que vous refréniez votre exubérance.

— Bah ! je ne crois pas à ces superstitions ridicules ! m'exclamai-je.

— Ni aux prédictions des gitans, hein ?

— Notre gitane, nous ne l'avons pas vue ces derniers temps, commentai-je. Pas depuis une semaine au bas mot.

— Peut-être a-t-elle décidé de s'absenter un peu, hasarda Phillpot.

Il me demanda si je pouvais l'emmener dans ma voiture et j'acceptai bien volontiers.

— Inutile de prendre les deux. Vous pourrez me déposer ici au retour, non ? Ellie a pris la sienne ?

— Oui, la Mini.

— Espérons que le *George* saura se montrer à la hauteur, dit le major Phillpot. J'ai grand faim.

— Avez-vous acheté quelque chose ? demandai-je. J'étais trop pris dans le feu de l'action pour le remarquer.

— Il est certes préférable de ne pas se laisser distraire quand on enchérit. Mieux vaut toujours surveiller le manège des marchands. Non. J'ai fait une ou deux offres, mais tout est monté bien au-dessus de mes prix.

Je pris conscience que si Phillpot possédait d'innombrables hectares de terre dans les environs, son revenu réel ne pesait pas lourd. On aurait pu le décrire comme un pauvre homme très gros propriétaire terrien. En vendant une partie de sa terre, il aurait pu avoir plus d'argent à dépenser, seulement il ne voulait pas se défaire de sa terre. Il y tenait trop.

En arrivant au *George*, nous découvrîmes qu'un grand nombre de voitures emplissaient déjà le parking. Sans doute des gens venus assister à la vente aux enchères. Cependant, je ne vis pas celle d'Ellie. Nous sommes entrés et j'ai cherché ma femme du regard, mais elle n'était pas là. Après tout, il n'était guère que 1 heure passée de quelques minutes.

Nous allâmes prendre un verre au bar en attendant son arrivée. Il y avait foule. Je jetai un coup d'œil dans la salle à manger où notre table était encore réservée. Il y avait pas mal de gens du coin que je reconnus et, à une table près de la fenêtre, un homme dont le visage me parut familier. J'étais sûr de le connaître, mais impossible de me rappeler où et quand nous nous étions rencontrés. Je n'avais pas l'impression que c'était quelqu'un du pays : ses vêtements ne collaient pas avec ce qu'on portait dans le coin. Bien sûr, je m'étais autrefois frotté à pas mal de gens et il était normal que je ne puisse pas me souvenir de tout le monde. Je ne pensais pas non plus l'avoir vu à la vente, encore qu'il m'ait assez bizarrement semblé y reconnaître quelqu'un sans toutefois pouvoir l'identifier. Difficile de mettre un nom sur un visage quand on ne sait à quoi le relier.

Toute bruissante dans la robe de faille noire de style ostensiblement edwardien qu'elle portait en toute circonstance, la grande prêtresse du *George* se dirigea vers moi :

— Passerez-vous bientôt à table, Mr Rogers ? J'ai quelques clients qui attendent.

— Ma femme va arriver d'un instant à l'autre, répondis-je.

Je retournai auprès de Phillpot. Je commençais à me dire qu'Ellie avait peut-être eu une crevaison.

— Nous ferions bien de gagner notre table, proposai-je, car ils semblent s'impatienter. Ils sont archicombles, aujourd'hui. Je crains, ajoutai-je, qu'Ellie ne soit pas la ponctualité incarnée.

— Ah, les femmes ! s'exclama Phillpot dans son style un peu désuet. Ne mettent-elles pas toujours un point d'honneur à nous faire attendre ? Très bien, Mike, si vous en êtes d'accord. Nous allons commencer sans elle.

Nous sommes entrés dans la salle à manger, avons choisi au menu un steak accompagné d'une tourte aux rognons et avons entamé notre repas.

— Ce n'est pas chic de la part d'Ellie de nous faire faux bond comme ça, commentai-je. C'est probablement parce que Greta est à Londres. Ellie est très habituée, voyez-vous, à ce que Greta lui rappelle ses rendez-vous, veille à ce qu'elle parte à l'heure et tout ce qui s'ensuit.

— Elle est à ce point dépendante de miss Andersen ?

— Pour ce genre de registre, oui.

Nous avons continué notre repas, passant du steak et de la tourte aux rognons à la tarte aux pommes couronnée d'une évanescente crème meringuée.

— Je me demande si elle n'a pas tout bonnement oublié notre rendez-vous, dis-je soudain.

— Peut-être devriez-vous téléphoner.

— Oui, je crois que ce serait assez indiqué.

Je me rendis à la cabine et appelai la maison. Ce fut Mrs Carson, la cuisinière, qui répondit :

— Ah ! c'est vous, Mr Rogers ! Mrs Rogers n'est pas encore rentrée.

— Que voulez-vous dire, pas rentrée ? Pas rentrée d'où ?

— Elle n'est pas encore rentrée de sa promenade à cheval.

— Mais elle est partie juste après le petit déjeuner. Elle ne peut pas avoir monté toute la matinée.

— Elle n'avait pas parlé d'autres projets. Je m'étonne qu'elle ne soit pas déjà là.

— Pourquoi ne m'avez-vous pas téléphoné pour me prévenir ? demandai-je.

— Mais voyons, monsieur, je ne savais pas où vous joindre. Je ne savais pas où vous étiez allé.

Je lui dis que j'étais présentement au *George*, à Bartington, lui en donnai le numéro et la priai de téléphoner quand Ellie rentrerait ou dès qu'elle aurait des nouvelles. Puis j'allai retrouver Phillpot. Il vit immédiatement à ma tête que quelque chose ne tournait pas rond.

— Ellie n'est pas rentrée à la maison, lui annonçai-je. Elle est partie faire du cheval ce matin, comme presque tous les matins, mais elle revient en général au bout d'une heure.

— Ne vous tracassez pas avant que ce ne soit nécessaire, mon garçon, me dit-il gentiment. L'endroit où vous habitez est très isolé, vous savez. Peut-être son cheval s'est-il mis à boiter et a-t-elle dû le ramener au pas. Sur la lande, au-dessus des bois, elle n'a sans doute rencontré personne qui aurait pu signaler son problème.

— Si elle avait décidé de modifier ses plans et d'aller plus loin pour rendre visite à quelqu'un ou un truc dans ce goût-là, marmonnai-je, elle aurait téléphoné ici. Elle nous aurait laissé un message.

— Allons, ne vous en faites pas, répéta Phillpot. Je pense que le mieux serait que nous partions maintenant, là tout de suite, et que nous allions voir de quoi il retourne.

Comme nous arrivions sur le parking, une voiture s'en allait. A l'intérieur, il y avait l'homme que j'avais remarqué dans la salle à manger, et soudain je le reconnus. C'était Stanford Lloyd ou alors quelqu'un qui lui ressemblait comme deux gouttes d'eau. Je me demandai ce qu'il pouvait bien fabriquer dans les parages. Est-ce qu'il ne serait pas venu par ici avec l'intention de nous rendre visite ? Si oui, c'était bizarre qu'il ne nous ait pas prévenus de son arrivée imminente. Dans la voiture, avec lui, il y avait une femme qui ressemblait à Claudia

Hardcastle, mais Claudia était censée faire des achats à Londres avec Greta. Tout ça me laissait pantois…

Tandis que nous nous éloignions, je sentis que Phillpot jetait de temps en temps un coup d'œil dans ma direction. Soudain, je croisai son regard et lui lançai, amer :

— D'accord ! Vous me l'aviez bien dit, ce matin, que mon attitude présageait la mort.

— Ne courez pas tout de suite au pire, voyons. Elle aura peut-être fait une chute et se sera foulé une cheville, ce genre de pépin. Elle est bonne cavalière, pourtant. Je l'ai vue monter. Ça m'étonnerait qu'elle ait pu avoir un accident.

— Un accident, ça peut arriver à tout moment, rétorquai-je.

Nous avons roulé vite pour arriver enfin à la route surplombant la lande qui s'étend au-dessus de notre propriété et que nous avons parcourue en surveillant les alentours. De temps en temps, nous nous arrêtions pour interroger les gens. C'est un homme qui extrayait de la tourbe qui nous donna les premières nouvelles :

— Pour sûr que j'ai vu un cheval sans cavalier ! s'exclama-t-il. Il y a peut-être bien de ça deux heures. Si pas plus. Même que j'ai voulu l'attraper, mais dès que je me suis approché, il est parti au grand galop. A part ça, j'ai vu personne.

— Le mieux est d'aller chez vous, suggéra Phillpot. Ils auront peut-être des nouvelles.

Nous sommes allés à la maison, mais ils n'avaient pas de nouvelles. Nous avons demandé au garçon d'écurie de seller un cheval et d'aller à la recherche d'Ellie.

Phillpot téléphona chez lui et envoya un homme depuis là-bas aussi. Lui et moi avons gravi ensemble le sentier qui traverse le bois, celui qu'Ellie avait coutume d'emprunter, et nous sommes arrivés sur la lande.

Tout d'abord, nous n'avons rien vu. Nous avons alors longé la lisière du bois, là où d'autres sentiers débouchaient, et… nous l'avons trouvée. Nous avons aperçu ce qui ressemblait à un tas confus de vêtements. Le cheval était revenu et il broutait près de ce petit tas. Je me mis à courir. Phillpot me suivit, plus vite que je n'aurais imaginé qu'un homme de son âge pouvait le faire.

Elle était là… ramassée sur elle-même, son petit visage pâle tourné vers le ciel.

— Je ne peux pas…, balbutiai-je. Je ne peux pas…

Et je détournai la tête.

Phillpot arriva et s'agenouilla près d'elle. Il se releva presque aussitôt :

— Il faut aller chercher un médecin ! Shaw. C'est le plus proche. Mais… mais je crois que cela ne servira plus à rien, Mike.

— Vous voulez dire que… qu'elle est morte ?

— Oui. Il serait inutile de prétendre le contraire.

— Oh, mon Dieu ! haletai-je en me détournant. Je ne peux pas y croire. Pas Ellie !

— Tenez, prenez ça, m'ordonna Phillpot.

Il sortit de sa poche une flasque, la déboucha et me la tendit. J'en bus une longue rasade.

— Merci, dis-je.

Le garçon d'écurie arriva, et Phillpot l'envoya chercher le Dr Shaw.

18

Shaw arriva dans une vieille Land Rover cabossée. J'imagine que c'était le véhicule qu'il utilisait par mauvais temps pour effectuer ses visites dans les fermes isolées. Il nous regarda à peine, se dirigea droit vers Ellie et se pencha sur elle. Puis il revint vers nous.

— Elle est morte depuis au moins trois ou quatre heures, déclara-t-il. Comment est-ce arrivé ?

Je lui expliquai qu'elle était partie ce matin, après le petit déjeuner, pour faire une balade à cheval comme elle en avait l'habitude.

— Lui était-il déjà arrivé des pépins lors de ses précédentes sorties ?

— Non, répondis-je, c'était une bonne cavalière.

— Oui, je sais que c'était une bonne cavalière. Je l'ai déjà vue une ou deux fois. Elle montait depuis son enfance, à ce que j'ai compris. Je me demandais juste si elle n'avait pas eu récemment un accident quelconque, ce qui aurait pu la rendre nerveuse. Si le cheval avait bronché, fait un écart…

— Pourquoi le cheval aurait-il fait un écart ? C'est un animal parfaitement équilibré et…

— Ce cheval n'est absolument pas vicieux, confirma le major Phillpot. Il est docile et pas du tout nerveux. Est-ce qu'elle a quelque chose de cassé ?

— Je n'ai pas encore fait d'examen complet, mais elle ne semble avoir aucune blessure apparente. Il se peut qu'il y ait une lésion interne. Il doit probablement s'agir d'un choc.

— Mais on ne meurt pas d'un choc, protestai-je.

— Elle ne serait pas la première à mourir d'un choc. Si elle avait eu le cœur faible…

— Ils disaient aux Etats-Unis qu'elle avait le cœur faible… un peu fragile, du moins.

— Hum ! Je ne lui ai trouvé aucune faiblesse de cet ordre quand je l'ai examinée. Mais nous n'avions pas fait d'électrocardiogramme. Pour le moment, rien n'indique qu'il puisse s'agir de cela. Nous le saurons plus tard. Après l'enquête.

Il me regarda avec compassion, puis il me tapota l'épaule.

— Rentrez chez vous et mettez-vous au lit, me conseilla-t-il. C'est vous, à l'heure actuelle, qui êtes en état de choc.

C'est curieux comme à la campagne les gens semblent surgir de nulle part. Bientôt trois ou quatre personnes se trouvèrent près de nous. Un randonneur qui avait quitté la route principale et rejoint notre petit groupe pour voir ce qui se passait, une femme au visage couperosé qui devait se rendre dans une ferme par un raccourci et un vieux cantonnier. Ils poussaient des exclamations et y allaient de leurs commentaires.

— Pauvre jeune dame !

— Et si jeune, avec ça ! C'est son cheval qui l'a jetée par terre ?

— Ah, les chevaux ! Il faut jamais s'y fier.

— C'est Mrs Rogers, pas vrai ? La dame américaine des *Tours* ?

Ce n'est que lorsqu'ils eurent tous fait leurs observations que le vieux cantonnier parla et nous donna une information. En hochant la tête, il dit :

— S'en est fallu d'peu que j'le voye arriver. Sûr que s'en est fallu d'peu que j'le voye arriver.

Le médecin se tourna brusquement vers lui :

— Qu'est-ce que vous avez vu ?

— J'ai vu un cheval qu'avait pris l'mors aux dents.

— Et la dame, vous l'avez vue tomber ?

— Non, non. Quand c'est qu'je l'ai vue, elle chevauchait à la lisière du bois. Après ça, j'avais l'dos tourné, je cassais des pierres pour la route. Et puis tout soudain j'ai entendu un bruit d'sabots, alors j'ai levé l'nez, et c'est là que j'ai vu l'cheval qui galopait comme un dératé. J'me suis même pas pensé qu'y avait eu un accident. J'm'ai dit comme quoi que la dame était peut-être descendue d'cheval et qu'il lui avait échappé. Y venait pas sur moi, notez. L'avait pris l'aut'direction.

— Vous n'avez pas vu la dame par terre ?

— Non. De loin, j'y vois pas trop bien. Le cheval, j'l'ai vu parce qu'y s'découpait sur la ligne de crête.

— La dame, elle se promenait toute seule ? Ou bien est-ce qu'il y avait quelqu'un avec elle, ou pas loin d'elle ?

— Y avait personne avec elle. Non. L'était toute seule. Elle est pas passée très loin de moi et puis après, elle a pris ce chemin. Elle est allée vers les bois, j'pense. Non, j'ai vu personne d'aut' qu'elle et puis l'cheval.

— Ça se pourrait bien que ce soit la gitane qui lui ait fait peur, dit la femme au visage couperosé.

Je me retournai vivement :

— Quelle gitane ? Quand ça ?

— Ben…, il devait être… attendez, y a de ça trois ou quatre heures, quand c'est que j'suis descendue ce matin par la route. Vers les 9 h 45, que j'l'ai vue, la gitane. Celle qu'habite la chaumière dans le village. Du moins, j'm'ai pensé que c'était elle. J'étais pas assez près pour en êt' sûre. Mais c'est la seule qui s'promène dans le coin avec un manteau rouge, pas vrai ? Elle marchait dans un chemin au milieu des arbres. Quelqu'un m'a raconté qu'elle avait dit de vilaines choses à la pauvre jeune dame américaine. Qu'elle l'avait menacée. Qu'elle lui avait raconté qu'il lui arriverait malheur si elle ne s'en allait pas d'ici. Très menaçante, qu'elle était, à ce qu'on m'a dit.

— La gitane…, soupirai-je.

Puis, amèrement, je me dis à moi-même bien que parlant tout haut :

— *L'Arpent du Gitan* ! Comme je voudrais n'y avoir jamais mis les pieds !

TROISIÈME PARTIE

19

C'est étrange comme il m'est difficile de me souvenir de ce qui s'est passé après ça. Je veux dire, la façon dont les choses se sont déroulées. Jusque-là, voyez-vous, tout a toujours été clair dans mon esprit. J'avais juste pataugé un peu au moment de décider à quel moment précis je devais commencer mon récit, un point c'est tout. Mais une fois ce problème surmonté, ç'avait été comme si un couperet était tombé et avait séparé ma vie en deux moitiés. Seulement, ce qui s'est passé à partir de la mort d'Ellie est une autre paire de manches et m'apparaît maintenant comme une suite de difficultés auxquelles je n'étais pas préparé, comme un tourbillon de gens, de solennités et d'événements au sein desquels je n'étais plus maître de quoi que ce soit. Rien de tout cela ne m'arrivait à moi mais se déroulait autour de moi. C'est comme ça que je le ressens maintenant.

Tout le monde se montra très gentil avec moi. C'est sans doute ce dont je me souviens le mieux. La mine hébétée, j'errais comme un somnambule et ne sachant quoi faire. Greta, ça me revient, se retrouva aussitôt dans son élément. Elle possédait ce pouvoir étonnant qu'ont les femmes de prendre une situation en main et de la gérer jusque dans ses moindres détails. Jusque dans ces détails, veux-je dire, qui ont l'air totalement insignifiants mais dont il faut quand même bien que quelqu'un s'occupe de les régler. Moi, je n'aurais même pas été capable de m'aviser de leur existence.

Je crois que la première chose dont je me souvienne clairement après qu'ils eurent emmené Ellie et que je fus de retour dans ma maison – notre maison… *la* maison –, c'est lorsque le Dr Shaw est venu me parler. Je ne sais pas combien de temps s'était écoulé depuis la mort d'Ellie. Il se montra calme, gentil, plein de sagesse. Il m'exposa la situation avec clarté et avec une grande douceur.

Dispositions. Je me souviens qu'il a utilisé ce mot : dispositions. Quel mot détestable ! Et tout ce qu'il sous-entend ! Les péripéties de la vie désignées par ces grands mots : amour, sexualité, vie, mort, haine… ne sont en fait pas du tout celles qui gouvernent l'existence. C'est une quantité d'autres corvées procédurières et dégradantes. Des choses qu'il vous faut endurer, des choses auxquelles vous ne pensez pas jusqu'à ce que vous y soyez confronté. Les entrepreneurs des pompes funèbres, les dispositions pour les obsèques, l'enquête. Et les domestiques qui font irruption partout pour baisser les stores. Pourquoi les stores devaient-ils être baissés sous prétexte qu'Ellie était morte ? Et toutes les stupidités !

C'est pourquoi, je m'en souviens, je fus très reconnaissant au Dr Shaw. Il s'occupa de tout cela avec tant de gentillesse, de sensibilité, m'expliquant avec douceur le pourquoi de certains problèmes, comme la nécessité d'une enquête, par exemple. Il parlait assez lentement, je m'en souviens, afin de s'assurer que je comprenais bien.

Je ne savais pas à quoi pouvait ressembler une enquête. Je n'y avais encore jamais assisté. Cela m'apparut curieusement irréel et proche de l'amateurisme. Le coroner était un petit bout d'homme maigrelet et tatillon qui portait pince-nez. Je dus décliner mon identité, dire quand j'avais vu Ellie pour la dernière fois, à la table du petit déjeuner, son départ pour son habituelle promenade à cheval et le rendez-vous que nous nous étions donné pour nous retrouver au *George* à l'heure du déjeuner. Je leur ai dit qu'elle m'avait paru exactement la même que d'habitude, en parfaite santé.

Le témoignage du Dr Shaw fut sans histoire et peu concluant. Pas de blessures graves, une luxation de la clavicule et des contusions telles que toute chute de cheval peut en causer : pas de nature sérieuse et infligées au moment de la mort. Elle semblait n'avoir plus bougé après qu'elle fut tombée. La mort, pensait-il, avait dû être quasi instantanée. Il n'y avait pas de lésion organique spécifique ayant pu l'entraîner et il ne pouvait donner d'autre explication qu'une syncope fatale causée par le choc. Pour autant que je pouvais comprendre le langage médical utilisé, Ellie était morte simplement d'un arrêt de la respiration, d'asphyxie en quelque sorte. Ses organes étaient sains, le contenu de son estomac normal.

Greta, qui dut elle aussi donner son témoignage, insista, un peu plus qu'elle ne l'avait fait lors de la visite du Dr Shaw, sur le fait qu'Ellie avait souffert de quelques problèmes cardiaques trois ou quatre ans auparavant. On ne lui avait jamais donné de précisions, mais les proches d'Ellie disaient parfois qu'elle avait le cœur faible et qu'elle devait éviter de faire de trop gros efforts. Elle n'en savait pas plus.

Puis vint le tour des gens qui avaient vu l'accident ou s'étaient trouvés dans les parages, à ce moment-là. Le vieil homme qui extrayait de la tourbe fut le premier d'entre eux. Il avait vu la dame passer devant lui, elle était à une cinquantaine de mètres environ. Bien qu'il ne lui ait jamais parlé, il savait qui elle était. C'était la dame de la maison neuve.

— Vous la connaissiez de vue ?

— Non, pas exactement de vue, mais pour sûr que je connaissais le cheval, monsieur. Il a une balzane. Avant, il appartenait à Mr Carey, là-haut, à Shettlegroom. J'ai toujours entendu dire que c'était un animal calme et docile, qui conviendrait bien à une dame.

— Est-ce que le cheval vous a semblé donner du fil à retordre, quand vous l'avez vu ? Est-ce qu'il paraissait nerveux, sur l'œil ?

— Non, il était plutôt calme. La matinée était belle.

Il ajouta qu'il n'y avait pas grand monde dans le coin. Il n'avait quasiment vu personne. Ce chemin qui traversait la lande n'était guère fréquenté, sauf par les gens qui le prenaient parfois comme raccourci pour se rendre dans l'une des fermes. Un autre chemin la traversait environ un kilomètre et demi plus loin. Il y avait aperçu un ou deux passants ce matin-là, mais qui n'avaient rien de particulier. Un homme à bicyclette, un autre à pied. Ils étaient trop loin pour qu'il puisse voir de qui il s'agissait et il ne leur avait pas prêté attention. Il déclara avoir vu plus tôt, avant le passage de la dame à cheval, la vieille Mrs Lee, ou du moins il pensait que c'était elle. Elle avait monté le chemin dans sa direction, puis avait obliqué vers les bois. Elle se promenait souvent à travers landes et bois.

Le coroner demanda pourquoi Mrs Lee n'était pas au tribunal alors qu'elle avait été convoquée. Mais Mrs Lee avait, lui répondit-on, quitté le village quelques jours avant, personne ne pouvant préciser quand. Elle n'avait pas laissé d'adresse. De toute façon, il n'entrait pas dans ses habitudes de le faire. C'était souvent qu'elle s'en allait et revenait sans rien dire. Aussi n'y avait-il rien d'étonnant à cela. En fait, une ou deux personnes prétendirent qu'elle avait déjà quitté le village *avant* le jour de l'accident. Le coroner demanda de nouveau au vieil homme :

— Vous pensez, cependant, que c'est bien Mrs Lee que vous avez vue ?

— J'pourrais pas dire. J'voudrais pas m'avancer. C'était une grande femme, qui marchait d'un bon pas et qui portait un manteau rouge, comme celui que Mrs Lee porte quelquefois. Mais j'ai pas trop regardé. J'étais occupé à ce que je faisais. Ça se peut que ce soit elle, ça se peut que ce soit quelqu'un d'autre. Allez savoir !

Pour le reste il ne fit que répéter ce qu'il nous avait dit : il avait vu la dame passer à cheval pas très loin de lui, il l'avait souvent aperçue. Il n'avait pas accordé d'attention particulière. Mais plus tard il avait vu le cheval galoper tout seul. On aurait dit que quelque chose l'avait effrayé, déclara-t-il. Du moins, c'est ce qui lui avait semblé. Il ne pouvait pas préciser l'heure qu'il était. Peut-être 11 heures ou peut-être plus tôt. Et il avait encore revu le cheval beaucoup plus tard, et beaucoup plus loin. Il lui avait semblé retourner vers les bois.

Ensuite le coroner me rappela et me posa quelques questions supplémentaires à propos de Mrs Lee, Mrs Esther Lee, de la chaumière des Vignes.

— Votre épouse et vous connaissiez Mrs Lee de vue ?

— Oui, répondis-je, et même mieux que de vue.

— Vous est-il arrivé de lui parler ?

— Oui, plusieurs fois. Ou plutôt, ajoutai-je, c'est elle qui nous parlait.

— Vous a-t-elle à chaque fois menacés, votre femme ou vous ?

Je réfléchis quelques instants.

— En un sens, oui, répondis-je lentement, mais je n'ai jamais imaginé…

— Vous n'avez jamais imaginé quoi ?

— Je n'ai jamais imaginé qu'elle pensait réellement ce qu'elle disait.

— Paraissait-elle nourrir un grief particulier à l'encontre de votre épouse ?

— C'est ce que ma femme m'a dit une fois. Elle était persuadée que la gitane avait une dent contre elle, mais elle ne voyait pas du tout pourquoi.

— L'avez-vous à un quelconque moment, votre femme ou vous, chassée de votre domaine, rabrouée ou traitée durement ?

— C'est toujours elle qui nous a agressés, affirmai-je.

— Avez-vous eu quelquefois l'impression qu'elle était mentalement dérangée ?

— Oui, répondis-je après un temps de réflexion. Elle s'était mis dans la tête que le terrain où nous avions construit notre maison lui appartenait, ou appartenait à sa tribu. Elle semblait obsédée par ça… Je crois que cela ne cessait d'empirer, qu'elle était de plus en plus obnubilée par cette idée.

— Je vois. Elle n'a jamais, à un quelconque moment, usé de violence physique envers votre femme ?

— Non, répondis-je, je ne pense pas qu'on puisse parler de violence physique. Il s'agissait plutôt… eh bien, du genre d'imprécations qu'ont coutume de proférer les gitans : « Il vous en cuira si vous restez ici. La malédiction sera sur vous si vous ne partez pas. »

— A-t-elle employé le mot de mort ?

— Oui, je crois. Nous ne l'avons pas prise au sérieux. Du moins, rectifiai-je, moi, je ne l'ai pas prise au sérieux.

— Mais votre épouse oui ?

— J'ai bien peur qu'elle n'y ait cru quelquefois. La vieille, vous savez, pouvait être assez inquiétante. Je ne pense pas qu'elle était réellement responsable de ses faits et gestes.

Les débats prirent fin avec l'ajournement de l'enquête à quinzaine. Tout tendait à prouver que la mort était due à des causes accidentelles, mais il n'y avait pas d'éléments suffisants concernant les causes dudit accident. L'enquête ne reprendrait que lorsque le coroner aurait entendu le témoignage de Mrs Esther Lee.

20

Le lendemain de l'enquête, j'allai voir le major Phillpot et lui dis de but en blanc que je voulais son opinion. La personne que le vieux tourbier avait cru être Mrs Esther Lee avait été vue se dirigeant vers le bois ce matin-là.

— Vous connaissez la vieille, dis-je. Pensez-vous réellement qu'elle aurait été capable de causer délibérément un accident, par pure méchanceté ?

— Je ne peux vraiment pas croire une monstruosité pareille, Mike, répondit-il. Pour faire ça, il faudrait avoir un motif bien puissant. Vouloir se venger d'un préjudice personnel. Quelque chose comme ça. Et quel est le tort qu'Ellie aurait pu lui causer ? Aucun.

— Cela paraît insensé, je sais. Mais alors pourquoi se comportait-elle toujours de façon si bizarre ? Pourquoi était-elle toujours là à menacer Ellie, à lui dire de s'en aller ? Elle semblait avoir un grief contre elle, mais comment aurait-elle pu en avoir un ? Elle ne l'avait jamais vue auparavant. Que pouvait être Ellie pour elle sinon une « dame américaine », une parfaite étrangère ? Il n'y avait pas de conflit antérieur, aucun lien entre elles.

— Je sais, je sais, acquiesça Phillpot. Je suis persuadé, Mike, qu'il y a ici un élément qui nous échappe. J'ignore combien de temps votre femme a résidé en Angleterre avant votre mariage. N'aurait-elle jamais vécu par le passé dans la région ?

— Non, ça j'en suis sûr. Mais tout est tellement compliqué. Personnellement, je ne sais pas vraiment grand-chose sur Ellie. Sur les gens qu'elle fréquentait, veux-je dire, sur les endroits où elle allait… Nous… nous venions de nous rencontrer.

Je tentai de me contrôler, le regardai et repris :

— Vous ne savez pas comment nous nous sommes rencontrés, n'est-ce pas ? Non. Vous ne devineriez jamais comment nous nous sommes rencontrés.

Et soudain, malgré moi, je me mis à rire. Puis je parvins à me calmer. Mais je sentais que j'étais au bord de la crise de nerfs.

Je voyais son visage calme et bienveillant. Il attendait que j'aie recouvré mes esprits. C'était un homme secourable. Cela ne faisait pas l'ombre d'un doute.

— C'est ici que nous nous sommes rencontrés, expliquai-je. Ici, à *l'Arpent du Gitan*. J'avais lu l'affichette annonçant la vente des *Tours* et j'avais pris la route pour monter jusqu'en haut de la colline parce que j'étais curieux de voir à quoi ressemblait la propriété. Et c'est comme ça que j'ai aperçu Ellie pour la première fois. Elle était debout au pied d'un arbre. Je l'ai fait sursauter… à moins que ce ne soit elle qui m'ait flanqué la chair de poule. Quoi qu'il en soit, c'est comme ça que tout a commencé. C'est comme ça que nous en sommes venus à nous installer dans ce lieu maudit, dans ce satané endroit sur lequel flottent la malédiction, le malheur et la mort.

— Avez-vous toujours ressenti cela ? Que vous alliez y côtoyer le malheur et la mort ?

— Non. Oui. Non. Je ne sais pas vraiment. Je ne l'ai jamais admis. Je n'ai jamais voulu l'admettre. Mais je pense qu'Ellie le savait. Je crois qu'elle n'a jamais cessé d'avoir peur.

Puis j'ajoutai avec lenteur :

— Je suis persuadé que quelqu'un cherchait délibérément à l'effrayer.

— Qu'entendez-vous par là ? me demanda-t-il d'un ton brusque. Vous êtes persuadé que *qui* voulait l'effrayer ?

— Probablement la gitane. Mais, d'une certaine façon, je n'en suis pas tout à fait sûr… Elle avait pris l'habitude de guetter Ellie, vous savez, et de lui dire que cet endroit lui porterait malheur, qu'il fallait qu'elle s'en aille.

— Ah ! s'exclama-t-il avec colère. Vous auriez dû insister davantage auprès de moi. Je lui aurais parlé, à la vieille Esther. Je lui aurais dit qu'elle ne devait pas jouer à ce petit jeu-là.

— Pourquoi y jouait-elle ? demandai-je. Pour quelle raison ?

— Comme bien des gens, elle aime se rendre intéressante. Elle aime soit mettre les gens en garde, soit leur dire la bonne aventure et leur prédire tout le bonheur du monde. Elle aime faire croire qu'elle connaît l'avenir.

— Supposons, avançai-je timidement, que quelqu'un lui ait donné de l'argent. On m'a dit qu'elle aimait l'argent.

— Oui, c'est vrai, elle aime beaucoup l'argent. Quelqu'un l'aurait payée pour… c'est ce que vous insinuez, n'est-ce pas ? Qui vous a mis cette idée dans la tête ?

— Le sergent Keene. Je n'aurais jamais pensé à ça tout seul.

— Je vois…

Il secoua la tête d'un air de doute :

— Je ne peux croire qu'elle ait pu délibérément tenter d'effrayer votre femme afin de provoquer un accident.

— Elle ne souhaitait peut-être pas que l'accident lui soit fatal. Elle pourrait avoir fait je ne sais quoi pour effrayer le cheval. Faire claquer un pétard, agiter une feuille de papier blanc… Vous savez, j'en arrive parfois à croire réellement qu'elle avait un grief personnel contre Ellie. Un grief dont j'ignore totalement la cause.

— Cela me paraît vraiment tiré par les cheveux.

— Cette propriété ne lui a jamais appartenu ? demandai-je. Le terrain, veux-je dire.

— Non. Mais il se peut que les gitans aient été chassés de cet endroit, et certainement plus d'une fois. Les gitans sont toujours chassés de quelque part, mais je ne crois pas qu'ils en gardent à quiconque une rancune éternelle.

— Non, vous êtes dans le vrai, c'est en effet tiré par les cheveux. Néanmoins, je me demande si, pour une raison que nous ignorons, elle n'aurait pas pu être payée…

— Une raison que nous ignorons… quelle raison ?

Je réfléchis quelques instants, puis :

— Mes propos doivent vous paraître bien saugrenus. Mais… supposons que, comme Keene l'a suggéré, quelqu'un l'ait payée pour se livrer à ces manœuvres. Que voulait cette personne ? Elle voulait qu'on s'en aille tous les deux. Elle s'est attaquée à Ellie, pas à moi, parce qu'elle supposait qu'Ellie se laisserait plus facilement impressionner. Elle l'a effrayée pour la faire partir… et donc pour que nous partions tous les deux. Si tel est le cas, il doit exister une raison pour qu'on veuille que la propriété revienne sur le marché. Quelqu'un, dirons-nous, souhaite je ne sais pourquoi acquérir ces terres.

— C'est là une hypothèse qui ne manque pas de logique, admit Phillpot. Le problème, c'est que je ne vois pas du tout pourquoi diable quelqu'un pourrait souhaiter acquérir vos terrains.

— Un gisement minéral important, suggérai-je. Un gisement dont personne d'autre ne connaît l'existence.

— Hum, j'en doute !

— Un truc du genre trésor caché. Oh ! je sais, ça paraît absurde. Ou encore… eh bien, disons le butin du cambriolage d'une grosse banque.

Phillpot secouait toujours la tête, mais avec un peu moins de conviction maintenant.

— La seule autre hypothèse, dis-je, est de revenir à ce que nous disions tout à l'heure et de chercher quelle est la personne qui aurait pu payer Mrs Lee. Un éventuel ennemi inconnu d'Ellie.

— Mais vous ne voyez pas qui cela pourrait être ?

— Non. Elle ne connaissait personne ici. Ça j'en suis sûr. Elle n'avait aucun lien d'aucune sorte avec cet endroit. (Je me levai.) Je vous remercie de m'avoir écouté.

— J'aurais aimé pouvoir vous être plus utile.

En sortant, je tâtai l'objet que j'avais dans ma poche. Puis, prenant une décision soudaine, je pivotai sur mes talons et entrai de nouveau dans la pièce.

— Je voudrais vous montrer quelque chose, déclarai-je. En fait, je m'apprêtais à l'apporter au sergent Keene pour voir ce qu'il pourrait en tirer.

Je plongeai la main dans ma poche et en sortis une pierre enveloppée dans un morceau de papier froissé sur lequel un message était rédigé en caractères d'imprimerie.

— Elle a été jetée à travers une des vitres de la salle à manger, ce matin, à l'heure du petit déjeuner, expliquai-je. J'ai entendu un bruit de verre brisé en descendant l'escalier. Une pierre avait déjà été lancée par la fenêtre le jour de notre arrivée ici. Je ne sais pas si c'est la même personne ou non.

Je lui tendis le morceau de papier. C'était une feuille ordinaire, plutôt crasseuse. Phillpot chaussa ses lunettes et l'examina. L'encre était un peu délavée. Le message était très court. Il disait : « C'est une femme qui a tué votre femme. »

Les sourcils de Phillpot se haussèrent.

— Incroyable ! s'exclama-t-il. Est-ce que le premier message était aussi en caractères d'imprimerie ?

— Je ne m'en souviens plus. C'était juste un avertissement d'avoir à quitter les lieux. Je ne me rappelle même plus les mots exacts. Mais il semble bien que celui-là était plutôt l'œuvre de voyous. Celui-ci me paraît différent. Vous pensez que l'auteur de ce message sait vraiment quelque chose ?

— C'est plus probablement une plaisanterie de mauvais goût, de l'ordre de la lettre anonyme. C'est fréquent dans les villages, vous savez.

Il me rendit mon bout de papier :

— Je pense néanmoins que c'est une bonne idée de vouloir le porter au sergent Keene. Il en sait plus long que moi sur le chapitre de la médisance villageoise et des épîtres anonymes.

Je trouvai le sergent Keene au poste de police. Il fut visiblement intéressé.

— Il se passe décidément ici des choses bizarres, commenta-t-il.

— A votre avis, qu'est-ce que ça signifie ? demandai-je.

— C'est difficile à dire. C'est peut-être une banale manifestation de malveillance visant à faire accuser quelqu'un en particulier.

— A faire accuser Mrs Lee, je suppose.

— Non, dans cette hypothèse, je pense que la formulation aurait été différente. C'est peut-être que… – j'aimerais que ce soit ça ! – que quelqu'un a vu ou entendu quelque chose. Entendu un bruit ou un cri, ou vu le cheval passer comme une flèche et aperçu une femme peu après. Mais tout le monde étant déjà intimement persuadé que la gitane est pour quelque chose dans cette affaire, il me paraît évident que ce message désigne un tout autre personnage.

— Puisqu'on parle de la gitane, quoi de neuf à propos de sa disparition ? m'enquis-je. Vous avez eu de ses nouvelles ? Vous l'avez retrouvée ?

Il secoua lentement la tête :

— Nous connaissons les endroits où elle a l'habitude d'aller quand elle s'en va d'ici. East Anglia, par exemple. Elle y a des amis dans un campement de gitans. Mais ils ont affirmé qu'elle n'était pas venue chez eux. C'est d'ailleurs ce qu'ils auraient répondu en tout état de cause. La loi du silence, comme de bien entendu. Dans le coin, tout le monde la connaît, mais personne ne l'a vue. Pourtant, je ne pense pas qu'elle ait pu aller plus loin qu'East Anglia.

Il avait prononcé cette dernière phrase sur un ton bizarre.

— Je ne comprends pas bien, dis-je.

— Imaginez qu'elle soit effrayée. Et elle a une bonne raison de l'être. Elle a menacé votre femme, elle lui a fait peur, et maintenant tout le monde est d'avis qu'elle a causé un accident et que votre femme en est morte. Elle doit bien se douter que la police la recherche. Sachant cela, elle est partie se terrer quelque part. Elle a cherché à mettre le plus de distance possible entre elle et nous, mais comme elle ne voulait pas se montrer, elle a certainement évité d'emprunter les transports publics.

— Mais vous allez la retrouver ? C'est une créature qui ne passe pas inaperçue.

— Oh ! oui, nous finirons bien par la retrouver. Mais ces choses-là prennent du temps. Et puis encore faudrait-il que les événements se soient réellement passés de cette manière-là.

— Vous pensez qu'ils auraient pu se passer autrement ?

— Eh bien, vous connaissez l'opinion que je n'ai jamais cessé de professer à propos de cette affaire : quelqu'un ne l'aurait-il pas payée pour proférer ses menaces répétées ?

— Ce qui lui ferait une raison supplémentaire de prendre le large, fis-je remarquer.

— Oui, mais quelqu'un d'autre aurait également peur. Il ne faut pas négliger cela, Mr Rogers.

— Vous voulez parler du bailleur de fonds ?

— Exactement.

— Supposons que ce soit une… une femme qui l'ait soudoyée.

— Et supposons que quelqu'un d'autre s'en doute. Et que ce quelqu'un commence à envoyer des messages anonymes. La femme aurait peur, elle aussi. Il se peut qu'elle n'ait pas voulu que les choses se terminent de façon aussi dramatique. Même si elle a payé la gitane pour inciter Mrs Rogers à quitter la région, elle ne souhaitait peut-être pas pour autant sa mort.

— En effet, ce n'est sans doute pas la mort qui était recherchée. On voulait simplement nous faire peur. Effrayer ma femme et m'effrayer aussi, afin que nous partions.

— Et maintenant qui a peur ? La responsable de l'accident. C'est-à-dire Mrs Lee. Elle va vouloir se disculper, n'est-ce pas ? Clamer qu'elle n'est que l'instrument. Avouer qu'elle a été payée. Et elle citera un nom. Elle dénoncera celui ou celle qui l'a payée. Et il y a quelqu'un à qui cette dénonciation ne plairait pas du tout, vous ne croyez pas, Mr Rogers ?

— Vous voulez parler de cette femme inconnue dont nous avons supposé l'existence, sans aucune preuve d'ailleurs ?

— Homme ou femme, si nous admettons que quelqu'un ait payé Mrs Lee, il serait logique que ce quelqu'un veuille la réduire au silence au plus vite, vous ne croyez pas ?

— Vous pensez qu'elle pourrait être morte ?

— C'est une éventualité, non ? dit Keene.

Puis il parut changer brusquement de sujet :

— Vous savez, cette espèce de gloriette, Mr Rogers, que vous avez découverte tout en haut de vos bois ?

— Oui, acquiesçai-je, quel est le problème ? Ma femme et moi l'avons restaurée et à demi aménagée. Nous avions pris l'habitude d'y monter de temps en temps, mais pas très souvent. En tout cas pas ces derniers temps. Pourquoi ?

— Eh bien, nous avons un peu fouiné par là, voyez-vous. Nous en avons examiné l'intérieur. Elle n'était pas fermée à clé.

— Non, reconnus-je, nous n'avons jamais songé à le faire. Il n'y a aucun objet de valeur là-dedans, juste quelques meubles ordinaires.

— Nous pensions que la vieille Mrs Lee avait pu l'utiliser, mais nous n'avons relevé aucune trace d'elle

Cependant, nous y avons trouvé ceci. J'avais l'intention de vous le montrer.

Il ouvrit un tiroir et en sortit un joli petit briquet en or ciselé. C'était un briquet de femme orné d'une initiale en diamants. La lettre C.

— Ce n'était pas celui de Mrs Rogers, n'est-ce pas ?

— Non, pas avec l'initiale C. Non, ce n'est pas celui d'Ellie, affirmai-je. Elle ne possédait rien qui y ressemble. Et ça n'appartient pas non plus à miss Andersen. Son prénom est Greta.

— Il était là-haut, quelqu'un a dû le laisser tomber. C'est un bien joli petit objet… qui doit coûter cher.

— « C », dis-je, répétant pensivement cette initiale. Je ne vois personne de notre entourage ayant pour initiale un C, sauf Cora. C'est la belle-mère de ma femme, Mrs Van Stuyvesant. Mais je ne l'imagine pas gravissant le chemin envahi d'herbes folles qui mène à la gloriette. Et de toute façon, elle n'est pas restée avec nous assez longtemps. Environ un mois. De plus, je ne me souviens pas de l'avoir vue utiliser ce briquet. Encore que je n'y aurais peut-être pas fait attention. Miss Andersen sera mieux placée que moi pour vous le dire.

— Eh bien, prenez-le avec vous et montrez-le-lui.

— Très bien, je le ferai. Mais si c'est celui de Cora, il me paraît bizarre que nous ne l'ayons pas vu quand nous sommes montés dans la gloriette après son départ. Il n'y a pas grand-chose, là-haut. Un objet comme celui-là, tombé sur le sol, nous l'aurions remarqué… il était bien sur le sol ?

— Oui, tout près du divan. Bien sûr, n'importe qui pouvait l'utiliser, cette gloriette. C'est un endroit pratique, vous savez, un lieu de rendez-vous parfait pour des amoureux. Je veux parler des gens du coin. Mais ils ne possèdent vraisemblablement pas d'objets aussi luxueux.

— Il y a Claudia Hardcastle, dis-je, mais je doute qu'elle possède des objets aussi fantaisie que celui-là. Et que serait-elle venue faire dans notre gloriette ?

— Elle était très amie avec votre femme, n'est-ce pas ?

— Oui, acquiesçai-je, je pense que c'était la meilleure amie d'Ellie, ici. Et elle devait savoir que nous n'aurions vu aucune objection à ce qu'elle utilise de temps en temps la gloriette.

— Ah bon ? s'étonna le sergent Keene.

Je le regardai avec insistance :

— Vous ne pensez pas que Claudia Hardcastle ait pu être une… une ennemie d'Ellie, n'est-ce pas ? Ce serait absurde.

— Je ne vois aucune raison à cela, j'en conviens, mais… avec les femmes… sait-on jamais.

— J'imagine que…

J'avais commencé une phrase mais je m'interrompis, jugeant que ce que j'allais dire pourrait paraître bizarre.

— Oui, Mr Rogers ?

— Je crois savoir que Claudia Hardcastle a été naguère mariée à un Américain… un Américain nommé Lloyd. Or, il se trouve que… que l'un des principaux curateurs de ma femme aux Etats-Unis, s'appelle Stanford Lloyd… Mais il doit après tout y avoir des centaines de Lloyd de par le monde et ce serait de toute façon une simple coïncidence qu'il s'agisse de la même personne. Par-dessus le marché, qu'est-ce que ça aurait à voir avec tout ça ?

— Je ne vois pas en effet quel serait le rapport. Mais enfin…

— Ce qui est drôle, c'est qu'il m'a semblé avoir vu Stanford Lloyd ici, le jour de… de l'accident. Il déjeunait au *George*, à Bartington…

— Et il n'est pas venu vous saluer ?

Je secouai la tête :

— Il était avec quelqu'un qui ressemblait à miss Hardcastle. Mais c'est probablement une erreur de ma part. Vous savez, je suppose, que c'est le frère de Claudia qui a construit la maison ?

— Est-ce qu'elle-même s'intéresse à votre maison ?

— Non, je ne crois pas qu'elle apprécie outre mesure le style d'architecture de son frère.

Je me levai :

— Bon, je ne vais pas davantage abuser de votre temps. Tâchez de retrouver la gitane.

— Nous n'arrêtons pas de la chercher, je peux vous le garantir. Le *coroner* souhaite également que nous la retrouvions.

Je lui dis au revoir et sortis du poste de police. Curieusement, lorsque vous venez de parler de quelqu'un, il vous arrive souvent de tomber nez à nez avec la personne en question. C'est ainsi que je passais devant la poste quand Claudia Hardcastle en sortit. Nous nous arrêtâmes brusquement tous les deux.

— Je suis vraiment navrée de ce qui est arrivé à Ellie, Mike, me dit-elle de ce ton un peu embarrassé que l'on prend quand on rencontre quelqu'un qui a récemment subi un deuil. Je ne vois pas ce que je pourrais vous dire de plus. J'imagine qu'en entendre parler vous fait souffrir. Mais il fallait quand même bien que… que je vous dise cela.

— Je comprends. Vous avez été très gentille avec Ellie. Vous l'avez aidée à se sentir ici chez elle. Je vous en suis reconnaissant.

— Il y a une chose que je voudrais vous demander et j'ai pensé qu'il valait peut-être mieux que je le fasse maintenant, avant que vous ne partiez pour les Etats-Unis. J'ai entendu dire que vous alliez vous y rendre très bientôt.

— Dès que je le pourrai. J'ai beaucoup à y faire.

— C'est tout bonnement que… Je me suis dit que si vous vouliez mettre votre maison en vente, vous alliez peut-être vous en occuper avant de partir… Et… si tel est le cas…, j'aimerais bien en être la première informée.

Je la regardai, bouche bée. Cela me surprenait au plus haut point. C'était la dernière chose à laquelle je me serais attendu.

— Vous voulez dire que vous souhaiteriez l'acheter ? Je croyais que vous n'aimiez pas ce genre d'architecture ?

— Mon frère Rudolf m'a dit que c'était sa meilleure réalisation. Je dois reconnaître qu'il est bien placé pour le savoir. J'imagine que vous allez en demander un bon prix, mais je suis en mesure de l'acquérir. Oui, j'aimerais l'avoir.

Je ne pouvais m'empêcher de trouver ça bizarre. Elle n'avait jamais manifesté la moindre admiration pour notre maison quand elle y était venue. Je me demandai, comme je me l'étais déjà demandé quelquefois, quelle pouvait être la nature des liens qui l'unissaient à son frère. Avait-elle réellement une grande admiration pour lui ? Il m'était arrivé de penser qu'elle ne l'aimait pas, peut-être même qu'elle le haïssait. En tout cas, elle parlait de lui d'une bien étrange façon. Mais quels que puissent être ses sentiments actuels envers lui, il semblait évident qu'il représentait bel et bien quelque chose pour elle. Quelque chose d'important. Je secouai lentement la tête :

— Je constate que vous vous êtes mis dans l'idée que j'allais vouloir me défaire de cette propriété et m'en aller d'ici à cause de la mort d'Ellie. Mais ce n'est en réalité pas le cas. C'est ici que nous avons vécu et que nous avons été heureux, et c'est ici que je me souviendrai le mieux d'elle. Je ne vendrai pas *l'Arpent du Gitan*. Sous aucun prétexte ! Vous pouvez en être certaine.

Nos regards se rencontrèrent. Il y eut entre nous comme une espèce de défi. Puis elle baissa les yeux.

Je pris alors mon courage à deux mains et lançai :

— Cela ne me regarde en rien, mais n'avez-vous pas été mariée, il n'y a pas si longtemps ? Et votre mari ne s'appelait-il pas Stanford Lloyd ?

Elle me regarda un moment sans un mot. Puis brusquement elle répondit :

— Si.

Et elle tourna les talons.

21

Confusion. C'est le mot qui me revient chaque fois que je pense à la période qui suivit. Des journalistes posant des questions et demandant des interviews, des quantités de lettres et de télégrammes… Et Greta qui se débrouillait avec tout ça.

La première constatation vraiment étonnante fut de découvrir que la famille et l'entourage d'Ellie ne se trouvaient présentement pas aux Etats-Unis comme nous le supposions. A notre stupeur, la. plupart d'entre eux étaient en fait en Angleterre. Que Cora Van Stuyvesant y soit s'expliquait assez facilement. C'était une femme qui ne restait jamais en place et voyageait sans cesse à travers toute l'Europe : en Italie, à Paris, à Londres, puis elle retournait en Amérique, à Palm Beach, dans son ranch de l'Ouest, et ainsi de suite. Le jour de la mort d'Ellie elle n'était qu'à quatre-vingts kilomètres d'ici, toujours occupée par son caprice d'avoir une maison en Angleterre. Elle était venue précipitamment à Londres pour deux ou trois jours, afin d'aller en compagnie de nouveaux agents immobiliers visiter d'autres maisons. Elle avait circulé dans la campagne environnante et vu ce jour-là une demi-douzaine de propriétés.

Il s'avéra que Stanford Lloyd avait pris le même avion que Cora, sous le prétexte d'une réunion d'affaires à Londres. Ces personnes apprirent la mort d'Ellie non par les télégrammes envoyés aux Etats-Unis, mais par la presse à grand tirage.

De violentes discussions éclatèrent à propos de l'endroit où Ellie serait enterrée. Il me paraissait naturel qu'elle le soit là où elle était morte. Là où elle et moi avions vécu.

Mais la famille d'Ellie y opposa son veto. Ils exigeaient que le corps soit ramené aux Etats-Unis, afin qu'elle soit inhumée avec ses ancêtres. Là où son grand-père, son père, sa mère et d'autres encore étaient enterrés. A la réflexion, c'était assez compréhensible.

Andrew Lippincott vint me trouver pour évoquer ce problème. Il présenta la chose avec beaucoup de sagesse.

— Elle n'avait pas donné de consignes concernant le lieu où elle voulait être enterrée, me fit-il remarquer.

— Pourquoi l'aurait-elle fait ? répliquai-je. Quel âge avait-elle… vingt et un ans ? Vous n'imaginez pas, à vingt et un ans, que vous allez mourir un jour. Ce n'est pas un âge où on commence à réfléchir à la manière dont on voudra être enterré. Si nous y avions pensé, nous aurions envisagé d'être enterrés tous les deux au même endroit, même si nous ne mourions pas en même temps. Mais encore une fois, qui pense à la mort à cet âge ?

— C'est là une observation très juste, admit Mr Lippincott avant d'ajouter : J'ai bien peur qu'il ne vous faille vous rendre vous aussi aux Etats-Unis, vous savez. Vous allez devoir vous occuper de vos affaires.

— Quelles affaires ? Qu'ai-je à voir avec les affaires ?

— Il se pourrait que vous soyez désormais hautement concerné par la gestion de vos biens, déclara-t-il. N'avez-vous pas compris que, selon le testament, vous êtes le principal héritier ?

— En tant que conjoint d'Ellie, vous voulez dire ?

— Non, selon son testament.

— Je ne savais pas qu'elle avait fait un testament.

— Oh ! si, elle en avait fait un, dit Mr Lippincott. Ellie était une véritable femme d'affaires. Il fallait qu'elle le soit, vous savez. Elle avait toujours vécu dans ce milieu. Elle a rédigé un testament quand elle a atteint sa majorité et presque immédiatement après son mariage. Il était enregistré chez son homme de loi à Londres, avec prière de m'en envoyer copie. (Il hésita, puis poursuivit :) Si vous venez aux Etats-Unis, ce que je ne saurais trop vous conseiller, je pense que vous aussi confierez la gestion de vos affaires à un homme de loi d'excellente réputation.

— Pourquoi ?

— Parce que, lorsqu'il s'agit d'une fortune considérable, constituée de nombreux biens, d'actions, de participations majoritaires dans diverses industries..., il est nécessaire de disposer de conseils techniques.

— Je ne suis pas qualifié pour m'occuper de ce genre de problèmes, me défendis-je. Vraiment pas.

— Je comprends très bien, m'assura Mr Lippincott.

— Ne pourrais-je pas remettre tout ça entre vos mains ?

— Vous pourriez le faire.

— Eh bien alors, pourquoi ne le ferais-je pas ?

— Je vous l'ai dit, vous le pourriez. Mais j'estime néanmoins qu'il serait bon que vous soyez représenté par quelqu'un de différent. J'agis déjà au nom de quelques membres de la famille, et un conflit d'intérêts pourrait apparaître. Si vous tenez à me confier vos affaires, je veillerai à ce que vos intérêts soient sauvegardés en vous faisant représenter par un mandataire parfaitement compétent.

— Merci, vous êtes très aimable.

— Si je puis me permettre une petite réflexion un peu… osée…

Il paraissait un tantinet mal à l'aise – et ça m'amusa de penser à Lippincott faisant des réflexions osées.

— Oui ? dis-je.

— Je dois vous conseiller de faire bien attention à tout ce que vous signerez. Tous les documents d'affaires. Avant de signer quoi que ce soit, lisez-le de bout en bout et avec le maximum d'attention.

— Croyez-vous qu'en les lisant je comprendrai quelque chose au genre de documents dont vous parlez ?

— Si le texte ne vous en paraissait pas limpide, il serait sage de consulter votre conseiller juridique.

— Est-ce que vous ne seriez pas en train de chercher à me mettre en garde contre quelqu'un ? demandai-je, soudain intrigué.

— Ce n'est pas là une question à laquelle je puis me permettre de répondre, déclara vertueusement Mr Lippincott. En tout état de cause, je n'irai pas aussi loin. Mais sachez que, lorsque de grosses sommes sont en jeu, il est recommandé de ne se fier à personne.

Il me conseillait donc de me méfier de quelqu'un, mais se refusait à me donner un nom. C'était clair. S'agissait-il de Cora ? Ou bien nourrissait-il des soupçons – et ce, peut-être depuis longtemps – à l'encontre de Stanford Lloyd, ce banquier à la face rubiconde, si plein de bonhomie, si riche et insouciant, qui était récemment venu ici « pour affaires » ? Ou encore était-ce oncle Frank qui pourrait venir me faire signer des documents spécieux ? Soudain, je me vis, moi, pauvre crétin innocent, nageant dans un marigot entouré de crocodiles prêts à me dévorer mais arborant tous des sourires hypocrites.

— Ce monde qui nous entoure, déclara Mr Lippincott, est une jungle inhospitalière.

Ce fut sans doute stupide de ma part, mais je lui posai tout à coup cette question :

— Est-ce que la mort d'Ellie profite à quelqu'un ?

Il me regarda d'un œil pénétrant :

— Voilà une bien curieuse question ! Pourquoi me demandez-vous cela ?

— Je ne sais pas. Elle m'est simplement venue à l'esprit.

— C'est à vous qu'elle profite au premier chef, répondit-il.

— Bien sûr. C'est évident. Ce que je veux dire… c'est… est-ce qu'elle profite à quelqu'un d'autre ?

Mr Lippincott resta un long moment silencieux.

— Peut-être souhaitez-vous savoir si Fenella a couché d'autres personnes sur son testament. En effet, mais il ne s'agit guère que de legs mineurs. Quelques vieux domestiques, une vieille gouvernante, une ou deux œuvres de charité, rien de très important. Il y a aussi miss Andersen, mais elle n'hérite pas d'une grosse somme, car, comme vous le savez probablement, Ellie lui avait déjà fait un don assez important.

Je hochai la tête. Ellie m'en avait informé.

— Vous étiez son mari. Elle n'avait pas de proches parents. Mais j'imagine que votre question sous-entend autre chose.

— J'ignore moi-même ce que je sous-entends au juste, dis-je. Quoi qu'il en soit, vous avez réussi, Mr Lippincott, à éveiller ma méfiance. Méfiance envers je ne sais qui et je ne sais quoi. Mais… méfiance encore et toujours. Je ne connais rien au monde de la finance, répétai-je.

— Non, cela est tout à fait manifeste. Permettez-moi de vous dire simplement que je ne sais rien de précis, que mes suspicions n'ont pas de réels fondements. A la mort de quelqu'un, un état de sa fortune est habituellement établi. Cela peut être effectué rapidement ou être différé de plusieurs années.

— Ce dont vous voulez m'informer, si j'ai bien compris, c'est que quelqu'un pourrait parfaitement me rouler dans la farine et me faire tout perdre. Peut-être va-t-on essayer de me faire signer une décharge… ou je ne sais comment vous appelez ce genre de document.

— Pour le cas où les affaires de Fenella ne seraient pas, dirons-nous, aussi saines qu'elles devraient l'être, alors… oui, il est possible que sa mort prématurée puisse, en quelque sorte, être profitable à quelqu'un, nous ne citerons pas de noms, quelqu'un qui pourrait plus aisément se tirer de difficultés s'il avait à traiter avec une personne, si je puis me permettre, aussi naïve que vous. C'est tout ce que je puis vous dire. Il ne serait pas correct de ma part d'aller au-delà.

Il y eut un service funèbre très simple, célébré dans la petite église du village. Si j'avais pu me tenir à l'écart, je l'aurais fait. Je détestais tous ces gens alignés à la sortie de l'église et qui me regardaient comme une bête curieuse. Greta m'aida à affronter tout cela. Je ne crois pas que j'avais jusqu'à maintenant mesuré sa force de caractère ni à quel point on pouvait compter sur elle. Elle prit toutes les dispositions nécessaires, commanda les fleurs, s'occupa de tout. Je fus alors mieux à même de comprendre comment Ellie en était venue à être si dépendante de Greta. Il n'y a pas beaucoup de Greta de par le monde.

Les gens rassemblés dans l'église étaient pour la plupart nos voisins… parmi eux il y en avait que nous connaissions à peine. Puis je remarquai un visage que j'avais déjà vu mais sur lequel je n'arrivai pas à mettre de nom. Quand je rentrai à la maison, Carson me dit qu'un « monsieur » m'attendait dans le salon.

— Je ne veux voir personne aujourd'hui. Renvoyez-le. Vous n'auriez pas dû le laisser entrer !

— Excusez-moi, monsieur. Il m'a dit qu'il était un parent.

— Un parent ?

Soudain je me rappelai l'homme que j'avais vu dans l'église.

Carson me remit une carte.

Mr William R. Pardoe. Ce nom ne signifiait rien pour moi. Je retournai la carte en tous sens en secouant la tête. Puis je la tendis à Greta :

— Sauriez-vous par hasard qui est cette personne ? Son visage m'a paru familier, mais je n'arrive pas à le situer. Peut-être est-ce un des amis d'Ellie.

Greta prit la carte, la regarda et me dit :

— Bien sûr.

— Qui est-ce ?

— Oncle Reuben. Vous vous souvenez, le cousin d'Ellie. Elle vous a certainement parlé de lui ?

Je compris alors pourquoi ce visage m'avait paru familier. Ellie avait exposé çà et là dans le salon des photos de quelques membres de sa famille. C'est pour ça que ce visage m'était connu. Mais jusqu'ici je ne l'avais vu qu'en photo.

— J'y vais, annonçai-je.

Je sortis de la pièce et gagnai le salon. Mr Pardoe se leva :

— Michael Rogers ? Vous ne connaissez peut-être pas mon nom, mais votre femme était ma cousine. Elle m'appelait oncle Reuben, cependant nous ne nous sommes encore jamais rencontrés. C'est la première fois que je viens ici depuis votre mariage.

— Bien entendu, je sais qui vous êtes, déclarai-je.

Il m'est difficile de décrire Reuben Pardoe. C'était un homme grand et de forte carrure, au visage large et au regard un peu absent, comme s'il avait la tête ailleurs. Cependant, après avoir parlé avec lui un petit moment, vous vous rendiez compte qu'il était infiniment plus présent qu'il n'y laissait paraître.

— Inutile de vous dire le choc que m'a causé la nouvelle de la mort d'Ellie et à quel point j'en ai été affligé, dit-il.

— Evitons ce sujet, s'il vous plaît, répondis-je, je ne suis pas en état d'en parler.

— Non, non, je comprends ça très bien.

Le personnage était assez sympathique, mais il y avait néanmoins quelque chose en lui qui me mettait vaguement mal à l'aise. Quand Greta entra, je la présentai :

— Vous connaissez miss Andersen ?

— Bien sûr, dit-il. Comment allez-vous, Greta ?

— Pas trop mal au regard des circonstances, répondit Greta. Depuis quand êtes-vous arrivé ?

— Cela fait une semaine ou deux. J'étais en voyage dans la région.

Alors cela me revint à la mémoire et, sans plus y réfléchir, je lançai :

— Je vous ai vu l'autre jour.

— Ah, oui ? Où ça ?

— A une vente aux enchères au manoir de Bartington.

— Oui, je m'en souviens maintenant. Il me semble en effet me rappeler votre visage. Vous étiez en compagnie d'un homme d'une soixantaine d'années, qui avait une moustache brune.

— C'est cela. Le major Phillpot.

— Vous sembliez de bonne humeur, tous les deux.

— Je ne m'étais jamais senti aussi en forme. Non, jamais, dis-je avec cet étrange étonnement que j'éprouvais encore.

— Bien sûr… à ce moment-là, vous ne saviez pas ce qui était arrivé. C'était le jour de l'accident, n'est-ce pas ?

— Oui, nous attendions Ellie qui devait venir nous rejoindre pour le déjeuner.

— C'est trop atroce ! s'exclama oncle Reuben. Vraiment trop atroce…

— Je ne savais pas, l'interrompis-je, que vous étiez en Angleterre. Je pense qu'Ellie ne le savait pas non plus.

Je m'arrêtai, attendant de voir ce qu'il allait me répondre.

— Non, dit-il, je n'avais pas écrit. J'ignorais combien de temps j'allais rester ici. En fait, j'ai réglé mon affaire plus rapidement que je ne le pensais et je me suis demandé si, après la vente, j'aurais le temps de passer vous voir.

— Vous étiez venu des Etats-Unis pour affaires ? demandai-je.

— Eh bien, oui et non. Cora voulait que je lui donne quelques conseils sur un ou deux sujets. Le premier concernait cette propriété qu'elle a l'intention d'acheter.

C'est alors qu'il m'apprit où Cora avait séjourné en Angleterre.

— Nous ne le savions pas, dis-je de nouveau.

— En fait, ce jour-là elle n'était pas loin d'ici.

— Dans les parages ? Elle était à l'hôtel ?

— Non, chez une amie.

— J'ignorais qu'elle avait des amies dans la région.

— Une femme qui s'appelle… attendez… voyons quel est son nom ? Hard… quelque chose. Hardcastle.

— Claudia Hardcastle ! m'exclamai-je.

— Oui. C'est une excellente amie de Cora. Cora et elle étaient intimes quand elle vivait encore aux Etats-Unis. Vous ne le saviez pas ?

— Je ne sais pas grand-chose, avouai-je. Je ne connais que très peu la famille d'Ellie.

Je regardai Greta :

— Est-ce que vous saviez, vous, que Cora connaissait Claudia Hardcastle ?

— Je ne crois pas l'avoir jamais entendue parler d'elle, répondit Greta. Mais c'est sans doute pour ça que Claudia n'est pas venue à notre rendez-vous ce jour-là.

— C'est vrai que vous deviez aller faire des courses à Londres ensemble ! Vous aviez même prévu de vous retrouver à la gare de Market Chadwell, si je ne m'abuse ?

— Oui… mais elle n'y était pas. Elle a téléphoné ici juste après mon départ pour dire qu'elle avait reçu la visite impromptue d'une amie américaine et qu'elle ne pouvait pas s'absenter.

— Ainsi donc, cette amie américaine était sans doute Cora, murmurai-je.

— Manifestement, dit Reuben Pardoe.

Il secoua la tête :

— Toute cette histoire est bien compliquée. Je comprends que l'enquête ait été ajournée.

— Oui, acquiesçai-je.

Il vida sa tasse et se leva :

— Je ne voudrais pas vous ennuyer plus longtemps. Si je peux faire quelque chose pour vous, je suis au *Majestic Hotel*, à Market Chadwell.

Je lui répondis que je ne pensais pas qu'il puisse faire quelque chose pour moi mais le remerciai néanmoins. Quand il fut parti, Greta se laissa aller à un mouvement d'humeur :

— Qu'est-ce qu'il peut bien vouloir ? Je me le demande. Et pourquoi est-il venu nous relancer jusqu'ici ?

Puis elle lança brusquement :

— J'aimerais bien leur voir les talons, et qu'ils retournent tous d'où ils viennent.

— Et moi, je donnerais cher pour savoir si c'est Stanford Lloyd que j'ai vu au *George*… je n'ai fait que l'apercevoir.

— Vous m'avez dit qu'il était avec quelqu'un qui ressemblait à Claudia, c'était donc probablement lui. Peut-être l'a-t-il appelée pour lui fixer un rendez-vous tandis que Reuben allait retrouver Cora… quel méli-mélo !

— Je n'aime pas ça, grommelai-je, tous ces gens qui se baladaient dans le coin ce jour-là.

Greta m'expliqua que ça se passait souvent comme ça et, comme à son habitude, me rasséréna grâce à son calme et à sa bonne humeur.

22

Il n'y avait plus rien que je puisse faire à *l'Arpent du Gitan*. J'abandonnai donc à Greta la charge de la maison, le temps de me rendre à New York pour y régler les affaires et assister à ce que je craignais être les funérailles les plus atrocement grandioses qui soient.

— Vous allez vous enfoncer dans la jungle, m'avertit Greta. Faites attention à vous. Ne les laissez pas vous écorcher vif.

En cela elle avait raison. C'était bel et bien la jungle. Je le ressentis dès mon arrivée. Je ne connaissais pas la jungle… en tout cas pas ce genre de jungle. J'étais en terrain inconnu et j'avais conscience du danger. Je n'étais pas le chasseur, mais bien celui qu'on chasse. Il y avait des gens tout autour de moi dans les broussailles, prêts à me tirer dessus. D'accord, il m'arrivait peut-être parfois de me laisser aller à mon imagination. Mais d'autres fois mes soupçons se trouvèrent justifiés. Je me souviens de ma visite à l'homme de loi que m'avait recommandé Mr Lippincott – un homme particulièrement courtois, qui me traita un peu comme un médecin généraliste l'aurait fait face à un nouveau patient. On m'avait conseillé de me défaire de quelques mines dont les titres de propriété n'étaient pas très clairs.

Il me demanda qui m'avait donné ce conseil et je lui répondis que c'était Stanford Lloyd.

— Eh bien, nous allons étudier ça, déclara-t-il. Un homme comme Mr Lloyd devrait être ferré sur la question, mais…

Il me signala peu après :

— Il n'y a pas l'ombre d'un problème avec ces titres de propriété. Vous n'avez aucune raison de vendre ces biens à la va-vite comme il semble vous l'avoir conseillé. Gardez-les.

J'eus alors le sentiment que je ne m'étais pas trompé, que tout le monde cherchait à me rouler. Ils savaient tous que j'étais une nullité dans le domaine de la finance.

Les funérailles américaines furent somptueuses et, à mon goût, absolument atroces. Dorées sur tranche, comme je l'avais imaginé. Au cimetière, des quantités de fleurs, le cimetière lui-même ressemblait à un jardin public, et toutes les fanfreluches avec lesquelles les gens riches exprimerit leur affliction se trouvèrent rassemblées sur un gigantesque mausolée de marbre. Ellie aurait détesté ça, j'en étais sûr. Mais je suppose que sa famille ne faisait qu'exercer son bon droit.

Quatre jours après mon arrivée à New York, je reçus des nouvelles de Kingston Bishop.

Le corps de la vieille Mrs Lee avait été retrouvé dans la carrière abandonnée, de l'autre côté de la colline. Elle était morte depuis plusieurs jours déjà. Il s'était déjà produit des accidents là-bas, et les habitants avaient réclamé que l'endroit soit protégé par des barrières… mais rien n'avait jamais été fait… Un verdict de mort accidentelle avait été prononcé et une nouvelle demande déposée auprès du conseil municipal pour que des barrières soient installées. Dans la chaumière de Mrs Lee, une somme de trois cents livres avait été trouvée cachée sous des lattes du plancher. Le tout en billets d'une livre.

Le major Phillpot avait ajouté en post-scriptum : « Je suis sûr que vous serez navré d'apprendre que Claudia Hardcastle est tombée de cheval en chassant hier et qu'elle est morte sur le coup. »

Claudia… morte ! Je ne pouvais y croire ! Cela me fit un choc. Deux personnes… en quinze jours, victimes d'une chute de cheval. Une telle coïncidence, ça me paraissait presque impossible.

Je ne souhaite pas m'étendre sur mon séjour à New York. J'étais un étranger dans une atmosphère étrangère. Je savais qu'il me fallait constamment faire preuve de prudence quant à ce que je pouvais dire et faire. L'Ellie que j'avais connue, l'Ellie qui m'avait appartenu, n'était pas là. Ici, Ellie était redevenue une jeune fille américaine, héritière d'une immense fortune, entourée d'amis, d'alliés et de parents plus ou moins éloignés, appartenant à une famille qui vivait là depuis cinq générations. Elle avait quitté son pays pour passer comme l'eût fait une comète dans le ciel de mon univers.

Maintenant, elle était retournée chez elle, pour y être enterrée avec les siens dans sa vraie demeure. Finalement, j'étais content qu'il en soit ainsi. Il m'aurait été difficile de la savoir dans le petit cimetière méticuleusement entretenu, au pied du bois de pins, juste à l'orée du village. Non, je n'aurais pas aimé ça.

« Retourne avec les tiens, Ellie », me dis-je intérieurement.

De temps à autre, le petit air lancinant de la chanson qu'elle avait coutume de chanter en s'accompagnant de sa guitare me revenait à l'esprit. Je revoyais ses doigts grattant les cordes :

Chaque matin et chaque nuit
A l'extase naissent d'aucuns.

et je pensais : « C'était vrai pour toi. Tu étais née au bonheur sans nuage. Ç'a été pour toi l'extase de vivre à *l'Arpent du Gitan*. Seulement cela n'a pas duré très longtemps. Maintenant c'est du passé. Tu es retournée là où tu n'avais sans doute pas connu l'extase, où tu ignorais le bonheur sans nuage. Mais enfin là-bas tu es chez toi. Tu es parmi les tiens. »

Je me demandai soudain où je serais, moi, quand l'heure de ma mort sonnerait. A *l'Arpent du Gitan* ?

Peut-être. Ma mère viendrait me voir mettre en terre… si elle n'était pas déjà morte. Mais je ne pouvais imaginer ma mère morte. Il m'était plus facile de penser à ma propre mort. Oui, elle viendrait me voir mettre en terre. Peut-être la sévérité de son visage se relâcherait-elle. J'éloignai d'elle mes pensées. Je ne voulais pas penser à elle. Je ne voulais pas l'approcher, je ne voulais pas la voir.

En fait, ce n'est pas ça du tout. Le problème n'était pas que je la voie, *elle*. Le problème avec ma mère, ç'avait toujours été qu'elle me voie, *moi*, que ses yeux regardent au travers de moi, que son angoisse se communique à moi comme un miasme et vienne m'étreindre. Je pensai : « Les mères sont le diable ! Pourquoi couvent-elles à ce point leurs enfants ? Pourquoi croient-elles tout savoir sur leurs enfants ? Elles ne savent pas tout. Non, elles ne savent pas tout ! Elle devrait être fière de moi, heureuse pour moi, heureuse de la vie merveilleuse à laquelle j'ai accédé. Elle devrait… » Puis, une nouvelle fois, je tentai d'extirper d'elle le fil de mes pensées.

Combien de temps suis-je resté aux Etats-Unis ? Je ne parviens même pas à m'en souvenir. Cela m'apparaît comme une époque où je devais avancer avec précaution au milieu de gens qui m'épiaient derrière leurs sourires hypocrites et leurs regards hostiles. Chaque jour, je me disais : « Il faut que je tienne le coup. Il faut que je tienne le coup. Et ensuite… » Ça, ce sont les deux mots que j'employais. En pensée, bien sûr. Je les répétais plusieurs fois par jour. *Et ensuite*… C'étaient les deux mots qui pour moi représentaient l'avenir. Je les employais comme autrefois j'avais employé ces deux autres mots : *Je veux*...

Tout le monde se décarcassait pour être gentil avec moi parce que j'étais riche ! De par le testament d'Ellie, j'étais un homme richissime. Ça me faisait tout drôle. Actions, obligations, valeurs boursières, propriétés en tout genre, j'étais à la tête d'investissements auxquels je ne comprenais rien. Et je n'avais pas la moindre idée de ce que je pourrais bien en faire.

Le jour précédant mon retour en Angleterre, j'eus une longue conversation avec Mr Lippincott. Dans mon esprit, il restait Mr Lippincott. Il n'est jamais devenu pour moi oncle Andrew. Je lui fis part de mon intention de retirer à Stanford Lloyd la gestion de mes capitaux.

— Vraiment !

Ses sourcils grisonnants se haussèrent. Le visage à part cela impassible, il me regarda de ses yeux perçants, et je me demandai ce que ce « vraiment » signifiait au juste.

— Vous ne pensez pas que c'est une bonne idée ? lui demandai-je, inquiet.

— Vous avez vos raisons, je présume ?

— Non, je n'ai pas de véritables raisons. C'est plutôt une impression. Je crois que je peux tout vous dire.

— Cela restera confidentiel, naturellement.

— Très bien. Voilà : j'ai l'impression que c'est un escroc !

— Ah ! s'exclama Mr Lippincott, la mine soudain intéressée. Oui, je dois avouer qu'il se pourrait que votre instinct ne vous trompe pas.

Je sus alors que j'avais raison. Stanford Lloyd avait fait des entourloupes avec les obligations, les placements et tout le reste. Je signai une procuration et la remis à Andrew Lippincott :

— Vous acceptez, n'est-ce pas ?

— En ce qui concerne les problèmes financiers, déclara Mr Lippincott, vous pouvez avoir en moi une confiance absolue. Je ferai de mon mieux pour vous à cet égard. Je ne pense pas que vous ayez un jour à vous plaindre de ma gestion.

Je m'interrogeai sur le sens exact de ses paroles. Cela sous-entendait quelque chose. Je pense que ça voulait dire qu'il ne m'aimait pas, qu'il ne m'avait jamais aimé, mais que, sur le plan financier, il ferait de son mieux pour moi parce que j'avais été le mari d'Ellie. Je signai tous les papiers nécessaires. Il me demanda par quel moyen je comptais retourner en Angleterre. L'avion ? Je lui dis que non, que je prenais le bateau.

— J'ai besoin d'avoir un peu de temps pour moi, ajoutai-je. Je pense qu'une traversée en mer me fera du bien.

— Et vous comptez vous installer… où donc ?

— A *l'Arpent du Gitan*, répondis-je.

— Tiens ! Vous avez l'intention de vivre là-bas…

— Oui, affirmai-je.

— Je pensais que vous alliez sans doute mettre cette propriété en vente.

— Non ! répliquai-je, et ce « non » jaillit plus vivement que je ne l'aurais voulu.

Je n'allais pas me défaire de *l'Arpent du Gitan*. *L'Arpent du Gitan* avait constitué une partie de mon rêve, le rêve que je poursuivais depuis que j'étais petit garçon.

— Est-ce que quelqu'un s'en occupe pendant que vous êtes aux Etats-Unis ?

Je lui dis que j'en avais confié la garde à Greta Andersen.

— Ah ! s'exclama Mr Lippincott d'un air entendu. Oui, Greta…

La manière dont il avait prononcé ce « Greta » devait avoir une signification, mais je ne le lui demandai pas. S'il ne l'aimait pas, il ne l'aimait pas. Il ne l'avait jamais aimée. Il y eut un moment de silence embarrassé, puis je changeai d'idée. Je sentais qu'il fallait absolument que je dise *quelque chose*.

— Elle a été très bonne pour Ellie, déclarai-je. Elle l'a soignée quand elle était malade, elle est venue habiter chez nous et a veillé sur Ellie. Je… je lui dois de la reconnaissance. Je voudrais que vous le compreniez. Vous ne savez pas comment elle a été. Vous ne mesurez pas à quel point elle m'a aidé en s'occupant de tout après la mort d'Ellie. Je ne sais pas ce que j'aurais fait sans elle.

— C'est évident, c'est évident, répliqua Mr Lippincott.

Il l'avait fait sur le ton le plus grinçant qu'on puisse imaginer.

— Vous comprenez donc que je lui doive beaucoup.

— C'est une jeune femme aux multiples compétences, je n'en disconviens pas, admit Mr Lippincott.

Je me levai, lui dis au revoir et le remerciai.

— Vous n'avez pas à me remercier, dit Mr Lippincott, plus pète-sec que. jamais.

Il ajouta alors :

— Je vous ai écrit une petite lettre. Je l'ai envoyée par avion à *l'Arpent du Gitan*. Si vous partez par bateau, vous la trouverez probablement à votre arrivée.

Puis il me souhaita bon voyage.

Je lui demandai en hésitant s'il avait connu l'épouse de Stanford Lloyd – une jeune femme appelée Claudia Hardcastle.

— Ah ! vous voulez parler de sa première femme. Non, je ne l'ai jamais rencontrée. Le mariage a cassé assez rapidement, je crois. Après le divorce, il s'est remarié. Ce mariage-là s'est terminé aussi par un divorce.

C'était donc bien ça.

En rentrant à mon hôtel, je trouvai un télégramme. On m'y priait de me rendre dans un hôpital de Californie, où un de mes amis, Rudolf Santonix, me réclamait : il n'en avait plus pour longtemps à vivre et souhaitait me voir avant de mourir.

Je fis changer mon billet pour une traversée ultérieure et m'envolai pour San Francisco. Il n'était pas encore à l'article de la mort, mais il déclinait très vite. Les médecins ne savaient pas, disaient-ils, s'il allait reprendre conscience avant de mourir, mais il avait demandé avec insistance à me voir. Je m'installai dans cette chambre d'hôpital et le regardai. Je contemplai ce qui ressemblait à la coquille, à l'enveloppe de l'homme que j'avais connu. Il avait toujours eu l'air malade, il avait toujours eu cette espèce d'étrange transparence, cette évanescence, cette fragilité. Il reposait maintenant, le visage cireux, tel un cadavre avant l'heure. J'étais à son chevet et je me disais : « J'aimerais qu'il me parle.

J'aimerais qu'il me dise quelque chose. Rien qu'un mot avant de mourir. »

Je me sentais si seul, si horriblement seul. J'avais échappé à mes ennemis et j'étais maintenant près d'un ami. Mon seul ami, en fait. Il était la seule personne qui me connaissait bien, à part maman, mais je ne voulais pas penser à maman.

De temps en temps, je parlais à une infirmière, je lui demandais s'il n'était vraiment rien qu'elle puisse faire, mais elle secouait la tête et répétait sans se compromettre :

— Il se peut qu'il reprenne conscience, comme il se peut qu'il ne le fasse pas.

Je m'incrustai auprès de lui. Et, enfin, il s'agita et soupira. L'infirmière le redressa très doucement. Il me regarda, mais je ne sais pas s'il me reconnut ou non. Il me regardait comme s'il regardait derrière moi, au-delà de moi. Soudain une lueur passa dans ses yeux. Je pensai alors : « Il me reconnaît, c'est sûr ! il me voit bel et bien ! » Il prononça quelques mots très faiblement et je me penchai sur le lit afin de pouvoir les entendre. Mais ces mots semblaient n'avoir aucun sens. Puis son corps fut secoué par un spasme et se contracta, et il rejeta la tête en arrière et hurla :

— Vous, espèce de fichu imbécile… Pourquoi n'avez-vous pas choisi l'autre chemin ?

Puis il s'effondra et mourut.

Je ne sais pas ce qu'il voulait dire… ni s'il savait lui-même ce qu'il disait.

C'est ainsi que je vis pour la dernière fois Santonix. Je me demande s'il m'aurait entendu au cas où je lui aurais parlé ? J'aurais aimé lui répéter une fois encore que la maison qu'il m'avait construite était ce que je possédais de mieux au monde – ce qui avait le plus d'importance pour moi. C'est drôle qu'une maison puisse tenir une telle place. Je suppose qu'il y avait là-dedans un côté symbolique. L'obscur objet de vos désirs. L'objet que vous appelez d'autant plus de vos vœux que vous ne savez pas au juste ce dont il s'agit. Mais lui, il avait su ce dont il s'agissait et il me l'avait donné. Et je le possédais désormais. Et j'étais en route pour y retourner. Pour y rentrer enfin. Chez moi.

Rentrer chez moi. C'est la seule perspective à laquelle je fus capable de penser lorsque je pris le bateau. Une fatigue accablante s'abattit tout d'abord sur moi… Ensuite un flux de bonheur surgit des profondeurs de mon être… Je rentrais chez moi. Je rentrais chez moi…

Chez lui rentre le marin, il revient de la mer
Et le chasseur redescend de la colline…

23

Oui, c'était ce que je faisais. Tout était fini maintenant. La fin du combat, la fin de la lutte. La dernière phase du voyage.

Ils paraissaient si loin le temps de ma jeunesse agitée, les jours des *je veux, je veux*. Mais ils n'étaient en fait pas si loin que ça. Moins d'un an…

Je revoyais tout cela, occupé à rêver, étendu sur ma couchette…

Ma rencontre avec Ellie… nos rendez-vous à Regent's Park… notre mariage au bureau d'état civil. La maison… Santonix dirigeant sa construction… la maison achevée. A moi, tout à moi. J'étais moi, moi, moi, tel que j'avais souhaité l'être. Comme j'avais toujours voulu l'être. J'avais obtenu tout ce que je désirais et je rentrais chez moi, dans ma maison.

Avant de quitter New York, j'avais écrit une lettre et l'avais envoyée par avion pour qu'elle arrive avant moi. J'avais écrit à Phillpot. Parce qu'il me semblait que Phillpot comprendrait, alors que d'autres en seraient sans doute incapables.

C'était plus facile de le lui écrire que de le lui dire de vive voix. De toute façon, il allait bien falloir qu'il le sache. Il allait bien falloir que tout le monde le sache. Certains ne comprendraient probablement pas, mais je pensais que lui, il comprendrait. Il avait vu par lui-même combien Ellie et Greta avaient été proches, à quel point Ellie avait été dépendante de Greta. Je pensais qu'il se rendrait compte de ce que moi aussi j'étais devenu dépendant d'elle, de ce qu'il me serait impossible de vivre seul là où j'avais vécu avec Ellie sans quelqu'un à mon côté pour m'aider. Je ne savais pas si je m'étais bien exprimé. J'avais fait de mon mieux.

« J'aimerais, avais-je écrit, que vous soyez le premier à savoir. Vous avez été si gentil avec nous, et je pense que vous serez la seule personne à comprendre. Je ne peux affronter seul la vie *à l'Arpent du Gitan*. J'ai réfléchi tout au long de mon séjour aux Etats-Unis, et j'ai décidé que j'allais, dès mon retour, demander à Greta de m'épouser. Elle est, voyez-vous, la seule personne avec qui je peux vraiment parler d'Ellie. Elle comprendra. Peut-être ne voudra-t-elle pas de ce mariage, mais je crois que si… Cela fera comme si nous étions encore tous les trois. »

J'avais récrit trois fois la lettre avant de parvenir à exprimer exactement ce que je voulais dire. Phillpot devait la recevoir deux jours avant mon retour.

Quand les côtes d'Angleterre furent en vue, je montai sur le pont. Je regardai au loin la terre se rapprocher. Je pensai : « J'aurais aimé que Santonix soit avec moi. » J'aurais vraiment aimé. Aimé qu'il puisse voir que tout s'était réalisé. Tout ce dont j'avais fait le projet, tout ce que j'avais imaginé, tout ce que j'avais désiré.

J'avais secoué le joug des Américains, je m'étais débarrassé de tous les escrocs, de tous les flagorneurs et de toute cette clique que je détestais et qui, j'en étais sûr, me le rendait bien et me toisait de haut parce que j'étais de moins bon milieu qu'eux. J'effectuais un retour triomphal. Je revenais au bois de pins et à la dangereuse route en lacet qui montait jusqu'à *l'Arpent du Gitan*, jusqu'à la maison sur la colline. Jusqu'à *ma* maison ! Je revenais vers la matérialisation de mes deux plus violents désirs. Ma maison, la maison dont j'avais rêvé, la maison que j'avais décidé d'avoir, que j'avais voulue par-dessus tout. Ça et une femme merveilleuse… J'avais toujours su que je rencontrerais un jour une femme merveilleuse. Je l'avais rencontrée. Je l'avais aimée au premier coup d'œil et elle m'avait aimé au premier regard. Nous nous étions trouvés. Une femme merveilleuse. Dès que je l'avais vue, j'avais compris que je lui appartenais, que je lui appartiendrais corps et âme et pour toujours. J'étais à elle. Et maintenant – enfin ! – j'allais à elle.

Personne ne me vit arriver à Kingston Bishop. J'étais venu par le train, il faisait presque nuit quand je débarquai à la gare et, en en sortant, je pris un chemin détourné. Je ne voulais rencontrer personne. Pas ce soir…

Le soleil était couché quand je gravis le chemin menant à *l'Arpent du Gitan*. J'avais prévenu Greta de l'heure de mon arrivée. Elle était là-haut dans la maison et elle m'attendait. Enfin ! Nous en avions maintenant fini avec les subterfuges et autres faux-semblants… La vouvoyer… me montrer distant… faire semblant de la détester… Seigneur ! Je repensais, riant en moi-même, au rôle que j'avais joué – et bien joué – depuis le début. A dire que je n'aimais pas Greta, à ne pas vouloir qu'elle vienne tenir compagnie à Ellie. Oui, j'avais été très prudent. Tout le monde devait avoir donné dans le panneau. Je me rappelai la querelle que nous avions simulée en nous arrangeant pour qu'Ellie puisse l'entendre.

Dès notre première rencontre, Greta avait compris qui j'étais. Nous ne nous étions jamais bêtement fait d'illusions l'un sur l'autre. Elle avait le même genre d'esprit, le même genre de désirs que les miens. Nous voulions conquérir le monde, rien de moins ! Nous voulions atteindre le sommet du monde. Nous voulions tous deux réaliser nos ambitions. Nous voulions tout avoir, ne rien nous refuser. Je me souvenais comment je lui avais ouvert mon cœur quand je l'avais rencontrée pour la première fois à Hambourg, comment je lui avais dévoilé mon désir fou de possession. Je n'avais pas eu à cacher à

Greta mon avidité démesurée, elle avait la même. Elle m'avait dit :

— Pour obtenir tout ce que tu attends de la vie, il te faut de l'argent.

— Oui, avais-je acquiescé, mais je ne sais pas comment je vais me le procurer.

— Il va de soi que tu ne l'obtiendras pas à la sueur de ton front. Ce n'est pas ton genre.

— Pas question de travailler ! m'étais-je exclamé. Il me faudrait m'échiner pendant des années ! Je ne veux pas attendre ! Je ne veux pas patienter toute mon existence pour être enfin riche quand je serai vieux. Tu connais l'histoire de ce type, Schliemann, comment il a travaillé, trimé pour réaliser le rêve de sa vie : aller à Troie, creuser jusqu'à trouver les tombes de Troie. Il a réalisé son rêve, mais il lui avait fallu attendre d'avoir quarante ans. Moi, je ne veux pas attendre d'avoir cet âge-là. D'être vieux. D'avoir un pied dans la tombe. Je veux avoir de l'argent maintenant, pendant que je suis jeune et fort. Toi aussi, n'est-ce pas ?

— Oui. Et je sais comment tu peux y parvenir. C'est facile. Ça m'étonne même que tu n'y aies encore jamais pensé. Tu séduis les filles assez facilement, non ? Ça se voit. Ça se sent.

— Tu t'imagines que je me soucie des filles… ou que je m'en sois jamais vraiment soucié ? Il n'y a qu'une fille qui m'intéresse, déclarai-je. C'est toi. Et tu le sais. Je t'appartiens. Je l'ai compris dès le premier regard. J'ai toujours su que je rencontrerai quelqu'un comme toi. Et voilà, c'est arrivé. Je t'appartiens.

— Oui, convint Greta, je pense en effet que tu m'appartiens.

— Et nous attendons tous deux de la vie les mêmes satisfactions.

— Je te répète que c'est facile, insista Greta. Facile comme bonjour. Tout ce que tu auras à faire sera d'épouser une fille riche, l'une des filles les plus riches du monde. Je peux arranger ça.

— Ne te mets pas à délirer, grondai-je.

— Ce n'est pas du délire, c'est très facile, je t'assure.

— Non, me butai-je, je ne marche pas dans la combine. Je ne veux pas être le mari d'une femme riche. Elle m'offrirait plein de choses, nous ferions des tas de trucs et elle me garderait dans une cage dorée, mais ce n'est pas ce que je veux. Je ne veux pas être un esclave, une proie enchaînée.

— Tu n'aurais pas à l'être. C'est le genre de situation qui n'a nul besoin de durer longtemps. Juste le temps qu'il faut. Les femmes, ça meurt aussi, tu sais.

Je la regardai fixement.

— Tu es choqué, s'étonna-t-elle.

— Non, non, je ne suis pas choqué.

— Il me semblait bien que tu ne le serais pas. Je pensais même que tu avais peut-être déjà…

Elle m'interrogea du regard, mais il était hors de question que je réponde. Je n'avais pas encore perdu tout instinct de conservation. Il est des secrets qu'on se refuse de divulguer à quiconque. Ce n'est pas que nous nous faisions des cachotteries, mais ces secrets-là, je ne voulais même pas y penser. Je ne voulais pas penser au premier, surtout. Un truc stupide. Puéril. Qui n'allait pas chercher bien loin. J'avais éprouvé une toquade de gosse pour une montre du tonnerre de Dieu qu'un copain d'école avait reçue en cadeau. Je la voulais. Je la voulais de toutes mes forces. Elle avait dû coûter un fric fou. C'est son parrain, un type cousu d'or, qui la lui avait donnée. Oui, je la voulais, mais j'estimais que je n'avais aucune chance de l'obtenir jamais. Et puis un beau jour, nous sommes allés patiner ensemble. La glace n'était pas assez solide pour supporter notre poids. La couche de glace n'était pas assez épaisse. Nous n'y avions pas réfléchi. Et ce qui devait arriver est arrivé. La glace a craqué. J'ai patiné vers lui. Il se cramponnait. Il était tombé dans un trou et il s'agrippait à la glace qui lui entaillait les doigts. Je m'approchai de lui pour le sortir de l'eau, bien sûr, mais juste au moment où j'arrivais, j'ai repéré l'éclat de sa montre. J'ai pensé : « Et s'il s'enfonçait et se noyait ? » Et j'ai tout de suite compris à quel point ce serait facile…

C'est presque inconsciemment, je crois, que j'ai détaché le bracelet, que j'ai empoigné la montre et que j'ai enfoncé la tête de mon copain sous l'eau au lieu d'essayer de l'en sortir… Je la lui ai juste maintenue sous l'eau. Il ne pouvait guère se débattre, il était sous la glace. Des gens nous ont aperçus et sont venus vers nous. Ils se sont imaginé que j'essayais de le tirer de l'eau. Ils ont fini par le sortir, non sans difficulté. Ils ont essayé de lui faire la respiration artificielle, mais c'était trop tard. J'ai caché mon trésor dans un endroit secret où je planquais de temps à autre des trucs. Des trucs que je ne voulais pas que maman voie, sinon elle m'aurait demandé où je les avais eus. Elle est tombée sur cette montre un jour qu'elle était à la recherche de mes chaussettes. Elle m'a demandé si ce n'était pas la montre de Pete. Je lui ai bien évidemment répondu que ce n'était pas la sienne... que c'en était une que j'avais échangée avec un copain d'école.

J'ai toujours été mal à l'aise avec maman... Je sentais qu'elle me connaissait trop bien. J'ai été très agité quand elle a trouvé la montre. Elle m'a soupçonné, je crois. Mais, bien sûr, elle ne pouvait pas *savoir*. Personne ne pouvait *savoir*. Elle prit néanmoins l'habitude de me regarder d'un drôle d'air. Tout le monde était persuadé que j'avais essayé de secourir Pete. Elle, je ne crois pas qu'elle ait jamais été de cet avis. Je pense qu'elle savait. Elle ne voulait pas savoir, mais son problème était qu'elle me connaissait trop bien. Je me suis parfois senti un peu coupable, mais ce sentiment s'est estompé assez vite.

Le coup suivant, ç'a été plus tard, alors que nous étions en manœuvres. C'était pendant mon service militaire. Un dénommé Ed et moi étions allés dans une espèce de boîte de jeux. Ce soir-là, je n'étais pas en veine et j'avais perdu jusqu'à ma chemise tandis qu'Ed raflait le paquet. Il avait changé ses jetons et nous étions partis pour rejoindre notre base. Ed avait les poches bourrées de billets. Elles en étaient gonflées à craquer. Deux voyous se sont alors pointés au coin de la rue et nous sont tombés sur le paletot. Ils maniaient le couteau à cran d'arrêt comme des chefs. J'ai écopé d'une estafilade au bras, mais Ed a reçu un vrai coup de couteau. Il était salement amoché. Sur quoi on a entendu des gens qui s'amenaient. Les loubards ont décampé. Et je me suis aussitôt dit que si j'étais rapide… et, rapide, je vous prie de croire que je l'ai été ! J'ai des réflexes du tonnerre. J'ai enveloppé ma main dans un mouchoir, j'ai sorti le couteau de la blessure d'Ed et je l'ai planté par deux fois dans de meilleurs endroits. Son corps s'est contracté dans un spasme et il a passé l'arme à gauche. D'accord, j'ai eu la frousse, la frousse pendant une seconde ou deux. Et puis j'ai compris que tout irait comme sur des roulettes. Et je me suis senti… eh bien… tout naturellement, je me suis senti fier de moi d'avoir jaugé la situation au quart de tour et d'avoir réagi aussi vite ! Je me suis dit : « Pauvre vieux Ed, ça a toujours été un connard. » En un éclair j'avais transféré ses billets de sa poche à la mienne ! Rien de tel que d'avoir des réflexes fulgurants, et de savoir saisir sa chance au tournant. Le chiendent, c'est que des coups de veine comme celui-là, on n'en rencontre pas tous les jours. Il y a des gens, j'imagine, qui paniquent quand ils savent qu'ils ont tué quelqu'un. Mais moi je n'ai pas paniqué. Pas cette fois-là.

N'allez cependant pas croire que c'est un truc qu'on a envie de réitérer souvent. Il faut que le jeu en vaille vraiment la chandelle. Je ne sais pas comment Greta avait deviné que j'étais comme ça. Mais le fait était là. Je ne veux pas dire qu'elle savait que j'avais réellement tué deux personnes. Mais je crois qu'elle avait pigé que l'idée de tuer ne me ferait ni chaud ni froid. Je lui demandai :

— Et alors, c'est quoi au juste, ton fameux délire, Greta ?

— Je suis à même de pouvoir t'aider, me répondit-elle. Je peux te mettre en relation avec l'une des filles les plus riches d'Amérique. Je veille plus ou moins sur elle. Je vis avec elle. J'ai beaucoup d'influence sur elle.

— Et tu t'imagines qu'elle s'intéresserait à un type comme moi ?

A ce moment-là, je n'y croyais pas trop. Pourquoi une fille riche, qui pouvait mettre le grappin sur les types les plus beaux et les plus séduisants de la planète, en pincerait-elle pour moi ?

— Tu as du *sex-appeal* à revendre, me dit Greta. Tu t'envoies toutes les filles que tu veux, non ?

Je souris et reconnus que je ne me débrouillais pas trop mal.

— C'est le genre de truc auquel elle n'a pas encore pu goûter. Elle a été surveillée de trop près. Les seuls garçons qu'elle a été autorisée à rencontrer sont des gamins archiconventionnels, des fils de banquiers, des fils de magnats… Elle a été éduquée pour faire un bon mariage, avec un quelconque boutonneux aussi bien pourvu qu'elle. La famille tremble de terreur à l'idée qu'elle rencontre un bel étranger qui pourrait en vouloir à son argent. Mais il va de soi qu'elle est davantage attirée par des types comme ça. Ils ont pour elle l'attrait de la nouveauté, ils représentent la promesse du grand frisson qu'elle n'a jamais connu. Tu n'auras qu'à lui jouer le grand jeu. Faire semblant de tomber amoureux d'elle au premier regard, et l'emballer ! Ça ne sera pas sorcier. Personne n'a encore jamais vraiment essayé de la culbuter. Tu es sûrement capable de le faire.

— Je peux toujours essayer, répondis-je, dubitatif.

— Nous allons mettre ça au point, déclara Greta.

— Sa famille va rappliquer et y mettre le holà.

— Pas question, assura Greta. Ils n'en sauront rien. Pas avant qu'il ne soit trop tard. Pas jusqu'à ce que vous soyez mariés en secret.

— C'est donc ça, ton idée !

A partir de là, nous avons discuté le projet. Nous l'avons planifié. Pas dans le détail, bien sûr. Greta est retournée aux Etats-Unis, mais elle est restée en contact avec moi. J'ai continué à exercer divers petits boulots. Je lui ai parlé de *l'Arpent du Gitan* et de l'envie folle que j'avais de le posséder, et elle m'a dit que ce serait le cadre idéal pour une histoire romanesque. Nous avons alors décidé que ce serait là qu'aurait lieu ma rencontre avec Ellie. Greta travaillerait Ellie au corps pour qu'elle ait envie d'avoir une maison en Angleterre et d'aller vivre loin de sa famille dès qu'elle aurait atteint sa majorité.

Oh ! oui, nous avons tout réglé comme du papier à musique ! Greta était une organisatrice-née. Je ne pense pas que j'aurais pu mettre ça au point seul, mais je me sentais en revanche capable de jouer mon rôle haut la main. J'avais toujours aimé jouer un rôle. Et c'est donc comme ça que tout est arrivé. C'est comme ça que j'ai fait la connaissance d'Ellie.

Ça a été amusant. Follement amusant, parce qu'il y avait bien sûr toujours un risque, il y avait toujours l'éventualité que ça ne marche pas. Ce qui a vraiment failli me faire perdre les pédales, c'est les moments où je devais être en présence de Greta. Il fallait que je me débrouille pour garder mon sang-froid, voyez-vous, pour ne jamais me trahir quand je la regardais. J'essayais de ne *pas* la regarder. Nous étions tombés d'accord que le mieux serait que j'affiche de l'antipathie à son égard, que je fasse semblant d'être jaloux d'elle. Je m'en suis finalement très bien sorti. Je me rappelle quand elle est venue s'installer à *l'Arpent du Gitan*. Nous avons simulé une prise de bec, une prise de bec suffisamment violente pour qu'Ellie puisse l'entendre. Je ne sais d'ailleurs pas si nous n'en avons pas fait un peu trop ce jour-là. Je ne crois pas. Quelquefois j'avais peur qu'Ellie en vienne à deviner ce qui se passait, mais je ne crois pas que ç'ait jamais été le cas. En fait, je n'en sais rien. Je n'en sais vraiment rien. Je n'ai jamais été tout à fait sûr de ce que pensait Ellie.

Jouer les amoureux transis auprès d'Ellie m'a été très facile. Elle était adorable. Oui, elle était réellement adorable. Mon seul sujet d'inquiétude, c'est qu'il lui arrivait parfois de faire des trucs sans me le dire. Et puis aussi le fait qu'elle soit au courant de choses dont je n'aurais jamais imaginé qu'elle puisse avoir connaissance. Mais ce qu'il y a de sûr, c'est qu'elle m'aimait. Oui, elle m'aimait. Et quelquefois… oui, quelquefois, j'en arrive à me persuader que je l'aimais moi aussi…

Je ne veux pas dire par là que cet amour ait ressemblé à celui que j'éprouvais pour Greta. Greta était la femme à qui j'appartenais. Elle était le sexe personnifié. J'étais fait pour elle, et il fallait sans cesse que je me contienne. Avec Ellie, c'était un sentiment différent. Mais j'ai eu du plaisir à vivre avec elle, vous savez. Oui, ça paraît bizarre maintenant que j'y repense. J'ai eu beaucoup de plaisir à vivre avec elle.

J'écris ça maintenant parce que c'est ce que je pensais ce soir-là, en rentrant des Etats-Unis. C'est ce que je pensais quand je me retrouvai enfin au sommet du monde après avoir obtenu tout ce que j'avais si ardemment désiré, et ce en dépit des risques que sous-entendait l'entreprise, en dépit des dangers encourus, et en dépit du fait que nous avions commis un meurtre joliment bien ficelé, encore que ce soit moi qui le juge ainsi !

Oui, ç'avait été risqué, j'y pensais de temps en temps, mais personne ne pouvait dire que c'était nous qui avions fait le coup, pas étant donné la manière dont nous nous y étions pris. Maintenant tout danger était écarté, c'était du passé et je montais vers *l'Arpent du Gitan*. J'y montais comme le jour où, après avoir lu pour la première fois l'affichette placardée sur le mur du *George et le Dragon*, j'étais monté voir les ruines de la vieille bâtisse. Je montais et je suis arrivé au virage…

Et soudain… *c'est alors que je l'ai vue.* Je veux dire c'est alors que j'ai vu Ellie. Juste en arrivant dans le virage dangereux, là où il y avait eu tant d'accidents. *Elle était là,* à l'endroit même où je l'avais il n'y a pas si longtemps aperçue, debout dans l'ombre des sapins. Exactement là où elle était quand elle avait paru légèrement interloquée et quand je m'étais appliqué à paraître interloqué moi aussi. Là où nous avions échangé nos premiers regards, où je m'étais approché d'elle pour lui parler et où j'avais joué le rôle du jeune homme soudain frappé par le coup de foudre. Et je l'avais sacrément bien joué, ce rôle ! Ce n'est pas pour dire, mais je suis rudement bon comédien.

N'empêche que je ne m'étais pas attendu à la voir maintenant… Je veux dire, il n'était pas *possible* que je la voie maintenant, vous êtes bien d'accord avec moi ? Et pourtant je *la voyais*... Elle regardait... elle regardait droit vers moi. A ceci près que... que quelque chose m'effraya... que quelque chose me fit passer dans le dos un frisson glacé. C'était, comprenez-vous, comme si elle ne me *voyait pas*... Je veux dire, je savais qu'elle ne pouvait pas être réellement là. Je savais qu'elle était morte... *et pourtant je la voyais.* Elle était morte et son corps était enterré dans un cimetière aux États-Unis. Mais malgré tout, elle était là, debout sous les sapins et elle me regardait. Non, elle ne *me* regardait pas. Elle regardait comme si elle s'attendait à me voir, et son visage rayonnait d'amour. Du même amour que celui que j'avais lu dans ses yeux un jour, un jour qu'elle caressait les cordes de sa guitare. Le jour où elle m'avait demandé : « A quoi étais-tu en train de penser ? » et où je lui avais répondu : « Pourquoi me demandes-tu ça ? » et où elle avait précisé : « Tu me regardais comme si tu m'aimais. » Je lui avais alors répondu quelque chose d'idiot du genre : « Evidemment, puisque je t'aime. »

Je m'arrêtai net. Je m'arrêtai net, là, sur la route. Je tremblais comme une feuille. Et je dis tout haut :

— Ellie !

Elle ne bougea pas d'un pouce. Elle resta plantée là. A *regarder*... A regarder droit devant elle. A regarder à travers moi. C'est ça qui m'a terrorisé, parce qu'il allait de soi que si je réfléchissais deux secondes, je saurais pourquoi elle ne me voyait pas. Et ça, je ne voulais pas le savoir. Non, ça, je ne voulais pas le savoir. Si j'avais une certitude, c'était bien que je ne voulais à aucun prix le savoir. Comment admettre qu'elle puisse regarder fixement l'endroit où je me trouvais... et *ne pas me voir* ? Je suis parti en courant. J'ai couru comme un lâche tout au long de la route, jusqu'à ce que je voie briller les lumières dans ma maison, jusqu'à ce que je parvienne à m'extraire de l'état de panique grotesque dans lequel je m'étais mis. C'était l'heure du triomphe. J'avais un chez-moi. J'étais le chasseur redescendant de la colline, je revenais dans ma maison, je revenais vers les trésors que j'avais désirés plus que tout au monde, je revenais me blottir dans les bras de la femme merveilleuse à laquelle j'appartenais corps et âme.

Et maintenant nous allions nous marier et vivre dans la Maison. Nous allions pouvoir jouir de tout ce pour quoi nous avions joué la comédie ! Nous avions gagné la partie… Gagné sur toute la ligne !

La porte n'était pas fermée. J'entrai en faisant résonner mes pas sur le dallage et franchis le seuil de la bibliothèque. Greta était là qui m'attendait, debout près de la fenêtre. Elle était resplendissante. C'était l'être le plus resplendissant et le plus sublime que j'avais jamais vu. Elle ressemblait à Brunehilde. Avec son étincelante chevelure dorée, elle évoquait la quintessence d'une Walkyrie. Son odeur, ses regards, la saveur de ses lèvres, tout en elle était un appel au sexe. Hormis quelques brèves étreintes là-haut, dans la gloriette, il nous avait fallu nous contenir si longtemps…

Je me précipitai dans ses bras, tel le marin rentrant chez lui, revenant de la mer. Oui, ce fut l'un des plus merveilleux moments de mon existence.

Au bout d'un certain temps, nous sommes redescendus sur terre. Je me suis assis et elle a poussé vers moi une petite pile de lettres. J'ai pris presque machinalement celle qui portait un timbre américain. C'était la lettre que Lippincott avait envoyée par avion. Je me demandais ce qu'elle pouvait bien contenir, pourquoi il avait fallu qu'il m'écrive.

— Eh bien, ronronna Greta avec un profond soupir de satisfaction, nous avons réussi.

— C'est le Jour de la Victoire ! renchéris-je.

Nous avons ri tous les deux, ri à gorge déployée. Il y avait du champagne sur la table basse. J'ai débouché la bouteille et nous avons bu à notre santé.

— Cet endroit est merveilleux ! me suis-je exclamé en regardant tout autour de moi. C'est encore plus beau que dans mon souvenir. Santonix… Mais, au fait, je ne te l'ai pas dit : Santonix est mort.

— Oh ! le pauvre, soupira Greta. Comme c'est triste ! Alors, comme ça, il était vraiment malade ?

— Bien sûr qu'il était malade. Je n'avais jamais voulu l'admettre. Je suis allé le voir quand il était à l'agonie.

Greta réprima un léger frisson :

— Je n'aurais pas aimé être à ta place. Il t'a dit quelque chose ?

— Pas vraiment. Il m'a dit que j'étais un fichu imbécile… que j'aurais dû choisir l'autre chemin.

— Qu'est-ce qu'il entendait par là ? De quel chemin parlait-il ?

— Je n'en sais rien. Je suppose qu'il délirait. Qu'il ne savait plus ce qu'il disait.

— Quoi qu'il en soit, cette maison est un beau monument à sa mémoire, commenta Greta. J'imagine que nous allons devoir nous y incruster, c'est bien ça, non ?

Je la dévisageai d'un air éberlué :

— Bien sûr. Comment peux-tu imaginer que je puisse avoir envie d'aller vivre ailleurs ?

— Nous n'allons quand même pas passer le plus clair de notre existence ici ! s'emporta Greta. Pas toute l'année ! Pas nous enterrer à jamais dans ce trou !

— Mais c'est ici que je veux vivre… c'est ici que j'ai toujours eu l'intention de vivre.

— Oui, bien sûr, bien sûr. Mais voyons, Mike, nous avons tout l'argent que nous voulons. Nous pouvons aller n'importe où ! Nous pouvons voyager sur le Continent… faire des safaris en Afrique. Nous pouvons vivre des aventures. Visiter des sites merveilleux… voir des peintures extraordinaires. Aller à Angkor. Ça ne te tente pas, une vie aventureuse ?

— Oh ! si, à la rigueur… Mais nous reviendrons toujours ici, n'est-ce pas ?

Un sentiment étrange m'envahit, l'étrange sensation que, quelque part, il y avait quelque chose qui clochait. Ma Maison et Greta. C'était tout ce à quoi j'avais toujours rêvé. Jamais je n'avais rien désiré d'autre. Mais ce n'était pas son cas à elle. Ça me sauta tout de suite aux yeux. Elle ne faisait pourtant que commencer. Elle commençait à éprouver des désirs. Elle commençait à se rendre compte qu'elle pourrait les satisfaire. J'eus soudain un mauvais pressentiment. Je me mis à trembler.

— Qu'est-ce qu'il t'arrive, Mike ?… Tu trembles. Tu as attrapé froid ou quoi ?

— Non, ce n'est pas ça.

— Qu'est-ce qu'il se passe, Mike ?

— J'ai vu Ellie, dis-je.

— Tu as vu Ellie ? Qu'est-ce que tu me chantes là ?

— Je montais à pied par la route, j'ai atteint le virage… et elle était là, debout sous un sapin, elle me regardait… je veux dire, elle regardait dans ma direction.

Greta écarquilla les yeux :

— Ne sois pas ridicule ! Tu… C'est ton imagination qui te joue des tours.

— Sans doute on peut être le jouet de son imagination. Nous sommes ici à *l'Arpent du Gitan*, après tout. Seulement Ellie était vraiment là, et elle avait l'air… elle avait l'air resplendissante de bonheur. Exactement comme avant. Exactement comme si elle avait… comme si elle avait toujours été là et y serait toujours.

— Mike ! s'écria Greta en m'empoignant par les épaules et en me secouant. Mike, ne dis pas des âneries pareilles ! Est-ce que tu as bu avant de venir ici ?

— Non, j'ai attendu d'être près de toi. Je savais que tu nous aurais préparé le champagne.

— En ce cas, oublions Ellie, et buvons à notre santé.

— C'*était* Ellie, m'obstinai-je.

— Bien sûr que non, ce n'était pas Ellie ! C'était juste un effet de lumière… un phénomène dans ce goût-là.

— C'était Ellie ! Et elle était là, debout. Elle regardait… elle regardait de tous ses yeux en cherchant à me voir. Mais elle n'y parvenait pas. *Elle ne parvenait pas à me voir,* Greta !

Ma voix grimpa de plusieurs tons :

— Et je sais pourquoi. Je sais *pourquoi* elle ne parvenait pas à me voir.

— Qu'est-ce que tu veux dire par là ?

C'est alors que, pour la première fois, j'ai chuchoté, tout bas :

— Parce que ce n'était pas moi. Je n'étais pas là. Il n'y avait rien d'autre à voir pour elle qu'une nuit qui ne finit pas.

Puis d'une voix que la terreur rendait méconnaissable, je hurlai :

— Certains naissent au bonheur sans nuage, et certains naissent à une nuit qui ne finit pas. Ça, c'est *moi*, Greta, *moi* !

» Tu te souviens, Greta, comme elle s'asseyait sur le sofa ? Elle jouait de la guitare et chantait de sa voix douce. Tu t'en souviens forcément.

A voix basse, je me mis à chanter :

— *Chaque nuit et chaque matin, au malheur naissent certains. Chaque matin et chaque nuit, à l'extase naissent d'aucuns. Certains naissent au bonheur sans nuage.* Ça, c'est Ellie, Greta. Elle était née pour le bonheur sans nuage. *Certains naissent à une nuit qui ne finit pas.* Maman le savait. Elle savait que j'étais né pour une nuit qui n'aurait pas de fin. Et moi, je ne l'avais pas compris. Mais elle, elle le savait. Et Santonix aussi le savait. Il savait que c'était cette voie-là que j'avais choisie. Mais cela aurait pu ne pas arriver. Il y a eu juste un moment, un seul moment, la fois où Ellie a chanté cette chanson. J'aurais pu être parfaitement heureux – non ? – , réellement heureux en étant marié avec Ellie. J'aurais pu continuer à être le mari d'Ellie.

— Non, c'était hors de question, rétorqua Greta. Je n'aurais jamais imaginé que tu étais du genre à perdre ton sang-froid, Mike.

Elle me secoua de nouveau par les épaules :

— Réveille-toi, bon sang !

Je la regardai fixement :

— Je te demande pardon, Greta. Qu'est-ce que je t'ai dit ?

— J'ai l'impression qu'ils t'ont mis cul par-dessus tête, là-bas, aux Etats-Unis. Mais tu t'en es bien sorti, n'est-ce pas ? Je veux dire : toutes les affaires sont en bon ordre ?

— Tout est réglé, affirmai-je. Tout est réglé pour notre avenir. Notre magnifique, notre prodigieux avenir.

— Tu as vraiment une drôle de façon de t'exprimer, ce soir… Au fait, j'aimerais savoir ce que Lippincott dit dans sa lettre.

Je pris la lettre et l'ouvris. Il n'y avait rien à l'intérieur, hormis une coupure de journal. Pas une coupure récente, non : plutôt ancienne et un peu effacée. Je la regardai. C'était la photo d'une rue. Je reconnus la rue, avec un grand immeuble en arrière-plan. C'était une rue de Hambourg avec quelques piétons qui se dirigeaient vers le photographe. Deux personnes, au premier plan, marchaient bras dessus, bras dessous. Il s'agissait de Greta et moi. *Ainsi donc, Lippincott savait.* Il savait depuis le début que je connaissais Greta. Quelqu'un avait dû lui envoyer je ne sais quand cette coupure de presse, probablement sans intention malveillante – simplement amusé, peut-être, d'avoir reconnu miss Greta Andersen en goguette dans les rues de Hambourg. Il savait que je connaissais Greta et je me remémorai l'insistance avec laquelle il m'avait demandé si oui ou non j'avais déjà fait la connaissance de Greta Andersen. J'avais bien entendu répondu par la négative, mais il avait tout de suite su que je mentais. Ses soupçons à mon égard devaient dater de ce moment-là.

J'eus soudain peur de Lippincott. Il ne pouvait évidemment me soupçonner d'avoir tué Ellie. N'empêche qu'il flairait un coup fourré. A moins que… à moins qu'après tout ses soupçons aillent bel et bien jusqu'au meurtre.

— Regarde, dis-je à Greta, il savait que nous nous connaissions. Il le savait depuis le début. J'ai toujours détesté ce vieux renard. Et lui, c'est toi qu'il a toujours détestée. Quand il va apprendre que nous allons nous marier, ce ne seront plus des soupçons qu'il aura, ce sera une certitude.

C'est alors que je pris conscience que Lippincott avait certainement déjà deviné que Greta et moi allions nous marier, comme il avait deviné que nous étions amis, et peut-être même que nous étions amants.

— Mike, est-ce que tu vas cesser de te conduire comme une larve, comme un froussard ? Oui, oui, c'est bien ce que je viens de dire. Un froussard. Je t'admirais. Je t'ai toujours admiré. Mais maintenant, tu t'effondres comme un pantin disloqué. Tu as peur de tout et de tout le monde.

— Ne me parle pas comme ça.

— Je te dis ce qui est.

— *Une nuit qui ne finit pas.*

Je n'avais rien trouvé d'autre à lui rétorquer. Et j'en étais d'ailleurs encore à me demander ce que cela pouvait signifier au juste. Une nuit qui ne finit pas. Ça voulait dire les ténèbres. Ça signifiait qu'on ne pouvait pas me voir. Que je pouvais voir les morts mais que les morts ne pouvaient pas me voir, bien que je sois vivant. Ils ne pouvaient pas me voir parce que je n'étais pas réellement là. L'homme qui aimait Ellie et qu'Ellie avait aimé n'était pas réellement là. Il s'était enfoncé de son propre chef dans une nuit qui ne finirait jamais. Je courbai encore un peu plus la tête vers le sol.

— *Une nuit qui ne finit pas*, répétai-je encore.

— Arrête de dire ça ! vociféra Greta. Redresse-toi, bon sang ! Sois un homme, Mike ! Ne te laisse pas aller à ces superstitions imbéciles !

— Comment pourrais-je m'en empêcher ? soupirai-je. Mon âme, je l'ai vendue à *l'Arpent du Gitan*, non ? *L'Arpent du Gitan* a toujours été un endroit dangereux. Il a été dangereux pour tout le monde. Il l'a été pour Ellie, et il l'est pour moi. Peut-être est-il après tout dangereux pour toi aussi.

— Qu'est-ce que tu veux dire ?

Je me levai. Je me dirigeai vers elle. Je l'aimais. Oui, je l'aimais encore d'un inextinguible, d'un irrépressible appétit sexuel. Mais amour, haine, désir… ne s'agit-il pas là d'une seule et même pulsion ? Trois en un et un en trois. Je n'aurais jamais pu haïr Ellie, mais je haïssais soudain Greta. Je prenais même du plaisir à la haïr. Je la haïssais de tout mon cœur et avec un désir d'assouvissement grandissant… Les chemins sûrs, je ne pouvais pas les emprunter, les chemins sûrs n'étaient pas pour moi… Je m'approchai d'elle.

— Espèce de sale garce ! haletai-je. Espèce de garce haïssable et resplendissante avec tes cheveux d'or ! Tu es en danger, Greta. Tu es en danger et ce danger vient de *moi*. Est-ce que tu comprends ça ? J'ai appris la volupté… la volupté qu'on éprouve à tuer. J'étais au comble de l'excitation le jour où j'ai su qu'Ellie partait à cheval vers la mort. Toute la matinée, j'en ai éprouvé une jouissance inouïe, mais jamais autant que maintenant je n'avais été aussi près de donner physiquement la mort. Là, tout de suite, c'est différent. Je ne veux plus me contenter de savoir qu'un cachet avalé au petit déjeuner va provoquer la mort de quelqu'un. Je veux jouir d'une sensation plus forte que celle qu'on éprouve à précipiter une vieille gitane au fond d'une carrière. Je veux *me servir de mes mains*.

Greta blêmit, et la peur s'empara d'elle. D'elle, à qui j'avais à jamais appartenu depuis que je l'avais rencontrée ce fameux jour à Hambourg, depuis qu'elle m'avait possédé jusqu'à me faire prétexter la maladie et abandonner mon travail pour rester dans ses bras. Oui, je lui appartenais alors. Je lui appartenais corps et âme. Mais maintenant je ne lui appartenais plus. J'étais redevenu moi-même. Je m'enfonçais dans les ténèbres d'un tout autre royaume que celui dont j'avais rêvé.

La peur la tenaillait. Une peur qui me procura une jouissance folle et me fit serrer plus fort mes mains autour de son cou. Oui, même maintenant que je suis attablé là à me raconter par écrit (ce qui, ne vous en déplaise, est un très agréable passe-temps : tout dire sur vous-même, tout ce par quoi vous êtes passé, tout ce que vous avez pu penser et ressentir et jusqu'à la façon dont vous avez berné votre monde… oui, c'est bien la plus merveilleuse des occupations), oui, même maintenant, disais-je, je confesse encore que j'ai éprouvé un plaisir extrême en tuant Greta…

24

Il n'y a réellement plus beaucoup à dire après ça. Les péripéties atteignirent là leur apogée. On oublie trop souvent, me semble-t-il, qu'on n'a plus rien à attendre, que rien de ce qui vient après n'égale ce qu'on a déjà connu. Je restai immobile pendant un long moment. Je ne sais pas quand *Ils* sont arrivés. Je ne sais pas s'Ils sont venus tout de suite... Ils ne pouvaient pas avoir été là tout le temps, sinon ils ne m'auraient pas laissé tuer Greta. En revanche, j'ai remarqué que Dieu avait été là le premier. Je ne veux pas parler de Dieu, je m'embrouille, je veux parler du major Phillpot. J'avais toujours eu de l'estime pour lui, il avait toujours été gentil avec moi. D'une certaine façon, il était un peu comme Dieu, je crois. Je veux dire si Dieu était un être humain et non une abstraction surnaturelle... là-haut, quelque part dans les cieux. C'était un homme juste, très juste et très bon. Il s'occupait des gens. Il essayait de faire de son mieux pour eux.

Je ne sais pas jusqu'à quel point il en savait long sur moi. Je me rappelais la drôle de façon dont il m'avait regardé, ce matin-là, dans la salle des ventes, quand il m'avait dit que mon air guilleret était signe de mort... Je me demande ce qui avait pu lui faire dire ça.

Ensuite, quand nous nous étions retrouvés près de ce petit tas qu'était le corps d'Ellie, dans sa tenue de cavalière... Je me demande si, à ce moment-là, il savait déjà ou s'il ne faisait que se douter de la responsabilité que j'avais dans cet accident.

Après la mort de Greta, comme je viens de vous le dire, je suis resté figé dans mon fauteuil, les yeux rivés sur ma coupe de champagne. Elle était vide. Tout était très vide, vraiment très vide. Greta et moi n'avions allumé qu'une lampe, et elle se trouvait à l'autre bout de la pièce. Elle ne donnait pas beaucoup de lumière et le soleil… je crois que le soleil devait être levé depuis un bon moment déjà. J'étais là et je me demandais, dans une sorte d'engourdissement, ce qui allait désormais se passer.

C'est ensuite, je pense, que les gens ont dû commencer à arriver. Peut-être que beaucoup de gens sont venus tout de suite. En tout cas, ils ont été très silencieux, tellement silencieux que je n'ai rien entendu, rien remarqué.

Peut-être que si Santonix avait été là, il m'aurait dit ce qu'il fallait faire. Mais Santonix était mort. Il avait pris un chemin différent du mien, ce qui fait qu'il ne pourrait jamais plus m'aider. Personne en fait ne pourrait jamais plus m'aider.

Au bout d'un moment, j'ai fini par remarquer le Dr Shaw. Il était si discret que j'avais mis un certain temps avant de m'apercevoir qu'il était là. Il était assis tout près de moi et semblait attendre je ne sais quoi. J'ai fini par comprendre qu'il attendait que je parle. Je lui ai alors dit :

— Je suis rentré chez moi.

Il y avait une ou deux autres personnes qui bougeaient derrière lui. Elles semblaient attendre, attendre ce qu'il allait faire.

— Greta est morte, ai-je ajouté. C'est moi qui l'ai tuée. Le corps, je pense que vous feriez bien de l'enlever, non ?

Quelqu'un, quelque part, a utilisé un flash. Ce devait être un photographe de la police qui prenait un cliché du cadavre. Le Dr Shaw a tourné la tête et a dit d'un ton sec :

— Pas encore.

Puis, de nouveau, il m'a regardé. Je me suis alors penché vers lui pour lui confier :

— Cette nuit, j'ai vu Ellie.

— Ah bon ? Où donc ?

— Dehors, debout sous un sapin. C'est à cet endroit-là que je l'avais aperçue pour la première fois, vous savez.

Je me suis interrompu un moment, puis j'ai repris :

— Elle, elle ne m'a pas vu… Elle ne pouvait pas me voir parce que je n'étais pas là.

Après un autre silence, j'ai ajouté :

— Ça m'a traumatisé. Ça m'a complètement traumatisé.

Le Dr Shaw m'a alors demandé :

— C'était dans le cachet, n'est-ce pas ? Il y avait du cyanure dans le cachet ? Dans celui que vous avez donné à Ellie ce matin-là ?

— C'était pour son rhume des foins, lui ai-je expliqué, elle prenait toujours un cachet préventif contre son allergie quand elle partait à cheval. Greta et moi en avions trafiqué un ou deux avec du produit contre les guêpes trouvé dans la cabane du jardinier et nous les avions remis avec les autres. Nous avons fait ça dans la gloriette. C'était malin de notre part, n'est-ce pas ?

Je me suis mis à rire. Une espèce de rire étrange, qui m'a surpris moi-même. Ça ressemblait davantage à un ricanement. Puis j'ai repris :

— Quand vous étiez venu voir sa cheville, vous aviez examiné tous les médicaments qu'elle prenait, n'est-ce pas ? Les pilules pour dormir, les cachets contre l'allergie, et tout vous avait paru inoffensif, n'est-ce pas ? Aucun d'eux ne vous avait semblé présenter le moindre danger.

— Aucun, a répondu le Dr Shaw. Ils étaient tous parfaitement bénins.

— C'était assez habile de vous les avoir montrés, vous ne trouvez pas ?

— Vous vous êtes montré très habile, d'accord, mais pas suffisamment.

— Je ne vois pas comment vous avez pu découvrir ce qui s'était passé.

— Nous l'avons découvert quand il y a eu une seconde mort, une mort que vous n'aviez pas préméditée.

— Claudia Hardcastle ?

— Oui. Elle est morte de la même manière qu'Ellie. Elle est tombée de cheval au cours d'une chasse. Claudia était une femme en bonne santé elle aussi, et pourtant elle est tombée de cheval et elle est morte sur le coup. Seulement, voyez-vous, son corps a été découvert plus rapidement. Ils l'ont emportée presque aussitôt après et l'odeur du cyanure s'exhalait encore. Si elle était restée au grand air pendant deux heures, comme Ellie, il n'y aurait plus rien eu… rien à sentir, rien à trouver. Ce que je ne sais pas, c'est comment Claudia s'est procuré ce cachet. A moins que vous n'en ayez laissé traîner un derrière vous dans la gloriette. Claudia s'y rendait parfois. Nous y avons retrouvé ses empreintes digitales et elle y avait laissé tomber un briquet.

— Nous avons dû être négligents. Remplir et refermer les cachets était une opération assez délicate.

Puis j'ai demandé :

— Vous vous doutiez que j'avais quelque chose à voir avec la mort d'Ellie, n'est-ce pas ? Vous tous ?

J'ai promené mon regard sur les visages dans l'ombre :

— Peut-être que vous vous en doutiez tous.

— Très souvent on flaire ce genre de situation. Mais je n'étais pas sûr que nous serions capables de prouver quoi que ce soit.

— Vous auriez dû m'arrêter, lui ai-je reproché.

— Je ne suis pas officier de police, a répliqué le Dr Shaw.

— Qu'est-ce que vous êtes, alors ?

— Je suis médecin.

— Je n'ai pas besoin d'un médecin.

— C'est vous qui le dites.

J'ai regardé ensuite Phillpot et lui ai demandé :

— Et *vous*, qu'est-ce que vous faites ? Vous êtes venu pour me juger, pour présider à mon procès ?

— Mon titre de juge de paix bénévole n'entre pour rien dans ma présence, m'a-t-il répondu. Si je suis ici, c'est en ami.

— *Mon* ami ? me suis-je étonné.

— L'ami d'Ellie, a-t-il tenu à préciser.

Je ne comprenais pas. Rien de tout cela n'avait de sens pour moi, mais je ne pouvais m'empêcher de me sentir important. Ils étaient tous là ! La police, le

Dr Shaw et Phillpot, qui était un homme très occupé lui aussi. Tout était très compliqué. Je commençais à perdre le fil. J'étais très fatigué, voyez-vous. Il m'arrivait par instants de me sentir brusquement fatigué et de m'endormir…

Et toutes ces allées et venues. Les gens qui venaient me voir, toutes sortes de gens. Des avocats, un notaire, je crois, et avec lui, une autre espèce d'homme de loi, et des médecins. Plusieurs médecins. Ils m'ont ennuyé avec leurs questions et je n'ai pas voulu leur répondre.

L'un d'eux est resté et m'a demandé si je désirais quelque chose. Je lui ai dit que oui. Qu'il y avait une chose que je voulais : un stylo et un bon paquet de feuilles de papier. Je voulais, voyez-vous, écrire tout ça, expliquer comment tout était arrivé. Je voulais leur dire ce que j'avais ressenti, ce que j'avais pensé. Et je m'imaginais que plus j'en dirais sur moi, plus ça intéresserait les gens. Parce que j'*étais* intéressant. J'étais quelqu'un d'intéressant qui avait fait des choses intéressantes.

Les médecins – un médecin, en tout cas – sembla estimer que c'était une bonne idée. Je lui ai alors dit :

— Vous laissez toujours les gens faire une déposition, n'est-ce pas ? Alors pourquoi est-ce que je n'écrirais pas la mienne ? Peut-être qu'un jour tout le monde pourra la lire.

Ils m'ont donc laissé faire. Je ne pouvais pas écrire très longtemps à la suite. J'étais vite fatigué. Quelqu'un a utilisé l'expression « responsabilité atténuée » et quelqu'un d'autre n'a pas été d'accord. On en entend de toutes les couleurs. Parfois ils ne se doutent même pas qu'on les écoute. Et puis il m'a fallu comparaître devant un tribunal, et j'ai demandé qu'on m'apporte mon plus beau costume, parce que je voulais faire bonne figure. Il semble que j'avais été surveillé par des détectives. Pendant un certain temps. Ces nouveaux domestiques. Ils avaient dû être engagés par Lippincott ou en tout cas mis par lui sur ma piste. C'est fou ce qu'ils avaient pu dénicher sur Greta et moi. Ce qu'il y a de drôle, c'est qu'après sa mort je n'ai jamais beaucoup repensé à Greta… Pas plus tôt tuée, ç'a été comme si elle cessait d'avoir de l'importance pour moi.

J'ai souvent cherché à retrouver la prodigieuse sensation de triomphe que j'avais éprouvée tandis que mes doigts se refermaient autour de son cou. Mais, même ça, ça s'était estompé…

Un jour, sans crier gare, ils m'ont amené ma mère. Je l'ai découverte plantée là sur le seuil, à me regarder. Elle ne paraissait plus aussi anxieuse que par le passé. J'imagine que tout ce qu'elle voyait désormais n'était plus que tristesse. Elle n'avait pas grand-chose à me dire, ni moi non plus. Tout ce qu'elle m'a déclaré, c'est :

— J'ai essayé, Mike. J'ai fait tout ce que j'ai pu pour te protéger de toi-même. Je n'y suis pas arrivée. J'avais toujours eu peur de ne pas y arriver.

Et moi, je lui ai répondu :

— Je sais, maman. Ce n'est pas de ta faute. C'est moi qui ai choisi de prendre le chemin qui m'attirait.

Et j'ai soudain pensé : « C'est ce que Santonix m'avait dit. Lui aussi, il avait peur pour moi. Lui non plus, il n'avait rien pu faire. Personne n'aurait rien pu faire… si ce n'est peut-être moi… je ne sais pas. Je n'en suis pas sûr. Mais, de temps en temps, je me souviens… je me souviens du jour où Ellie m'a murmuré : « A quoi tu penses, Mike, quand tu me regardes comme ça ? » et où je lui ai demandé : « Comme quoi ? » et où elle m'a répondu : « Comme si tu m'aimais. » Je crois qu'en un sens, je l'ai bel et bien aimée. Ou que j'aurais pu l'aimer. Elle était si douce, Ellie. Un bonheur sans nuage.

Je pense que le problème, avec moi, c'est que j'ai toujours trop ardemment voulu les choses. Avec trop de… de gloutonnerie. Et qu'en plus, je voulais les obtenir avec facilité, sans m'engager ni me donner le moindre mal.

Cette première fois… ce premier jour où je suis monté à *l'Arpent du Gitan* pour y rencontrer Ellie… Quand nous sommes redescendus par la route, nous avons rencontré Esther. C'est ça qui m'a mis cette idée en tête, ce jour-là, l'avertissement qu'elle a donné à Ellie, c'est ça qui m'a donné l'idée de la payer. Je savais qu'elle était du genre à faire n'importe quoi pour de l'argent. Je la payerais donc. Elle avait commencé à mettre Ellie en garde, à l'effrayer, à lui faire croire qu'elle était en danger. Je me suis tout de suite dit que ça pourrait rendre plus plausible le fait qu'Ellie meure d'un choc. Ce premier jour, je le sais maintenant, j'en suis sûr, Esther était réellement épouvantée. Elle était réellement épouvantée pour Ellie. Elle l'a mise en garde, elle lui a conseillé de s'en aller, de n'avoir rien à faire avec *l'Arpent du Gitan*. Mais bien sûr, ce qu'elle lui conseillait en réalité, c'était de n'avoir rien à faire avec *moi*. Ça, je ne l'avais pas compris. Et Ellie ne l'avait pas compris non plus.

Est-ce que c'était de *moi* qu'Ellie avait peur ? Ça se pourrait, même si elle n'en était pas consciente. Elle savait qu'une menace planait sur elle, elle savait que le danger rôdait quelque part. Santonix savait le mal qui était en moi. Il le savait aussi exactement que le savait ma mère. Peut-être le savaient-ils tous les trois. Ellie le savait, mais ça lui était égal, ça lui a toujours été égal. C'est étrange, très étrange. Maintenant, je le sais. Je sais que nous étions très heureux ensemble. Oui, très heureux. Si seulement je m'étais rendu compte à ce moment-là que nous étions heureux… J'avais ma chance. Peut-être que chacun dans sa vie a une chance. La mienne… je lui ai tourné le dos.

Ça fait tout drôle, n'est-ce pas, que Greta ne représente plus rien pour moi.

Et que même ma belle maison ne représente plus rien pour moi.

Il n'y a plus qu'Ellie… Et Ellie ne pourra jamais me retrouver… Une nuit qui ne finit pas… C'est comme ça que finit mon histoire…

En ma fin est mon commencement… c'est ce que les gens répètent à tout bout de champ…

Mais qu'est-ce que ça peut bien vouloir dire ?

Et où est-ce que mon histoire commence au juste ? Il faut que je continue à réfléchir à ça…

Aubin Imprimeur
LIGUGÉ, POITIERS

Achevé d'imprimer en octobre 2005
pour le compte de France Loisirs
123, bd de Grenelle, 75015 Paris
N° d'édition 43908 / N° d'impression L 69171
Dépôt légal, octobre 2005
Imprimé en France